Waldersee und Vater Franz

für Esther Lindermayr
zu Weihnachten 2017

Anna-Franziska v. Schweinitz

Anna-Franziska von Schweinitz

Waldersee und Vater Franz

Vom Unglück der nichtehelichen Geburt

VERLAG JANOS STEKOVICS

Inhalt

Dank

Dass dieses Buch tatsächlich erscheint, verdankt der Leser einem Versprechen an Erhard Hirsch, der mit Recht auf Veröffentlichung drang. Der Nachlass Franz Graf von Waldersees ist eine Quelle von hoher Aussagekraft, nicht nur für das politische Wirken seines Vaters, des Fürsten Leopold III. Friedrich Franz von Anhalt-Dessau, sondern auch die weniger bekannten Seiten seiner Persönlichkeit. Der ganze Lebenskreis der am Reformwerk dieses Fürsten beteiligten Menschen erschließt sich hier. Dass ich diesen Nachlass bearbeiten durfte, dafür danke ich vielen Menschen, die mich in dieser Zeit berieten, mir bereitwillig Hilfe boten, in Gesprächen und mit konstruktiver Kritik zur Seite standen – ihre Zahl ist zu groß, um sie hier alle namentlich zu nennen.

An erster Stelle gilt jedoch mein Dank dem Familienarchiv der Grafen Waldersee, namentlich Jürgen Graf von Waldersee, der das Erscheinen dieses Buches leider nicht mehr erleben durfte. Es war ihm ein großer Herzenswunsch. Für sein Vertrauen und großes Interesse, seine Gastfreundschaft und Hilfsbereitschaft, fortgeführt von seinen Kindern, kann hier nicht genug gedankt werden.

München, im Juni 2017 *Anna-Franziska v. Schweinitz*

Vorwort

Ich binn und bleibe ihm ein abgefundener Sohn, eine Frucht verbotener Lust, ein regelloser Wegwurf Fürstlichen Sinnenkitzels, dem er keine Pflicht schuldig sey, weil Printzenhand ihm keine Rechte verschafft.[1] So bitter klingt die Sicht des Mannes, der den *väterlichsten aller Fürsten*, Fürst Leopold III. Friedrich Franz von Anhalt-Dessau, zum Vater hatte, ihn gleichzeitig als Fürst und Vater erlebte. Franz Graf von Waldersee war durch die Umstände seiner Geburt mehr als andere auf die väterliche Gnade angewiesen und erfuhr beides im Übermaß, Gnade und Ungnade.

Seine Geburt bereits birgt ausreichend romanhafte Züge: Ein unbescholtenes, frommes Mädchen, ein gutaussehender junger Mann, ein gehöriger Standesunterschied, die solche Unterschiede nicht achtende Liebe, Glanz und Schatten höfischen Lebens, der Kirchgang am Karfreitag, ein Liebesnest namens Vogelherd, der böse alte Onkel – solcherart sind üblicherweise die Ingredienzen für Dreigroschenromane. Manchmal allerdings sind sie der Wirklichkeit entnommen und die handelnden Personen tragen berühmte Namen: Die Rolle des bösen alten Onkels spielt Friedrich II. von Preußen, der gutaussehende junge Mann ist sein Neffe, Leopold III. Friedrich Franz von Anhalt-Dessau, das Mädchen eine Zerbster Pfarrerstochter.

Der 9. August 2017 ist der 200. Todestag des gutaussehenden jungen Mannes, Fürst Franz von Anhalt-Dessau. Dieser Tag gibt uns Gelegenheit, uns der Geschichte zu erinnern, die in drei Kindern Gestalt annahm. Der Nachlass des erst-, wiewohl nichtehelich geborenen Sohnes Franz von Waldersee gibt Zeugnis von jenem Fürsten, der mit 22 Jahren zum ersten Male Vater wurde und als *Vater Franz* in die Geschichte seines Landes eingehen sollte. Das Zeugnis, das sein Sohn Franz Waldersee ablegt, ist allerdings mehr als geeignet, die Vaterrolle dieses Fürsten kritisch zu hinterfragen.

Wenn sich der Todestag des Vaters zum 200. Male jährt, soll hier aus der Perspektive des Sohnes auf den Mann geblickt werden, der aller Welt als Vater erschien, eine Wahrnehmung, die der Erstgeborene schon lange nicht mehr teilen konnte.

Historiker müssen sich um Objektivität bemühen, sie sollen belegbare Fakten sprechen lassen, gleichzeitig bringen sie Erfahrungen mit, die ihren Blick färben. Kind ist jeder einmal gewesen. Auch wenn nicht jeder seinen Vater erlebt und nicht jeder selbst Kinder hat, auch wenn uns Jahrhunderte und gewandelte Verhältnisse vom Gegenstand der Betrachtung trennen, so ist der kindliche Blick auf den Vater und die Veränderungen, die dieses Bild im Lauf eines Menschenlebens erfährt, auch dem Historiker vertraut. Trotzdem soll es hier nicht darum gehen, zu urteilen, sondern die Fakten darzulegen. Zu diesen Fakten gehört auch das Urteil des Kindes über seinen Vater. Was den Blick dieses Sohnes prägte und veränderte, kennen wir vor allem aus seinem eigenen, ausführlichen schriftlichen Nachlass – wohingegen der Nachlass des Vaters nur in entlegenen Bruchstücken erhalten ist. Es ist also nicht nur der Wunsch, die Perspektive des Sohnes beizubehalten, sondern auch der Mangel an erhaltenen Äußerungen des Vaters, die die Ausrichtung unserer Betrachtungen prägt. Hinzu kommt die Seltenheit eines so vollständigen Nachlasses, der es uns Heutigen nicht nur ermöglicht, dem Bild des fürstlichen Vaters eine wenig bekannte Facette hinzuzufügen. Der schriftliche Nachlass Waldersees gibt uns vor allem die rare Gelegenheit, Möglichkeiten und Beschränkungen der nichtehelichen Geburt zu ermessen und die Gefühle des einer solch prekären rechtlichen Situation ausgesetzten Kindes kennenzulernen. Trotzdem, das sei einschränkend vorausgeschickt, bleiben viele Fragen unbeantwortet.

Hinführung

Kaum ein Satz könnte unwirklicher klingen: Der Vater ist tot. Ein Mensch verschwindet für immer aus dem Gesichtskreis. Aber auch als Toter wirft er seine Schatten, ist noch da. Eben noch konnte man mit ihm sprechen, nein, hätte man noch mit ihm sprechen können. Jetzt ist die Hoffnung vieler Jahre tot. Die Bewegung, das Auf und Ab einer Beziehung, ist plötzlich eingefroren, festgeschrieben. Keine Möglichkeit mehr, etwas zu ändern.

Erleichtert könnte er sein, der Sohn. Vielleicht erschrocken. Sicher enttäuscht. Befreit von einer großen Last. Erlöst von den Fesseln, die ihm seine Geburt anlegte. Dort, in dieser außerehelichen Geburt, liegt der Schlüssel für seine Biographie. Aber nun, nach all den Jahren, ist er selbst schon ein alter Mann. Abgekämpft, verbittert, hilflos und immer noch der Willkür und Gnade des Landesherrn ausgesetzt.

Franz Graf von Waldersee, der Sohn, verheiratet mit Louise, geb. Gräfin von Anhalt, und Vater von sechs größtenteils erwachsenen Kindern – fragte man ihn, was würde er als Beruf angeben? Königlich preußischer Geheimer Finanzrat a. D.? Ehemals Fürstlich Anhalt-Dessauischer Oberaufseher bei der Rentkammer und Rechenkammerpräsident, ehemals Oberaufseher der Medizinal- und der Arbeitskommission des Landes, ehemals Leiter des neu gegründeten Bauamts zu Dessau oder ehemaliges Mitglied im Direktorium der Chalcographischen Gesellschaft ebenda? Womöglich Privatier, da seit 1803 aus allen Ämtern verabschiedet? Eine originellere Antwort wäre Jagddichter oder Übersetzer heute unbekannter französischer und englischer Dichtungen[2]. Oder würde er sich als Geheimrat bezeichnen, die Funktion, die er zuletzt an der Spitze der nun herzoglichen Verwaltung innegehabt hatte, wenn auch nur für wenige Monate?

Waldersee erfährt durch Boten am Abend des 9. August 1817 in seinem Dessauer Wohnhaus vom Tod seines Vaters, des Fürsten, seit 1813 Herzog Leopold III. Friedrich Franz von Anhalt-Dessau.

Drei nicht zu überbrückende Kilometer nur trennten den Sterbenden von seinem Kind, drei Kilometer den Leichnam vom überlebenden Sohn, die plötzlich leicht, zu Fuß, zu Pferde oder mit dem Wagen zu bewältigen sind. Wir wollen ihn begleiten, den Sohn, wenn er sich dem Leichenzug anschließt und den Vater zu seiner vorläufig letzten Ruhestätte geleitet. Er wird uns viel erzählen auf diesem Weg, über sein Leben, die in seiner Entstehung begründete, prekäre rechtliche Lage, die Weggefährten, vor allem aber über den Vater. Dieser, von aller Welt damals *Vater Franz* gerufen und nicht erst nach seinem Tode glorifiziert, mit Denkmälern, nach ihm benannten Straßen, Plätzen und Schulen geehrt, lebt in den aufgeklärten Reformen seines Landes ebenso fort wie in den durch ihn in Auftrag gegebenen Landesverschönerungen, zuvörderst die Wörlitzer Anlagen.

Der öffentlichen Wahrnehmung des Vaters diametral entgegengesetzt ist die seines Sohnes Franz Waldersee. Zwischen der Bitte um ein Porträt *des väterlichsten Fürsten*[3] und der Wahrnehmung des eigenen Sohnes, dass das *erzürnte Vaterherz* ihm zuletzt verschlossen geblieben sei,[4] liegt fast ein ganzes Menschenleben. In genau dieser Zeitspanne veränderte sich das Gefühl des Kindes gegenüber dem Vater und Fürsten in unguter Weise. Nahm der Sohn, solange er Kind war, den fürstlichen Vater tatsächlich wie die meisten Landeskinder Anhalt-Dessaus als *väterlichsten Fürsten* wahr, so überdauerte dies kindliche Gefühl kaum das junge Erwachsenendasein. Mehr noch: Im Vorfeld seines mit Bangen erwarteten Todes, bricht sich die Verbitterung des gealterten Sohnes in dem eingangs zitierten Ruf vom *abgefundenen Sohn* Bahn, von der *Frucht verbotener Lust*, vom *regellosen Wegwurf Fürstlichen Sinnenkitzels.*

Am Samstag, dem 9. August 1817, abends um halb sieben, trat der Tod des Vaters ein. Ersehnt wohl vom Sterbenden, der sich seit Langem mit schrecklichen Schmerzen quälte. Ersehnt aber auch von seinem ältesten, illegitim geborenen Sohn, der den Vater, folgt man den erhaltenen Unterlagen, vielleicht am 20. Dezember 1813 zum letzten Mal sprach, obwohl sie höchstens drei Kilometer voneinander trennten.[5] Während der fürstliche Vater sich in das Luisium, das Haus seiner verstorbenen Frau zurückgezogen hatte, und dort – mit Blick auf die Jonitzer Kirche und ihr Grab – mit dem Tode rang, rang der Sohn in seinem ebenfalls von Erdmannsdorff errichteten Dessauer Haus mit seinen Gefühlen gegen den Vater. Dieser hatte als junger Fürst an eben diesem seinem Sterbeort beim Dorfe Waldersee vor Jahrzehnten die Tochter angesehener Zerbster Bürger, Johanna Eleonore Hofmeyer,[6] in eine nichteheliche Gemeinschaft gedrängt, aus der drei Kinder hervorgehen sollten. Nach einer früh verstorbenen Tochter hatte die inzwischen zur Frau von Waldersee erhöhte junge Frau am 5. September 1763 im damals noch Vogelherd genannten Haus den ersten Sohn, Franz, zur Welt gebracht.

In jenem ungewöhnlich kühlen August 1817 – das vorige Jahr war als Jahr ohne Sommer und weltweiter Missernten in die Geschichte eingegangen – schließt sich für den Sohn ein Kreis. Dort, wo der Vater nun starb, hatte sein eigenes Leben begonnen und er mag gehofft haben, dass der Ort den Vater zu gnädigen Gedanken bewegen könnte. Solch gnädige Gedanken, falls sie das Herz des Sterbenden bewegt haben sollten, fanden jedoch keinen greifbaren Niederschlag: kein Ruf, kein Brief, noch nicht einmal eine Erwähnung im Testament.[7]

Der Tag des Todes war ein Samstag, Markttag in Dessau. Bauern, Händler und Höker, ebenso wie die Bürger der Stadt, zog es auf den Dessauer Markt zu Viktualien, Milcherzeugnissen, Fleischwaren, Tuchen und Wolle. Die bis zur Mittagsstunde anhaltende Betriebsamkeit mag in krassem Gegensatz gestanden haben zum bangen Warten auf die Nachricht vom Tod des Landesvaters, der seit den frühen Morgenstunden im Sterben lag.

Ein neues Haus für den Sohn

Das geschäftige Markttreiben belebte die Innenstadt Dessaus, auch den Kleinen Markt nördlich des Rathauses, Teil der Hauptverkehrsachse nach Zerbst und Berlin. Der Lärm beschlagener Wagenräder hallte in der engen Gasse vor Waldersees Haus wider. Auch die Geräusche der Straßenreinigung, die der Rat der Stadt der Zerbster Straße für den Samstag verordnet hatte, gehörten zu diesem 9. August 1817.[8]

Schaute Waldersee aus dem Haus auf die Straße, erblickte er gegenüber das Kleine oder Rote Schloss, einen wenig bedeutenden, hastig gebauten, für manch einen auch unansehnlichen Barockbau, ein zweigeschossiges Fachwerkgebäude ohne Fundament, das schon viele Bewohner und Zwecke gehabt hatte. Es war Wohnhaus für Angehörige des fürstlichen Hauses gewesen, für Großtanten und Tanten seines Vaters, später für seinen eigenen Halbbruder, Erbprinz Friedrich mit seinem Hofstaat. Schankwirtschaft war es auch gewesen und dann über viele Jahre seine eigene Wirkungsstätte, als die *Chalcographische Gesellschaft* hier einzog und Waldersee ihre Finanzen verantwortete. So war das inzwischen baufällige Haus bei jedem Blick aus dem Fenster, bei jedem Schritt vor die Türe Erinnerung und Mahnmal. Erinnerung an glücklichere Zeiten, an verwandtschaftliche Beziehungen, vor allem aber Mahnmal der zerbrochenen Beziehung zum Vater.

Unruhig mag Waldersee auf jede Veränderung der Geräuschkulisse draußen auf der Straße gelauscht haben, vielleicht auch ans Fenster getreten sein. Ängstlich und bang wartete er auf Nachricht aus dem Luisium von seinem im Sterben liegenden Vater.

Mitte Juli war der bereits sehr gebrechliche Landesherr noch einmal durch die Wörlitzer Anlagen geritten und dabei gestürzt, was ihn bewegte, im Luisium *sein Paradebett aufzuschlagen und den Tod zu erwarten*. Dass es tatsächlich auf das Ende zuging, war seit dem gestrigen Freitag unverkennbar. Der Hofchirurgus Prietsch betreute neben den beiden Lakaien Schildhauer und Scheil und einer ungenannten Dienerin den Sterbenden. Sein Sterben war ruhig, der Herzstillstand wurde für 18.30 Uhr vermerkt.[9]

Klopfte ein Bote an das schwere Tor des Waldersee-Palais? Der Diener ließ ihn wohl herein und holte den Grafen, damit er die Nachricht selbst in Empfang nehme. *[D]er alte Heintze, ein wahres Muster der Ordnung, liegt wie ein Kettenhund im Haus und hütet für Schaden und Gefahr.*[10]

So ging es zu in dem stattlichen Haus, das der Landesherr hier, gegenüber dem Kleinen Schloss, als städtebaulichen Akzent hatte errichten lassen. Friedrich Wilhelm von Erdmannsdorff, der Freund und Kavalierarchitekt des Fürsten, hatte mit dem Palais Waldersee eine seiner markantesten Dessauer Bauten geschaffen.

Vom Fürsten ein Haus zu erhalten, das galt in der Öffentlichkeit nicht wenig, gerade für jene Personen, die der Gnade des Landesherrn auf besondere Weise ausgeliefert waren, wie etwa die nicht durch eine Ehe verbundenen Liebespartner von Angehörigen des fürstlichen Hauses und deren Kinder. So ein Haus war, unabhängig von seinem Wert, materielle Absicherung und für alle sichtbare Würdigung in einem. In einer ständischen Gesellschaft, deren wichtigste Währung der Rang war, waren landesherrliche Anerkennungen das entscheidende Mittel, sich zu behaupten. Die sichtbare Anerkennung und der Schutzraum der eigenen Immobilie waren wichtiger als ihr Marktwert.

In der Familie Waldersee wusste man nur zu gut, wie sich eine solche Schenkung anfühlte: Als Johanna Sophie Herre, die Großtante des neuen Hausbesitzers Waldersee, Großmutter seiner Ehefrau, nicht nur zur Reichsgräfin von Anhalt erhoben wurde, sondern vom Fürsten auch ein Haus erhielt, hieß das, dass sie nach Jahrzehnten endlich den Platz zugewiesen bekam, der ihr als Ehefrau und Witwe des Erbprinzen und Mutter seiner zahlreichen Kinder nach bürgerlichen Begriffen schon lange gebührt hätte. Wenn Waldersees Mutter verbittert auf das als zu gering Erachtete reagiert hatte, was ihr nach Beendigung ihres Liebesverhältnisses zum Fürsten übereignet wurde, vermuten wir gesellschaftliche Konkurrenz dahinter. Wir werden darauf noch zu sprechen kommen.

Dies alles schwingt mit, wenn Waldersee schreibt: *ich habe ein neues Haus welches ich gern etwas elegant meubliren möchte [...].*[11] In seiner betont bescheidenen Formulierung hören wir Genugtuung.

Genugtuung nicht nur über die Anerkennung an sich, sondern über die Art des Platzes, der ihm eingeräumt wird. Genugtuung auch über die Vorrechte, die er genießt. Genugtuung darüber, dass ihm, der doch keine Rechte hat, solche Vorrechte eingeräumt werden. An zentraler Stelle, unübersehbar, jedem vermittelnd, welch herausragenden Platz im Gemeinwesen die Bewohner dieses Hauses einnahmen.

Als das Grundstück Nr. 653 1792 zum Verkauf kam, hatte Fürst Franz von seinem Vorkaufsrecht Gebrauch gemacht und seinen Sohn, Franz Graf Waldersee, den Grund mit seinem baufälligen Haus für 1050 rt erwerben lassen. Alles Weitere nahm er jedoch in seine väterlichen Fürstenhände: Der benachbarte Schwanenwirt wurde gegen Zahlung von 150 rt dazu bewegt, störende Fenster zuzumauern, der Altbestand wurde abgerissen. Nach Plänen Erdmannsdorffs und unter der Bauleitung der Kammer entstand ein dreigeschossiger, verputzter Massivbau mit schlichtem Schleppdach, vermutlich auch dem heute wieder ergänzten Dreiecksgiebel über dem Mittelrisalit. Die für Erdmannsdorff ungewöhnliche Höhe ist vermutlich nicht nur der repräsentativen Erscheinung geschuldet, sondern auch der gegenüberliegenden Bebauung, um dem Haus Licht zu verschaffen. Heute nun, nach den Verheerungen von Krieg und Nachkriegszeit, an einem kahlen Platz gelegen, erscheint die Höhe des Hauses fast unangemessen.

Es war jedenfalls ein außerordentlich großzügig dimensioniertes Palais, das Fürst Franz seinem Sohn schenkte und das er selbst mit einweihte. Vater und Sohn auf dem Höhepunkt ihrer Beziehung, glücklich hochgestimmt. *1795 bezogen die Eltern am 30. Mai, ihrem Hochzeitstag, ihr neues Haus. Sie weihten es mit einem Soupé ein, wobei der Fürst und die Erbprinzess zugegen waren. Wie ich mich entsinne, war die Urgrossmutter auch dabei. Wie der Hofrat Behrisch ein scherzhaftes Gedicht gemacht hat, welches Herr von Marschall absang, dabei Bilder einer Fahne erklärend, wo der Einzug der Familie dargestellt wird und da auch die Wiege des noch ungeborenen Friedrich zu sehen war.*[12]

Wir stellen uns den Festsaal vor, die einfarbige Wand mit etruskischer Bordüre zu Feldern eingefasst: *In Neapel vorzüglich herrscht der Geschmack ganz einfarbiger Tapeten, welche mit einer schön gezeichneten und in Kupfer gestochnen Tapeten-Leiste, entweder im arabesken oder hetrurischen Geschmacke eingefaßt sind, und welches einem solchen*

Zimmer ein überaus sauberes Ansehen giebt. [...] Man hat sie von verschiedenen Breiten und sehr mannichfaltigen Dessins und sowohl schwarz auf weiß gedruckt, wie gegenwärtige Muster, oder auch schwarz oder dunkelbraun auf einfarbige Papiere z. E. rosa, ziegelroth, gelb u. s. w. wie auch bunt illuminiert. Man faßt, wie gesagt, alle einfarbigen Tapeten damit ein, so daß die Bordüre ununterbrochen um eine ganze Wand, um Thüren und Fenster herumläuft, und man kann sie sowohl auf Leinwand und Papier, als auch auf Kalk kleistern.[13]

Die von *Bordüren im hetrurischen Geschmacke* gerahmte festliche Tafel versammelte an diesem Frühsommerabend die jungen Hausleute in Erwartung ihres vierten Kindes, die siebenjährige Tochter Loulou (Abb. 1), vielleicht auch den vierjährigen Sohn Franz, dazu den Vater, Fürst Franz von Anhalt-Dessau, sowie die Schwägerin, Erbprinzessin Amélie. Die greise Großmutter, Johanna Sophie Gräfin von Anhalt, geb. Herre, Urgroßmutter der Chronistin Loulou, war mit ihrem großen, mit vier Rappen bespannten Staatswagen[14] vorgefahren worden. Auch Hofrat Behrisch war dabei, Waldersees erster Erzieher, der die sichtbare Ehrung durch den Vater und Fürsten in literarische Form gebracht hatte, amüsant vorgetragen von Waldersees bestem Freund, umrahmt von scherzhaften Zeichnungen.

Ein launiger Abend, Gläserklingen, gestärkter Leinendamast, Kerzenlicht, der livrierte Diener diskret nachschenkend. Waldersee im Glücke und das fürstlich-väterliche Wohlwollen an jeder Türklinke, jeder Ofenkachel mit Händen zu greifen. Es könnte der Beginn einer großen Geschichte vom Glück sein, von den Möglichkeiten einer Karriere bei Hofe, befördert durch engste verwandtschaftliche Beziehungen, Blutsbande und größte Loyalität.

Ein neues Haus, gebaut, um die Spitzen der Gesellschaft zu empfangen und, wenn schon nicht Hof zu halten, so doch ein großes Haus zu führen. Was wissen wir über dieses Haus, das 1945 vollständig ausbrannte und in seinem schlichten Klassizismus als Städtische Bibliothek heute noch den Kleinen Markt vor dem Rathaus beherrscht?

Zur Straße hin befand sich, wohl im ersten Stock, jener Festraum *im hetrurischen Geschmacke*, ein Saal über sechs Achsen. Zum Garten hin lagen bis zu fünf kleinere Räume, dazwischen wahrscheinlich ein Flur, um die Öfen zu beheizen. Der Garten, zum

Schwanenwirt hin abgegrenzt mit einem Nebengebäude, das Stall, Remise, Waschküche, Küche und Zimmer für Mägde und Knechte enthalten haben mag. In der Remise ein Stadtwagen und ein Leiterwagen, Platz für 18 Pferde.[15] Als das Haus mit fürstlichen Gästen eingeweiht wurde, waren Birke und Akazien in ihren abgezirkelten Beeten von den Kindern frisch gepflanzt,[16] die Gräfin träumte noch von Rosenstämmchen (Abb. 2).[17] Oder doch lieber etwas Exotisches? *Bey dem Gärtner, Herrn Lübeck allhier, sind um billigen Preis zu haben: kleine Lorbeerbäume, groß und klein blättrige Mirthen-Bäume, roth gefüllt blühende Granat-Bäume, weiß und gelb blühende catalonische Jassamin-Bäume, ein Laurus-Cerasus, zwey Laurentinus, Genisia Hispanica [...] und verschiedne Sorten früh und spät blühende andre Blumen.*[18]

An Innenausstattung hat sich nahezu nichts erhalten, es fragt sich also, wie *elegant meublier[t]* sollte das Haus werden? Wie reichhaltig oder noch sparsam möbliert das Haus zur Einweihung war, erschließt sich kaum. Denkbar ist aber doch, dass die Gäste des Soupers am 30. Mai 1795 nicht nur das Treppenhaus und den Festsaal zu sehen bekamen. Und manches, was nach dem Tode Waldersees 1824 versteigert wurde,[19] stand sicher schon in den Salons, den Schlafstuben, hing an den Wänden der Schreibstube und der Flure: reichlich Waschtische und kleine Toilettetische, Toilettenspiegel, mehrere Tische aus unterschiedlichen Hölzern, 12 gepolsterte und 24 geflochtene Rohrstühle, zwei Spieltische, die 1824 im gebrauchten Zustand niedrige einstellige Beträge brachten. Zur *eleganten Meublierung* zählten sicher die wertvolleren Stücke: ein *Schreibsecretair*, der 1824 7 rt 20 gr erbrachte, ein Vitrinenschrank, später für 6 rt 6 gr verkauft, ein offenbar größerer Birnbaumschrank, den der Auktionator 1824 für 15 rt 9 gr zuschlug, ein Tisch aus demselben Holz und ein runder Birnbaumtisch, den *Mamsell Köhler* 29 Jahre später für 4 rt 10 gr erwarb. Zur Bequemlichkeit der älteren Herrschaften dienten mehrere Fußbänke, reichlich Leuchter, auch zwei Feldbetten mussten zur Schuldentilgung beitragen.

Die Wände schmückten die Produktionen der gleichzeitig mit dem Bau begründeten *Chalcographischen Gesellschaft*. Auch 1824 noch genossen die Stiche hohe Reputation, der Auktionator verkauft sie als *Gemälde*. So umgaben die Figuren des klassischen Altertums die

Familie Waldersee: Omphale, Herkules, Venus, Myrrha, Juno, Amor und Mars, dazu der Gründer der Gesellschaft, Freiherr von Brabeck.

Waldersee musste also jetzt, als er auf die Nachricht vom Tod seines Vaters wartete, nicht erst aus dem Fenster sehen, wollte er an sein Scheitern erinnert werden. Ob beim Tee, beim Kartenspiel, bei der Abendlektüre oder beim Einschlafen, stets drohte der Blick auf die Zeugnisse seiner erfolglosen Direktorentätigkeit zu fallen. Hatten diese Blätter 1797, je nach Blatt, zwischen 2 rt und 12 rt gekostet, erbrachten sie 1824, gebraucht und als altmodisch erachtet, im Höchstfall 1 rt 13 gr. 156 Bilder wurden in einem Los versteigert und erbrachten gerade einmal 2 rt 6 gr – entweder waren die Sujets nicht markttauglich, der Zustand erbärmlich oder die Ausmaße sehr klein, anders ist der geringe Preis nicht zu erklären.

Aus den dürren Erläuterungen des handgeschriebenen Versteigerungskatalogs ersteht das Bild eines Interieurs ähnlich dem Luisium oder dem Wörlitzer Schloss. Die häufig genannte Holzart Birnbaum ist ein Wegweiser. In Wörlitz und Dessau wurde äußerster Wert auf die Verwendung heimischer, kostengünstiger Holzarten gelegt und aus Buchs, Eiche, Birne, Robinie, Eibe, Pflaume und Mooreiche farbenreiche Parkette gelegt, Rahmen und Möbel gefertigt. Franz und Louise Waldersee hatten miterlebt, wie das Fürstenpaar diesen Stil gemeinsam mit Erdmannsdorff entwickelte, sie kannten es kaum anders, als dass die Fürstin selbst die Stiche rahmte.[20] Sie hatten diesen Stil nicht nur als prägend erlebt, sie kannten nichts anderes. Beide waren sie hier groß geworden, es war ihnen Zuhause und angenommenes Elternhaus.

Hier, in ihrem neuen Haus an der Zerbster Straße, lag auf der Festtafel poliert das silberne Besteck, das später 8 rt 1 gr erbringen sollte, auf dem Schreibtisch zum täglichen Gebrauch ein *guldenes Petschaft*, das 1824 gegen 4 rt 1 gr einen neuen Besitzer fand.

Die *Toilette* der Großmutter Herre – wo mag sie gestanden haben? Louise Gräfin Waldersee erbte sie vermutlich erst kurz nach dem Einzug in das Haus beim Tod der Großmutter, die eben noch als Greisin der Einweihung beigewohnt hatte. Fürstin Louise bot später, als Waldersee sich ein weniger prätentiöses Hauswesen gewünscht haben mag, 784 rt 18 gr für das Stück, damit anderweitig Schulden bezahlt werden könnten.[21] Es muss ein Stück von höfischem Glanz gewesen sein, ein außerordentlich qualitätvoll gearbeiteter Kasten, mit in Gold oder Vermeil gearbeiteten Salbentöpfchen und Fläschchen, Bürsten, Kämmen und Spiegel – dafür spricht der gebotene Preis. Ein einzelner solcher Gegenstand im eigenen Besitz hat Folgen, er zieht die Aufmerksamkeit auf sich, verlangt nach einer entsprechenden Stellfläche, strahlt nicht nur aus, sondern fordert auch Entsprechendes von seiner räumlichen Umgebung, einen Podest, einen Rahmen, einen Spiegel, um seinen Glanz zu vermehren.

Der restliche Hausrat entspricht dem, was man auch heute bei der *Auflösung eines gräflichen Haushalts* erwarten würde: Mehrere Teekannen, Tee- und Zuckerdosen, 40 Gläser und 16 Karaffen. Das Geschirr war nach 35 Jahren täglichen Gebrauchs meist schadhaft. Die sechs Salznäpfchen, ein Eiskühler, vier Fruchtkörbe und zwei Suppenterrinen dürften Reste des Service darstellen, das Waldersee vor seiner Hochzeit bei der Königlichen Porzellanmanufaktur in Berlin bestellt und vermutlich für das Einweihungs-Souper hatte eindecken lassen.[22]

Manch eines der später versteigerten Bücher stand bei der Einweihung des Hauses 1795 schon in der Bibliothek, manch eines kam in den nächsten Jahren hinzu. Auch sie erzählen etwas über ihre Besitzer. Da sind die Chroniken der Häuser Anhalt und Oranien-Nassau, Friedrichs II. schlesische Edikten-Sammlung, die Reichsverfassung, deutsche und französische Literatur, Schriften zu Jagd, Obstbau, Forst- und Landwirtschaft, dazu, natürlich, auch vieles aus dem Bekanntenkreis: August Rodes Ovid-Übersetzungen, Wielands Werke, Pfenningers Vorlesungen, Schubrings Predigten, Basedows *alt und neu Testament*, Simon Ludwig Eberhard de Marées *Unfug so genannter Aufklärer wider die neuen Preußischen Anordnungen in geistlichen Sachen*, Abraham de Marées *Predigt und Reden bey der Taufe einer jüdischen Familie zu Sandersleben*, Johann Friedrich de Marées *Neue Briefe zur Vertheidigung des Glaubens*, Zimmermanns Hauptwerk *Über die Einsamkeit*, das nach Waldersees Tod für 2 gr 6 pf versteigert wurde und heute bis zu 860 Euro erzielt. Wohlgemerkt, dies sind die Bücher, die verkauft wurden, weil die Schulden getilgt sein wollten und sie gut verkäuflich waren, weil für sie in den Haushalten der Kinder kein Platz war und weil es die Bücher waren, auf die die Witwe verzichten konnte. Die Noten, die Louise Waldersee zeit ihres Lebens aus dem Freundeskreis geschickt bekam, scheint sie sämtlich behalten zu haben.[23] Auf diese Notenblätter mag Rust[24] gehofft haben, als er zur Auktion erschien.

Im großen Keller des Hauses lagerte kühl der Wein. Wie wichtig Weine waren und welche Mengen benötigt wurden, wenn man ein großes Haus führen wollte, können wir auch dem Versteigerungskatalog entnehmen. Zuletzt, bei Waldersees Tod, erbrachte der Wein mehr als zehn Prozent des Gesamtergebnisses: 216 Flaschen wurden verkauft, dabei Rheinwein, Muskateller, süßer Wein, ungarischer Wein und auch Champagner.

Auch wie der Garten möbliert war, lässt sich dem Katalog entnehmen. Jedenfalls standen dort unter den Akazienbäumen ein Tisch und eine Gartenbank. Ob die vier verkauften Büsten in den Garten oder das Haus gehörten, bleibt im Dunkeln, ebenso, wen sie darstellten. 34 Hüte fanden ebenfalls neue Besitzer, nachdem die verwitwete Gräfin zehn Tage lang alles geordnet hatte: *Sie theurer Freund werden es wohl begreifen, mit wie vielen schmerzlichen Gefühlen mein Aufenthalt wird verknüpft sein.*[25]

Wir kennen den bescheidenen Beginn dieses Hausstands aus Waldersees Notizen. Am 28. März 1787 besaß der junge Mann:

12 x silberne Messer und Gabeln,
2 x silberne Leuchter,
1 großen Vorlegelöffel sowie Tranchierbesteck,
3 Tischtücher und 24 Servietten,
2 x Bettzeug für sich,
12 Tassen,
12 kleine Löffel,
Fayencegeschirr zum täglichen Gebrauch.

Möbel müssten angeschafft werden, vor allem Betten, schreibt er seiner Braut. Ob sie etwas in die Ehe mitbrachte? Wir wissen nur von einem silbernen Teekasten.[26]

Acht Jahre später zog eine kleine Familie mit drei Kindern in das großzügige Dessauer Palais ein und jetzt, 1817, ist es ein großzügiger Haushalt, sicher elegant und höfisch in der Ausprägung, ausgestattet, um Gäste zu bewirten, die mittlerweile erwachsenen Kinder mit ihren Familien und Bedienstete zu verköstigen. Nur, dass keine Gäste mehr erscheinen und Waldersee sich Bedienstete nicht mehr leiten kann.

Es gab fünf Gemälde, die nicht versteigert wurden und mit Gewissheit 1817, als der fürstliche Vater starb, im Haus hingen: Das Porträt des jungen Fürsten, ein Kniestück, das dieser vermutlich zum Abschied der Mutter seiner Kinder geschenkt hatte und das Waldersee spätestens 1816, als die Mutter starb, übernommen hatte. In Rom hatte der Vater es malen lassen und 1767 nach Dessau heimgebracht (Abb. 3). Vielleicht hing dies Bild neben dem Porträt der Mutter, einem deutlich kleineren Gemälde von unbekannter Hand. Dies Bild, entstanden vermutlich in den Jahren der Liebesbeziehung zum Fürsten, das sie mit gepudertem Haar, einem blumengeschmückten, spitzenverzierten Kleid und dezentem Schmuck zeigt, ist noch ganz dem Rokoko verpflichtet und damit deutlich altmodischer als das Porträt des Fürsten aus Rom (Abb. 4). Von ähnlich hoher Qualität wie das Porträt des Vaters war auch das Porträt, das Waldersee von sich selbst bei Johann Friedrich August Tischbein während dessen Dessauer Zeit in Auftrag gegeben hatte. Auch diesem Dreiviertel-Porträt eignet nichts Höfisches, darin gleicht es dem väterlichen Porträt von Maron. Loulou, die älteste Tochter Waldersees, war ebenfalls von Tischbein porträtiert worden. Gleichzeitig mit dem Porträt Waldersees hatte der bei der *Chalcographischen Gesellschaft* beschäftigte Professor Langenhöffel auch die Gräfin gemalt. Diese Gemälde sollten im Familienbesitz bleiben.[27]

Die Grundausstattung des Hauses in der Zerbster Straße war wohl schon aus den ersten Ehejahren vorhanden, manches möglicherweise auch geerbt, wie etwa der mächtige Armlehnstuhl[28] mit dem Wappen der Grafen von Anhalt: von der Großmutter Herre 1795; von deren Sohn Albrecht Graf Anhalt, dem Vater der Gräfin Waldersee, 1802; von seiner jüngsten Schwester Leopoldine von Pfuel, geb. Gräfin von Anhalt 1808; von der 1811 als Herzogin verstorbenen Fürstin Louise von Anhalt-Dessau und von Waldersees Mutter, verehelichte Frau von Neitschütz, die 1816 gestorben war.

Die kurze, den Unvorbereiteten vermutlich verwirrende Liste dieser Erblasser zeigt bereits, wie eng die Beziehungen aller von zwei oranischen Schwestern abstammenden Linien der Häuser Anhalt und Brandenburg waren, auch der nicht regierungsfähigen Nebenlinien. Die Bedeutung dieser oranischen Verwandtschaft konnten wir schon im Bücherschrank Waldersees erkennen. Fürstin Henriette Catharina von Anhalt-Dessau und ihre ältere, mit dem Großen Kurfürsten verheiratete Schwester, Louise Henriette Kurfürstin von Brandenburg, hatten zusammen mit ihren beiden Schwestern das immense mobile Vermögen ihres Vaters, Friedrich Heinrich, Statthalter der Niederlande, geerbt. Die Häuser Anhalt und Brandenburg trugen stets Sorge, durch Heiraten innerhalb der gesamten Erbenschar dieses kostbare Gut zusammenzuhalten: Die Großmutter Herre, später Gräfin von Anhalt, Ehrengast an der frühsommerlichen Festtafel, war mit dem Erbprinzen Gustav Wilhelm von Anhalt-Dessau verheiratet gewesen, einem Enkel der Oranierin. Die junge Hausherrin Louise Gräfin Waldersee war deren Ururenkelin. Die Gemahlin des Haus schenkenden Fürsten, Fürstin Louise von Anhalt-Dessau, war sowohl über ihre Mutter, als auch ihre Großmutter – zwei Dessauer Prinzessinnen, die mit je einem Markgrafen von Brandenburg-Schwedt verheiratet wurden – eine Urenkelin von Henriette Catharina. Auch ihr Gemahl, der Stifter des Hauses und Vater des Hausherrn, Fürst Franz, war ein Urenkel der Oranierin. So hatten auch die jungen Hausbesitzer Franz und Louise Waldersee dieselbe Abstammung: Louise Waldersees Vater, der verwitwete Albrecht Graf von Anhalt, war ein richtiger Vetter des Fürstenpaares und ebenso wie Fürst Franz und Fürstin Louise Urenkel der Oranierin. So trat auch das Ehepaar Waldersee Erbschaften an bei Verwandten, die Anteil an der oranischen Erbschaft der Fürstin Henriette Catharina hatten, ein Schatz an Gemälden, Schmuck und Silber, der durch Heiraten immer wieder neu zusammengeführt und -gehalten wurde. Die *Toilette* der Großmutter Herre könnte dazugehören.

Und wie diese *Toilette* verbreitete auch das neue Haus Waldersees einen Glanz, der Rechte forderte. Solch ein Haus, wir können es uns vorstellen, verlangte Pflege, Personal und Unterhalt, wollte beheizt werden und seiner Stellung entsprechend genutzt. Die Größe des Hauses, seine Position in der Residenzstadt, die Qualität seiner Architektur, seine Ausstattung sollten schon dem Passanten, umso mehr aber dem Besucher von den nicht nur finanziellen Möglichkeiten seines Besitzers erzählen. Wenn diese Möglichkeiten verlorengehen, wir werden es noch hören, ist solch ein Haus kein Geschenk mehr, der Segen kann zum Fluch werden. Vielleicht ist dies der Grund, warum Waldersee in seinen unzähligen Berechnungen dessen, was er von seinem fürstlichen Vater (nicht) erhalten habe, das Haus nie erwähnt.[29] Die Energien und finanziellen Mittel, die ein Haus dieser Größe bindet, müssen vorhanden sein. Wenn sie das nicht mehr sind, bindet das Haus auch seinen Besitzer. In Dessau ist eine Immobilie dieser Größe auf dem freien Markt unverkäuflich, nur für Angehörige des fürstlichen Hauses erschwinglich und erstrebenswert. Und der auffällig repräsentative Charakter einer solchen Immobilie wird zusätzlich zur Bürde, wenn nichts mehr zu repräsentieren ist. Die Zeiten, da Waldersee sich wünschte, weniger sichtbar zu wohnen, sollten nur allzu bald kommen.

Im Mai 1795 jedoch, zum achten Hochzeitstag von Louise und Franz Waldersee, scheinen sich Form und Inhalt in geradezu idealer Weise zu entsprechen. Die Einweihung dieses Hauses markiert, wir müssen es aus der Rückschau so sehen, den Höhepunkt der Beziehung zwischen Vater und Sohn, Fürst Franz und Franz Waldersee.

Hier, in der Zerbster Straße, in dem Erinnerungen unterschiedlichster Art atmenden Haus, erreichte den Sohn in den frühen Abendstunden des 9. August 1817 die Nachricht vom Tod des Vaters. Vor der etruskischen Tapete, an seinem *Schreibsecretair* brütend, wartete Franz Graf Waldersee schon lange auf den Tod seines *alten durch körperliche Leiden stets schwarz sehenden, misstimmten, und durch alles gleich beleidigten, schwachen* Vaters.[30]

Der Vogelherd

Wir wissen nicht, wie die Nachricht vom Tod des Landesherrn genau Waldersee erreichte. Wir können aber doch mit Recht annehmen, dass sein Tod nach 59-jähriger Herrschaft sich wie ein Lauffeuer durch das kleine Ländchen, vom Luisium nach Dessau und Wörlitz, und von dort per Eilboten nach Berlin, Zerbst, Köthen, Weimar, Gotha, Dresden, Zürich und Wien verbreitete. Und wir dürfen wohl davon ausgehen, dass Waldersee, der anerkannte Sohn des Verstorbenen, unmittelbar Trauerkleidung anlegte, als ihn die Nachricht erreichte: *die ersten sechs Wochen über mit schwarzem Tuch oder wollenem Zeugen, schwarz angelaufenem Degen und Schnallen, Crepp auf den Hüten, wollenen Strümpfen, rauhen Corduanen Schuhen und Pleureusen,* wie es in Dessau *dem Adel und Unsern vornehmsten Bedienten zu tragen erlaubet* war. Pflicht wird so zum Vorrecht. Nichts sollte glänzen, deshalb die stumpfen Stoffe aus Wolle und Krepp, die rauchschwarzen Schuhe aus dem feinen Corduanleder, welche die raue, schwarz gefärbte Unterseite des feinen, weichen Leders zeigen, dazu die herabhängenden Manschetten, Vorläufer des späteren Trauerflors. Die Gräfin wird sich der vorgeschriebenen *über das Gesicht herabhängenden Kappe, nebst Poignets mit Pleureusen (doch die Pleureusen nur diejenigen, deren Männer dergleichen zu tragen erlaubt) bedien[t]* haben.[31]

Der Sonntag soll ein heißer, schwüler Tag gewesen sein und wäre der 77. Geburtstag des Verstorbenen gewesen. In allen Kirchen wurde über die Zerstörung Jerusalems nach Lukas 19 gepredigt und der Tod des Landesherrn abgekündigt, bevor am Montag, dem 11. August, bereits der Leichenzug den Toten in einer mondlosen Nacht in seine Residenzstadt zurückbringen sollte. Waldersee fuhr hierzu nach dem Abendessen ins Luisium.

Erinnerte er sich? Gab es Bilder aus seiner frühen Kindheit, die im Gedächtnis haften geblieben waren? Sonnenlicht, das flirrend durch die Äste der alten Eichen fällt. Im Frühsommer die Rufe der Rotbauchunken. Die Eltern, jung und verliebt. Der Vater, der ihn zu sich in den Sattel hebt und im Schritt, vielleicht auch, zum Schrecken der Mutter, im Trab mit ihm reitet? Eyserbeck, der junge Hofgärtner, weit herumgekommen, auch mit dem Vater, der ihm vielleicht auch heute wieder erzählte, dass er zur Zeit seiner Geburt mit dem Vater durch England gereist sei.

Was wusste er über die Geschichte dieses Ortes?[32] Hatte der Vater ihm erzählt, wie sein Vormund, Fürst Dietrich, ihm, dem Dreizehnjährigen, *den sogenandten Vogel Herdt, an Garten, Wiese und Teichen, samt darinn befindtlichen Gebäuden, auch allen so darinnen Erd, Niedt und Nagelfeste ist,* gekauft hatte? Wie es damals ausgesehen hatte, mit Obstwiesen, Fischteichen, Viehweiden und den Wällen gegen die wiederkehrenden Überschwemmungen, die den Ort bis in unsere Gegenwart heimsuchen? Hatte er ihm und der Mutter erzählt, wessen Idee die *Brücken, Thorwege* und die neu gefassten Teiche waren? Auf wessen Einfluss die Wegeführung in dem neu angelegten Garten zurückging? Wer hatte den Vater angeleitet, als er sich hier erprobte im Anlegen eines Gartens – eine Tätigkeit, die ihn erfüllte wie Weniges und mitverantwortlich für seinen bis heute anhaltenden Ruhm ist?

Das Kind war dabei gewesen, hatte die noch frischen Pflanzungen, die neu angelegten Wege für seine ersten Schritte genutzt. Die Mutter und der Vater genossen die Abgeschiedenheit des verschwiegenen Ortes, von Elbe und Mulde vor den Blicken Neugieriger geschützt. Er und der greise Hofgärtner waren nun fast die Einzigen, die noch wussten, wie es damals im Vogelherd gewesen war.

Das genaue Aussehen *des kleinen Lusthauses vor Ihro Durchl. [...] auf den Vogel Herdt* lässt sich anhand der Materiallieferungen und Bauamtsakten nur ungefähr erschließen: Es erhielt zwei Seitenflügel, die zwei Jahre nach Beginn der Bauarbeiten, 1755, fertiggestellt waren. Ob sich der alte Mann, der Waldersee nun war, noch an diesen Bau erinnerte? An die Vasen, die dem Balkon zur Zierde aufgesetzt worden waren? An das Türmchen, von dem aus die Mutter vielleicht manches Mal mit ihm Ausschau gehalten hatte, ob denn der Vater aus Dessau käme? Hatte sie ihn auf dem Arm gehalten und ihm gezeigt, wo Dessau lag, hatte er die Türme der Stadt sehen können, die Kirchen beim Namen nennen?

Wir wissen zumindest, dass es ein einfacher Fachwerkbau mit zwei Hauptgeschossen und einem ausgebauten Dachstuhl gewesen war, dass das Haus einen Eingang und eine Gartentüre besessen hatte, im Erdgeschoss einen größeren, mit Gemälden ausgestatteten Empfangsraum, sowie ein reich mit Kupferstichen geschmücktes Kabinett und zwei Schlafkammern. Wir wissen auch, dass es im Obergeschoss einen größeren Saal und ein Gesellschaftszimmer gegeben hatte, das mit Bücherschränken möblierte Schlafzimmer des jungen Fürsten und ein weiteres Schlafzimmer, seit 1761 das der Mutter.

Hier, vor den Augen der Welt verborgen, müssen wir annehmen, wurde das erste Kind, eine rasch verstorbene Tochter, gezeugt und Mitte Juni 1762 geboren, denn die junge Mutter, unverheiratet wie sie war, war vor der Strafverfolgung allein durch die Gunst des jungen Landesherrn geschützt. Da trug sie schon den Namen eines einstmals stattlichen Wasserschlosses am Zusammenfluss von Mulde und Pelze, auf dessen kümmerliche Spuren sich die westliche der drei vom Haus abgehenden Sichtachsen richtete. Hatte der Platz an den beiden Gewässern unweit der Elbe eine besondere Bedeutung für das junge Paar? Der junge Fürst wusste natürlich, dass aus den Steinen des durch eine Überschwemmung zerstörten Schlosses Waldersee das Dessauer Schloss errichtet worden war. Er wird sie, die hier fremd war, zu den spärlichen Überresten geführt haben und ihr von dem ausgestorbenen Geschlecht, dessen Namen sie und ihre Kinder nun tragen sollten, erzählt haben. Er wird ihr erklärt haben, dass nicht nur die Steine sie verbanden, sondern auch das Wappen.

Hatte die junge Frau hier den Winter verbracht? Das Haus war bis auf das Schlafzimmer des jungen Fürsten nicht zu beheizen gewesen. Das Dessauer Haus in der Steinstraße erhielt sie wohl erst nach der Geburt des Kindes zugewiesen, zu ihrer Absicherung. In Dessau, im eigenen Haus, konnte sie wohl von nun an die Winter verbringen, in einer rechtlich immer noch mehr als prekären Situation, ausgeliefert der Gnade und Willkür ihres Liebhabers, der gleichzeitig Recht und Gesetz des Fürstentums und damit auch ihr Schicksal in seiner Hand hatte.

Sie wusste, wie es normalerweise zuging: Während der ersten preußischen Besetzung des kleinen Fürstentums wurde unter anderen Vorkommnissen beklagt, dass drei Dessauer Mädchen mit preußischen Soldaten durchgegangen seien. Der damals noch für seinen Neffen regierende Fürst Dietrich hatte am 23. April 1758 *resolviert: Die drei Mädchen sind, sobald sie wieder nach Dessau zurückkehren sollten, sofort zu arretiren und ist darüber an Mich zu berichten. NB. Die aber den Trauschein aufweisen können, sind darunter nicht zu verstehen.*[33]

Sie kannte die Verachtung, die einer unverheirateten Liebschaft entgegenschlug, wenn solch ein hoher Herr *jezt wieder eine neue beyschläferin hatte die mir gar sagte Er heyrathen wolte.*[34]

Waldersee erlebte als Kleinkind das gerade neu errichtete Lusthaus im Vogelherd, das seinem Vater in der Jugend zur Belustigung, zur Jagd, zum standesgemäßen *divertissement* gedient hatte und nun Zeuge seiner ersten Vaterschaften wurde. Die letzten Reste dieses Hauses waren noch erkennbar, als er, Waldersee, der den Namen des Ortes trug und seine spätere Frau, die kleine *Comtesse* Louise Anhalt, mit dem Erbprinzen Friedrich an der Übergabe des Vogelherdes an Fürstin Louise von Anhalt-Dessau teilnahmen: *Die Kinder mußten mich umpfangen und mit Blumengewinden die Grenzen meines neuen Gebietes bezeichnen.* Ein Gast dieses Geburtstagsfestes schildert das auf dem Platz des alten Lusthauses veranstaltete Theater. *Die noch stehenden Seiten-Gebäude dienten zu Kulissen vor die Schatten in den Eliseischen Feldern* – spielte der elfjährige Waldersee in diesem Schauspiel eine Rolle, sprach er, wie später die eigenen Kinder, zur Feier ein Gedicht? Und: wusste er, dass hier die Spuren des vorehelichen Lebens seines Vaters, das doch auch das seine war, gerade mit Stumpf und Stiel getilgt wurden? Dass auf den Grundmauern des alten Hauses nun ein neues, dass statt eines Lusthauses des jungen Fürsten nun ein der weiblichen Tugend gewidmetes Refugium der Fürstin errichtet wurde?

Vermutlich nicht, aber er erlebte alles mit, konnte die Baufortschritte verfolgen und die Diskussionen mit dem Kavalierarchitekten Friedrich Wilhelm von Erdmannsdorff miterleben und vor Ort nachvollziehen. Er hatte noch die Schwäne im alten Vogelherd beobachtet, hatte das Spiel des Lichts in den 26 gläsernen Armleuchtern bewundert und war auf die Rohrstühle geklettert, mit denen das Haus ausgestattet war. Er hatte miterlebt, wie im Herbst, wenn die kleine Hofhaltung zurück in die Stadt zog, die kälteempfindlichen Topfpflanzen in die Orangerie getragen und eingewintert worden waren. Und später, als Erwachsener, im Luisium als Ziehkind und sozusagen Schwiegersohn der Fürstin ein- und ausgehend, wird sich ihm manches erschlossen haben, was hier in starkem Widerspruch stand zu dem Leben, das seine Mutter mit dem jungen Fürsten im Vorgängerbau geführt hatte.[35]

Die Mutter

Was hatte die Mutter erzählt aus jenen Tagen, in denen sie von manchem gewiss als *beyschläferin* beschimpft wurde? Sie, die Tochter einer angesehenen Pfarrersfamilie, die nach Dessau gekommen war, um ihrem unverheirateten Bruder den Haushalt zu führen. Hatte die Mutter je erzählt, wie sie, schon geflohen vor den Blicken und dem erklärten Willen des jungen Fürsten, eingefangen worden war wie ein Vögelchen und hier, im Vogelherd, alles begann? Hier, wohin Waldersee, inzwischen selbst alt und grau geworden, sich im Wagen begab.

Den Wagen schwarz auszuschlagen, wie in früheren Tagen üblich, war untersagt, geradeso, *die Zimmer schwarz auszuschlagen, oder die Fenster, Tische und Stühle schwarz zu behängen, vielweniger [...] Trage-Sessel und Pferde-Geschirre schwarz zu beziehen.*

Waldersees Wagen wird am Kleinen Markt links in die Muldstraße eingebogen sein, rechts – den Lustgarten sehend – die Mulde überquert haben und zum Mühltor aus der Stadt gefahren sein. Egal, ob man den Weg durch die sogenannte Wasserstadt oder doch lieber auf dem Promenadenwall nach Osten nahm, beide Wege trafen an der Brücke über den Seitenarm der Mulde zusammen, dort, wo die Jonitzer Mühle stand.

Natürlich begleiten die Gedanken an die Mutter ihn auf diesem Weg ins Luisium, den ehemaligen Vogelherd. Hatte Waldersee erst im vergangenen Jahr, 1816, als die Mutter gestorben war, in ihrem Nachlass gefunden, wie sie alles erklärte?

Mein Vater war der Erste Prediger an der Reformierten Kirche. Mein Großvater Bürgermeister in Zerbst bey dem Rath. So beginnt die Mutter ihre Lebensbeschreibung. Es ist ihr wichtig zu betonen, aus welchen Verhältnissen sie kommt: Die Honoratioren der Stadt Zerbst im benachbarten Fürstentum sind ihre Vorfahren und nahen Verwandten. Der Umgang mit den (wieder lutherisch gewordenen) Fürsten von Anhalt war ihnen nicht fremd. Politisch mussten sie mit ihnen die Lebensbedingungen für die reformierten Bürger der Stadt Zerbst aushandeln. Und, das wird mit dem ersten Satz betont, waren an vorderster Front tätig in der Auseinandersetzung zwischen Reformierten und

Lutherischen im *Zipfel Zerbst,* wie das winzige Fürstentum oft spöttisch genannt wurde. Waren ihre Vorfahren beteiligt an dem 1679 ausgehandelten Rezess, der den Reformierten, trotz eines lutherischen Landesherrn, einen eigenen Rat und die Zerbster Hauptkirche St. Nikolai zur Ausübung ihrer Konfession zusicherte? Die Mutter Waldersees spielte für die Familie eine so wenig beachtete Rolle, dass sich bislang niemand rechte Mühe gemacht hat, viel über diese Vorfahren herauszufinden: Johann Gottfried Hofmeyer, ihr Vater, war 1742 vom Rat der Stadt Zerbst, der die Patronatsrechte innehatte, zum Ersten Pfarrer an St. Nikolai bestimmt worden, da war er bereits verwitwet und Johanna Eleonore, seine Tochter, noch nicht drei Jahre alt.[36] 1722 hatte er die Tochter eines Liegnitzer Kaufmanns geheiratet, Eleonore Elisabeth Duckmann, Johanna Eleonore war das jüngste Kind. Die Mutter war kurz nach ihrer Geburt gestorben, zusammen mit der Zwillingsschwester. Als auch der Vater wenige Jahre später starb, blieben die verwaisten Kinder in der Obhut der Zerbster Verwandten, sie spricht von Tanten. Aufgewachsen war sie also zunächst in einem der drei verbliebenen Pfarrhäuser von St. Nikolai, im Herzen der Stadt. Der wohlproportionierte Marktplatz mit dem Rathaus bestimmte die Bilder ihrer Kindheit, seine spätgotischen und Renaissancegiebel, die Tuchhallen, dazu der stolze Kirchenbau von St. Nikolai und das Neue Haus, ein Kaufhaus, das der Stadt eine stolze urbane Atmosphäre verlieh, anders als im vergleichsweise provinziellen Dessau.

1708, *auf Johannis,* hatten im Rat der Stadt mehrere Verwandte gesessen: als Bürgermeister der Hofadvokat Johann Hofmeyer und als Stadtrichter Heinrich Gottfried Hofmeyer, der ebenfalls als Hofadvokat und als Syndikus diente. 1704 wurde an der Universität Halle ein Johann Gottfried Hofmeyer promoviert, der Theologie und Philosophie studiert hatte. Ein 1729 im Köthenschen geborener Christian Lebrecht Hofmeyer wurde 1747 in Basel über die Taufe promoviert und brachte es bis zum Anhalt-Köthenschen Konsistorialrat und Superintendenten.[37]

Juristen, Theologen, Kaufleute – Männer und Frauen, deren Horizont weit über die Stadtmauern von Zerbst und die Grenzen der kleinen anhaltischen Fürstentümer hinausreichte, Schüler des Zerbster *Gymnasium Illustre,* studiert, das Gemeinwesen gestaltend und die reformierte Konfession verteidigend. Nein, Johanna Eleonore Hofmeyer, die die Vornamen von Vater und Mutter trug, musste sich nicht verstecken. Dass ihr drei Jahre älterer Bruder, der gleichnamige Sohn des Ersten Predigers zu St. Nikolai, sich nach seinem Theologiestudium in Dessau niederließ, um dort, zunächst in St. Georg und ab 1760 als Archidiakon an der Schloss- und Marienkirche seinen kirchlichen Dienst zu verrichten, muss nicht verwundern. Nur in Zerbst waren die anhaltischen Landesherrn zum lutherischen Bekenntnis zurückgekehrt. Anhalt-Dessau war reformiert und bot die deutlich besseren Entwicklungsmöglichkeiten für einen jungen Pfarrer dieser Konfession.

Diese Lebensbeschreibung fängt an vom Monat Januar 1761, die ich nur aufsetzen werde, um meinen Kindern und Nachkommen zu zeigen, daß ich nicht gedacht, in die Situation zu kommen, in der ich in Deßau gerieth, ich mich auch gewiß keine Mühe gegeben habe, oder darnach verlangt in einen höhern Stand zu kommen (als ich geboren war) sondern daß es Gott so über mich muß beschlossen haben, daß ich das Schicksal welches mich betroffen nicht entgehen konnte, so sehr ichs mich wünschte, weil ich gewis überzeugt war, daß ich in der Situation, worein ich kommen sollte, nicht glücklich seyn würde, und zu vielen Veränderungen unterworfen wäre.

Wie oft muss sie diese Vorwürfe gehört haben? Von ihrem Bruder, dem Pfarrer, von den Verwandten, die sie als Waise aufgezogen hatten, von der ganzen Familie, die sich zunächst von ihr lossagte. Die ihr ins Gewissen geredet haben dürften und gewiss verzweifelt waren, ahnend, in welche Gefahr sich die junge Frau begab. Die sich, mindestens der Bruder, dem Spott ihrer Gemeinde ausgesetzt sahen und Mühe hatten, biblische Moralvorstellungen zu predigen. Die ihren Ruf gefährdet sahen. Und sie finanziell unterstützen mussten.

Es geschah im Monat Januar 1761, als mir mein Bruder, der Prediger Hofmeyer den Vorschlag that, wie er an die große Kirche als Archidiaconus berufen ward, zu ihm zu ziehen, um ihm seine Wirthschaft zu führen, so lange ich unverheirathet bliebe. Ich muß es gestehen, daß es mir in Deßau recht wohl gefiel, wenn ich meinen Bruder besuchte, nur deswillen war es mir recht angenehm, hier bey ihn zu seyn.

So harmlos beginnt das Drama. Der Bruder bittet sie um Hilfe. Wie oft hatte sie den Bruder besucht? Hatte ihn beobachtet, wie er

Gottesdienst in der barocken, lichten Georgenkirche gehalten hatte. Hatte ihn vielleicht begleitet, wenn er die reformierten Gemeindeglieder von St. Johannis betreute, wie es seine Aufgabe als Diakon war. Hatte gestaunt über die wachsende jüdische Gemeinde in der Sandvorstadt. Gut zwanzig Kilometer waren es von ihrem Geburtsort Zerbst. Als Tochter einer wohlbestallten Bürgersfamilie reiste sie wohl mit der Kutsche, setzte bei Roßlau mit der Fähre über die Elbe, und musste nicht, wie die einfachen Leute, zu Fuß gehen. Montags, Mittwochs und Donnerstags ging die Post von Zerbst nach Dessau.[38]

Es kostete mir weiter keine Mühe, mich hierzu zu entschließen, dieses geschah den 26ten Januar 1761, wo ich nun recht ruhig und zufrieden lebte, so lange es die Umstände erlauben würden. Als ich am 20ten März 1761 am stillen Freitag in die lutherische Kirche gieng, wo ich den regierenden Fürsten von Deßau, in der Kirche erblickte, wo ich bemerkte, daß er beständig nach mir sah, welches bey mir einige Unruhe verursachte, wo ich doch gar nicht begreifen konnte, was dieses zu bedeuten hatte, diese Unruhe nahm zu, der Fürst ritt täglich einigemal vor dem Hause vorbey.

Der Tag ihrer Ankunft in Dessau war ein Montag. Montag früh um 8 Uhr und 9 Uhr erreichte die Post von Zerbst Dessau. Wenn der Bruder sie nicht selbst abholte, schickte er einen Dienstboten, der ihr mit ihrem Gepäck half und sie zu ihrem neuen Heim brachte. Wenige Wochen später, am Karfreitag, hatte der Bruder offenbar Dienst in St. Johannis, der 1702 begründeten lutherischen Kirche am Neumarkt. Hatte er, vielleicht für eine Übergangsfrist, die Betreuung der reformierten Gemeindeglieder in diesem Sprengel, die er die letzten Jahre über betreut hatte, beibehalten? Vertrat er den Kollegen von St. Georg? Jedenfalls wohnte auch der junge Fürst dem Gottesdienst bei und die Szene hat das Zeug zu einem Roman. Vermutlich saß der Fürst in der Fürstenprieche links, gegenüber der Kanzel. Von dort aus konnte er in die Gemeinde sehen und seine Blicke und Gedanken schweifen lassen. Just am Karfreitag, des Todes Jesu gedenkend, entzündete sich der junge Fürst am Anblick eines jungen Mädchens zu seinen Füßen, der Schwester des Mannes, der ihn gleichzeitig von der Kanzel gegenüber zu Buße und Einkehr mahnte.

Den ersten Osterfeyertag, ging ich in die Große Kirche, wo der Fürst bey dem Mahler [Auslassung] am Fenster war, und sogleich hinter mir her-

ging, auch den Nachmittag als ich wieder aus der Kirche kam, mir entgegenkam, und mich sehr gnädig grüste, ohne zu wissen, wie ich dazu kam, wo ich nur gieng, mir immer begegnete.

Der Maler war der Hofmaler Christian Friedrich Reinhold Lisiewski, dessen Atelier offenbar am Weg von Hofmeyers Wohnung zur Marienkirche lag. Er lebte nun schon seit fast zehn Jahren in Dessau und porträtierte nicht nur den Hof, sondern schuf auch zahlreiche Ausstattungsstücke für das Dessauer Schloss.

Den 27ten März besuchte ich den Mahler Lxx seine Frau, wo ich nicht lange war, als mit einem Male, der Fürst mit seinem Bruder Hans Jürge, in die Stube kam, wo wir waren, worüber ich einen sehr großen Schreck hatte, wie sich den 30ten März, die ganze Sache entdeckte, weil ich einen Brief vom Fürsten erhielt, worin er mir seine Liebe entdeckte, worüber ich in Erstaunen gerieth und was mich in eine große Verlegenheit setzte.

Die Geschwindigkeit der Erzählung spiegelt die Geschwindigkeit, mit der der junge Fürst Kontakt zu der jungen Frau aufnehmen möchte. Auf sein Grüßen wird sie nur mit einem freundlichen Nicken, einem tiefen Knicks eingegangen sein. Von Lisiewski, der möglicherweise schon an dem im kommenden Jahr fertiggestellten Porträt des Fürsten arbeitete, wird er erfahren haben, wer das ihm noch unbekannte Mädchen sei: Die Schwester des stellvertretenden Stadtpfarrers Hofmeyer, die sich mit der jungen Frau des Malers angefreundet hatte, mit ihr geselligen Kontakt pflegte. Henriette Juliane Lisiewski war die Tochter des Leipziger Ratsbeamten Stöhr und noch nicht zwei Jahre die Frau des deutlich älteren Malers. War sie schon in anderen Umständen oder hatte sie gerade ihr erstes Kind, eine früh verstorbene Tochter, zur Welt gebracht? Henriette Juliane dürfte in Johanna Eleonores Alter gewesen sein, sie stammte aus ähnlichen Verhältnissen und war fremd in Dessau. Wie sie. In ihrer Wohnstube nun fand die erste echte Begegnung, das erste Gespräch mit dem späteren Geliebten statt. Fast sieht man die Szene vor sich: Ein Freitag, die beiden jungen Frauen stehen vielleicht noch, wollen sich setzen, als die beiden Brüder mit Ungestüm in die Stube dringen. Vor Schreck verstummt, der Hofknicks gibt Gelegenheit, sich zu fassen – was werden sie gesprochen haben? Eher Belangloses vermutlich, aber wohl doch nicht ganz so belanglos. Oder war es ihr vor Aufregung gerötetes Gesicht, ihre Verlegenheit, ihr Erschrecken, das ihn zu einem Schreiben ermunterte, das fast schon Fakten schuf?

Ich resolvirte mich aber gleich, ihm eine abschlägige Antwort darauf zu geben, weil ich mich zu einer Mätresse zu gut hielt, und zum Heyrathen niedrig und unähnlich schien. Ich ging zum Mahler Lichmosky [Lisiewski] und schrieb einen Brief am Fürsten (weil ich in meinem Hause bey meinem Bruder nicht schreiben konnte und wollte und ihn solches nicht wollte wissen laßen). Dieser Brief war kaum fort geschickt, so erhielt ich schon einen andern wieder, worinn der Fürst mir versicherte, daß er nie von mir laßen würde, und er wolle mich glücklich machen.

Johanna Eleonore klingt hier kundig, dazu bestimmt, resolut und von klaren Vorstellungen. Sehr entmutigend kann ihre Antwort jedoch nicht gewesen sein. Abschlägig ja, was ein Verhältnis anging, aber doch offen genug, was die Liebe betraf. Und: Der Bruder war nicht eingeweiht, hatte während seiner Predigt am Karfreitag wohl auch die mangelnde Aufmerksamkeit seines fürstlichen Gemeindeglieds nicht bemerkt.

So gehen Briefe hin und her, das Mädchen ist in seiner Weigerung immer fester entschlossen, der Fürst wird immer flehentlicher, bietet ihr zuletzt sogar 12 000 rt als Wechsel an, die sie selbstverständlich ablehnt. Der Mann rührt sie aber doch, und nun weiht sie den Bruder ein, weil sie sich anders nicht mehr zu helfen weiß. Aber ihre Haltung ist nach wie vor ambivalent: Sie erlaubt, dass der Oberstallmeister von Neitschütz als Abgesandter des Fürsten mit ihrem Bruder sprechen darf, der die Sache, wie vorherzusehen, rundheraus ablehnt. Ausgerechnet Neitschütz! Der Mann, der sie später heiraten darf, als sie bereits drei fürstliche Kinder ausgetragen hat. Die kategorische Ablehnung des Bruders begräbt ihre naiv anmutende Hoffnung, dass sich das Problem, das sie selbst richtig erkannt hat, durch seine Autorität irgendwie lösen ließe.

Die Geschichte der fürstlichen Ehen und Mesalliancen wird sie kennen, auch in Zerbst wird das Liebesleben der Dessauer Fürsten Stadtgespräch gewesen sein: Die Liebe des Erbprinzen Leopold, des späteren *Alten Dessauers*, zur nicht standesgemäßen Apothekerstochter Anna Luise Föhse. Seine rasende Eifersucht, der ein junger Arzt zum Opfer fiel. Die heimliche Ehe des Erbprinzen Gustav Wilhelm mit Johanna Sophie Herre, Mutter zahlreicher Kinder, die jetzt vom Hof anerkannt als Gräfin von Anhalt in der Stadt lebte. Dass Leopold I. die Tochter des Apothekers Föhse zu seiner Fürstin gemacht, wie Gustav Wilhelm seine heimliche Ehe geführt hatte – von daher mag Johanna Eleonores Ambivalenz gerührt haben. Die Vorstellung, dass eine Ehe über solche Standesgrenzen in Dessau möglich gewesen war, mag sie bisher in ihrem Tun geleitet haben. Doch die Reaktion des Bruders begräbt solche Hoffnungen.

Sie mag es nur geahnt, der akademisch gebildete Bruder wird es ihr verdeutlicht haben: Juristisch war der Fall seit 1742 geklärt. Nach Art. XXII § 4 der Wahlkapitulation Karls VII. wäre die Ehe zwischen dem jungen Fürsten Franz und Johanna Eleonore Hofmeyer als nicht standesgemäß anzusehen, und *denen aus ohnstreitig notorischer Mißheürath erzeigten Kinderen eines Stands des Reichs oder aus solchem Hauß entsproßenen Herrns, die vätterliche Titul, Ehren und Würden beylegen [...] solches für null und nichtig ansehen und achten.*[39] Zustände wie bisher in Dessau, Zerbst und Bernburg, da waren sich die alten Reichsstände mit dem Kaiser einig, sollten ein für allemal beendet werden. Der junge Fürst hätte auf die Erbfolge für seine möglichen Nachkommen aus dieser Verbindung verzichten müssen, hätte er Johanna Eleonore ehelichen wollen.

Sie weiß sich schließlich nur durch Flucht zu helfen: zu Fuß nach Roßlau, mit dem Wagen nach Zerbst, von dort inkognito über die Elbe nach Köthen und Halle. Eine gute Woche dauert die Flucht, am 10. Mai schließlich gibt sie auf, an einem Sonntag, als sie von Neitschütz und dem fürstlichen Kammerhusaren in Halle aufgespürt wird. Sie wird von dem Oberstallmeister nach Dessau zurückgeführt. *Je näher wir an Dessau kamen, desto mehr nahm meine Unruhe zu, ich sah meinen Bruder, den ich herzlich liebte, in Kummer und Thränen über mich, Gott, dachte ich, wenn ich doch niemals Dessau gesehen hätte!* Um 8 Uhr abends treffen sie im Vogelherd ein, eine Stunde später erscheint der Fürst.

Hier bei diesem Auftritt muß ich schweigen, denn dieser läßt sich unmöglich beschreiben, gerührt und in Thränen schwimmend, und nur in Erwartung, wie lange ich solchen liebenswürdigen Fürsten besitzen würde, brachte ich den Sommer auf den Vogelherd, mit dem Fürsten so ziemlich vergnügt zu.

Es klingt, als habe sie durch ihre Flucht dem Anspruch der Öffentlichkeit, ihrem eigenen und dem ihrer Familie nach tugendhafter Sittlichkeit Genüge tun wollen. Wir wissen nicht, wie geschickt sie es anstellte, zu fliehen. Die Torhüter waren gewiss gewarnt, der Fährmann sicher ebenso. Wir wissen vor allem nicht, wie geschickt sie es anstellen wollte. Die Tatsache, dass sie es bis Halle schaffte, spricht dafür, dass es Johanna Eleonore ernst war. Sie mag das alles nicht im Sinn gehabt haben, als sie zu ihrem Bruder nach Dessau kam. Aber das Interesse und die Liebesbeteuerungen des jungen, gut aussehenden Fürsten haben ganz offenbar ihre Wirkung nicht verfehlt. Allzu schnell bricht ihre Gegenwehr zusammen, obwohl sie ahnt, dass das Glück nicht von Dauer sein wird. Zwischen Hoffnung auf Dauer und Ahnung dessen, was kommt, schwankt sie wohl hin und her. Allein mit dem Fürsten ist von dieser Ambivalenz nichts mehr zu spüren, sondern nur noch Verliebtheit. Als die Schwangerschaft anfing, sichtbar zu werden, ordnete der Fürst zumindest ansatzweise ihre Verhältnisse und auch ihre eigene Familie söhnte sich mit ihr aus: *Das hier liegende vierte Haus, Steinstr. 65, [...] erbauete 1706 Jungfer Katharina Elisabeth Du Fau, Tochter des fürstlichen Küchenmeisters, erst Kammerdieners, mit reichlicher Unterstützung des Fürsten Leopold „zur weitern Aufnahme und Verschönerung der Stadt". Aus deren Nachlaß erkaufte es den 2. April 1762 Fürst Franz für 2000 Thlr., schenkte es den 1. Oktober 1764 an Frau v. Waldersee, die es ein Jahr später [...] für 3000 Thlr verkaufte.*[40]

Wenige Tage später, am 9. April 1762, erhielt sie den Namen Frau von Waldersee, war allerdings für den Todesfall des Fürsten völlig unversorgt. Am 14. Juni 1762 schenkte sie einer Tochter, Wilhelmine Eleonore Friederike, das Leben, die, von ihrem Bruder getauft und vom Fürsten – neben Neitschütz – als Patenkind angenommen, allerdings schon im September starb. Sehr bald schon war sie wieder guter Hoffnung und bemerkte mit Betrübnis ein Nachlassen seiner Liebe. Da nach wie vor weder sie noch das Ungeborene versorgt waren, sie offenbar sogar von dem wenigen Vermögen ihrer Eltern zu ihrem Leben zusetzen musste, fiel dem Geliebten ihr sorgenvolles Betragen auf. Inzwischen hatte sie gehört, er sei für eine Hofdame der Prinzessinnen entflammt und klagte ihm ihr ganzes Leid.

Ich stellte ihm dieses alles vor, wo er denn endlich sehr gerührt hierüber ward, auch mir sogleich versprach, auf meine Lebenszeit 4000 rt Pension zu geben, und für mein Kind, wenn es ein Sohn würde, zeitlebens 2000 rt zu geben.

Endlich. Ein Versprechen. Zwar kein Eheversprechen, aber doch nicht nichts. Solch eine Pension würde sie auch, sollte die Liaison von seiner Seite beendet werden, zu einer mehr als guten Partie machen und manch einen Bewerber über den Makel dieses eheähnlichen, aber eben nicht ehelichen Verhältnisses hinwegsehen lassen und ihr ermöglichen, das Kind standesgemäß zu erziehen. Die Höhe der Pension, das machte sie sich damals gewiss nicht klar, sollte sie aus ihrem Stand in eine andere Gesellschaftsschicht erheben und von den Ihren trennen, die einen deutlich bescheideneren Lebensstil pflegten. Die höchsten Gehälter fürstlicher Beamter sollten selbst ein halbes Jahrhundert später bei Weitem nicht ihrer Pension entsprechen. Sie hatte also, ob gewollt oder nicht, tatsächlich einen Sprung in eine andere Schicht gemacht, aber ob sie damit glücklich war, das muss der Leser dieses Rechtfertigungsschreibens sich selbst zusammenreimen: Er wolle nun bald nach England gehen, teilt ihr der Geliebte mit. Stünde die Niederkunft nicht bevor, würde er sie dorthin mitnehmen und sehen, ob seine Leidenschaft für jene Dame nachließe. Am 14. Juli 1763 reist er ab, am 5. September 1763 kommt Franz Waldersee zur Welt. Der Oberstallmeister, der dieses Ereignis noch abgewartet hatte, reiste dann nach England hinterher und machte sich Vorwürfe, die junge Mutter unversorgt zurückzulassen. Auf die Vorhaltungen, die er dem Fürsten macht, folgt ein Entschuldigungsschreiben und eine Versöhnung, sodass sie nach seiner Rückkehr am 2. Juni 1764 wie zuvor lebten.[41]

Nach großem Glück klingt das nicht, sondern nach einem feurigen jungen Mann, dem mit 23 Jahren die Verantwortung über den Kopf wächst, die er sich vorschnell aufgehalst hat. Schnell entflammbar, temperamentvoll und mit der Macht und den Möglichkeiten ausgestattet, seine Leidenschaften ungestraft auszuleben. Ein junger Mann, der, obwohl er die Regierungsgewalt bereits innehat, sich noch bildet, die Welt sehen will und dem gelegentliche Kritik guttäte. Hinzu kommt die Weltlage: Das Ende des Siebenjährigen Krieges, der Anhalt-Dessau Kontributionen an Preußen in Form von Soldaten,

Naturalien, aber auch Gold abverlangt hatte, aus dem das Land mit dezimierter Bevölkerung und ruinierter Wirtschaft hervorging. Die ersehnte Stabilität nach dem Hubertusburger Frieden vom 15. Februar 1763 schuf die Voraussetzungen für die Reisepläne. Der junge Fürst nutzt die Gelegenheit, ergreift die Flucht, noch bevor das Kind auf der Welt ist. Immer wieder wird die Abreise verschoben, die genaue Reiseroute entsteht erst während der Reise. Hals über Kopf, so scheint es, bricht er mit kleinem Gefolge, seinem Bruder Hans Jürge, Erdmannsdorff, Eyserbeck und dem nachreisenden Neitschütz, über Hannover und Holland nach England auf und bleibt fast ein ganzes Jahr fort. Ein britischer Aristokrat, den sie in Spa treffen, wird ihnen sein Heimatland, die neuesten Entwicklungen der Landwirtschaft, Politik und Gartenkunst vorstellen, die Sprache und Lebensart näherbringen.

Die Hochschwangere bleibt allein zurück, nicht wie behauptet unversorgt, sondern immerhin mit einem Haus und einer Pension abgesichert, aber eben: allein. Der Oberstallmeister kümmert sich um sie. Personal wird sie auch gehabt haben. Wer rief die Hebamme? Wer stand ihr bei der Geburt bei? Wer stellte sich an ihre Seite, als der Geliebte und Landesherr sich so offenkundig von ihr abgewandt hatte? Wer begleitete sie und das Kind zur Taufe in die Kirche? Wie begegneten ihr die Nachbarn, der Hof, die Bürger der Stadt? Die eigene Familie kommt in den vorhandenen Akten nun nicht mehr vor. Das Geld wird manches abgefedert haben, aber das Gemeinwesen Dessau war zu klein, um sich unsichtbar zu machen. Jeder Gang, jeder Einkauf, jedes Gespräch, jede Visite von allen beobachtet und kommentiert. Wie steht man das durch?

Sie stand es durch. Zur am 14. September 1763 in der Schlosskirche erneut durch den Bruder vollzogenen Taufe war Frau von Raumer zugegen und der Pate Prinz Hans Jürge durch den Kammerjunker von Bose vertreten. Die weiteren Paten waren wie schon beim ersten, verstorbenen Kind der Oberstallmeister sowie der Kammerpräsident von Stentzsch.[42] Neitschütz gelang es auch, den Fürsten zu bewegen, die junge Mutter schriftlich um Entschuldigung zu bitten. Und es fand eine Versöhnung statt. Mit Beginn des nächsten Sommers kehrte ein England-Enthusiast zurück, entschlossen, englische Art in alles fließen zu lassen, was er nun anfasste: Eyserbeck musste einen ersten

Plan für die Wörlitzer Anlagen entwerfen, der Fürst nannte England sein zweites Vaterland, behauptete, hier habe er erst mit Messer und Gabel essen gelernt. Wer noch nicht Englisch sprechen gelernt hat, tut es jetzt, gern auch mit den neuesten, in England erschienenen Werken, die sich in der fürstlichen Bibliothek befanden.[43]

Dieser Schwung, diese neue Leidenschaft, diese auf die Welt geweckte Neugier traf auf die Geliebte, die mit ihrem Kind sehnsüchtig auf ihn gewartet hatte. Alle Vorwürfe vergessend, das Glück des Vaters über sein Kind genießend und mit ihm Pläne schmiedend, entstand in diesen Monaten der frischen Euphorie füreinander und für England der Plan, gemeinsam in dieses Gelobte Land zu ziehen? Ohne Regierungsverantwortung, nur sich selbst, der Frau und dem Kind verantwortlich?

Wie weitreichend die Pläne des jungen Fürsten für sich und seine Geliebte, zumindest auf dem Höhepunkt ihrer Liebesbeziehung, waren, schreibt die spätere Johanna Eleonore von Neitschütz, damals noch Frau von Waldersee, in einem Nachsatz: *Noch eines habe ich vergeßen zu sagen, daß des Fürsten gewis vorgenommener Plan war, die Regierung seinem Bruder Hans Jürge zu überlaßen und mit mir nach England zu gehn, um dort als Particulier zu leben, und so nicht zu heyrathen [...].*

Es gibt Belege für diesen Plan – etwa das Porträt, das Fürst Franz im März 1766 in Rom bei Maron in Auftrag gab. *Le Prince reignant se fait peindre en grandeur naturelle par Maron peintre Allemand* notiert Berenhorst am 2. April. Auf diesem Gemälde tritt der junge Fürst dem Betrachter nicht als Vertreter eines Standes entgegen. An eine große Krater-Vase gelehnt, auf der zwei Kleinkinder mit einem Ziegenbock spielen, blickt ein elegant, in einen der englischen Reitkleidung nachempfundenen roten Rock gekleideter Herr freundlich grüßend den Betrachter an – so etwa mag er sich seine Rolle als *Particulier* in England vorgestellt haben. Das Bild stammt aus dem Besitz der Familie Waldersee. Schenkte Fürst Franz es seiner Geliebten, damit sie ihm glaube, dass dies sein ursprünglicher Plan gewesen war? Als das Bild entstand, war der Plan vom *Particulier* längst Geschichte. Vielleicht war es sein Abschiedsgeschenk an die Mutter seiner Kinder, die damals in etwa das Alter der Kinder hatten, die auf dem Krater abgebildet sind.[44]

Weil er längst Geschichte war, klingt es für uns so, als schöbe Johanna Eleonore schützend den *gewis vorgenommene[n] Plan* vor das, was tatsächlich passierte. Hatte Prinz Hans Jürge Kenntnis von diesen Plänen und war er einverstanden? Wie hätte der *Particulier* Leopold Friedrich Franz von Anhalt-Dessau, Fürst Ohneland, in England gelebt? Als Gutsbesitzer im roten Rock? Wer ist nun schuld, dass ihr Leben, das Leben des Geliebten und das ihrer Kinder so anders verlief als dieser Plan? Der Nachsatz klingt so, als ob Johanna Eleonore den Geliebten auch im Nachhinein noch in Schutz nehmen wolle. Nicht seine Schuld sei es gewesen, dass alles Glück sich wendete. Sondern Friedrich II., König von Preußen, der Onkel, war es, der das zufriedene Leben der Familie verhinderte, als die sie sich gern fühlen wollte. Dem Preußenkönig wurde die Rolle des Schurken in dem Drama zugedacht, sicherlich von Fürst Franz, dessen Gefühle offenbar wankend waren. Und Johanna Eleonore fügte sich in diese Version, weil sie wohl am einfachsten zu ertragen war.

Solchen Plänen, die hier schützend vor die Wirklichkeit gestellt werden, steht entgegen, was tatsächlich passiert ist: Am 1. Oktober 1764 erhielt die fürstliche Geliebte das schon länger von ihr bewohnte Haus an der Steinstraße überschrieben, wenige Wochen später, am 28. November, Neitschütz das Grundstück Nr. 645, später Zerbster Straße 60, das der Oberstallmeister neu bebaute.[45] Beide Übereignungen mögen in engem zeitlichen Zusammenhang stehen, inhaltlich haben sie wohl tatsächlich nichts miteinander zu tun. Jedenfalls zunächst nicht.

Nach einem guten halben Jahr erneuerten Glücks spürte Johanna Eleonore eine neue Schwangerschaft, nahezu gleichzeitig – so ist das sonst nur auf dem Theater – mit der Gewissheit, dass nun eintreten würde, was ihre Furcht von Anfang an gewesen zu sein schien: *wie lange ich solchen liebenswürdigen Fürsten besitzen würde?* Die bange Frage wurde aus Potsdam mit übergroßer Deutlichkeit beantwortet: *Anfangs Januar 1765 bemerkte ich, daß ich wieder schwanger war, worauf sich im Monat Januar 1765 eins von den grösten Unglücken meines Lebens ereignete, weil der König von Preußen, dem Fürsten die Prinzeß von Markgraf Heinrich antrug, sich mit dieselbe zu vermählen, worüber der Fürst ganz außer sich war, und solches mir zu verschweigen, in einigen Tagen nicht zu mir kam, er hatte dem König alle möglichen Vor-*

stellungen gemacht, er könne und würde niemals heurathen, weil er mich zu sich genommen, auch schon 2 Kinder gezeugt mit mir, und das 3te unterwegs war, er könnte mich nicht verlaßen, weil er solches zu sehr versprochen hätte.

Die erneute Schwangerschaft von Anbeginn überschattet, der Januar 1765 der grausame Wendepunkt ihres und ihrer Kinder Schicksals – so sieht es Johanna Eleonore, so hat es sich wohl nicht nur ihr eingebrannt, sondern eben auch ihren Kindern. Franz Waldersee wurde in eine Situation äußerster Unsicherheit für die Mutter hineingeboren, emotional und rechtlich, zum Glück nicht finanziell. Er selbst drückt es so aus: *Die Ursache so manches nagenden Kummers liegt selbst in meiner Entstehung, so daß ich selbst meine Herkunft nicht unerwähnt lassen darf und daher mit diesem Aufsatze an meiner Geburt anfangen muß.*

Meine Mutter, gebohrne Hofmeyer aus Zerbst, zog durch ihre Schönheit die Augen eines jungen feurigen Mannes, des Fürsten Leopold Friedrich Franz von Anhalt Dessau auf sich und durch Überredung, Vorstellungen und Versprechungen, worunter auch diese war, sich nie vermählen zu wollen, kam, trotz langen tugendhaften Weigerns, indem ein dergleiche[n] Verhältniß ihren moralischen Begriffen entgegen war, eine Verbindung unter dem Nahmen Frau von Waldersee zu stande, die mehrere Jahre ununterbrochen dauerte und aus der zuerst eine Tochter, welche aber bald wieder verstarb, ich aber am 5ten September 1763 während einer Abwesenheit des Fürsten in England geboren wurde und den mütterlichen Namen Waldersee erhielt. So war ich denn nun in diese Welt eingetreten, eine Frucht dieses traurigen Verhältnisses, und der Keim so manchen schweren Leidens lag schon in der Ungleichheit dieser Verbindung, welche selbst Priesterhand nicht hatte gültig machen können, ein Geschöpf der Gnade und Willkühr überlassen, ohne bestimmte Ansprüche, die nicht dem Bürger, nicht dem Bauernsohn fehlen. Oh! wie gern vertauschte ich mir dergleichen Los mit dem Meinigen, von so manchen vielleicht noch obendrein beneidet. Die Verbindung der Urheber meines Daseins dauerte stets fort und bewog meine für mein Schicksal besorgt[e] Mutter den Fürsten dahin, meine schriftliche Versicherung über eine lebenslängliche Pension von 2000 Thalern für mich von sich zu geben.[46]

Von Geburt an ohne Gefühl für den Platz, der ihm gebührt. Hin- und hergerissen zwischen Zugehörigkeitsgefühl und Ausgeschlossensein. Immer auf die Gnade der anderen angewiesen, jederzeit der Gefahr ausgesetzt, aus der Gemeinschaft ausgestoßen zu werden. Die ersten neun Monate seines Lebens ohne den Vater, die Mutter um ihre Rechte und gemachte Zusagen, vor allem aber die Beziehung kämpfend. Dann die Rückkehr des Vaters, ein neuer Mensch im Leben des Kindes. Zutrauen wächst, Glück und Seligkeit, neuerliche Verliebtheit der Eltern, großer Schwung und hochfliegende Pläne – so wird die Mischung der Gefühle gewesen sein im Sommer und Herbst 1764. Umso dramatischer der Schlag, der den beiden Erwachsenen, dem Kind Franz und dem Ungeborenen aus Potsdam und Berlin versetzt wurde.

Eine *ménage à trois* schlägt der Onkel vor, eine bei Hofe und auch in Dessau keineswegs unübliche Lösung, die der junge Fürst in Erwägung gezogen haben mag, die aber für die junge Frau eine Grenze darstellte, die sie nicht zu übertreten bereit war. Dessau zu verlassen, das war ihr erster Gedanke. Dass das so einfach nicht ginge, dass sie das Kleinkind Franz wohl nicht würde behalten dürfen, mag sie sich selbst klargemacht haben. Sonst gab es Menschen, die sie vor diesem Schritt warnten. Sie schreibt selbst, wie sehr der Fürst ihr zugeredet habe. Und ihre reiche Ausstattung entfaltete nun ihre Wirkungskraft, sie konnte sich vor Anträgen wohl kaum retten. Aus Dankbarkeit heiratete sie den Oberstallmeister. Dass sie mehr Gewinn aus ihrer Situation hätte schlagen können, schreibt Johanna Eleonores in ihren Erinnerungen. Gleichzeitig widersprechen ihre Schilderungen jedoch auch den Fakten, die wir aus anderen Quellen kennen.

Wir wissen um das Haus an der Steinstraße, das im April 1762 gekauft, ihr überlassen und im Oktober 1764 geschenkt worden war. Gewiss war es renovierungsbedürftig, schließlich war es kein Neubau, sondern bereits 60 Jahre alt. Die Tatsache, dass es im Herbst 1765 mit 50 Prozent Gewinn verkauft wurde, zeugt von umfassenden Renovierungsmaßnahmen oder einem besonders günstigen ursprünglichen Kaufpreis. Außerdem wurde für sie ein Garten angekauft, der sicher nicht die 12 000 rt gekostet haben dürfte, *die ich ausgezahlt bekommen*. Jetzt, zu Ende der Beziehung, taucht die Summe, die sie 1761 vor ihrer Flucht entrüstet abgelehnt hatte, wieder auf.

Regelmäßig waren im Wochenblatt auch Gärten zum Verkauf angezeigt, so etwa aus dem Nachlass eines Fürstlichen Akzise-Kontrolleurs für 400 *Reichsthaler [...] auf den in der Neustadt, an der Mauer, zwischen Pahnen und Möbussen gelegenen Obst-Garten, inclusive Bienen-Stöcke und Bienen-Hütte.*[47] Solche Anzeigen studierte Johanna Eleonore nun. *Er fuhr mit mich selbst hinaus, und besah die Gärten und den Akker, und überredete mich solche zu kaufen.* Bitter heißt es jedoch bald, viele der fürstlichen Versprechungen seien nie eingetreten, statt des Materials zu einem neuen Haus habe sie ein baufälliges erhalten, auch die versprochenen Möbel seien nie eingetroffen und *mußte ich mich Silber und Pferde und Wagen [...] anschaffen, hierzu gehörte wieder viel Geld.* Das Glück verkehrt sich in Enttäuschung, es drängt sie, abzurechnen. Ihre Machtlosigkeit und Missachtung münden in bittere Vorwürfe und offene Rechnungen. Gefärbt ist dies alles nicht zuletzt durch die Demütigungen, die noch auf sie warten: *Es geschahe den 14ten April 1765 als uns der Fürst selbst die Ringe gab und uns verlobte. [...] Mein Bräutigam bauete ein ganz neu Haus, wo viel Meubles darin gehörten, welche mich waren versprochen worden.*

Die, falls überhaupt, wenigen Begegnungen um die Geburt der Tochter Ende August 1765 in den kurzen Wochen nach der Einwilligung in die Pläne des Berliner Onkels, seine Flucht ins Ausland, nach Italien und England, das Gelobte Land. Wieder bleibt sie zurück, diesmal ohne Hoffnung. Wieder ist Neitschütz an ihrer Seite, als Verlobter, und bald als ihr Ehemann. Das Haus wird verkauft, sie gründen ihren gemeinsamen Hausstand in dem neu errichteten Haus an der Zerbster Straße, einem vornehmen Bürgerhaus, das vom Geschmack seines Erbauers kündete. Endlich Ruhe. Die Menschen in der Stadt, wie begegnen sie ihr, nun Frau von Neitschütz, Gemahlin des Oberstallmeisters? Mitleidig, tuschelnd? Und als nach anderthalb Jahren der Landesherr mit seiner jungen Braut nach Dessau zurückkehrt, folgen die großen Kränkungen – die Suspendierung ihres Mannes vom Dienst ohne Angabe von Gründen. Geschieht es, um ihr Erscheinen bei Hofe zu vermeiden? War dies eine Bedingung der jungen Fürstin? Oder war es die Eifersucht des ehemaligen Geliebten, Rache für die Ablehnung einer *ménage à trois?* Sein Gehalt bezog Neitschütz weiter, es ging also um eine sichtbare Zeichnung des Mannes oder der Frau. Neitschütz ertrug die Kränkung nicht lange, er erlitt bereits im darauffolgenden Jahr eine Schlaganfall, an dessen Folgen er bald starb. Am schlimmsten aber wog, dass Franz, der Vierjährige, am 27. Oktober 1767 zur Erziehung ins Schloss geholt wurde. Höfischer Umgang ist das und üblich bei der Erziehung anerkannter, illegitimer Kinder, deren Mütter sich anderweitig verehelichen, zumal der ältesten Söhne. Doch: Der Tag ist eingeschrieben in beider Gedächtnis als endgültiger Wendepunkt.

Für den jungen Fürsten, den Vater, den Geliebten, lag der Punkt, an dem sich die Dinge endgültig entschieden, im Sommer 1765. Es ist eine Zeitspanne von wenigen Wochen, die sich genauer anzusehen lohnt, um das Temperament des jungen Fürsten kennenzulernen, sein Verhältnis zu dieser Frau, sein Verhältnis zu seiner damaligen Verlobten, ja, vielleicht sein Verhältnis zu Frauen überhaupt, zur Welt, seinen Umgang mit Kränkungen. Denn auch er war ja gekränkt. Durch den Onkel, der ihn, immerhin Souverän eines eigenständigen Landes, in einer Sache in die Knie gezwungen hatte, die das Persönlichste in den Dienst des Staates stellte, die Ehe des Landesherrn.

Versprechung und Vaterschaft

Zu Fuß oder zu Pferde wäre Waldersee an der Jonitzer Mühle sicher links abgebogen, so wie schon unzählige Male seit frühester Kindheit, in die kerzengerade Allee nach Nordosten durch die Jonitzer Hutung zum Südeingang des Luisium-Gartens. Oder war die Dorfstraße durch Jonitz mit dem Wagen bequemer zu fahren? Stand die Dorfbevölkerung bereits an der Straße und wartete auf den Leichenzug? Es dämmerte schon, vermutlich standen in den Fenstern bereits Lichter. Wenn Waldersee an diesem Augustabend 1817 allein im Wagen saß, wird ihm viel durch den Kopf gegangen sein auf diesem Weg zurück zu den eigenen Wurzeln, zurück an den Ort, wo sein Leben begonnen hatte.

Waldersee hatte diese Wochen im Sommer 1765 miterlebt, als seine Mutter sich mühte, Fassung zu bewahren, als sie ihr Lebensglück verlorengeben und erkennen musste, dass ihre Ehre wenig galt. Ob er sich heute erinnerte? Ob darüber gesprochen wurde oder eher beredt geschwiegen? Jeder Geburtstag seiner Schwester gab Anlass, sich dieser Wochen zu erinnern.

Im Januar 1765 also ereilt das junge Liebespaar gleichzeitig die Gewissheit einer neuerlichen Schwangerschaft und die Aufforderung des preußischen Königs – oder sollte man es besser *ordre* nennen? – an den Fürsten, seine persönlichen Verhältnisse so zu ordnen, dass sie der Staatsraison entsprächen. Eine dynastisch passende Verbindung sei bereits gefunden. Sie bot den Vorteil, die oranische Erbschaft einmal mehr zusammenzuhalten.

Von der dynastisch und ökonomisch so passenden Prinzessin, Louise von Brandenburg-Schwedt, wissen wir, wie lange sich der junge Souverän gegen diese Einmischung in seine dynastischen Angelegenheiten zu wehren versuchte. Nicht mehr als sechs Wochen werden es gewesen sein: *le 8eme du Mois de Mars / le matin a 10 heure j'ai vus pour la premiere fois le Prince d'Anhalt Dessau le midi nous avons dinê chez le Roi et le soir le Prince Ferdinand a donè soupèz et bal a l'honneur du Prince avec l'ordre du Roi de nous inviter. j'ai eu le plaisir de voir le Prince de Dessau ici jusqu'au 20eme de ce mois tems ou il est retourné à dessau m'ayan donè [...] une belle montre garnie de brillant.*

Mit seinem Erscheinen in Berlin bei diesen arrangierten, ganz offiziell der Ehe-Anbahnung gewidmeten Gelegenheiten hatte Fürst Franz seinen Widerstand schon aufgegeben. Wie sehr, erkennen wir an dem Geschenk, das er der Prinzessin macht, einer mit Brillanten geschmückten Uhr.

Aus dem Tagebuch des preußischen Königs wissen wir, dass am 12. März 1765 *[d]er regierende Fürst Leopold von Dessau zum König nach Potsdam (Sanssouci)* fuhr und gehen wohl nicht fehl in der Annahme, dass bei dieser Gelegenheit das weitere Procedere besprochen wurde. Bis zum 12. März hatten die anbahnenden Begegnungen stattgefunden, ein Diner beim König, ein Souper beim Prinzen Ferdinand und dort ein Ball zu Ehren des fremden Vetters mit einem königlichen Befehl, die Prinzessin einzuladen. Dann ein Gespräch des Kandidaten mit dem König, ein Geschenk, um die prospektive Braut günstig zu stimmen. Zwölf Tage, sich kennenzulernen und abzuschätzen, wie ein Leben zu zweit unter höfischen Bedingungen funktionieren könnte. Ob die Nähe bei allen Freiheiten und allen Beschränkungen, die dieses Leben bot, erträglich schien, womöglich gar angenehm. Die Prinzessin gibt keinerlei Einschätzung des Mannes, der ihr hier formvollendet präsentiert wurde, sein Aussehen, sein Benehmen, sein Charakter spielen in ihrem Tagebuch keine Rolle. Nur die Brillantuhr, die sie erhält, die wird mit *belle* verhalten positiv bewertet.

Die Ehe-Anbahnung verläuft nach Wunsch, wird sich der Onkel gedacht haben, wenn die Schwedter Nichte notiert: *depuis ce tems le Prince d'Anhalt e ette ici a deux reprise une fois au mois d'avril et l'autre au moi de May: et le 12 de Juillet il est revenu pour les Noces du Prince de Prusse avec la Princesse Elisabeth de Braunsweig qui ce sont faite le 14. A le 15 c'étoit le jour de mes promesses le Prince d'Anhalt m'a donnè à cet occasion une très belle bague, une pair de boucle d'oreille en Boie, une égrette a la tète et 7 bouton qui compose un colie.*

Zwei weitere Besuche, Gespräche unter Aufsicht und die Vereinbarung, direkt im Anschluss an die Hochzeit des preußischen Kronprinzen mit der braunschweigischen Prinzessin die Versprechung zu halten. Verhandlungen über den Ehevertrag, das Geschenk: *très belle.*[48] Am 10. Juli wird die braunschweigische Braut eingeholt. An der Landesgrenze werden unter einem Prachtzelt Erfrischungen gereicht, in der königlichen Staatskarosse hält sie Einzug in Potsdam und wird von den Bürgern der Stadt als zukünftige Königin festlich empfangen. Fürst Franz kommt zwei Tage später von Dessau nach Sanssouci zur großen Mittagstafel, am 13. Juli zieht der ganze preußische Hof zusammen mit den Braunschweiger Herrschaften nach Charlottenburg, um dort am nächsten Tag die Vermählung zu feiern. Das königliche Tagebuch notiert für den folgenden Tag, den 15. Juli: *In Charlottenburg Verlobungsfest des regierenden Fürsten Leopold Friedrich Franz von Anhalt-Dessau mit der Prinzessin Louise Henriette Wilhelmine, Tochter des Markgrafen Friedrich Heinrich von Brandenburg-Schwedt. Abends großes Feuerwerk.* Am nächsten Abend erst in die Oper, Achilles wird gegeben, dann Redoute. Am 17.: *In Charlottenburg Französische Komödie: le Caffé ou l'Ecossaise, in der Orangerie.* Am 18. Komische Oper, am 19. *Illumination,* und so geht es fort bis zum 22. Juli. Ein Festreigen von nahezu zwei Wochen und mittendrin der Dessauer Fürst und die Schwedter Prinzessin, das zweite Brautpaar, das seine privaten Gefühle für sich behält, und, wenn überhaupt, nur den Gang der Ereignisse notiert. Der Eindruck dieser Festlichkeiten scheint aber doch so erheblich, dass die frische Braut, Louise, in den kommenden Wochen lediglich den Tod des Kaisers in Wien verzeichnet und dann: *a la fin de Septembre le Prince d'Anhalt a ete ici en cognito / le 18 Octobre/ il est parti de Dessau pour commencér ces voyages.*[49]

Ende Juli kehrte der Fürst wohl nach Dessau zurück, verlobt, an ein öffentliches Versprechen gebunden. In Dessau fand er seine nun mit dem Oberstallmeister verlobte Geliebte, die hochschwangere, junge Mutter mit dem Kleinkind Franz, und wir wissen nicht, ob er sie mied oder ihre Nähe suchte. Ob er noch einmal versucht hat, sie für eine *ménage à trois* zu erwärmen. Am 30. August jedenfalls wurde Louise Eleonore Friederike geboren. Der Name des Kindes könnte zu denken geben, vereint er doch, zumindest scheinbar, sowohl fürstliche Braut als auch Kindsmutter mit dem Namen des Onkels aus Sanssouci.

Drei Wochen später findet in der Jonitzer Hutung eine Jagd statt, deren Ergebnis Franz Waldersee, später selbst ein begeisterter Jäger, bestimmt regelmäßig begegnete. Ein Kupferstich porträtiert die Beute und schildert den Tag: *Dieser Hirsch von 16 Enden vom 10ten Kopf jagdbar der ohne Ohr genannt ist den 23ten Sept. 1765 ohne Beyhülffe derer Piqveurs von Sr. Hoch-Fürstl. Dem Regirenden Fürsten von Anhalt-Dessau mit des Fürst Dietrichs Hoch-Fürstl. Durchl. Meute von 84. Hunden gejagt worden und haben des Fürsten Dietrichs Hoch-Fürstl. Durchl. Der Jagd zu Wagen beygewohnt. Er wurde an der neüen Allee vom Vogelherdt im Sau-Garten in der Jonitzer Forst angelegt dauerte 1 1/4 Stunde und wurde in der Vockeroeder Forst in der Schiricke nahe an den Lauff wo ohngefehr 6 Monathe vorhero in einem großen eingestellten Jagen 375 Sauen todt gemacht worden gefangen und haben nicht mehr als 4. Hunde beym Fang gefehlt. Viele Dames und Cavaliers waren bey dieser Jagd zugegen. Weil aber keinem derer Piqveurs erlaubt war mit zu reuten so versahen deren Dienste* 13 namentlich genannte Kavaliere. *Zum Andencken dieser guten Jagd u: zur distinction dererjenigen Personen so derselben als Jäger beygewohnt, haben der Printzessin Agnese Hoch-Fürstl. Durchl. Sr. Hoch-Fürstl. Durchl. Den Regierenden Fürsten u: Deroselben beyden Hr. Brüdern wie auch die dabey zugegen gewesenen Dames u: noch ob benannte Cavaliers selbigen Tag mit roth u: blauen Schleiffen beehrt u: Sr. Hoch-Fürstl. Durchl. der Regirende Fürst befohlen solche hinführo allezeit zur Jagd Uniform zu tragen. [...]*[50]

Nicht nur die uns heute fremde, immerwährende Wiederholung *Hochfürstliche Durchlaucht* macht den Text schwer verdaulich. 84 Hunde, von denen vier das Leben ließen, 375 *todt gemachte* Sauen, 13 Herren und 7 Damen zu Pferde, dazu Fürst Dietrich im Wagen. Eine gute Stunde Hetzjagd durch die Jonitzer Hutung bis in die Vockeröder Flur. Zuletzt der erlegte Hirsch, 16 Enden, zehn Jahre alt, unsterblich gemacht durch die Schleifen, die jeder Teilnehmer als Erinnerung erhält mit dem Befehl, sie immer an der Jagduniform zu tragen, und durch das Porträt Ridingers, das im ganzen Reich Verbreitung fand und noch heute manche Wand schmückt. Eine Demonstration von Männlichkeit und Macht, so erscheint diese Jagd. Die Piqueure mit ihren Hetzpeitschen waren angewiesen worden, nicht mitzureiten. Ihre Aufgabe, die Meute zu führen, wurde von den Kavalieren wahrgenommen, die gleichzeitig dem fürstlichen Jäger zur Seite standen. Die Kavaliere waren in erster Linie Verwandte, Brüder, Nachkommen des Großvaters Leopold, des Onkels Dietrich, der Schwager und einige wenige nicht verwandte Höflinge, dabei auch Neitschütz. Die Damen waren zuerst die Schwester des Fürsten, Agnes, und die drei älteren Cousinen, Töchter des Onkels Gustav Wilhelm, dann die Ehefrau des Hausmarschalls, Friederike Henriette Brandt von Lindau, bis auf Agnes sämtlich älter als der Fürst. Bei Betrachtung der jüngeren Damen 6. und 7. kommt ein Verdacht auf: War nicht nur der Verlobte der Geliebten, Neitschütz, unter den Kavalieren, sondern möglicherweise auch jene Hofdame, der vor zwei Jahren kurz die Leidenschaft des Fürsten gegolten hatte? Könnte Erminie von Pomiana, eine Enkeltochter des Fürsten Dietrich aus einer nichtehelichen Verbindung, jene ungenannte Hofdame sein?

Ein Ausbruch von überschießender Männlichkeit, von verletzter Eitelkeit nach der Demütigung durch den preußischen König? Oder nur ein ganz normaler Jagdtag? Wie es unzählige gab in Anhalt-Dessau? Vielleicht war es Brauch, Schleifen wie Orden zu verteilen und wir wissen es nur nicht. Aber Kupferstiche wurden doch nur äußerst selten in Auftrag gegeben und ein 16-Ender ist zwar eine schöne Trophäe, aber keineswegs die beste, die hier erlegt wurde.

Die Idee, dass es kein ganz normaler Jagdtag gewesen sein dürfte, ließe sich leicht als Hirngespinst abtun, wäre da nicht der Kupferstich (Abb. 5). Im Hintergrund des imposanten Tier-Porträts mit seiner ehrfurchtsvollen Beschriftung erblicken wir ein Haus, mehr ein Gehöft. Ein bescheidener Fachwerkbau mit Walmdach. Nein, es fällt nicht besonders auf. Das Haus ist sogar fast hinter dem Hirsch versteckt, jedenfalls außerordentlich diskret und sehr klein, schräg hinter dem Tier abgebildet, sein Bild auch noch von seinem linken Vorderlauf durchkreuzt. Fast, als solle der Hirsch es verbergen. Das von dem ohrlosen Hirsch fast verdeckte Haus ist die einzige erhaltene Ansicht des Vogelherds.

Jagd

Falls Waldersee den Weg durch die Lindenallee nahm, durchquerte er mittig den Wald seiner frühesten Kindheit, die Jonitzer Hutung. Jene Jonitzer Hutung, die Zeuge des Jagdtags vom 23. September 1765 gewesen war. Nördlich der Hutung erreichte er dann die Anlage des Luisiums, rechts die Nutzgärten, links den Ziergarten und beendete seine Fahrt am Wirtschaftshof. Wie oft hatte er hier in diesem Waldstück an den Parforcejagden teilgenommen? Wann hatte er zuletzt das Bellen der Meute, den Klang der Hörner gehört? Diese Klänge, der Geruch vermodernden Laubs, der neblig-feuchten Luft in den herbstlichen Elbauen gehörte zu den frühesten, glücklichsten Kindheitserinnerungen Franz Waldersees. Und sie verbanden sich unmittelbar mit diesem Ort, dem Vogelherd, oder, wie es nun schon lange hieß, dem Luisium.

Das von Ridinger unter seinem Hirsch-Porträt skizzierte Jagdwesen geriet in Anhalt-Dessau dem Kritiker nicht, wie andernorts, zum Sinnbild absolutistischer Herrschaft, sondern war eine weithin gerühmte Attraktion, zu der Besucher und zahlende Teilnehmer von überall her anreisten. So brachte die Jagd dem Staatshaushalt Einnahmen, setzte wirtschaftliche Impulse und versetzte keinen Bauern in Aufruhr – das ist der allgemein anerkannte Stand der Forschung. Trotzdem müssen wir uns vor Augen halten, dass 375 Wildsauen, an einem Tag erlegt, doch eine ganz erstaunliche Zahl ist. Heute sprechen wir von einer *sehr erfolgreichen Jagd*, wenn 60 Jäger 95 Kreaturen erlegen und staunen, wenn im Verlauf eines Wochenendes 250 Stück Schwarzwild fallen, wofür nahezu 300 Schützen nötig sind und seit Jahren von einer Wildschweinplage gesprochen wird.[51] Normal war damals für das ganze Land offenbar eine jährliche Strecke von 700 bis 1000 Stück Schwarzwild, die im Rahmen von Sauhatzen mit speziell hierfür geeigneten Hunden gejagt wurden.

Die Sauhatz war vor allem für die Hunde gefährlich, wie uns Ridinger bestätigt, wenn er bemerkt, dass von 84 nur 4 Hunde verloren wurden. Es waren schnelle, kräftige, angriffslustige, vor allem aber großrahmige Hunde, die einem schweren Keiler von 150 kg auch etwas entgegenzusetzen hatten, teuer in der Anschaffung und noch teurer in der Haltung. Häufig liefen sie auch fort: *Es ist ein junger, mit grauen Flecken gezeichneter, und auf dem Lande gewesener Parforce-Hund, vor einigen Tagen weggekommen; wer nun diesen Hund habhaft werden kann, wird ersuchet, denselben in Ihro Durchl. Fürst Dietrichs Palais, gegen einen Recompens von zehen Thaler, abzuliefern.*[52]

Die Aufgabe der Hunde und ihrer Führer war es bei diesen (heute verbotenen) Jagdformen, das Wild zu hetzen, also zu ermüden, und schließlich so einzukreisen, dass der Jäger es mit der Saufeder oder dem Hirschfänger erlegen konnte. Jeder, der einmal ein Wildschwein aus der Nähe betrachtet hat, ahnt, welcher Gefahr alle Beteiligten bei dieser Form der Jagd ausgesetzt sind, auch der Jäger, der aus wenigen Schritten Entfernung inmitten der erregt bellenden Meute das zu Tode gehetzte Wild erlegen soll. Nicht selten kam es zu Verletzungen der Hunde, Jäger und Piqueure, die durchaus auch lebensgefährlich sein konnten.

Jagdliches Geschick, männliche Haltung, forscher Mut wurden von jedem Kavalier, insbesondere aber dem Fürsten erwartet. Insofern feiert Ridingers Stich tatsächlich mehr als ein fürstliches Privileg. Er feiert fürstliche Tugenden und bewirbt nicht nur einen vortouristischen Markt, sondern einen ganzen Wirtschaftszweig, der sich in Dessau um die berühmten Parforcejagden bildete.[53]

Die aus England übernommene Jagduniform, gelbe Hosen, strohfarbene, taillierte Reitjacke mit hellblau abgesetztem Kragen und Aufschlägen und roter Überrock verschaffte den Dessauer Schneidern reiche Aufträge. Dasselbe galt für die Schuhmacher, die Stulpenstiefel und Jagdtaschen fertigten, und die Pferdehändler, die ihre Tiere zur Jagdsaison an Fremde verliehen.[54]

Der vom Vater und dem ganzen Hof gepflegten Leidenschaft konnte sich auch Franz Waldersee nicht entziehen. 1769, mit sechs Jahren, darf er erstmals an den Parforcejagden teilnehmen. Die Jagden des in diesem Jahr verstorbenen Fürsten Dietrich scheinen besonders attraktiv gewesen zu sein, die Fürstin nimmt das Kind zu diesen Jagden mit. Mit elf Jahren erhält Franz sein erstes eigenes, kleines Pferd und nahm damit bereits an den Fuchsjagden in Sandersleben teil.[55] Körperliche Abhärtung, Herausbildung adliger Tugenden wie Mut, Disziplin und Haltung war das Erziehungsprinzip, das dahinter steht.

Die Gefahren der Jagd erlebt er am eigenen Leibe: *1776 hatte Franz das Unglück, auf der Parforcejagd auf einen Damhirsch einen sehr gefährlichen Fall mit dem Pferde zu tun: bewußtlos wurde er in den Wagen der Fürstin gehoben. Sein Kopf hatte sehr gelitten und lange dauerte es bis er hergestellt war. Von diesem Sturz schreibt sich wahrscheinlich sein periodisch alle neun Tage wiederkehrender Schnupfen her, der ihm bis ans Lebensende so viel qualvolle Tage und Nächte verursachte, da dieser immer 24 Stunden dauerte. Die Ärzte nahmen an, daß ein Gefäß im Kopf und in der Seite gesprungen.*[56] Der Verletzte selbst schreibt, *daß eine Schädelöffnung erwägt, aber schließlich doch nicht durchgeführt wurde.*[57]

Die Fürstin, die doch selbst die Jagdleidenschaft der Kinder fördert, beschwert sich bald: *in diesen folgenden Tagen war[en] schreckliche Auftritte über meines Sohnes gar zu unbescheidene Jagdliebe; Ich litte ganz gewaltig[.]*[58]

Mit dem Bezug des neuen Hauses in der Zerbster Straße, stellte Waldersee auch sein jagdliches Tun auf eigene Füße. Zusammen mit seinem angeheirateten Vetter Schulenburg pachtete er die *Michelsche Jagd*, welche bis dahin in den Händen der Prinzessin Henriette gewesen war, gab sie allerdings vor der Zeit 1799 schon wieder zurück.[59]

Die Jagdleidenschaft mündete bei Waldersee schließlich in eine literarische Tätigkeit, die ihm die Zeit der Beschäftigungslosigkeit und des Ausschlusses vom Hofleben füllen konnte. Wenn auch das Sujet, gerade in seiner höfischen Ausrichtung, uns Heutigen ferne gerückt ist, so fand das Lehrgedicht, das er über die Jagd verfasste, großen Anklang und wurde in mehreren Auflagen gedruckt: *Von Jugend an ein großer Liebhaber der Jagd, und mit den meisten Geschäften und Freuden derselben aus eigener Erfahrung bekannt, hatte ich gleichwohl niemals von einem ausführlichen Gedichte über diesen Gegenstand in deutscher Sprache gehört. Dieß brachte mich auf den Gedanken, meine Muße zur Bearbeitung dieses Stoffs anzuwenden. Da ich indeß nicht eigentlich Mann vom Metier bin; so bitte ich jeden wirklichen Waidmann und Kunstverständigen, meinen Versuch mit Nachsicht anzusehen, und zu verzeihen, wenn ich vielleicht eine oder die andere Art der Jagd nicht sollte berührt haben.*

Der Plan des Gedichts ist folgender. Der <u>*erste*</u> *Gesang fängt mit der Beschreibung der ersten, meistens kleinen, Jagden an, die mit des Jahres Anfang beginnt; und folgt dann dem Fortgange der Jahreszeiten, den Früh-*

ling und Sommer hindurch, bis zum Eintritt des Herbstes, ohne sich jedoch ganz ausschließend an die kleine Jagd zu binden. Dabey hofft der Verfasser Vergebung zu finden, wenn er in diesem ersten Gesange, zur Abwechslung des Stoffes, zuweilen auch in kurzen Episoden der Holzcultur erwähnt, die ein guter Jäger um so weniger vernachlässigen wird, je mehr ihm daran liegen muß, seinem Wilde selbst einen dichten Zufluchtsort zu bereiten.

Der zweyte Gesang, der größtentheils die Französische oder Parforce=Jagd enthält, und gegen das Ende noch das Pürschen des Wildes beschreibt, schließt sich durch die Darstellung dieser Herbstbeschäftigungen gewissermaßen an den ersten Gesang an. Eine Abschweifung berührt das Scheiben= und Vogel=Schießen, diese nützlichen Übungen für den Büchsenschützen, die ich eben deswegen nicht zu übergehen zu dürfen glaubte.

Der dritte Gesang fängt bey dem Aufgang der kleinen Jagd im Herbste an, handelt von den Arbeiten mit dem Hühnerhunde, von Lerchenstreichen, Krähenhütte, Vogelherd, Hasenhetze, und geht auf alle Arten von Saujagd über, woran sich die Einstelljagden überhaupt anknüpfen; und mit kurzer Erwähnung verschiedener ausländischer Jagden schließt das Gedicht.[60]

Das Dichten diente der Erinnerung. Der Ausschluss vom Hof hatte für Waldersee auch den Ausschluss von den fürstlichen Jagden bedeutet, solange es sie gab. Wenn die Fremden im Herbst zur Jagdsaison gekommen waren, war Waldersee nicht mehr Teil der Gesellschaft gewesen, gehörte nicht mehr zu den *Cavaliers*, die den Piqueursdienst übernehmen durften, bekam keine von einer Prinzessin gestiftete rotblaue Schleife an seine Jagduniform geheftet. Von Ferne hatte er, gewiss sehnsüchtig, die Jagdsignale, das geschäftige Treiben der Jagdgesellschaften gehört, das aufgeregte Bellen der Meute. Manchmal wird er an den Schrank mit seinen 28 Waffen getreten sein, die kostbare Büchse und die schöne silberbeschlagene Flinte aus dem Schrank genommen haben, um sie putzen zu lassen, so nutzlos das auch sein mochte.[61]

Und jetzt, wo der Vater gestorben war, auf dem Weg durch die Jonitzer Hutung, stieg die Erinnerung wieder auf, nicht zuletzt geweckt durch den Kondolenzbrief eines Freundes: *Deine ganz eigenen und besondern Empfindungen alter Freund, bey dem Todt des alten Herrn, kann ich mir lebhaft denken. / Möchte nur diese, nun lezte Catastrophe*

Deiner Glücksendscheidung, so ausfallen; daß Du nun endlich einmal zur Ruhe und zur gewißen übersicht Deiner künftigen Einnahmen und gewißen Bestimmung komst. Ist denn der junge Herzog zurück von seiner Reise? Wird er noch in Pr. Diensten bleiben? Die schönen Garten Anlagen unterhalten – Die par force Jagd wieder herstellen – und die fürstlichen Lümmels zum Txxx jagen?[62]

Damals, mit jener Parforcejagd auf den Hirsch *ohne Ohr genannd* am 23. September 1765, beendet der junge Fürst seine Jugend endgültig. Er nimmt eine Zäsur vor. Drei Wochen später, am 18. Oktober, verlässt er für 17 Monate das Land, die Geliebte und seine beiden Kinder. Auch die Verlobte in Berlin hört offenbar nichts von ihm. Die Versuchung ist groß, diese Abreise und langanhaltende Abwesenheit als Flucht zu deuten. Wahrscheinlich, soviel Mutmaßung darf sein, wird es dem frisch und nicht ganz freiwillig Verlobten in seinem turbulenten Liebesleben nicht unangenehm gewesen sein, für eine Weile der Begegnung mit der Mutter seiner Kinder und mit der zukünftigen Landesherrin aus dem Weg zu gehen.

Der höchstwahrscheinlich willkommene Abstand diente jedoch einem vollkommen anderen Zweck: der Landesentwicklung. Der junge Fürst, der mit seiner Volljährigkeit die Regierungsgeschäfte übernommen und das Verbesserungspotenzial, zumal bei seiner ersten Englandreise, erkannt hatte, wollte und musste seine Kenntnisse vertiefen, wollte er in Anhalt-Dessau Grundlegendes ändern. Diesmal wurde die Reiseroute auf Vorkenntnissen aufgebaut, um Italien und Frankreich erweitert, es wurden Experten mitgenommen und der Grundstein für das gelegt, was auch wir Heutigen noch mit diesem Land und der Regierung dieses Fürsten zuallererst verbinden: Aufgeklärte Regierung, fortschrittliche Wirtschaftsmethoden, Interesse an industrieller Fertigung, ein wirtschaftsfreundlicher Standort, breiter Zugang zu Bildung, Aufgeschlossenheit allem Neuen und Fremden gegenüber und Architektur von erster Qualität. Mit dem Fürsten reisten Erdmannsdorff, der Bildhauer Johann Christian Ehrlich, der Komponist Friedrich Wilhelm Rust, der virtuose Flötist Georg Wilhelm Kottowsky, in einer zeitweilig getrennten Gruppe sein Bruder, Prinz Hans Jürge, und Georg-Heinrich von Berenhorst, dem wir unsere Kenntnisse verdanken. Von Beginn an wurden die Zustände der bereisten Länder genauestens notiert, kommentiert und über die Gründe nachgedacht. Technische Neuerungen fanden ebensolches Interesse wie die Kunstschätze des Altertums oder der Neuzeit, interessante Zeitgenossen, Gelehrte, Künstler und Politiker. Sie reicherten ihr Wissen an, erweiterten ihren Gesichtskreis und ergänzten die Bibliotheken und Sammlungen Dessaus. Nach erfüllten Monaten in Italien, vor allem unter der Führung Winckelmanns, und einem halben Jahr in Groß-Britannien und Irland kehrten die Reisenden zurück und begannen mit ihrem großen Werk.[63]

Neue Ordnung

Alleine war Waldersee auf seiner abendlichen Fahrt in den dunklen Wald sicher nicht. Stand der alte Eyserbeck schon vor seiner Wohnung auf dem Wirtschaftshof des Luisiums, mit gezogenem Hut, um seinen Herzog trauernd? Wer noch hatte sich von den Dessauer Verwandten, Weggefährten, Hofchargen und Bediensteten eingefunden? Der Hofmarschall von Glafey, selbst ein Greis und seit vierzig Jahren im Dienste seines inzwischen zum Herzog erhobenen Fürsten, rechnete es sich gewiss als Ehre zu, den Zug nach Rang und Stand zu ordnen, den Fackelträgern ihren Platz zuzuweisen.

Beim Begräbnis der Urgroßmutter, Fürstin Anna Luise, der Tochter des Apothekers Föhse, hatte es noch geheißen: *Die Förster, Pique[u]rs, Unterläufer und Zeugknechte müssen auf dem Platz mit Mänteln stehen und ihre Fackeln um 9 Uhr des Abends anzünden, welche Fackeln sie auf der Rentkammer bekommen werden und wird der Oberförster Lange und der Forstverwalter ihnen sagen, wie sie Paar und Paar gehen sollen.*

Vermutlich war dies das erste Staatsbegräbnis gewesen, das der just verstorbene Landesherr als Kind miterlebt hatte. Wie hatte das große, althergebrachte höfische Zeremoniell auf den damals Fünfjährigen gewirkt? Hatte das Kind daran gedacht, dass es selbst einmal Gegenstand eines solchen Leichenzuges sein würde? Hatte er damals, als Kind, einen Widerwillen gegen den ungeheuren Pomp eines solchen Leichenbegängnisses, gegen alles Zeremoniell überhaupt entwickelt? Die 16 fürstlichen Beamten, die die Ehre hatten, die Leiche zu tragen. Das *castrum doloris*, von sechs Kavalieren des Hofes getragen, das Leichentuch, das an den Zipfeln von wiederum vier Kavalieren gehalten wurde, dann die beiden Marschälle. All dies direkt vor ihm, einem Kind von fünf Jahren: *Hernach kommt der Prinz (Leopold Friedrich Franz), welchem der junge von Raumer die Schleppe trägt, dann die Herren Räthe und die Geistlichkeit und hinter diesen die Rathsherren und die Bürgerschaft je Zwei und Zwei.*[64]

Während sich jetzt der Trauerzug nach der höfischen Rangordnung hinter dem Sarg formierte, mögen Waldersees Gedanken zurückgewandert sein, in jenes Jahr, als sich sein eigenes Leben völlig neu ordnete. Zurück in jenes Jahr, als die Frau, deren Refugium nun Schauplatz dieses fackelbeleuchteten Trauerzugs wurde, in sein Leben trat. Louise von Brandenburg-Schwedt hatte 1767 ihren Platz als junge Fürstin von Anhalt-Dessau, als Gemahlin seines Vaters und Ziehmutter für ihn und bald auch seine spätere Frau Louise eingenommen.

Der Fürst kehrt von seinen Reisen nach Dessau zurück und erledigt alles gleichzeitig: Neitschütz wird vom Dienst suspendiert, die eigenen Hochzeitsfeierlichkeiten in Berlin müssen absolviert werden:

Am 25. Juli 1767 *findet hier in Gegenwart des Königs, der Königin und des ganzen Hofes etc. die Vermählung der Prinzessin Louise Henriette Wilhelmine, Tochter des Markgrafen Friedrich Heinrich von Brandenburg-Schwedt, mit dem regierenden Fürsten von Anhalt-Dessau, Leopold Friedrich Franz, statt. Es wurden mehrere Tage hinter einander verschiedene Festlichkeiten angestellt, und wurden die Oper comique in pazzo glorioso und das Französische Schauspiel Turquarel aufgeführt.*[65] Der König fühlt sich stark gealtert: *Mein Magen verdaut beinahe gar nicht mehr, und ich muß auf die Soupers Verzicht thun. [...] meine Haare sind weiß geworden, meine Zähne fallen aus, meine Beine sind vom Podagra zu Grunde gerichtet.*[66] Trotzdem wurde auch hier wieder die Gelegenheit eines großen Festes genutzt, um eine weitere Verlobung zu feiern, diesmal zwischen einer preußischen Prinzessin und dem Erbstatthalter der Niederlande. In dessen Beisein trug nun Louise von Brandenburg-Schwedt als neue Landesherrin Anhalt-Dessaus zu ihrer Trauung vermutlich die sogenannte Statthalter-Perle.[67] Dieser Schmuck gehörte zur oranischen Erbschaft, die Henriette Catharina von Oranien 1659 in die Ehe mit dem Dessauer Landesherrn Georg II. eingebracht hatte.

Mit der Heimführung der Braut und ihrem Einzug in Dessau begann die Ordnung der außerehelichen Verhältnisse: Die nun schon zweijährige Tochter wird versorgt, wenn auch mit deutlichem Abstand zu ihrem Bruder Franz Waldersee, ein Viertel seiner Apanage wird ihr zugestanden und dies erst ab 1782.[68] Der Bruder wird von Mutter und Schwester, von französischer Mamsell und Schnürbrust getrennt und von nun an bei Hofe aufwachsen. Die Art, wie dies geschah, wird von mal zu mal blumiger überliefert. Er selbst notiert nur knapp die Fakten.[69] Die Mutter, nunmehr Frau von Neitschütz, sah das Drama der Trennung als Demütigung und Missachtung ihrer Rechte, als Wendepunkt ihres Lebens – das hörten wir schon. Waldersees älteste Tochter Louise, genannt Loulou, bringt schon deutlich mehr Wertungen in ihre Schilderung ein und zeigt, wie die Begebenheiten im Familienkreis überliefert wurden und die Akzente sich veränderten.

Graf Franz George Johann von Waldersee, dessen Lebensgeschichte folgen wird, verlebte seine ersten Kinderjahre im mütterlichen Hause zu Dessau, unter der Aufsicht französischer Gouvernanten. Er war körperlich schwach, weichlich und klein.

Bald sollte ein Ereignis von bedeutender Tragweite auf seine Erziehung einen entscheidenden Einfluss haben. Als nämlich 1766 [!] dem Fürsten Leopold Friedrich Franz v. Anhalt, seinem Vater, durch König Friedrich II. von Preussen eine Prinzessin aus seinem Hause zur Gemahlin angeboten wurde, dieser sich aber zu keiner anderen Heirat verstehen wollte, beschloss Frau von Waldersee aus wahrem Patriotismus, um sich als Hindernis in einer Angelegenheit die dem Fürsten Unannehmlichkeiten mit Preussen bringen könnte hinweg zu räumen, dem Oberstallmeister von Neitschütz ihre Hand zu reichen, der sich stets als Freund ihrer angenommen hatte.

In dieser Ehe wurde ihr ein trauriges Los zu teil, da sich die Gesundheit ihres Mannes bald zerrüttete und er in einen traurigen Gemütszustand verfiel. Vier Jahre pflegte sie ihn treulich bis an sein Ende. 1772 wurde sie Witwe.

1767 vermählte sich der Fürst mit der schönen Tochter des Markgrafen Heinrich von Schwedt, Prinzessin Louisa Henriette.

Eines der ersten Geschäfte der Fürstin war es, den jungen Franz v. Waldersee im Oktober desselben Jahres persönlich aus dem Hause der Mutter trotz deren anfänglichen Weigerung, abzuholen und auf das fürstliche Schloß zu bringen, wo er künftig erzogen werden sollte. Der Fürst übernahm von jetzt an, die bestimmten Jahresgelder des Knaben (Appanage) von 2000 Thalern einzunehmen, um sie bis zu seiner Majoränität zu sammeln. Die Erziehung sollte unter seinen Augen besorgt werden; Franz wurde einem Erzieher, dem späteren Hofrath Behrisch, welcher durch Gellert empfohlen war, übergeben. Dieser ließ es seine erste Sorge sein, dem verzärtelten Körper mehr Stärke und Festigkeit zu verschaffen. Weibliche Pflege, einengende Schnürbrust u. a. m. verschwanden mit dem

Tage, wo man den Anfang machte, ihn mehr der Luft auszusetzen, ihm mehr Bewegung zu verschaffen und eine Aengstlichkeit, die seinen kindlichen Geist befing, zu bekämpfen.[70]

Die Mutter hier als Abbild zärtlicher Liebe, deren Hang zur Verweichlichung des Sohnes und altertümlichen Methoden wie der bewegungshinderlichen Schnürbrust noch rechtzeitig durch den Auftritt der schönen, jungen Fürstin verhindert wird. Die Zeichnung der Fürstin darf nicht negativ sein, denn sie hat ja nicht nur Franz Waldersee aufgezogen, sondern auch seine Cousine und spätere Frau. Sie ist für die Chronistin Loulou also ebenso Großmutter wie die Geliebte des Fürsten, nebenbei ihre Patin und für die ganze Familie sicher die wichtigere Bezugsperson. Johanna Eleonore von Waldersee, nunmehr verehelichten von Neitschütz, wird großer Patriotismus zugeschrieben, mit allen Klischees von Entsagung, Aufopferung, Treue und selbstloser Pflege des Oberstallmeisters. Unter der tapfer-patriotischen Oberfläche schwingt viel Bitterkeit, das Gefühl der Zukurzgekommenen, mit. Da der Kontakt zu den bürgerlichen Verwandten abgeschnitten scheint, dient den Kindern des Grafen Waldersee der Hof, die Verwandtschaft des regierenden Hauses und seiner gut apanagierten Nebenlinien als alleinige Referenz.

Das Kind, Franz Waldersee, kommt ins Schloss. Das Dessauer Schloss, welches Johanna Eleonore, die neuerliche Frau Oberstallmeister, nur von außen kennt und vermutlich nie von innen zu sehen bekommt. Von nun an wird es sich unter Rokoko-Stuckdecken bewegen, in einem *großen mit Damast und goldenen Leisten beklebten Zimmer mit den allmächtigen Fenstern*[71] leben und in einen höfischen Lebensstil hineinerzogen, der ihn vollends von den bürgerlichen Zerbster Verwandten trennt.

Viel ist nicht bekannt über die Erziehung, die Franz Waldersee, getrennt von seiner Mutter, nun bei Hofe, vor allem in der Obhut seines Vaters erhielt. Die Schwester des Fürsten, Prinzessin Casimire, gönnt uns einen unverhofften, kurzen Blick in diese nun so andere Kinderstube:

Der kleine Franz ist auch jezo fast den ganzen Tag in meinem Bruder seine St[ube J.P.], weil Perius [Behrisch?] verreist ist. [...] Sonst verlest er ihn nicht eine viertel Stunde, mein B[ruder, J. P.] ist sehr gut mit ihm zufrieden. Er gibt sich auch würklich sehr viel Mühe mit dem Kleinen.

Kein Spielzeug gibt er ihm gar nicht, und alles, was er lernt, ist im Spielen, denn er weis gar nicht mahl, dass er lernt. Zehlen kann er schon bis tausent und dass hat er alles so mit bunte Bohnen gelehret. Die Bohnen zu zehlen ist für ihn ein rechtes Spiel, den er zehlt sie den ganzen Tag auf teutz und auf franscjös und was noch mehr, so kann er zusammengesetzten geschrieben Zahlen aussprechen, wenn auch 100te oder 1000te sind. Die Buchstaben kent er alle und er schreibt sie auch alle. Mein B. erzieht ihn recht als einen jungen Englender, er läst ihn recht kletern und kriegen in der Kammer rum, und dass er soll geschickt werden. Er muß sich auch etligemahl aus- und anziehen.[72]

Hat das Kind Heimweh nach der Mutter, nach der kleinen Schwester? Wie lange dauert es, sich an eine bis anhin fremde Bezugsperson zu binden? Spielen Tiere ein Rolle? War das kleine gefleckte Windspiel, kaum größer als ein ausgewachsener Hase, das der Vater hielt, sein Spielgefährte? Wenn Franz durch die fürstliche Stube tobt, tut er das womöglich mit diesem Lieblingshund, *Ihro Durchl. des Fürsten von Anhalt Dessau Leib [...] Hund Avions.*[73]

Der fürstliche Vater macht es, wie es scheint, ganz richtig. Instinktiv erkennt er, dass er selbst hier gefordert ist, wenn Behrisch verreist ist, der das Kind sonst *nicht eine viertel Stunde* verlässt. Kein Spielzeug gibt der auf Gellerts Empfehlung hin eingestellte Erzieher. Bewegung und frische Luft sind Erziehungsmaximen, die der Schwester englisch anmuten und das damalige Kind spricht, erwachsen geworden, davon, dass *so manches Erziehungsexperiment à la Rousseau an mir gemacht [wurde], da dieses anfing in Absicht der Erziehung Mode zu werden.*[74] Die Beziehung zu seinem ersten Erzieher scheint sich jedoch sehr freundlich weiterentwickelt zu haben. Wir haben Behrisch ja schon erlebt als Gelegenheitsdichter zur Einweihung des neuen Hauses an der Zerbster Straße. Er bleibt seinem Zögling soweit verbunden, dass er auch bereit ist, das von Waldersee verfasste Lehrgedicht *Der Jäger* zur Druckreife zu überarbeiten.[75] Mit seiner breiten Bildung, pädagogischen Begabung, Originalität, seinem hohen sprachlichen Talent und seiner geistvollen Unterhaltung erwarb sich Behrisch die Achtung und Liebe seines Zöglings und die Freundschaft des Fürsten.

Die Bewunderung der Prinzessin Casimire ist unüberhörbar. Sie gilt vordergründig den mathematischen und alphabetischen

Kenntnissen des viereinhalbjährigen Kindes. Dahinter verbirgt sich aber doch wohl mehr: Die Art, wie sie ihren Bruder als jungen Vater in dieser Rolle beobachtet, spiegelt sein großes Wohlwollen dem Kind gegenüber. Einem Kind, das ihm angenehm ist, das auf seine Ideen eingeht, sich von ihm formen lässt, die Sympathien der ganzen Hofgesellschaft erringt. Vaterstolz ist es, was sie sieht. Es ist dieser Blick der Schwester auf ihren Bruder das einzige erhaltene Dokument, das uns Einblick gewährt in die Gefühle, die Fürst Franz als junger Vater seinem Kind Franz Waldersee gegenüber gehegt haben mag.

Das Kind entwickelte sich ganz zur Zufriedenheit aller, es lernte alle Fertigkeiten und Qualitäten, die für ein Leben bei Hofe von Bedeutung waren. Auch, Korrespondenz zu führen: *Mein lieber Frantz, Dein Schreiben hat mir recht viel Vergnügen gemacht; denn wenn man an jemanden schreibt, so ist es ein Zeichen daß man an ihn gedencke. Ich danke für die Nachricht so Du mir gegeben, und der Printz ebenfals. Bald werde ich Dich wiedersehen, wenn Du Dich alsdenn wohlbefindest, gewachsen bist, vor allen Dingen aber, mehr gelernt hast, so soll es mich von Hertzen erfreuen.*[76]

Auf Behrisch sollte schon 1770, als dieser Brief einging, ein Genfer folgen, Monsieur de Jean. Der lebhafte junge Mann riss Waldersee aus seinem, wie Waldersee selbst es formuliert, angeborenen Phlegma, brachte ihm Französisch bei und übernahm seine Bedienung.[77] Im Herbst 1771, als Behrisch endgültig die Erziehung des Erbprinzen übernahm, wurde mit August Rode ein neuer Erzieher für Franz von Waldersee gefunden, *welcher eben von der Universität kam. Während dieser auf den Verstand und die Kenntnisse des Knaben Einfluß übte, hörte Behrisch durch Erteilung von Religionsunterricht nicht auf, auf das weiche Herz einzuwirken.*[78] Rode, der in Halle und Leipzig Jura studiert hatte, war ein *Man von vielem Geist und Kenntnissen, in Sprachen und schönen Wissenschaften sehr bewandert, aber warlich nie zum Erziehen geeignet, denn gänzlicher Mangel an Geduld ließ ihn oft aufbrausen, und zur Unzeit hart und strenge gegen mich sein, auch waren seine Begriffe an Religion, nicht diejenigen welche, würden sie einem jungen Menschen mitgetheilt, für seine Seelenruhe heilsam hätten seyn können, wozu noch kam, daß als ein feuriger junger Mann voll Temperament, er ein zu großer Verehrer des weiblichen Geschlecht war und diesen Reitzun-*

gen nur zu oft nicht widerstehen konnte, dessen Beyspiel dahero nicht immer die reinste Moralität lehrte.[79]

Der hohe Anspruch, der bisher schon in der Auswahl des Erziehungspersonals sichtbar wurde, setzte sich fort, als Basedow 1771 sein *Philanthropin* in Dessau gründete. Selbstverständlich zählten die Kinder des Fürsten zu den ersten Schülern dieses sicher einflussreichsten Dessauer Reformprojekts, ebenso der mit Waldersee zusammen erzogene gleichaltrige Friedrich Wilhelm Christian von Kleist: *In diesem Jahr erschien auch zuerst an unserm Horizont J. B. Basedow mit seiner Erziehungs Methode, und seinem Projecte zur Philanthropie, welche begierig aufgenommen, auch der erste Versuch damit gemacht wurde, der nachmahls so viel Lärm im ganzen aufmerksamen Europa machte. So wie bis jetzt à la Rousseau so wurde auch ich zu Basedow'schen Experimenten manchmal als Paradepferd gebraucht, und erhielt hauptsächlich in Mathematischen Wißenschaften, auch Sprachen in diesem Institute mehrere Jahre hindurch Unterricht.*[80]

Ein damaliger Besucher beobachtete die beiden älteren Jungen am *Philanthropin*: *Daß die kleinsten 8 und 9jährigen Kinder Herrn Wolke die Demonstration des Pyth.[agoräischen] Lehrsatzes diktiert hätten, hab ich nicht bemerkt, Mir deucht, das thaten blos Bender, Eichenberg, von Kleist und von Wallersee[!].*[81] Waldersee und Kleist gehörten als Externe zu der noch geringen Schülerschar des Instituts und wohnten bei Hofe. Gemeinsam mit ihnen wurden unterrichtet: *1, 2) Gebrüder Schwarz, aus Magdeburg, geboren 1767 und 1769, angekommen mit Anfang 1775. 3, 4) Basedows Tochter und Sohn, geboren 1769 und 1770, aufgenommen mit Anfang 1775. 5) Eichenberg, aus Frankfurt am M. geboren 1763. angekommen d, 15ten Jan. 1775. 6) Favreau, aus Berlin, geb. 1767, angekommen d. 26ten April 1775. 7 u. 8) Ecker und Bender, aus Neuwied, geboren 1742 [!] und 1759, angekommen d. 14ten May 1775. 9) Bassenge, aus Dresden, geboren 1764, angekommen d. 21ten May 1775. 10 u. 11) Gebrüder Keßler, aus Berlin, geboren 1762 und 1766, angekommen d. 16ten April 1776. 12) Koch, aus Dresden, geb. 1763, angekommen den 11. May 1776. 13) Gilbert, aus Potsdam, geb. 1769, angekommen d. 11ten May 1776.* Zusammen mit den sechs Famulanten, die später die Lehrerlaufbahn einschlagen sollen, waren es 19 *Philanthropisten. Theilnehmer am Unterrichte stunden-*

weise sind die Junker von Waldersee, von Kleist, von Hoyer, und der Erbprinz von Anhalt-Dessau; zusammen 23 Lehrlinge.[82]

Waldersee gehörte mit dem ein Jahr jüngeren Kleist zu den älteren Schülern, war aber keineswegs der älteste. Wie er selbst das *Philanthropin*, die dort herrschenden Grundsätze, die aufgeklärte Pädagogik und die Lehrer beurteilte, wissen wir nicht. Seit dem 27. Dezember 1774 nehmen Kleist und er zusammen mit dem Erbprinzen am Unterricht teil, der neben dem theoretischen Unterricht in Sprachen und Mathematik auf lebensnahe, sinnliche und praktische Vermittlung von Kenntnissen setzt. Handwerksmeister schulen die Kinder, eine reiche Modellsammlung veranschaulicht technische Abläufe, das Observatorium und ein begehbares Modell der Erde im Garten, Gartenarbeit und körperliche Ertüchtigung sowie die *Casualtage*, an denen die Schüler sich ungewohnten Herausforderungen zu stellen haben, vermitteln breite Bildung für Körper und Geist. Dass dieses Bildungskonzept weit über den einzelnen Bildungserfolg seiner Schüler hinausreicht, zeigt sich bald: *Natur! Schule! Leben! Ist Freundschaft unter diesen dreyen; so wird der Mensch, was er werden soll, und nicht alsobald seyn kann; fröhlich in Kindheit, munter und wißbegierig in Jugend, zufrieden und nützlich als Mann. Aber wenn die Natur von der Schule gepeitscht, und die Schule vom Leben des Mannes verhöhnt wird, da ist der Mensch zuletzt dreyfach als eine Misgebuhrt an einander gewachsen, drey Köpfe, sechs Arme, und im täglichen Zank unzertrennlich.* Natur, Schule und Leben sind für Basedow nicht voneinander getrennt, sie müssen miteinander in Verbindung gebracht werden, um aus fröhlichen Kindern zufriedene Staatsbürger und tüchtige Erwachsene zu machen,[83] mit seinem *Elementarwerk* schuf er dazu das für solchen Unterricht nötige Werkzeug, ein hochwertig gestaltetes Realienbuch.

Zeugen dieses Realienunterrichts finden sich auch in Waldersees Nachlass: Ein Mikroskop, Himmelsgloben, ein Reißbrett und eine *kleine Druckerei*. Die Druckerei war möglicherweise ein Modell, wie Waldersee es am *Philanthropinum* zur Demonstration technischer Abläufe erlebt hatte – Erinnerungen an die Schulzeit, Erinnerung auch an eines der wirkungsvollsten Reformprojekte des fürstlichen Vaters und geeignet, den Unterricht der eigenen Kinder zusammen mit Mikroskop, Globus, und Reißbrett zu bereichern.

Kant lobt das *Philanthropin* in den *Königsbergischen gelehrten und politischen Zeitungen* vom 28. März 1776 und 27. März 1777 in genau diesem Sinne und wird in seiner Meinung, dass von einem solchen Institut mehr Wirkung ausginge als von staatlich verordneten Maßnahmen, bestätigt.[84]

Das Ende des Instituts, 1793, sollte sein Gründer Basedow nicht mehr erleben, zumal er selbst die Leitung der Schule bereits 1776 hatte abgeben müssen. Die Gründe hierzu lagen wohl vor allem in seinem zu unkontrollierten Wutausbrüchen neigenden Temperament, seinem wetterwendischen Charakter und Jähzorn, der allgemein feststellbaren Unfähigkeit, dem Lehrerkollegium vorzustehen.[85] Dies war die Kehrseite seiner großen Verdienste um die Reform des deutschen Schulwesens, die er, das sei hier nicht vergessen, ohne den Dessauer Fürsten nicht hätte verwirklichen können.

Ein Tisch- und Hausgenosse beschreibt Basedow, wie ihn Franz Waldersee, Friedrich Kleist und der Erbprinz erlebten: *Nach meinen gehabten Erfahrungen hatte B** nicht nur im stürmischen Wetter, sondern auch alsdann, wenn er heiter und ruhig und vergnügt zu seyn schien, nur gar zu ofte so was sehr Unangenemes, Unfreundliches, Abschreckendes, belastet Drückendes und nicht selten Unausstehliches in seinem ganzen äußern Betragen, daß man ihn darüber entweder hassete, oder doch wenigstens die Achtung verlohr. [...] Wenn er ergrimmete und tobete; so verstellten ihn seine Geberden erschröcklich, und er sahe dann so scheußlich aus, wie Sirachs Sack, worin er die bösen und zänkischen Weiber stecket. [...] Sonst habe ich auch noch allgemein und fast ohne Ausnahme beobachtet, daß das Lachen und die Traurigkeit; der Scherz und der Ernst, die Fröhlichkeit und das Grämliche; das Schweigen und das Reden; und alle Mienen und Geberden den eigensinnigen Strudel- und Querkopf und Trotzkopf ganz merklich und auffallend verriethen, der so sehr von sich und seinen Einsichten und Meinungen eingenommen war, daß man gar nicht zu viel behauptete, wenn man ihn auch in diesem Stücke für unheilbar oder für einzig hielt. In seinem äußern Betragen war er etwas eckelhaft und schmutzig. Er sprudelte, wenn er sprach; besonders wenn er zu ofte aus dem poculo hilaritatis getrunken hatt, oder wenn seine Plagegeister, die bösen Launen, bey ihm erwachten, und seine Swade in Thätigkeit setzten [...].*[86]

Diesem Manne war Waldersee zwei Jahre lang ausgesetzt und es ist erstaunlich, dass sich nur das bereits Zitierte über ihn und diese

Zeit in seinem Nachlass befindet. War es ihm gelungen, die hässlichen Szenen zu vergessen? Und vergaß er dabei, welche Chancen ihm eröffnet wurden? Er kannte ja keine andere Schule als diese. Verstand er im Nachhinein, wie fortschrittlich das Konzept bei allen persönlichen Mängeln war? Oder blieb ihm das Gefühl des *Paradepferds* bis zuletzt? Lediglich die *kleine Druckerei*, die nach seinem Tod zur Tilgung der Schulden mit den übrigen Mobilien versteigert wird, könnte eine Erinnerung an die Schuljahre sein und eine Verbindung zu seiner wesentlichen beruflichen Tätigkeit als Mitglied im *Direktorium* der *Chalcographischen Gesellschaft* bilden.

Erstaunlich ist, wie das heranwachsende Kind Franz Waldersee diese unterschiedlichen Erziehungshandschriften verträgt. Charaktereigenschaften werden hier geprägt, abgeschliffen oder verschärft und es lässt sich bereits manches erkennen, das den Erwachsenen auszeichnet: Fügsamkeit, gering ausgeprägte Konfliktbereitschaft, eine gewisse Ängstlichkeit, dazu das Interesse an Zahlen und an Sprache, ebenso wie schriftlichem Ausdruck, ein weiches Herz, natürliches Phlegma.

Unterschiede

Auch wenn sich manches verändert hatte, die Ordnung eines Trauerzugs nach dem Rang der Teilnehmer änderte sich nicht so schnell. Da waren die Prinzen des regierenden Hauses, die nächsten Verwandten, die Hofbeamten, die Beamten der Landesverwaltung, die hohe und niedere Geistlichkeit zu berücksichtigen. Nicht nur für die gesellschaftliche Ordnung wurde hier gesorgt, sondern auch die Sicherheit, das dürfte sich 1817 nicht viel anders verhalten haben als 1745: *Der Haushofmeister muß um 9 Uhr alle Lichter in der Kirche anzünden lassen und mit dem Kirchvorsteher wohl Acht haben, daß kein Unglück geschieht, zu solchem Ende sie einige Eimer mit Wasser auf jedem Chor haben müssen, und sobald Alles wieder aus der Kirche ist, dafür sorgen, daß alle Lichter gut wieder ausgelöscht und abgenommen werden, damit des andern Morgens nichts mehr davon zu sehen ist und einige Stunden noch in der Kirche verbleiben.*

Wenn Waldersee sich heute, am 11. August 1817, ohne nachzudenken, in den Zug der Trauernden hinter dem Sarg einordnet, in gebührendem Abstand zu seinen beiden Neffen, den Prinzen Georg und Friedrich, so ist dies Wissen um den Platz in der Rangordnung das Ergebnis lebenslanger Übung.

Mit dem Einzug der Fürstin Louise, Prinzessin von Brandenburg-Schwedt, in Dessau füllte sich der fürstliche Haushalt mit Kindern, eigenen, halbeigenen, angenommenen und geborgten. Aber er, Franz Waldersee, war das erste Kind in dieser Reihe. Nach zwei Fehlgeburten wird am 27. Dezember 1769 der ersehnte Thronfolger geboren, Friedrich Erbprinz von Anhalt-Dessau. Er bleibt das einzige leibliche Kind des Fürstenpaares. An diesem Tag, dem 27. Dezember 1769, wird Franz von Waldersee mit seinen sechs Jahren zum ersten Mal bewusst geworden sein, was es heißt, ältester, aber nicht ehelich geborener Sohn zu sein. Die feinen Abstufungen höfischen Zeremoniells wiesen ihm einen Platz zu. Der Platz war nicht neu, machte aber dem Sechsjährigen nun, im Vergleich zu dem Neugeborenen, seine mindere Stellung körperlich bewusst.

Die beiden Halbbrüder sollten nicht lange allein bleiben: 1773 starb Louise Gräfin von Anhalt, die Ehefrau des preußischen Generalmajors und direkten Vetters des Fürstenpaares, Albrecht Graf von Anhalt. Sie hinterließ ihrem Mann aus der gräflichen, aber nicht regierungsberechtigten Nebenlinie vier unmündige Kinder, darunter die 1767 geborene Tochter Louise, genannt *Comtesse*. Das Fürstenpaar fand sich sofort bereit, auch dieses Kind bei sich aufzunehmen und für seine standesgemäße Erziehung zu sorgen.[87] Die Großmutter Johanna Sophie, geb. Herre, selbst übergab mit ihrem verwitweten Sohn der Fürstin das Kind, das fortan – so der Hof in Dessau weilte – jeden Dienstag die Großmutter zum Mittagessen besuchte.[88]

Ein Kindertagebuch schildert das Leben dieses Kindes in Dessau und Wörlitz im Umfeld der Fürstin, hier nur *Son Altesse Royale* genannt: *Comtesse Louise* wird mit dem zwei Jahre jüngeren Erbprinzen zusammen erzogen, der fast täglich als Essens-, seltener als Spielgenosse erwähnt wird. Der Tageslauf gestaltet sich, gemessen an den sonst in Dessau umgehenden pädagogischen Ideen, erschreckend langweilig und macht einen traditionell höfischen Eindruck. Die einzigen nahezu täglich ausgeübten und erwähnten Tätigkeiten sind: Morgengebet, *faire du filet* oder Spinnen, Spazierengehen im Garten, sich zum Essen Umziehen sowie *rien faire*. Keinesfalls täglich, aber doch sehr häufig erscheinen der Schreiblehrer, der Tanzlehrer und der Klavierlehrer Dehndorf, aus dem Fenster zu schauen wird ähnlich häufig erwähnt. Seltener taucht der Zeichenlehrer auf, gelegentlich wird erwähnt, dass etwas auswendig zu lernen und deutsch oder französisch zu lesen sei, ebenso häufig lernt sie etwas auf dem Gebiet der Geografie. Biblische Geschichte kommt ein einziges Mal vor. Besuche bei der Großmutter Johanna Sophie, geb. Herre und ihrer Tochter Leopoldine, der *Tante Pfuhl*, kommen gelegentlich vor, auch andere Spielkameraden, wie *Mlle. de Waldersee, Mlle. de Puttkamer* oder die Raumer-Kinder. Gelegentlich wird erwähnt, dass sie gerannt sei – nicht immer mit spielerischem Charakter: *après le déjeuné je suis couru puis j'ai ecri mon journall.* Französisch spricht und schreibt sie recht ordentlich, auch ist die Schreibschrift schon ziemlich ausgeprägt, was den Schluss nahelegt, dass der Schreibunterricht ähnlich früh begann, wie wir es schon bei Franz Waldersee beobachtet haben. Französisch scheint, zumindest in der Umgebung der Fürstin, zu dieser Zeit noch eine größere Rolle gespielt haben.

Gefühle werden zwar äußerst selten geäußert, aber *Comtesse Louise* schildert doch ihre Trauer, wenn sie sich von der Fürstin trennen muss oder ihre Freude beim Wiedersehen. Und sie weint, wenn sie etwas nicht kann oder findet. Aus allem, was später passiert, wissen wir, dass hier eine enge Mutter-Tochter-Beziehung entsteht und, für den weiteren Verlauf mindestens ebenso wichtig, auch eine enge geschwisterliche Beziehung zum Erbprinzen.

Franz Waldersee, Louises Vetter und späterer Mann, taucht selten auf. Einmal schaut sie sich mit *Monsieur François* Stiche an, einmal trifft sie ihn in einer größeren Gruppe auf dem Deich, einmal besuchen sie gemeinsam in Wörlitz *le Prevôt* und sie spielt mit der Tochter des Probstes.

Der höfisch-kontrollierte Eindruck dieser Erziehung entsteht nicht zuletzt durch den Duktus des Dokuments, das dem verwitweten Vater zeigen soll, dass es dem Kind bei seinen fürstlichen Verwandten gutgeht, dass es alles lernt, was für ein Mädchen dieses Standes an Kenntnissen erforderlich scheint. Das über wenige Monate geführte Büchlein dient auch der Erziehung: sich Rechenschaft ablegen über sein Tagwerk, Ordnung, Sauberkeit lernen, Struktur und Disziplin.[89]

Wie erklärt man sich die frühe Experimentierfreude bei dem einen Kind und die gleichzeitige Konventionalität bei dem anderen? Ist es der Geschlechterunterschied, eine Frage der Begabung oder spielt der Stand eine Rolle? Letzterer bringt erhebliche ökonomische Unterschiede mit sich – *Comtesse Louises* Großmutter, die alte Reichsgräfin von Anhalt, Tochter des Dessauer Kaufmanns Herre, hatte durch die heimliche Ehe mit dem damaligen Erbprinzen Wilhelm Gustav von Anhalt-Dessau Ähnliches, aber in seinem Ausgang eben doch völlig Anderes erlebt als Waldersees Mutter als Geliebte des regierenden Fürsten Franz. Ihr Mann hatte getan, was Fürst Franz seiner Geliebten nicht einmal versprochen hatte, er hatte sie geheiratet. Und er starb vor seinem Vater, rechtzeitig, bevor sich die Frage der Regierungsnachfolge stellte. Erst der Regierungsantritt ihres Schwagers führte zu ihrer Anerkennung als nunmehr verwitweter Ehefrau, sie wurde mit ihren Nachkommen zur Reichsgräfin erhoben, erhielt ein Stadtpalais in der Kavalierstraße, eine Pension von 1200 rt und leistete sich fünf Diener und vier Mägde.[90] *Comtesse Louise* entstammte also ganz ähnlichen Verhältnissen wie Franz Waldersee, nur war hier die Standesetablierung schon eine Generation weiter. Und alle Kinder ihrer Familie waren ehelich geboren. Ihr stand etwas zu. Ihm nicht. Das mag den Unterschied erklären. Dort, wo sie schon war, sollte er noch hinkommen.

Die Erziehung des Erbprinzen wiederum folgt ähnlichen Prinzipien, wie sie für Waldersee galten. Hier allerdings scheinen sich die Eltern, als die sich Fürst Franz und Fürstin Louise an diesen drei Kindern fühlten, nicht einig gewesen zu sein. In ihren Tagebüchern spricht die Fürstin von den Erziehungsschwierigkeiten als dem zweiten Punkt, der den Ehefrieden so erheblich störte, dass es zur Trennung kam.[91] Berenhorst machte Vorschläge, die die Erziehung des zum Landesherrn Bestimmten in bessere Bahnen lenken sollten: Vor allem schlägt er eine völlig neue Wohnung und Einrichtung der erbprinzlichen Haushaltung vor. Durch einen vollständigen Bruch mit den bisherigen Verhältnissen hofft er, manches in Unordnung Geratene wieder gerade zu biegen. Er spricht ausdrücklich von Tadel, der in der Vergangenheit zu viel ausgesprochen worden sei, auch von Wunden, die erst wieder heilen müssen, bevor man erwarten könne, dass sich sein Herz öffne. Zur Wohnung schlägt er das Kleine Schloss vor, wo mit dem Prinzen auch Behrisch, Rode und er selbst wohnen sollten. Er würde mit den beiden übrigen wenigstens viermal pro Woche mit dem Erbprinzen speisen, dazu sollten ein oder zwei Gäste, vom *Philanthropin* oder durchreisende Gelehrte, geladen werden. Sprache bei Tisch solle Französisch sein, soweit es sich dem Gast gegenüber schickte. *Courmachen*, Besuche von Einheimischen und Freunden wären verboten. Erzieherische Gespräche sollten weniger an den Prinzen selbst gerichtet sein, er sollte vielmehr Gelegenheit erhalten, dem Diskurs zu lauschen.[92]

Derselbe Haushalt, dieselben Eltern, dieselben Maßstäbe, dieselben Prinzipien. Woher kommen die Unterschiede? Auch hier müssen wir wieder die Frage nach dem Stand stellen. Der Erbprinz wurde, bei aller Begeisterung für moderne pädagogische Vorstellungen, immer noch für eine Aufgabe erzogen, die ein besonderes Maß an Selbstbeherrschung, Etikette und Anpassung an höfische Verhältnisse, Kenntnis von Zeremoniell und Ritualen verlangte, eine Welt, die in eigentümlichem Widerspruch stand zu den Idealen, die sein Vater, Fürst Franz, hochhielt. Der Name, der ihm mit *Vater Franz* beigegeben war, ist ja ein politisches Programm, das sich knapper nicht umschreiben lässt.

Und: Die Unruhe, die der Leser in dem Jungen wahrnimmt – Berenhorst spricht gar von Unordnung –, dieses in Unordnung geratene Herz ist vermutlich der gerade vollzogenen Trennung des Fürstenpaares und allem, was dem vorausging, geschuldet.

Comtesse Louise war keineswegs das einzige Kind, das die Fürstin gemeinsam mit dem Erbprinzen und Waldersee erziehen ließ: *am 1t. dieses monaths starb die Frau Steinacker deren zwey kleine Töchter von 5 und 4 jahren ich dann [?] mit der Christine Glücker die ich schon erziehen ließ alle drey beysammen mit auf's Schloß nehmen wolt mit in der Comt: Louise ihr zimmer.*[93]

Rode berichtet gleichzeitig: *Sie [die Fürstin] hat Steinakers dessen Frau todt ist, 2 Töchter zu sich genommen, und erzieht sie neben der Comtesse an, mit dem kleinen Findling.*[94] Über das weitere Schicksal des Findlings Christine Glücker ist nichts bekannt. Die beiden Töchter des Kaufmanns Gabriel Wilhelm Steinacker werden nach dem frühen Tod ihrer Mutter 1782 im Schloss erzogen. Steinacker, zusammen mit seinem Schwager Regis einer der ersten Buchhändler Dessaus, diente vorzüglich dem *Philanthropin* und dessen Verlagsbuchhandlung als *Kommissionär*. Er hatte 1777 die erste Leihbibliothek in Dessau gegründet und 1781 einen Journallesezirkel. Seine Kreativität bewies sich auch in der Teilnahme an der Dessauer Liebhaberbühne und als Sänger – zur Einweihung des Wörlitzer Schlosses hatte er die von Rust komponierte Kantate vorgetragen.[95]

Comtesse Louise sorgt für diese erheblich jüngeren Pflegekinder. In das Zimmer der Fünfzehnjährigen ziehen in diesem Winter ein Säugling und zwei kleine Mädchen – für alle drei dürfte ihre Rolle eine mütterliche gewesen sein. Dass die *Comtesse* sich im darauffolgenden Sommer heimlich mit Waldersee verlobt, zeigt, wie erwachsen und den Aufgaben eines Familienlebens gewachsen sie sich bereits fühlt: *Den Tag über umgeben mich meistentheils meine kleinen Mädchen, doch jetzt schlafen sie und ich bin so ganz allein [...] denke Dich mich nachts 11 Uhr in einem großen Zimmer, ganz einsam außer meinen drei schlafenden Kleinen, die mich öfters erschrecken, wenn sie im Traum anfangen zu sprechen.*[96]

Üblich war es auch, andere Kinder in Pension zu nehmen, um den eigenen Kindern geeignete Spielgefährten zur Seite zu stellen: Der anderweitig unbekannte junge Hoyer, der mit den Fürstenkindern und Kleist zusammen nur stundenweise das *Philanthropin* besuchte, könnte ein Altersgenosse des Erbprinzen gewesen sein.[97] 1772 *kam ein junger Herr von Kleist, Sohn eines alten Freundes des Fürsten auf das Schloß, um mit dem Erbprinzen und dem jungen Franz von Waldersee zusammen erzogen zu werden.*[98] Sechs Jahre blieb Friedrich Wilhelm Christian von Kleist in Dessau und besuchte das Philanthropin, ohne dass wir sehr viel mehr als diese Tatsache erfahren. Eine bleibende Freundschaft zu Franz Waldersee erwuchs aus seinem Aufenthalt nicht.

Auf Reisen

Welchen Rang erhielt 1817 nun Waldersee, der älteste Sohn? Er kannte seinen Platz. Er wusste, dass er, obgleich Sohn, nicht zur Familie zählte und ganz gewiss nicht in die erste Reihe gehörte, wo nun anstelle seines zur Kur weilenden, regierenden Neffen die Prinzen Georg und Friedrich standen. Vor ihm und hinter ihm versammelten sich Menschen, deren Leben geprägt waren durch den Hof und die Landesverwaltung. Familien, die im Dienst des Landesherrn große Karrieren gemacht hatten, deren Ahnen sich den Zugang zum Hof möglicherweise hart erkämpft hatten. Menschen, die in einem Lebenslauf wie seinem nur die vertanen Chancen sehen mochten.

Das Leben bei Hofe bot allen, die daran teilhatten, neben ökonomischen Vorteilen, einen enormen Bildungsvorsprung: Der Kontakt zu Fremden, zu Neuerungen aller Art, die Beschäftigung mit Literatur, Musik und Kunst, die Beobachtung von und Teilhabe an politischer, ökonomischer und militärischer Führung, die vermehrten Möglichkeiten, wahrgenommen und gefördert zu werden. In besonderer Weise bündelte sich dies alles auf den Reisen, die von Mitgliedern der höfischen Gesellschaft zu unterschiedlichen Zwecken unternommen wurden, zur Bildung, zur Beförderung der Landesentwicklung, in Verfolgung eines politischen Projekts oder in Erfüllung eines speziellen Auftrags.

Franz von Waldersee gehörte bis zu seinem Ausschluss zu den hochrangigen Mitgliedern des Dessauer Hofes. Die Aufmerksamkeit, die sein fürstlicher Vater von Beginn an seiner Bildung und Ausbildung widmete, zeigt sich gerade daran, welche Reisen er auf Kosten der Privatschatulle seines Vaters unternehmen durfte. Und der Erfolg seiner Bildung, der Stolz des Vaters spiegelt sich in den Reisen, die er im Auftrag des Vaters in Folge unternehmen durfte, um bestimmte Projekte zu begleiten oder voranzutreiben.

Die erste größere Reise durfte Franz Waldersee mit seinem Vater, dem Fürsten, und seinem Halbbruder, dem Erbprinzen, machen. Sie führte 1780 über Berlin, Schwedt, Stargardt, Danzig und Königsberg auf die litauischen Besitzungen des Fürsten, war also wirtschaftlich motiviert. Möglicherweise auch vom Fürsten als Ablenkung von einer militärischen Karriere gedacht, denn es hatte ein Angebot an Waldersee gegeben, in den Dienst der sächsischen Leibgarde einzutreten. Der Rückweg führte Vater und Söhne über Gumbinnen, Küstrin und Berlin – zur Übung musste englisch gesprochen werden und Waldersee bekam anschließend ökonomische und forstwissenschaftliche Aufgaben übertragen. Besaß er da schon sein *silbernes Reiszeug* – 1824 für 16 rt 10 gr verkauft –,[99] oder erhielt er es zum Geschenk für die großen Reisen, die nun folgen sollten? Etwa in die Schweiz, mit dem Kammerdirektor Hoffmann.

Wie der Kontakt zu Hoffmann zustande kam, wissen wir nicht. Im Herbst 1775 war der Kammerdirektor des Prinzen Heinrich von Preußen in Dessau gewesen und stellte von da an eine wichtige Verbindung nach Potsdam und Berlin dar.[100] Fürst Franz erhält von ihm mündliche und schriftliche Einschätzungen über die Einstellungen der dort maßgeblichen Akteure, Hoffmann stellt wichtige Verbindungen her und berichtet nach Dessau, wie die dortigen Reformwerke in Berlin und Potsdam beurteilt werden. 1776, als er Waldersee, damals Schüler des frisch gegründeten und von Hoffmann sehr bewunderten *Philanthropins*, beim *Großen Examen* erlebte, war Hoffmann bereits verwitwet, er hatte den Besitz seiner Frau, das Gut Dieskau bei Halle, geerbt und war inzwischen mit deren Schwester verheiratet. Hoffmann verband mit dem etwas jüngeren Fürsten das große Interesse an Volksbildung und die Liebe zur Gartenkunst. In Dessau und Wörlitz entstand in ihm der Wunsch, seinen ererbten Besitz mit einem Landschaftsgarten zu schmücken. Hierzu vermittelte ihm Fürst Franz den jüngeren Schoch, der seine Gärtnerlaufbahn mit der Dieskauer Anlage begann.[101]

Die Klugheit des hoch gebildeten, warmherzigen Mannes mag den Fürsten neben der Fähigkeit, Menschen für sich einzunehmen, dem weitgespannten Freundschaftsnetz und seinem Kunstsinn veranlasst haben, den kinderlosen Hoffmann zu bitten, seinen Sohn Franz von Waldersee auf seine Reisen mitzunehmen. Auf zwei großen Reisen durfte Waldersee den Kammerdirektor begleiten und dabei nicht nur Europa, sondern auch den Freundeskreis des Mannes kennenlernen.

Die erste dieser Reisen begann im Mai 1781 in Leipzig. Mitreisende waren ein Ehepaar *Grißmann* und ein *Baron Reik*, vermutlich der spätere preußische Justizminister Eberhard Freiherr von der Recke, ein Neffe des Reformers Friedrich Eberhard von Rochow.[102] Die Hinreise führte durch das Vogtland, über Bayreuth, Erlangen, Nürnberg, München, Augsburg, Memmingen und Lindau im eigenen Wagen. Hauptziel der Reise war Graubünden, wo Hoffmann viele Bekannte, insbesondere unter der Familie Salis hatte, weshalb sie sich länger in Chur und Chiavenna aufhielten. Der Weg, den die Reisegruppe von Chur aus nahm, wird sie vermutlich über den Julier- und Malojapass hinunter ins Bergell geführt haben.

Dort, am unteren Ende des Tals, in Chiavenna, wohnten die Reisenden im Haus des *Vicarius* Antonius von Salis-Tagstein, wo sie weitere Familienmitglieder kennenlernten, so etwa seinen Sohn Ercole, den späteren *Podestà*, mit dem Waldersee korrespondierte. Der *Vicarius* war längere Zeit in Berlin gewesen, so war bei diesem Wiedersehen und später in den Briefen viel die Rede von gemeinsamen Bekannten.[103]

Der Palazzo Salis, den der *Vicarius* 1754 an der heutigen Piazza Castello zu Chiavenna hatte errichten lassen, ist ein eindrucksvoll im venezianischen Stil ausgestattetes Stadthaus mit kleinem Park, das von der Bedeutung der Familie kündet, die das Bergell und das Veltlin beherrschte.[104] Bei ihrem Aufenthalt werden sie von den internationalen Verbindungen der Familie, zumal nach England, gesprochen haben und wenn schon kein Aufenthalt in Soglio oder Bondo möglich gewesen sein sollte, so wird doch die Rede gewesen sein von den stattlichen Häusern und Gärten der Familie. Zumal die Gastgeberin aus Soglio stammte und das weithin sichtbare, reich mit klassizistischen italienischen Stuckarbeiten ausgestattete Haus in Bondo erst wenige Jahre zuvor bezogen worden war.[105]

Antonius von Salis-Tagstein war mit seiner Frau Cornelia von der jungen Angelica Kauffmann porträtiert worden,[106] Bilder, die die Reisenden bestimmt im Tagstein'schen Hause bewunderten, war doch die Fürstin glücklich gewesen, die Malerin 1775 in London kennenzulernen[107] und ließ sich später anlässlich ihres Romaufenthalts 1796 von ihr porträtieren.

Von Chiavenna ging es nach Mailand und zu den Borromäischen Inseln, nach Pavia, Genua, Alessandria, Turin und Moncalieri, wo sie dem König von Sardinien vorgestellt wurden. Waldersee ist von den bedeutenden Städten, den interessanten Menschen und den atemberaubenden Landschaften ebenso begeistert wie von dem längeren Aufenthalt in Genf, das sie über den Mont Cenis erreichen: *Wir lebten in den feinsten Gesellschaften [...] unter lauter interessanten Menschen im Genuße der herrlichsten Natur Scenen, stets den imposanten Montblanc und den spiegelhellen See, mit hundert reitzenden Landhäusern umgeben[,] vor Augen[,] angenehme Tage und verließen nur zu bald diesen seltenen Ort und gingen über Lausanne und Neufchatel nach Bern, und von hier aus einen Umweg über den Grindelwald, um droben in den Gletschern die erstarrte Natur und die fürchterlich schönen Naturscenen in ihrer Größe zu bewundern, machend, über den schrecklichen Brünick durch Cantons Unterwalden, Lucern und Zug nach Zürich, um auch dorten einen Aufenthalt zu machen, und den berühmten Lavater dort kennen zu lernen und seiner zu genießen. In Schafhausen fanden wir unseren in Lindau zurück gelassenen Wagen wieder [...].* Mit diesem reisten sie über Freiburg i. Br. nach Straßburg, wo ihnen Cagliostro begegnete. Zuletzt, von Fürst Franz selbst vorbereitet, *ward dem Markgrafen von Baden in Carlsruhe eine Aufwartung gemacht und über Mainz, Frankfurth, Kassel nach Dessau im November zurückgekehrt.*[108]

Da liest sich schnell darüber hin. Die Mühsal damaliger Reisen, nicht ausgebaute Passstraßen, drangvolle Enge in schlechten Kutschen, die Wetterumschwünge im Gebirge, die ungeübten Flachländer mit vermutlich schlechtem Schuhwerk im felsigen Gelände – all das scheint lediglich in dem Adjektiv *schrecklich* auf, das dem Brünigpass zwischen Ob- und Unterwalden zugeschrieben wird. Es ist wohl so, dass alle Mühsal aufgewogen wurde durch die Fülle des Neuen und Ungewohnten, nie Gehörten und nie Gesehenen. Auch scheint Hoffmann es verstanden zu haben, die Neugier des jungen Mannes zu wecken und ihn über so manche ungenügende Unterkunft, schwer verdauliche Wirtshauskost oder unfreundliche Kutscher humorvoll hinwegsehen zu lassen. Die Weltläufigkeit Waldersees nimmt in jedem Fall zu, sein großer Humor kommt ihm zupass, er lernt Italienisch, das er in den Korrespondenzen mit seinen neuen Bekannten weiter pflegt.

Diese erste Reise diente, so scheint es, allein der Erweiterung des Gesichtskreises, dem gesellschaftlichen Schliff, der Kenntnis, wie es andernorts zugeht. Die zweite Reise mit Hoffmann hatte schon fast den Charakter der Berufsfindung: im März 1782 reisen sie über Dresden nach Schlesien zu den dortigen Gütern des Prinzen Heinrich, sodass Waldersee einen Begriff von schlesischer Landwirtschaft erhalten konnte. Auf dieser Reise lernt er den preußischen dirigierenden Minister von Schlesien, Karl Georg Heinrich Graf von Hoym kennen, der wenig später sein Vorgesetzter werden sollte.

Die Pläne, die der Vater mit seinem erstgeborenen Sohn hat, scheinen sich zu konkretisieren. Die Freude am Zählen, die das Kind schon früh mit bunten Bohnen kultiviert hatte, soll nun in eine im weitesten Sinne ökonomische Berufstätigkeit münden. Der Blick des bald Neunzehnjährigen wird auf wirtschaftliche Zusammenhänge gelenkt, er wird Persönlichkeiten vorgestellt, die ihn ausbilden oder an seiner Arbeitskraft Interesse zeigen könnten. Doch es ist erst ein Anfang.

Im Sommer dieses Jahres nimmt der Fürst seine beiden Söhne, Franz Waldersee und den Erbprinzen, zusammen mit August Rode selbst mit auf eine Reise, die wieder in die Schweiz führt, zu Lavater nach Zürich. Aus einem bruchstückhaft erhaltenen Tagebuch Waldersees und den zugehörigen Korrespondenzen, mehr noch allerdings aus dem Tagebuch, das Waldersee über die große Reise in die Schweiz mit dem Fürstenpaar im Folgejahr verfasst, erschließt sich, dass es nun neben Weltläufigkeit, Sprachkenntnissen und der Erweiterung des Gesichtskreises vor allem um eines geht: Politik.

Waldersee mag in beiden Tagebüchern noch so ausführlich technische Neuerungen, Sitten und Gebräuche der bereisten Gegenden, historische Hintergründe, Theateraufführungen, musikalische Darbietungen an deutschen Fürstenhöfen und humorvoll Zwischenfälle schildern, Zweck beider Reisen ist vor allem die Rettung der Reichsverfassung durch eine Gruppe mindermächtiger Reichsfürsten, worunter sein Vater eine der treibenden Kräfte ist: *Wer wird aber an die Wege gehen, um jedermann zur Mahlzeit einzuladen? Das tut der Fürst von D[essau].*[109]

Waldersee hat in den beiden Jahren 1782 und 1783 die einmalige Gelegenheit, mitzuverfolgen, wie große Politik gemacht wird. Er ist so nah an den Akteuren wie niemand sonst, er beobachtet, führt Buch, übermittelt Nachrichten, hört zu. Über Monate begegnet er immer wieder diesem kleinen, verschworenen Kreis von Menschen, die sich zum Ziel gesetzt haben, die Rechte der minderen Reichsfürsten gegen das Hegemonialstreben Österreichs und Preußens zu verteidigen. Die führenden Köpfe Europas werden von den Akteuren befragt, beauftragt und konsultiert. Die drangvolle Enge der Kutsche erweist sich für ihn nun als Vorteil: Hier wird die Historie abgeklopft nach geeigneten Modellen, aktuelle Politik in Bezug gesetzt zu historischen Ereignissen. Franz Waldersee erlebt mit, wie sich die alte Eidgenossenschaft, jenes Bündnis von 1291, als das beste Modell für den geplanten Fürstenbund herauskristallisiert. Er versteht, dass die Bildungsreformen seines Vaters ein wichtiger Baustein waren für die Veränderung der Gesellschaft, die den Wert des Menschen nicht nach seinem Stand, sondern nach seiner Leistung bemaß. Er versteht, was genau das politische Programm eines Landesherrn umreißt, das sich knapper als mit *Vater Franz* nicht beschreiben lässt.

Am eigenen Leib, im *Philanthropin,* hatte er diese Reformen miterlebt und sieht nun auf seinen Reisen, wie diese Saat aufgeht: Bei den Salis war das 1777 untergegangene *Philanthropin* im Bündner Marschlins sicher Gesprächsthema.[110] 1784 gründete einer seiner Dessauer Lehrer das als Schule bis heute fortbestehende *Philanthropin* zu Schnepfenthal. Er kann verfolgen, wie sein Vater, an die deutschen Fürstenhöfe reisend, immerfort für die gute Sache werbend, seine freund- und verwandtschaftlichen Beziehungen einsetzt, Bekanntschaften pflegt und gezielt erwirbt, um dem Bündnis zur Rettung der Reichsverfassung zum Erfolg zu verhelfen. Der väterliche Freund, Kammerdirektor Hoffmann, ist mit von der Partie.

Franz Waldersee, der nahezu erwachsene Sohn, führt Buch im Auftrag seines Vaters. Er soll festhalten, was in diesen Monaten passiert, von denen der Vater fürchtet, dass sie den Fortbestand seines Fürstentums gefährden könnten. Hat der Vater ihn angewiesen, den konspirativen Charakter seines Tuns in diesen Aufzeichnungen zu wahren, damit sie – sollten sie in falsche Hände kommen – ihn nicht verraten? Oder ist Waldersee tatsächlich so wenig interessiert an den Hintergründen dessen, was um ihn herum geschieht, dass selbst der kundige Leser nur mit größter Mühe und unter Hinzuziehung vieler weiterer Quellen entschlüsseln kann, worum es bei diesen beiden Reisen eigentlich ging?[111]

1783 weilt Waldersee mit der Fürstin, deren Schatulle er verwaltet, und ihrer kleinen Entourage für hundert Tage in Zürich. Der Aufenthalt Fürstin Louises (Abb. 6), ihre täglichen seelsorgerlich begründeten Gespräche mit Lavater, sind die offizielle Erklärung für die Reise, die dem Fürsten ein Alibi für Besuche bei den Partnern des geplanten Bündnisses gibt. Die Tatsache, dass Waldersee in diesen hundert Tagen die republikanische Verfassung seiner Gastgeber mit keinem Wort erwähnt, auch das ausgeprägte Zunftwesen der Stadt nicht näher betrachtet, keine Vergleiche anstellt, nährt den Verdacht, dass er als Sohn zwar folgsam die Lektüre seines Vaters teilt, die historischen Erklärungen aufnimmt, aber selbst nicht in der Lage scheint, weiterreichende eigene politische Schlüsse daraus zu ziehen. In keiner Zeile des ganzen Tagebuchs spürt der Leser politisches Engagement. Hier schreibt kein Analytiker, hier wird wenig beurteilt, es ist keine Initiative zu spüren, hier schreibt ein sehr loyaler und gehorsamer Protokollant.

Ist das nun seine grundlegende Veranlagung? Oder sehen wir die Auswirkungen der verqueren Verhältnisse, in die er hineingeboren wurde? Vielleicht auch die Auswirkungen der Verunsicherung, die sich ihm bereits im Mutterleib übertrug? Wäre er anders mit den Möglichkeiten umgegangen, die sich hier zu politischer Aktivität boten, wenn er sich seiner Position und seines Standes immer sicher hätte sein können? Er führte Buch, nicht mehr.

Das programmatische, leider verschollene Familienporträt, das während dieser Reise vom Zürcher Maler Heinrich Freudweiler erstellt wurde, stellt die Situation, politisch wie persönlich, jedenfalls höchst treffend dar: *Il ammena avec lui un peintre de Zürich, nommé Freidweiler, qui devoit faire de nous touts, un portrait historique. L'idée en fut, que d'un coté Mde la Princesse serait assise à une table avec la Comtesse et Lavater, dont le dernier leurs feroit la lecture, les deux femmes séroient tres simplement habillés, et par terre on trouveroit des coeffures, des nippes et des bigous qu'on avoit jettés, à leurs pieds, ils seroient occupés à écrire et a des travails de femmes. Derriere la chaise de Mde la P. on remarqueroit une autre grouppe faite par le Prince et le Prince héréditaire, dont le premier donneroit un livre, signifiant l'histoire d'Allemagne par Schmidt, et une branche de chênes, comme l'emblème de la liberté de l'Allemagne (das deutsche Feldzeichen) à son fils, pour lui insinuer de travailler en cas de besoin pour les droits de l'Empire. Je devois être tout au coté de la chambre occupé a une table a feulleter des papiers, sur lesquels on trouveroit des dessins d'instruments d'agriculture, et d'Architecture rurale, au mur et posées à la table on verroit des armes, comme une cuirasse, un casque, une lance & c, je paroitrois indecie entre les armes et les papiers, lesquelles je devois prendre, et je me retournerois pour entendre attentivement les paroles du Prince adressés à son fils. Au mur on trouverois suspendu, en tableaux, l'histoire de Guilleaume Tell avec son fils, les trois suisses, fesant leur conspiration, le portrait de Gustave Adolphe, et la quatrieme place vuide, pour le portrait de celui, qui seroit comme ce Roi de Suede, le liberateur de l'Allemagne en pareil cas.*[112]

Ein politisch und ikonografisch hoch aufgeladenes Bild, wo die Damen sich ihres höfischen Schmucks entledigen, Lavater als Cicerone gewürdigt wird, der Fürst den Erbprinzen mit Eichenlaub auffordert, für die deutschen Freiheiten einzutreten, im Hintergrund die Wand geschmückt mit der Geschichte Wilhelm Tells, dem Schwur der Eidgenossen, Gustav Adolph als Befreier Deutschlands und einem leeren Rahmen für den Helden, der dessen Nachfolge nun antreten würde. Das ist die sorgsam überlegte Komposition, innerhalb derer Waldersee sich selbst als Staffagefigur am Rand beschreibt, unentschlossen in Papieren blätternd, auf denen landwirtschaftliche Geräte und Gebäude zu sehen sind, um ihn herum allerhand Waffen.

Alle sind mit großer Politik beschäftigt, sogar die Fürstin, nur Waldersee verliert sich im Klein-Klein und weiß nicht, ob er sich der (Land-)Wirtschaft oder dem Militär zuwenden soll. Der sehr geringe, aber doch signifikante Unterschied zu einem vom Fürsten diktierten Zettel macht die Sache noch deutlicher: *Franz stände an der anderen Seite des Bildes an einen an der Wand gestellten Tisch, auf dem Zeichnungen und Modelle von Ackergerätschaften und neben denselben Schweizer Waffen stünden [...].*[113] Fürst Franz hatte seinem Sohn durch die deutlich als *Schweizer Waffen* zu erkennenden Militaria auf dem Bild ebenfalls eine Rolle zugewiesen, nämlich die, auf den wehrhaften Charakter des eidgenössischen Bündnisses zu verweisen. So, wie Franz Waldersee sich selbst und seine Rolle auf dem Bild darstellt, hat er das nicht verstanden. Ihm war bei der Beschreibung des Bildes nicht der politische Rahmen wichtig, sondern ausschließlich die persönliche Konnotation.

Aus Waldersees sehr gut erhaltenem Nachlass und aus den Bruchstücken, die uns sein Vater hinterließ, geht nicht hervor, ob Fürst Franz enttäuscht war über dieses mangelnde Engagement. Wir wissen auch nicht, ob und welche Hoffnungen er für diesen Sohn hegte. Dass er jedoch eine militärische Karriere nicht befürworten konnte, leuchtet sofort ein: Eine solche Laufbahn hätte Waldersee in ausländische Dienste geführt und damit das Kapital und die Mühen, die in seine sorgfältige Erziehung geflossen waren, dem kleinen Anhalt-Dessau entzogen. Es war also eine konsequente Entscheidung, ihn 1782 zu ökonomischen Studien nach Berlin zu schicken, wo er unter der Obhut seines väterlichen Freundes Hoffmann und des Finanzrats Honig in die Welt wirtschaftlichen Denkens und die Berliner Gesellschaft eingeführt wurde. Er würde einen äußerst sorgfältigen Beamten abgeben. Seine Herkunft, Erziehung und Bildung ließen ihn geeignet scheinen, herausgehobene Stellungen in jedweder Landesadministration erfolgreich auszufüllen. So jedenfalls sah man das in Berlin.

Für den Winter kehrte Franz zu seinen Geschäften und in seine Cirkel nach Berlin zurück. Im Mai [1784] liess ihn der Fürst nach Hause kommen und schickte ihn nach Schlesien, damit er dort an der Breslauer Kammer unter Anleitung des Minister von Hoym arbeiten und Geschäftsroutine erlange und seine Lehrjahre vollende.[114]

Zwischen allen Stühlen: Lebensentscheidungen

Ein ganzes Menschenalter trennte Waldersee, den alten Herrn, von diesen Ereignissen, als er nun in der Abenddämmerung des 11. August 1817 wartete, dass der Trauerzug sich in Bewegung setzen würde. An dem Ort, wo die Liebe seiner Eltern begonnen und sich erfüllt hatte, hier, wo auch seine Geschichte begonnen hatte, mag er sich erinnert haben, wie es ihm selbst mit der Liebe ergangen war. In den Jahren, als er dem Vaterhaus entwuchs, hinaus in die Welt geschickt wurde, entschied sich nicht nur sein beruflicher, sondern auch sein persönlicher Werdegang.

1780 war Franz Waldersee von seinem Erzieher August Rode in das gastfreie Haus des Dessauer Kaufmanns und Tabakfabrikanten Carl Friedrich Bramigk eingeführt worden. Der aus Köthen stammende Bramigk hatte 1763 in Dessau eine auf englisches und französisches Leder spezialisierte Materialwarenhandlung begründet und hielt den alleinigen Vertrieb preußischen Tabaks in allen anhaltischen Landen. Um die Steuern auf den ausländischen Tabak zu vermeiden, mischte er ihn mit einheimischem, um Dessau angebauten Tabak. Die *Hochfürstlich Anhalt-Dessauische privilegierte Tabaksfabrik* bot vielen Menschen Arbeit, ebenso die mit dem Hofrat und Leibarzt Kretzschmar betriebene Vitriolfabrik. Der Erfolg des Unternehmens war nicht nur der globalen Wirtschaftslage geschuldet, sondern vor allem der Weitsicht seines Besitzers, der das Unternehmen auch durch den allgemeinen Niedergang der Tabakverarbeitung und -manufaktur hindurchsteuerte. Bramigk war ein seltener Vertreter des Bürgertums, dem aus eigener Kraft gesellschaftlicher Aufstieg gelang, obwohl er, zu seinem Leidwesen, nicht bei Hofe zugelassen war.[115]

1782 erwarb er das sogenannte Puttkamer'sche Haus Nr. 477, an der Kavalierstraße, Ecke Totenpforte, groß genug für sein Geschäft und als Wohnhaus der Familie. Hier entfaltete der Vater von sechs Töchtern eine Lebensführung, die den Hof in den Schatten zu stellen suchte, und führte ein äußerst gastfreies Haus, wie es auch die Familie des Malers Tischbein erlebte: *Mit der Familie des Handelsherrn Bramigk, eines Handelsmatadors erster Größe, begabt mit allem Stolz und*

Geldbewußtsein seiner Kaste, schlossen die Eltern herzliche Freundschaft. Das weibliche Personal der Familie war teilweise sehr angenehm, besonders die älteste, (damals) unverheiratete Tochter, eine verheiratete, die Doktorin Olberg, und vor allem die über alle Beschreibung edle, feine Mutter, die in ihrem hohen Alter noch schön zu nennen war. [...] Jeden Sonntag gingen wir nachmittags mit den Eltern zu Bramigks, wo erstere eine Partie machten und wir Kinder uns wie Kinder amüsierten.[116]

In just diese älteste, *sehr angenehme* Tochter, Wilhelmine, verliebte sich Franz Waldersee. Vor allem Bertuch und die Brüder Rode, August und Carl, waren eingeweiht in die vier Jahre dauernde Liebesgeschichte mit Wilhelmine Bramigk, die dem Fürsten verheimlicht werden musste: *[...] binn noch keinen ganzen Tag in Dessau gewesen, habe also auch eine gewisse, die Sie wohl kennen, weder gesehen noch gesprochen [...] was meinen Sie dazu? Die große heilige Inquisition verfolgt mich wie Sie sehen[.]*, schreibt Waldersee am 2. Oktober 1782.[117] Ein gutes halbes Jahr später spielte Carl Rode den *postillon d'amour*: *Mis ist noch immer so gegen Sie gesinnt, als Sie sie kennen. Sie ist seit einigen Tagen unpäßlich gewesen befindet sich aber seit gestern besser und wird heute promenieren gehen. Schneiden Sie diese Zeilen ab, und zerreißen Sie selbige, wenn Sie diesen ganzen Brief nicht zereissen wollen.*[118]

In der Schweiz entflammte nun sein *der Liebe empfängliches Herz* für die *Comtesse, Wilhelminen war vergessen.*[119] Die Rückkehr nach Dessau machte die Sache nicht besser, er musste gestehen, dass er Wilhelmine seit seiner Rückkehr nicht gesehen habe, weshalb sie sehr krank geworden sei. Mitleid meint aber wohl hauptsächlich er selbst verdient zu haben: *in was vor ein entsezlich Labyrinth mich die leidige Liebe geworfen hat*, klagt er.[120] Kurz vor Weihnachten, als klar wurde, dass er das Neue Jahr in Berlin beginnen würde, ließ er dem Mädchen durch ihren Onkel beibringen, wie die Dinge stünden und dass eine Verbindung gegen den Willen des Fürsten unmöglich sei. Zum Beschluss der Angelegenheit wurden die Briefe, die sie einander geschrieben hatten, ausgetauscht.[121] Im Juli des folgenden Jahres sollte sich die Spur Wilhelmines in Waldersees Leben verlieren: *Nun auf Ihr Herz. Lieber! Ich freue mich daß Sie jezt meinen Rath sich von Wilhelminen loszureißen als treugemeynt erkennen, und ihn befolgt haben. Sie würden von mehr als einer Seite mit ihr unglücklich worden seyn, und sie selbst unglücklich gemacht haben.*[122]

Umgekehrt scheint dies nicht ganz so der Fall gewesen zu sein. Erst zehn Jahre später war Wilhelmine – wieder – bereit, zu heiraten, den Diakon Schütz von St. Johannis, eben jener lutherischen Kirche, an der am Karfreitag 1761 Fürst Franz zum ersten Mal Johanna Eleonore Hofmeyer erblickt hatte. Ihre Schwestern machten Partien, die den Vater Bramigk über den ausbleibenden Empfang bei Hofe getröstet und seinen gesellschaftlichen Ehrgeiz befriedigt haben dürften: den Dessauer Kammerrat Carl Rode, einen Weimarer Bankier französischer Abstammung, den fürstlichen Leibarzt Olberg, einen französischen Gesandten in Weimar und einen Leipziger Bankier durfte er zuletzt seine Schwiegersöhne nennen.

Was stieß an der Verbindung zur Tochter eines mehr als erfolgreichen Kaufmanns, eines Mannes von Stil und Bildung, der Akzente im gesellschaftlichen Leben der Residenzstadt setzte, auf den Widerstand des Fürsten? In der Person Wilhelmines kann der Widerstand nicht begründet gewesen sein, denn sie war offenbar bestens beleumundet und außerdem dem Fürsten gar nicht bekannt. Anders als mit Standesdenken ist die Sache kaum zu erklären. So sehr Fürst Franz Bürgerliche im persönlichen Umgang schätzte und sich ihnen befreundet gefühlt haben mag, wie etwa den Weimarer Verleger Bertuch, so sehr lebte er doch in einem *höhern Stand.* Und die von ihm anerkannten Kinder eben auch. Sie wurden meist mit Adelstiteln versehen und, insbesondere Franz Waldersee, mit hohen Kosten und Aufwand in eben diesem *höhern Stand* und für denselben erzogen. Eine Heirat war das sichtbarste Zeichen, welchem Stand er zugehörte, da mochte seine leibliche Mutter, Johanna Eleonore, noch so sehr betonen, dass es sie nicht *darnach verlangt in einen höhern Stand zu kommen.* Ihre Liebesbeziehung zum Fürsten hatte für sie und ihre Kinder genau diese Folgen. Obwohl bei Hofe erzogen, hatte Franz Waldersee ganz offenbar Schwierigkeiten, sich selbst entsprechend zu verorten und dies durch die Bindung an eine Frau zu manifestieren. Die Tragweite seiner Liebe zur Bürgerstochter Wilhelmine Bramigk begriff er selbst vermutlich (noch) nicht und wir wissen nicht, wie offen der väterliche Widerstand ihm gegenüber begründet wurde.

Entfernung der Liebenden voneinander, das war noch immer ein probates Mittel. 1781 hatte das Mittel schon ein wenig gegriffen.

Waldersee hatte notiert, dass zwar die Liebe zur Kaufmannstochter fortdauere, er aber auch empfänglich für andere Schönheiten sei. Diese Empfänglichkeit sollte sich zwei Jahre später in einer für das Fürstenpaar gänzlich unvermuteten Richtung äußern.

Waldersee reiste als Schatullverwalter und Ortskundiger mit Fürstin Louise in die Schweiz. Die Fürstin hatte neben ihrer Kammerzofe und dem Kammerdiener Tram ihre Nichte und Pflegetochter Louise Gräfin Anhalt als Gesellschafterin mitgenommen. In Zürich bezogen sie das Landhaus des Herrn Schulthess in Hottingen. In diesem *Wäldli* genannten Gutshaus bewohnte, so schreibt Waldersee in seinen privaten Aufzeichnungen, die *Fürstin die untere und ich die obere Etage, dabey lag ein kleiner Garten in französischem Geschmack und aus den Fenstern hatten wir die Aussicht auf den herrlichen See und die hohen Schweitzer Alpen und trotz der schönen Natur war es oft finster und trübe in meinem Herzen. Meine Geschäfte bestanden in Besorgung der Hauswirthschaft und täglich die Fürstin zu Lavater zu begleiten [...]. Da mir viel Muße blieb, machte ich manche kleine Ausflüchte nach Richterswyl zum Doktor Hotz und am See umher [...].*[123]

Solch ein Ausflug, diesmal jedoch nicht allein, fand auch am 19. September 1783 statt. Franz von Waldersee, der die Gegend schon von seiner Reise mit Hoffmann kannte, führte mit Lavater die kleine Reisegesellschaft auf den Albis, einen Bergrücken zwischen Zürich- und Vierwaldstättersee, von dem aus man bei gutem Wetter bis zur Rigi sehen kann. Durch das schlechte Wetter gezwungen, in der Wirtsstube auszuharren, verfasste wohl Lavater einen Gruß an eine Freundin der Fürstin:

Liebe Berg!
Auf dem schönen Albis Berge
Unter Bergen einen Zwerge
Sitzen wir und dencken dein
Mögtest Du mit bei uns sein!
Unser sind am Tische hier
Zwey und zwey die machen vier
Grade jetzt am Tisch, der Tisch ist rund
Regt weil ich schreibe sich kein Mund.
Louise schreibt auch neben mir

Ich dencke wohl ein Wort von dir,
Die Gräfin zart, die lispelt was
Herr Waldersee schreibt auch n'n Spaß
Und was er schrieb war gut, es freut
Die liebliche Gutmüthigkeit.
Die Gräfin klein wird so genannt,
Sie strickt jetzt mit geschickter Hand.
Herr Waldersee zu neuer Schrift
Spitzt und beleckt jetzt seinen Stift.
Am Tagbuch schreibt die Königin
Der Hertzen, die nach meinem Sinn
Empfindet, denckt und spricht und giebt
Und sehr geliebt, passabel liebt!
den 19ten Sept: 1783 Morgens um 1/2 10 Uhr.[124]

Dieses Gedicht fand sich im Nachlass der *Comtesse*, der *Gräfin klein*, wie sie hier genannt wird, immer zusammen mit Waldersee. Für Louise Anhalt ist die Reise in die Schweiz die erste größere Reise und wir können nur aus dem, was sich in ihrem Nachlass erhalten hat, schließen, welchen Eindruck die Monate in Zürich bei ihr hinterließen. Dieser gereimte Gruß vom 19. September fällt als Erinnerungsstück aus dem Rahmen und lenkt unseren Blick auf diesen Tag. Der offizielle Tagebucheintrag von Franz Waldersee für seinen Vater liest sich nicht so, als sei auf dem Albis etwas Weltbewegendes passiert:

Ayant mangé ce qu'il y avoit de mangeable, nous tentames pour la seconde foi l'avanture, et vinmes au but, la Comtesse et moi dévançant la P. et L. prenant un chemin faux, nous etions obligés de retourner sur nos pas pour faire un tout autre chemin. A la fin nous arriveames à la dite maison, d'où la vue est vraiment tout afait belle. On en découvre tout le lac de Zurich d'un coté, avec toute la cantité de demeures, de villes et de villages au bord, et si le tems est beau on à dans le fond les glaciers et les montagnes de neige du canton de Glaris.

De l'autre coté de la montagne vers le midi, on voit la ville et le Lac de Zug, et dans le fond les hautes montagnes des cantons de Lucern, Uri, Unterwalden, et Schweitz.

Gut versteckt in diesem offiziellen Bericht ist die einzige Erwähnung von Zweisamkeit mit der *Comtesse* in diesem knapp halben Jahr, das sie zusammen auf Reisen sind. Deshalb fällt die Stelle auf. Zudem hat die Tatsache, dass beide hinterherliefen, sich im Weg täuschten und in die Irre gingen, für das Tagebuch und den Vater überhaupt keine Relevanz. Für das Protokoll wichtig war, wer die Wanderung unternahm, was diese Personen sahen oder – nach Möglichkeit in Bezug auf die Eidgenossenschaft – gemeinsam erlebten. Erlebt haben Louise Gräfin Anhalt und Franz von Waldersee allerdings etwas, sogar Entscheidendes, aber nichts, was für die Öffentlichkeit bestimmt war, schon gar nicht für den Vater, und einen Bezug zur Eidgenossenschaft hatte es nur insofern, als sie einen Schwur taten, dort, auf dem Berge hin und her irrend. Und das Wetter, es besserte sich, genau wie die Stimmung des Schreibenden. Auch das fällt auf.

In der Familienüberlieferung vermengte sich der politische Zweck der Reise, der auf die alte Eidgenossenschaft ausgerichtet war und sie als Modell für das Alte Reich begriff, mit dem, was die beiden jungen Leute erlebten, auf ganz eigentümliche Art und Weise. Die Verlobung wird hier auf die Rütliwiese verlegt, dort wo die drei Eidgenossen 1291 ihren Schwur getan hatten: In Zürich *lernten sich Franz Waldersee und die Gräfin Louise Anhalt näher kennen und in dem täglichen Beisammensein begann eine gegenseitige Neigung bald ihre Herzen miteinander zu verbinden. Ehe sie den Ort verliessen, wurden von der Fürstin noch einige kleine Reisen nach Richterswyl und Einsiedeln auch in Lavaters Begleitung nach Luzern und dem Vierwaldstättersee unternommen.*

Bei dieser Gelegenheit kam man auf den Rütly, und dort, auf jener historischen Stelle war es, wo sich Franz mit der jungen Gräfin Louise verlobte und beide sich Liebe und Treue gelobten.[125]

Für sich selbst beschreibt Waldersee die Sachlage, die nicht so einfach ist, wie es scheinen möchte, mit deutlicheren Worten: Er wäre gerne mit dem Fürsten zurückgekehrt, *da ich schon jetzt fühlte, daß wegen des täglichen Umgangs mit der jungen reitzenden Comteß Louise ich vielleicht meiner ersten Geliebten untreu werden und ihr mein Herz schenken würde, was mich in der Rücksicht, der ersten dabey unendlichen Kummer zu bereiten, in meinem Gewissen beunruhigte [...], fand aber nirgends innere Ruhe auß diesem, stets in Gesellschaft mit Louisen [?]. Meine Jugend, mein der Liebe empfängliches Herz, der stete Umgang, das reitzende Local. Alles, alles trug dazu bey, trotz meiner mir selbst mahnenden Vorwürfe, mir eine neue Leidenschaft einzuflößen und auf einem einsamen Spaziergange mit Louisen erfolgte eine Erklärung, worin ich aber offenherzig meine innere Stimmung offenbarte, die sie bereits wußte und bemerkt hatte und hier gestand auch sie eine Gegenliebe und wie sie bereits schon lange ohne Hoffnung dieselbe genährt habe. Es mußte daher Schickung des Himmels sein, uns in solcher Entfernung von der Heymath näher zu bringen. Nach diesem ersten Schritt ward unsere Verbindung immer enger und schläferte sich auch mein Gewissen immer mehr ein und brachte mein Verstand manchen Trostgrund auf, da mir mein erstes Verhältniß untersagt war und ich mir als Gehorsam gegen den Fürsten auslegte, was nur Leidenschaft mir eingab. Die Fürstin schien unsere Liebe zu begünstigen und Lavater selbst, der uns beyde lieb gewonnen fügte zuweilen unsere Hände in einander und dieses ließ Hoffnungen in uns in die Zukunft erwirken, die uns dazu brachten, uns ewige Liebe und Treue zu schwören. Wilhelminen war vergessen und ganz in unseren Gefühlen beseeligt, floßen uns, ganz ohne Hinderniß im traulichen Umgang glückliche Tage dahin.*[126] Wir sehen Lavater förmlich vor uns, entzückt von der *Rotwerderin*, dem *Dümeli*, wie er Louise Anhalt wohl manchmal scherzend nennt, und Waldersee, *bey der Reblaub auf der Bank hinterm Tische sizend, wie Er uns den ganzen Abend Stoff zum lachen war, u: gab, aus seinem aufgewekten innern.*[127]

Anfangs schien die Fürstin diese ihre Liebe zu begünstigen, wurde aber durch den Fürsten umgestimmt, welcher dieser Verbindung nicht geneigt war. So sollten denn für die Verlobten noch schwere Prüfungszeiten folgen, heißt es in der Familienchronik. Diese Nöte sind in den Briefen an Bertuch wiedergegeben: *Als ich ankam, war die allgemeine Sage, mit Louisen wäre ich verheurathet [...].*[128] Und Anfang Dezember 1783, zwei Wochen später, heißt es dann: *Louisen sehe ich täglich habe aber noch kein einzig mal mit ihr gesprochen, überhaupt ist meine Lage entsetzlich.* Sie nutzen jede Gelegenheit: *bey Tafel da die Fürstin neben Luise sass konnten nur unsere Füsse reden*, ein Ball am 30. Dezember lässt wenigstens einen Tanz zu und sie kann ihm Briefe zustecken. Waldersees Mutter, der er sich im Januar anvertraut, tröstet ihn und rät zur Beständigkeit, wie es der Fürst auch zum Abschied tut.[129] 1784 sollte sich dieser Zustand noch verschlimmern, Louise durfte ihn nicht einmal ansehen – wenn man wusste, dass er zur Tafel kam, musste sie mit der Kammerzofe essen.[130] Noch im August schreibt er, er *schwebe zwischen Furcht und Hoffnung.*[131]

Die Hoffnung durfte nach langen Kämpfen obsiegen und das im Herbst 1783 gegebene Versprechen schließlich am 20. Mai 1787 besiegelt werden. Der Braut, Louise, schwindet *alles für Freude.*[132] Endlich naht der Tag, auf den Franz Waldersee und sie seit dem Ausflug auf den Albis hinlebten: *der ganze Morgen verging mit meinem Anzug, der Haufen meiner Zuschauer und Anschauer wuchs mit jeder Minute. Nach 11 ward ich vom Fürsten zur Trauung abgeholt. Gott war Zeuge meiner Vorsätze. Zu Mittag ein grosses Diner. Abend Ball und souper.*[133]

Das klingt einfacher als es war.

Gerade in Berlin angekommen, fasst Waldersee den Plan, sich in einem Jahr nach Breslau als Kriegsrat berufen zu lassen. Auch den Vater kann er dafür gewinnen, er stimmt im März diesem Plan zu: *nach einiger Zeit nehme ich den Abschied und lasse [?] mich in Dessau in einem Posten nieder und dann bin ich am Ziel meines Glücks, kein Mensch soll mir Louise streitig machen, dann soll kein anderer uns etwas zu sagen und uns zu chicanieren haben, dann lass mich rufen, auf die Nase soll mir nicht getrommelt werden.*[134]

Am 1. August 1786 schreibt Waldersee an Louise: *Ich hätte so gerne irgendwo etwas angeschrieben, allein es ging heut nicht; morgen wenn es möglich, muß es doch geschehen, Du wirst, wenn Du es suchen willst, wenn Du zurück kehrest [aus Ems], es gewiß finden in welcher Ecke weiß ich noch nicht, mein Nahme soll seyn ein* Δ. Auf demselben Bogen schreibt er am nächsten Tag weiter und setzt fort: *Wörlitz den 3ten August [1786] Morgens 6 Uhr. / [...] Gestern erhielt der Fürst einen Brief von Deinem Vater, worinn derselbe ihm sagte, da die Fürstinn ihm geschrieben daß sie beyde unsere Heyrath wollten, und darauf* <u>*beständen*</u> *so habe er nichts dawider, und überließ ihm alles. Das Wort bestehen, wollte dem Fürsten nicht ganz gefallen, doch ist die Sache nun vorbey und beygelegt, und ist mir das Glück gewiß Dich bald ganz Mein nennen zu können. [...] Links neben Deinem grünen Schreibtisch unter der Lamberie wirst Du meine Hand finden, ich konnte unmöglich dieses unterlassen [...].*[135]

Offenbar konnte die Kontaktsperre durch treue Bediente, Freunde und Vertraute häufig genug unterlaufen werden. Die Einrichtung, lose Tapeten und Wandverkleidungen boten Verstecke für heimliche Botschaften. Aus den weiteren Briefen lässt sich erkennen, dass es schon mühsam gewesen war, das Fürstenpaar zu überzeugen. Sie kannten die beiden einander Versprochenen am besten, sahen, wie es um sie bestellt war. Franz Waldersee war mittlerweile in Breslau bei der preußischen Verwaltung angestellt, die *Comtesse* lebte fest im Haushalt der Fürstin und hatte dort viele niedergeschlagene Stunden: *Conversation mit dem Fürsten, mein Herz war sehr gepresst [...].*[136] Auch Szenen gibt es in diesen Wochen des Hin und Her, wo alles beschlossen scheint und sich doch nicht verwirklicht.

Ein *diner*, zu dem der Fürst nach Wörlitz bat, mag die Entwicklung begünstigt haben. Außer Prinz Hans Jürge, dem Paten Waldersees, erschienen der das umfassende Vertrauen des Fürsten genießende Oberhofmeister Georg Heinrich von Berenhorst, der mit Vater und Sohn befreundete Erdmannsdorff sowie die leibliche Mutter Waldersees, Johanna Eleonore, nun verwitwete Frau Oberstallmeister von Neitschütz, und Waldersees Schwester Friederike mit ihrem Mann Gottlob von Kalitsch.[137] Der Onkel Louises, der passenderweise in Breslau lebende Landjägermeister Leopold von Wedel, war längst für diese Heirat gewonnen.

Das entscheidende Hindernis aber war Louises Vater, Albrecht Reichsgraf von Anhalt, der – ähnlich seinem Vetter, dem Fürsten – nicht dulden konnte, dass seine Tochter Louise durch Heirat in einen niederen Stand abstieg. Die Angst vor dem sozialen Abstieg war vermutlich gerade in diesen Familien, die durch illegitime oder unstandesgemäße Verbindungen entstanden waren, besonders groß.

Sie ist uns Heutigen so fremd, dass es der Erklärung bedarf. Weil die ständische Gesellschaft so wenig durchlässig war, wurde sozialer Abstieg behandelt wie eine ansteckende Krankheit. Die von ihr Infizierten wurden weiträumig gemieden. Und Albrecht, Sohn des Erbprinzen Wilhelm Gustav und seiner heimlichen Gemahlin, der Kaufmannstochter Johanna Sophie Herre, wusste genau, welche Mühen es gekostet hatte, dort zu stehen, wo er im gesellschaftlichen Gefüge des alten Reiches stand. Ein Vermögen war bezahlt worden, um seiner Mutter, ihm und seinen Geschwistern diesen Stand zu ermöglichen. Den hatte er selbst durch seine Stellung als preußischer Generalmajor, vor allem aber durch die Heirat mit einer Frau aus einer uradeligen Familie gefestigt. Von seinen drei verheirateten Geschwistern hatten zwei es ähnlich gehalten. Die Leistung von Jahrzehnten sah er gefährdet, wenn seine Tochter einen nichtehelich geborenen Abkömmling seines Vetters heiraten sollte. Da tauchte es wieder auf, das Wort von der *beyschläferin*. Die Persönlichkeit des Bewerbers, seine Fähigkeiten und glänzenden Aussichten, seine Equipierung spielten für diese Ablehnung überhaupt keine Rolle, seine Abstammung war das einzige Argument. Dem Grafen ging es ausschließlich darum, den möglichen sozialen Abstieg seiner Tochter zu verhindern.

Das ließ sich heilen. Graf Albrecht von Anhalt wurde durch eine Standeserhöhung seines prospektiven Schwiegersohns mit der Verbindung versöhnt, seine Befürchtungen waren beruhigt. Und er, der zeitlebens über seine Verhältnisse und vielleicht auch seine intellektuellen Möglichkeiten gelebt hatte, erhielt einen Schwiegersohn, der nie ein Wort darüber verlor, dass der Reichsgraf anstelle einer Aussteuer seiner Tochter nur eine jährliche Apanage von 200 rt zusichern konnte, die er vermutlich selten genug ausbezahlte.[138] Nie erwähnt Waldersee dies, es gibt aber die berechtigte Vermutung, dass das Leben des Schwiegervaters von Waldersee mitgetragen wurde und dessen Budget zusätzlich belastete.[139] Mit seiner Pensionierung im Jahr 1800 zog er in das Haus seiner Tochter in Dessau.[140] Seine nicht ganz kleine Pension von 1000 rt war möglicherweise schon für ältere Verpflichtungen verplant. Die Schulden, die er 1802 hinterließ, mögen den finanziellen Zusammenbruch Waldersees befördert haben.[141]

Doch erst einmal lichtet sich der Horizont. Waldersee hat eine feste Anstellung in Breslau und große Aussichten. Er wird zum Grafen erhoben, der Vater zahlt die dafür nötigen 1200 rt. Das seit seiner Geburt gesammelte Kapital soll mit Hilfe des Onkels Leopold von Wedel in ein Rittergut investiert werden, und auch in Breslau kauft er ein Haus an erster Adresse. Die Eltern und der Onkel handeln einen Ehekontrakt aus, die Hochzeit wird im kommenden Jahr stattfinden. Die Heimlichkeiten haben ein Ende.

Vor meinem Schreibtisch von Papieren und Acten umgeben, einen blauen Rock mit pelz gefüttert und eine schwarze sammet Müzze auf dem Kopf, rechts von mir ein kleiner Tisch mit den Resten meiner Mahlzeit und einer Flasche Wein. Doch in der Beschreibung verliehret dieses Gemälde sehr und muß es gesehen werden, ich schließe daher auch davon.[142]

Auf eigenen Füßen

Seit 1745 hatte sich das höfische Zeremoniell in Anhalt-Dessau stark verändert. Schon den eigenen Vater hatte der jüngst Verstorbene vollkommen anders zu Grabe getragen als noch sechs Jahre zuvor die Großmutter: Am 15. Dezember 1751 war Fürst Leopold II. Maximilian von Anhalt-Dessau verstorben, er selbst war elf Jahre alt und Ältester der sechs den Vater überlebenden Waisen. *Die am folgenden Sonntag, den 19. Dezember 1751, geschehene kirchliche Danksagung, schloß der Superintendent mit den Worten: „Es wird auch einer christlichen Gemeinde hierdurch bekannt gemacht, daß unser verstorbener Hochseliger Landesherr vor Dero tödtlichem Hintritt schriftlich befohlen, daß nach Deroselben Absterben weder geläutet, noch die Kirchen- und andere Musik eingestellt, noch auch von Niemandem außer Denjenigen, welchen es anbefohlen werden wird, Trauer angelegt werden soll."*

Der entseelte Leichnam wurde darauf in völliger Uniform in einen mit schwarzem Sammt überzogenen und mit goldenen Tressen besetzten Sarg gelegt und den 23. Dezember ohne alles Gepränge, ganz in der Stille, durch die Fürstlichen Hof=Cavaliere und Räthe in der fürstlichen Gruft in der Schloß und Stadtkirche beigesetzt.[143]

Nein, eine Uniform hatte man Leopold III. Friedrich Franz von Anhalt-Dessau 1817 bestimmt nicht angelegt. Aber der Sarg war nun verschlossen, jede Fackel entzündet, der Zug setzte sich in Bewegung. Wie bei seinem Vater, kein *Gepränge, ganz in der Stille*. Waldersee hat noch viel Zeit, das Vergangene zu bedenken.

Nach den Studien in Berlin, inzwischen auch Freimaurer, geht Waldersees Plan schon 1784 auf. Er erhält eine Anstellung als Kriegsrat in der preußischen Verwaltung Schlesiens und arbeitet von da an gerne und offenbar sehr erfolgreich unter dem dortigen dirigierenden Minister Karl Georg Heinrich von Hoym. Nach einem abgebrochenen Studium und kurzer Zeit beim Militär entfaltete Hoym seine glänzenden Fähigkeiten bei der Breslauer Kriegs- und Domänenkammer. Die Vermählung mit der Erbtochter Antonie Louise Freiin von Dyhern und Schönau und das Erbe der Herrschaft Dyhernfurt ermöglichte es ihm, ein großes und vornehmes Haus zu führen.

Bereits 1770 war er zum dirigierenden Minister von Schlesien ernannt worden, was die Führung einer von Berlin völlig unabhängigen Verwaltung bedeutete. Das gewinnende Naturell des Ministers, seine geschmeidige, gastfreie Art machten das Hoym'sche Haus zum gesellschaftlichen Mittelpunkt Breslaus. 1782 schon hatte Franz von Waldersee mit dem Kammerdirektor Hoffmann die schlesischen Besitzungen des Prinzen Heinrich von Preußen bereist, bei dieser Gelegenheit auch seinen zukünftigen Vorgesetzten kennengelernt.[144] 1784,[i]*m Mai liess ihn der Fürst nach Hause kommen und schickte ihn nach Schlesien, damit er dort [...] seine Lehrjahre vollende. [...] Franz wurde als Assessor bei der Kammer in Breslau angestellt[.]*[145] Schlesien profitierte von den vielfältigen, unter Hoyms Regierung vorgenommenen Reformen, die Bevölkerung wuchs um ein Drittel, der Handelsverkehr verdoppelte sich. Als Assessor unter Hoym konnte Waldersee eine Menge über Verwaltung und Landesverbesserung lernen. Wie sehr er in diesen Fächern reüssierte, belegt die Bitte Hoyms an Fürst Franz, seinen Sohn für eine dauerhafte Tätigkeit in preußischen Diensten freizugeben. Dass Waldersee großen Anteil genommen hätte an den politisch sich neu ordnenden Verhältnissen oder gar Initiative hätte ergreifen wollen, ist jedoch auch unter dem Lehrmeister Hoym nicht zu erkennen.[146]

Nach seiner Ankunft in Breslau gab es auf der Kammer viel mit der Huldigung [der Schlesier vor dem neuen preußischen König, Friedrich Wilhelm II.], welche auf den 15. Oktober [1786] festgesetzt war. Der Kriegsrath von Waldersee erhielt den Auftrag, im Hatzfeldschen Palais ein dem Könige zu gebendes Fest zu arrangieren. Am Tage der Huldigung war er nicht wenig verwundert, unter den verlesenen Standeserhöhungen bei den Grafen auch seinen Namen zu hören und wusste nicht, wie er zu dieser Gnade komme, bis ihm der Minister Hertzberg erzählte, dass kurz vor Beginn der Zeremonie er ein eigenhändiges Billet vom Könige erhalten habe, mit dem Befehl, den Minister von Hoym, den Oberbergrath von Reden und ihn [auf] in die Zahl der zu ernennenden Grafen aufzunehmen. Auf den Rat des Ministers Hoym und des Landjägermeisters von Wedell fasste Franz den Entschluss, sich in Schlesien anzukaufen, und dazu das seit 1767 für ihn gesammelte Kapital zu verwenden, welches er jetzt bei seiner Majorennität ausbezahlt erhielt.[147]

In seinen privaten Aufzeichnungen betonte Waldersee anderes: *Im Jahr 1787 wo ich bereits in Breslau angestellet war, bat ich da ich bereits seit drey Jahr majorenn war zu einem Güter Ankauf um mein Capital, und erhielt zu meiner nicht geringen Verwunderung, in Allem von meinem gesammelten Capital nur 30000 f[l], und sahe daher ein, daß mein ganzes gesammeltes Geld die ganze zwanzig Jahr lang todt ohne Zinsen davon zu [ziehen?] gelegen hatte, mir ein Schaden von 21048 f bis dahin, nicht zu rechnen der Zinsen die ich durch Mangel dieses Capitals bis hiehin verlohren habe.*[148]

Hier sehen wir nun zum ersten Mal das kindliche Vertrauen in den Vater wanken. Waldersee mag tatsächlich damit gerechnet haben, dass die ihm zugesprochenen 2000 rt pro Jahr ihm ungeschmälert zustanden, aber die fürstliche Kammer oder der Vater, vielleicht auch beide gemeinsam, rechneten anders.

Was an Kosten nachweislich entstanden war, darüber war Buch geführt worden: Monatsgelder von 41 rt 16 gr für die Monate in Berlin (1781–1784), 1783 nach Berlin gesandte 1500 rt, 1784 nach Berlin gesandte 1000 rt, 400 rt zur Reise und Einrichtung in Breslau, 1784 in Breslau erhaltene Quartalsunterstützung von 333 rt, in den Jahren 1785 und 1786 dort erhaltene Unterstützung von je 1000 rt, 1787 nochmals 500 rt. Eine Reise im Jahr 1781 nach Lauchstädt schlägt mit 150 rt, die große Reise nach Italien und in die Schweiz mit 1053 rt zu Buche. Die Reise 1783 in die Schweiz wird nicht berechnet, weil er dort eine höfische Funktion übernommen hatte.[149] So blieben nach Berechnung der Kammer nach 20 Jahren von Waldersees Apanage noch 30 000 rt übrig, die ihm ausbezahlt wurden.

Die Differenz zwischen den 40 000 rt, mit denen Waldersee zuzüglich Zins und Zinseszins insgeheim gerechnet hatte, und der ausbezahlten Summe ist ein schwelender Konflikt, der hier zum ersten Mal deutlich sichtbar wird. Auch später, als er selbst Kinder hatte und in ähnlichen Verhältnissen erzog, kam ihm nie die Idee, die ihm dabei entstandenen Kosten ins Verhältnis zu setzen zu dem, was seine Lebenshaltung, für deren Bestreitung die Apanage ja gedacht war, den Hof gekostet haben mag. Nur das Bargeld, das ihm ausgehändigt wurde, das zählte er, wie damals die bunten Bohnen.

Ich ward mit aller Sorgfalt über meinen Stand erzogen, auf Reisen geschickt, erhielt Taschengelder, war beinahe zwey Jahr in Berlin zur Aus-

bildung in den größten Cirkeln, die Kosten davon sandte mir der Herzog aus meinen Mitteln. Alles dieses habe ich aufgezeichnet und in beiliegender Tabelle in Ausgabe gestellt. Die Gehälter der für ihn angestellten Diener, Erzieher und Waschfrauen, die Kosten des fürstlichen Stalls, der Küche scheinen ihm nicht in den Sinn gekommen zu sein. Standesgemäße Kleidung, die für seine Ausbildung nötigen Bücher, die Ausstattung und der Unterhalt seiner Zimmer in Dessau und Wörlitz, von Arztkosten oder anderen ungeplanten Ausgaben zu schweigen – all das verschwand vor seinen Augen in den allgemeinen Kosten der fürstlichen Hof- und Haushaltung.

Später hat Waldersee einmal selbst einen jährlichen Etat aufgestellt, da entfallen auf jedes Familienmitglied 500 rt Lebenshaltungskosten.[150] Angenommen, der Hof habe für ihn zwanzig Jahre lang diese Summe ausgegeben, dazu das oben Genannte und würde den Rest mit – allerdings sehr moderaten – 3 Prozent jährlich verzinsen, dann kommt man tatsächlich ungefähr bei der ausbezahlten Summe von 30 000 rt an. Hat sich nie jemand die Mühe gemacht, ihm das einmal vorzurechnen? Oder getraute er selbst sich zunächst nicht, die Rechnung der Hofkammer offiziell in Zweifel zu ziehen?

Jedenfalls behielt er seine Zweifel für sich, aber sie sollten wiederkommen und sich in qualvoller Weise in seinem Herzen breitmachen. Sie sollten einen Raum einnehmen, der auch heute noch für jeden, der seinen Nachlass studiert, quälend ist.

Erst einmal, zu Beginn des Jahres 1787, wischt er die Bedenken beiseite. Er ist dabei, sich von seinem Vater zu emanzipieren. Der Beitritt zur Freimaurerloge *Royal York de l'Amitié* 1784[151] könnten wir als ersten solchen Schritt deuten – in Dessau sollte die Freimaurerei noch lange verpönt sein, obwohl sehr viele Menschen im engsten Umkreis des Fürsten sich dieser Bewegung angeschlossen hatten, beginnend mit Erdmannsdorff und Bertuch. In Breslau und Schlesien bewegt sich Waldersee in einem Kreis von Menschen, die ihm beruflich und gleichzeitig über die Freimaurer verbunden sind. Diese Beziehungen sind die ersten, die nicht durch seinen Vater entstanden sind und spielen deshalb eine besondere Rolle. Auch die Beziehung zu seinem Vorgesetzten wurde nach der Hochzeit mit Louise enger und spielte immer mehr ins Private, Gräfin Hoym übernahm neben der Fürstin von Anhalt-Dessau die Patenschaft für das erste Kind, das dem jungen Ehepaar geboren und nach ihren beiden Patinnen Louise Antoinette getauft wurde.

Waldersee etablierte nicht nur einen großen und lebhaften Freundeskreis in Breslau, der bis an sein Lebensende wichtig blieb. Er legte noch vor der Hochzeit den Grundstein für eine standesgemäße Existenz. Hierzu war neben seiner großzügigen Ausstattung durch den Fürsten und seiner Bestallung in der schlesischen Verwaltung auch ein Rittergut vonnöten. Der Onkel Wedel beriet ihn, und Waldersee erwarb für 56 500 rt ein Haus in Breslau sowie die Güter Groß- und Klein-Bresa im Kreise Neumarkt.[152] *Die schöne Gegend, der herrliche Wald, die lachende Wiese* locken sie häufig nach Bresa, im November richten sie das Haus ein und dann heißt es: *gleich nach Tisch nach Bresa, den ganzen Abend geschäftet, auch gekocht, denn die neue Schleussern konnte nichts.*[153]

Das Breslauer Haus stand gegenüber dem Hatzfeld'schen Palais, in der Albrechtstraße, also in unmittelbarer Nähe des Ring genannten Marktplatzes. *[I]ch fand es allerliebst,* schreibt Louise, nun frisch vermählte Gräfin Waldersee.[154] Es war offenbar so stattlich, dass der Fürst, als er im August zur Truppenrevue nach Breslau reiste, zusammen mit Carl-August von Weimar bei seinen Kindern wohnte.

Die jungvermählte Gräfin Waldersee empfängt die Herren: *jezt wirst Du nun schon den Freuden Schreck des Fürsten Ankunft gehabt haben [...]. Du bist also Schwanger wie es denn wirklich alle Großmütterchens und Mühmchens hier aus Dessau schon einige Tage nach Deiner Hochzeit beqakelt und beschwazt hatten – [...].*[155]

Nicht nur im Rückblick waren die Jahre in Breslau besonders glücklich. Die Zeit als junges Ehepaar, auf eigenen Füßen stehend, scheint gänzlich ungetrübt. Jeden Abend sind sie eingeladen oder haben selbst Gäste, es wird viel Hausmusik gemacht, sie genießen das kulturelle Angebot der schönen Stadt.

Die Trübung versinkt, die das Verhältnis der Eheleute zum Fürstenpaar vor der Eheschließung erfahren hatte. Die Zeit des Ringens der Jungen um ihr Glück war just in die Zeit gefallen, als das Fürstenpaar sich trennte. Das diente auch ihnen im Nachhinein vielleicht als Erklärung für viele unverständliche Wendungen. Neben den großen politischen Themen gab es in Dessau und Wörlitz auch große private Probleme zu lösen, wie wir dem Tagebuch der Fürstin entnehmen können: 1786 *So war ich denn allein dieses Jahr anzufangen, und aufgehoben waren die Ehelichen Physischen Pflichten, doch nicht entfesselt blieb ich: O! wie sie da rasselten die Ketten! es war mir da weil meine Gesundheit auch so litte und ich im Kopf das mich Taub machende Getöhse spührte als solten sie mir […] hörbahr bleiben die so tief gefühlten leiden meiner Seele und meines Herzens […].*[156]

Haarrisse

Waldersee, der gealterte Mann des Sommers 1817, hatte viel Zeit damit verbracht, über das Verhältnis zu seinem Vater nachzudenken. Jetzt, mit Blick auf den Sarg des Vaters, traten ihm diese Gedanken wieder ganz plastisch ins Gedächtnis.

Damals, in jenen Jahren seiner ersten Volljährigkeit, als er selbst sich bemühte, auf eigenen Füßen zu stehen, sich eine Existenz aufzubauen, eine Familie zu gründen, unabhängig vom Dessauer Hof zu werden, waren für seinen Vater viele andere, für diesen deutlich wichtigere Ereignisse zusammengekommen: Die Planung des Fürstenbundes mit rastloser Reisetätigkeit und unentwegten verfassungsrechtlichen Überlegungen hatte Fürst Franz zweifellos enorm, vielleicht sogar übermäßig angestrengt.

Es waren Jahre kolossaler Anspannung gewesen, wo er an führender Stelle und im Verborgenen agierend versuchte, in die Reichsgeschichte einzugreifen. Mit dem Bündnisschluss der drei Kurfürsten, Brandenburg, Sachsen und Hannover, am 23. Juli 1785 war das Engagement der Fürstenbundplaner um Fürst Franz, den Markgrafen von Baden und Herzog Carl August von Weimar zwar gescheitert, aber noch nicht vorbei. Und die gesundheitlichen Spuren des nicht zustandegekommenen Bundes waren, zumindest bei Fürst Franz, seinem Vater, nicht zu übersehen.

Schon zwei Tage nach dem Bündnisschluss entlud sich seine Anspannung in *Auftritten* in Wörlitz. Eine Woche später schreibt Fürst Franz, sein Gesundheitszustand erlaube es nicht, sich in großen Häusern zu zeigen. Trotzdem reist er noch einmal nach England, muss die Reise jedoch aus gesundheitlichen Gründen abbrechen. Als Fürstin Louise ihn in Leipzig wiedertraf, klagte er über Schmerzen und *sahe schlimm aus.*[157]

In dieser wüsten, gesundheitlichen Verfassung spitzten sich die ehelichen Schwierigkeiten des Fürstenpaares in einer Weise zu, dass eine Trennung unabdingbar schien: Zurück in Dessau und Wörlitz, kam am 11. November 1785 *der F: wieder, und nun waren es für mich besonders schlimme Tage am 17 begaben wir uns nach D: und am 19 war*

Abb. 1: Portrait der Gräfin Louise, gen. Loulou von Waldersee, Öl/Leinwand., Johann Friedrich August Tischbein, ca. 1795, Verbleib unbekannt.

(vorherige Doppelseite) Abb. 2: Ansicht des Waldersee-Palais zu Dessau von der Gartenseite aus, Mischtechnik auf Karton, Heinrich Olivier, 1826, mon. H. O. und dat., Privatbesitz.

Abb. 3: Portrait des Fürsten Leopold III. Friedrich Franz von Anhalt-Dessau, Öl/Leinwand., Anton Maron, wohl Rom 1766. Germanisches Nationalmuseum Nürnberg, Inv. Gm1314, aus dem Besitz der Grafen Waldersee.

Abb. 4: Portrait der Johanna Eleonore von Waldersee, geb. Hofmeyer, Öl/Leinwand., deutsch um 1765, Privatbesitz.

Abb. 5: Dieser Hirsch von 16 Enden, Kupferstich nach einer Zeichnung des Joh. Elias Ridinger, Martin Elias Ridinger, Augsburg 1765. Kulturstiftung DessauWörlitz, Grafische Sammlung, Inv. Nr. IV-1031.

Abb. 6: Fürstin Louise von Anhalt-Dessau, Pinsel und Tusche auf Papier, deutsch, 2. Hälfte 18. Jahrhundert, vermutlich Friedrich Rehberg, Zürich, 6.9.1783. Österreichische Nationalbibliothek Wien LAV IX/77/3171.

Abb. 7: Scherenschnitte der drei ältesten Waldersee-Kinder, Loulou, Franz und Eduard, ca. 1795, Privatbesitz.

Abb. 8: Portrait des Grafen Franz von Waldersee, Öl/Lwd., Kopie nach Johann Friedrich August Tischbein von ca. 1795, Privatbesitz, Verbleib des Originals unbekannt.

Abb. 9: Salon im Palais Waldersee zur Gartenseite, unsign. aquarell. Bleistiftzeichnung um 1815, Privatbesitz.

Abb. 10: Gruppenportrait von Marie, Amélie und Loulou Waldersee im Profil, Heinrich Olivier, lavierte Tusch- und Bleistiftzeichnung, zum Geburtstage der Mutter, 3.9.1814, Verbleib unbekannt.

Loulon

mir so zugesezt worden daß meine Kraft mich verließ und ich mich die ganze vorige Nacht bis um gegen Mittag mit verschloßenen Thüren der betrübniß überließ und nichts that als weinen und einen brief dem F: schreiben worinn ich zur bedingung verlangte über allen jetzigen zwist nur zwey zeugen zu haben Berenh[:] und H:[äfeli] und so in stihlen berathschlagungen mit beyden floßen die Stunden und Tage dannach für mich Trostloß hinn bis zum 22 wo F: nach W: fuhr[.] Ich aber blieb und noch Schriftliche vorstellungen aufsezte am 25 kam der F: zurück dem ich das geschriebene einhändigte und keine Entschließungen wurden genommen am 26 muste ich auch nach W: mein Sohn war auch mit und ging alle Vormittag für Stunden zu H: mir war so fatal zu Muthe daß ich jeden Morgen in diesen grauen Winter Tagen früh vor Sonne[n] Aufgang im Garten herum ging [...] am 4 zeigte mir der F: sein Schreiben worin Er Berenhorst den Antrag macht eine Weile Oberhofmeister meines Sohnes zu werden und alles allein seine Erziehung zu dirigieren [...] am 12 sagte mir der F: Er habe von Berenh: eine Antw: bekommen von 15 Seiten zeigte mir sie aber nicht am 16 bekam ich diesen brief doch zu sehen [...] am 22 mußte ich an Berenh: schreiben bekam auch Antw: von Ihm, und hatte noch nehmlichen Abend üble Zeit über den andern haupt Punkt der nächst meines Sohnes Erziehung die Ursache meiner Leiden vermehrte [...] mir war dabey seit Anfangs Nov: gar krank und weh zu Muthe [...]. So zieht sich das bis Ende Dezember. Am 29. Dezember 1785 *Abends spührte ich ein [...] Sausen im Kopf wodurch mein Gehör erschwert wurde so daß ich für Taubheit bange zu Kretz: schikte [...].* An Silvester noch einmal *schreckliche Aergerniß und betrübte Scene mit dem F: [...] und dieses Jahr Trauriger und kränker endigte als noch keins [...].*[158]

Die *rasselnden Ketten* der Ehe mochten gelöst sein, die Erziehung des Erbprinzen neu geordnet, aber so rechte Ruhe wollte in Dessau und Wörlitz noch nicht einkehren. Waldersee hob einen Brief des mit Vater und Sohn gleichermaßen befreundeten Architekten Erdmannsdorff auf, den dieser seinem Freund und Auftraggeber in diesen offenbar auch für alle Umstehenden aufwühlenden Monaten schrieb, wo sich die Aufregungen der großen Politik mit den Aufregungen des Herzens ungut mischten: Des Fürsten Gesundheit, sein Leben, lägen ihm, dem Freund, teuer am Herzen, genau wie allen Untertanen, die nur ein bisschen denken könnten. Noch wichtiger, so Erdmannsdorff, sei ihm jedoch die Ruhe und innere Zufriedenheit des

Fürsten. Es bereite ihm Kummer und er mache sich Sorgen, ob der Umgang mit einer gewissen jungen Person und die Umstände, unter denen er momentan lebe, dem Befinden des Fürsten nicht höchst nachteilig sein könnten. Vorsichtig signalisiert er Verständnis für das Begehren, auch für den Glauben, dass man seiner Gesundheit einen Dienst erwiese, wenn man ihm nachgäbe.

Erdmannsdorff spricht hier mit höchster Diskretion von der Tochter des Gärtners Schoch und mahnt dringend zur Mäßigung – bei aller Begeisterung für sinnliche Reize. Nicht leichtfertig ist dieser Brief geschrieben, sondern mit äußerster Vorsicht. Aus Freundschaft wolle er die Zweifel und das Unbehagen an der ganzen Sache nicht verschweigen. Mehr noch: Er würde sich ein Schweigen selbst nicht verzeihen. So fragt er den Fürsten, ob er denn sicher sein könne, dass er es nie bereuen werde, sich von seinem heiligen Eheversprechen losgesagt zu haben? Und woher er die Gewissheit nehme, dass die Fürstin nicht eines Tages bereuen werde, Rechte preigegeben zu haben, über die sie vielleicht gar nicht so weit verfügen konnte?

Auch möge er bedenken, welchen Effekt seine Handlungen auf das Gemüt des Sohnes und für die Moral und Sittlichkeit des Volkes, dem er immer Vorbild gewesen sei, haben würden. Nicht nur sein eigenes Volk blicke auf ihn, sondern ganz Deutschland. Seine Tugenden dienten allgemein als Vorbild, zumal seinem eigenen Stand. Bei manch einem Fürsten würde nicht viel Aufhebens gemacht werden, er als Freund wolle jedoch dem Fürsten nicht die geringste Schwäche nachsagen können. Er wüsste noch eine Menge weiterer Argumente, schreibt Erdmannsdorff, hielte aber den Fürsten für zu klug, diese nicht selbst zu bedenken. Zuletzt betont der Briefschreiber noch einmal den Grund für sein Schreiben: die tiefe, fast lebenslange Freundschaft, die sie solange verbände, dass er sich nicht ruhig ins Grab legen könne, wenn er hier ganz schweigen würde.[159]

Es spricht für den Angesprochenen, den Fürsten, dass er Freunde hat, die ihrem Herzen einen solchen Brief abringen. Auch August Rode gehörte dazu. Jedoch, genützt haben die Einwürfe der Freunde und Vertrauten herzlich wenig, ihre Einlassungen wurden ihnen vermutlich nachgetragen. Fürst Franz ergab sich nicht nur den Reizen der Gärtnerstochter Louise Schoch, sondern zeitgleich auch jenen der Johanna Magdalena Luise Jäger. Mit beiden zeugte er in den kommenden Jahren zwischen 1788 und 1793 insgesamt sechs Kinder. Seiner Stimmung und seinem Gesundheitszustand scheinen diese Verhältnisse, zumindest kurzfristig, zuträglich gewesen zu sein.

Es ist, schreibt der an der Einigung beteiligte Berenhorst, *der Fürst gegenwärtig so wohl und vergnügt, als ich Ihn seit langer Zeit nicht kenne. Hiervon sind zwey Ursachen: die erste, die so ausgezeichnete Gunst, Zutrauen und Freundschaft, eines gewissen Großen, der Ihnen bekannt ist, und welche sich stets mehr ausbreitet und befestigt. Zweytens, ein gewißes, zwischen der Fürstin und ihrem Gemahl, getroffenes Auskunftsmittel, das bis dato, der Himmel gebe ferner! ihr Einverständniß und ehliches Leben, auf dem bestmöglichen Fuß gesezt hat. Ihnen mehr hiervon zu sagen muß ich dem Fürsten selbst überlaßen, der es auch vielleicht schon gethan hat. Ich würde von dem ganzen Arrangement weniger hoffen, wenn ich nicht sehr erwünschte Veränderungen, in dem im Grunde doch edlen und guten Charakter der Fürstin, wahrzunehmen täglich Gelegenheit hätte. Ein großer Theil dieser glücklichen Umwandlung, kann den weisen, redlichen, und Christlichtugendhaften Einfluße des Hofcapellan Häfeli, zugeschrieben werden. Dieser Mann [...] hat in dieser ganzen Zeit, das was ich Ihnen sage, durch unzweydeutige Proben bewährt. / Die Fürstin hat nunmehr ihre völlige Residenz zu Wörlitz aufgeschlagen. Sie lebt daselbst mit Häfeli und der Comteße. Alle Donnerstage bittet sie Leute aus der Stadt und Fremde zu sich heraus, und alle Sonntage kommt sie nach Dessau und hält Cour. Der Fürst gehet zwischen Dessau und Wörlitz ab und zu wie gewöhnlich.*[160]

Sozusagen zwischen Skylla und Charybdis navigierend, versuchten Franz von Waldersee und Louise Gräfin Anhalt in diesen Jahren, ihren Schwur vom Albis wahrzumachen. Guter Rat kam den Liebenden von mehreren Seiten: *Ihre jetzige Lage mit Ihrer lieben Lxx ist freylich etwas hart, da die unsterbliche Juno eine ewige Scheidewand zwischen Sie beyde stellt. Aber als Ihr Freund und Bruder, der Sie liebt, und die Verhältniße unpartheyisch sieht, muß ich sie noch auf einige Zeit zum geduldigsten Ausharren auffordern. Entschädigen Sie sich durch einen sichern Weg durch Briefe; schreiben Sie Lxx und sprechen Sie Ihr, als ein Mann, Ruhe und Gedult ins Herz. Was wollen, was könnten Sie sonst jezt für einen Schritt thun Lxx aus ihrer jetzigen Lage zu reißen, der Ihnen und Ihr nicht äußerst fatal wäre? Ein einziger zwar wäre neml- den Fürsten, Ihren Sie gewiß liebenden Vater, ganz zum Vertrauten Ihres Herzens zu machen; ihm Ihren Plan, Lxx erst in einigen Jahren und nach Ihrer gemachten Carriere, zu heyrathen, und mit ihr glücklich zu seyn, indeßen ihr aber doch wenigstens eine ruhige leidenfreye Lage zu bewürken, offen und treu vorzulegen, und um seine Mitwürkung dazu zu bitten; dieß wäre noch ein Schritt der auf das Herz Ihres Hr. Vaters würken könnte; ich weiß es aber nicht, ob Sie ihn wagen wollen und dürfen, Lieber;* beruhigt Bertuch den jungen Mann 1784.[161]

Als sich nach zwei Jahren die Situation immer noch nicht geklärt hat und sich bei Franz Waldersee und seiner Braut, die sich eine solche nicht nennen darf, die Hoffnung auf eine Lösung zu verflüchtigen droht, beantwortet Berenhorst geduldig alle Fragen Waldersees und zeigt Lösungsmöglichkeiten auf: Frage. >*Ich stehe bey dem Fürsten in dem Argwohn von Mangel an Zutrauen – er glaubt nicht daß ich ihn liebe.*< Antwort. *Daß der Fürst an Ihrer Liebe zu ihm zweifeln sollte, wäre ein Unglück für sie beyde; aber das vermuthe ich keineswegs: Besorgniße, die sich auf verschiedne Data gründeten, Daß Sie gegen ihm nicht offenherzig genug zu Werke giengen, hat er mir einigemale mitgetheilt, und diese Data schienen mir nicht alle wiederlegbar. Mein guter Rath hierüber bestehet einzig in der so bekannten als zuverläßigen Maxime: nähere dich edlen Menschen offenherzig und bieder, so kommen sie dir bieder und offenherzig entgegen. Bey dem Fürsten vornehmlich, in dessen Charakter diese beyden Tugenden Hauptzüge ausmachen, wird die Ausübung dieser gedachten Maxime, ihres Zwekes gewis nicht verfehlen. / Was die Angelegenheiten Ihres Hertzens mit der Comtesse anbetrift, so waren mir dieselben bereits mit eben den Umständen bekannt gemacht worden, welche Sie, mein werthester, mir jezt eröfnen.* Er habe bisher nur gehört, dass Fürst und Fürstin *nicht im geringsten dawider* seien. Allerdings seien sie ja beide noch jung und könnten warten, denn die Gründung eines Haushalts in Breslau sei doch teuer. *Wer ein solches Mädgen wie die, in Zeit von wenigen Jahren zur Frau zu haben so sichere Hoffnung hat, wäre doppelter Streiche und des Verlustes seiner ganzen Anwartschaft werth, wenn er sich nicht im Zaum halten könnte und liederlich würde.*[162]

Das *Mädgen*, jetzt Braut, schildert ihrer Zürcher Freundin, wie es zuging, als Waldersee, den Rat beherzigend, nach Dessau kam: *Denn 2 Jahre lebten wir in Entfernung und in sehr großer Unentschiedenheit unseres Schicksals – Den 11. Juli kam e r wieder nach Dessau, und obgleich wir sicher waren, uns unverändert zu finden, so durften wir doch an weiter nichts denken, keiner wagte es auch zu hoffen – ich Gott weiß am wenigsten – Demohngeachtet fügte es sich alles so unerwartet, daß Fürst und Fürstin würklich freiwillig in unsere Verbindung einwilligten – Dieses geschah in den letzten Tagen vor unserer Abreise, und es waren so heiße, von so viel anderen Sachen gedrängte und angstvolle Tage, daß wir uns fast garnicht genießen konnten. Ach, wer weiß, wann ich ihn wiedersehe – [...].*[163]

Die Versprechung wurde veranstaltet und es *erfolgte die förmliche Anwerbung von Fürst und Fürstin und des Bräutigams an Graf Albrecht Anhalt.*[164]

Nun, denkt man, in Waldersees Nachlass lesend, werden sich die Gemüter beruhigen, alles wird sich fügen. Das Verhältnis zum Vater ist, hofft man, wieder in den vorigen Stand gesetzt: *Dieu veuille conserver la precieuse vie de ce Prince admirable, et de ce pere incomparable aussi bien de ses sujets que de ses enfants et qu'il soit à l'avenir aussi heureux qu'il le mérite d'être par le bonheur qu'il cause dans le cercle où il vit.*[165]

Jedoch, über Geld ist bisher noch nicht gesprochen worden. Und spätestens jetzt zeigen sich die Haarrisse im Verhältnis zwischen Vater und Sohn, die sich noch nicht sofort, aber doch bald auswirken werden. Das Geld ist der Anzeiger für das fortbestehende Machtgefälle zwischen Vater und Sohn. Im Vorfeld der Hochzeit geht es um die Ausbezahlung des bei der Kammer gesammelten Kapitals, das Franz Waldersee vertraglich zusteht, es geht um die Ausstattung der Braut, es geht um die väterliche Zustimmung zum Kauf von schlesischem Grundbesitz, die der Vater gibt und dann wieder zurückzieht und es geht um den Hochzeitstermin, den sich die Liebenden noch vor Ostern erhoffen – auch ein solcher Termin hat finanzielle Konsequenzen: *Ich glaubte nicht noch zuletzt daß dergleichen vorfallen, und solche Verdachte in des Fürsten Kopf aufsteigen sollten. Deinem Rath, an den Fürsten um decisive Resolution zu schreiben, werde ich nächstens befolgen, jedoch muß ich vorher erst dessen Antwort auf meinen am 28ten abgegangenen Brief abwarten, von dem ich Dir auch bereits geschrieben habe, und den Du vielleicht selbst zu Gesichte bekommen wirst. [...] Vielleicht ist auch in diesem Augenblick mit dem Fürsten alles wieder gut, und war es nur ein Unwille, der aus anderen Ursachen entsprang.*[166]

Immer wieder entschuldigen die Verlobten das väterliche Verhalten, finden Gründe und können sich das Hin und Her nicht erklären, wollen an ihrem Bild des Fürsten und Vaters festhalten: *Eben, meine liebe Louise, mache ich meinen Brief an den Fürsten zu, in welchem ich ihm an sein gegeben Versprechen mich nach Dessau kommen zu lassen, errinnere und ihm um die Erlaubniß dazu bitte, zu gleich auch ihm ersuche mir die Zeit zu bestimmen wann ich kommen soll, wenn Du dieses Blat erhälst bekömmt auch er seinem Brief, wenn Du dabey bist so gieb also acht, wie es aufgenommen wird, ich erwarte ängstlich Deine Nachricht, und des Fürsten Antwort. Sey doch auch so gut und sage der Fürstinn daß es geschehen ist; Wollte Gott daß der gute Fürst den ich so wahrhaft verehre, nicht immer so schwarz sähe, und durch Umstände welche nicht immer zu ändern sind, niedergedrückt würde […].*[167]

Es fügt sich, wir wissen es ja schon, erst einmal alles. Es dürfen Güter gekauft und es darf geheiratet werden. Wie gerne wollen die jungen Eheleute glauben, was ihnen der Kammerdirektor Hoffmann schreibt: *Der gute Fürst. Er macht doch in allem eine Ausnahme unter den Fürsten. Kein andrer kann so geben wie er giebt. Er ist sich in allem gering. Lieber Cecco. Sie haben das Glück sein Sohn zu seyn, welches Glück.*[168]

Der Vater ruft

Jetzt, 1817, durch den dunkelnden Wald hinter dem Sarg ziehend, mag Waldersee die Rückkehr nach Dessau als seinen größten Fehler bezeichnen. Hätte er misstrauischer sein sollen? Hatte er damals, 1788, 1789, 1790, überhaupt eine Wahl? Sah er die Gefahr?

Gestern um 5 Uhr fuhren wir der Fürst und ich [...] hierher, und sprachen unterwegens recht sehr aus, und werde ich Dir allerley erzählen was ich Papiere nicht anvertrauen will, was uns betrift, und Dir vielleicht lieb seyn wird. Der Fürst ist sehr gut und liebevoll gegen mich, und ich kann sagen ein rechter Stein ist mir vom Herzen.[169] So schreibt Waldersee, der junge Ehemann, beruhigt und beruhigend an seine Frau nach Breslau. Der Vater hatte ihn im Frühling 1788 nach Dessau gerufen, *befohlen*, um ihn aus preußischen Diensten zu ziehen und ihm eine Anstellung in Dessau anzubieten. Sehr ehrenvoll musste der Sohn das Angebot empfinden, die Nachfolge Berenhorsts antreten zu dürfen.

Georg Heinrich von Berenhorst, der ältere der beiden illegitimen Söhne, die Fürst Leopold I. von Anhalt-Dessau, der sogenannte Alte Dessauer, mit Sophie Eleonore Söldner gezeugt hatte, konnte Waldersee wegen der parallelen Herkunft als Vorbild dienen. Auch er war, als seine Mutter sich anderweitig, mit dem Hof- und Amtsrat Rode, verheiratet hatte, aus der mütterlichen Obhut entfernt worden. Nach kurzer, vom eigenen Vater so bestimmten militärischen Laufbahn hatte er seit 1762 Hofämter in Dessau inne. War er zunächst Hofmeister gewesen, stieg er bald auf zum Verwalter des fürstlichen Hausvermögens, zum Rechenkammerpräsident, stand dem Marstall vor und der Schlosswache und war als Oberhofmeister seit 1785 ranghöchster Hofbeamter. Er genoss, das erwies sich in den ehelichen Auseinandersetzungen des Fürstenpaares, das unbedingte Vertrauen seines Neffen, des Fürsten Franz. Berenhorsts Verhältnis zu Waldersee, sicher geprägt durch die ähnliche Herkunft, war, wir haben es in seinen Briefen lesen können, von geradezu väterlicher Güte. Warum Berenhorst vor seinem 60. Geburtstag begann, sich aus allen Hofämtern zurückzuziehen, wissen wir nicht. Geht der Rückzug überhaupt auf seinen eigenen Entschluss zurück? Seine persönlichen Notizen vom 24. November 1790 – da war Waldersee längst aus Breslau heimgekehrt – lesen sich anders: *Der Fürst eröffnet mir, daß er Waldersee zu meinem Nachfolger bestimme.* Am 4. April 1791 *[e]ntläßet mich der Fürst meines Dienstes auf der Rechen Kammer.*[170]

Das klingt, als habe der Fürst entweder noch keinen konkreten Plan gehabt, als er Waldersee nach Hause beorderte, oder diesen Plan den übrigen Beteiligten aus welch immer Gründen auch nicht mitgeteilt. Was genau Fürst Franz bewog, seinen Sohn, den er gerade zwei Jahre zuvor für eine Karriere in preußischen Diensten freigegeben hatte, wieder zurück an den eigenen Hof zu ziehen, wissen wir ebenfalls nicht. Er war in Breslau gewesen, hatte beobachtet und gehört, welchen Erfolg der Sohn dort hatte – wollte er diesen für sich nutzbar machen? War die Freigabe nur ein Täuschungsmanöver gewesen? Oder war er andern Sinnes geworden? Jedenfalls war er durch den Abschied Berenhorsts nicht überrascht worden, sondern hatte diesen selbst aktiv herbeigeführt, als Waldersee längst wieder in Dessau war und auf eine Anstellung wartete.

Waldersee jedenfalls fügte sich in die neuesten väterlichen Pläne und machte sich bereit, seine gerade begründete Existenz in Breslau abzubauen. Noch eine Sommerreise in das Riesengebirge, mit der Mutter, der verwitweten Frau Oberstallmeister von Neitschütz, und dem Säugling, der ebenso Loulou gerufen wurde, wie die junge Gräfin Waldersee immer noch zärtlich von der Fürstin genannt wurde: Überlegungen, wo und wie sie in Dessau leben wollten. Nach einer größeren Dienstreise nach Oberschlesien nehmen die Umzugspläne allmählich Gestalt an.

Im Frühsommer 1789, noch vor dem Sturm auf die *Bastille*, kam die Nachricht, *dass Fürst und Fürstin nach Karlsbad reisen wollen [...] Die Eltern reisten hin, ich mit. In [...] Karlsbad übernachteten sie [...] der Fürst und Kalitsch. Der Brunnen tat dem Vater nicht gut, er griff ihn sehr an. Das künftige Schicksal wurde hier entschieden. Der Vater willigte in des Fürsten Wunsch, künftiges Jahr aus Preuss. Dienst zu scheiden. Von hier reisten die Eltern nach Dessau, weil er jetzt ununterbrochen den Schnupfen hatte. Sie reisten über Annaberg nach Chemnitz, nach Dieskau zu ... Hoffmann und zu Wedells nach Piesdorf. In Dessau wohnten sie bei der Grossmutter, hier lief ich zum ersten Male, diese kleinen Fortschritte und die des Geistes der kleinen Louise, machten der Eltern Freude aus. Sie kehrten über Dresden nach Breslau zurück. Die Reise hatte 1100 Thaler gekostet. Der Vater sucht die Bresaer Güter zu verkaufen. Er fordert 100 000 Thaler.*[171]

Loulou, die älteste Tochter Waldersee, schrieb diese Erinnerungen nach den Aufzeichnungen ihres Vaters frühestens 1842 nieder, also mit dem Abstand eines langen Lebens. Sie nutzte nicht nur die Aufzeichnungen des Vaters, sondern natürlich auch ihre eigenen Erinnerungen, von denen sie immer wieder spricht. Und es wäre merkwürdig, wenn die Bewertung, die die Ereignisse im Lauf der Zeit erfuhren, nicht eingeflossen wären.

Da ist zunächst die Gesundheit Waldersees. Aus allen eigenen Aufzeichnungen wissen wir, wie schnell er körperlich auf seelische Anstrengungen reagierte. Die Entscheidung über sein *künftiges Schicksal* geht einher mit der Mitteilung, dass *[d]er Brunnen [...] dem Vater nicht gut[tat], er griff ihn sehr an.* Dies und der *ununterbrochene Schnupfen* geben dem Leser dieser Unterlagen zu denken.

Das Geld als Anzeiger des Machtgefälles zwischen Franz Waldersee und seinem Vater, dem Fürsten, wird von der Chronistin aufgenommen und verleiht der Chronik bisweilen den eigentümlichen Charakter der Aufrechnung. Damit greift sie voraus, in die Jahre nach der Trennung. Gleichzeitig macht sie für den heutigen Leser jedoch sichtbar, was an Sprengpotenzial in den Finanzen schlummerte.

Die Zahl von 100 000 rt mutet höchst unwahrscheinlich an. Das wäre nahezu das Doppelte des ursprünglich Gezahlten. Waldersee hatte in den beiden Jahren als Eigentümer nicht viel investiert und der Boden war auch beim Kauf schon von sehr guter Qualität gewesen, der Kreis potenzieller Käufer genauso klein, die Nähe zu Breslau als Absatzmarkt hatte sich nicht verändert und auch die Bodenpreise stiegen zwar, aber nicht so rasant. Die nächste Notiz spricht denn auch von einem Interessenten, der 85 000 rt zahlen wollte, zuletzt kommt ein Gütertausch mit dem Onkel Wedel zustande: *1790 wollte der Vater die Güter für 85 000 an einen Baron Wachmann verkaufen. Es ging aber zurück, weil ein Tauschhandel mit dem Landjägermeister von Wedell zustande kam, nach welchem der Vater das Gut Gnölpzig an der Saale für 48 500 erhielt. 44 000 war, was er von Bresa erhalten. Der Fürst gab noch 4700 dazu zur Hilfe. Das Haus in Breslau wurde für 9000 Thl. verkauft. Die verkauften Sachen wurden schlecht bezahlt. Wegen eines Prozesses mit Graf Schlabrendorff wegen Bresa büsste er 3000 ein.*[172]

48 700 rt und 9000 rt ergeben 57 700 rt. Bei einem ursprünglichen Kaufpreis von 56 500 rt macht das unter dem Strich einen Gewinn von 1200 rt, auf die heutzutage Spekulationssteuer fällig wäre. Diese Summe sollte möglicherweise auch als Kompensation für die Reise nach Karlsbad gelten oder die Möbel, die nicht mit dem Schiff nach Gnölbzig gesandt wurden, wie es in Loulou Waldersees Chronik heißt. Finanziell lässt sich hier also kein wirklicher Schaden ermitteln. Jedenfalls kein großer. Ein Schaden scheint aber entstanden zu sein, der sich unter Umständen anders als in solchen Zahlen nicht ausdrücken lässt. Waldersee erhielt seinen Abschied aus preußischen Diensten mit der Erhöhung zum Geheimen Finanzrat, ein Titel der gemeinhin nicht an Fremde verliehen werde, so schreibt Loulou in ihrer Chronik, und der Stolz der Eltern auf diesen Erfolg klingt deutlich aus diesem Satz, aber auch ein Hauch von Verbitterung. Die Anerkennung in der Fremde blieb zuhause unbeachtet. Der Abschied aus Breslau fiel ihnen schwer, eine Abschiedskantate wurde veranstaltet und die Freundschaften von nun an vor allem brieflich gepflegt. Im April 1790 kam die kleine Familie in Dessau an und zog nach Gnölbzig, dem Gut, das Waldersee gegen die Güter bei Breslau getauscht hatte. Das Dorf hatte neben dem Rittergut damals 24 Feuerstellen und liegt an der Unteren Saale, nordwestlich von Halle. Damals gehörte es zum Saalkreis, also dem Herzogtum Magdeburg und war preußisch. Der Boden war von ähnlicher Qualität wie um Breslau herum. Keine schlechte Investition. Grund und Boden, der einer wachsenden Familie zusammen mit der väterlichen Pension ein standesgemäßes Auskommen sicherte, und das entsprechende Umfeld. Im Preußischen gelegen, dem väterlichen Zugriff entzogen. All diese Argumente scheinen jedoch beim Kauf nur eine untergeordnete Rolle gespielt zu haben, sonst hätte Waldersee sich nicht so bald wieder von diesem Besitz getrennt.

Hier harrten Franz und Louise Waldersee mit ihrer kleinen Tochter Loulou aus und warteten, dass die versprochene Stelle frei würde. 15 Monate sollte das Warten dauern. 15 Monate ohne Gehalt, ohne Beschäftigung und, wir können es uns vorstellen, 15 Monate lang immer wieder vertröstet vom Vater. Wie gern sich das Ehepaar mit Landwirtschaft beschäftigte, geht aus beider Aufzeichnungen nicht hervor, aber in diesen Monaten werden sie es intensiv getan haben, da es anderes nicht gab. Der Landjägermeister, der die schlesischen Güter Waldersees sehr meliorierte, wird seinem Neffen kein schlechtes Angebot gemacht haben. Die Anregungen der großen Stadt dürften sie vermisst haben, ebenso den *gewählten Zirkel gleichdenkender und fühlender Seelen, an denen wir mit unserem ganzen Herzen hingen.* Ebenso wie das *hübsche[s] Haus [...], welches mein Mann ganz nach seinem Gefallen es mit sehr vielem Geschmack eingerichtet hat.*[173] Das Klavier, die Musik und die Gespräche über Literatur fehlen.

Unterbrochen wird die Wartezeit durch einen Auftrag des Fürsten, die Brautwerbung seines Halbbruders, des Erbprinzen, in Berlin zu begleiten. *Ich binn [...] aber ganz in Verzweiflung hier in dem verdammten Berlin sitzen zu müssen, wo es mir vorkömmt als wäre ich schon Jahre lang, denn solche gène und langeweile als wir an den Höfen haben kannst Du Dich gar nicht denken, und wird das noch lange so bekömmst Du die Nachricht, daß ich mich an einen Baum auf diesen Platz gehangen habe [...].* Er verbringt seine Abende im Schloss Bellevue, im Hause des Prinzen Ferdinand von Preußen, aber auch die dort vorgetragenen Ritterromane und das Reversi-Spielen heben seine Laune nicht. *Mit meinem jungen Herrn habe ich viel zu thun, demselben heran zu bringen, denn das Herz ist immer in die Hosen wenn er sprechen soll [...].*[174] Bis zu einer Verlobung konnte Waldersee dem Halbbruder helfen, aber sie wurde vor der Zeit wieder gelöst.

Inzwischen war Franz Waldersee zum Oberaufseher bestellt und hatte ab April 1791 die Aufsicht über die Rechen- und die Steuerkammer. Die vorübergehende Störung war behoben, es begann ein neuer Lebensabschnitt. Voller Tätigkeit, für den Vater und in der Familie, wo ein Kind nach dem anderen auf die Welt kam (Abb. 7). Die äußere Welt, vor allem außerhalb des Deutschen Reiches, berührte in kleineren und größeren Wellen diese Existenz: Der nun mit Prinzessin Amélie von Hessen-Homburg frisch verheiratete Erbprinz nahm als Oberst und Kommandeur der preußischen Leibkürassiere am Feldzug in den Niederlanden und damit an den Kriegen gegen das revolutionäre Frankreich teil, das Reichstruppenkontingent quälte den Fürsten und damit die Waldersee unterstellte Rechenkammer, die *unglückliche Hinrichtung* Ludwigs XVI. von Frankreich verursachte Louise Gräfin Waldersee eine Gürtelrose und schließlich eine Brustentzündung.[175] Von all dem ungerührt, schritt der Hausbau in der Zerbster Straße voran.

Die Nachrichten aus dem Osten sind ebenfalls unruhig. Waldersees Freund Ponickau verkauft seine schlesischen Güter und siedelt sich in Dessau an. Ein anderer Freund vergleicht die Zustände in Polen zur Zeit seiner zweiten und dritten Teilung mit der durch die Franzosen zerstörten Pfalz: *Des Villes dévastées, des Villages détruits, des contrées entieres désertes et ou on ne peut seulement pas avoir un morceau de Pain, ce sont là les troffes, les lauriers de nos Dominateurs; et les fruits d'une entreprise aussi folle que barbare.*[176]

Es hat lange gebraucht, aber die Erschütterungen, die vom Sturm auf die *Bastille* ausgingen, sind nun auch in Dessau zu spüren.[177] Trotzdem, oder gerade deswegen, hält Fürst Franz an seinen Reformvorhaben fest und fügt dem Dessauer Reformwerk den Schlussstein ein. Er plant ein Theater und beginnt gleichzeitig ein ebenso der Geschmacksbildung verpflichtetes, druckgraphisches Projekt, das allerdings wirtschaftlichen Prinzipien folgen sollte. Der wichtigste Kundenkreis des Unternehmens ist in eben jener vom Untergang bedrohten Welt zu Hause. Sein Sohn, Franz Waldersee, engagiert sich nicht nur finanziell bei diesem Unternehmen, wie manche seiner Freunde, sondern führt das Unternehmen zusammen mit den beiden Männern, die seinem Vater ebenso befreundet sind wie ihm selbst: Erdmannsdorff und Bertuch.

In Amt und Würden

Rückblickend mochten dem in Trauerkleidung hinter dem Sarg des Vaters schreitenden, aber vermutlich nicht um den Vater trauernden Sohn die Jahre im Dienst des Vaters zu Jahren der Knechtschaft gerinnen. Aber damals, als er hohe Stellungen innehatte und das Vertrauen des Vaters genoss, mit aller Welt in Kontakt trat, ein großes Haus führte und die Öffentlichkeit enthusiastisch das letzte große Reformwerk des Vaters feierte, dem er als Präsident des Direktoriums vorgesetzt war – fühlte er da auch so?

1791, *im April, als der Oberhofmeister von Berenhorst seinen Abschied nahm, erhielt der Graf [Waldersee] dessen Geschäfte: Hofstaat, Armenwesen, das Bauwesen erhielt er auch.* Sein Gehalt entsprach, nach 5/4 Jahren ohne Stellung, dem, was er in Breslau verdient hatte.[178] Als Oberhofmeister hatte er ein weitreichendes Aufgabenfeld, wie wir auch dem Wochenblatt entnehmen dürfen:

Da aus einigen Fürstlichen Straßen-Laternen die Lampen mit dem darinnen befindlichen Oehl gestohlen worden, Mir es daran gelegen ist, dem Thäter zu erforschen, um ihn zur gebührenden scharfen Strafe zu ziehen: So werden diejenigen, die solche Entwendung gesehen haben, oder denen davon etwas wissend ist, ersucht, solches bey dem Feldwebel Müller in der Fürstl. Schloßwache anzuzeigen; es sollen nicht allein die Namen der Anzeiger verschwiegen werden, sondern es sollen selbige auch, dem Befinden nach, einer Belohnung zu erfreuen haben. Gr. v. Waldersee.

Die Verfolgung von Diebstahl an öffentlichem Gut war ebenso seine Aufgabe wie die Suche nach kräftigen Bauarbeitern:

Da nunmehro der Bau der hiesigen Zoll-Brücke über die Mulde vorgenommen, und hierbey Arbeiter angenommen werden können, so wird hiermit bekannt gemacht, daß jeder starke Mann, der zur Rammel-Arbeit fähig, angenommen werden kann, und haben sich die Arbeitslustigen dieserwegen bey gedachter Zoll-Brücke zu melden. Dessau, den 26sten Juny 1795. Gr. v. Waldersee.

Und das Rechnungswesen zählte natürlich auch dazu. Für jedes seiner Aufgabengebiete verantwortete Waldersee die Rechnungslegung gegenüber der fürstlichen Schatulle oder der Kammer: *Fürstl. Bau-Amtes wegen wird hiemit bekannt gemacht: daß alle diejenigen, so wegen Fürstl. Baue Anforderungen für Arbeits-Lohn, Fuhrlohn etc. an die Cammer haben, ihre diesfalsige Rechnungen, jeden Sonnabend des Morgens um 8 Uhr, bis auf anderweitige Verfügung, vorjezt in der Behausung des Herrn Ober-Aufsehers, Grafen von Waldersee, beym Bau-Amte einzureichen haben. Dessau, den 18 Januar 1797.*[179]

Die vielfältigen Aufgaben, von kleinen Reparaturen öffentlicher Bauten bis hin zur Beaufsichtigung des fürstlichen Hofstaates, forderten Waldersees dauernde Aufmerksamkeit. Privatleben und Beruf flossen unmerklich ineinander. Neben dem Fürsten und dem Erbprinzen war er das dritte Augenpaar, das über die staatliche Ordnung wachte. Kein Gang durch Dessau ohne Blick auf die Reinlichkeit der Straße, die Baufälligkeit einer Mauer, die Sauberkeit beim Schlachter, die Notwendigkeit mancher Verbesserung, die Beobachtung gesellschaftlicher Zustände und öffentlicher Ordnung.

Die Aufsicht über das Armenwesen war eine besonders verantwortungsvolle Aufgabe, hatte doch die Ordnung des Armenwesens entscheidend zum Fortschritt und wachsenden Wohlstand in dem nunmehr 30 000 Einwohner[180] zählenden Kleinstaat beigetragen: Mit dem von Erdmannsdorff 1768 direkt nach der Rückkehr aus England entworfenen Armenhaus an der Franzstraße gab es ein Obdach. Es wurden Arbeitsmöglichkeiten geschaffen, in der Armenkasse wurden alle bereits vorhandenen Quellen zur Unterstützung der Armen gemeinsam verwaltet, damit das Armendirektorium daraus eine Art Sozialhilfe auszahlen, Kleidung und Nahrung verteilen konnte. Das Verbot des Bettelns war die natürliche Folge solch staatlicher Fürsorge, die ja verhindern wollte, dass Arme betteln mussten.

Die Zustände, die Fürst Franz bei seinem Regierungsantritt vorgefunden hatte und in denen sein Sohn Franz Waldersee noch aufgewachsen war, hatten dadurch ein Ende, die öffentliche Ruhe und Sicherheit war hergestellt. Franz Waldersee wird sich in seiner neuen Funktion schaudernd der fast hundertköpfigen, lumpenbehangenen Horde der Stadtbettler erinnert haben, die in seinen Kindertagen noch an die Häuser um Almosen klopften und sich mit den fremden Vagabunden blutige Raufereien lieferten, denen der neunfingrige

Bettelvogt Kusch mit seiner Hetzpeitsche Einhalt gebieten sollte. Bertuch setzte den Dessauer Bemühungen mit einer anonymen Schrift ein Denkmal: *Jeder Staat auch der kleinste, jede Stadt, jedes Dorf, kann seine Armen versorgen, wenns nur recht angefangen wird. [...] Die ganze Theorie der Armen-Versorgung ruht, meines Erachtens, auf dreyen Hauptsätzen, aus welchen die einzelnen Theile der Anstalt ganz natürlich herfliessen, nämlich: I. Verhindere möglichst, daß aus Armen im Staate Bettler werden. Dies sezt voraus ein gutes Armen-Directorium. II. Versorge den Armen, wenn er Bettler wird, oder schon ist [...]. III. Schaffe die dazu sichern und hinreichenden Fonds [...].*[181]

Das Medizinalwesen, dem Waldersee ebenfalls vorstand, hing mit der Direktion des Armenwesens eng zusammen. Gesundheit und Wohlstand, soviel wusste man längst, bedingten einander. Fürst Franz sah es als seine oberste Pflicht an, beides in seinem Staatswesen soweit als möglich zu verbessern.

So hatte er, kaum dass die Blattern-Impfung anfing gebräuchlich zu werden, sich selbst in England impfen lassen, und auch Waldersee und die Fürstin hatten sich 1768 von dem aus Magdeburg herbeigerufenen Landphysikus und Garnisonsarzt Dr. med. Friedrich Ludwig Kessler inokulieren lassen.[182] Wenige Jahre später wurde die erfolgte Pockenimpfung zum Aufnahmekriterium für das *Philanthropin* erhoben, bevor sie 1801 allgemein in Dessau eingeführt wurde. Der promovierte Arzt Samuel Friedrich Kretzschmar, Hofrat, Stadt- und Hofmedikus sowie Leibarzt der Fürstin Louise, spielte bei der Etablierung des öffentlichen Gesundheitswesens in Anhalt-Dessau eine tragende Rolle. Bis zu seinem Tode 1793 tat er alles, um die Hygiene zu verbessern, Epidemien vorzubeugen und in der breiten Bevölkerung ein Bewusstsein für die Zusammenhänge zu schaffen. Ebenso lag ihm daran, durch Fortbildung des gesamten (veterinär-)medizinischen Personals, insbesondere der Hebammen, die Sammlung anatomischer Präparate, Kontrollen von Apotheken und Ärzten den Wissensstand zu bessern und damit das Gesundheitsniveau der Bevölkerung zu heben. Dass er sich nebenbei mit Bramigk als Vitriol-Fabrikant erfolgreich unternehmerisch betätigte, wird ihm den Respekt des Fürsten zusätzlich erworben haben.

Waldersee war, ebenso wie die ganze fürstliche Familie, eng mit Kretzschmar verbunden. Zuletzt, während seines Hausbaus, hatte er mit seiner Familie sogar im Haus des inzwischen verstorbenen Arztes Kretzschmar gelebt, dem Nachbarn seiner Mutter, der alten Frau von Neitschütz. Der Hofarzt hatte Waldersee wahrscheinlich von Geburt an behandelt, ebenso seine Familie, sie waren auch zusammen gereist. Kretzschmars Haus Nr. 649 an der Zerbster Straße, Ecke Böhmische Gasse, stand an der Stelle der Föhse'schen Apotheke, dem Elternhaus der Fürstin Anna Luise von Anhalt-Dessau, Großmutter des Fürsten und Urgroßmutter Waldersees. Im Erbgang war der stattliche Barockbau, den ein Nachfahre anstelle der ehemaligen Apotheke hatte errichten lassen, in der Familie geblieben. Der Hofmedikus hatte in die Familie der Besitzer eingeheiratet und nannte damit *8 Stuben, 3 Kammern und Zubehör, ein Brauhaus, eine Scheune, einen großen Gartensaal nebst einer Kaminstube und 6 daran anstoßenden Kammern, Kuh- und Pferdestall, Waschhaus und Backofen* sein eigen. Das nicht genutzte Brauhaus und den Gartensaal stellte Kretzschmar als Mitglied der *Picknick-Gesellschaft* zur Verfügung. Diese Vereinigung gut situierter und kulturell interessierter Dessauer Bürger wollte hier kultivierte Unterhaltung bieten. So war eine Liebhaber-Bühne entstanden, auf der bis zur Einweihung des neuen Theaters Laien ihren Freunden und Verwandten zumeist Lustspiele darboten.[183]

Wie mühsam es war, Reinlichkeit und Gesundheit zu heben, und zu welchen Mitteln auch in Dessau gegriffen wurde, zeigt die Meldung des Wochenblatts von 1783: *Obgleich die Reinlichkeit in den Straßen so sehr vieles zur Erhaltung der Gesundheit beyträgt, so finden Wir doch zu unserm großen Mißfallen, daß man dieselbe hier überaus vernachläßiget. Freche und schamlose Menschen unterstehen sich, die Straßen längst den Häusern äußerst zu verunreinigen, welches einen sehr häßlichen Anblick giebet, und den übelsten Geruch in den Straßen verursacht. Man verschonet sogar Unsern Lustgarten nicht, in welchem die Wege unanständiger Weise beschmutzet [...] und die Promenade auf dem Wall hat ein ganz cloakenmäßiges Aussehen, und zwar vorzüglich bey den Bänken, bekommen. Diesen Uebelstand sind wir keinesweges gesonnen, ferner zu dulden [...]. Wir befehlen daher, daß ein jeder, welcher einen solch unverschämten, sittenlosen Menschen, auf den Straßen, in Unserm Lustgarten und auf dem Walle, gegen die Reinlichkeit auf eine so ungeziemende Art verstoßen, oder einen Jungen ein Haus beschmutzen siehet, dieses bey der*

Obrigkeit anzeigen soll: und wollen Wir durch nachdrückliche Leibesstrafen diesem Unwesen zu steuren suchen, und, im Fall Leibesstrafen die gehörige Wirkung nicht thun sollten; so wird die öffentliche Ausstellung am Halseisen hierzu wohl hinlänglich seyn.[184]

1793, mit dem Tod Kretzschmars, wurde die *Medizinalkommission* begründet, am 9. September 1793 wurde, auf den Erkenntnissen Kretzschmars fußend, eine *Medizinal-Instruktion* erlassen. Damit gab es in Anhalt-Dessau eine staatliche Behörde, die Vorbildcharakter besaß. Waldersee beaufsichtigte somit als Vorsitzender eines der fortschrittlichsten Gesundheitswesen Europas.[185]

Seine Freunde, so darf man annehmen, werden gelacht haben, dass ausgerechnet er, den sie als *Mr. Oweho*[186] verspotteten, solch eine Aufgabe erhielt. Schreibt er seiner Frau, so leidet er entweder an Verstopfung, Kopf- oder anderm Schmerz, muss Medizin nehmen und pünktlich alle neun Tage kommt der *liebe Schnupfen*. Dieser chronische Schnupfen, dazu die ihn bereits mit 25 Jahren plagende Gicht, gelegentliche Schlaflosigkeit, wehe Füße und, 1802, auch Würmer sind Dauerthema der zwischen den Eheleuten gewechselten Briefe.[187]

Neben den ansässigen Ärzten und Apothekern unterstand der *Medizinalkommission* natürlich auch die Kontrolle durchreisender Chirurgen, wie etwa eines regelmäßig seinen Aufenthalt in Dessau ankündigenden *Zahnchirurgus: Armen erzeige ich des Morgens von 6 bis halb 8 Uhr meine Dienste in meinem im Adler habenden Logis ohnentgeldlich. Herrschaften warte ich ausserdem zu jeder gefälligen Stunde, bis Nachmittags um 4 Uhr, in ihren Wohnungen auf.*[188]

Wie in all seinen administrativen Tätigkeiten, erscheint uns Waldersee auch in der *Medizinalkommission* als verlängerter Arm der fürstlichen Exekutive. Er verstand ja außer als Patient nichts von der Materie und konnte also nur darauf achten, dass die *Instruktion* eingehalten wurde, die Kontrollen durchgeführt und Missstände umgehend beseitigt wurden. Aber als verlängerter Arm seines fürstlichen Vaters, durfte er, der die Aufgabe loyal und gründlich ausführte, das Lob der Umstehenden auch auf sich selbst beziehen: *Wie glücklich sind die Länder, wo so ein weiser Fürst vor das Wohl und die Gesundheit seiner Unterthanen so väterlich wacht!*[189]

Ja, Waldersee war in Amt und Würden. Allseits geachteter Mittelpunkt der Dessauer eleganten Gesellschaft, ein großes Haus führend, die Geschäfte seines Vaters sorgfältig verwaltend. Ein gesuchter Gesprächspartner, der das Ohr des Fürsten besaß, von Tischbein porträtiert (Abb. 8), Teilnehmer der fürstlichen Tafel. Der Mann, dem sein Vater große Teile seines Staatswesens anvertraute, der Sohn, der gern Verantwortung übernahm. Großes, ungetrübtes Glück.

Gekrönt wurde dieses Glück durch den Bezug des neuen Hauses an der Zerbster Straße, einem Geschenk des *väterlichsten Fürsten.* Die vergangenen Jahre hatte die Familie nun teils in Gnölbzig, mal bei der Witwe Neitschütz, Waldersees Mutter, und zuletzt im benachbarten Kretzschmar'schen Hause gewohnt. Der Fortgang der Bauarbeiten ließ sich von dort, aus direkter Nachbarschaft, gut verfolgen.

Personal wurde eingestellt, die Anzeige aus dem Wochenblatt könnte auch von Waldersee stammen: *Es wird bey einer Herrschaft auf dem Lande [...], welche sich viel in der Stadt, vor allem im Winter, aufhält, ein Livreé[!]-Bedienter gesucht, welcher gute Zeugnisse von Treue und Ehrlichkeit besitzt, von guter Aufführung ist, Herren zu frisiren und Haare zu schneiden weiß, auch im Gartenwesen zu gebrauchen ist, in Diensten zu nehmen gesucht; auch wünscht man einen Reitknecht, welchen man als Kutscher und Hofknecht zum Ackerbau gebrauchen kann, und welcher gut zu fahren weiß, zu bekommen; von welchem allem der Herr Bürgermeister Stubenrauch nähere Nachricht ertheilen wird.*[190]

Mit dem Bezug des Hauses 1795 wurde vieles neu erworben. Waldersee gehörte zu den Lesern des *Journal des Luxus und der Moden* seines Freundes und *Herrn Collegen Bertuch,* worin während der Bauzeit seines Hauses nicht nur *Kostbare Meublen, aus der Königl. Französischen Verlassenschaft [...] zu Kaufe angeboten werden.*[191] Reste aus Versailles aufzukaufen wäre für einen Mann vom Stande Waldersees nicht nur unerschwinglich, sondern im höchsten Maße ungehörig gewesen. Bei seinen Aufenthalten zu den Messen im nahen Leipzig konnte der Bauherr jedoch die ebenfalls von Bertuch beworbenen und preislich deutlich moderateren Möbel des Leipziger Tischlerei-Unternehmers Friedrich Gottlob Hoffmann bewundern: *Hoffmann läßt sich empfehlen und Dir sagen der bewußte Pomaden Händler sey nicht hier, also könnte er seine Commission nicht ausrichten,* schreibt Waldersee seiner Frau von der Frühjahrsmesse 1797.[192]

Hoffmann entwarf und kopierte, wenn er seinen Kunden nicht gerade Pomade besorgte, Möbel, deren Preise sich nach der Ausführung richteten und dem Käufer durch Holz- und Ausstattungsvarianten größtmögliche Auswahl gestatteten. Hiermit hatte er schon früh Waldersees Vater, Fürst Franz, als guten Kunden gewonnen: Ein *Tischgen [...] von ganz schönem Holze und sehr fleißig gearbeitet, so dass es ganz Dero Beyfall erhalten wird,*[193] ein *feines Bureau mit verschiedenen Veränderungen,* ein *feiner Tisch in Mahagony mit 5 Auszügen,* so lauteten die Bestellungen des Dessauer Hofes, dabei mehrere ausgefeilte Verwandlungsmöbel. *Die Preise richten sich nach denen Holzarten, woraus die hier verzeichneten Sachen bestellt werden. Natürlicherweise kann der Preis bey Mahagony- und Birnbaum nicht derselbe seyn,* schreibt Hoffmann in seinem ersten, 1789 erschienenen Katalog, der sich in Waldersees Bibliothek befand.[194]

Waldersee wird, wenn er bei Hoffmann bestellte, den gebotenen Abstand zum fürstlichen Haushalt gewahrt haben, sein neues Haus wollte er ja auch nur *etwas elegant meubliert* sehen. Kein komplexes Verwandlungsmöbel ist im Verzeichnis zur Auktion seines Nachlasses erwähnt, sondern ein Sekretär, keine Möbel aus Mahagoni, sondern Birnbaum. Rohrstühle, wie aus dem Waldersee-Nachlass versteigert, bot Hoffmann in einem Inserat 1787 an: *Eine simple Art, zu 16 bis 18 gr.*[195] In seinen beiden Katalogen sind Illustrationen zu allen Stücken zu finden, anders als im handgeschriebenen Verzeichnis des Nachlasses Waldersee.

Ende 1797 hielt sich auch David Roentgen, der ungleich bedeutendere Kollege des Tischlerei-Unternehmers Hoffmann, für wenigstens vier Wochen in Dessau auf, um den Warenbestand seines von den Folgen der Französischen Revolution schwer getroffenen Unternehmens aufzulösen. Der Brüdergemeine in Neuwied schreibt er, *ich habe Hoffnung durch den Seegen des Herren, hir ein gescheffte zu machen, vielleicht ein considerables; [...] wir haben hir bey einer Kaufmannswitwe ein schönes Logie und Saal, für die Waaren oder Arbeit zu stellen, gemietet und da wohnen wir so gantz einsam; unßer bißgen Essen laßen wir uns mittags und abends aus einem Speisehaus holen.*

Der Fürst ist noch immer in Werlitz und auf der Jagd, er wird aber biß zu den Feyertagen und Neujahr hir her kommen und einige Zeit hir bleiben, daß muß ich nun schon gedultig abwarten.[196]

Roentgen wollte an seine erfolgreiche Geschäftsbeziehung zum Dessauer Fürstenhaus aus den frühen 70er Jahren anknüpfen. Wenngleich sein Reden von Stille und Einsamkeit wohl mehr Rhetorik gegenüber den Brüdern in Neuwied ist, so scheint sich seine Hoffnung auf gute, gar *considerable* Geschäfte in Dessau nicht erfüllt zu haben. Der Fürst ist zwar in Wörlitz, aber mehr mit Politik als der Jagd beschäftigt: Zerbst wird am 28. Dezember 1797 unter den Stämmen des Fürstenhauses verlost und fällt an Dessau. Wo es ums große Ganze und Immobilien geht, scheint für Mobilien keine gute Zeit, und seien sie noch so raffiniert gefertigt, dazu wegen der schlechten Zeit zu reduzierten Preisen. Dabei sind die Köthener und die Bernburger Herrschaften in Dessau, dazu *[d]er Casimir aus Detmold*, es gibt Bälle und Theater.[197] Könnte es sein, dass die höfische Kundschaft den *Ébeniste du Roi* mied, weil er sie an das Schicksal ihrer Standesgenossen in Frankreich gemahnte? Hatte Kunsthandwerk von derartig höfischer Ausprägung überhaupt noch ein Publikum?

Waldersee spürte in seiner Tätigkeit im Direktorium der *Chalcographischen Gesellschaft* nur allzu genau, wie schwerfällig dieser Markt mit einer gewissen Verzögerung nach der Französischen Revolution inzwischen geworden war. Trotzdem war Roentgen in der kleinen Residenzstadt natürlich eine Sehenswürdigkeit und ein gesuchter Gesprächspartner. Auch Graf und Gräfin Waldersee werden den Kunstschreiner in seinem schönen *Logie* bei der Kaufmannswitwe aufgesucht haben. Man kann es sich gut vorstellen, wie sie sich die Reste seines Warenbestandes besahen, Verwandlungstische vorführen, versteckte Schlösser zeigen, Tische mit wenigen Handgriffen zerlegen ließen, mit den deutlich bürgerlicher geprägten Produkten Hoffmanns verglichen. Wie sie mit dem weltgewandten Mann über die Zeitläufte, vielleicht auch über Geschäftliches plauderten, um dann – aus Freude am exquisiten Handwerk oder doch mehr aus Höflichkeit, vielleicht auch, um den Kunstschreiner mit seinen weltweiten Kontakten für die Geschäfte der *Chalcographischen Gesellschaft* zu gewinnen – möglicherweise ein Teekästchen zum halben Preis zu erwerben. Selbst die Fürstin kommt nur zum Schauen: *zum Tischler und alle seine schönen Sachen besehen, auch den kleinen Vogel singen hören und gesehen in der Dose*, vertraut sie am 18. Januar 1798 ihrem Tagebuch an.[198]

Geschäfte unter Verwandten

Welch ein Unterschied! Heute der schöne, stille Sommerabend. Weihnachten 1811, als die Fürstin beigesetzt wurde, hatte entsetzliches Wetter geherrscht, *eine Art von Typhon. Die Nacht über Sturmwind und heftiger gießender Regen, auch Blitz und Donner.*[199]

Das mag Waldersee durch den Kopf gegangen sein, am Abend des 11. August 1817, als der von Fackeln erleuchtete Zug der Trauernden sich hinter dem Sarg still und feierlich durch den nun schon dunklen Wald auf Dessau zubewegte, die Residenzstadt, seine Heimatstadt, den Mittelpunkt seines Lebens, an dem sich für ihn im Herbst 1796 der Himmel ganz unmerklich zu bewölken begann. Als in immer schnellerer Folge Entscheidungen fielen, die den Fortgang seines eigenen Lebens ausschließlich negativ beeinflussten und er sich schließlich in einer *Art von Typhon* wiederfand.

Waldersees Vater, Fürst Franz, war, nicht zuletzt durch die Freundschaft zu dem Architekten Friedrich-Wilhelm Freiherr von Erdmannsdorff zu einem weithin gerühmten Reformer geworden. Gemeinsam waren sie zu der Erkenntnis gelangt, dass ein so kleines Territorium wie Anhalt-Dessau den Wohlstand seiner Bevölkerung nur und am besten durch Bildung vermehren könne. Als Sohn hatte Franz Waldersee die Reformen nicht nur aus nächster Nähe miterlebt, sie waren auch an ihm ausprobiert worden: die Gründung des *Philanthropins*, die Schaffung der Wörlitzer Anlagen, die architektonischen Schöpfungen Erdmannsdorffs, die Verbesserung landwirtschaftlicher Methoden – die aufgeklärten und im weitesten Sinne pädagogischen, volksbildenden Impulse, die der Fürst setzte, hatten Folgen weit über die Landesgrenzen hinaus.

1794 begann mit dem Engagement der Bossann'schen Schauspieltruppe der regelmäßige Betrieb eines Hoftheaters, der wenige Jahre später zu einem für das breite Publikum geöffneten Theaterbetrieb führen sollte, von dem sich der Fürst vor allem volksbildenden Charakter versprach, wie die Stickerei im Bühnenvorhang belegt: *Möchten wir spielend belehren und durch Unterricht nützlich sein.*

Erdmannsdorff hatte, aus volkspädagogischen Gründen, schon in seinen ersten Schriften zum Schulwesen auf die Notwendigkeit einer Zeichenschule hingewiesen. Nicht im Sinne einer Akademie für Künstler, sondern um den Geschmack der breiten Bevölkerung zu schulen: *Die Jugend kann nie zuviel darauf aufmerksam gemacht werden, daß jedes mechanische, jedes plastische Werk, jedes Bild einer Sache seine bestimmte Form, jede Form ihre bestimmten Verhältnisse haben müsse, und daß Verhältnisse nach einem bestimmten Maße gegeneinander verglichen werden. Denn die Begriffe von Form, Verhältnis und Maß sind der Grund zu allen mechanischen, bauenden und bildenden Geschäften.*[200]

Fürst Franz mochte nicht danach gesucht haben, aber es passte gut zu seinen Plänen und Erdmannsdorffs Vorschlägen, als ihm 1795 Moritz Freiherr von Brabeck das Angebot unterbreitete, seine *Chalcographische Gesellschaft* in Dessau anzusiedeln. Brabeck war seit 1777 häufig in Dessau gewesen und gehörte zu den prominenten Bewunderern und Unterstützern des dessauischen Reformwerks. Der Kunstkenner und bedeutende Sammler[201] suchte die Nähe des Fürsten, um in Dessau sein Institut zur Beförderung der graphischen Künste mit einer angeschlossenen Zeichenschule zu gründen und fand hier große Unterstützung durch den Fürsten. Jedoch reichten weder die praktischen Fähigkeiten noch der finanzielle Atem Brabecks aus, um ein Unternehmen von solch hohem Anspruch dauerhaft zu führen.

Der Fürst war an dem volksbildenden Charakter des Instituts interessiert. Bedeutende Kunstwerke sollten in hochwertiger druckgraphischer Reproduktion Käuferschichten zugänglich gemacht werden, die sich keine Ölgemälde und keine hochrangige Kunst leisten konnten. Über das Medium sollte der Geschmack eines breiteren Publikums gebildet werden, das spielte für die Motiv- und die Künstlerauswahl eine Rolle. Nicht nur die Qualität der druckgraphischen Wiedergabe war wichtig, sondern auch die Wahl unterschiedlicher druckgraphischer Techniken für unterschiedliche Malweisen. Gleichzeitig sollten die Künstler abgesichert werden, sie wurden fest angestellt. Dadurch standen sie auch der angegliederten Zeichenschule als Lehrer zur Verfügung und halfen, den Bildungsstand der ansässigen Bevölkerung, die Qualität des Handwerks und das Niveau der Baukunst zu heben. Und es sollte Werbung für das Reformwerk des

Fürsten gemacht werden, indem das Gartenreich in Ansichten publiziert wurde. Der merkantile Charakter machte das Unternehmen zusätzlich interessant. Es mag die Vorstellung des fürstlichen Unternehmers gewesen zu sein, mit der Produktion eines Gutes von volksbildendem Charakter nicht nur Gewinn zu machen, sondern gleichzeitig eine Zeichenschule zu finanzieren.[202]

Schon ein Jahr nach der Gründung suchte Freiherr von Brabeck Käufer, weshalb Franz Waldersee, der dem Institut genau gegenüber wohnte, sich an Bertuch wandte. Ein Brief, antwortet der Verleger, *der mir die neuen sonderbaren Einfälle des Hr. v. Brabeck bestättigt, die allen famosen Geniestreichen so ähnlich sehen als ein Ey dem andern. Der Hr. v. Brabeck scheint bey allen seinen willkürlichen und wunderbaren Sprüngen, die er bisher mit dem neuen Etablissement gemacht hat, ganz vergeßen zu haben, oder gar nicht zu wißen, daß er*

1.) nach seinem unterm 16. Junius 1795 dem Fürsten gemachten und von dem Fürsten unterm 19. Jun. a. p. modificirten und angenommenen Propositionen und Punctation, gar kein Recht hat so einseitig und eigenmächtig über das angefangene, und dem Publiko schon durch des Fürstens Certificat und Annahme der Künstler bekannt gemachte Institut, zu disponiren, und es zu vernichten, oder einem Dritten zu verhandeln;

2.) daß der Fürst durch seine gnädigst bewilligte Protection, Certificat und Nahmen, so wie durch das dem Institut frey accordirte Schloß, und das übernommene Risico der feuers und andere zufälliger Gefahr (als welche Hr. v. Brabeck im Contracte ausdrücklich von sich abgelehnet hat,) ein wesentlicher Theilhaber der Entreprise geworden sey; und der Fürst selbst vor ganz Deutschland wesentlich compromittirt werden würde, wenn Hr. v. Brabeck diese Unternehmung nach Belieben als sein Eigenthum, an Hamburger Kaufleute verhandeln könnte, und also auch dieß Institut in Deßau scheitern sollte;

3.) Daß des Hr. v. Brabecks Verabredung mit dem Fürsten, juristisch betrachtet, ein ordentlicher contractus aleae ist, vermöge deßen jeder Theilhaber, einen gewißen Theil der Gefahr und des Verlustes der Unternehmung zu tragen übernimt; und daß der Hr. v. Brabeck sich für das Risico der aufgenommenen 12.000 rt 15 pr. Ct. [pro Cent] vom Ertrage der Entreprise, der Fürst hingegen sich gar keinen Gewinn stipulirt hat, sondern allen Gewinn der Vergrößerung des Instituts und also dem Besten seines Landes wiedmen wollen;

4.) Daß der Hr. v. Brabeck schon dadurch, daß er §.7. der Punctation, sich nur 15 pr. Ct. für das risico der Burgschaft ausbedung, anerkant und zugestanden hat, daß Er nicht allein Herr und Eigenthümer der Unternehmung sey [...].[203]

Wir hören hier einen der erfolgreichsten Unternehmer seiner Zeit und spüren die Durchsetzungsfähigkeit, das klare ökonomische und juristische Urteil sowie den schnellen analytischen Verstand, der den Weimarer Verleger Friedrich Justin Bertuch so erfolgreich machte. Wir verstehen, warum der Rat Bertuchs in Dessau schon seit Jahren wichtig war und warum er es blieb.[204]

Es gelang, sich mit Brabeck gütlich zu einigen: Als Aktiengesellschaft mit dem Fürsten als einem der größten Aktionäre unterstand die *Chalcographische Gesellschaft* fortan einem von Waldersee geführten Direktorium mit Erdmannsdorff als künstlerischem Leiter und Bertuch als Leiter des Vertriebs. Brabeck ließ sein eingebrachtes Kapital gegen jährliche Verzinsung bei Gewinn stehen.[205] Die wenigen Aktien waren vor allem zwischen dem Fürsten und dem Direktorium verteilt: Der Fürst hielt zehn Aktien, die Familie Waldersee insgesamt achtzehn, Erdmannsdorff zwölf und Bertuch sieben. Waldersee investierte persönlich, wie er später notiert, 7700 Louis d'Or in das Unternehmen, offenbar zusätzlich zu den zwischen 1796 und 1799 erstandenen Aktien.[206]

Aus den zwischen Weimar und Dessau hin und her gehenden Briefen ist die Rollenverteilung der Initiatoren zu ersehen: Brabeck ist mithilfe der gütlichen Einigung hinausgedrängt worden, Fürst Franz hat offiziell nur die Rolle des Schirmherrn inne, ist aber als einer der großen Anteilseigner die treibende Kraft, die Defizite werden durch Darlehen der Kammer gedeckt, also aus dem Landeshaushalt. Erdmannsdorff garantiert die hohe Qualität der Produktion, wählt das Personal nach künstlerischen Kriterien aus und bestimmt das Programm, wobei er mit seiner Einschätzung des Marktes nicht immer richtig liegt. Bertuch, an sich nur für den Vertrieb verantwortlich, scheint immer das Ganze im Blick zu haben und gleichzeitig alle Details. Die Gesellschaft, die doch nur eines von vielen Geschäften ist, die er betreibt, genießt seine volle Aufmerksamkeit. Für den Vertrieb nutzt er sein weltweit von Russland bis Kalifornien gespanntes Netz an Geschäftskontakten. Daneben behält er die Kostenstrukturen im Blick, achtet auf die Lohn- und Reisekosten, mahnt, Kosten-Nutzen-Rechnungen aufzustellen, lenkt den Blick der anderen Direktoriumsmitglieder und sieht, wo die Risiken des Unternehmens liegen. Vor allem sieht er jedoch das Potenzial eines derartigen Unternehmens, sonst hätten weder er selbst noch Fürst Franz sich auf die Sache eingelassen.

Trotzdem scheitert das so enthusiastisch begonnene Unternehmen nach wenigen Jahren. Nicht ein einziges Mal hatte das Direktorium ein positives Ergebnis zu vermelden. So beschließt die Regierung im Dezember 1803, die Sache aufzugeben. Nach umfänglichem Aktenstudium lautet die Schlussfolgerung, dass Brabeck bereits ein unökonomisch begonnenes, irrig geführtes Geschäft hinterlassen habe. Es sei mit viel zu hohen Löhnen, Reisespesen, Materialkosten und Honoraren überlastet worden. Auch seien die Verkaufspreise nicht merkantilisch kalkuliert gewesen. So wurden die Verlagsprodukte immer teurer und der Absatz immer geringer. Der dann gebrauchte Druck auf die Künstler, schneller zu arbeiten, habe zusätzlich noch zu einer Qualitätsverschlechterung geführt.

Laut Buchführung decken die Aktiva die Passiva. Die Tatsache allerdings, dass den jetzigen Beständen der Reiz des Neuen fehle, auch keine neuen Motive hinzukämen, dürfte den Absatz deutlich bremsen und die erhofften Preise verfallen lassen. Auch seien die wenigen Kunstliebhaber, die der Krieg übrig gelassen, längst mit den Erzeugnissen versehen.[207] Die Bilanz weist zu diesem Zeitpunkt ein Defizit von 47 000 rt auf, die Regierung beschließt die Auflösung der Gesellschaft.

Der wichtigste Grund für das Scheitern der Gesellschaft scheint zu sein, dass Truppenbewegungen sich mit Warenströmen nicht vertragen. Die gegen das revolutionäre Frankreich gerichteten Koalitionskriege beeinträchtigten den Handel im Reich. Nicht nur der Graphikmarkt durchlief in diesen Jahren eine *Baisse*. Bei einem international ausgerichteten Unternehmen ist der komplette Ausfall eines ganzen, bis dato für den Luxusmarkt besonders wichtigen Landes wie Frankreich nicht zu vernachlässigen.

Neben den schlecht zu beeinflussenden volkswirtschaftlichen Faktoren gibt es jedoch auch betriebswirtschaftliche: Hier ist wohl entscheidend, dass der Unternehmer-Fürst sich nicht entscheiden wollte, ob nun der volksbildende oder der merkantile Charakter des Unternehmens der wichtigere sei. Wie genau also seine Rendite aussehen sollte. Wenn bei der Schlussrechnung nur auf die finanziellen Ergebnisse gesehen wurde, fällt die gesellschaftliche Rendite vollkommen unter den Tisch.[208]

Die Ausgabe von nur hundert Aktien zeigt besser als das fürstliche Weisungsrecht in Personalangelegenheiten, wie zwiespältig das Unternehmen angelegt war. Knapp die Hälfte der Aktien hielten Fürst Franz und das Direktorium, nicht immer direkt, aber im weitesten Sinne. Eine eigenständige Aktionärsversammlung und ihre starke Stellung gegenüber dem Direktorium war offenbar nicht erwünscht, sie hätte die fürstliche Kontrolle über das Unternehmen untergraben.

Rein betriebswirtschaftlich betrachtet, wurden dem Unternehmen seine hohen Betriebskosten zum Verhängnis, die in den Preisen der angebotenen Blätter nicht einmal einkalkuliert waren. Entsprechend war die Gesellschaft mit ihren 20 000 rt Stammkapital erheblich unterfinanziert. Die Preiskalkulation enthielt als größten Posten die Kosten für die Druckplatten, dann den Druck, das Papier und zuletzt die Vorlage. Die so berechneten Herstellungskosten – wohlgemerkt ohne die Betriebskosten – betrugen, zumindest am Anfang, etwa ein Drittel bis die Hälfte des Verkaufspreises. Je schlechter sich die Situation des Unternehmens fortentwickelte, umso geringer wurde die Differenz zwischen Herstellungskosten und Verkaufspreis, zuletzt wurde unter Preis verkauft.

Dass sich die weniger gebildeten und finanziell schlechter gestellten Kreise nicht als Käufer mobilisieren ließen, obwohl die Produktpalette sich speziell an diese richtete, dass Erdmannsdorff sich in seiner Einschätzung des Publikums und seiner Vorlieben gelegentlich verschätzte, spielte dagegen wohl eine deutlich geringere Rolle. Und sein früher Tod im März 1800 hat das Ende des Unternehmens nur beschleunigt, aber nicht verursacht. Dass etliche Mitarbeiter, zumal der Faktor Menge, dem Unternehmen mehr schadeten als nützten, scheint im Rückblick vollends nachrangig. Die Sache hatte zwei Geburtsfehler: das Datum ihrer Entstehung und die ungeklärte Frage, welche Form der Rendite erwirtschaftet werden sollte.

Folgt man der Korrespondenz zwischen den Direktoriumsmitgliedern, werden die Dinge jedoch gerade im umgekehrten Verhältnis zu ihrer tatsächlichen Bedeutung behandelt. Den breitesten Raum nimmt das Benehmen der Mitarbeiter ein:

Die schwierigste Personalie war der als technischer Leiter angestellte Maler Langenhöffel, der das besondere Vertrauen des Fürsten genoss, der Zeichenschule vorstand und deshalb lange von den Direktoren geschont wurde. Waldersee gab sogar ein Porträt seiner Frau bei ihm in Auftrag. *Der Professor Langenhöffel litt ebenso sehr an Hochmuth als an Unfähigkeit. Während er von Künstlern wie Pichler, Huck, Freidhoff, Haldenwang übersehen und in künstlerischem Schaffen weit übertroffen wurde, ging sein Künstlerstolz ins Grenzenlose, und während er auf der einen Seite ein Spielball für die Künstler war, verletzte er sie auf der anderen durch seine Rücksichtslosigkeit und Grobheit. Es mag dies ein Hauptgrund gewesen sein, dass Männer wie Buchhorn und Freidhoff das Institut nach kurzem Verweilen, noch in seiner Blüthe verliessen.*[209] So schreibt Bertuch: *Nur Langenhöfeln muß Zaum und Gebiß angelegt werden*[210] und er wird, als auch dieses nichts nützt, 1799 entlassen.

Faktor Menge entpuppte sich erst spät als schlechte Wahl. Er führte die Buchhaltung der Gesellschaft von Anfang an mit einem Jahresgehalt von 400 rt zuzüglich Tantiemen und wurde so zum wohlhabenden Mann. Zusätzlich war ihm erlaubt, auf eigene Rechnung mit Kunst zu handeln und zuletzt wickelte er, mit einer Vollmacht ausgestattet, die Gesellschaft ab.[211] 1806 konnten ihm jedoch erhebliche Unterschlagungen nachgewiesen werden, er verlor Haus und Vermögen.[212]

Auch mit Abel Schlicht war man nicht zufrieden. Bertuch beschwerte sich, dass Langenhöffel den zweiten Claude Lorrain wieder Schlicht zur Bearbeitung gegeben habe, *der doch den ersten so verhunzt hat.*[213] 1797 trennte man sich einvernehmlich vom Druckgraphiker Johann Peter Pichler, dass er bei seinem Weggang Arbeiten mitnahm, schlug sich ebenfalls negativ in der Bilanz nieder.[214] Auch der Drucker Bär wird im März 1798 entlassen, wegen zu großer *Sudeleien.*[215]

Waldersee bleibt als Leiter des Direktoriums im Klein-Klein gefangen. Er sorgt zunächst für die Neuordnung des Hauses, lässt das Gewölbe ausräumen, die Wand in der Zeichenschule entfernen, Verschläge aufrichten und schlägt vor, den leeren Saal zum Sessionszimmer zu erklären, da die fertigen Produkte dort vorteilhaft gehängt werden könnten. Die bisherige Sessionsstube sei besser als *Comtoir* zu verwenden, das *Cabinet* daneben zur Verwahrung der Papiervorräte. Die Aktie muss gedruckt werden, das Siegel geschnitten. Stolz meldet er Bertuch, dass die hundert Aktien fast alle bereits verkauft seien und wessen Geld schon eingegangen sei. So ist der Beginn und so bleibt es. Der Ärger mit den Angestellten nimmt über Gebühr viel Raum ein und verstellt den Blick für die eigentlichen Probleme, die Höhe der Betriebskosten oder die Anpassung der Produktion an die verlässlichsten Käufer, die wohlhabenden und gebildeten Schichten, die auch 12 rt oder 15 rt für ein unkoloriertes Blatt zahlten.

Waldersee ist nicht untätig, im Gegenteil. Er kennt die richtigen Leute, sein Freund Ponickau siedelt sich nicht nur in Dessau an, er wird auch größter Anteilseigner des neugegründeten Instituts. Waldersee setzt sich ein, reist auf die Messen, sucht Kunden für die gerühmte Produktion des Instituts zu gewinnen. Waldersee hat sich auch selbst finanziell über Gebühr engagiert, er hat ein persönliches Interesse am Erfolg der Sache und demonstriert das, indem er bis 1799 weitere Gelder zuschießt. Aber er bleibt blass in seiner Rolle, wie auch in seinen übrigen Aufgaben. Er hat nicht den Überblick, nicht den scharfen analytischen Verstand Bertuchs, es fehlt ihm die unternehmerische Fähigkeit, Prioritäten zu setzen, Möglichkeiten zu sehen und Initiative zu ergreifen. Es scheint, als ob ihm auch eine gewisse Härte fehlte, die zur Führung eines Unternehmens nötig ist.

Oder müssen wir ganz anders auf die Funktionen Waldersees schauen? Der Vater und Fürst tritt als Initiator auf. Er legt den gesetzlichen Rahmen fest. Er hat unternehmerische Ideen oder nimmt sie auf und lässt sie umsetzen. Er übernimmt privat ein unternehmerisches Risiko, überlässt die Führung seiner Unternehmungen jedoch anderen und bürdet dem Land Kredite für das notleidende Institut auf – 1801 erreichten diese bereits die Höhe des Stammkapitals von 20 000 rt. Hätte Waldersee überhaupt unternehmerische Initiative entfalten dürfen? Wie frei war er, war das ganze Direktorium, dem Fürsten als wichtigstem Anteilseigner und Schirmherr zu widersprechen? War Waldersee nur der verlängerte Arm seines Vaters, der als

Fürst gleichzeitig Legislative und Exekutive verkörperte und Waldersee für seine exekutiven Aufgaben nutzte? Spürte Waldersee, dass Initiative ihm durch seine Position eigentlich verwehrt war? War die Stellvertretung des Vaters seine eigentliche Aufgabe und erst, wenn das Unternehmen nicht glücken wollte, richtete sich der Blick des Fürsten-Unternehmers darauf, was über die reine Stellvertretung hinaus nicht geleistet worden war? Warum missglückte das Unternehmen der *Chalcographischen Gesellschaft*? Lag es an Waldersees mangelndem unternehmerischem Geschick oder vielleicht doch an sehr anderen Umständen?

Die Zeitläufte waren durch das Direktorium nicht zu beeinflussen. Ebenso wenig der Hauptposten der Betriebskosten, dem die grundsätzliche Entscheidung zugrunde lag, die Künstler anzustellen und in Dessau zu halten, um sie auch für die Zeichenschule zu nutzen. Diese Grundsatzentscheidung lag beim Fürsten, mit Zustimmung des Direktoriums. Die Entscheidung, die Künstler anzustellen, hätte in der Bilanz Niederschlag finden müssen. Die Zeichenschule würde heute als getrennte unternehmerische Aktivität behandelt und es würde eine Entscheidung darüber herbeigeführt, wer Träger der Zeichenschule sei und damit zuständig für die Zahlung der Gehälter. Das Land, dem die Schulden der Gesellschaft ohnehin zu erheblichen Teilen aufgebürdet wurden, wäre als Schulträger in Frage gekommen. Zusätzlich zum Grundgehalt für ihre Lehrtätigkeit wäre den Künstlern eine freie Tätigkeit für die Gesellschaft eingeräumt worden. Dort hätten sie, je nach Können und Erfolg, für die von ihnen erbrachten Leistungen beträchtliche zusätzliche Gewinne erzielen können. Unternehmerisch hätten sich die Risiken der Gesellschaft noch zusätzlich mindern lassen können, indem man Teile der Zahlungen für die Druckplatten durch Tantiemen ersetzt hätte. Das wäre ein völlig anderes Unternehmen geworden, die Risiken wären gleichmäßiger zwischen Anteilseignern, Land und Künstlern verteilt gewesen und das künstlerisch und vertrieblich exzellent aufgestellte Unternehmen hätte vielleicht überlebt.

Es scheint, als ob Waldersee in der Administration von Hofstaat, Armen-, Gesundheits- und Bauwesen vielleicht eine blasse Erscheinung war, aber doch keine Kritik auf sich zog, schon gar nicht die des Vaters. Konflikte traten auf, wo Waldersees Rolle vielleicht auch nicht sehr exakt ausformuliert war. Wenn der Vater sich finanziell und gewinnorientiert engagierte, wenn die Sache einen merkantilen Anstrich erhielt, wurde der Erfolg einer Unternehmung ganz anders bemessen als bei den übrigen Reformwerken. Und es war leicht, den Misserfolg ihm, dem Vorsitzenden des Direktoriums, zuzuschreiben.

Wenn wir in den Briefen zwischen Waldersee und Bertuch blättern, die in großer Zahl erhalten sind, fällt etwas deutlich auf: die Veränderung seiner Handschrift. Waldersee, der zu Beginn der 80er Jahre mit einem weichen, runden Duktus schreibt, schwungvoll, sorglos und von heiterer Anmutung, hat nun eine harte, steile Schrift bekommen, die in kontrollierten, engen Zügen das Blatt bedeckt. Sähe man die Entwicklung nicht, man würde nicht an denselben Schreiber glauben.

Als Waldersee seinem Freund und Kollegen Bertuch 1797 sein Herz ausschüttet wegen des Verhältnisses zu seinem Vater, rät dieser ihm, kälter und härter zu werden und sich nur um die Dinge zu sorgen, für die er verantwortlich sei. Dies sei das einzige Mittel, im Fürstendienst durchzukommen.[216]

Geschäfte unter Verwandten, 2. Akt, oder: Ganz großes Theater

Als der Trauerzug stumm durch die Residenzstadt zog, vorbei an allen Bauten, die Erdmannsdorff als Zeugnisse der aufgeklärten Regierung dessen errichtete, der nun zur ewigen Ruhe gebettet werden sollte, konnte Waldersee nicht anders, als sich zu erinnern, wie er an den Tiefpunkt seiner Beziehung zum Vater geraten war.

Das Theater, der letzte Bau Erdmannsdorffs, hatte den Ausschlag gegeben. Seit 1794 spielte die Bossann'sche Truppe in der von Erdmannsdorff errichteten Reitbahn. Damals hatte der Fürst begonnen, gezielt Grundstücke anzukaufen, um an der Kavalierstraße, gegenüber dem erbprinzlichen Palais, ein Theater nach Entwürfen von Erdmannsdorff zu errichten. Es sollte mit seinen tausend Plätzen eines der größten deutschen Theater werden. Diesem baulichen Anspruch sollte auch der Spielplan genügen, und Fürst Franz suchte für dieses ebenfalls von volksbildendem Charakter geprägte Unterfangen einen Intendanten. Auch hier war auf Bertuch Verlass.

Er schuf den Kontakt zu Karl August Freiherr von Lichtenstein, dessen erste Opern gerade zur Aufführung gelangten. Der Komponist stammte aus dem fränkischen Lahm im Itzgrund. Nach einer Kindheit in Gotha und Jugend in England hatte er in Göttingen studiert und auch als Violinvirtuose auf sich aufmerksam gemacht. Erste Kontakte nach Dessau lassen sich im Herbst 1796 nachweisen, wo er mit allergrößter Freundlichkeit aufgenommen wurde.[217] Im Frühjahr 1797 bat der Fürst Bertuch, Lichtenstein in Lahm zu besuchen und als Intendanten nach Dessau zu engagieren. Waldersee war beauftragt, dem fränkischen Freiherrn die Wege zu ebnen.[218]

Die Briefe Lichtensteins an Waldersee aus dieser Phase sind von großer Freiheit, wie man sie einem Gutsbesitzer seines Standes – reichsunmittelbar, keinem König, nur dem Kaiser untertan – zugestehen mag. Kennt man den weiteren Verlauf der Sache, empfindet man sie jedoch fast als frech, so klar und deutlich stellt er seine Forderungen. Überhaupt macht Lichtenstein einen exaltierten, zumindest sehr fantasievollen und geschmeidigen Eindruck. Als er das Angebot aus Dessau annimmt, bestellt er bei Waldersee gleich acht Arbeitspferde.[219] So hielt er mit seiner Schauspieltruppe, zu der auch seine Ehefrau zählte, statt in Prag in Dessau Einzug. Zum Geburtstag des Erbprinzen konnte das Theater mit *Bathmendi* eröffnet werden, der zu diesem Anlass von Lichtenstein komponierten, allegorisch-komischen Oper nach einem Libretto von Ernst Wolfgang Behrisch, Waldersees erstem Erzieher. Die schon damals in Arbeit befindliche *Steinerne Braut*, ein Singspiel, dessen Hauptrollen der Komponist und Intendant selbst mit seiner Frau übernahm, begründete den Erfolg und Ruf des Dessauer Theaters.

Lichtenstein muss eine sehr überzeugende Figur gewesen sein, in jeder Hinsicht. Sein überzogener finanzieller Bedarf und die damit verbundenen Risiken waren Waldersee von Anfang an bewusst: *So viel Mühe und Ueberredungskunst ich auch bey denen hochweisen Herrn Curatoren der Amalienstiftung angewendet habe, Ihnen für Ihren Freund das bewußte Capital von 15000 rt zu verschaffen, so wenig hat dieses gefruchtet, und bleiben aus über großer Weisheit, die Herren dabey, es wäre Ihnen dieses zu weit entferndt, und das Immediate der Reichsritterschaft macht sie fürchten, eine[r] Klage beym Reichslager ausgesetzt zu seyn, im Fall der Aufkündigung gedachten Capitals. [...] Lichtenstein habe ich gar nicht genannt um kein kleinstädtisches Gerede zu machen.*[220]

Nur ein wenig von der *über großen Weisheit*, die er hier beklagt, hätte man Waldersee gewünscht, dann wäre ihm viel erspart geblieben. Waldersees eigenes Leben entwickelt sich immer mehr zu einem Bühnenstück minderer Qualität. Hier nimmt es nun merklich an Fahrt auf, die Ereignisse spitzen sich zu, der Konflikt mit dem Vater lässt sich bald nicht mehr verbergen.

Loulou Waldersee verknüpft in der Familienchronik den Verkauf des Ritterguts Gnölbzig bereits mit finanziellen Schwierigkeiten und der Bekanntschaft Lichtensteins: *Der Vater musste sich entschliessen, Gnölpzig zu verkaufen.*[221] Welcher Art die finanziellen Schwierigkeiten 1799 gewesen sein könnten, erschließt sich aus dem Nachlass jedoch nicht. Aus dem Verkauf bleibt auch genug übrig. Den Erlös investierte Waldersee sowohl in Aktien der *Chalcographischen Gesellschaft zu Dessau* als auch in Obligationen der *Preußischen Seehandlung*.[222] Die Gesellschaft, wir wissen es bereits, war da schon in erheblicher Schieflage, Waldersee musste privat Geld zuschießen und beschwerte sich Bertuch gegenüber, dass die Kommissionäre nicht antworteten, die Angestellten nicht mehr zu bezahlen seien, die Gerüchte vom *Fall unseres Instituts* jeden Kredit verwehrten.[223] Die Schieflage des Instituts belastete das Verhältnis zum Vater schwer, der Verrat witterte und dem Sohn das Vertrauen entzog.[224] Er traute der vorgelegten Bilanz nicht und ließ das Lager kontrollieren.[225]

Des Sohnes Verzweiflung wird mehr als deutlich in seinen Schreiben an Bertuch: *[...] ich binn so gut als verlohren. Ich habe den Fürsten um Untersuchung meiner Sachen und um Hülfe gebeten, er ist äußerst aufgebracht und Gott weiß verläßt er mich, dann binn ich unwiederbringlich durch meine Gutherzigkeit verlohren, denn schon sind Creditoren erwacht und bey der Regierung binn ich verklagt, es hat mich abermahls aufs Krankenlager geworfen.*[226]

Als wäre das nicht schon schlimm genug gewesen. Zeitgleich mit dem drohenden Untergang der *Chalcographischen Gesellschaft* und seinem dortigen finanziellen Engagement gab Waldersee dem flehentlichen Bitten des Hoftheaterintendanten Freiherr von Lichtenstein nach, für seine Schulden einzustehen. Der Intendant war da schon bei allen infrage kommenden Personen und Institutionen Dessaus in Misskredit geraten, hatte Schulden mit neuen Schulden zu tilgen gesucht und in der kurzen Zeit seines Aufenthalts ein fast nicht zu entwirrendes Gestrüpp an Schulden aufgehäuft.

Der Skandal um Lichtensteins Schulden reichte bis in die erste Reihe der Dessauer Hofgesellschaft: Der Fürst musste Bertuch bitten, dass der Erbprinz statt *mit Papier mit klingender Münze aus der gantzen Sache gebracht wird, da mich selbige etwas verworren zu werden scheint, und da mich Bischoffswerder versichert hat, soviel her geschaffen zu haben, daß, dieses erst mahl möglich sein mus.*[227]

Lichtenstein, der Schauspieler, nutzte nicht nur seine diesbezüglichen Talente. Er war ein großer Herr, den musste er nicht spielen. Seine Manieren, sein Auftreten scheinen nur die Herren *Curatoren* der Amalienstiftung nicht geblendet zu haben. Alle anderen ließen sich auf ihn ein. Und es scheint, als habe er gerochen, wer von allen der Schwächste war: der, der zwar in der Mitte der Dessauer Gesellschaft stand, aber keine Rechte hatte, sondern auf die Güte anderer angewiesen war. Der, für den sein Vater nicht kämpfte wie für den Erbprinzen. Der andere Sohn, dem Fürsten nah genug und, für Lichtenstein, weit genug entfernt von ihm. Waldersee mit seiner angeborenen, vielleicht auch durch seine prekäre Stellung noch gesteigerten liebenswürdigen Gutmütigkeit. *Gutwillig binn ich wohl manchmal gewesen, und dadurch um manches gekommen, allein auch das Abschlagen habe ich gelernt, und werde ich auch dabey bleiben.*[228] Hätte er diesen Vorsatz nur beherzigt!

Im März 1800 kam Lichtenstein auf Waldersee zu, *da sein Credit schon zu wanken anfing,* und bat um einen Wechsel von 3000 rt. Mit so einer stattlichen, aber doch überschaubaren Summe fängt Lichtenstein ihn ein. Schneller, als er denken kann, steckt Waldersee bis zum Hals in Lichtensteins Schuldenberg. Dessen Kreditgeber Simon Isaak wusste vom Verkauf Gnölbzigs und den Obligationen der *Preußischen Seehandlung* und traktierte nun Waldersee solange, bis dieser schließlich einwilligte, dann auch noch 6000 rt in der Michaelis Messe zu Leipzig hergab und im Dezember noch einmal 1000 rt auf seinen eigenen Kredit aufnehmen ließ, gemeinsam mit Bertuch zudem einen Wechsel über 17 000 fl hielt. Damit begann ein Spiel wie in einem schlechten Roman. Wenig wurde zurückbezahlt, offene Forderungen wurden mit einer gerichtlichen Obligation auf ein Lichtenstein gehörendes Rittergut in Kursachsen besichert. Mit immer neuen Versprechungen und unter Tränen flehte Lichtenstein ihn an, ihn von seinen Gläubigern zu befreien, damit er nach Wien könne, wo er eine neue Anstellung und angeblich Hoffnung auf ein – eher undurchsichtiges – Geschäft hatte. Sozusagen zum Abschied gibt er noch sein neuestes Werk *Ende gut, Alles gut* zur Aufführung, ein Stoßseufzer des Komponisten und Intendanten, der allen übrigen Beteiligten wie Spott und Hohn anmuten musste.[229]

Waldersee wechselt vom teilnehmenden Beobachter zum Hauptdarsteller dieser Schmierenkomödie. Er gab auf das Flehen Lichtensteins seine Obligationen zurück. Er *glaubte nicht, daß er mich auf eine so leichtsinnige Art in die Hände der [...] Juden liefern, seine heiligen Versprechen nicht erfüllen und mich ganz meinem Schicksal und am Ende seinem Concors überlassen würde, was ihm der Himmel vergeben möge. Er reisete ab, und von nun an erhielt ich nur äußerst selten eine Zeile von ihm nie aber weder Geld noch Trost.* Lichtensteins schauspielerische Talente zahlten sich doppelt aus: Es scheint, er habe alle Dessauer Schulden auf Waldersee abgewälzt, der sie in Gutmütigkeit und Vertrauen auf die Ehrlichkeit des Standesgenossen übernommen oder wenigstens besichert hatte und daran bankrott ging. Mit immer neuen Schulden versuchte nun wiederum Waldersee, die von Lichtenstein übernommenen zu tilgen, am Ende nähert sich die Summe unvorstellbaren 42 000 rt., für sich selbst errechnet er 1812 gar 57 408,58 fl.[230]

In Wien, so wussten andere Gläubiger zu berichten, steigerte Lichtenstein dieses Spiel sogar noch. Er bräuchte ungefähr fünfmal so viel, wie er Einkünfte hätte, dies würde ihn das fünfzehnfache kosten. In guten Häusern würde er nicht mehr empfangen, er hätte sich mit schlechten Leuten eingelassen.[231] Für Waldersee war das kein Trost, im Gegenteil.

Die Sache sollte Waldersee zeitlebens nicht mehr loslassen: Der Konkurs Lichtensteins begann mit einer Ediktalladung vom 12. September 1801, worin die Gläubiger aufgerufen wurden, sich zu melden. Für Waldersee führte sie zum Offenbarungseid und zu seiner Entlassung 1803, dem Verlust des Vaters, möglicherweise zum Bruch mit seinen eigenen Söhnen und schlussendlich, nach seinem Tod, zur Versteigerung fast der kompletten beweglichen und unbeweglichen Habe.

Lichtenstein selbst war in Wien einstweilen sicher vor dem Zugriff seiner zahlreichen Gläubiger, *das Immediate der Reichsritterschaft*, die Zeitläufte und die Ländergrenzen des Reiches boten ihm den sichersten Schutz. Kein Musiklexikon nennt den wahren Grund für die häufigen Ortswechsel und den zeitweisen Rückzug aus der Öffentlichkeit: betrügerischer Bankrott.

Von 98 durchnummerierten, vertröstenden Briefen an Waldersee sind elf erhalten. Obwohl er nie ausführt, wie seine *soliden Pläne* aussehen, gewinnt man doch das Gefühl, dass hier jemand immer wendiger versuchte, sich stetig vergrößernde Schuldenberge mit anderen Schulden zu beseitigen. Waldersee wurde durch seine naive *Gutwilligkeit* in das Gespinst von Schuldverschreibungen und Wechseln, in den gesamten undurchsichtigen Schuldenberg Lichtensteins verstrickt, der reichsweit wenigstens 800 000 fl betrug.[232]

Waldersee als Gläubiger bezahlte letztlich nicht nur mit seinem Vermögen, sondern mit seiner Gesundheit, eigener Insolvenz, dem Verlust seiner Stellung und des Wohlwollens des fürstlichen Vaters. Lichtensteins Güter wurden zuletzt sequestriert, die Gläubiger hingehalten, gelegentlich, das sei nicht verschwiegen, erreichten auch Waldersee Zahlungen Lichtensteins.[233] Noch viele Jahre nach Waldersees Tod wird die Sache gerichtlich verhandelt, obwohl hier bereits seine Forderungen als *ohne allen Werth* abgetan worden waren.

Bald hatte sich alles gegen Waldersee verschworen: 1802. *Schon im Januar befiel den Vater mit grosser Heftigkeit das Podagra, krampfhafte Zustände dabei brachten ihn an den Rand des Grabes. Der treuen Pflege der Mutter hat er seine Genesung zu verdanken. Sie bekam eine Lungenentzündung, die auch für ihr Leben zittern machte. Die Nachricht, dass die Güter, die ihm der Fürst versprochen hatte, an die Schach [!] geschenkt, machten auf den Vater einen schrecklichen Eindruck.*

Loulou Waldersee, die dies notiert, ist die einzige Quelle für ein solches, dazu noch gebrochenes Versprechen. Es wäre dies eine mögliche Erklärung für den Verkauf des außerhalb der Landesgrenzen gelegenen Rittergutes Gnölbzig, auf das die Familie sich nahezu ohne Gesichtsverlust in dieser Situation hätte zurückziehen können. Waldersee selbst erwähnt nie eine mögliche Schenkung von Landbesitz. Es ist allerdings nicht das einzige Mal, dass Loulou Waldersee den Blick auf ein eifersüchtig untermaltes Verhältnis Louise Schochs zum Fürsten lenken würde. Dass die Gärtnerstochter auf ihn, den nichtehelich geborenen ältesten Sohn eifersüchtig gewesen sei, ist eine Vermutung, die Loulou Waldersee mit ihren Aufzeichnungen nährt.

Der Erbprinz nahm sich freundschaftlich des Vaters an, was dem Vater aber nur zum Schaden gereichte. – Durch Teuerung, durch Kosten der Erziehung, durch unglückliche Umstände, durch zu grosse Schwäche und Herzensgüte war der Vater in ein Labyrinth geraten. [...] Raumer wurde in die Geschäfte eingeweiht, ein Consilium wurde ernannt, die Schulden zu regulieren, der Fürst war sehr erbittert durch Klatschereien. Die Pferde bis auf eins verkauft, Leute entlassen. Unterredung des Fürsten mit dem Vater, der sehr verzürnt war, der Vater nahm hierauf seinen Abschied.[234]

Ende Mai 1803 fand diese große Unterredung statt. Waldersee sah sich mit kränkenden Vorwürfen überhäuft, leistete Offenbarungseid und wurde gedrängt, seinen Abschied aus sämtlichen Ämtern zu nehmen.[235] Von nun an widmete er sich als Privatier der Erziehung seiner Kinder und zog sich vollends auf das Feld der Dichtung und

Übersetzungen zurück. Einziger Trost in dieser verzweifelten Lage war die Haltung der Fürstin Louise, die liebevoll mahnend bis zu ihrem Tod die Sorgen der Familie teilte und noch über ihren Tod hinaus nie ihre Unterstützung versagte.[236] Die zehn Jahre im Dienst seines Vaters gerannen Waldersee im Nachhinein zu *10-jährigem Leiden*.[237] Bald wurde im Dessauer Wochenblatt inseriert, Waldersee sei insolvent, Forderungen an ihn seien bei der Regierung zu melden.[238]

Selbst fasst Waldersee seine Lage so zusammen: *Im Jahre 1803, wo ich durch meine unglückliche Verhältnisse mit Lichtenstein in mein bekanntes Labyrinth verwickelt wurde, ward ich, trotz allen mündlichen und schriftlichen Vorstellungen der Unmöglichkeit, mit dem was man mir als Einnahme lassen wollte, aus zu kommen, durch Drohungen gezwungen mich schriftlich anheischig zu machen, mein Hauswesen mit den mir gelassenen zu bestreiten und keine neue Schulden zu contrahiren. [...] Erziehung und Beköstigung und Kleidung von sechs Kindern machte bey aller Anstrengung und Einschränkung es mir völlig unmöglich meiner Zusage nach zu kommen, und brachte mich in jedem Jahre dahin immer einige Schulden zu contrahiren, die mir durch Freundschaft auch gewähret wurden. Durch politische Unfälle, Einquartierungen mehreren Abgaben &c wurde die Ausgabe ebenfalls vermehrt, da die Einnahme nicht allein sich nicht verbesserte, sondern sogar durch seit Januar 1811 noch mehr abgezogene 100 rt alljährlich vermindert. Die Weltereignisse hielten mein Lichtensteinsches Arrangement auf, auch die heilige Justitz zog zu vielen Nutzen aus dieser Sequestration um nicht lännger die Creditoren schmachten zu lassen. ... [?] ward ich durch unmerkantilische Principia bey der Chalcographischen Gesellschaft um 4600 rt gebracht die mit meine Schulden decken sollten. Dies alles sind die Ursachen meiner jetzigen Lage die mich zu Boden drückt; die, wird sie nur irgend laut, mich durch ... [umgemurgeltem?] Zorn, durch andre Umstände, daß manche Personen mich gern ganz unterdrückten zur Verbauung und gänzlichen Ru.g [Ruinierung?] und zur Beraubung meiner Ehre führen würde. Da ich schon vor einigen Jahren einmal in Erfahrung gebracht, daß man wohl die Idee habe, wenn ich von Schulden frei seyn würde, welcher Fall doch nun bald eintrit, mir den Vorschuß der Cammer, der mir zwar nach dem erzwungenen Abkommen obläge wieder zu erstatten und sogar mit Zinsen (eine Sache wodurch man eigendlich in aller dieser Zeit nichts für mich gethan hätte) alsdann zu erlassen.*[239]

Die Sache hält die gesamte Familie noch Jahrzehnte in ihrem Bann. Sie vermengt sich in höchst unguter Weise mit der prekären rechtlichen Lage des unehelich Geborenen, mit der Bitterkeit desjenigen, der sich um das ihm Zustehende gebracht sieht und dem in Jahren gewachsenen Misstrauen zwischen Vater und Sohn. Der Tod des Vaters 1817 ermöglicht es, den lange schon erwogenen Prozess gegen das herzogliche Haus zu führen und die Ansprüche des Sohnes endlich juristisch durchzusetzen. Dem kommt der junge Herzog, sein Neffe, zuvor: Nicht nur erhebt er den vom Vater aus dem Hofdienst Entlassenen zum Oberhofmeister,[240] sondern er vergleicht sich mit ihm. *Mein Mann theilt mir Vormittag die erfreuliche Nachricht wegen des Vergleich mit. Gott gebe seinen Segen.*[241]

Dass weder die neue Stellung noch der Vergleich mit dem herzoglichen Haus Waldersee aus seiner finanziellen Klemme ziehen kann, sehen wir spätestens bei seinem Tod im Jahre 1823. Waldersees Kinder, aber auch seine Mutter[242] sehen es schon früher. Seine drei Söhne schreiben dem Vater im Sommer 1819 einen ernsten, besorgten Brief: Es sei nun der Augenblick gekommen, Bestimmungen und Anordnungen zu treffen, von denen es abhinge, ob der *traurige, peinliche Zustand,* der nun schon seit 16 Jahren andauere, fortbestehen oder endlich eine ungestörte Existenz eintreten könne. Die Söhne seien nun schon mehrere Jahre mündig, hätten auch ihre Erfahrungen in der Welt gemacht und könnten sich daher ein Urteil erlauben, in allem Respekt und ohne jeden Vorwurf, allein, weil ihnen das Wohl der Eltern und der Schwestern vor Augen stünde. Sie gingen davon aus, dass bei dem jetzigen Arrangement – gemeint ist der Vergleich mit dem herzoglichen Haus – tatsächlich alle Schulden restlos getilgt seien, sonst ginge der ganze Teufelskreis unweigerlich wieder von vorn los. Sie nennen etwa Abraham Mortgen, der überall als gemeiner Schwindler und Betrüger bekannt sei, den kein ehrlicher Mensch über die Schwelle lasse und der dennoch mit dem Vater ihnen unbekannt gebliebene Geschäfte habe. Sie schieben die Fortdauer dieser Geschäfte auf die Gutmütigkeit des Vaters und flehen ihn an, die Gelegenheit zu nutzen, um damit ein für alle Mal ein Ende zu machen. *Wenn denn also für die Zukunft in Hinsicht von Zinsen und Abzügen gar nicht mehr die Rede seyn kann, und die Pension, Gehalt und die Einnahmen der Erbschaft der seligen Grosmutter ganz zu Deiner Disposition sind, so läßt sich davon eine, wenn auch nicht brillante, doch immer anständige und sorgenfreye Existenz vorhersehen [...].* Sie empfehlen ihm, keine unnötigen Ausgaben zur Unzeit zu tätigen, nicht mehr Geld auszugeben, als er gerade zur Verfügung habe, der Mutter ein Wirtschaftsgeld auszuhändigen, und bitten ihn, eine Summe für die Bedürfnisse der Schwestern auszusetzen und ihnen am Monatsanfang zu übergeben.[243]

Waldersee empfängt diesen gewiss wohlüberlegten und nicht leichtfertig abgesandten Brief in Teplitz, wo er mit seiner Frau Louise zur Kur weilt. Wie der Brief vom Vater, von den Eltern Waldersee aufgenommen wurde, wissen wir nicht. Was wir wissen, ist, dass die Tagebucheintragungen der Mutter, Louise Waldersee, zum Zeitpunkt des vermutlichen Eintreffens dieser Post abrupt enden und erst Monate später wieder aufgenommen werden. Und wir stellen fest, dass dies die letzte Spur der Söhne Waldersees in seinem erhaltenen Nachlass ist. Vier Jahre lang sollte Waldersee noch leben, der zuvor rege Briefverkehr mit den Söhnen – bricht er hier ab? Kommt es nun auch noch zum Zerwürfnis mit den drei Söhnen?

Gott gebe seinen Segen, hatte die Gräfin sich 1819 über den Vergleich gefreut. 1820 bereits sind Hinweise darauf zu finden, dass der Vergleich als ungünstig empfunden wird.[244] Das Geld reicht nicht. Als Waldersee am 30. Mai 1823 in den Armen seiner Frau Louise und seiner Tochter Amélie stirbt, scheint es unmöglich, die zum Teil nur ungenügend belegten Passiva einzutreiben, und selbst diese Summe wäre nicht ausreichend, die vorhandenen Schulden zu decken. Die Erben folgen dem Rat des Amtsrats Thorspecken, das Erbe auszuschlagen. Das gesamte mobile und immobile Vermögen wird verkauft, um die Ansprüche der Gläubiger zu befriedigen. Kein Träger dieses Namens wird jemals wieder in Dessau wohnen oder eine Rolle in Anhalt-Dessau spielen.

Das von dem hierselbst kürzlich verstorbenen Herrn Oberhofmeister Grafen von Waldersee besessene, hierselbst in der Zerbster Straße belegene brauberechtigte Wohnhaus mit An- und Hintergebäuden, Hof und Gärten, soll öffentlich und meistbietend verkauft werden, und ist der 22ste Dezember c. als einziger Termin dazu anberaumt worden. [...] Demjenigen, wer das Haus kennt, ist es genügsam empfohlen, und dem nicht unterrichteten Kauflustigen, kann im Allgemeinen die Bemerkung genügen, daß es zu den besten und ersten Häusern hiesiger Residenzstadt gehört.[245]

Nach Waldersees Tod noch scheitert seine Witwe an der gerichtlichen Durchsetzung ihrer geerbten Ansprüche gegen Lichtenstein. Der indessen sonnt sich im Glanze neuer Aufgaben. Louise Gräfin Waldersee, als Witwe in Potsdam lebend, muss mit ansehen, wie ihm in Berlin Regie von Schauspiel und Oper anvertraut wurden und er Mitglied der Generaldirektion wurde.

Als mein seliger Mann sich für denselben durch grosse Summen verbürgt hatte, schreibt die Gräfin ihrem Anwalt, *und dadurch in soviel Sorge und Kummer versetzt war – so wie bei dem darauf folgenden Arrangement mit den Gläubigern des H. v. L. sich mein Mann nicht zu einem Vergleich von 50 p.C. verstehen (wollte?) –, da stellte der H. v. Lichtenstein einen Revers aus, worin er versprach, die übrigen Summen nachzuzahlen –. Dieser Revers war auch von dem Oberjustizrat Honnthal in Bamberg mit unterschrieben –, auch von denen Schwestern. – Nach Ausstellung dieses Reverses kam der Vergleich zustande –. Mein Mann und die übrigen erhielten 50 p.C. Mein Mann übergab seine Geschäfte einigen Advokaten, wo-von zwei in kurzer Zeit starben –. [...] Als ich nun den Aufenthalt des Herrn v. Lichtenstein in Berlin erfuhr – so liess ich ihm durch den J. R. Henneberg die Kopie des Reverses vorlegen –. Er erkannte diese gerichtlich an – fühlte sich aber nicht verpflichtet, seine Verpflichtungen zu erfüllen –, da er seine Güter Allen seinen Gläubigern cediert.*

Infolge meiner Klage bei dem Kammergericht hat dasselbe den O. J. R. v. Honnthal vernehmen lassen, und im Protokoll bestätigt derselbe den ganzen Gang der Geschäftssache –. Da aber, wie er aussagt, der H. v. Lichtenstein zu der Zeit, als er den Revers 1806 ausstellte – schon wäre pro Prodigo erklärt gewesen, so hätte es keine Gültigkeit. [...] Ich habe danach meinen Prozess verloren. [...]

Verzeihen Sie, lieber Herr von Gerlach, wenn ich Ihnen solange von meiner unglücklichen Prozeßsache unterhielt – ich wollte mich gleich anfangs an Sie wenden – hielt es aber für unbescheiden. – Nun ist es freilich zu spät und ich werde wohl schwerlich etwas von meiner Forderung erhalten. An den König von Bayern habe ich auch geschrieben, da Honnthal sein Diener ist – und er im Besitz der Lichtenstein'schen Güter –. Die Forderung beträgt übrigens 33 tausend Gulden und die Zinsen.[246]

Vaterliebe – Sohnesliebe

Bei der Verbesserung der Feuerordnung, 1791, hatte er noch ganz in der ersten Reihe gestanden, sozusagen landesherrliche Verantwortung übernehmen dürfen: *Der oberste Leiter der Anstalten zur Löschung eines ausgebrochenen Feuers war der Fürst selbst; in seiner Abwesenheit sein Bruder Johann Georg, in dessen Abwesenheit der Erbprinz Friedrich, und war auch dieser nicht anwesend, so hatte der Graf Waldersee diesen Posten zu übernehmen.*[247] Jetzt, als der Trauerzug durch das nächtliche Dessau zog, die Glocken läuteten, als der Fürst tot, der Prinz Hans Jürge verstorben, der Erbprinz Friedrich lang bestattet war, übernahm Waldersee keineswegs den ersten Platz. Aber er wusste noch, wie es sich angefühlt hatte, das unbedingte Vertrauen des Vaters zu genießen. Und es tat ihm immer noch weh, dass er es verloren hatte.

Waldersee war dem Vater wie alle Personen bei Hofe nicht nur innerlich, sondern auch räumlich nah. Jede Krankheit des Fürsten ließ ihn, die *Schochin* und die Fürstin in ähnlicher Weise um das eigene Leben fürchten. Ihrer aller Furcht galt weniger den damit einhergehenden Stimmungsschwankungen. Sie galt ihrem gesamten Lebensentwurf, der auf dem Fundament der engen Beziehung zu diesem Menschen errichtet war. Ein Lebensentwurf, der durch die Nähe zum Landesherrn gewann und deshalb in seinem Wesen durch jede Krankheit bedroht war. Der Verlust der Nähe zum Thron zog den Verlust der eigenen Stellung meist direkt nach sich: *Des Fürsten Gesundheit, wonach Sie mich fragen, ist doch Gott sey Dank wieder viel besser, und hoffe ich er werde diese Woche zum erstenmale wieder zur Stadt kommen, auf was mir das liebste ist, so findet sich sein Humor, der ganz weg war, wieder, er war nemlich sehr krank und litt an mehreren Uebeln zugleich als Hemorhoiden und Gicht und fast beständiges Fieber so daß er mehrere Wochen gar nicht schlafen konnte, und enorm abgefallen und entkräftet wurde. Seinen rechten Arm kann er fast noch gar nicht brauchen von seinem letzteren Fall, allein dieser wird denke ich wenn erst das Wetter wärmer wird, auch herzustellen seyn, und ich hoffe der Himmel soll ihn uns noch länger erhalten.*[248]

Wie es sich anfühlt, wenn die Nähe zum Thron verlorengeht, auch ohne den Tod des Landesherrn, das können wir bei Waldersee ausgiebig studieren. Der Vater stirbt nicht, sondern zieht seine väterliche Hand ab von ihm. Er macht dem Sohn Vorwürfe. Und Waldersee, bald bedrängt von allen Seiten, reagiert mit Körper und Seele, denkt an Selbstmord. So *trübe wie der Himmel ist mein Sinn* schreibt er Bertuch, und bittet: *Verbrennen Sie dieses, und verzeyhen einem gedrückten Freunde, daß er Zuflucht bey Ihnen sucht, ich müßte sonst unterliegen und eine ganze unglückliche Familie zurück lassen.*[249] Wenige Monate später spricht er davon, dass *würcklich meine Gesundheit [...] so sehr untergraben ist [...], unbeschreibliche Beklemmungen des Morgens [...]. Menge wird Ihnen erzählen wie es gekommen, daß wir unser Lager auf Befehl des Fürsten noch einmal haben außerordentlich müssen revidiren lassen.* Keine möglichen Fehlbestände setzen ihm zu – solche wurden nicht festgestellt –, sondern das väterliche Misstrauen. Wir sehen es an der Schrift. *Unbeschreibliche Beklemmungen* werden da sichtbar, kleiner, enger, gedrängter, bedrängt ist das Schriftbild jetzt, 1802, in diesem sechsseitigen Brief.[250]

Aber es soll noch schlimmer kommen: *denn ach ich muß Ihnen nur sagen, ich binn so gut als verlohren. Ich habe den Fürsten um Untersuchung meiner Sachen und um Hülfe gebeten, er ist äußerst aufgebracht und Gott weiß verläßt er mich, dann binn ich unwiederbringlich durch meine Gutherzigkeit verlohren, denn schon sind Creditoren erwacht und bey der Regierung binn ich verklagt, es hat mich abermahls aufs Krankenlager geworfen, was ich beynahe seit Mitte November nicht oder nur wenig verlassen habe, meine Frau lag neben mir auf den Tod, eine 7monath. Niederkunft befürchtend, etwas ist sie besser, aber 10 Nächte habe ich vor Kummer und Schmerzen nicht geschlafen, und ich binn so erschöpft daß ich nicht gerade gehen kann [...] ich kann nicht mehr schreiben das Blatt geht rund herum und Thränen entstürzen meinen Augen über meine Lage [...].*[251]

Liest man diesen Ausbruch eines Verzweifelten, ahnt man, wie sehr sich die geschäftliche Schieflage der *Chalcographischen Gesellschaft*, die Lichtenstein'sche *affaire* und das Verhältnis zum Vater zu einem einzigen, entsetzlichen *Labyrinth* verworren haben, aus dem Waldersee keinen Ausweg mehr findet. Die Regierung, die Gläubiger Lichtensteins, die er selbst aus Naivität zu den seinen gemacht hat, der Vater erscheinen ihm in seinen schlaflosen Nächten als grausame Dämonen. Bertuch, der Freund, ist ihm Zuflucht und Trost. Nur helfen kann auch er wenig. Aber er kann beruhigen, er kann ein wenig Ordnung in die Sachen bringen und durch sein unternehmerisches Auftreten den Fürsten wenigstens kurzfristig überzeugen.

Wie in einer Sinfonie gibt es zu den dunklen Tönen aber auch eine helle Stimme. Eine, die sich nicht um Sachverhalte kümmert, sondern Mitleid und Liebe walten lässt. Die Fürstin ist es. Sie bittet, den Eltern doch jetzt nur ja alle Schulden offen zu legen und nichts mehr zu verschweigen – *denn wer kann denn einen Schaden heylen ohne ihn genau zu kennen und besichtigt zu haben*[252] – und auch sie verfolgen die Ereignisse im Schlaf: *Ach, Waldersees Unglück und Banquerote, Krankheit und Schwangerschaft, ungenahde des F[ürsten], alles liegt mir auch im Traume im Sinne, weil ich gar nicht zu helfen weiß [...].*[253] Was ihr Bemühen, den Fürsten zu besänftigen, bewirkte, wissen wir nicht.[254] Waldersee jedenfalls besänftigt sie nicht. Am 18. Mai 1803 notiert sie mütterlich, dass sie *aber das unbedeutende Schenkungs Instrument der interessen von 4500 Rthlr. an Walder[see] auf unbestimte Zeit ab[-] und unterschrieb.* Sie fährt selbst zu Waldersee in die Stadt, *dachte zu Trösten, zu lindern, aber fand, daß man trotz der verschuldeten Leyden gar nicht gemürbet war, denn bey den bloßen Wohlgemeinten, mir abgefragten rath gebungen und etwanigen Vorschlägen, um so manchen Unannehmlichkeiten zu entgehen, mit mir auf eine Weile nach Stuttg[art] zu kommen? da beumte sich der Hochmuth, und man ließ es mir sehr merken, daß man es für eine Strafe oder verachtung und vernachläßigung halten würde.*[255]

Verhärtete Fronten. Keine Unterwerfungsgesten sieht die Fürstin, sondern Hochmut und mangelnde Geschmeidigkeit, sich für eine Weile dem väterlichen Zorn zu entziehen, von der Bildfläche zu verschwinden – so hatten die fürstlichen Eltern es miteinander besprochen. Sie bleibt bei ihrer Haltung, verzichtet auf Zinsen, schickt regelmäßig Geld, heimlich am Fuße eines Obstkorbes, bis zu 2000 rt jährlich. Und sie tut dies über ihren Tod hinaus, auch wenn ihre direkt an die *Gräflich Waldersee'sche Credit Commission* testamentarisch verfügte jährliche Zahlung von 1800 rt bald gänzlich aus Waldersees Erinnerung getilgt sein wird.[256]

Waldersee sieht die Lage anders. Jedenfalls schildert er sie anders. Die drohend- dunklen Töne beherrschen für ihn und bei ihm die Szene: *Endlich habe ich dann mit meinem harten Vater eine lange*

Unterredung gehabt, alle Schuld auf mich genommen, kein Wort des Vorwurfs ihm vorgebracht, ihn am Anfange sehr böse und zornig, zuletzt etwas weicher gefunden, indessen sind doch Vorwürfe von seiner Seite mit vorgekommen, die ich nicht verdient, und die mich äußerst gekränkt haben, und in der Hauptsache ist nicht decidiret und ich sehe man wird wenig für mich thun, und obendrein hält man mich unfähig zu jedem Geschäft, und das Resultat war, daß ich mich dazu entschließen mußte[n] meinen Abschied zu nehmen, um den ich bereits geschrieben, also auch so weit mußte es kommen, habe ich aber die Beruhigung daß nicht allein meine sämtliche Untergebenen ja selbst die ganze Bürgerschaft hierüber betrübt ist […].[257] *Mein armes Weib kann gar nicht mehr aus dem Bette. Gott stehe mir bey.*[258]

Die Fürstin, eine der wenigen wirklich Verbündeten, bittet Loulou, sie täglich über den Gesundheitszustand der Eltern zu informieren, schickt Äpfel und Gemüse, später auch Geld: *Du bist sicher daß ich gewiß von allem mir Vertrauten keinen üblen Gebrauch machen werde, und freylich Deine Vermuthungen am wenigsten dem F: zu wißen thun kann […].*[259]

Waldersees Lage bleibt trotz dieser liebevollen Trostversuche verzweiflungsvoll: *Beynahe verzweifle ich an Gott und Menschen, denn überall binn ich verlassen und meine Physische und moralische Leiden sind aufs äußerste gestiegen, denn seit Sie zuletzt etwas von mir erfahren, binn ich von einem hitzigen Fieber heimgesucht worden, und nahe am Rande des Grabes gewesen, dabey hören die Schmerzen meiner Frau, wozu noch Ohren…ang [?] und fürchterliches Kopfreißen gekommen nicht einen Augenblick auf, und ich muß ohne helfen zu können selbst krank Tag und Nacht diesen Jammer mit ansehen. In meiner Sache ist noch nichts entschieden und ich sehe mich in meinem 10ten Jahre, wie eine ausgepreßte Citrone an, die man ausgepreßt und weggeworfen hat. Nun kömmt noch die Angst hinzu,* dass man den Fall Lichtensteins verschwiegen habe, *ist dieses, so binn ich unwiderbringlich verlohren, und beynahe muß ich es fürchten […]. Ich bitte Sie um alles was Ihnen heilig ist mir nur durch eine Zeile mit nächster Post, entweder Hoffnung oder […] mein Todesurtheil zu schreiben, denn alsdann binn ich sicher auf immer verlohren, doch ist Gewißheit besser als vielleicht getäuschte Hoffnung. Gott stehe mir bey […].*[260] *[D]anke ich Ihnen tausendmal für Ihre Güte und Freundschaft für mich, ach die ich so herzlich von Freunde nehme, da mein eigener Vater dagegen so hart und grausam gegen mich ist.*[261] *[I]ch komme mich wie ein Festungsarrestant vor und komme auch nicht aus meinem einsamen Hause, und selbst da, kann ich nicht anders als mit Thränen, mein armes Weib und Kinder, die ich aus übertriebner Sucht einen andern zu retten, unglücklich gemacht habe, ansehen. Meine Seelenlage ist warlich erschrecklich [...], denn sowohl der Fürst als Raumer sehen trotz allen besseren Anschein, die Sache immer noch so an, als bekäme ich auch nicht einen Thaler dafür, und da helfen auch alle Worte nichts dagegen. [...] Tag und Nacht habe ich keine Ruhe, und deswegen ergreife ich jeden Strohhalm und jede Gelegenheit mich von Verzweiflung zu retten, ich bitte, ich beschwöre Sie, können Sie durch Einfluß etwas thun, ziehn Sie Ihre freundschaftliche Hand nicht von mir ab um mich unglücklichen Sterblichen aufzurichten. [...] Verbrennen Sie um Gottes Willen diesen Brief, denn jede Klage ist Staatsverbrechen, und man hat sich als Princip vorgenommen, mich bis aufs äußerste zu quälen [...]. [M]eine Stimmung ist so, daß ich recht für meinen Verstand fürchte.*[262]

Eine letzte Unterwerfungsgeste, einen letzten Versuch, den Vater gnädig zu stimmen, will er noch unternehmen. Es wird nichts nützen, das ahnt er schon: *Von früher Jugend an hatte wohl niemand mehr Gelegenheit die Güte und Milde des edlen Herzens unseres Durchlauchtigten Herzogs, nicht allein durch eigene empfangene natürliche Wohlthaten, sondern auch durch dasjenige was täglich fremde Menschen aus Gnaden erlangten, kennen zu lernen. Um desto schmerzlicher ist es mir, ein mir sonst so theures Vertrauen verlohren zu haben, wenn gleich mir mein Gewissen sagt, in Dienstverhältnissen nie von der Bahn der Ehre oder der Pflicht gewichen zu seyn.*[263]

Wie müssen wir uns den Fall dieses Mannes vorstellen? Ginge er aus dem Haus, wer spräche noch mit ihm? Würden die Menschen höflich grüßen, sich wegdrehen und wichtige Geschäfte vorschützen? Lehnen die Handwerker plötzlich Aufträge ab, geben vor, andere, bessere Geschäfte zu haben, weil sie fürchten, nicht bezahlt zu werden? Gestern noch in Amt und Würden, heute vom Vater verstoßen, der Regierung verklagt, den Gläubigern verfolgt, aus der Gemeinschaft ausgestoßen. 8500 Menschen lebten damals in Dessau, das sind nicht viele. Jedenfalls zu wenige, um sich darin verstecken zu können. Er mag sie nicht alle gekannt haben, aber alle kannten ihn.

Auch eine Insolvenz wirkt auf die Umstehenden wie eine ansteckende Krankheit. Man hält besser Abstand. Waldersee weicht dem aus, er ist ja krank, ans Bett gefesselt seit Monaten. Aber er weiß, was ihn erwartet, draußen auf der Straße.

Die Worte, die er zur Beschreibung seiner Seelenlage benutzt, weisen einen deutlichen Weg. Er dreht sich im Kreis, empfindet sich als *verschobenes Wesen*, droht verrückt zu werden, fürchtet um seinen Verstand, trägt sich mit Selbstmordabsichten, hat Todesängste. Dazu die Schlafstörungen und nicht näher beschriebene Attacken von *hitzigem Fieber*. Ihn erfasst, ohne dass er das Wort in seinem heutigen Sinne kennen dürfte, eine schwere Depression.

Natürlich liegt Waldersee nicht nur krank im Bett, sondern ergreift auch Maßnahmen, fieberhaft gewiss und sicher nicht immer zielführend. Er betreibt die Lichtenstein'sche *affaire*, sucht das bei der *Chalcographischen Gesellschaft* stehende Kapital einzufordern, überlegt, wie er fortziehen könnte, denkt an eine Anstellung in preußischen oder anderen Diensten, kürzt seinen jährlichen Etat. Übersetzungen und literarische Tätigkeiten halten ihn am Schreibtisch und vermutlich am Leben. Fluchtgedanken. Keine Malstunden mehr bei Olivier für die Kinder in seiner kleinen Akademie.[264] Die Pferde sind bereits verkauft.[265] Die Garderobe muss eine oder auch zwei *saisons* länger halten. *Bei dem Conditer Herrn Stegemann in der Fürstenstraße ist frischer feiner Orangenzucker und gelbe Orangen zu haben* – nicht mehr für Waldersee, hier gibt es jetzt *Kartoffeln und Brodt*. Den *traiteur*, der im Wochenblatt seine Dienste wohlfeil anpreist, wird man so bald in der Zerbster Straße nicht mehr brauchen. Gäste kommen, bis auf die Freundin Ottilie, keine mehr.[266]

Und dann rechnet er. Jahrelang. Häuft Rechnung auf Rechnung, Memorandum auf Memorandum. Rechnet dem Vater vor, was er ihm schuldig geblieben sei. Schubweise kommt das über ihn. Füllt Ordner um Ordner, behält das meiste für sich. So wie er schon von der großen Aussprache mit dem Vater *kein Wort des Vorwurfs ihm vorgebracht*. Er frisst es in sich hinein und dort wachsen die Vorwürfe immer weiter.

Von Beginn an misstraut er dem neuen Direktoriums-Mitglied Graf Bose und rät Bertuch, *trauen Sie ihm nicht ganz, lassen ihm aber dieses von mir gesagt nicht mercken*. Der Regierung gilt sein Misstrauen bei der Abwicklung der *chalcographischen* Geschäfte ohnehin und dem Vater gegenüber inzwischen geradeso wie dieser ihm offenbar auch nicht mehr traut. Bald wird er daran denken, wie Bertuch und er *dem Alten Herrn beweisen, wie er es eigendlich schuldig sey,*[267] 1807 erstmals einen Juristen konsultieren wegen eines möglichen Prozesses gegen das Fürstenhaus. In die Tat umgesetzt wird das allerdings erst nach dem Tod des *Alten Herrn.*[268] Soweit wollte er es doch nicht kommen lassen, dass es heißt, der Sohn prozessiert gegen den Vater. Nur der Erbprinz, dessen Lichtenstein'sche Schuldenlast er ja möglicherweise mitträgt, der *ist sehr brav gegen mich* und bleibt es auch.

Die anderen zwischenzeitlichen Lichtblicke verschwinden in der allgemeinen Finsternis dieser Verbannung: Aus der *Chalcographischen Gesellschaft* werden ihm bzw. dem Waldersee'schen Kreditwesen 3996 rt zu Beginn 1805 ausgezahlt, 1806 noch einmal 4480 rt. Und es gehen auch Zahlungen ein, um die Lichtenstein'schen Schulden zu verringern, insgesamt fast 30 000 rt. Trotzdem reichen die Einnahmen nicht, die Schulden zu tilgen und die reduzierten Ausgaben zu bezahlen. Der Krieg, Einquartierungen, Geldentwertung, allgemeine Teuerung verschlimmern nach anfänglicher Besserung die Lage. Neue Schulden werden angehäuft, Löhne und Rechnungen gestundet.

Nach Jahren unter dem strengen Regiment einer von der Regierung eingesetzten Schuldenkommission scheint Waldersee 1809 endgültig den Überblick über seine Finanzen zu verlieren. Sein *Cassa Buch* enthält die Liste der *Creditoren.* Verwandte, Freunde, Nachbarn, Bedienstete, Geldwechsler sowie *Diverse* haben ihm kleinere und größere Beträge geliehen, damit er die Zinsen wieder anderer Darlehen bezahlen kann. Wechsel, Quittungen, Bettelbriefe um Rückzahlung, Klagen über Teuerung und Geldmangel, Abzahlungspläne *nach meinem ohngefehren Wissen,* Etatberechnungen, wieder neue Schuldenaufstellungen, mögliche Erbschaften. Wir sehen ihn vor uns am Schreibtisch rechnend, wieder neu rechnend, nachprüfend, zählend. *Die Bohnen zu zehlen ist für ihn ein rechtes Spiel.* Jetzt ist es kein Spiel mehr, sondern bitterer Ernst, denn es bestätigt den Vater in den Vorwürfen, die er Jahre zuvor geäußert hatte und die noch in den Ohren des Sohnes dröhnen.

Was wissen wir vom Vater? Welche Vorwürfe macht er tatsächlich? Was verärgerte den Vater? Woher rührte sein Zorn auf den Sohn? Waren es die umsonst getätigten Investitionen? War es die verspielte Chance, einen Menschen von größtmöglicher Loyalität in wichtigen Positionen als verlängerten eigenen Arm sitzen zu haben, ohne ihm weiterreichende Rechte gewähren zu müssen, weil er durch seine Geburt schon auf Gnade angewiesen und darauf konditioniert war, keine Rechte einzufordern?

Daß Sie gegen ihm nicht offenherzig genug zu Werke giengen, hat er mir einigemale mitgetheilt, hört Waldersee von Berenhorst. *Ich stehe bey dem Fürsten in dem Argwohn von Mangel an Zutrauen – er glaubt nicht daß ich ihn liebe,* denkt Waldersee schon 1786 – gleichzeitig beginnt die Liaison des Fürsten mit Louise Schoch, ein Zusammenhang, der von Loulou Waldersee in der Familienchronik indirekt hergestellt wird. Hinzu kam ein offenbar wenig berechenbarer Wankelmut: *Es ist sehr schlimm, daß er öfters sehr leicht andrens Sinnes wird, über Sachen die er vorhero anders übersah.*

1787 wird ganz allgemein von *Verdachten* gesprochen, die der Fürst Waldersee gegenüber hege, von Missverständnissen, von seinem Pessimismus, Launen, die Waldersee fürchtet. 1797 hören wir den Fürsten selbst von *Verätern aller Arth* sprechen, denen er nachzustellen gedachte, und vermuten, dass Waldersee damit geschmäht werden sollte. 1798 hört der Fürst unbescheidene Forderungen heraus, wo Waldersee lediglich offen seine Lage beschrieb, eine Offenherzigkeit, die zuvor angemahnt worden war. Ein leicht zu lösendes Missverständnis sollte man denken, wäre die Lage nicht schon von Misstrauen und *schwarzen Vorurtheilen* geprägt. 1803 hält der Vater ihn für *unfähig zu jedem Geschäft*. Er selbst beschreibt den Vater als *hart und grausam*.

1805 schreibt Waldersee an Bertuch etwas konkreter, was den Vater umtreiben könnte: *Nur drey Worte bey dieser Gelegenheit, aber leider Worte der Klage. Mir geht es herzlich traurig, fast fehlt es mir am Nothdürftigen, und immer sehe ich noch keinen Strahl von Hofnung daß des Fürsten Herz anders gestimmt werden könnte. Einmal wurzelt gegen mich und meine arme Frau in seiner Seele ein schwarzes Vorurtheil, oder die Sucht der Großen sich kein dementi zu geben, hält ihn ab, meine Lage zu erleichtern, kurz, nachgerade wird die Sache Gewohnheit, und ich kann so, vergessen, weg geworfen, alt und grau in meiner Verbannung werden.*[269]

Durch die Jahre hindurch zieht sich die Bitte *um decisive Resolution, seine endliche Resolution.* Das deckt sich mit den Erfahrungen der Fürstin, die 1792 immer noch auf *entscheidende Antw: auf meine Anfrage,* seit sieben Jahren auf eine rechtlich bindende Vereinbarung für ihren ehelichen Status wartet. Ist das tatsächlich Entscheidungsschwäche oder Taktik? Beide, Sohn und Ehefrau, hat der Fürst letztlich in der Hand. Sobald er hat, was er von ihnen wollte – Abschied aus preußischen Diensten, Freigabe des Ehemannes für ein oder auch mehr außereheliche Verhältnisse –, lässt er sich Zeit. Auch Johanna Eleonore von Neitschütz klagt in ihren Erinnerungen über nicht eingelöste Versprechen, wir erinnern uns.

Es kam dem Vater also seine rechtlich überlegene Stellung zugute, sein Charme, der Humor, Wortwitz und die überzeugende Liebenswürdigkeit, die die meisten Zeitgenossen so an ihm rühmten und die ihn, mit seinem Reformwerk, zum *väterlichsten aller Fürsten* machten und den Sohn in Sicherheit wiegten, er meine es nur gut mit ihm.

Aber es gab eben auch die andere Seite, die nicht nur die Damen seines Herzens und seine Kinder erlebten: Wie groß muss das Entsetzen gewesen sein, als Reisender vor dem Gasthaus den *menschenfreundlichsten aller Fürsten,*[270] der in seinem *Philanthropin* die Prügelstrafe abgeschafft hatte, *zu Pferde, in einer rothen Uniform [zu erblicken], der einen Schneidergesellen mit eigner Hand ausprügelte, und bey den Haaren raufte.*[271] Grund der Dessauer Schneiderrevolte 1794, die sich hinter dieser Prügelszene verbarg, war der wegen Totschlags vorbestrafte Schneider Eberius, Bruder einer fürstlichen *Maitresse,* bei dem nach abgesessener Strafe nun niemand mehr arbeiten wollte. Die revoltierenden Schneider beleidigten den Fürsten, indem sie beim Bruder seiner *Maitresse* nicht arbeiten wollten.

Der entsetzte Reisende setzt, was er vor dem Gasthaus sah, in Bezug zu den vielen großartig gedachten, letztlich aber gescheiterten Reformprojekten des Fürsten, dem *Philanthropin,* der *Buchhandlung der Gelehrten,* von der *Chalcographischen Gesellschaft* konnte er noch nichts wissen. Mangel an Konsequenz, Konfliktscheu und eine gewisse Ängstlichkeit oder Furcht, dass man *ihn um seine papierne Celebrität bringen möchte,* vermutet er. Scharfsinnig und -züngig, und nicht ganz unvoreingenommen, schließt er aus dem, was er sieht und hört, auf eine Charakterschwäche.

Ob es jedoch die Charakterschwäche ist, der sein Entsetzen gilt? Oder entsetzt ihn der plötzlich aufscheinende Jähzorn? Der Scheincharakter einer solchen Herrschaft? Sein Entsetzen könnte auch der Diskrepanz gelten, die er hier zwischen dem Gesehenen und dem Standesüblichen wahrnahm. Ein Herrscher im *Ancien Régime* hatte seiner Natur nach nicht zu handeln, sondern das Handeln Stellvertretern zu überlassen ebenso wie das Sprechen. Fürst Franz mag nicht generell unentschieden gewesen sein, aber das Naturell seiner Regierung war es vielleicht. Ein nahbarer Fürst, der den Menschen als Mensch, mehr noch, als Vater entgegenkam, wollte er sein. *Vater Franz.* Gewiss war sein größter Wunsch, die Macht, mit der er geboren war, zum Besten seines Landes und seiner Untertanen zu nutzen, jedenfalls zeigte er hier außergewöhnlich viel Initiative. Das sicherte ihm den Beifall der aufgeklärten Zeitgenossen.

Gleichzeitig war er aber selbst Teil eines hierarchisch durchstrukturierten Systems und darin Konkurrent um Machtpositionen, angewiesen auf die Anerkennung ähnlicher und stärkerer Mächte. Weil es von so außerordentlicher Wichtigkeit war, dass der *große Nachbar alles Gute [verspricht],*[272] war sein Verhalten nicht immer stimmig. Das fiel schon bei der Erziehung des Erbprinzen auf. Der Beifall der aufgeklärten Zeitgenossen war ihm sehr willkommen, wichtiger für das eigene politische Überleben war aber der Beifall der Standesgenossen und noch wichtiger das Wohlwollen der hierarchisch über ihm Stehenden, der Großen und Mächtigen im Reich.

Labyrinth

Im Dunkel der Nacht, in der ernsten Stille des Trauerzuges wandern die Gedanken Waldersees zurück. *Ich binn und bleibe ihm ein abgefundener Sohn, eine Frucht verbotener Lust, ein regelloser Wegwurf Fürstlichen Sinnenkitzels, dem er keine Pflicht schuldig sey, weil Printzenhand ihm keine Rechte verschafft.*[273] Das hatte er vor wenigen Monaten geschrieben, das ist für ihn die Summe, das ist das Urteil, das er als Sohn über seinen Vater fällt.

Die Risse im Verhältnis zwischen Vater und Sohn, sie brachen über dem Untergang der *Chalcographischen Gesellschaft* und der gleichzeitig geleisteten, naiven Hilfestellung für einen betrügerischen Bankrotteur, als der sich der Hofintendant und Kammerherr, Freiherr von Lichtenstein, nur allzu bald entpuppen sollte, mit ungeahnter Heftigkeit aus.

Mitte der 80er Jahre waren wir schon Zeuge geworden, als das junge Paar Louise Anhalt und Franz Waldersee nicht recht glauben wollten, was ihnen seitens des Fürsten, Onkel der Braut und Vater des Bräutigams, widerfuhr. In den Unglauben mischte sich bald Unwillen über viele Zumutungen. Die unbeglichenen Rechnungen behielten sie wohl für sich, aber sie wuchsen mit der Zeit und nahmen drängende Ausmaße an.

Mangelndes Vertrauen des Sohnes dem Vater gegenüber können wir schon früh aus den Briefen an Waldersee herauslesen: *den Fürsten, Ihren Sie gewiß liebenden Vater, ganz zum Vertrauten Ihres Herzens zu machen,* legte Bertuch, wie wir schon lesen konnten, bereits im Juli 1784 Waldersee ans Herz.

Immer wieder gibt es Anzeichen dafür, dass der Vater argwöhnt, der Sohn liebe ihn nicht genug. Vielleicht ist das ein Druckmittel, vielleicht erliegt er dabei auch den Einflüsterungen unliebsamer Dritter: *Was Sie mir von der guten Intention des Fürsten sagen, hat mich beruhiget, ich binn auch* <u>*seines*</u> *guten herzens gewiß, so wie des Erbprinzen Gesinnung gegen mich, aber wer kann für Einredungen unberufener Plauderer, die ohne Grund Sachen hervorbringen, die oft Schaden bringen.* Gewiss wolle er keine Forderungen stellen, *sondern ruhig jedes arrangement erwarten was man mit mir machen will, nur wünsche ich bald zu wissen, woran ich in allem binn, denn daß mich der Fürst jezt in dieser Zwischenzeit gar nicht spricht, ist mir doch auch ein verschobenes, drückendes Wesen*, beklagt sich Waldersee 1797.[274]

Missverständnisse mischen sich mit grundsätzlichem, möglicherweise wachsendem Misstrauen. Als Waldersee in einer Aussprache offen seine Schulden benennt, hört der Fürst eine Forderung heraus. *Nie wäre etwas über meine Lage, über meine Zunge gekommen, und tief in meinem Innern, wäre mein Kummer in mir verschlossen geblieben, indem ich ein zu feines Gefühl habe, um unbescheiden in Forderungen zu seyn, wäre mir nicht derselbe angesehen und ich dazu ausdrücklich aufgefordert worden, aber wie leid ist mir nun dieser Schritt da ich so sehr verkannt wurde, dieß macht mich sehr unglücklich. Es ist auch ferner gar nicht meine Idee, meine Schulden bezahlt zu erhalten, dieses wäre sehr unbillig, denn dadurch erhielte ich, da meiner billanz nach, mir nur weniges fehlet, ein großes Geschenk und Vermehrung meines Fonds, den ich nur nach und nach durch eigenes Bemühen durch Abtragung meiner Schulden, erreichen könnte.*[275] Mit immer wieder neuen Unterwerfungsgesten versucht der Sohn, den Vater von seiner Liebe und ungebrochener Loyalität zu überzeugen. Vergeblich. Oder ist es ein Spiel, das der Vater hier mit dem Hilflosen treibt? Was ist hier Ursache und was lediglich Auslöser? Ist es ein individuelles Schicksal oder leidet das Verhältnis beider an einer strukturellen Schwäche? Waldersee selbst erkennt mit seinem Urteil, daß sein individuelles Schicksal aus der strukturellen Schwäche ihres Verhältnisses gewachsen ist.

Um das zu prüfen, müssen wir den Rahmen weiter stecken. Müssen nachsehen, wie es den anderen Beteiligten dieser begrenzten Konflikte geht, etwa Bertuch oder dem Erbprinzen. Und müssen überlegen, ob eine Veränderung der Rahmenbedingungen den Konflikt verändert, womöglich gar verhindert hätte.

Den Briefen des Fürsten an Bertuch sind solche Stimmungen, wie wir sie im Verhältnis zu Waldersee spüren, nicht zu entnehmen, obwohl sie durchaus Persönliches, ja geradezu Intimes enthalten. Als sich verdichtet, dass sich die Geschäfte der *Chalcographischen Gesellschaft* nicht gut entwickeln, schreibt Fürst Franz Bertuch im altvertrauten Stil als *Freund und Diener*: *Mögen sich die Geschäfte der Calco-*

grafischen Geselschaft so wie Sie es sagen verhalten, aus dem was ich etwa [?] erhalten, kann ich gar wenig ersehen, weswegen ich Erläuterungen verlangt, und eine genauere Untersuchung der Veräter aller Ard angerathen habe.[276] Er weiß, dass sich die Mitglieder des Direktoriums miteinander unterhalten. Ist das Wort vom Verräter Kalkül? Möchte er, dass Waldersee es hört? Nicht aus seinem Munde, aber doch hört?

Der nächste Brief stammt erst wieder vom 17. Dezember 1804 und ist in unverändert freundschaftlichem Ton gehalten. Kein Wort von der Insolvenz der Gesellschaft, keine Silbe mehr von Lichtenstein. Bertuch hat in der Gesellschaft eine kaum geringere Position als Waldersee inne. Er hat zwar finanziell deutlich weniger investiert, dafür bedeutend mehr an Arbeitskraft hineingesteckt und seine Publikationen in den Dienst der Sache gestellt. Er trägt nahezu dieselbe Verantwortung für den ungünstigen Geschäftsverlauf wie Waldersee. Lichtenstein ist eine Akquise Bertuchs. Auch er trägt mit an dem Schuldenberg des Intendanten. Doch ihm wird all das nicht nachgetragen. Was sind die Unterschiede? Um besser zu verstehen, was sich hier zwischen Vater und Sohn schiebt, lohnt es sich, die Unterschiede des Verhältnisses zu Bertuch anzusehen.

Die Unterschiede sind augenfällig: Bertuch ist eher ein Altersgenosse des Fürsten. Er ist Angehöriger eines fremden Staates, dem Fürsten nicht untertan. Er ist ein außerordentlich erfolgreicher Unternehmer, dessen guter Ruf um den Erdball reicht. Und er hat Louise Schochs Freundschaft errungen. Vielleicht ist tatsächlich Letzteres das Ausschlaggebende. Dass es Bertuch gelang, die Freundschaft des Fürsten auch durch seine Haltung zur Frau an dessen Seite zu befestigen.

Im gesamten Nachlass Waldersees wird *Mamsel Schoch* nicht einmal beim Namen genannt, *Sxx* ist das Äußerste. Kontakt, gar freundschaftlicher, zu ihr und ihren Kindern wäre einem Verrat an der Fürstin gleichgekommen – das war ein wesentliches Dilemma, das Bertuch nicht hatte. Nicht nur Verrat an der Fürstin, auch an der eigenen Mutter, deren Stand – das schwingt hier stillschweigend mit – doch ein sehr anderer, besserer war als der der Tochter eines Gärtners oder gar, wie im Fall der Jägerin, eines Reitknechts. Noch der geringste Standesunterschied spielte eine Rolle, wenn es erst soweit kam. Es war die Währung der ständischen, der höfischen Gesellschaft.

Und Waldersee selbst, in seiner prekären rechtlichen Situation, inzwischen zwar durch Heirat deutlich abgesichert, musste die ungeordneten Verhältnisse des Vaters meiden. Gerade, weil er selbst von dorther kam. Hinzu kam, dass das seit Waldersees Neubeginn in Dessau besonders ungeregelte Liebesleben des Fürsten reichlich Fallstricke bot. Hier Stellung zu beziehen war gefährlich: *In des alten Herrn häußlichen Wesen, ist der Teufel abermals los gewesen, und war es drauf und dran, die xxx einen Tritt vor den salva venia zu geben, dennoch kann man sich nicht trennen, und hat sich alles zu gezogen. Gott sey uns gnädig [...].*[277] Waldersee und seine Frau Louise zogen es, wie die Fürstin, vor, von keiner der Damen offiziell Notiz zu nehmen.

Die Missachtung der fürstlichen Geliebten könnte der Punkt sein, der Waldersee schlussendlich zu Fall brachte. Zumal auch Louise Schoch größere Summen in die *Chalcographische Gesellschaft* investiert hatte – 1805 erhielt sie, auf Betreiben des Anwalts der privaten Gläubiger 2198 rt 16 gr 3 pf auf ihre deponierten Gelder ausbezahlt, sie hatte also ungefähr halb so viel investiert wie Waldersee. Missachtung und finanzieller Verlust mögen durch Louise Schochs Mund in das Herz des Vaters gelangt sein und dieses vergiftet haben.

Die ganz andere, besonders herzliche Haltung Bertuchs zu Louise Schoch, die Freiheit des Mannes, der nicht Subjekt war, sondern gebeten werden musste, seine Kenntnisse und Dienste zur Verfügung zu stellen, dazu die Freiheit dessen, der nicht verwandt ist, begründet, warum Bertuch den Zorn des Fürsten über die fehlgeschlagene druckgraphische Unternehmung nicht wirklich zu spüren bekam. Zwar wissen wir nicht, ob es nur die gichtkranken Finger sind, derer der bald zum Herzog erhobene Fürst nicht mehr Herr ist, oder doch ein nachgetragener, sozusagen *chalcographischer* Groll, dass die Korrespondenz in den Folgejahren merklich ausdünnt. Der Ton ist jedoch nach wie vor freundlich, es werden immer noch Geschenke ausgetauscht und Glückwünsche, die Form wird gewahrt.[278]

Wie erging es dem Erbprinzen mit seinem Vater? Einem Sohn, der nicht nur aus einem ehelichen, sondern auch standesgemäßen Verhältnis stammt, sein Leben auch seiner Rolle im Staatswesen unterordnete. Die häuslichen Verhältnisse bis zur Trennung der Eltern scheinen, darüber sprachen wir schon, die Entwicklung dieses

Sohnes sehr beeinflusst, wenn nicht gar beeinträchtigt zu haben. Mit der Entlobung und eigenmächtigen Brautschau hatte er ein deutliches Zeichen gegenüber dem Elternhaus gesetzt, ohne die Regeln seines Standes zu verletzen. Der Dienst als preußischer Offizier war für ihn möglicherweise auch ein Mittel, Abstand zu schaffen zwischen sich und dem Vater. Abstand, das war, wir erinnern uns, schon das Heilmittel, das Berenhorst vorgeschlagen hatte. Auch die seit dem Umzug des Erbprinzen in das sogenannte Kleine Schloß bestehende, eigene Hofhaltung trug dazu bei, diesen heilsamen Abstand zu wahren: *Der Erbprinz Friedrich kam aus Gründen, die in den Wörlitzer Verhältnissen des Herzogs lagen, sehr selten nach Wörlitz, speiste dort nie en famille und war nur einigemal an der großen Tafel zugegen, bei Einweihung der Kirche und als die Fürstin von der Lippe den Herzog besuchte, so wie bei Anwesenheit des Königs von Preußen im Jahre 1812. Von Zeit zu Zeit machte er seiner Mutter, der regierenden Herzogin, die in stiller Zurückgezogenheit das sogenannte graue Haus bewohnte, seine förmliche Aufwartung, wo er sich nicht einmal setzte, sondern sich stehend mit ihr unterhielt und nach einer halben Stunde wieder entfernte.*[279]

Erbprinz Friedrich stand also in einem vergleichbaren, auch ähnlich schwierigen Verhältnis zu seinem Vater, dem Fürsten. Auch er nahm, wie Waldersee, staatliche Aufgaben wahr, von 1797 an zunehmend bestimmende Regierungsaufgaben, zunächst im Inneren, ab 1807 auch in der Außenpolitik. Bald nimmt man ihn als den eigentlichen Regenten wahr.[280]

In die Lichtenstein'sche *affaire* ist auch er verstrickt. Für ihn kämpft der Vater und sorgt, dass er ungeschoren aus der Sache herauskommt. Genau dieser Unterschied dürfte es sein, der Waldersee dazu verleitete, die Schuld an seinem so individuell scheinenden Schicksal grundsätzlichen Strukturen zu geben.

Letztlich krankt das Verhältnis zu seinem Vater an seiner nichtehelichen Geburt. Das ist, so müssen auch wir es aus der Rückschau sehen, sicher das fehlende Fundament, das dieses Lebensgebäude wanken lässt. Waldersee gehört nicht zur Familie. Er hat das früh begriffen. Wer nicht zur Familie gehört, hat keine Wurzeln. Er hat keine Bindungen, die im Notfall – und Lichtenstein war ein solcher – halten können. Zur fehlenden Ehe seiner Eltern kommt dann der Standesunterschied hinzu, der im Vergleich von minderer Bedeutung ist. Und sein persönliches Verhalten, dem können wir wohl zustimmen, hätte nur wenig ändern können, *weil Printzenhand ihm keine Rechte verschafft*. Abstand hätte helfen können, die Stellung in Breslau halten, eine Laufbahn in preußischen Diensten. Waldersee, das unterscheidet ihn wesentlich von seinem Halbbruder, mehr aber noch von Bertuch, war jedoch nie frei in seinen Entscheidungen.

Zeiten der Verbannung

Die Glocken der Schlosskirche, die Glocken von St. Johannis, die Glocken der Georgenkirche, alle Glocken der Stadt läuteten, als der Sarg mit der sterblichen Hülle des Landesherrn durch Dessau getragen wurde. Vor wenigen Jahren hatte solches Glockengeläut das Ende eines anderen Zeitalters verkündet, daran mag mancher, auch Waldersee, gedacht haben, als sie durch die Stadt zum Begräbnisplatz zogen.

Während Waldersee *vergessen, weg geworfen, alt und grau in seiner Verbannung* wird, rast die Weltgeschichte, immer schneller, auch durch Dessau. Mit dem Reichsdeputationshauptschluss endet das Alte Reich. Napoleon krönt sich zum Kaiser, ordnet Europa neu, verwüstet den Kontinent und auch die anhaltischen Lande, hält Europa und damit Dessau mit seinem Fürsten – noch ist er Fürst – in Atem. In Dessau beugt nicht alles die Knie vor ihm: die Fürstin als preußische Prinzessin meidet 1806 den Kontakt, obwohl sie Tür an Tür schlafen. Die als preußische Patriotin verschriene Gräfin Waldersee hält es später ebenso, *mochte ihn nicht sehen – blieb mit den Kindern im Garten.* Sie ist sich da offenbar ganz einig mit dem in ihrem Hause einquartierten *Maréchal d'Empire* Augereau, der lieber sein gebratenes Hühnerbein zu Ende essen möchte, und am gedeckten Tisch sitzenbleibt, *Que le Diable l'emporte!* knurrend.[281] Die Söhne Waldersee kämpfen sämtlich auf preußischer Seite.

Dass der Fürst dem fremden Kaiser nicht die Türe wies, zahlt sich aus für ihn und für das Land. Anhalt-Dessau wird für neutral erklärt, er nach Paris eingeladen und darf sein 50-jähriges Regierungsjubiläum als Herzog feiern – dies allerdings aus eigener Kraft, nicht von Napoleons Gnaden. Loulou, im weißen Kleid mit Eibenkranz im Haar, trägt dem zum Herzog erhöhten Großvater im Kreis von 46 jungen Mädchen schon frühmorgens ein Gedicht vor, *Cecilie Ludwiger überreichte auf einem weißen Atlaskissen mit goldenen ...[?] einen Eichenkranz und das Gedicht[.] Annette von Glafey hatte den Kranz geflochten. [...] In unsrem Hause war in der Hausthür eine Nische von Laubwerk, ein Altar worauf die Büste des Fürsten stand mit der Inschrift Heil dem Verehrten.*[282]

Die Fürstin stirbt, als Herzogin, und doch: *je meurs sans avoir vécu.*[283]

43 000 Dessauer müssen einen Kriegsschaden von knapp zwei Millionen Reichstalern tragen. Dass Waldersee die Pferde verkauft hatte, war wohl klug, er hätte sie bald an den Krieg verloren. Die Einquartierungen gingen an seinem Haus nicht vorüber, allein 1813 notiert Waldersee 104 Einquartierungen von Offizieren und 195 Einquartierungen von *Domestiquen* und errechnet 333 Verpflegungstage für Herrschaft bzw. 678 Verpflegungstage für *Domestiquen*, zeitweise kommen bis zu 18 Pferde dazu.[284]

Aber es ist nicht nur Krieg: Ferientage im Harz lassen im Kreis der dort vereinten Freunde auch Waldersees Humor und Witz wieder zum Vorschein kommen: *so wird hierdurch pflichtgemäß Attestirt, daß was den ersteren an betrift, derselbe allen guten Willen bezeugt hat, das gute Beispiel seines Mentor, und Reisegesellschaft zu befolgen, wen er sich nicht wegen eines übeln Attest gefürchtet hätte, und wol zu fürchten stünde, daß seine sonst bekante Soliditet länger in einer solchen Gesellschaft Schifbruch erleiden mögte!*[285]

Auch seinen ältesten und treuesten Freund, Marschall, besucht er im sächsischen Choren. Marschall, den wir bei der Einweihung des Hauses singend kennenlernten. Mit größter Selbstverständlichkeit steht auch dieser ihm freundschaftlich und finanziell zur Seite. Er läuft für seinen Freund Waldersee herum *wie ein alter Post Klepper* und nimmt auch langes Stillschweigen nicht übel. Trotzdem zerbricht diese Lebensfreundschaft an den Schulden, weil Waldersee es nicht erträgt, dem Freund etwas schuldig zu bleiben: *Ich will nicht hoffen daß das unglückliche Stückchen Papier, so ich von Dir in Händen habe daran schuld ist, daß Du mir nicht ein freundschaftliches Wort schreibst oder sagen läßt??? Wüßte ich das bestimmt, so zeriße ich es bey meiner Ehre, und schickte Dir die Fragmente! Welches ich auch bestimmt thue wenn ich à dato in 14 Tagen, nicht ein paar Zeilen, als aufklärung über Dein Stillschweigen erhalten hab.* Ende 1818, tatsächlich, kommen die Fragmente des Wechsels cassiert zurück. Er bittet aber doch wenigstens um die zwei Worte: *richtig erhalten. Gr. v. W.* Es ist dies die letzte Spur einer lebenslangen Freundschaft im Nachlass Waldersees.[286]

1808 *starb in Berlin die Tante Pfuhl und hatte die Mutter zur Erbin ihrer Hinterlassenschaft gemacht. Wegen dieser Angelegenheit reisten wir alle im Spätherbst nach Berlin und kamen wir 6 Kinder zuerst nach beiden Residenzen, wo es aber noch traurig aussah; indem dort noch die Franzosen hausten, bewohnten wir die Wohnung der verstorbenen Tante.* So erlebt Waldersee mit seiner Familie den Abmarsch des vorerst letzten französischen Regiments aus Berlin.[287]

Und im Sommer 1810 darf auch die Fürstin ihre Heimlichkeiten beenden: *Lieber Franz! / Es bedarf wohl keiner Entschuldigung daß ich unser ceremoniale von vorzeiten, was im Jahre :68 seinen Anfang nahm wieder befolge, denn von meiner seits ward es wider willen außgesezt.*[288] So ist für Waldersee auch eine Kur in Nenndorf möglich, zusammen mit seiner Frau Louise.

Und in diesen langen finsteren Jahren leuchten 18 Monate hervor, sechs davon besonders hell.

Sein Bruder, der Erbprinz, fängt an, im Stillen eine preußische Partei am Dessauer Hof aufzubauen: die Brüder der Erbprinzessin kämpfen alle gegen Frankreich, ihre Schwester ist die erste Dame am preußischen Hof. So bildet der erbprinzliche Hof zusammen mit Graf und Gräfin Waldersee den Kern der sich formierenden preußischen Partei. Besonders heikel im Jahr 1813, als Dessau droht, zwischen den Fronten zerrieben zu werden, abwechselnd russische und französische Einquartierungen ertragen muss. Der ältere Bruder, solcher Tätigkeiten schon halb entwöhnt, scheint sich zu bewähren. In Potsdam und Berlin führt Waldersee im Januar Gespräche. Welche Hoffnungen er selbst auf den Bruder richtete, können wir aus seinen Notizen lesen, die den ohnehin aufregenden politischen Entwicklungen und Unsicherheiten noch die persönlichen hinzufügt: *Der Erbprinz mir auch neuerdings bey Gelegenheit der fehlgeschlagenen Erbschaft der Herzogin, durch Herrn von Lehmann sagen ließ, er würde mich gewiß nie verlassen, mir auch nicht allein alles was ich bisher gehabt lassen, sondern auch über meine Erwartung so bald er eine Handhabe, für mich sorgen. Er ließe es mir mit Fleiß durch einen Dritten sagen, damit sozusagen Zeuge zwischen uns wäre. [...] Mögte der Himmel mir einen hülfreichen Freund schicken der mir jeden Eclat abwendet! Gott möge es ihm vergelten! In Zukunft habe ich ohne den Einkommen von der Mutter Erbschaft, die der Himmel mir nur erhalten möge bis ich wieder frei binn, und dessen Belang ich nicht beurtheilen kann, doch alsdann 2000 rt jährlich mehr als jetzt, dann fehlt an Mitteln aus zu kommen und mich zu rangieren nicht.*[289]

Seit zehn Jahren war Waldersee seinem Vater nicht mehr begegnet. Kurz vor Weihnachten 1813 dann eine kleine, unbedeutend scheinende Notiz der Gräfin in ihrem Tagebuch: *Um 8 Uhr hohlt der Herzog mein Mann im Wagen ab zum Erbprinz – er blieb bis 1 Uhr dort.*[290]

Für jeden nur ein bisschen mit höfischer Repräsentation Vertrauten ein geradezu unerhörter Vorgang. Vor dem Haus eines seit zehn Jahren in der Verbannung Lebenden hält der herzogliche Wagen. Für alle sichtbar holt der Vater, nun nicht mehr Fürst, sondern Herzog Franz, seinen Sohn aus der Verbannung. Es wird das Stadtgespräch gewesen sein. Fünf Stunden lang spricht der Vater mit seinen beiden Söhnen. Eine Vereinbarung wird getroffen, deren Inhalt wir nicht kennen. Aus der Szene können wir aber schon den Urheber erkennen. Es ist der Erbprinz, der seinem Vater etwas vermittelte, was diesem offenbar einleuchtete. Und rückwirkend erschließt sich uns die Vereinbarung, die im Winter nach der Völkerschlacht bei Leipzig zwischen Vater und Sohn getroffen wurde und den Frieden zwischen ihnen wiederherstellen könnte. Waldersee, mit drei auf preußischer Seite kämpfenden Söhnen, mit einer für ihre preußische Haltung fast schon verschrienen Frau, von seinem – momentan – franzosenfreundlich agierenden Vater verstoßen, ist der Joker, der nun, wo das Blatt sich gegen Frankreich wendet, gezogen wird.

Kurzes Zwischenspiel

Waldersee, in dem nach Rang und Stand geordneten Trauerzug durch den dunkelnden Abend hinter dem Sarg ziehend, mag daran gedacht haben, welche Bedeutung die Wendungen der europäischen Geschichte auch für ihn hatten. Welche Befreiung er empfand, als er durch die Völkerschlacht bei Leipzig nicht nur Deutschland von den französischen Ketten befreit sah, sondern auch sich selbst aus der Verbannung geführt.

Mit Zittern waren von allen Seiten die hin- und herwogenden Truppenbewegungen des Jahres 1813 verfolgt worden, wir können es in den Tagebüchern und Briefen der Familie Waldersee ebenso nachverfolgen wie in unzähligen anderen Zeitzeugnissen. *Dies merkwürdige Jahr mit seinen grossen Ereignissen greift auch bedeutend in unser Familienleben ein,* notiert Loulou Waldersee.

Februar 1813: Napoleon weilt in Paris, um mit dem Papst ein Konkordat zu schließen. Durch Pommern und die Neumark streifen die Russen, viele elende und kranke Menschen.

März 1813: Russische Truppenparaden in Breslau in Anwesenheit des Zaren. Preußische Truppen ziehen von Schlesien nach Westsachsen bis Rochlitz und wieder zurück nach Schlesien. Werben um das Verständnis der örtlichen Bevölkerung, dass die russischen und schwedischen Truppenbewegungen der Befreiung von Napoleon dienen sollten. Aufruf zur allgemeinen Bewaffnung. Bildung des Landsturms.

April 1813: Am 2. April setzen Russen und Preußen über die Elbe bei Dessau, das Erscheinen der ersten preußischen Offiziere wird von der Erbprinzessin und Louise Gräfin Waldersee *mit rührender Freude* begrüßt. Russischer Gottesdienst in der *großen Kirche* in Dessau. Friedrich Waldersee biwakiert mit den preußischen Truppen in Paris auf den *Champs Elysées,* fast mit Blick auf den *mittelsten Pavillon der Tuillerien, von dem jetzt die weiße Bourbonische Fahne weht.*

Mai 1813: Am 2. Mai werden die preußischen Truppen bei Großgörschen geschlagen. *Durch ein Wunder Gottes* sind alle Söhne Waldersees am Leben geblieben. Franzosen ziehen wieder durch Dessau, man weiß nicht, ob sie sich zurückziehen oder wiederkehren. Bald sind auch die Russen wieder da, Offiziere kommen zum Tee in die Zerbster Straße. Der älteste Sohn, Franz, inzwischen als Ordonnanz im Hauptquartier des preußischen Königs, schreibt aus Bautzen.

Juni 1813: Am 30. Juni 1813 halten die russischen Garden Parade in Peterswalde.

Juli 1813: Der Kaiser, wir hörten es schon, kommt wieder durch Dessau. Die Gräfin will ihn nicht sehen, Waldersee hat Gicht.

August 1813: Die preußischen Truppen marschieren hin und her zwischen Schlesien, Böhmen und Sachsen.

September 1813: Die Schweden biwakieren bei Roßlau, was den Damen einen Ausflug wert ist: *Nachmittag auf den Elbpavillon dort das Lager der Schweden.* Allgemeines Gerede von nahendem Frieden.

Oktober 1813: Die Dessauer Stadtmauern werden versteift, das alliierte Hauptquartier wird in Dessau stationiert. Friedrich Waldersee, der dritte Sohn, notiert: *durch Rötha zur Schlacht bei Leipzig. Den Nachmittag beim rothen Hause im Kanonenfeuer bis in die Nacht [eingefügt: Den Abend 4 Stunden im Kanonenfeuer, die Nacht auf dem Schlachtfelde.]* Tage darauf die Gewissheit: *Gott hat uns den Sieg gegeben. Der Feind ist auf allen Punckten geschlagen.*[291]

Gott hat uns den Sieg gegeben. Nicht nur politisch stimmte dieser Satz für Franz Waldersee, sondern auch ganz privat und persönlich. Mit der Völkerschlacht bei Leipzig wendete sich sein Schicksal, weil nun jede Hinwendung zum französischen Lager dem ganzen Land gefährlich werden konnte. Der Landesherr, Herzog Franz von Anhalt-Dessau nannte er sich nach der selbst vorgenommenen Standeserhöhung, hatte die Nähe zu Frankreich gepflegt, weil es für Anhalt-Dessau überlebenswichtig gewesen war. Und er hatte seinen besten Mann in den Dienst dieser Beziehungspflege gestellt, August Rode, inzwischen nicht nur geadelt, sondern als Geheimrat an der Spitze der Regierung stehend.

Als Halbbruder Georg Heinrich von Berenhorsts gehörte August Rode zum Kreis der Menschen, die durch familiäre Bindung für ein Hofamt in Dessau geeignet, weil loyal genug schienen. August Rode zeichnete sich zudem durch einen enormen Bildungshorizont aus, war äußerst begabt und dem Fürsten, jetzt Herzog, durch sein Temperament sympathisch. Waldersee kannte ihn, seit er denken konnte.

Nicht nur das, er kannte ihn näher als viele andere, weil er von ihm erzogen worden war. August und Carl Rode, wir erinnern uns, waren seine engsten Vertrauten in den Jugendjahren gewesen. Auf seine Erziehungstalente gab Waldersee zwar wenig, aber dass er ihn, als er in Lebensgefahr schwebte, ausdauernd gepflegt hatte, vergaß er nie.[292]

Rode begleitete seit 1785 den Fürsten ständig, er war im folgenden Jahr als Kabinetts- und Privatsekretär in das Geheime Kabinett berufen worden und damit in den Folgejahren engster innen- und außenpolitischer Berater des Fürsten, bildhaft ausgedrückt in dem ihm 1795 verliehenen Titel eines Kabinettsrates.[293] Unübersehbar dokumentiert wurde die Unentbehrlichkeit Rodes für Landesherrn und Land durch die Erhebung zum Wirklichen Geheimen Rat am 28. Oktober 1810.[294]

Rode gelang es mit viel Geschick, die Gunst der Franzosen zu erlangen und auch zu erhalten. Er war die Spitze der französischen Partei in Dessau, falls es je eine solche gegeben haben sollte.[295] Seine allzu ostentative Franzosenfreundlichkeit geriet ihm nun, wo das Blatt sich wendete, zum persönlichen Nachteil. Der schwedische Kronprinz, von Frankreich abgefallen und nach einer Gelegenheit suchend, seine neuerliche, erst seit Ende März bestehende Bündnistreue zu demonstrieren, fand in Rode das geeignete Objekt. Karl Johann Bernadotte, ehemaliger *Maréchal de l'Empire*, nun schwedischer Kronprinz und Oberbefehlshaber der gegen Frankreich aufgestellten Nordarmee, verlangte in einem offenen Brief bereits im Vorfeld der Völkerschlacht die Entlassung Rodes.

Rode fiel in Ungnade, er wurde inhaftiert, daraufhin seiner Ämter enthoben und lastete diesen schwerwiegenden Bruch dem an, der davon profitierte: Waldersee. Waldersee übernahm Rodes diplomatische Aufgaben – nur unter anderen, preußischen Vorzeichen – und wurde zum Geheimrat erhoben. Nicht, weil er für die Aufgaben geeigneter war als Rode, sondern weil die Verhältnisse sich geändert hatten. Der Mann, der die französische Sache so überzeugend vertreten hatte, musste geopfert werden, um die Glaubwürdigkeit Anhalt-Dessaus bei den Gegnern Frankreichs darzustellen. Waldersee war dafür wegen seiner bekannten politischen Überzeugungen bestens geeignet. Und die Sache wirkte doppelt überzeugend, wenn er aus der Verbannung in dieses Amt gehoben wurde.

Bernadotte hatte sich selbst erst am 23. März 1813 endgültig von Frankreich ab- und dem Bündnis zwischen Russland und Preußen zugewandt. Dies und der Sturz Rodes geschah im unmittelbaren Vorfeld der Völkerschlacht bei Leipzig und ist offenbar dem Bedürfnis geschuldet, die Reihen zu schließen. Der Einsatz des Erbprinzen für Waldersee und dessen unstrittig propreußische Haltung mögen ihr Übriges getan haben, um diese für Waldersee tatsächlich glückliche Fügung zu bewirken.

Rode war außer sich, sein Sturz sicher um vieles schlimmer als Waldersee es am eigenen Leibe erfahren hatte. In Briefen an seine Tochter beschuldigt er das Ehepaar Waldersee mit ungewöhnlich harten Worten: Die Gräfin als *Deutsche* Frau sei schier *toll* geworden und beschuldige nicht nur ihn, sondern auch Berenhorst. Sie sei *übergeschnappt* und Franz Waldersee habe *gar keinen Charakter*. Der Volkszorn wendet sich gegen den treuen Gefährten des Landesherrn, man schlägt ihm die Scheiben ein. Gegen Rodes Verdacht, dass Waldersee oder seine ebenfalls verdächtigte Frau Schuld an seinem Sturz trügen,[296] spricht viel: Im gesamten Nachlass Waldersees gibt es nicht einen einzigen Hinweis auf eine Intrige oder mögliche Freude über diesen Sturz, selbst die vorübergehende Erhebung Waldersees an Rodes Statt fand ihren Niederschlag nur in einer handschriftlichen Kostgeldrolle und wenigen erleichterten Bemerkungen über die veränderte Haltung des Landesvaters.

Die Haltung der durch Rode so geschmähten Gräfin erschließt sich uns durch ein Entschuldigungsschreiben ihres engen Freundes Friedrich de Marées. Offenbar hatten der Pfarrer an St. Georg und sie einen heftigen Streit gehabt, die an noch heute andauernde Auseinandersetzungen über den Kriegsdienst als mörderischem Handwerk erinnern: *Es thut mir sehr Leid, daß ich mich bei dem gestrigen Streite zuletzt eines unedlen Vergleichs bediente, und ich bitte deshalb unterthänig um Verzeihung. Da aber Ew. Excellenz dadurch beleidigt schienen: so muß ich Sie bei allem, was heilig ist, beschwören, in dem, was ich über stehende Heere und Soldatenwesen nach meinen Ansichten räsoniert und vielleicht deräsoniert habe, keine Beziehungen zu suchen. Ich nahm allein Rücksicht auf das Allgemeine, ohne an Einzelne zu denken. Aber bei der hohen Bewunderung und Achtung, die ich für tapfere für ihren König, ihr Vaterland fechtende, oder Bedrängten zu Hülfe kommende Heere fühle;*

bei aller der Verehrung und Liebe, die ich für einzelne brave Soldaten hege, welche ich zu kennen das Glück habe, denke ich doch, das entsetzliche Unheil, das in unseren Tagen der Krieg stiftet, müßte einem Menschlichfühlenden Herzen den Wunsch abnöthigen, daß lieber aller Krieg unmöglich gemacht, und also lieber gar kein Stand seyn möchte, der den Krieg zu seinem eygentlichen Handwerke macht; daß gar kein Volk sich dazu hergeben möchte, das Werkzeug der grenzenlosesten [!] Herrsch- und Eroberungssucht zur Verwüstung der Erde zu werden. Da aber dieser Wunsch, wie alle frommen Wünsche für ewigen Friede, hier auf Erden unerfüllt bleiben wird; da die stehenden Heere wohl stehen werden, solange diese Verfassung der Dinge bleibt: so sey es fern von mir, irgend einem einzigen Soldaten, deren ich soviele vortrefliche und wahrhaft ehrwürdige zu kennen die Ehre habe, mit meinem Urtheil zu nahe treten zu wollen.[297] Die Gräfin, Mutter kämpfender Soldaten, ist eine Verfechterin des wehrhaften Staates und wir müssen befürchten, dass ihr die Argumente ihres frommen Freundes höchst gefährlich, ja geradezu staatsgefährdend schienen.

Rode selbst schreibt direkt nach seiner Amtsenthebung, dass die Gräfin Waldersee ihm ihr Bedauern habe ausdrücken lassen. Und er hatte sich selbst in den vergangenen Jahren schon mehrfach äußerst kritisch zu seinem Landesherrn geäußert. So spricht er von der zurückgekehrten *alte[n] Barbarei, die unter Schnurbart herrschte*, dem Alten Dessauer. Er klagt, *[e]igentlich ist auch hier gar kein Hof. So ruppig, wie hier der H.[erzog], lebt kein Edelmann aufm Lande.* Er vermisst die frühere Geselligkeit. *Die Fremden fliehen uns, weil wir sie nicht mehr aufzunehmen verstehen.* Das kulturelle Leben fehlt ihm. *Der literarische und künstlerische Horizont wird nun je mehr und mehr enge und trübe bei uns. Leider!* Und gipfelt in dem Ausruf *Dessau fuit.* Aber das Ansehen seines Landesherrn, seine Verdienste um das Land, die will er trotz der ihm angetanen Schmach hochhalten: *Er ist es wert, von der fernen Nachwelt gekannt und geehrte zu werden [...] Daß er mir weh getan, rüge ich nicht, er war Mensch.*[298]

Fühlte Waldersee mit dem Gestürzten? Die Parallelen drängen sich doch allzu sehr auf, als dass er nicht nachempfinden konnte, wie es dem Mann ging. *Wie eine Citrone, die man ausgepreßt und weggeworfen hat* – dieses Gefühl ist ihm selbst so gegenwärtig, dass schwer vorstellbar ist, er habe mit Rode kein Mitleid gehabt.

Doch das eigene Glück über die Aufgaben, die nun ihm übertragen wurden, überwog. Das Gefühl, gerechtfertigt zu sein, vor dem Vater und vor der Welt. Und, wird er sich zurechtgelegt haben, was konnte er schon tun?

Jetzt lag das Wohl des Landes in seinen Händen, sozusagen, es galt, Bataillone und Offiziere aus der Fremde zurückzuholen, aus Gefangenschaft zu befreien, um Kontingente zu verhandeln, Abgaben an die Alliierten niedrig zu halten, Darlehen für das Land zu erwirken. Waldersee sammelt Audienz-Einladungen, beim preußischen König, beim russischen Zaren, beim österreichischen Kaiser, und erwirkt, so stellt es sich dar, schon in den ersten Wochen seiner Tätigkeit die Aufnahme Anhalt-Dessaus in die Heilige Allianz. Er bewegt sich im Mittelpunkt des Universums und scheint in seinem Element. Als der (vorläufige) Friede einkehrt, Paris (nicht zum ersten und nicht zum letzten Male) eingenommen ist und Napoleon (fürs Erste) kapituliert, reist Waldersee für nahezu zwei Monate nach Paris. Die politischen Verhandlungen dort sind umrahmt von Illuminationen, Paraden, Theater, Oper, Komödie, Museen und viel Geselligkeit. *Meine Geschäfte gehen einen Schneckengang und ich komme nicht vorwärts da man immer von einem zum andern gewiesen [Papier def.: wird], und wahrscheinlich werden doch alle Details erst in Wien abgemacht werden, wie mir K. Franz selbst sagte. Die Stimmung in Paris ist so, daß ich sehr vor Erdbeben alhier fürchte, sind erst die Aliirten fort, die sich alle danach sehnen, da keiner sich gefällt.* So klingen Waldersees Briefe nach Hause, schnell ist er *höchst satt von Paris, da man nichts ausrichten kann in diesem großen Sündenneste.*[299]

Mitten in diese diplomatische Mission hinein fällt der unerwartete Tod des Erbprinzen.[300] *[B]egegnete ich dem Herzog der mit Rührung mit mir sprach – ach wie war mein Herz bewegt,*[301] notiert die Gräfin Waldersee und wünschte sicher, die Rührung des Vaters bezöge sich nicht nur auf den Tod des einen Sohnes, sondern auch voll Dankbarkeit auf die Verdienste des anderen.

Das politische Überleben Waldersees war ohne die schützende Hand des jüngeren Halbbruders kaum denkbar. Zunächst hält der Friede, in Paris und in Dessau, doch schon bald ist das Glück dahin, hier wie dort. Napoleon flieht aus Elba und Waldersee befindet sich in *derselben faulen drückenden Lage, wie vor einigen Jahren, der Tod unsers Erbprinzen wird immer mehr von mir empfunden und der Himmel gebe mir Geduld, die Last des Lebens zu ertragen.*[302]

Und, wir ahnen es, mit der *faulen drückenden Lage* kehren die Geldsorgen zurück, die Gicht, die unruhigen, schlechten Nächte, die Schnupfentage. *Vormittag hatte mein Mann sehr fatale Geschäfte mit Raumer und Mann[.] Es hatte auf seinen Geist und Körper wieder einen traurigen Einfluß.*[303] Der Vater unerreichbar, das Zerwürfnis endgültig, die Vorwürfe die immer gleichen, der Ton schärfer: Waldersee wird Verschwendungssucht, seiner Frau dasselbe, dazu noch Herrschsucht und üble Nachrede vorgeworfen:

In folgenden Punckten hält mich mein unversöhnlicher Vater vor straffällig, und keiner Verzeihung würdig.

1) Ist er der Meinung ich hätte mit dem was er mir bey meiner Geburt ausgesetzt, und mir aufgesammelt, ein reicher Mann durch gute Wirthschaft seyn müssen.

2tens Wäre ich stets so wie mein schuldloses Weib, der Verschwendung und dem Prunck ergeben gewesen.

3tens Wäre ich stets zu weich gewesen, mir von Leuten die mich genügt [genötigt?] hätten, das Gold aus der Tasche ziehen zu lassen, darinn keinen Rath und keine Warnung hörend.

4tens Hätte meine gute Frau stets über ihn und seine Vorfahren, aus Stolz auf ihren Nahmen Anhalt, schlecht gesprochen, und mögte aus Herrschsucht gern, Einfluß auf Geschäfte haben.

5tens Ueberzeugt mir wäre im Jahre 1803 genug an Einkünften gelassen worden, um aus zu kommen und zurück zu legen, sey es nicht zu verantworten, wiederum in Schulden versuncken zu seyn.

6tens Hätte ich ihn und dem Lande große Summen gekostet, mehr als ich als unrechtmäßiger Sohn jemals zu fordern gehabt hätte.

Meine Vertheidigung über alles obige zu unternehmen scheint mir Pflicht, nicht vor ihm, denn nie würde er von seinen einmal gefaßten widrigen Vorurtheilen abgehen, sondern vor unpartheiische Augen, und einem vielleicht milder gestimmten, nicht … [?], gerechten Nachfolger, und so sey dieselbe Punckt für Punckt unternommen.

Ob dies Schreiben jemals abgeschickt wurde? Wie so vieles, vermutlich nicht. Deshalb wollen wir unsere *unpartheiischen Augen* dem Unglücklichen leihen und uns anhören, was er gegen das Urteil seines Vaters vorzubringen hätte, stünde er ihm gegenüber:

ad 1) Muß ich es der Beurtheilung überlassen ob mit 30/000 rt, das Ganze was ich als gesammeltes Capital erhielt, wovon ich schon zu meiner ersten Einrichtung in Breslau, wo ich fast ohne Ausstattung meine Frau bekam, ein nahmhaftes anwenden mußte, ein so ansehnliches gewinnen konnte, obgleich ich einen vortheilhaften Güterkauf machte, der nur erst in der Folge mir Vortheil gebracht haben würde. Man zog mich aber schnell aus immer schönen Launen [?], dies nöthigte mich vor der Zeit in Schlesien meine Besitzungen zu verkaufen, und viele Kosten aus eigenen Mitteln zu dieser Translocation zu bestreiten, 1 1/4 Jahr mich sogar ohne Gehalt lassend, und dann mich mit so geringen Emolumenten [?] hier anstellend, daß ich unmöglich ausreichen konnte, mich dennoch auf Versprechungen in die bessere Zukunft verlassend die nie eingehalten wurden[.]

Auf die meisten der hier vorgebrachten Punkte, sind wir schon eingegangen. Als sein Anwalt hätte man ihn darauf aufmerksam machen müssen, dass in all seinen Berechnungen das geschenkte Haus nie auftaucht.

ad 2) Kann ich versichern, daß nie eitle Pruncksucht, zumal mein gutes Weib nicht, welche, zwar nie dazu erzogen, dennoch stets eine ordentliche und strenge Wirthin war, uns zu eitlen Thorheiten verleitet hat. Nur den Anstand, in meinem hiesigen Posten dem Herrn Ehre zu machen bedacht, suchten wir zu erhalten, und viele Freunde, die mir oft selbst vom Herzog zugewiesen wurden, vergrößerten die Ausgaben unseres Hauswesens und brachten nach und nach meine Umstände in Verfall. Damals sah man meine Gastfreundschaft, die doch nie zu Festen ausartete, gern, welches in der Folge, als das Herz des Herzogs gegen mich aufgereitzt war, mir zum Verbrechen gemacht wurde.

a[d] 3) Kann ich es mir wohl selbst nie vergeben, daß ich mich von den Thränen des leichtsinnigen Lichtensteins und von seinen Papieren blenden ließ, mich auf Bürgschaft für ihn ein zu lassen. Ja, es war der Fehler eines zu schwachen Herzens, ich bat um Verzeihung und Gnade, konnte dieses aber niemals erhalten, und sollte und mußte gestraft werden. Threuewahn eines ...[?] eifrigen Herzens, meinem Vaterlande und meinen Mitbürgern durch Etablissements zur Wirkung der Industrie und des Verkehrs, als zum Beispiel die Chalcographische Gesellschaft nüzlich zu werden, verleitete mich auch Capitale zu verliehren und alles dieses ward mir als unverantwortlicher Leichtsinn ausgelegt.

ad 4) Nur gehässige Klatschereien unwohlwollender Menschen, wurden zu dem Ohre des schon verstimmten Herzogs gebracht, und ich selbst bat zu jener Zeit meinen erzürnten Vater, mir die Menschen entgegen zu stellen, welche diese Unwahrheiten hervor gebracht, indem ich sie, vor Hundsfötter erkläre. Er wollte es nicht, schien überzeugt eines Besseren, doch der Stachel blieb im unversöhnten Herzen des Herzogs, und mein Weib blieb in Verdammniß.

ad 5) Man ließ mir 1803 jährlich 2600 rt. Ich mußte trotz aller Widerrede mich, wollte ich nicht völlig zernichtet seyn, mich schriftlich anheischig machen, damit auszureichen, ja noch zu ersparen. Sechs Kinder hatte mir der Himmel geschenkt, ihre Unterhaltung und Erziehung kostete bey hiesiger unverhältnißmäßiger Theurung, mehr, als meine Einnahmen betrugen und schon im 2ten Jahre vermehrten Zinsen, die alljährlich wuchsen meine Ausgaben, und nöthigten zu stets neuen Schulden. Von 1805 an bis jetzt, drückte fast jedes Jahr mich Einquartierung, und mein leider zu großes Haus ward die letzten Jahre fast zum Wirtshause, auch Patriotismus und Anhänglichkeit an die heilige Sache Deutscher Freiheit, lockte mir manchen Thaler im treuen Eifer ab, und dies ward die Entstehungs Ursache meiner neuen Schuldenmasse. Ein Aufsatz A kann darüber Auskunft geben.

a[d] 6) Nur Bosheit oder Unverstand kann dem Hrn. Cammerdirector von Raumer dazu bewegt haben dem Herzog eine Berechnung vorzulegen, was ich ihm und dem Lande gekostet haben sollte. Ich habe sie nie gesehen, davon aber gehört, und dieses bewog mich schon vor einiger Zeit dazu zum etwanigen Gebrauch zu entwerfen, hier sub B beigelegt.

Durch obiges gesagte glaube ich nun, ohne mich selbst zu schonen, mich gehörig gerechtfertiget zu haben, jederzeit erbötig, mich weiterer Untersuchung zu unterwerfen. Eins glaube ich aber hier noch anführen zu müssen, warum ich glaube Nachsicht, Schonung und Verzeihung, und nicht die kürzliche unedle Behandlung verdient zu haben, und dieses ist:

Nach zehn jähriger Unthätigkeit und Entfernung, ward ich, und dieses war mir ein großer Trost, durch die Einwürkung des Hochseeligen Erbprinzen Friedrich, mit dem Anfang des Jahres 1813 wieder in Thätigkeit gesetzt, und in den Kriegszeiten sowohl im Lande als zu Sendungen an die hohen Monarchen gebraucht. Ich vergaß gern als treuer Sohn und Unterthan, die unzähligen Kränkungen und den Kummer den ich hatte ertragen müssen, und suchte meinem Fürsten und dem Lande zu nützen.

Bey manchen hohen Personen zum Beispiel dem Kronprinzen von Schweden, dem Minister von Stein, ja sogar bey Kayser Alexander, und bey König Friedrich Wilhelm fand ich die Stimmung gegen den Herzog nicht so ganz günstig, ihn für einen Anhänger Napoleons haltend, und es kostete mir manche Überredung, diesen Gedanken zu verscheuchen, und ohne mich damit brüsten zu wollen, muß ich sagen, ich glaube manches Nachtheilige deswegen ab gewendet zu haben, und schuld zu seyn, daß des Herzogs Aufnahme mild und gnädig war. Ich habe dieses auch bereits, ins Cabinet eingereicht, dafür um Schonung bittend, aber leider blieb dennoch, daß erzürnte Vaterherz mir verschlossen, und ich und mein schuldloses Weib mußten kränkend gestraft, und öffentlich vor der Welt am Pranger gestellt werden, nicht bedenkend daß weder meiner verewigten Mutter noch mir jemals Versprechen gehalten worden waren.

Dessau den 5ten October 1816

Gv Waldersee[304]

So endet es. Waldersee brütet über Rechnungen, er rechnet ab mit dem Vater, dessen Tod er herbeisehnt, damit – so bespricht er es mit dem preußischen König, mit Bertuch und wahrscheinlich auch anderen – seine Sache endlich ein gutes Ende nehme.[305]

Letzte Ruhe

Waldersee schloss sich dem Trauerzug an, der ohne den jungen Herzog stattfinden musste, weil dieser sich zur Kur in Schlangenbad befand. So führten die Prinzen Georg und Friedrich an seiner Statt den Zug an, der nach Sonnenuntergang um 21 Uhr am Luisium begann und sich durch die Dörfer *unter dem Geläut sämmtlicher Glocken von der Brücke am Mühlteich weg über den Schloßplatz, durch die Stein- und Hospitalstraße dem Begräbnisplatz zu* bewegte. *Es war ein stiller schöner Abend – das Glockengeläut – der Schein der Fackeln – Alles feierlich.*[306] Erst fünf Jahre später sollte das Mausoleum in der Jonitzer Kirche, dessen Schlusssteinlegung vom Sterbenden mit Ungeduld erwartet worden war, endlich fertiggestellt und das Dessauer Fürstenpaar in einem Marmorsarkophag vereint sein, der den verstorbenen Landesvater als *Vater seines Volkes* preist.

Zunächst lag nun der, den er Vater genannt hatte, auf dem Grund begraben, der auch die Mutter barg. In der vom Südtor aus gesehen dritten Gruft nach links, *aus rothen Brandsteinen erbauet,*[307] da lag die Mutter und tut es noch: Johanna Eleonore von Neitschütz, die in den Jahren ihres Liebesverhältnisses zum Fürsten den Namen Waldersee getragen hatte. Erst im vergangenen Jahr, 1816, hatten sie hier an ihrem offenen Grab gestanden. Daneben würden sie, lang war es nicht mehr hin, auch ihn betten.[308] Ihn, Franz Graf von Waldersee, den Sohn des Mannes, den er heute hier neben die Mutter in sein vorläufiges Grab legte. Und neben den Bruder, den Erbprinzen, dessen Tod von ihm *immer mehr [...] empfunden* wurde. So verworren die Familienverhältnisse auch schienen, so viel Schmerz diese Menschen einander zugefügt hatten, nun lagen ihre Gebeine ruhig nebeneinander. *Es war ein stiller schöner Abend – das Glockengeläut – der Schein der Fackeln – Alles feierlich.*

Der Deckel des Grabes legte sich auf das Vergangene und eröffnete den Hinterbliebenen eine veränderte Zukunft. Vielleicht konnte man noch einmal neu anfangen. Vielleicht würde ihm Recht widerfahren. Wieder in Amt und Würden sein. Anerkannt.

Es ging schon auf Mitternacht zu, kein Mond beleuchtete den Begräbnisplatz, die Fackelträger löschten ihre Fackeln. Der Tag war lang gewesen, die Füße taten weh und er war erschöpft. Morgen, beschloss Waldersee, oder übermorgen, jedenfalls sehr bald werde er noch einmal Lichtenstein schreiben. Nicht weil er meinte, damit etwas zu bewirken. Sondern, um sich den Alpdruck der vergangenen 16 Jahre einmal von der Seele zu reden. *Nicht um Dir Vorwürfe zu machen, aber um Dein Gewissen aufzuregen, muß ich Dir versuchen, daß Deine unglückliche Geschäfte, mein ganzes Schicksal untergraben hat, nicht allein, daß es mich aus meinen ganzen Dienstverhältnis schob, mir durch viele Jahre ein sehr beschränktes Leben mit Entbehrnissen vertraut, zuweilen Nahrungssorgen und Verlegenheiten fühlend, führen ließ, sondern meinen durch Andre aufgehezten Vater, der darinn, daß ich Dir helfen wollte, ein unverzeihliches Verbrechen sah, sogar dahin brachte mir nach seinem Tode nicht das geringste zu vermachen, was mir doch so oft war zugesagt worden.*[309]

Anmerkungen

1 FAW Stöfs/I.B.1.b) Memorandum vom 13. November 1816.

2 FAW Stöfs I.B.3./I.C.2.j) Mappe mit Abschriften betr. Grafen von Anhalt, darin auch Aufstellung der literarischen Werke von Franz Waldersee:

1. Manuscript „Der Jäger"; „Die Elemente"; „Der Landfreund von Delille"; „Gonsalvez von Cordova nach Herrn von Florian".

2. „Hardwood". Nach dem Englischen 1. Teil.

Ebd., I.B.3./I.C.2.b) Literarische Arbeiten Franz I. Waldersee:

„Der Jäger", ein Lehrgedicht in Drey Gesängen [Manuskript]: nach Halle in Commission der neuen Societaets Buch und Kunsthandlung, Auflage 750.

„Der Landfreund" von Delille in Vier Gesängen [Manuskript von Waldersee, offenbar von ihm übersetzt], eine Fassung mit Korrekturen, eine ohne.

„Die Elemente", Ein Gedicht in Vier Gesängen, 1804. Unklar, ob nur übersetzt oder von Waldersee selbst gedichtet.

„Gonsalvez von Cordova", ein Heldengedicht nach Herrn von Florian, mit Korrekturen.

3 LASA Z 44, A 10/Nr. 227 e Brief Lavaters aus Zürich am 30. November 1776.

4 FAW Stöfs I.B.1.b) Waldersee verfasst am 5. Oktober 1816 eine „Auseinandersetzung derjenigen Klagen die der Herzog gegen mich hat, die ihm zu strafen werth erscheinen, und meine Verteidigung dagegen".

5 FAW Stöfs II.A.1) 20. Dezember 1813.

6 FAW Stöfs I.B.2.f) Abschrift des Tagebuchs der Johanna Eleonore Hofmeyer (1739–1816), verh. von Neitschütz, Mutter von Franz I. Waldersee von 1761 bis 1772.

7 LASA Z 44, A 7a/ 66 vol. I–III.

8 Würdig, S. 519.

9 Würdig, S. 658 ff.

FAW Stöfs II.A.1) 1817.

10 FAW Stöfs I.B.2.e): Freund Hagen/Dessau, 25. November 1808.

11 GSA 06/2047, 8. Dessau, 24. Februar 1794.

12 Brückner Bd. 2, S. 141 ff.

FAW Stöfs Familienchronik, fol. 157.

13 GSA 06/2047, 8. Dessau, 24. Februar 1794.

Ebd., 10. Dessau, 19. Mai 1794 Bertuch, der Herausgeber des *Journals des Luxus und der Moden* wurde gebeten, „Proben von Ihren schönen

Papir Tapeten en arabesque" und Bordüren für den Festraum zu senden.

Waldersee bezog sich dabei auf die Annoncen Bertuchs in:

Journal des Luxus und der Moden, Jg. 5/September, Weimar 1790, S. 522 f.: VII. Ameublement. Eine neue Art von Tapeten-Bordüren.

Bestellt werden 96 Ellen liegende und 144 Ellen stehende Bordüre in „Rot und Schwarz à l'hetrusque", dazu 36 Eck- und 24 Mittelstücke. Aus diesen Abmessungen, insgesamt fast 150 m, erschließt sich uns neben der Dekoration auch die Größe des Saales in der Zerbster Straße.

Einen lebhaften Eindruck eines derart gestalteten Raumes kann man heute noch im sächsischen Schloss Rammenau erhalten, von Friedrich v. Kleist (1746–1819) 1794 neu dekoriert. Kat. Ausst. Leipzig 2014, S. 21 ff., Abb. 13.

FAW Stöfs I.B.3./I.C.2.i) Bertuch von 1784 an: o. Dat.

14 FAW Stöfs I.B.2.g) Dokumentenmappe der Reichsgrafen von Anhalt, Abt. 2, Johanna Sophie Gräfin von Anhalt.

15 Stadtarchiv Dessau: Palais Waldersee, Grundrisse, Schnitt und Fassade. Diese einzigen erhaltenen Pläne, 1955 bei der Neuerrichtung angefertigt, geben immerhin Auskunft über erhaltenes Mauerwerk (Grundriss Keller) und damit Ansätze zur Raumaufteilung.

FAW Stöfs I.B.3./I.C.2.a) Versteigerungsverzeichnis vom 18. April 1824, bzw. 21. April 1825: Der Stadtwagen erbrachte 70 rt, der Leiterwagen 7 rt 12 gr. 70 rt wurden später an Amélie von Lindheim, geb. Gräfin Waldersee ausbezahlt für den Wagen.

Ebd., I.B.2.k) Herzog Leopold an Franz I. Waldersee: Ob es sich um eben den Wagen handelte, den der junge Herzog Waldersee am 30. Juni 1821 geschenkt hatte, wissen wir nicht.

Ebd., I.B.2.b) Einquartierungslisten für 1812 und 1813.

16 FAW Stöfs, Familienchronik, fol. 157, Bl. 11 (2. Fassung), 1823: Beim letzten Besuch des Hauses nach dem Verkauf an das Herzogliche Haus erwähnt Loulou Waldersee, dass die Akazien, die ihr Bruder Franz und sie zum Einzug gepflanzt hätten, gerade abgeholzt worden seien.

17 GSA 06/2047, 32. Dessau, 9. April 1801, Dank für 11 Rosenstöcke.

FAW Stöfs Familienchronik [fol. 157 a] Ansicht des Waldersee-Palais von der Gartenseite aus, Mischtechnik auf Karton, Heinrich Olivier, 1826, mon. H. O. und dat. Olivier zeichnete den Garten offenbar als Andenken, nachdem die Bäume bereits 1823 gefällt worden waren.

18 Fürstl. Anhalt-Dessauische wöchentliche öffentliche Nachrichten, 28. Juni 1794: Avertissement.

19 FAW Stöfs I.B.3./I.C.2.a) Versteigerungsverzeichnis, 18. April 1824 und 21. April 1825.

20 FAW Stöfs I.B.3./I.C.2.c) aus Stuttgart am 10. Dezember 1803.

21 FAW Stöfs I.B.3./I.C.2.c) aus Burier am 4. Januar 1809.

22 FAW Stöfs I.B.2.d) An Louise Waldersee/Anhalt von Franz I. 16 Brautbriefe: 28. März 1787.

Ebd., I.B.1.h) Friedrich v. Waldersee, 15. Dezember 1808 an Leopold v. Gerlach aus Berlin, Besuch der Kön. Porzellanmanufaktur.

23 FAW Stöfs I.B.3/I.C.2.l) 16. Juli 1788: Bäbe an Louise. Momentan spielt sie neue Sonaten von Clementi und Mozart, auch Pleyel.

Ebenda, 16. Oktober 1791: Bäbe an Louise. Schickt ihr ein Päckchen mit kopierten Noten, Psalmgesänge, die Kayser in der päpstlichen Kapelle gehört.

FAW Stöfs I.B.2.k) Briefe der Erbprinzessin Amélie, Prinzessin von Hessen-Homburg ab 1794 (französisch), 17. Juni 1794 aus Homburg: Beide teilen offenbar das Interesse an und die Liebe zur Musik.

FAW Stöfs I.B.2.e) Husarzewzki/Warschau 16. Dezember 1795 schickt zur Geburt des dritten Kindes, Friedrich, kein Gedicht, sondern zwei möglicherweise selbst komponierte Stücke.

FAW Stöfs I.B.1.n) Abschriften über Komponisten (Gluck, Händel).

24 Unter den Käufern gibt es einen Rust, dessen Vornamen wir nicht kennen, es wird sich um einen Nachfahren und Verwandten des schon verstorbenen Komponisten und Dessauer Hofmusikers Friedrich Wilhelm Rust handeln, möglicherweise sein Sohn, der Organist und Pianist Karl Wilhelm.

25 FAW Stöfs I.B.3./I.C.2.a) Potsdam, 6. April 1824: Louise Waldersee an Thorspecken.

Ebenda, Versteigerungsverzeichnis: Das Ergebnis belief sich auf 971 rt 15 gr 6 pf und nochmals 279 rt.

In seiner Endabrechnung berechnet Thorspecken die 1. Auktion vom 18. April 1824 mit 70 rt weniger – womöglich liegt hier ein Schreibfehler vor. Die 2. Auktion fand am 21. April 1825 statt.

26 LASA Z 44, A 9e Nr. 15 (18) fol. 38 v., 11. April 1783. Fürstin Louise schenkt Louise Anhalt zur Konfirmation einen silbernen Teekasten.

27 Porträt des Fürsten Leopold III. Friedrich Franz von Anhalt-Dessau, Öl/Lwd., Anton Maron, wohl Rom 1766. Germanisches Nationalmuseum Nürnberg, Inv. Gm1314, aus dem Besitz der Grafen Waldersee. Abb. 3.

Noch heute im Familienbesitz befinden sich:

Porträt der Johanna Eleonore von Waldersee, geb. Hofmeyer, Öl/Lwd., deutsch um 1770. Abb. 4.

Porträt des Grafen Franz von Waldersee, Öl/Lwd., Kopie nach Johann Friedrich August Tischbein von ca. 1795. Abb. 8.

Porträt der Gräfin Louise von Waldersee, geb. Gräfin von Anhalt, Öl/Lwd., Kopie nach Johann Joseph Langenhöffel von ca. 1795.

Vom Porträt Loulous hat sich nur eine Fotografie erhalten. Der Verbleib des Gemäldes ist unbekannt. Abb. 1.

28 FAW Stöfs Familienchronik, fol. 157 v. Aquarellierte Bleistiftzeichnung, wohl 1. H. 19. Jh., Abb. 9.

29 FAW Stöfs I.B.1.b) 5. Oktober 1816: „Auseinandersetzung derjenigen Klagen die der Herzog gegen mich hat, die ihm zu strafen werth erscheinen, und meine Vertheidigung dagegen". Ad 2) antwortet er auf den Vorwurf der Prunksucht mit dem Anspruch, „in meinem hiesigen Posten dem Herrn Ehre zu machen".

FAW Stöfs I.B.3./I.C.2.a) 21. April 1825: Das Haus erbrachte nach dem Tod Waldersees 6800 rt. Käufer war das Herzogliche Haus, das es in eine Töchterschule umwandelte. Waldersee selbst hatte 1050 rt für das Grundstück bezahlt, größere Erhaltungsmaßnahmen sind unbekannt. So verbleiben als Erlös 5750 rt, nicht gerechnet 30 Jahre kostenfreier Wohnung. Selbst diese, vermutlich dem begrenzten Markt und der schlechten Zeit geschuldete Summe ist immer noch die fast dreifache Summe der jährlichen Apanage, die Waldersee zeit seines Lebens erhielt.

30 FAW Stöfs I.B.1.b) 13. November 1816: Briefentwurf Waldersees.

31 Trauerordnung vom 18. Oktober 1750 für Anhalt-Dessau, erneuert am 24. April 1769, nach Würdig, S. 506 ff.

32 Vgl. Froesch 2002, hier v. a. S. 27 ff., die das relevante Quellenmaterial bearbeitet hat und zitiert.

33 Würdig, S. 513.

34 LASA Z 44, A 9e Nr. 15 (18) fol. 50 v., 8. Januar 1786, gemeint ist hier der Vater der Fürstin, der verwitwete Markgraf Friedrich Heinrich von Brandenburg-Schwedt.

35 Froesch 2002 zitiert alle wesentlichen Quellen:

Erdmannsdorff-Nachlass im Archiv der Grafen Waldersee, Waterneverstorf.

LASA Z 44, A 9e 15 (18)

ALB, ohne Repositur. Anonym, Beschreibung der Feier zum 24. Geburtstag der Fürstin Luise Henriette Wilhelmine von Anhalt-Dessau am 24. September 1774, Ms.

LASA Z 44, C 5 d Nr. 3, fol. 17 v.

Haetge/Harksen 1943, S. 187 f., arbeiten nach den damals noch erhaltenen, inzwischen verlorenen Rentkammerrechnungsbüchern von 1753 bis 1767.

LASA, Z 44, A 15b Nr. 1, fol. 1 v.

Ebd., C 14 Nr. 7 III, fol. 1 v. und 10 v.; Nr. 7 IV, fol. 10 v.; Nr. 7 VIII, fol. 1 und 14 r.; Nr. 7 IX, fol. 11 v.

Ebd., A 13b Nr. 13, fol. 1–8, 12 f.

Dieser Hirsch von 16 Enden, Kupferstich nach einer Zeichnung des Joh. Elias Ridinger, Martin Elias Ridinger, Augsburg 1765. Kulturstiftung DessauWörlitz, Grafische Sammlung, Inv. Nr. IV–1031. Abb. 5.

36 Dunkel, S. 113, führt „Johann Gottfried Hofmeier, welcher 1742 als Oberpfarrer zu Zerbst gestorben“ auf mit seinen lateinisch erschienenen wissenschaftlichen Schriften.
Höhling, 2007, S. 82–103.
37 Beckmann, Bd. II, S. 269.
Limmer 1704, unter Mitwirkung des Johann Gottfried Hofmeyer.
Hofmeyer, Christian Lebrecht, De Baptismo, Basil. 1747.
38 So verzeichnet es zumindest der Anhalt-Dessauische Historien-Kalender für das Jahr 1766, nach Würdig, S. 533.
39 HHStA Wien, AUR 1742 I 24 Wahlkapitulation Karls VII., Frankfurt a. M., 24. Januar 1742. Zit. nach Burgdorf, S. 441.
Vgl. Willoweit, S. 39–45: Standesungleiche Ehen des Hauses Anhalt.
40 Würdig, S. 459.
41 FAW Stöfs I.B.2.f) Abschrift des Tagebuchs der Johanna Eleonore Hofmeyer, verh. von Neitschütz: „Meine ganz kurze Lebensbeschreibung und mein Aufenthalt in Deßau, die von Monat Januar 1761 anfängt und im Monat März 1772 sich endiget. / v. N. Witwe“.
FAW Stöfs I.B.3./I.C.2.d) Abschriften der Bestimmung über die lebenslange Leibrente für Franz I. Waldersee von 2000 rt vom 27. August 1764.
42 Landeskichl. Archiv der Ev. Landeskirche Anhalt, Dessau, Taufregister von St. Marien, Dessau. Vgl. Heinicke 1999, S. 122.
43 Vgl. Hirsch 2003, S. 50 ff. mit Verweis auf insbesondere Erdmannsdorff, Reil und Boswell.
44 Bildnis des Fürsten Leopold III. Friedrich Franz von Anhalt-Dessau, Öl/Lwd., Anton von Maron, Rom 1766, 126 x 95 cm, Nürnberg, Germanisches Nationalmuseum Inv. Gm1314 – 1934 war das Bild aus dem Besitz der Familie der Grafen Waldersee in das Museum gelangt, damals noch Johann Georg Ziesenis zugeschrieben. Abb. 3.
Berenhorst, Reisejournal, Bd. II, S. 94, 2. April 1766.
45 LASA, 10.03.01.E 191.01 Familienarchiv von Kalitsch, Urkunden.
Ebd., E 191, Nr. 6, B. 4–11, Kontrakt über den Verkauf des Sattelhofs von dem Oberstallmeister Adolph Heinrich von Neitschütz in der Zerbster Straße in Dessau an seine Ehegemahlin Johanne Eleonore von Waldersee geborene Hofmeyer, 14. Mai 1768, Kaufpreis 6500 rt.
46 FAW Stöfs o. Num., fol. 1.
47 Fürstl. Anhalt-Dessauische wöchentliche öffentliche Nachrichten, 19. März 1768: Sachen, so innerhalb Dessau zu verkaufen. [Aus dem Nachlass des verstorbenen Fürstl. Akzise-Kontrolleurs Christoph Christian Janckens].
48 LASA Z 44, A 4a Nr. 176 (fehlt), Die Vermählung des Fürsten Leopold III. Friedrich Franz von Anhalt-Dessau mit der Prinzessin Louise

Henriette Wilhelmine von Brandenburg-Schwedt, Entwürfe der verschiedenen Dokumente und Verhandlungen wegen des Heiratsguts, Bd. I–II, 1767–1772.

Ebd., Nr. 177 (fehlt), Ehepakte des Fürsten Leopold III. Friedrich Franz von Anhalt-Dessau mit der Prinzessin Louise Henriette Wilhelmine von Brandenburg-Schwedt, 1767–1775.

49 LASA Z 44, A 9e Nr. 15 (1) fol. 18v.–20v., 8. März 1765–18. Oktober 1765. Rödenbeck, Bd. II, S. 247 ff., 1765.

50 Dieser Hirsch von 16 Enden, Kupferstich nach einer Zeichnung des Joh. Elias Ridinger, Martin Elias Ridinger, Augsburg 1765. Kulturstiftung DessauWörlitz, Grafische Sammlung, Inv. Nr. IV–1031. Abb. 5

51 Mitteldeutsche Zeitung vom 6. Dezember 2015 und 6. Dezember 2016.

52 Fürstl. Anhalt-Dessauische wöchentliche öffentliche Nachrichten, 2. Juli 1763: Avertissement.

53 Vgl. Dieser Hirsch von 24 Enden, Kupferstich, Joh. El. und Martin Ridinger, Augsburg 1760. Kulturstiftung DessauWörlitz, Grafische Sammlung. Inv. N. IV-1030. Analog zu dem 1765 entstandenen Stich beschreibt der Begleittext, dass der Hirsch in „Gegen=/wart des gantzen Hoffs und vieler Fremden“ erlegt worden sei.

54 Vgl. Hirsch 2003, S. 214–222.

55 FAW Stöfs Familienchronik, fol. 145 c: 1774.

56 FAW Stöfs Familienchronik, fol. 145 c: 1776.

57 FAW Stöfs o. Num., 1776.

58 LASA Z 44, A 9e, Nr. 15 (18) fol. 48 v.: 25. Juli 1785.

59 LASA Z 44, C 5d Nr. 3, fol. 84 v. und 85 r., 1789, 1795 und 1799. 1789 betrug der Pachtzins 20 rt jährlich, 1799 50 rt.

Ebd., fol. 85 v., 1803 Jagdpacht gemeinsam mit Oberforstmeister von Görschen.

60 FAW Stöfs I.B.3./I.C.2.b) „Der Jäger“, ein Lehrgedicht in Drey Gesängen [Manuskript]: nach Halle in Commission der neuen Societaets Buch und Kunsthandlung, Auflage 750 [Anm. auf dem Deckblatt], Vorbericht [in den 3 Auflagen nicht abgedruckt].

61 FAW Stöfs I.B.3./I.C.2.a) Versteigerungskatalog, 18. April 1824 und 21. April 1825: 28 Waffen wurden versteigert, dabei eine „Flinte mit Silber belag“ zu 25 rt 16 gr, eine Büchse zu 28 rt 12 gr.

62 FAW Stöfs I.B.2.e) Freund Marschall v. Bieberstein/Choren 6. September 1817.

63 Berenhorst, Reisejournal.

64 Würdig, S. 491 ff., zitiert die von Prinz Eugen angeordneten Feierlichkeiten zur Bestattung seiner Mutter, der regierenden Fürstin Anna Luise, am 19. August 1745.

65 Rödenbeck, Bd. II, S. 291, 1767.

66 Rödenbeck, Bd. II, S. 291, 1767, Friedrich II. an Voltaire.

67 Die kostbar mit Diamanten, Rubinen und Email gefasste, große Barockperle hängt an einem Saatperlen-Sautoir von 820 mm Länge und wurde am 13. Mai 2014, Los 385, bei Sotheby's, Genf, für 50 000 SFr versteigert. In derselben Auktion, Los 384, wurden auch die sogenannten Oranien-Perlen versteigert, die Fürstin Louise von Anhalt-Dessau Ende Juli 1770 von ihrer Tante, Prinzessin Henriette von Anhalt-Dessau, in Bockenheim zum Geschenk erhielt: LASA Z 44, A 9e, Nr. 15 (1) fol. 32 v.

68 FAW Stöfs I.B.3./I.C.2.d) Bestimmungen betr. Ausstattung der Schwester Friederike von Waldersee, verh. von Kalitsch vom 5. September 1767. LASA Z 44, C 5d Nr. 3, fol. 185 r.: Fräulein von Waldersee soll ab 1782 jährlich 500 rt aus der Großen Kasse erhalten.

Beckus 2015, S. 436, gibt an, die Pension der Mutter sei 1767 auf 2000 rt gesenkt worden zuzüglich derselben Summe für die Tochter.

FAW Stöfs I.B.1.b) Geldangelegenheiten Franz I., 5. Oktober 1816 „Auseinandersetzung derjenigen Klagen die der Herzog gegen mich hat, die ihm zu strafen werth erscheinen, und meine Vertheidigung dagegen", Beilage A: Im Gegensatz zu Vorigem führt Waldersee hier aus dem Wirtschaftsbuch seiner verstorbenen, bekannt sparsamen Mutter an, dass diese mit nur einer Gesellschafterin schließlich 3500 rt per anno verbraucht habe. Dies wäre mit jährlich 2000 rt Pension nur schwerlich möglich gewesen.

69 FAW Stöfs o. Num.

70 FAW Stöfs Familienchronik, [fol. 143/144].

71 Schulthess, S. 96, zitiert aus einem Brief Louise Anhalts an Bäbe Schulthess, Winter 1783/84, worin sie ihr eigenes Dessauer Zimmer im Schloss beschreibt und sich nach der „bräunlichen Schweizer Stube" und dem „vertrauliche[n] Plätzchen hinter dem Ofen" in Zürich sehnt.

72 Landesarchiv Nordrhein-Westfalen, Staatsarchiv Detmold LAV DT, L 7 A XV F 5, Casimire von Lippe-Detmold, Prinzessin von Anhalt-Dessau vom 6. Januar 1768, zit. nach Prieur 2009, S. 330.

73 Das letzte Tierporträt, das Johann Elias Ridinger im April 1767 schuf, war dieser Hund: Ihro Durchl. des Fürsten von Anhalt Dessau Leib kleiner Wind und Haßen Hund, Avions, Johann Elias Ridinger, Kupferstich, Augsburg 1767. Kulturstiftung DessauWörlitz, Grafische Sammlung, Inv. Nr. IV–1032.

74 FAW Stöfs o. Num., 1768.

75 FAW Stöfs I.B.3./I.C.2.i) Bertuch am 7. Juli 1804.

Beckus 2015, S. 328, berichtet, dass Behrisch seit 1790 nahezu jeden Abend im Hause Waldersee verbracht habe.

76 FAW Stöfs I.B.3./I.C.2.j) Georg Heinrich von Berenhorst an Franz I. Waldersee, Stettin am 2. Februar 1770.

77 FAW Stöfs o. Num., 1770.
LASA Z 44, C 5d Nr. 3, fol. 83 v.: 1771 erhält er 15 rt Monatsgehalt.
78 FAW Stöfs Familienchronik, fol. 145 c, 1771.
79 FAW Stöfs o. Num., 1771.
80 FAW Stöfs o. Num., 1771.
81 [Rötger] 1776, S. 87 f.
82 [Ulrich] 1780, S. 135 f.
83 Basedow, Philanthropinum 1774, S. XIII.
84 Vgl.: [Rötger] 1776,
[Ulrich] 1780,
Reil, S. 65 ff.,
Hirsch 1970, S. 101–149,
Kat. Ausst. Dessau 1990,
Eisold 2000, S. 31 ff.
Umbach 2000, S. 40 ff., betont den Einfluss des späteren englischen Premierministers William Petty-Fitzmaurice, 2nd Earl of Shelburne, auf das dem Philanthropin zugrundeliegende Konzept und begründet, warum dieses pädagogische Konzept mehr als alle anderen Dessauer Reformen den föderalen und gleichzeitig modernen Charakter dieser Projekte veranschaulicht.
85 Meier 1792.
86 Meier 1792, Bd. II, S. 6 ff.
87 FAW Stöfs Familienchronik, fol. 145 c.
88 FAW Stöfs Familienchronik, Stammtafel S. 82 ff.
89 FAW Stöfs I.B.2.f) Kindertagebuch der 6- bis 7-jährigen Louise Anhalt aus Dessau für ihren Vater, 30. März–20. August 1774.
90 FAW Stöfs I.B.2.g) Abt. 1, Erbprinz Wilhelm Gustav von Anhalt-Dessau (1699–1737): darin enthalten sind u. a. sein handschriftliches Testament und die Empfangsbestätigung für dieses Testament durch den Gerichtsherrn von Kleckewitz, Hauptmann v. Fouqué. Weiterhin die schriftliche Bitte des Erbprinzen an seinen Vater mit einem Zusatz an seine Mutter, sich nach seinem Tode seiner Familie anzunehmen. Anweisung des Erbprinzen an seine Kinder, deren verhalten zu ihrer Mutter regelnd. Erbprinz Wilhelm Gustav: „Disposition für den Fall meines Todes“. Handschriftliche Aufzeichnung des Hauptmanns v. Fouqué über seine Unterredung mit dem Fürsten Leopold von Anhalt-Dessau nach dem Tode des Erbprinzen. Abschrift einer Urkunde des Fürsten Leopold von Anhalt-Dessau betreffend die Einkünfte der Witwe des Erbprinzen und seiner Kinder.
Brückner Bd. 18, S. 1601 f.
91 LASA Z 44 A 9e, Nr. 15 (18) fol. 48 v.: 25. Juli 1785.

92 LASA 11.01.E 98.I, Nr. 16a/1, Über die Erziehung des Erbprinzen 12./28. Dezember 1785.

93 LASA Z 44, A 9e Nr. 15 (18) fol. 38 r.:, Dezember 1782.

94 FAW Stöfs I.B.3./I.C.2.i) August Rode am 25. Dezember 1782.

95 Brückner Bd. 6, S. 491: Die von der Fürstin erzogene ältere Tochter Sophie Gabriele sollte später den königlich preußischen Postdirektor Risch aus Magdeburg heiraten, der das Haus Nr. 860 in der Dessauer Schlossstraße erwarb, um darin die Postmeisterei zu betreiben. Über das weitere Schicksal ihrer jüngeren Schwester Sophie Wilhelmine wissen wir nichts.

FAW Stöfs I.B.1.n) Kindertagebuch Loulou Waldersee II, 14. Februar 1797–1. März 1797: Hier wird die „Steinackern" erwähnt, die regelmäßig kommt, um die Kinder zu betreuen – es wird sich dabei um eines der beiden Waisenkinder handeln.

FAW Stöfs I.B.3.p) „Von / der Einweyhung / des Fürstlichen Hauses / zu Wörliz, / welche am 22sten März 1773 gefeyert wurde."

96 FAW Stöfs I.B.3./I.C.2.l) Louise Gräfin Anhalt an Bäbe Schulthess vom Schönenhof: Wörlitz, 14. und 18. April 1786 und Dessau, 30. Dezember 1785.

97 [Ulrich] 1780, S. 135 f.

98 FAW Stöfs Familienchronik, fol. 145 c: 1772.

99 FAW Stöfs I.B.3./I.C.2.a) Versteigerungsverzeichnis, 18. April 1824 und 21. April 1825.

100 LASA Z 44, A 10 Nr. 233 c, Der erste hier archivierte Brief von Carl Christoph Hoffmann stammt vom 18. November 1775.

101 Werner 1992, S. 294 f.

102 Rochow war eng mit dem Fürsten befreundet, Teilnehmer der bereits geschilderten Jagd im September 1765 und Pate der jüngeren Schwester Franz Waldersees.

103 FAW Stöfs I.B.2.e) Freund Salis von Tagstein an Waldersee aus Chiavenna und Tours 1783–1785.

104 Das Haus steht noch und wird als kleines Hotel unter dem Namen „Palazzo Salis" betrieben.

105 Vgl. hierzu Gavazzi/Bihr de Salis. Das Haus ist, da nach wie vor dem englischen Zweig der Familie gehörend und höchstens im Sommer bewohnt, nahezu im Originalzustand erhalten.

106 Kauffmann hatte auch die Söhne des Ehepaars porträtiert, Ercole 1757 und Anton 1760. Auch manche Supraporten im Palazzo Salis zu Chiavenna könnten von der Hand der jungen Künstlerin stammen. Vgl. Hosch 2016.

107 LASA Z 44, A 9e, Nr. 15 (18) fol. 20 r.: 1. Oktober 1775.

108 FAW Stöfs o. Num., 1781.

FAW Stöfs Familienchronik, fol. 146 b.

GLA Karlsruhe FA Corr. 5, Bd. 13, 8. August 1781.

Ebd.: Dessau, 26. Oktober 1781. Fürst Franz bedankt sich eigenhändig für die freundliche Aufnahme, die seinem Sohn widerfuhr.

109 Andreas Tümmler (Hg.) 1954, Band I, S. 77 f.: Der badische Staatsminister Wilhelm Freiherr von Edelsheim an Herzog Carl August von Sachsen-Weimar-Eisenach am 24. Oktober 1782 aus Hanau.

Vgl. Schweinitz 2004, S. 13–34.

110 Vgl. zum Zusammenhang zwischen Schulgründung und Politik in Graubünden: Theus Baldassare.

Vgl. zur Ausstrahlung des Dessauer Philanthropins, dem etwa 60 Tochteranstalten zugewiesen werden können: Eisold 2000, S. 32.

Vgl. Salzmann 1786/88.

111 Schweinitz 2004, S. 35–276, gibt den Wortlaut des Tagebuchs der Reise in die Schweiz 1783 wieder sowie eine Übersetzung ins Deutsche. Die Autorin hat ebenda, insbesondere S. 13–34, die Hintergründe ausführlich dargelegt, was hier nicht wiederholt werden soll.

112 FAW Stöfs I.B.3./I.C.2.m) 3.) Tagebuch der Schweizreise 1783, fol. 48 f., 18. August 1783, Baden bei Zürich.

113 Schulthess 1950, S. 84, ohne Quellenangabe. Das Bild wird hier als Verlust des Zweiten Weltkriegs bezeichnet.

114 FAW Stöfs Familienchronik, fol. 149.

115 Brückner Bd. 17, S. 1542 ff.

S. a. LASA Z 44, C 5d Nr. 3, fol. 110 r. f.: Pachtung der Tabaksmühle von 1778 an.

Ebenda., fol. 4 v., 1778 und 5 r., 1781: Acciseangelegenheiten wegen des eingebrachten Virginischen Tabaks und der Vitriolfabrik. Dank an Paul Beckus für den Hinweis.

116 Brückner Bd. 6, S. 530 ff.: Seit 1763 hatte er das Haus Nr. 562 besessen, Kirchgasse, Ecke Rathausstraße.

Brückner Bd. 17, S. 1545, zitiert hier wohl Stoll 1923.

117 GSA 06/2047, 1. Wörlitz, 2. Oktober 1782.

118 FAW Stöfs I.B.2.e) Carl Rode am 22. Juni 1783.

119 FAW Stöfs o. Num., 1783.

120 GSA 06/2047, 2. Dessau, 8. Dezember 1783.

121 GSA 06/2047, 3. Dessau, 21. Dezember 1783.

122 FAW Stöfs I.B.3./I.C.2.i) Bertuch am 4. Juli 1784 aus Weimar.

123 FAW Stöfs o. Num., 1783.

124 FAW Stöfs I.B.2.f) Bündel Schriften von Louise Waldersee (Anhalt).

125 FAW Stöfs Familienchronik, fol. 149.

126 FAW Stöfs o. Num., 1783.

127 Vgl. Hosäus, Lavater 1888, S. 48 und 56, Briefe von Louise Anhalt an Lavater zitierend: Dessau, 7. Dezember 1783 und 27. Juni 1784.
FAW Stöfs I.B.3/I.C.2.l) Briefe der Familie Schulthess aus Zürich 1784–1822: 23. August 1789, Bäbe an Louise Gräfin Waldersee, geb. Gräfin Anhalt.

128 GSA 06/2047, 2. 8. Dezember 1783.

129 FAW Stöfs I.B.3/I.C.2.i) Carola Gräfin Bülow [nach z. T. verschollenen Unterlagen], Leben des Grafen Franz von Waldersee: zitiert aus einem verschollenen Tagebuch Waldersees (bis 16. März 1784), Dezember 1783 und Januar 1784.

130 GSA 06/2047, 4. Dieskau, 26. Juni 1784.

131 GSA 06/2047, 6. Breslau, 11. August 1784.

132 FAW Stöfs I.B.1.o) Tagebuch Louise Anhalt/Waldersee Februar 1787–Dezember 1788 in Auszügen von Carola Gräfin Bülow [das Original verschollen]: 5. März 1787.

133 FAW Stöfs I.B.1.o) Tagebuch Louise Anhalt/Waldersee Februar 1787–Dezember 1788 in Auszügen von Carola Gräfin Bülow [das Original verschollen]: 20. Mai 1787.

134 FAW Stöfs I.B.3/I.C.2.i) Carola Gräfin Bülow [nach z. T. verschollenen Unterlagen], Leben des Grafen Franz von Waldersee: zitiert aus einem verschollenen Tagebuch Waldersees (bis 16. März 1784): 12. Januar 1784.

135 FAW Stöfs I.B.2.d) An Louise Waldersee/Anhalt von Franz I. 16 Brautbriefe: Wörlitz, 1.–3. August 1786.

136 FAW Stöfs I.B.1.o) Tagebuch Louise Anhalt/Waldersee Februar 1787–Dezember 1788 in Auszügen von Carola Gräfin Bülow [das Original verschollen]: 25. Februar 1787.

137 FAW Stöfs I.B.2.d) An Louise Waldersee/Anhalt von Franz I. 16 Brautbriefe: 10. August 1786.

138 FAW Stöfs I.B.2.f) Ehekontrakt Waldersee/Anhalt vom 19. Mai 1787.

139 FAW Stöfs I.B.2.g) 6. Reichsgraf Albrecht v. Anhalt, Briefe an seine Tochter Louise Waldersee-Anhalt: Schon am 24. Mai 1788 bat der Schwiegervater ihn, 200 rt Schulden auszulegen, die er bei einem Halberstädter Major habe. Der Vorgang wiederholt sich am 6. April 1793, wo er um 50 rt bittet. Am 8. Oktober 1800 bittet er Waldersee, dass dieser ihm 300 rt. verschaffen möge.

140 Beckus 2015, S. 318.

141 FAW Stöfs Familienchronik, fol. 118 f.

142 FAW Stöfs I.B.2.d) An Louise Waldersee/Anhalt von Franz I. 16 Brautbriefe: 20. Dezember 1786.

143 Würdig, S. 510.

144 FAW Stöfs o. Num., 1782.

145 FAW Stöfs Familienchronik, fol. 149: Verfügung der Kriegs- und Domänenkammer Breslau vom 29. Juni 1784.

146 GSA 06/2047, 6. Breslau, 11. August 1784. „In Politicis binn ich anjezt ziemlich ungelehrt, nur dieses weiß ich gewiß, das alles gut geht nach unserm Plan, und man noch so bald keinen Krieg zu hoffen oder zu fürchten hat. Der Herzog von Würtenberg (dieses sagen Sie niemandem) hat dem Konig von Preußen in Fall von Krieg 26 000 Mann offerirt."

FAW Stöfs I.B.2.e) Minister Hoym/Breslau etc. 1782–1807.

147 FAW Stöfs Familienchronik, fol. 151.

FAW Stöfs I.B.2.d) An Louise von Franz 9 Briefe 1787: 28. Januar 1787 wird die fürstliche *ordre* erwähnt, die 30 000 rt, welche Franz seit seiner Geburt zustehen, zum Ankauf der Güter auszuzahlen.

148 FAW Stöfs I.B.1.b) Pro Memoria vom 1. Juli 1812.

149 FAW Stöfs I.B.1.b) Pro Memoria vom 1. Juli 1812.

150 FAW Stöfs I.B.1.b) „Etat meiner Wirthschaft vom 1ten Januar 1811 an".

151 Gerlach 2014, S. 596.

152 FAW Stöfs I.B.3./I.C.2.j) Vermischte Briefschaften, Kaufverträge: Vertrag vom 5. April 1787 mit Josepha Gräfin von Sternberg, geb. Freiin von Langenthal.

153 FAW Stöfs I.B.1.o) Tagebuch Louise Anhalt/Waldersee Februar 1787–Dezember 1788 in Auszügen von Carola Gräfin Bülow [das Original verschollen]: November 1787 und 16. Januar 1788.

154 FAW Stöfs I.B.1.o) Tagebuch Louise Anhalt/Waldersee Februar 1787–Dezember 1788 in Auszügen von Carola Gräfin Bülow [das Original verschollen]: 18. Juli 1787.

155 FAW Stöfs I.B.3./I.C.2.c) Wörlitz, 12. August 1787 und 15. August 1787.

156 LASA Z 44, A 9e Nr. 15 (18) fol. 50 v.

157 LASA Z 44, A 9e Nr. 15 (18) fol. 48 v.: 25. Juli 1785.

Ebd., fol. 49 v.: 30. Oktober 1785.

GLA Karlsruhe FA Corr. 5, Bd. 13: Wörlitz, 4. August 1785.

Ebenda: Saarbrücken, 21. Oktober 1785.

158 LASA Z 44, A 9e Nr. 15 (18) fol. 49 v. f.: 31. Dezember 1785.

159 Privatbesitz, Briefkonzept, Erdmannsdorff an Fürst Franz 1786, wg. neuer Liaison: 1 Foliobogen, gefaltet zu 2 Bll., o. Sign. (von alter Hand mit Bleistift bezeichnet: „Erdmannsdorff"), dat. 15. April 1786. Exzerpt nach einer Transskription von Wolfgang Kehn, Kiel, dem für den Hinweis gedankt sei.

160 FAW Stöfs I.B.3./I.C.2.j) Berenhorst an Franz I. Waldersee, 14. Mai 1786: Er erwähnt ein Zerwürfnis August Rodes mit dem Fürsten. Der Fürst leide seit 2 Jahren an einem „Wasser oder Saamenbruch[es]", der eher schlimmer als besser werde trotz eines eigenen Brucharztes.

Mit der Gunst eines gewissen Großen ist das gute Verhältnis zu Friedrich Wilhelm II. von Preußen gemeint. Auch er war eingeweiht gewesen in die heimlichen Fürstenbund-Planungen. Zuletzt haben wir ihn hier erlebt, als er einen Tag vor der Verlobung des Dessauer Fürsten mit Louise von Brandenburg-Schwedt in Charlottenburg Elisabeth Christine Ulrike von Braunschweig-Wolfenbüttel geheiratet hatte, von der er längst geschieden war.

161 FAW Stöfs I.B.3./I.C.2.i) Bertuch von 1784 an: 4. Juli 1784 aus Weimar.

162 FAW Stöfs I.B.3./I.C.2.j) Berenhorst an Franz I. Waldersee, 16. Juni 1786.

163 FAW Stöfs I.B.3./I.C.2.l) Louise Gräfin Anhalt an Bäbe Schulthess vom Schönenhof: Schierstein, 25. Oktober 1786.

164 FAW Stöfs Familienchronik, fol. 150.

165 FAW Stöfs I.B.3./I.C.2.m) 3.) Tagebuch der Schweizreise 1783: 10. August 1783.

166 FAW Stöfs I.B.2.d) An Louise von Franz 9 Briefe 1787, 31. Januar 1787.

167 FAW Stöfs I.B.2.d) An Louise von Franz 9 Briefe 1787, 23. Februar 1787.

168 FAW Stöfs I.B.2.e) Kammerdirektor v. Hoffmann/Dieskau, 27. Oktober 1787: Schildert anschaulich und sehr bewegt, wie er ein Geschenk des Fürsten entdeckte, als er und Freunde „im Chinesischen Hause wolten Coffée trincken“, es war ein Kästchen, das erst nach größerem Hin und Her geöffnet werden konnte und ein Chinesisches Dejeuner enthielt.

169 FAW Stöfs I.B.2.d) An Louise von Franz 4 Briefe 1788: 3. Mai 1788 aus Sandersleben.

170 Hosäus, Berenhorst‘s Tagesbemerkungen, 1877, S. 216.

171 FAW Stöfs Familienchronik, fol. 155.
Vgl. auch LASA Z 44, A 9e Nr. 15 (18) fol. 59 r. Die Fürstin, und mit ihr das Ehepaar Waldersee mit Loulou, weilt vom 20. Mai bis 15. Juni 1789 in Karlsbad.

172 FAW Stöfs Familienchronik, fol. 155.

173 FAW Stöfs I.B.3./I.C.2.l) Louise Gräfin Anhalt an Bäbe Schulthess vom Schönenhof: Breslau, 11. Juli 1789 und Gnölbzig, 23. Mai 1790.

174 FAW Stöfs I.B.3./I.C.2.d) Franz I. Waldersee an Louise von der Reise, die er mit dem Erbprinzen wg. einer Heiratsanbahnung am preuß. Hofe machte: Berlin, 15. Januar, 18. Januar, 12. Februar, 15. Februar, 19. Februar und 22. Februar 1791.

175 FAW Stöfs Familienchronik, fol. 157: 1793.

176 FAW Stöfs I.B.2.e) Husarzewzki/Warschau 1795–1801: Lublin, 8. Juni 1795.

177 Tatsächlich sind die im Folgenden zitierten Briefe zwischen Waldersee, dem Fürsten und Bertuch i. S. der Chalcographischen Gesellschaft durchsetzt mit politischen Fragen und Nachrichten:

GSA 06/2047, Briefe des Franz von Waldersee an Bertuch.
GSA 06/357, Briefe des Fürsten Franz von Anhalt-Dessau an Bertuch.

178 FAW Stöfs Familienchronik, fol. 157.

179 Fürstl. Anhalt-Dessauische wöchentliche öffentliche Nachrichten, 28. Dezember 1793, 27. Juni 1795 und 21. Januar 1797.

180 Hassel 1816. Nach dem Anfall Anhalt-Zerbsts stieg die Einwohnerzahl auf 53 000.

181 Vgl. Reil, S. 45 ff., Brückner Bd. 20, S. 1783 ff. und Hirsch 2003, S. 65–82.
[Bertuch] 1783, S. 4 ff.
FAW Stöfs I.B.1.b) „Etat meiner Wirthschaft vom 1ten Januar 1811 an" weist 12 rt für die „Armencasse" aus und 20 rt für die „Wittwencasse".

182 FAW Stöfs Familienchronik, fol.143/144, 1768.
S. a. Frevert 1984, S. 69.

183 Brückner Bd. 2, S. 123 ff., insbes. S. 132.

184 Fürstl. Anhalt-Dessauische wöchentliche öffentliche Nachrichten, Dessau, 8. März 1783.

185 LASA Z 44, C 9d Nr. 1.
Vgl. Hirsch 2003, S. 82–91.

186 FAW Stöfs I.B.2.e) Freund Marschall v. Bieberstein/Choren 1794–1818: 10. Dezember 1794 in Dessau, Scherztestament.

187 FAW Stöfs Familienchronik, fol. 151: 1788.
FAW Stöfs I.B.2.d) an Louise von Franz aus Oranienbaum nach Dessau 10 Briefe 1795/96.
Ebenda: 21 Briefe von Franz an seine [Mutter genannte] Frau Louise 1822.

188 Fürstl. Anhalt-Dessauische wöchentliche öffentliche Nachrichten, 20. August 1795: Avertissement des Karl Schmidt. Churfürstl. Maynzischer, auch F. Solms-Braunfeldischer Hof- und in H. S. Gotha- und Altenburgischen auch mehrern andern Ländern privilegierter Zahnchirurgus.

189 LASA C 9e Nr. 5/1, fol. 121 f.: Schreiben des Professors der Medizin, Eberhardt, an Kretzschmar, Halle, 30. Mai 1775. Zit. nach Hirsch 2003, S. 82.

190 Fürstl. Anhalt-Dessauische wöchentliche öffentliche Nachrichten, 25. Oktober 1794: Avertissement.

191 Journal des Luxus und der Moden, Jg. 9/Oktober, Weimar 1794, S. 484 ff.

192 FAW Stöfs I.B.2.d) An Louise von Franz 3 Briefe 1797, Leipzig, 12. Mai 1797: Er würde wohl erst am Sonntag zurück kommen, „indem ich meinen Herrn Collegen Bertuch gar noch nicht habe habhaft werden kön-

nen. weil ihm die Fürstlichkeiten bis jezt in Beschlag genommen, und muß ich also heut Morgen mit ihm arbeiten."

193 Kat. Ausst. Leipzig 2014 zitiert LASA, Z44, A 13a Nr. 16, 2 Bde. und gibt widersprüchliche Daten an: Juni 1792, bzw. 24. Januar 1795.

Dem Kat. Ausst. Leipzig 2014 sind die Faksimiles der beiden Warenkataloge von 1789 und 1795 beigegeben, aus denen im ff. zitiert wird.

194 FAW Stöfs I.B.3./I.C.2.a) Versteigerungsverzeichnis.

195 Journal des Luxus und der Moden, Intelligenzblatt, Jg. 2/Juni, Weimar 1787, S. XLVI ff.

196 Fabian 1986, S. 405 f., Nr. 2.324, zitiert ein Schreiben Roentgens aus Dessau vom 19. Dezember 1797.

197 Die originalen Tagebücher der Fürstin , Bd. I, S. 326 ff., Dezember 1797 und Januar 1798. Gemeint ist Casimir August Graf zu Lippe-Detmold, der einzige Sohn der frühverstorbenen Casimire, Prinzessin von Anhalt-Dessau, Schwester des Fürsten Franz, die wir schon kennenlernten, als sie ihren Bruder mit dem Bohnen zählenden Sohn Franz beobachtet hatte.

198 Die originalen Tagebücher der Fürstin, Bd. I, S. 329.

Der Vogel in der Dose findet in Weimar eine Käuferin: THStAW, A 1014, Belege zu den Ausgaben der Herzogin Anna Amalia, fol. 821 r. Am 18. Juni 1798 quittiert David Roentgen: „Achtzehn Stück Laub-Thaler für zwey Billets auf die Dose mit dem Singenden Vogel, sind mir von des Steuer Raths Herrn Lucetus richtig zu unterthänigstem Dank bezahlet worden:" zitiert nach Ulferts, 2008.

199 Hosäus, Berenhorst's Tagesbemerkungen, 1877, S. 226, 23./24. Dezember 1811.

200 Hosäus, Erdmannsdorffs Denkschrift, 1877.

201 Vgl. Engfer 1955 zu den bedeutenden Beständen, die Brabeck in seinem Hildesheimischen Besitz Söder zusammengetragen hatte und die von seinen Erben 1859 in Hannover versteigert wurde. Die Sammlung galt als eine der qualitätvollsten und umfangreichsten ihrer Zeit. Sie umfasste beim Tod Brabecks 365 Altmeister-Gemälde, dabei Werke, die Holbein, Dürer, Raffael, Tizian, Correggio, Rubens, van Dyck und Ruysdael zugeschrieben wurden.

202 Die Chalcographische Gesellschaft ist zu ihrem 200. Bestehen gründlich erforscht worden, deshalb sei hier zuerst auf Kat. Ausst. Dessau 1996 hingewiesen.

203 FAW Stöfs I.B.3./I.C.2.i) Bertuch von 1784 an: 10. Juni 1796.

204 Vgl. Kaiser/Seifert (Hgg.) 2000 und Steiner/Kühn-Stillmark 2001.

205 Vgl. GSA 06/2047, 14. vom 27. Mai 1796 und 15. vom 7. Juni 1796.

Vgl. GSA 06/357, fol. 56/106: Dessau, 7. Juni 1796.

Vgl. FAW Stöfs I.B.3./I.C.2.i) Bertuch von 1784 an: 10. Juni 1796, 21. Juni 1796.

LASA Z 44, C 9e Nr. 75, fol. 8: Dessau, 21. Mai 1797, F. J. Bertuch an den Fürsten. Pro Nota, dass es im vergangenen 1. Jahr der Gesellschaft keinen Gewinn, sondern einen Verlust von 234 rt 15 gr gegeben habe und man Herrn von Brabeck auf die angenommenen 12 000 rt also keinen Gewinn von 15 Prozent ausbezahlen könne.

206 FAW Stöfs/I.B.1.b) Berechnungsliste. 1796 kauft er Aktien der Chalcographischen Gesellschaft für 2000 Louisd'Or, 1797 dto. für 1000 und 1799 noch einmal für 1000 Louisd'Or. Bei der Chalcographischen Gesellschaft hatte er weiterhin 7700 Louisd'Or „placiert und sind eingegangen", also verloren.

207 LASA, Z 44, C 9e Nr. 76, Bd. Ia, fol. 14 ff.: Dessau, 9. Dezember 1803, P. P. des Regierungspräsidenten und der Räte.

208 Hierzu dürfte auch der künstlerische Erfolg der Brüder Olivier zählen, die bei Haldenwang ihren ersten Zeichenunterricht erhielten. Ferdinand Olivier erteilte dann wiederum den Kindern Waldersee Zeichenunterricht.

Vgl. FAW Stöfs I.B.3./I.C.2.i) Joh. Ferdinand Olivier.

209 Kat. Ausst. Dessau 1996, S. 89 f. zitiert O. West, Die Chalcographische Gesellschaft in Dessau, in: Archiv für die zeichnenden Künste, hg. von F. Naumann, 1864, X, S. 75–112, hier S. 103.

210 FAW Stöfs I.B.3./I.C.2.i) Bertuch von 1784 an: 2. April 1798.

211 GSA 06/2047, 20. Dessau, 20. Oktober 1796; 23. Dessau, 4. März 1798.

Vgl. auch Kat. Ausst. Dessau 1996, S. 45–59.

FAW Stöfs I.B.3./I.C.2.i) Bertuch von 1784 an: 30. Oktober 1797.

FAW Stöfs I.B.2.h) Bertuch an Franz I. Waldersee am 12. Mai 1804.

212 Menge kaufte 1799 das Haus Nr. 231, später Franzstr. 5, bzw. 4 zu 1600 rt. Brückner Bd. 3, S. 220, Bd. 4, S. 317 f. und Bd. 19, S. 1712.

213 FAW Stöfs I.B.3./I.C.2.i) Bertuch von 1784 an: 18. September 1797. Aus diesem Schreiben lässt sich heraushören, dass Waldersee in der Personalführung u. U. zu nachgiebig war, nicht hart genug durchgriff und die Zügel zu sehr schleifen ließ.

214 FAW Stöfs I.B.3./I.C.2.i) Bertuch von 1784 an: 18. September 1797.

215 GSA 06/2047, 23. Dessau, 4. März 1798.

216 FAW Stöfs I.B.3./I.C.2.i) Bertuch von 1784 an: 3. Juli 1797.

217 FAW Stöfs I.B.3./I.C.2.e).

218 GSA 06/357, fol. 62/118: Dessau, 19. März 1797.

219 FAW Stöfs I.B.3./I.C.2.e) 1. Korrespondenz mit Karl August Freiherr von Lichtenstein zu Lahm: 21. Juli 1797.

220 GSA 06/2047, 22. Dessau, 30. Juli 1797.

221 FAW Stöfs I.B.3./I.C.2.j) Kaufverträge. Verkauf von Gnölpzig am 6. November 1799.

FAW Stöfs Familienchronik, fol. 157, Bl. 9, 1799. Loulou stellt einen Zusammenhang her zwischen der ersten Schuldverschreibung von 3000 rt und dem Verkauf des Gutes, das ein Herr von Roeder aus Magdeburg für 60 500 rt kaufte. Sie erwähnt noch einen Baron Keller, der den Vater „durch Versprechungen und Ueberredungen um einiges Geld" gebracht habe.

222 FAW Stöfs I.B.1.b) Pro Memoria vom 1. Juli 1812.

FAW Stöfs I.B.3./I.C.2.e) 2. Rechtfertigungsschreiben seines Verhaltens gegen Lichtenstein, 1800.

223 GSA 06/2047, 27. Dessau, 20. November 1799.

224 GSA 06/357, fol. 89/169: Wörlitz, 25. Juni 1802, Schlussformel nicht ganz so herzlich wie normalerweise.

GSA 06/2047 33. Oranienbaum, 2. August 1802. Fragt Bertuch, ob er Schuckmann geschrieben habe und bittet um Antwort – „beynahe kann ich es hier nicht aushalten, und ich glaube, daß ich den jetzigen Zeitpunkt nicht versäumen darf, wenn etwas in meiner Lage verändert werden sollte.

Sie dieses [...]."

225 GSA 06/2047, 34. Dessau, 3. Oktober 1802.

226 GSA 06/2047, 35. Dessau, 20. April 1803.

227 GSA 06/357, fol. 83/157: Wörlitz, 28. Dezember 1799.

228 GSA 06/2047, 26. Dessau, 3. Juni 1797.

229 FAW Stöfs I.B.1.n) Kindertagebuch Loulou Waldersee 1800. Am Sonntag, 26. Oktober 1800 verzeichnet sie „In der Comödie gewesen. Mitgefühl. Ende gut alles gut."

230 FAW Stöfs I.B.3./I.C.2.e) 2. Rechtfertigungsschreiben Waldersees: Darstellung der Schulden, die Waldersee für Lichtenstein übernahm, die sich schlussendlich auf über 40 000 rt belaufen.

FAW Stöfs I.B.3./I.C.2.e) Obligationen.

FAW Stöfs I.B.2.h) Briefe von Bertuch/Weimar: 30. Dezember 1800.

231 FAW Stöfs I.B.3./I.C.2.i) Bischoffwerder von 1797–1804: Marquard, 26. Juli 1801.

232 FAW Stöfs I.B.2.h).

FAW Stöfs I.B.2.i) 25. März 1802 aus Nürnberg: Mitteilung des unmittelbar freien Reichsritterrats an der Baunach Hauptmann Räte und Ausschuss.

233 GSA 06/2047, 34. Dessau, 3. Oktober 1802.

FAW Stöfs I.B.1.b) Etat für 1811 nennt 1808 Rückzahlungen Lichtensteins von fast 18 556 rt und 1809 von 9280 rt.

FAW Stöfs I.B.2.h) Rechnung aller übernommenen Schulden, verlorenen Zinsen, ausstehenden Kapitalien.

Ebenda, Bertuch an Franz I. Waldersee am 10. Mai 1803.

Ebenda, Entwurf eines Briefes nach dem 9. August 1817.

234 FAW Stöfs, Familienchronik, fol. 157, Bl. 9, 1802. Loulou Waldersee, die dies mit dem Abstand fast eines halben Jahrhunderts schreibt, greift hier schon vor in das Jahr 1803. Dort allerdings notiert sie, was sonst sich nirgends belegen lässt, hier allerdings nicht verschwiegen werden soll: Direkt nach der Geburt des jüngsten Kindes, Marie, am 11. Juli 1803, „Am Tage nach der Mutter Entbindung liess der Fürst den Vater rufen, es kam zu einer Explication, nach der der Fürst erklärte, die Sache wolle er als beendet ansehen; und die Mutter erklärte, dass sie als eine freiwillige Wohltat es ansähe ... Sie gab diese Erklärung. Der Vater erhielt den Auftrag vom Fürsten, den Plan auszuarbeiten, wie der Erbprinz als Kammer-Präsident beschäftigt werden könne. Ausserdem erhielt er noch mehr Geschäfte, das Bauaumt mit seiner Direktion und Präsidium der Polizei ... Er bekam 500 Thaler Zulage." Es scheint, als ob hier Entwicklungen, die dem Bruch vorangegangen waren, von der Chronistin in das Jahr 1803 verlegt wurden. Dem widersprechen zahlreiche aktenkundige Zeugnisse. Auch an anderen Stellen ist die Chronik nicht unbedingt zuverlässig.

235 LASA Z 44, C 5d Nr. 3, fol. 186 r., 1803: Waldersee zeigt der Rechenkammer „die ihm gnädigst accordirte Dienstentlaßung an". Die Pension soll fürderhin monatlich ausbezahlt, seine Besoldung deponiert werden. Gleichzeitig wird beschlossen, an die eingesetzte Creditkommission jährlich 3900 rt auszubezahlen.

236 FAW Stöfs I.B.3./I.C.2.c) Luisium am 8. Mai 1803 an Louise und Franz. Ebenda, Wörlitz am 16. Juni 1803.

237 GSA 06/2047, 38. Dessau, 3. Juli 1803.

238 FAW Stöfs I.B.1.b) undat. „Da ich im gestrigen Wochen=Blatt gelesen, das wer an den H. Graff. v. Walderse [!] zu fordern habe, sich auf die Regierung stellen solle, wie wohl ich nicht hoff das ich zum zweyten Male, an einer Rechnung verlieren werde, welche beynahe 2 Jahr ist., da hoffe ich dencken der Gnädch. H. Graff zu[r?] Erled.[?] Creutzburg."

239 FAW Stöfs I.B.1.b) Pro Memoria 28. Juni 1812.

240 FAW Stöfs II.A.1) 21. September 1817.

241 FAW Stöfs I.B.2.h) 17. Februar 1817: Brief an einen Freund mit der Darlegung seiner Schwierigkeiten mit dem Vater und Bitte, einen Juristen zu finden, der diese Sache – sollte ein Vergleich mit dem nachfolgenden Erbprinzen scheitern – in Preußen vertreten sollte.

FAW Stöfs I.B.1.b) Briefwechsel mit dem Juristen Jungwirth, der die Verhandlungen mit dem herzoglichen Haus führt.

Ebenda, Vergleichsüberlegung Waldersees vom 13. Februar 1819: Die von ihm eingeklagte Forderung beläuft sich auf 99 257 rt, davon übernähme der Herzog (zum Teil als Vorschuss von 1803 bis 1816) 48 249 rt. Wenn der Herzog noch weitere 10 000 als Kredit zu 3 Prozent auf der Kammer stehen ließe, würde Waldersee die verbleibenden 41 007 rt erlassen. Seine Bedingungen sind die ff.:

Er würde allen weiteren Ansprüchen rechtlich entsagen, würde auf das jährliche Geschenk von 1000 rt verzichten. Es müßte allerdings die Kommission und das ehrenrührige Publicandum aufgehoben werden, er wollte wieder in den vollen Besitz seiner Grundstücke gesetzt werden, auch sein volles Gehalt wieder erhalten, sowie den vollen Nießbrauch des mütterlichen Fideikommisses, seine Frau erhielte wieder die vollen Zinsen des bei der Kammer liegenden Kapitals und die Söhne Waldersee erhielten ihm Gegenzug ihre Zulage von den Eltern direkt.

FAW Stöfs II.A.1) 12. März 1819.

242 FAW Stöfs I.B.1.b) Dessau, 16. März 1815: Brief Waldersees an ungenannten Freund, der der Mutter Neitschütz von der misslichen Lage ihres Sohnes erzählt hatte und sie zu einem Geschenk von 1200 rt bewogen hatte. Die Mutter scheint die Lebenshaltungskosten für zu hoch zu halten.

243 FAW Stöfs I.B.2.d) Von seinem ältesten Sohn Franz: 17. Juli 1819, von Eduard und Friedrich mitunterschrieben.

FAW Stöfs I.B.2.i) 4. Dezember 1819, Kommunikation der Schuldenmasse an Waldersee, vierteljährliche Einnahmen:

je 500 rt Gold und Silber aus der Kammerkasse

300 rt Gold Zinsen aus dem Pfuhl'schen Kapital

90 rt Silber aus dem Nachlass der hochsel. Herzogin K. Hoheit.

145 rt Gold und 200 rt Silber aus dem Neitschütz'schen Nachlass

in Summa vierteljährlich (zins- und wechselkursbedingte Schwankungen) zwischen 1100 und 1500 rt.

Ebenda, Aufstellungen mit zugehörigen Wechseln (nach 1819) für

- Wolff, Moses und Moses Hirsch in Dessau
- Hofbildhauer Friedrich Hunold
- Ackerbesitzer Andreas Hessler
- Abraham Rosenberg zu Köthen.

244 FAW Stöfs I.B.2.e) Wittgenstein/Berlin 1819/20 und März 1820.

245 FAW Stöfs II.A.2) 30. Mai 1823.

FAW Stöfs I.B.2.i) 4. Oktober 1823, Memorandum des Amtsrates Thorspecken, Dessau.

Zeitungsannonce vom 17. November 1824 wegen des Verkaufs des Hauses [wurde am 19. November 1824 auch in der 1. Beilage zur Nr. 278 des Berliner Intelligenz-Blattes abgedruckt. In: Ebd., I.B.1.n)].

FAW Stöfs I.B.3./I.C.2.a).

FAW Stöfs I.B.2.h) Schuldenverzeichnis und Vergleich mit den Gläubigern nach dem Tod des Grafen Waldersee vom 6. April 1824: Der Vermögensbestand beläuft sich (Immobilien und Mobilien) auf 7700 rt, weshalb den Gläubigern 55 Prozent in einem Vergleich angeboten werden. Die Witwe erbt bei diesem Vergleich nichts. – Ist von den meisten Gläubigern angenommen. Die ausstehenden Forderungen, v. a. gegen Frhr. von Lichtenstein, werden als „ohne allen Werth" bezeichnet.

246 FAW Stöfs I.B.1.h) Louise Gräfin v. Waldersee, geb. Anhalt an Wilhelm v. Gerlach am 17. Mai 1827 aus Potsdam: Schildert ihre Klage beim Kgl. Kammergericht gegen Freiherrn v. Lichtenstein in einer Anlage.

247 Würdig, S. 669.

248 GSA 06/2047, 32. Dessau, 9. April 1801.

249 GSA 06/2047, 33. Oranienbaum, 2. August 1802.

250 GSA 06/2047, 33. Dessau, 3. Oktober 1802.

251 GSA 06/2047, 35. Dessau, 20. April 1803.

252 FAW Stöfs I.B.3./I.C.2.c) Luisium, 8. Mai 1803 an Louise und Franz.

253 Die originalen Tagebücher der Fürstin, Bd. II, S. 575, 6. Mai 1803.

254 Die originalen Tagebücher der Fürstin, Bd. II, S. 575 f., 8. Mai 1803: der o. g. Brief ist eine direkte Folge eines langen Gesprächs mit dem Fürsten über Waldersee.

255 Die originalen Tagebücher der Fürstin, Bd. II, S. 577 f., 18. und 19. Mai 1803.

256 LASA Z 44, A 7a/67 vol. I, fol. 31.

FAW Stöfs I.B.1.b) Pro Memoria, 20. September 1818: Die Herzogin hätte dem Ehepaar ein Erbe versprochen, sei aber ohne Testament gestorben, notiert er hier fälschlich.

Ebenda, I.B.1.i) Am 4. Dezember 1819 wird unter den vierteljährlichen Einnahmen notiert: „90 rt. Silber aus dem Nachlaß der hochsel. Herzogin K. Hoheit."

257 GSA 06/2047, 36. Dessau, 26. Mai 1803.

258 GSA 06/2047, 37. Dessau, 2. Juni 1803.

259 FAW Stöfs I.B.3./I.C.2.c) Wörlitz, 14. Juni 1803 an Loulou und Wörlitz, 16. Juni 1803.

260 GSA 06/2047, 38. Dessau, 3. Juli 1803.

261 GSA 06/2047, 39. Dessau, 10. Juli 1803.

262 GSA 06/2047, 43. Dessau, 14. Dezember 1803.

263 FAW Stöfs I.B.1.b) Undat. Briefentwurf an die Regierung, vor Einsetzung der Schulden-Kommission.

264 FAW Stöfs I.B.3./I.C.2.i) Joh. Ferdinand Olivier 1807/08.

265 Die originalen Tagebücher der Fürstin, Bd. II, S. 575, 1. Mai 1803: Louise Gräfin Waldersee bittet um den fürstlichen Wagen, weil die Pferde verkauft seien.

266 Fürstl. Anhalt-Dessauische wöchentliche öffentliche Nachrichten, 16. August 1817 und 16. November 1776.

Oettingen 1912, S. 271 f.

267 GSA 06/2047, 47. Dessau, 24. Mai 1806.

268 FAW Stöfs I.B.1.b) Briefwechsel mit dem Juristen Jungwirth, Wittenberg, in der Sache Waldersee ./. Herzogliches Haus, Juni 1807 – Dezember 1818.

269 GSA 06/2047, 46. Dessau, 5. Oktober 1805.

270 Vgl. Hirsch 2003, S. 235 f.

271 Rebmann 1795.

Hirsch 2003, S. 76 f., weist dem Autor seine Voreingenommenheit nach – ihm war die Niederlassung als Buchhändler in Dessau abgeschlagen worden.

272 GSA 06/357 fol. 69/130: Wörlitz, 1. Dezember 1797.

273 FAW Stöfs I.B.1.b) Memorandum vom 13. November 1816.

274 GSA 06/2047, 26. Dessau, 3. Juni 1797.

275 GSA 06/2047, 25. Dessau, 19. 5. 1798.

276 GSA 06/357 fol. 89/169: Wörlitz, 25. Juni 1802.

277 GSA 06/2047, 22. Dessau, 30. Juli 1797.

278 GSA 06/357, insbes. fol. 19b: 28. Mai 1793; fol. 92/175: Dessau, 16. März 1807; fol. 93/177: Dessau, 3. Februar 1808; fol. 94/179: Dessau, 6. Juni 1808. Hier endet die am 11. Juli 1781 begonnene Korrespondenz.

279 Reil, S. 290.

280 Beckus 2015, S. 76 ff. und S. 366.

281 Das Gerücht, die Fürstin habe zu Napoleons Empfang sich die Oranien-Perlen umarbeiten lassen, kann leicht durch ihre Tagebücher widerlegt werden: Die originalen Tagebücher der Fürstin, Bd. II, S. 602 ff., 20.–25. Oktober 1806.

FAW Stöfs II.A.1) 11. Juli 1813.

FAW Stöfs Familienchronik, fol. 162, 11. Juli 1813.

282 FAW Stöfs I.B.3.p) [wohl Loulou Waldersee] Aus meinem Tagebuch. Das 50-jährige Jubiläum des Herzogs Franz (19. Oktober 1808).

283 LASA Z 44, A 9e/ Nr. 15 (36) fol. 7 v.

284 FAW Stöfs I.B.2.b) Akten über die diplomatische Mission 1814/15: Extrapost Nr. 50, 12. November 1813.

285 FAW Stöfs I.B.2./I.C.2.n) Briefe der L. v. Branconi, geb. v. Rössing, 21. Juli [1804] in Langenstein/Halberstadt.

286 FAW Stöfs I.B.2.e) Freund Marschall v. Bieberstein, Choren: Zwischen 1816 und 1818 8 Briefe, insbesondere 13. Juli 1817 und 1. Dezember 1818.

287 FAW Stöfs, Familienchronik, fol. 157, Bl. 10, 1808.

FAW Stöfs I.B.1.h) Friedrich v. Waldersee an Leopold v. Gerlach, 15. Dezember 1808, Berlin.

288 FAW Stöfs I.B.2.f) Brief der Fürstin aus Wörlitz, 25. Juni 1810.

289 FAW Stöfs I.B.1.b) Pro Memoria 28. Juni 1812.

290 FAW Stöfs II.A.1) 20. Dezember 1813.

291 FAW Stöfs Familienchronik, fol. 157, Bl. 11 (2. Fassung), 1813.

FAW Stöfs II.A.1) 1813.

FAW Stöfs II.C.7) 19. April 1813 aus Paris.

FAW Stöfs I.B.2.d) An Franz Waldersee von seinem ältesten Sohn Franz: 6. Mai 1813, 28. Mai 1813 aus Schweidnitz.

FAW Stöfs I.B.1.h) Militärsachen Friedrich Graf v. Waldersee: Tagebuch vom 16. Oktober 1812 bis 15. Juni 1814.

FAW Stöfs I.B.1.m) 2. Einquartierungszettel für die Zerbsterstr. 653, Waldersee-Palais, vom 3. Oktober 1813.

Ebenda, 4. Bleistiftzeichnung bez. „Fernes schwedisches Lager bei Roslau. / Vom Elbpavillon den 18ten Sept. 1813 gezeichnet".

FAW Stöfs I.B.2.b) Gedruckte Berichte des alliierten Hauptquartiers vom Herbst 1813.

Ebenda: Halle, 19. Oktober 1813 [gedr.] v. Yorck, General-Lieutenant [schlesische Armee].

Vgl. auch: Hosäus, Berenhorst's Tagesbemerkungen, 1877, S. 226 ff. 1813.

292 FAW Stöfs o. Num., 1782: Waldersee war in Würzburg lebensgefährlich an einem hitzigen Fieber erkrankt. Er verlor über dieser Erkrankung alle Haare und genas nur langsam.

293 LASA Z 44, A 10d Ie Die Bedeutung Rodes für die Außenpolitik Anhalt-Dessaus lässt sich an der Fülle diplomatischer Missionen erkennen. Seine Tätigkeit endet hier abrupt mit dem Bericht „über seine Aufhebung durch Kosaken, Unterredung mit dem Kronprinzen von Schweden und Gefangenschaft zu Zerbst vom 18. bis 21. September 1813" (Z 44, A 10, Nr. 283) und wird nahtlos fortgeführt von Waldersee (Z 44, A 10, Nr. 284, ab 25. Oktober 1814).

294 LASA 11.01.E 101, Nr. 238, Bestallung des bisherigen Kabinettrates August von Rode als Wirklicher Geheimerrat durch Herzog Leopold III. Friedrich Franz.

Vgl. Beckus 2015, S. 165 ff., insbes. S. 172 ff.

295 Am 15. August 1816 war der 43. Geburtstag Napoleons in Dessau mit größtem Aufwand gefeiert worden: FAW Stöfs I.B.1.h) 18. August 1812, Louise Gräfin von Waldersee an Wilhelm v. Gerlach aus Dessau: „Das Geburtstagsfest des grossen Kaisers ist hier mit der grössten Feierlichkeit, mit Theater und Illumination der ganzen Stadt gefeiert worden."

296 LASA 11.01.E 101, Nr. 241, Konzept eines Schreibens August von Rodes an den Erbprinzen nach seiner Verhaftung und Amtsentsetzung, Dessau, 5. Oktober 1814.

Ebenda, Nr. 41, Zettel von der Hand August von Rodes.

Ebenda, Nr. 42, Zettel von der Hand August von Rodes über seine Amtsentlassung, 1813.

Ebenda, Nr. 46, Offener Befehl des Kronprinzen von Schweden zur Entlassung des Dessauer Geheimrates August de Bode [!], 8. September 1813.

Ebenda, Nr. 49, August von Rode an seine Tochter Amelie, 4. November 1813 und 3. November 1813.

Ebenda, Nr. 51, August von Rode an seine Tochter Amelie, 26. November 1813.

Paul Beckus seien hier für seine wertvollen Hinweise gedankt. S. a. Beckus 2015, S. 457 ff.

297 FAW Stöfs I.B.2./I.C.2.n) J. F. de Marées, Dessau 1806–1831, 22. Oktober 1812.

298 Diese Bemerkungen Rodes, die an eine tiefgreifende Persönlichkeitsveränderung des Fürsten, spätestens ab 1808, denken lassen, zitiert Hirsch, Experiment Fortschritt, 1990, S. 47.

Dass dem Fürsten dies selbst nicht ganz verborgen geblieben war, belegt eine Bemerkung, die Reil S. 276 zitiert: „Ich bin mit mir selbst nicht zufrieden; ich habe meine Aufgabe doch nur unvollkommen gelöst. Als ich anfing, da war ich anders und besser, begeistert für alles Große, Schöne und Edle. Da trug ich nur eine Idee mit mir herum, in der ich lebte, für die ich wirken wollte. Es ist nachher anders mit mir geworden, ich verlor mich selbst aus den Augen.“

299 FAW Stöfs I.B.2.d) An Louise von Franz 6 Briefe aus Paris, April/Mai 1814: 18. Mai 1814 und 23. Mai 1814 aus Paris.

300 FAW Stöfs, Familienchronik, fol. 157, Bl. 11 (2. Fassung): „1814 im Mai starb plötzlich der Erbprinz von Anhalt-Dessau an Gelbsucht und ruhrartiger Unterleibsentzündung.“

301 FAW Stöfs II.A.1) 28. Mai 1814.

302 FAW Stöfs I.B.1.h) Franz I. v. Waldersee vom 9. Januar 1815 aus Dessau [1. Seite verloren, deshalb Adressat unbekannt (wohl Gerlach)].

303 FAW Stöfs II.A.1) 26. Februar 1816.

304 FAW Stöfs I.B.1.b) 5. Oktober 1816 „Auseinandersetzung derjenigen Klagen die der Herzog gegen mich hat, die ihm zu strafen werth erscheinen, und meine Vertheidigung dagegen“.

305 GSA 06/2047, 49. Dessau, 22. September 1816.

306 Würdig, S. 658 ff.

FAW Stöfs II.A.1) 11. August 1817.

307 Rode 1795, Bd. 2, S. 141 und 153.

308 FAW Stöfs, Familienchronik, fol. 157, Bl. 11 (2. Fassung), 1823: „Nach langem Leiden wurde am 30. Mai der Vater aus diesem Erdenleben abberufen. [...] Franz und Lindheim kamen zum Begräbnis, welches

abends spät war. Der Choral: „Wie wird mir dann dort sein" wurde vor dem Hause gesungen, und dann bei Fackelschein die irdische Hülle des seelig Entschlafenen nach dem Kirchhof geleitet, wo sie in dem Gewölbe ..... in dem die Urgrossmutter ihre letzte Ruhestätte hatt, beigesetzt wurde."

309 FAW Stöfs I.B.2.h) Undat. Briefentwurf an Lichtenstein [nach dem 9. August 1817], einsortiert zwischen 1812 und 22. Januar 1813.

Personenverzeichnis

Verzeichnis der Personen, mit denen Franz Graf Waldersee nachweislich in Kontakt stand

ACKERMANN: Dem ansonsten unbekannten Herrn, schuldete Waldersee 1816 31 rt.[1] Möglicherweise ist es derselbe, der bei der Versteigerung des Waldersee-Nachlasses unter den Käufern genannt wird.[2]

AGNESE, siehe: Loën, Henriette Catharina Agnes Freifrau von, Prinzessin von Anhalt-Dessau, genannt Agnese

AHLIMB, WILHELMINE VON, siehe: Erdmannsdorff, Wilhelmine von

ALVENSLEBEN, PHILIPP KARL (1800: Graf) VON (1745–1802): seit 1775 außerordentlicher preußischer Gesandter am kursächsischen Hof in Dresden. Der spätere preußische Staats-, Kriegs- und Kabinettsminister war zeitweilig gemeinsam mit den preußischen Prinzen Heinrich und Friedrich Wilhelm, dem späteren König, in Magdeburg unterrichtet worden und ihnen seitdem freundschaftlich verbunden. Er hatte ab 1770 in Halle studiert und seine juristische Laufbahn als Referendar beim Kammergericht Berlin begonnen. Franz von Waldersee traf Alvensleben am 6. Juni 1782 bei Hoffmann in Dieskau wieder, nachdem er ihn wenige Wochen zuvor in Dresden in seiner Funktion als preußischer Gesandter am sächsischen Hof kennengelernt hatte: „un homme plein d'esprit, et d'une grande vivacité."[3]

ANGEREAU: siehe Augereau

ANHALT, ALBERT GRAF VON (1766–1803): älterer Bruder der *Comtesse*, nach einer wenig erfolgreichen militärischen Lufbahn in sächsischen und preußischen Diensten starb er in der Arrestabteilung der Magdeburger Zitadelle.[4]

ANHALT, ALBRECHT GRAF VON (1735–1802): Sohn des Erbprinzen Wilhelm Gustav von Anhalt-Dessau und der Johanne Sophie, geb. Herre, verheiratet mit Sophie Louise, geb. von Wedel[l], und Schwiegervater Waldersees. Nach dem frühen Tod seiner Frau wurden seine unmündigen Kinder zumindest teilweise von nahen Verwandten erzogen: Friedrich vom Schwager Wedel[l] in

1 FAW Stöfs I.B.1.b) Restierende Capitalien (undat.), nach 20. Mai 1816.

2 FAW Stöfs I.B.3./I.C.2.a) Versteigerungsverzeichnis vom 18. April 1824 bzw. 21. April 1825 mit Käufern und Ergebnissen: Hr. Ackermann erwarb u. a. eine Chronik des Hauses Anhalt in Folio, ein Kochbuch von 1598, die Schlesische Ediktensammlung Friedrichs II., welche mit 2 rt 3 gr zu den teureren Büchern gehörte.

3 FAW Stöfs I.B.3./I.C.2.m) 1.) Journal de Voyage en 1782, fol. 1, 6. Juni 1782.

4 Herre, S. 67 f.

Breslau und Louise von der Fürstin Louise von Anhalt-Dessau in Dessau und Wörlitz. Er selbst stand in preußischen Diensten, eine Equipierung, die nach seiner Reaktivierung 1787 wohl zu viel gekostet haben mag. Eine Aussteuer für seine Tochter konnte er sich nicht leisten, stattdessen erhielt sie ehelänglich 200 rt im Jahr von ihm.[5] Das zu teure Leben des Schwiegervaters belastete das Budget Waldersees: Schon 1788 bat der Schwiegervater ihn, 200 rt Schulden auszulegen, die er bei einem Halberstädter Major habe.[6] Seit seiner Pensionierung im Jahr 1800 lebte er im Haus seiner Tochter in Dessau.[7] Die 1802 von ihm hinterlassenen Schulden trug Waldersee mit seiner Frau.[8]

Anhalt, Gräfin von, gen. *Comtesse*: siehe Waldersee, Louise Gräfin von

Anhalt, Friedrich Graf von (1732–1794): Onkel der *Comtesse*, 4. Sohn des Erbprinzen Wilhelm Gustav von Anhalt-Dessau und der Johanne Sophie, geb. Herre. Nach Jahren in preußischen Heeresdiensten, u. a. als Flügeladjutant Friedrichs II. und Generaladjutant des Prinzen Heinrich, begab er sich 1777 als General-Lieutenant in sächsische und 1783 in russische Dienste.[9] Carl August von Weimar rühmte sich seiner Freundschaft: „Es geht mir wie einigen andern Menschen, worunter mein Freund Anhalt sich gewiß mitzählt, deren höchster Wunsch ist, ihren Namen einmal bei den Nachkommen nicht vergessen zu wissen. Die Philosophen sagen zwar, es wäre dies eine Torheit, ich weiß es nicht, inwieferne dieses gegründet ist. Soviel kann ich aber aus der Kenntnis meiner selbst und aus der Bekanntschaft anderer Leute sagen, daß man gerne sein Leben für eine gute Handlung aufopfert, die uns bei den Nachkommen einen ehrenvollen Namen mit Billigkeit erwirbt; so denkt und fühlt Graf Anhalt gewiß auch [...]“.[10] Die hohen Orden, die ihm in Preußen und Russland verliehen wurden, bestätigen diese hohe Meinung. Ebenso, dass die Zarin, Katharina II., ihn zu ihrem Generaladjutanten berief und ihm sowohl die Leitung des adeligen Landkadettencorps als auch das Präsidium der *Freien Ökonomischen Gesellschaft* übertrug.

---

5 FAW Stöfs I.B.2.f) Ehekontrakt Waldersee/Anhalt vom 19. Mai 1787.

6 FAW Stöfs I.B.2.g) 6. Reichsgraf Albrecht v. Anhalt, Vater der Louise Waldersee-Anhalt, Briefe an seine Tochter Louise: 24. Mai 1788. Der Vorgang wiederholt sich am 6. April 1793, wo er um 50 rt bittet. Am 8. Oktober 1800 bittet er Waldersee, dass dieser ihm 300 rt. verschaffen möge.

7 Beckus 2015, S. 318.

8 FAW Stöfs Familienchronik, fol. 118 f.

9 Hosäus 1877, S. 211.

10 Andreas/Tümmler Bd. I, S. 93 f., Nr. 41. Carl August von Weimar an Graf Görtz am 6. Mai 1784.

ANHALT, JOHANNA SOPHIE GRÄFIN VON, geb. Herre (1706–1795): Tochter des Dessauer Kauf- und Handelsherrn Christian Herre und der Dorothea Katharina, geb. Starke, in heimlicher Ehe Gemahlin des Erbprinzen Wilhelm Gustav von Anhalt-Dessau, Großmutter der *Comtesse* Anhalt und späteren Gräfin Waldersee. Der Erbprinz Wilhelm Gustav und sie waren Vetter und Cousine zweiten Grades, ihre gemeinsame Urgroßmutter Eleonore Blandina Schulze hatte nacheinander den Apotheker Dominicus Starke geheiratet und Christoph Föhse.[11]

Nach dem Tod des Erbprinzen, der 1737 einer Pockeninfektion erlag, lebte seine Witwe weiterhin auf Gut Kleckewitz bei Raguhn mit den neun gemeinsamen Kindern. Erst der Regierungsantritt Leopold II. Maximilian von Anhalt-Dessau sorgte für Besserung: Sie und ihre Kinder wurden gegen Zahlung von 22 000 rt in den Reichsgrafenstand erhoben, allerdings von der Thronfolge ausgeschlossen. Ihre Schwager sorgten für eine standesgemäße Versorgung und sie bezog ein ihr vom Fürsten errichtetes Palais in der Kavalierstraße, das Haus Nr. 465, an der Ecke zum Dessauer Neumarkt.[12]

Wegen der Erziehung der unmündigen Kinder ihres früh verwitweten Sohnes, Graf Albrecht von Anhalt, wurde sie um ihre Zustimmung gebeten, dass Louise von der Fürstin in Pflege genommen würde. So empfing sie ihre Enkeltochter, die *Comtesse*, immer dienstags zum Mittagessen in der Kavalierstraße, wenn der Hof in Dessau weilte.[13] Als diese Enkeltochter, nunmehr mit Franz Graf von Waldersee verheiratet und schon Mutter mehrerer Kinder, 1795 das neu erbaute Haus an der Hohen, später Zerbster Straße bezog, wohnte sie als greise Urgroßmutter, zusammen mit dem Fürsten und der Erbprinzessin der mit einem Souper gefeierten Einweihung bei.[14] Von dieser Großmutter erbte Louise Waldersee offenbar eine kostbare Toilettengarnitur, welche die Fürstin ihr abzukaufen anbot, damit die Familie die drückenden Schulden abtragen könne.[15]

---

11 FAW Stöfs, Familienchronik, Stammtafel S. 82 ff.

12 Herre hat die Ehe der späteren Gräfin auf Grundlage heute verlorener Dokumente erforscht. Zu den Kosten der Standeserhebung s. S. 36 ff.
Brückner Bd. 18, S. 1601 ff.

13 FAW Stöfs, Familienchronik, Stammtafel S. 82 ff.
FAW Stöfs I.B.2.f) Kindertagebuch der 6–7-jährigen Louise Anhalt.

14 FAW Stöfs Familienchronik, fol.157.

15 FAW Stöfs I.B.3./I.C.2.c) Briefe der Fürstin Louise an Louise Anhalt/Waldersee: aus Burier am 4. Januar 1809.

Anhalt, Johanna Sophie Gräfin von (1731–1786): Tochter des Erbprinzen Wilhelm Gustav von Anhalt-Dessau und seiner gleichnamigen heimlichen Gemahlin, Teilnehmerin der Jagd auf den Hirsch ohne Ohr am 23. September 1765. Wie ihre neun Geschwister wuchs Sophie auf Gut Kleckewitz bei Raguhn auf, nur der Älteste, Wilhelm, wurde nach des Vaters Tod bei Hofe erzogen. Prinzessin Wilhelmine von Anhalt-Dessau, die sich besonders der Kinder ihres verstorbenen Bruders Wilhelm Gustav annahm und ein enges Verhältnis zu dieser Nichte entwickelte, setzte Sophie testamentarisch als Äbtissin des *Hochadeligen Fräuleinsstifts* Mosigkau ein, welches Amt sie 1780 antreten sollte.

Anhalt, Leopoldine Anna Gräfin von, siehe: Pfuel, Leopoldine Anna von

Anhalt, Sophie Louise Gräfin von (1750–1773) geb. von Wedel[l]: früh verstorbene Gemahlin des Albrecht Reichsgrafen von Anhalt und Mutter der *Comtesse*, Louise Gräfin von Anhalt, der späteren Gräfin Waldersee. Die Tochter des Königl. Preuß. Kammerpräsidenten zu Halberstadt war bei ihrer Heirat erst 14 Jahre alt und hat mit ihrer zarten Gesundheit die Geburten ihrer vier Kinder wohl nur schwer verkraftet. Die verwaisten Kinder wurden zumindest teilweise von nahen Verwandten erzogen: Friedrich von ihrem Bruder in Breslau und Louise von Fürstin Louise von Anhalt-Dessau.

Anhalt, Wilhelmine Gräfin von (1734–1781): Tochter des Erbprinzen Wilhelm Gustav von Anhalt-Dessau und seiner heimlichen Gemahlin Johanna Sophie, geb. Herre, später Reichsgräfin von Anhalt, Teilnehmerin der Jagd auf den Hirsch ohne Ohr am 23. September 1765. Sie sollte 1772 den nichtehelich geborenen Sohn des Fürsten Albrecht Wolfgang von Schaumburg-Lippe, August Wolfrath von Campen (1730–1779) heiraten.[16] Mit der Tochter dieses Paares, Wolfardine von Campen, später Gräfin v. d. Schulenburg verband *Comtesse* Louise, die Frau Waldersees, eine lebenslange Freundschaft, die weit über das Verhältnis zweier Cousinen hinausging.

Anhalt-Bernburg, Alexius Friedrich Christian Fürst von (1767–1834): seit 1794 mit Marie Friederike Prinzessin von Hessen-Kassel verheiratet, seit 1796 in Ballenstedt regierend. Ende 1797 weilte er mit seinen Köthener Verwandten in Dessau, um die seit dem Tod des letzten Zerbster Fürsten anstehende Zerbster Teilung unter den übrigen Linien des Hauses Anhalt vorzunehmen. Der im Vorjahr verstorbene Vater des Fürsten, Friedrich Albert Fürst von Anhalt-Bernburg, war für diese Erbteilung verantwortlich gewesen. „Ich habe Zerbst und bin zufrieden", schreibt Fürst Franz von Anhalt-Dessau

16 Vgl. Schweinitz 1999, S. 45 ff.

an Bertuch[17], nachdem ihm am 28. Dezember 1797 im Losverfahren die Stadt Zerbst und die nördlichen Landesteile zugefallen waren.

ANHALT-BERNBURG, MARIE FRIEDERIKE FÜRSTIN VON, Prinzessin von Hessen-Kassel (1768–1839): Gemahlin des seit 1796 regierenden Fürsten Alexius von Anhalt-Bernburg. Im Winter 1797 weilte sie offenbar mit ihrem Gemahl in Dessau und erlebte dort anlässlich der am 28. Dezember vorgenommenen Zerbster Teilung große Festlichkeiten.

ANHALT-BERNBURG-SCHAUMBURG-HOYM, VICTOR AMADEUS PRINZ VON (1744–1790): in russischen Diensten. Waldersee trifft den Prinzen mit seiner Frau 1783 im Haus der Prinzessin Henriette in Bockenheim an.[18]

ANHALT-BERNBURG-SCHAUMBURG-HOYM, MAGDALENE SOPHIE PRINZESSIN VON, Prinzessin von Solms-Braunfels (1742–1819): Gemahlin des Victor Amadeus.

ANHALT-DESSAU, ALBERT FRIEDRICH PRINZ VON (1750–1811): jüngster Sohn des Fürsten Leopold II. und der Fürstin Gisela Agnes, Prinzessin von Anhalt-Köthen, jüngster Bruder des Fürsten Leopold III. Friedrich Franz. Albert, der sich nach kinderloser Ehe von seiner Gemahlin getrennt hatte und in dem von ihm erbauten Schloss Großkühnau lebte, war aus der nichtehelichen Verbindung mit der Dienstmagd Johanne Louise Franke (1759–ca. 1787) Vater einer Tochter Friederike Henriette Clementine (*1785) und des autodidaktisch geschulten Künstlers Gustav Adolf (von) Heydeck (1787–1856),[19] der publizistisch mit einer Darstellung der *Chalcographischen Gesellschaft* an die Öffentlichkeit trat.

Der Raubüberfall, an dessen Folgen der Prinz 1811 starb, riss auch seine letzte Geliebte, Wilhelmine Troitzsch (1785–1811), in den Tod. Die bald gefassten Täter dieses Raubüberfalls, unter ihnen der Ehemann einer früheren Geliebten, büßten ihr Verbrechen mit der letzten öffentlichen Hinrichtung, die in Dessau stattfand.[20]

ANHALT-DESSAU, ANNA WILHELMINE PRINZESSIN VON (1715–1780): achtes der zehn Kinder des Fürsten Leopold I. von Anhalt-Dessau und der Fürstin Anna Luise, geb. Föhse, Erbauerin des Schlosses Mosigkau und Stifterin des dortigen, freiweltlichen *Hochadligen Fräuleinstiftes*. In dem Rokoko-Sommersitz scheint *Comtesse* Louise von Anhalt, die spätere Gräfin Waldersee, die Zeit

17 GSA 06/357, fol. 70/132: Dessau, 31. Dezember 1797.

18 FAW Stöfs I.B.3./I.C.2.m) 3.) Tagebuch der Schweizreise 1783, fol. 17, 18. Juli 1783.

19 Dettleff, S. 54 ff. 1799 legitimierte der Prinz beide Kinder durch die Erklärung seiner Vaterschaft.

20 Aktenmäßige Darstellung, Dessau 1812.

der Englandreise des Fürstenpaares im Jahr 1775 verbracht zu haben.[21] Erste Äbtissin von Mosigkau wurde die unverheiratete Nichte der Stifterin, Johanna Sophie Gräfin von Anhalt; eine der sechs von ihrer Urgroßtante gestifteten Stellen sollte die älteste, unverheiratet gebliebene Tochter Waldersee, Loulou, einnehmen.

ANHALT-DESSAU, CHRISTIANE AMALIE ERBPRINZESSIN (1817: Herzoginmutter) VON, Prinzessin von Hessen-Homburg (1774–1846): mit dem Erbprinzen Friedrich von Anhalt-Dessau verheiratet, der jedoch vor seinem Vater starb und die Regierung nie antrat. Als Mutter des 1794 geborenen, nach dem Tod des Großvaters regierenden Herzogs Leopold IV. Friedrich von Anhalt-Dessau trug sie dann den Titel der Herzoginmutter.

Zum Empfang der 1792 frisch Vermählten in Dessau traten die jungen Frauen des Dessauer Hofes an der Heideburg als Priesterinnen der Fortuna und Nymphen mit Gesängen auf, Louise Gräfin Waldersee spielte die erste Nymphe[22] und es entstand in der Folge ein enges Verhältnis zwischen den beiden jungen Ehefrauen und Müttern. Nach der Entbindung von der ersten Tochter, 1793, stand Louise Waldersee der Erbprinzess im Wochenbett bei, nachdem sie selbst erst Ende Januar ihr drittes Kind geboren und an einer schlimmen Brustentzündung gelitten hatte.[23]

Die auf französisch geführte Korrespondenz der Waldersees mit der Erbprinzessin ist in äußerst liebenswürdigem Ton gehalten, freundschaftliche Einladungen gehen ebenso hin und her, wie Kommissionen, Sendungen, Berichte über das Gedeihen der Kinder, Erörterung modischer und medizinischer Fragen und Glückwünsche zu Gedenktagen, 1815 schenkte sie Louise Waldersee anlässlich eines mittäglichen Geburtstagsdiners einen Ring.[24] Auch in ihrer preußenfreundlichen Haltung waren sich die beiden Frauen einig.[25] Anlässlich der Hochzeit einer Tochter des erbprinzlichen Paares, Auguste, mit Fürst Friedrich Günther von Schwarzburg-Rudolstadt am 15. April 1816 beschreibt Louise Waldersee ihre Gefühle, als sie nach zwölf Jahren der Verbannung wieder bei Hofe erscheinen durfte: „Mit völliger Ruhe ja [...] Gleichgültigkeit saß ich wieder an dem Ort wo ich 12. Jahr war –

---

21 FAW Stöfs Familienchronik, fol. 145 c: 1775.

22 FAW Stöfs I.B.2.a) Gesang bei der Ankunft der Erbprinzessin von den Priesterinnen der Fortuna, vorgetragen am 28. Juni 1792.

23 FAW Stöfs Familienchronik, fol. 157: 1793.

24 FAW Stöfs II.A.1) 3. September 1815.

25 FAW Stöfs II.A.1) 2. April 1813.

Ach die Dinge dieser Welt haben nur den einen Werth – wenn sie auf das Glück der Kinder Einfluss haben – eigenes Interesse verschwindet".[26]

Anhalt-Dessau, Dietrich Fürst von (1702–1769): Onkel und bis 1758 regierender Vormund des Fürsten Leopold III. Friedrich Franz. Der drittgeborene Sohn des Fürsten Leopold I. von Anhalt-Dessau und seiner Gemahlin Anna Luise, geb. Föhse, hatte 1751 als preußischer Generalfeldmarschall wegen seiner von Kriegsverwundungen rührenden, gesundheitlichen Beschwerden seinen Abschied genommen und lebte seither in seinem Dessauer Stadtpalais, Haus Nr. 612 in der Zerbster Straße. Nach seinem Tod war dort ab 1777 das Philanthropin und ab 1793 die *Amalienstiftung* untergebracht.[27] Franz von Waldersee, dessen Mutter 1765 mit ihrem Mann das Haus schräg gegenüber bezog, durfte schon früh in Begleitung der Fürstin an den Parforcejagden dieses Großonkels teilnehmen.[28] Dessen Wörlitzer Wohnhaus stand links vom Schloss, am Eingang des Gartens der Fürstin – der Standort des der Gartenerweiterung zum Opfer gefallenen Hauses wurde 1775 durch die „Dietrichsurne" gekennzeichnet. In diesem Haus war der Hof und mit ihm auch Franz Waldersee bei den verheerenden Überflutungen 1771 bis in den August hinein eingeschlossen gewesen.[29]

Anhalt-Dessau, Friedrich Erbprinz von (1769–1814): Sohn des Fürsten Leopold III. Friedrich Franz und der Fürstin Louise von Anhalt-Dessau, Halbbruder des Franz von Waldersee. 1782 war der Erbprinz mit seinem Vater und Waldersee zusammen in der Schweiz gewesen und hatte bei dieser Gelegenheit Lavater kennengelernt, der ihm am 9. Juli 1782 seine *Physiognomischen Fragmente* verehrt hatte[30] und den er im kommenden Jahr wiedersah, als er seinen Vater auf der großen Schweizreise begleitete. Die Erziehung des Erbprinzen wurde nach der Trennung des Fürstenpaares durch Berenhorst neu geordnet.[31] Fürst Franz ließ nach diesen Vorschlägen das sogenannte Kleine Schloss 1785, nachdem es einige Jahre leer gestanden hatte, wieder in Stand setzen und bestimmte es zum Wohnsitz des Erbprinzen und seiner Erzieher. Sie gehörten zum erbprinzlichen Haushalt und einige mussten hier Woh-

---

26 FAW Stöfs II.A.1) 15. April 1816. Irrtümlich wird hier Prinzessin Luise als Braut genannt, die allerdings erst zwei Jahre später heiratete.

27 Brückner Bd. 1, S. 51 ff.

28 FAW Stöfs Familienchronik, fol. 143 f., 1769.

29 FAW Stöfs Familienchronik, fol. 145c, 1771.

30 ZB Zürich, FA Lavater Ms. 14a. Hirsch 1997, S. 209.

31 LASA 11.01. E 98, Ia, Nr. 16a/1 Über die Erziehung des Erbprinzen 12./28. Dezember 1785.

nung nehmen. Zu ihnen zählten, neben dem Hofrat Behrisch, Dr. August Wilhelm Crome als Lehrer für Geographie und Statistik, Gustav Hugo für Geschichte und Staatswissenschaften und Dr. jur. Nicolaus Rey de Vauclair aus Paris für französische Sprache und Literatur. Sie hatten sich mit der vom Oberhofmeister Georg Heinrich v. Berenhorst aufgestellten strengen Hausordnung nebst Ausgangszeiten abzufinden. An die Stelle Cromes trat 1787 Philipp Buttmann, während Vauclair im gleichen Jahr starb. Außer diesem internen Kreis waren mit dem Unterricht des Erbprinzen auf anderen Gebieten betraut: August Rode, Superintendent de Marées, Prof. Feder und Prof. Busse. Die erbprinzliche Haushaltung bestand bis zur Vermählung des Erbprinzen, wonach er mit seiner Gemahlin das neu im Palais des Prinzen Eugen eingerichtete erbprinzliche Palais an der Kavalierstraße bezog.

Vorher jedoch genoss er eine militärische Ausbildung: Von 1788 bis 1794 stand er in preußischen Diensten, beim Regiment in Potsdam, und stieg dort vom Oberstleutnant der Kavallerie bis zum Generalmajor auf.[32] Sein Halbbruder Waldersee begleitete ihn im Karneval 1791 in Berlin zu den Bällen, um die Eheschließung mit der Prinzessin Louise von Preußen anzubahnen.[33] Diese Verlobung löste der sehr verschlossene Bräutigam wieder und machte sich gegen den Willen seines Vaters selbst noch einmal auf Brautschau. Im Sommer 1792 heiratete er Prinzessin Christiane Amalie von Hessen-Homburg, mit welcher er sechs Kinder zeugte. Darunter auch Leopold Friedrich, der 1817 die Nachfolge des Großvaters antrat.

Auch wenn das Verhältnis zu den Eltern schwierig blieb,[34] bestand zwischen den Halbbrüdern großes Einverständnis und der Erbprinz schien mehr als willens, Waldersee die erlittene Ungerechtigkeit auszugleichen.[35] Dem Wirken des Erbprinzen war auch die diplomatische Verwendung Waldersees 1813/14 zuzuschreiben.[36] Auch hatte der Erbprinz vor Zeugen ver-

---

32 LASA Z 44, A 9b VII Nr. 9, 1. Oberstleutnant von der Kavallerie, 26. Dezember 1787; 2. Oberst der Kavallerie, 15. August 1790; 3. über die von Kack'sche Kompanie, 10. Mai 1792; 4. Generalmajor bei der Verabschiedung, 5. Januar 1794.

33 FAW Stöfs I.B.3./I.C.2.d) Franz I. Waldersee an Louise von der Reise, die er mit dem Erbprinzen wg. einer Heiratsanbahnung am preuß. Hofe machte; Berlin 15. Januar 1791 und 22. Februar 1791.

34 Reil, S. 290.

35 FAW Stöfs I.B.1.b) Pro Memoria 28. Juni 1812.

36 FAW Stöfs I.B.1.b) 5. Oktober 1816, „Auseinandersetzung derjenigen Klagen die der Herzog gegen mich hat, die ihm zu strafen werth erscheinen, und meine Vertheidigung dagegen", ad 6).

sprochen, als Waldersee nach Paris fuhr: „Sobald Du wiederkömst sollen alle Deine Schulden bezahlt werden."[37]

Der frühe Tod des Erbprinzen bedeutete für Franz und Louise Waldersee also deutlich mehr als den Verlust eines Bruders, mit dem sich viele freundliche, bis in die früheste Kindheit zurückreichende Erinnerungen verbanden, sondern eine ganz reale, wirtschaftliche Bedrohung.[38]

ANHALT-DESSAU, FRIEDRICH AUGUST PRINZ VON (1799–1864): gleichnamiger Sohn des früh verstorbenen Erbprinzen Friedrich und seiner Gemahlin Christiane Amalie, Prinzessin von Hessen-Homburg, jüngerer Bruder des ab 1817 regierenden Herzogs Leopold IV., der am 11. August 1817 anstelle seines zur Kur weilenden Bruders hinter dem Sarg des verstorbenen Herzogs und Fürsten Franz schritt.

ANHALT-DESSAU, FRIEDRICH HEINRICH EUGEN PRINZ VON (1705–1781): vierter Sohn des Fürsten Leopold I. von Anhalt-Dessau und der Fürstin Anna Luise, geb. Föhse; wie sein Vater als Generalfeldmarschall, dessen Bruder Moritz und sein eigener Bruder Wilhelm Gustav, diente auch Prinz Eugen in der preußischen Armee, musste jedoch 1744 dort seinen Abschied nehmen. Erfolgreicher war sein Wirken in der kursächsischen Armee, wo er 1755 zum Feldmarschall erhoben wurde.

1758 erwarb der Prinz das Haus Nr. 477 an der Dessauer Kavalierstraße für 1700 rt, um es dem mit ihm befreundeten Obristleutnant Joachim Heinrich von Puttkamer abzutreten, der dort fortan mit seiner Frau und seinen Kindern, den Spielgefährten der *Comtesse*, lebte. Puttkamer erhielt nicht nur das Haus von Prinz Eugen, sondern dieser sorgte auch testamentarisch für die 1775 verwaisten Kinder seines Freundes, wovon die beiden jüngsten u. a. Eugen, bzw. Eugenia hießen.[39] Der Fürstin Louise vererbte der „arme Alte Oncle" 8000 rt und den vierten Teil seines Porzellans.[40]

ANHALT-DESSAU, GEORG BERNHARD PRINZ VON (1796–1865): Sohn des früh verstorbenen Erbprinzen Friedrich und seiner Gemahlin Amalie, Prinzessin von Hessen-Homburg, jüngerer Bruder des ab 1817 regierenden Herzogs Leopold IV. Prinz Georg, der am 11. August 1817 anstelle seines zur Kur weilenden Bruders Leopold hinter dem Sarg des verstorbenen Herzogs und Fürsten Franz schritt, sollte am 4. Oktober 1831 in 2. Ehe die Enkeltochter des

---

37 FAW Stöfs I.B.1.b) Pro Memoria 20. September 1818.

38 FAW Stöfs I.B.1.h) Franz I. v. Waldersee am 9. Januar 1815 aus Dessau, 1. Seite verloren, deshalb Adressat unbekannt (wohl ebenfalls Gerlach).

39 Brückner Bd. 17, S. 1541 f.

40 LASA Z 44, A 9e, Nr. 15 (18) fol. 34 r., 26. März 1781.

Kavalierarchitekten, die im selben Jahr zur Gräfin Reina erhobene Therese Emma Freiin von Erdmannsdorff heiraten. Die sieben gemeinsamen Kinder erhielten den Namen der Mutter, Grafen Reina.

Anhalt-Dessau, Henriette Amalie Prinzessin von (1720–1793): jüngste Tochter des Fürsten Leopold I. von Anhalt-Dessau (1676–1747) und der Anna Luise, geb. Föhse (1677–1745), eine hochgebildete, geistig interessierte und weitblickende Frau. Ihre unstandesgemäße Liebe zu Wilhelm Gustav Werner, dem Sohn des Dessauer Hofjägers und dessen Frau Anna Maria, verbunden mit der Geburt eines Sohnes Heinrich August (erst Renwer, später d'Anvers, 1742–1772), dazu die Weigerung, den Vater des Kindes zu heiraten, hatte zur Verbannung aus Dessau in das *Kaiserlich Freiweltliche Adelige Fräuleinsstift* zu Herford geführt, dessen Kanonisse sie war.

In Bockenheim bei Frankfurt erwarb die leidenschaftliche Landwirtin nach und nach größeren Grundbesitz, den sie selbst verwaltete. Seidenraupenzucht, Imkerei, Spargelanbau und Gewächshauskultur wurde nach neuesten Erkenntnissen betrieben. Neben einer stattlichen Bibliothek und einer Naturaliensammlung, unterhielt sie dort vor allem eine bedeutende Gemäldesammlung, die von großem Kunstverstand zeugt. Bei der Wahl der Motivik fällt die Häufigkeit von Bettlern, armen und alten Leuten auf, was, betrachtet man die Gründung der *Amalienstiftung* durch die Sammlerin, durchaus als Mahnung verstanden worden sein mag. Die von ihr begründete *Fürstliche Amalienstiftung* leistete nach ihrem Tod Wesentliches in der Armen-, Kranken- und Altenfürsorge in Dessau. Seitdem befindet sich auch ihre Gemäldesammlung in Dessau.[41] Ein Jahr vor ihrem Tod war sie durch die französische Besetzung der Rheinlande gezwungen, ihre dortigen Besitzungen zu verlassen. Sie bezog zunächst das sogenannte Kleine Schloss auf dem Dessauer Kleinen Markt, welches sie mit dem Erbprinzen gegen ihr 1781 vom Prinzen Eugen geerbtes Palais getauscht hatte. Das Kleine Schloss hatte sie auch zum Sitz der *Amalienstiftung* bestimmt. Nach wenigen Monaten, 1793, tauschte sie dieses Gebäude jedoch mit dem Fürsten gegen das ehemalige Palais des Fürsten Dietrich an der Zerbster Straße, das bis dahin das *Philanthropinum* beherbergt hatte und mit seinem großzügigen Garten einen deutlich repräsentativeren Rahmen bot.[42]

Waldersee übernahm von ihr zusammen mit dem angeheirateten Vetter, Graf Schulenburg, die Michelsche Jagd zur Pacht.

---

41 Vgl. Kat. Mus. Dessau 1991, S. 5 f.
Zuletzt Kat. Ausst. Frankfurt am Main und Dessau 2002/3.

42 Brückner Bd. 4, S. 310 ff., insbes. S. 315.

ANHALT-DESSAU, HENRIETTE CATHARINA FÜRSTIN VON, Prinzessin von Oranien-Nassau (1637–1708): eine der vier Töchter des Statthalters der Niederlande, Friedrich Heinrich von Oranien-Nassau, Mutter des Fürsten Leopold I. von Anhalt-Dessau, des sogenannten Alten Dessauers. Zusammen mit ihren drei Schwestern, darunter Louise Henriette von Brandenburg, Gemahlin des Großen Kurfürsten, erbte die Urgroßmutter sowohl des Fürsten Leopold III. Friedrich Franz von Anhalt-Dessau, als auch seiner Gemahlin Louise das gesamte mobile Vermögen ihres Vaters. Es bestand aus einer bemerkenswert qualitätvollen Sammlung niederländischer Altmeister-Gemälde, die heute noch den Reichtum der Dessauer Sammlungen ausmacht, Schmuck von außerordentlicher Qualität und reichem Silber und Gold. Die ehelichen Verbindungen zwischen den Nachkommen dieser vier Schwestern (und ihres Bruders) wurzeln im Bestreben, dieses kostbare Gut zusammenzuhalten und immer wieder neu zusammenzuführen.

ANHALT-DESSAU, JOHANN GEORG II. FÜRST VON (1627–1693): seit 1659 verheiratet mit Henriette Catharina, Prinzessin von Oranien-Nassau. Aus dieser Ehe gingen zehn Kinder hervor, darunter Leopold I., der sogenannte Alte Dessauer, und Johanna Charlotte, verehelichte Prinzessin von Brandenburg-Schwedt und Großmutter der Fürstin Louise.

ANHALT-DESSAU, JOHANN GEORG PRINZ VON, genannt Hans Jürge (1748–1811): Bruder des Fürsten Franz von Anhalt-Dessau, in morganatischer Ehe verheiratet mit Caroline, geb. von Hill. In Dessau mit seinem älteren Bruder erzogen, begleitete er ihn auch auf seiner *Grand Tour* 1766–1768 und trat anschließend in preußischen Militärdienst, zuletzt stationiert in Stettin. Von dort nahm er 1779 seinen Abschied, um 1789 als Generallieutenant unter Friedrich Wilhelm II. wieder in die preußische Armee einzutreten, von der er 1808 endgültig demissionierte. Seine letzten Lebensjahre verbrachte Prinz Hans Jürge in diplomatischer Mission in Wien.[43]

1783 erwarb Prinz Hans Jürge vom Rentkammerpräsidenten Friedrich Wilhelm von Stentzsch das Nachbarhaus 643/644 der Frau von Neitschütz in der Zerbster Straße. Im Kontrast zu dessen barocker Schwere war hier Mitte der 60er Jahre ein Louis XVI-Bau entstanden, dessen unbekannter Architekt ein feines Gefühl für Proportionen und Linien bewies und einen repräsentativen Bau erstellte ohne gewaltige Volumina. Der zweigeschossige Putzbau mit den markant auf der leicht vorspringenden mittleren Achse angebrachten vier musizierenden Putti sollte Prinz Hans Jürge und Caroline von Hill neben dem Georgium von nun an zum ständigen Wohnsitz dienen. Neben dem bereits vorhandenen Orangeriepavillon im Garten wurde noch

43 Vgl. Beckus 2015, S. 394.

ein stattlicher Pferdestall errichtet, das nördliche Nachbarhaus erworben und, wahrscheinlich von Erdmannsdorff, an seiner Statt eine neue Einfahrt geschaffen mit einem Turm samt Aussichtsterrasse. Das Haus war, wie Zeitgenossen berichten, „‚sehr einfach möbliert. Die Stühle und Schränke sind wie die Rahmen der Bilder nur aus Birnbaumholz [...]' Mit Bildern und Gemälden waren die ‚Appartements seines Hauses' reichlich geschmückt. ‚Man findet daselbst u. a. die Porträts aller hübschen Mädchen in Dessau von der fürstlichen Familie bis zu Perückierstöchtern herab. Sogar die fremden jungen Damen, die daselbst in Pensionaten sind, hat man nicht vergessen. Der Prinz hatte den sonderbaren Einfall, sie alle vom berühmten Tischbein in natürlicher Größe malen zu lassen.'“[44] Welcher Qualität diese Gemälde waren, lässt das Familienporträt der Familie Tischbein, das hierzu gehörte, erahnen.[45]

Anhalt-Dessau, Leopold I. Fürst von, genannt der Alte Dessauer (1676–1747): preußischer Heeresreformer und Reichsgeneralfeldmarschall. Nach dem frühen Tod seines Vater Johann Georg II. übernahm Fürstin Henriette Catharina, Prinzessin von Oranien-Nassau für den noch unmündigen Erbprinzen die vormundschaftliche Regierung. Seine frühe Liebe zur Apothekerstocher Anna Luise Föhse wurde auch durch eine von der Mutter angeordnete Kavaliersreise, die er unter dem Inkognito eines Grafen von Waldersee tätigte, nicht beirrt. Als er 1698 die Regierung des durch den Dreißigjährigen Krieg noch schwer geschädigten Landes übernahm, heiratete er gegen den mütterlichen Widerstand Anna Luise, die 1701 zur rechtmäßigen Reichsfürstin erhoben wurde, womit die Sukzessionsfrage gültig geklärt war. Den auf dem jungen Fürsten lastenden Schulden von 300 000 rt standen jährliche Einkünfte von 24 000 rt gegenüber, zuzüglich seines brandenburgischen Offiziersgehaltes. Berühmt wurde der Fürst jedoch weniger durch die Reformen seines kleinen Landes als durch seine militärischen Leistungen – faktisch war Leopold I. seit 1712 der ranghöchste Militär Preußens

---

44 Brückner Bd. 2, S. 105 zitiert hier den Bericht des niederländischen Staatsministers Anton Reinhard Falck vom 17. Juni 1800. Das Haus ist gemeinhin unter dem von einer späteren Besitzerin herrührenden Namen „Palais Hilda“ bekannt.

45 Johann Friedrich August Tischbein, Portrait des Künstlers mit seiner Familie, sign. Tischbein/p:1796, Öl/Leinwand beschnitten, 1126 x 817 mm. Zuletzt im Auktionskatalog Sotheby's London, Old Master & British Paintings Day Sale 10. Juli 2014, Lot 228, dort verkauft für 116 500 £.
Abb.: http://www.sothebys.com/en/auctions/ecatalogue/2014/old-master-british-paintings-day-l14034/lot.228.html
S. a. Stoll 1923, S. 201, Fußnote 117.

und sollte es bis zu seinem Tode, hochdekoriert und verehrt im ganzen Reich, auch bleiben. Leopold I. war der Großvater des Fürsten Franz und Urgroßvater Waldersees, der mit seiner Mutter den Inkognito-Namen des Urgroßvaters trug. Aus der nichtehelichen Verbindung zu Sophie Eleonore Söldner war er der Vater Georg Heinrich von Berenhorsts, dem Waldersee in allen Ämtern nachfolgen sollte.

ANHALT-DESSAU, LEOPOLD IV. FRIEDRICH HERZOG VON (1794–1871): Der am 9. August 1817 seinem Großvater in der Regierung Anhalt-Dessaus nachfolgende Leopold IV. sollte noch das Aussterben der Linien Köthen und Bernburg erleben und ab dem 30. August 1863 den einzigen überlebenden Zweig der askanischen Landesfürsten repräsentieren, er starb als Herzog von Anhalt. Diesem Neffen verdankte Waldersee einen Vergleich, der seinen drohenden Prozess gegen das herzogliche Haus abwendete, sein eigenes Schicksal, trotz Berufung in das Amt eines Oberhofmeisters, jedoch nicht mehr wenden konnte.[46] Trotz des herzoglichen Entgegenkommens starb Waldersee derart verschuldet, dass die Kinder das Erbe ausschlugen.

ANHALT-DESSAU, LOUISE HENRIETTE WILHELMINE FÜRSTIN VON, Prinzessin von Brandenburg-Schwedt (1750–1811): Tochter des Markgrafen Heinrich Friedrich von Brandenburg-Schwedt und der Leopoldine, Prinzessin von Anhalt-Dessau (1716–1785), Gemahlin des Leopold III. Friedrich Franz Fürst von Anhalt-Dessau.

Das eheliche Verhältnis des Fürstenpaares, bildete 1783 den offiziellen Grund für den Aufenthalt in Zürich. Reil schreibt dazu, dass sie schon sehr früh „über einen Punkt uneins [gewesen seien], wo sie hätten am einigsten sein sollen." So nahmen Unzufriedenheit und Missverständnisse in einem Verhältnis überhand, das doch eigentlich von gegenseitigem Respekt und großer Zuneigung geprägt war. „Die launenhafte Sentimentalität der Fürstin war ihrem Gemahl, der ein Feind aller erkünstelten Empfindungen war, sehr zuwider und lästig; die mistische Richtung, welche sie ihrem Gemüth und Leben gab, trübte Ihm den reinen und unbefangenen Genuß der Natur und Kunst, und störte Ihn in Seiner gewohnten Lektüre, der die von ihr gewählte so schroff gegenüber trat; ihr Umgang endlich mit geistreichen Männern, wie Göthe, Hirt, Reichard, vor allen mit Lavater, in dessen Hause zu Zürich sie eine Zeit lang unter dem schlichten Namen Louise als ein Glied der Familie lebte, war Ihm, so sehr Er auch diese Männer schätzte, in mancher Hinsicht anstößig; Er sah darin Gefahr für Seinen häuslichen Frieden. Der Fürst setzte nun Seiner Seits absichtlich ihrer Sentimentalität oft recht starke Aeu-

46 FAW Stöfs II.A.1) 21. September 1817.
FAW Stöfs I.B.2.d) An Louise 5 Briefe Februar – April 1818.

ßerungen roher Empfindungen, ihrem Misticismus übermüthige Freigeisterei entgegen und suchte ihre Hinneigung zu den ‚Genies', wie Er die geistreichen Männer damaliger Zeit nannte, durch Tadel und Sarkasmen niederzuhalten. ‚Ich that daran Unrecht und richtete auch nichts aus. Ich verletzte ihre Gefühle und machte sie mir nur noch abwendiger. Sie wurde immer eigensinniger und hartnäckiger. Aber was sollte ich machen? Ich mußte doch was thun, sie zur Besinnung bringen und ein Gleichgewicht unter uns herstellen. Der nüchterne und besonnene Häfeli, der mit Lavater in vielen Stücken nicht übereinstimmte, verstand es besser als ich, sie wieder auf den rechten Weg einer vernünftigen Gottesfurcht zu leiten und ihren überschwenglichen Misticismus in eine reine Freundschaft mit Gott zu verwandeln, bei der sie sich so selig fühlte.'"[47] Sehr diskret wird hier von außerehelichen Verhältnissen gesprochen und einem offenbar höchst unausgewogenen Verhältnis zur „sinnlichen Liebe beider fürstlichen Personen" in einer Ehe, die schließlich mit Hilfe Häfelis und Berenhorsts im Dezember 1785 nicht geschieden, aber getrennt wurde.[48]

Häfeli beschreibt eine seiner ersten Begegnungen mit der Fürstin in Zürich: „ich aß Nidelmilch mit ihr und sprach so frei und ungenirt wie mit deiner oder Pfenn[inger]s Frau. Sie ist ein großes Weib an Leib u: Geist, sie geht u: trägt sich fürstlich - eine treflich gewölbte Stirn, ein sehendes Auge, eine wohlgebildete, in der Mitte erhobene, breitrückigte, äußerst verständige Nase pour gouverner un royaume d'un Grandeur mediocre - auf dem Munde liegen Trübsinn, Unzufriedenheit mit dem Schicksal, Anstrengung zu Zufriedenheit, Schmachten nach einem Glücke, das sie nicht zu erlangen hofft u: ein gewißes Bewußtseyn fürstlichen Standes. Sie ist 35 Jahre alt, sehr stille u: verschloßen, hat Sinn fürs erhabenste Christenthum u: Sehnsucht nach unsichtbarer Welt zu tilgen das allherrschende Elend der sichtbaren – Man kann über alles mit ihr sprechen, sicher verstanden zu werden. – Sie ist in ihrem Herzen unterthänig wie Sarah dem Abraham u: wird beym ersten Wink aus Deßau aus einpacken u: wieder heimreisen – Der König von Preußen, ihr naher Vater [wohl: Vetter], zwang ihr den sie nie gesehen auf. [...] In die Kirche kommt sie sehr bescheiden in einem schwarzen Taffet. Sie hat alle Jahre 10 000 Thlr Taschengeld, davon wendet sie ein paar hundert Thaler auf Kleider, etwa 300 Thaler auf einen Garten – Aus dem übrigen giebt sie schlecht besoldeten Dienern Pensionen u: versorget eine Menge Armer – Auch hier hatten die Armen sich ihrer zu freüen – [...]."[49]

---

47 Reil, S. 311 ff.

48 LASA Z 44, A 9e, Nr. 15 (18), fol. 50 v.

49 ZB Zürich V 320.5. Hirsch 1997, S. 207.

Die physische und psychische Verfaßtheit der Fürstin war durch diese Ehe, aber auch eine hochallergische Veranlagung geschwächt. Hörsturz und Asthma waren Folgen, die häufigen Klimawechsel verlangten. Sie selbst sah sich keineswegs unkritisch, wenn sie notiert: „was ist's in mir Kraft oder Schwäche, die mich zieht, hält und drängt soll das Sehnende verlangen nie befriedigt der heiße durst nach Wissen und wahrheit nie gelöscht werden? / ist vernunft nicht Glück Kann oder soll dies Herz nie froh werden? ist nur wehmuth meine wonne? und bin ich gut, warum bin ich nicht zufrieden mit der Fülle der Liebe mit dem Herzlichen wollen der Menschen wohl zu befördern und die Nächsten und liebsten zu beglücken erreiche ich es nie das Herrliche Ziel – mein Glaube ist nie fest – mein Hoffen nie beruhigend, mein Empfinden tief verborgen - mein Gefühl zu zart und heftig – Ich drüke die besten menschen, kann nur Leiden mittheilen – werde misverstanden – und – misverst[e]he so leicht mir zur folter – bin nur zu wahr oder ganz schweigend verfehle die mittelstrasse oder mag sie gar nicht gern folgen, setze oft in andrer Thun und Lassen zu viel Sinn, selten den gemildert, klugen affectlosen. Ist's der Menschheit Los nie ganz mit vollen Zügen genießen zu sollen?"[50] Bei ihrem Totenhemd fand sich dann die folgende Notiz: *„ich Louise von Dessau* / habe dieses mein letztes Gewand selbst gesponnen, / endigte damit am 10 May 1783 / Nähte es selbst, und heute / am 17 Aprill 1784 zeichne ich's / um meine entseelte Hülle darinn / zu wickeln."[51]

Wahrscheinlich kurz vor ihrem Tod verfasste die Fürstin eine Selbsteinschätzung: „Cet amours des Objets imaginaires et cette foi...[?] tète de m'en occuper activerent de me degouter de tout ce qui m'entouroit et déterminerent ce gout pour la Solitude, qui m'est toujours resté depuis ce tems la. On verra plus d'une fois dans la suite les bizarres effects de cette disposition si misanthrop et si sombre en apparence, mais qui vient en effet d'un coeur trop affectueux trop aimant, trop tendre, que faute d'en trouver d'existants qui lui ressemblent, est forcé de s'alimenter de fictions. [...] J'oserai le dire, qui ne sent que l'amour, ne sent pas ce qu'il y a de plus doux dans la vie je connois un autre sentiment, moins competueux peut-etre mais plus délicieux mille fois, qui quelque fois est joint a l'amour et qui souvent en est séparé, le sentiment n'est pas non plus l'amitie ...[?]; il est plus voluptueux, plus tendre; je n'imagine pas qu'il puisse agir pour quelqu'un du meme séxe; dumoins je fus ami si jamais homme le fut et je ne l'éprouvai jamais prés d'...[?] de mes amis.

50 LASA Z 44, A 9e/ Nr. 15 (42), fol. 5 v., undat. Notizzettel Louises aus Rom 1796.

51 FAW Stöfs I.B.3./I.C.2.c) Louise Waldersee, geb. Comtesse Anhalt, hat dieses am Totenhemd befestigte Zettelchen aufgehoben.

Ceci n'est pas clair, mais il le deviendra dans la suite; les sentiments ne se décrivent bien que par leurs éffects. [...] L'épee use le fourreau, dit on quélquefois. Voila mon histoire - Mes Passions m'ont fait vivre, et mes Passion m'ont tué. – Jouir! Ce sort est il fait pour l'homme? Ah - - - mais au bout de quelques Semaines voyant gue je n'étois ni mieux, ni pis, je quittai le lit et repris ma vie ordinaire avec mon battement d'arteres et mes bourdonnenment qui depuis ce tems la c'est a dire depuis trente ans ne m'ont pas quitté une minute. - - tous ces symptomes achevérent de me persuader qu'il me restoit peu de tems a vivre. Cette pérsuasion me tranquillisa pour un tems sur le soin de guérir. Ne pouvant prolonger ma vie je résolus de tirer du peu qu'il m'en réstoit tout le parti qu'il était possible. [...] Je puis bien dire que je commencai a vivre que quand je me regardai comme un homme mort. [...] J'etois fait pour vivre – et je meurs sans avoir vécu."[52]

Ihre letzten Lebenswochen verbrachte die Fürstin im Hause ihrer Schwägerin Caroline von Hill[53], umsorgt von ihrer Ziehtochter Louise Gräfin Waldersee, in deren Nachlass sich das Zettelchen vom Totenhemd fand.

ANHALT-DESSAU, WILHELM GUSTAV ERBPRINZ VON (1699–1737): in heimlicher Ehe verheiratet mit Sophie, geb. Herre, der späteren Reichsgräfin von Anhalt, Großvater der Louise Gräfin Waldersee, geb. Gräfin von Anhalt. Er selbst verstarb an einer Pockeninfektion.

ANHALT-KÖTHEN, AUGUST CHRISTIAN FRIEDRICH FÜRST VON (1806: Herzog von) (1769–1812): seit 1789 regierender Fürst und seit 1793 in kinderloser Ehe vermählt mit Friederike Prinzessin von Nassau-Usingen. Im Dezember 1797 weilte er, vermutlich zusammen mit seiner Gemahlin, anlässlich der Zerbster Teilung in Dessau. Köthen erhielt dabei den mittleren Landesteil um Roßlau. Als ältester regierender Fürst der verbliebenen drei Linien vertrat Fürst Franz von Anhalt-Dessau von nun an als Senior die Interessen des Hauses Anhalt.

Zwei nicht direkt zu Anhalt-Zerbst gehörende Gebiete waren schon zuvor vertraglich übereignet worden: Das Amt Walternienburg war der Dessauer Linie übertragen worden und die Herrschaft Jever an die ältere Schwester des letzten Zerbster Fürsten, Katharina II., Kaiserin von Russland, Prinzessin von Anhalt-Zerbst.[54]

---

52 LASA Z 44, A 9e/ Nr. 15 (36) Notizbuch F, fol. 1 r.-7 v..

53 Die originalen Tagebücher der Fürstin, Bd. II, S. 751 ff.: Am 6. November 1811 zog sie vom Luisium in die Stadt, wo ihr Caroline von Hill die untere Etage ihres Hauses an der Zerbster Straße überlassen hatte.

54 Köbler 2007, S. 16 ff.

ANHALT-KÖTHEN, FRIEDERIKE FÜRSTIN VON, Prinzessin von Nassau-Usingen (1777–1828): Gemahlin des regierenden Fürsten August von Anhalt-Köthen und mit diesem 1797 anlässlich der Zerbster Teilung wohl in Dessau weilend und an allen Festlichkeiten teilnehmend. 1803 sollte die kinderlose Ehe des Fürstenpaares geschieden werden.

AUGEREAU, CHARLES PIERRE FRANÇOIS, (seit 1804: *Maréchal d'Empire*, seit 1805: Herzog von Castiglione) (1757–1816): Sohn eines Pariser Obsthändlers und einer der ersten Freiwilligen der Revolutionsarmee. Dort hatte er sich durch Ehrgeiz, Strebsamkeit und unerschrockene Kühnheit rasch eine Stellung erobert und es bis zum General gebracht. 1806 kommandierte er in der Schlacht bei Jena siegreich den linken Flügel, 1809 erhielt er den Oberbefehl in Katalonien und kommandierte 1812 gegen Russland das XI. Armeekorps. Im Sommer 1813 rekrutierte er als Generalgouverneur eine Reserve-Armee, die der *Grande Armée* in der Völkerschlacht bei Leipzig beistehen sollte. Diese Rekrutierungsphase verlangte auch seinen Aufenthalt in Dessau, wo er im Hause Waldersee einquartiert war und eine eindrucksvolle Begebenheit überliefert ist: Während der Marschall am wohlgedeckten Frühstückstisch saß und es sich schmecken ließ, zogen draußen unentwegt französische Truppen vorbei. Plötzlich große Spannung und Erregung, die im Saal anwesenden Offiziere und die Kinder stürzten an die Fenster, riefen: „l'Empereur, l'Empereur!" Der Marschall, - ein Hühnerbein im Munde - rief nur zurück: „Que le Diable l'emporte!"[55] Mit diesem Ausruf traf er ganz die Haltung seiner Gastgeberin, der Gräfin Louise Waldersee: „11.7. Nachmittags Ankunft des Kaisers – Er kam erst 7. Uhr – fuhr zum Zerbster Thor hinaus hielt revue – kam zu Pferde zurück – Ich mochte ihn nicht sehen – blieb mit den Kindern im Garten."[56]

BACHOFF VON ECHT, HENRIETTE KAROLINE GRÄFIN VON (1738–1808): der Witwe des Grafen Johann Friedrich (1710–1781), Herrn der thüringischen Güter Dobitschen und Tauschwitz, kgl. dänischen Geheimen Konferenzrates und Gesandten am kaiserlichen Hof zu Wien, begegnete Waldersee am Weimarer Hof.[57]

BADEN-BADEN, MARIA VICTORIA VERW. MARKGRÄFIN VON, de Ligne Princesse d'Arenberg (1714–1793): Nach dem Tod ihres kinderlos verstorbenen Gemahls

55 FAW Stöfs Familienchronik, fol. 162, wohl 10. Juli 1813.

56 FAW Stöfs II.A.1) 11. Juli 1813.

57 FAW Stöfs I.B.3./I.C.2.m) 3.) Tagebuch der Schweizreise 1783, fol. 112, 21. November 1783.
Vgl. Schweinitz 2004, S. 360.

August Georg (1706–1771) waren die beiden Markgrafschaften Baden und Baden-Durlach unter Karl Friedrich vereint worden, dessen tolerante Regierung auch die konfessionellen Spannungen zwischen den beiden Landesteilen überwinden half. Die sehr katholische Markgräfinwitwe zog sich verbittert nach Straßburg zurück, wo sie im II. Jahr der Republik als „Bürgerin Aremberg" versterben sollte.[58]

Baden-Durlach, Amalie Friederike Erbprinzessin von, Prinzessin von Hessen-Darmstadt (1754–1832): Schwester der Herzogin Louise von Sachsen-Weimar und der Kronprinzessin Friederike von Preußen, die Waldersee bei seinen Aufenthalten am badischen Hof kennenlernte.

Baden-Durlach, Carl August Markgraf von (1712–1786): Vormund und Regent bis zur Volljährigkeit des Markgrafen Karl Friedrich, 1746.

Baden-Durlach, Christoph Prinz von (1717–1789): Bruder des Markgrafen Carl August, K. K. General-Feldmarschall und Reichsgeneral-Feldzeugmeister.

Baden-Durlach, Friedrich Prinz von (1756–1817): zweiter Sohn des Markgrafen Karl Friedrich, der eine militärische Karriere in den Niederlanden verfolgte und dort 1779 zum Generalmajor ernannt worden war.

Baden-Durlach, Karl Friedrich Markgraf von (1728–1811): Der Markgraf darf in vieler Hinsicht als Vorbild für den Fürsten Franz von Anhalt-Dessau gelten – seine 40-jährige Regierung war von denselben aufgeklärten Reformen geprägt, denen auch in Anhalt-Dessau das Augenmerk galt: religiöse Toleranz, wirtschaftliche und bildungspolitische Reformen, gipfelnd in der Aufhebung der Leibeigenschaft 1783. Seit einem Besuch des Markgrafen in Dessau 1781, demselben Jahr, in dem auch Waldersee mit Kammerdirektor Hoffmann ihm in Karlsruhe seine Aufwartung gemacht hatte, wuchs die Freundschaft der beiden Fürsten, die ihren Höhepunkt im Engagement für den Erhalt der Reichsverfassung fand.[59]

In diesem Zusammenhang entstand im Garten Lavaters am 13.8.1783 durch den Maler Freudweiler ein Doppelporträt[60] des Markgrafen und seines Sohnes, wovon sich eine Kopie im Besitz der Freiherrn von Edelsheim befindet. Die Parallelität des Gemäldes zu dem programmatischen Familienporträt der Dessauer Reisegruppe ist zu auffällig, um ihr nicht politische Bedeutung zuzumessen. Die vertrauensvolle Geste, mit der der Markgraf seinem Sohn

---

58 Kat. Ausst. Baden-Baden 1981, S. 132.

59 Zum politischen Wirken des Markgrafen vgl. Erdmannsdörffer Bd. I, v. a. in seiner Einführung und Andreas/Tümmler Bd. I, S. 8.

60 Heinrich Freudweiler, Markgraf Karl Friedrich von Baden und Erbprinz Carl Ludwig, Öl/Kupfer, 51 x 35/36 cm, Privatbesitz.

hier nicht nur die Hand reicht, sondern ihm auch noch die Rechte auf die Schulter legt, erscheint ähnlich bedeutungsvoll wie das Überreichen des Eichenzweiges an den Erbprinzen Friedrich von Anhalt-Dessau durch seinen Vater, um für die „droits de l'Empire" einzustehen. Dem Markgrafen widmete Klopstock sein Gedicht *Hermann und die Fürsten*, in welchem er 1784 die Eiche als Symbol alter deutscher Freiheiten verwendete.[61]

BADEN-DURLACH, KARL LUDWIG ERBPRINZ VON (1755–1801): vermählt mit Amalie Friederike, Prinzessin von Hessen-Darmstadt. Die Reisen des Jahres 1783 zwischen Dessau und Karlsruhe, mehr aber noch das Doppelporträt Freudweilers sind der Beleg dafür, dass der Erbprinz ebenso in die konspirativen Fürstenbund-Planungen eingeweiht scheint wie etwa Waldersee.

BADEN-DURLACH, LUDWIG WILHELM AUGUST PRINZ VON (1763–1830): dritter Sohn des Markgrafen Karl Friedrich, der nachmalige Großherzog Ludwig I.

BADEN-DURLACH, WILHELM LUDWIG MARKGRAF VON (1732–1788): einziger Bruder Karl Friedrichs, seit 1766 in morganatischer Ehe verheiratet mit Wilhelmine Christine Schortmann, die 1777 zur Freiin von Seldeneck erhoben worden war. Als Generallieutenant in niederländischen Diensten seit 1766, verbrachte er gleichwohl die letzten 20 Jahre seines Lebens vor allem im Badischen.[62]

BÄR, Drucker der *Chalcographischen Gesellschaft zu Dessau*, der im März 1798 wegen zu großer „Sudeleien" entlassen wurde.[63]

BAMECK: siehe Bramigk

BASEDOW, JOHANN BERNHARD (1724–1790): Theologe, Schriftsteller und führender Reformpädagoge der Aufklärung, 1771 nach Dessau berufen, um dort das *Philanthropinum* zu gründen, eine „Pflanzschule der Menschheit", in welcher Kinder unterschiedlicher Herkunft gemeinsam erzogen werden sollten unter Betonung sowohl des spielerischen Elements, wie auch der Anschauung und der Selbsttätigkeit, der lebenden Fremdsprachen und der Leibesübungen.[64] Das Ende dieses tiefe Spuren im deutschen Bildungswesen hinterlassenden Instituts 1793 sollte sein Gründer nicht mehr erleben, zumal er selbst die Leitung der Schule bereits 1776 hatte abgeben müssen.

---

61 Umbach 2000, S. 160.

62 Erdmannsdörffer Bd. I, S. 235.

63 GSA 06/2047, 23. Dessau, 4. März 1798.

64 FAW Stöfs o. Num., 1771.
Vgl. [Ulrich], S. 135 f.

Aus Basedows zweiter Ehe mit der aus Kopenhagen stammenden Gertrud Elisabeth Hammer (1731–1788) ging der offenbar sehr anders geartete Sohn Ludwig (1833: von) Basedow hervor, der nach einem Jurastudium in Halle 1795 in die Verwaltung Anhalt-Dessaus eintrat, wo er vom Gerichtshalter über Kammersekretär und Assessor der Rentkammer, 1804 zum Kammerrat und 1807 zum vortragenden Rat der Kriegskommission aufstieg. Nach einer diplomatischen Mission 1811 wechselte er in die Landesregierung, wo er es 1831 zum Regierungspräsidenten und Geheimrat bringen sollte.[65]

BASEDOW (*1770): Sohn des Schulgründers, Mitschüler Waldersees der ersten Klasse am *Philanthropin*, aufgenommen Anfang 1775.[66] Offenbar gingen alle Kinder Basedows in das von ihm gegründete und damals noch geleitete Philanthropin, so auch der 1774 geborene Ludwig, der von 1780 bis 1788 die väterliche Schule besuchte und es nach dem Studium der Rechtswissenschaften in Dessau zum Herzogl. Anhalt-Dessauischen wirklichen Geheimen Rat und Regierungspräsidenten brachte.

BASEDOW (*1769): Tochter des Schulgründers, Mitschülerin Waldersees der ersten Klasse am *Philanthropin*, aufgenommen Anfang 1775.[67]

BASSENGE (*1764): aus Dresden stammender Mitschüler Waldersees der ersten Klasse am *Philanthropin*, aufgenommen am 21. Mai 1775.[68] Er stammte aus einer weitverzweigten, hugenottischen Familie, die es in Dresden zu Ansehen und Reichtum brachte. Jaques Bassenge hatte 1729 in Dresden unter seinem Namen eine Firma für Leinen- und Seidenwaren gegründet, sein Bruder Isaac führte ebenfalls in Dresden eine renommierte Seidenhandlung, sein Bruder Paul ein Bankhaus ebenda. Als französische Glaubensflüchtlinge hielt die Familie am reformierten Bekenntnis fest und gestaltete über mehrere Generationen das Leben der Dresdner reformierten Gemeinde.

BASSERMANN, FRIEDRICH DANIEL (1738–1810): seit 1767 in zweiter Generation Wirt des Gasthauses zu den Drei König in Heidelberg. Das heute nicht mehr existierende Gasthaus war ein Mittelpunkt gesellschaftlichen Lebens der Stadt, was maßgeblich mit der Persönlichkeit des Wirtes zusammenhing. Bassermann war ein, wie Waldersee ihn auch schildert, weit über die Grenzen Heidelbergs hinaus bekannter Mann, der jeden Gast nach seinem

65 Beckus 2015, S. 327.

66 [Ulrich], S. 135 f.

67 [Ulrich], S. 135 f.

68 [Ulrich], S. 135 f.

Stand zu behandeln verstand, dessen Feste berühmt waren und in dessen Haus die erste Gesellschaft verkehrte.[69]

BE(H)RINGER, LEOPOLDINE LOUISE FREIFRAU VON, geb. Schoch (1770–1813): 1801 geadelte Tochter des Hofgärtners und Ehefrau zur linken Hand des Fürsten Leopold III. Friedrich Franz von Anhalt-Dessau, Mutter seiner Kinder Sidonia (1789–1860), Adelheid (1790–1870) und Adolf (1792–1834). Seit 1786 lebte sie mit dem Fürsten im Gotischen Haus, wobei er gleichzeitig ein erotisches Verhältnis zu Johanna Magdalena Luise Jäger unterhielt, dem drei gleichzeitig geborene Töchter entstammten (Franziska 1789, Leopoldine 1791 und Amalie 1793). In Dessau erhielt sie 1793 das von Erdmannsdorff auf Kosten des Fürsten errichtete Haus Nr. 867, später Schlossstraße 3, welches anstelle des neben dem fürstlichen Marstall gelegenen Witwenhaus der Fürstin Dorothee entstanden war. Beim Neubau war das Hinterhaus in den Neubau der Orangerie einbezogen worden, den Bewohnern des Vorderhauses mit der Nutzung einiger Zimmer jedoch immer noch der Blick in den fürstlichen Lustgarten möglich. Die Inschrift des Mittelrisalits ‚veritas amicitiae, fides societatis vinculum' verwies dezent auf das Verhältnis des Stifters zur beschenkten Eigentümerin.[70]

Diese wiederum gelobte, auch nachdem das Verhältnis sich deutlich abgekühlt hatte, Ehelosigkeit und überließ es Bertuch als eingeweihtem Freund und Vertrauten des Fürsten, die näheren Umstände ihres Lebens zu vereinbaren.[71] Von 1808 bis zumindest 1810 verbannte der Fürst sie aus nicht

---

69 Vgl. Gall, der die Familie Bassermann als Grundlage seiner Studie über das deutsche Bürgertum verwendet.
FAW Stöfs I.B.3./I.C.2.m) 3.) Tagebuch der Schweizreise 1783, fol. 18 f., 19. Juli 1783.

70 Brückner Bd. 6, S. 504 ff., insbes. S. 506.

71 GSA 06/357, Die Briefe des Fürsten Franz von Anhalt-Dessau an Bertuch öffnen ein wenig den Blick auf das Verhältnis zur sogenannten „Schochin", v. a.: fol. 19b o. Dat., fol 10/21, fol. 17/34 vom 3. Januar 1794, fol. 51/95 vom 16. November 1795, 62/119 o. Dat. (nach dem 19. März 1797) – hier wird von einer Trennung gesprochen und fol. 67/126 o. Ort und o. Dat. (nach dem 4. Juli 1798): „[...] ich glaube es der Ruhe und Zufriedenheit des Fürsten schuldig zu sein, so zu leben das es Ihm nicht mißfält. Da also der Fürst Ihnen und mir erklärt hat, das Er auch dann nicht glücklich sein würde, wenn Er mir durch eine Heyrath glücklich sähe; und ich Ihm; alles Ihm! mein Glück dankte. So er kläre ich mir hierdurch nach einer ganzen Nacht reifliches Nachdenken: >Das ich, so lange der Fürst lebt nicht heyrathe.< Wie? und Wo? ich mit, oder ohne meine Kinder leben soll werden Sie die Güte haben mit den Fürsten zu besprechen; und Gott wird Sie dieser guten

näher genannten Gründen nach Sandersleben, ihre letzten Lebensjahre verbrachte die „Schochin“ jedoch in Dessau.[72]

Behrisch, Ernst Wolfgang, Hofrat (1738–1809): Erzieher des jungen Franz von Waldersee von 1767 bis 1771, im letzten Jahr gemeinsam mit dem Erbprinzen.[73] Aus Leipzig kommend, wo er nach seinem Jurastudium schon als Hofmeister gedient und sich mit Goethe angefreundet hatte, übernahm er 1767 auf Gellerts Empfehlung hin das Hofamt des Erziehers.[74] Mit seiner breiten Bildung, pädagogischen Begabung, Originalität, seinem hohen sprachlichen Talent und seiner geistvollen Unterhaltung erwarb sich Behrisch die Achtung und Liebe seiner beiden Zöglinge und die Freundschaft des Fürsten.

Als Erzieher lebte Behrisch mit seinen Zöglingen, im Dessauer Stadtschloss und im sogenannten Kleinen Schloss. 1789 zog er mit seiner Mutter in die obere Etage des Haus Oranien genannten Hauses an der Westseite der Zerbster Straße und lebte dort bis zu seinem Tod. Die dem Hause Oranien-Nassau entstammende Fürstin Henriette Catharina, Urgroßmutter des Fürsten Franz, hatte hier an Stelle „der Fürstin Brauhaus“ einen schlichten, dem holländischen Barock verpflichteten, im Obergeschoss durch flache toskanische Pilaster gegliederten Bau errichten lassen, den sie zunächst wohl zu ihrem Witwensitz erkoren hatte. Diese Pläne scheiterten, sie verkaufte das Haus, inzwischen gehörte es dem Holzhändler Brettbinder. Der Nachlass des kinderlos verstorbenen Behrisch wurde hier im Haus verkauft.[75]

That wegen segnen. / L. S.“
GSA 06/2047, 22. Dessau, 30. Juli 1797.

72 Vgl. auch Beckus 2015, S. 332 f.

73 FAW Stöfs o. Num., 1767.

74 LASA Z 44, C 5d Nr. 3, fol. 17 v.: Der Informator Behrisch erhält 1768 25 rt Monatsgehalt zugesagt. 1771 wird er bereits als Hofmeister geführt und erhält eine Zulage von monatlich 8 rt 8 gr.
Ebenda, fol. 18 v.: 1790 wird er als Hofrat geführt und soll von nun an jährlich am 27. Dezember 150 rt erhalten. Schon im nächsten Jahr erhält er freie Wohnung mit Brennholz sowie eine jährliche Besoldungszulage von 80 rt.
Ebenda, fol. 20 r.: 1804 wird dem Hofrat eine jährliche Pensionszulage von 200 rt zugesichert. Für den Hinweis danke ich Paul Beckus.

75 Brückner Bd. 3, S. 215 ff., insbes. S. 219.

Ebenfalls in diesem Haus betrieb später auch Johann Christoph Karl Menge nach dem Ende der *Chalcographischen Gesellschaft*, deren Faktor er gewesen war, ein Materialwarengeschäft.[76]

BEIL, GISELBERT DIETRICH WILHELM (bis 1758–1815): Sohn des früh verstorbenen fürstlichen Lakaien zu Dessau, Andreas Beil und dessen Frau Leopoldine Luise, geb. Rödiger. Er stand ebenfalls in fürstlichen Diensten und brachte es in Dessau bis zum Kommissionsrat.[77] 1771 erbte er von seiner Mutter das Haus Nr. 884 an der ehemaligen Kirchhofmauer zwischen Schlosskirche und Rathaus, später Zerbster Str. 45.

Als Kommissionsrat war er mit den Vorgängen der *Chalcographischen Gesellschaft* betraut und Faktor Menge musste ihm Bericht erstatten. Waldersee beschwerte sich Bertuch gegenüber jedoch über seine mangelnde Verschwiegenheit.[78]

BENDER (*1759): aus Neuwied stammender Mitschüler Waldersees der ersten Klasse am *Philanthropin*, aufgenommen am 14. Mai 1775.[79]

BERENH:, siehe: Berenhorst

BERENHORST, GEORG HEINRICH VON (1733–1814): illegitimer Sohn des Fürsten Leopold I. von Anhalt-Dessau aus dessen Verbindung mit Sophie Eleonore Söldner, der in Sandersleben zur Welt kam, wo sein leiblicher Vater in den Jahren zuvor 26 Kaufverträge über landwirtschaftlichen Grundbesitz und adlige Güter abgeschlossen hatte.[80] Schon früh, nach der 1737 erfolgten Heirat seiner Mutter mit Rode, wurde er dem Kanzleirat Gerlach zur Erzie-

---

76 Brückner Bd. 3, S. 219.

77 LASA Z 44, C 5d Nr. 3, fol. 18 r.: 1786 wird Beil Kammer-Assessor, erhält 8 rt 8 gr Monatsgehalt., sowie eine Zulage in gleicher Höhe.
Ebenda, fol. 18 v.: 1790 wird Beil Kommissionsverrichter, sein Gehalt wird auf 20 rt monatlich erhöht.
Ebenda, fol. 147 v.: 1797 erhält er bereits 300 rt Jahresgehalt.
Ebenda fol. 148 r.: 1800 wird ihm eine jährliche Zulage von 50 rt gewährt, die 6 Jahre später verdoppelt wird.
Ebenda, fol. 21 r.: 1814 wird Beil als Kommissionsrat geführt, der das Rechnungswesen der verstorbenen Erbprinzen führt. Für seine Tätigkeit bei der Witwenkasse und Arbeitskommission hat er bislang 12 rt 12 gr erhalten, die ihm bis zu seinem Tode zugesichert werden. Paul Beckus danke ich für diese Hinweise.

78 GSA 06/2047, 23. Dessau, 4. März 1798.

79 [Ulrich], S. 135 f.

80 LASA Z 44, C 1b If Nr. 2a bis 28, Kaufkontrakte zwischen 1706 und 1733.

hung anvertraut. Nach einer kurzen militärischen Laufbahn in Preußen hatte er seit 1761 Hofämter in Dessau inne und begleitete als Prinzenerzieher den jungen Fürsten Franz und dessen Bruder Hans Jürge auf Reisen. Er verwaltete das fürstliche Hausvermögen, war Rechenkammerpräsident, stand dem Marstall vor wie auch der Schlosswache und trug ab 1785 als Oberhofmeister den höchsten Rang bei Hofe.[81] Das darin sichtbare, umfassende Vertrauen des Fürstenpaares bewies sich gerade in den ehelichen Auseinandersetzungen.[82] Waldersee, dessen Lebensvoraussetzungen denen Berenhorsts in vielem entsprachen, wurde er zum väterlichen Freund, mit dem er das Verhältnis zu seinem Vater offen besprechen konnte.[83] 1791 sollte er ihn in allen Ämtern beerben.

Nach 1790 lebte Berenhorst vorrangig seinen militärhistorischen Forschungen. Vor allem die 1797 anonym erschienenen, kritischen *Betrachtungen über die Kriegskunst* waren viel beachtet. Nach der Scheidung seiner ersten Ehe war er seit 1783 mit Henriette von Bülow (1765–1813) verheiratet, aus welcher Ehe sechs Kinder hervorgingen.

1776 kaufte Berenhorst in Dessau das Haus Nr. 223 an der Franzstraße, gegenüber der Einmündung der Bachgasse. Für Haus, Äcker und Wiesen zahlte er 2250 rt, möblierte es fürstlich und ließ den Garten ausgestalten. Gegenüber seinem jüngeren Bruder Karl (1735–1804) war er schon vom Vater testamentarisch besser gestellt worden,[84] das ließ sich auch am Unterschied der Wohnhäuser ablesen.

Berg, Karoline von, geb. von Häseler (1759–1826): Tochter des preußischen Gesandten am dänischen Hof, verheiratet mit dem Halberstädter Domherrn von Berg, Besitzer der Güter Schönfeld und Krambach in der Uckermark. Karoline von Berg war seit 1778 eng mit der Fürstin Louise von Anhalt-Dessau befreundet und teilte deren schwärmerische Freundschaft zu Lavater. Ihr war das Gedicht gewidmet, das Lavater auf dem Albis am 19. September 1783 schrieb.

Bernburger Herrschaften, siehe: Anhalt-Bernburg

Bernadotte, Jean Baptiste, seit 1810 als Karl Johann vom schwedischen Reichstag gewählter Kronprinz von Schweden (1818: Karl XIV. Johann König von Schweden, Karl III. Johann König von Norwegen) (1763–1844): *Maréchal*

---

81 LASA Z 44, C 5d Nr. 3, u. a. fol. 18 r.: 1786 wird er zum Oberhofmeister berufen und erhält 400 rt jährliche Besoldungszulage.

82 LASA Z 44 A 9e Nr. 15 (18) fol. 49 v. und 50 r., 19. Nov. 1785–22. Dez. 1785.

83 FAW Stöfs I.B.3./I.C.2.j) Berenhorst an Franz I. Waldersee, 16. Juni 1786.

84 Brückner Bd. 19, S. 1696 ff., insbes. S. 1698. Vgl. Beckus 2015, S. 329 ff.

d'Empire, der sich am 23. März 1813 offiziell von Frankreich lossagte. Als Oberbefehlshaber der Nordarmee sorgte Bernadotte im Vorfeld der Völkerschlacht bei Leipzig für die Absetzung und Inhaftierung Rodes, dessen Aufgaben nun Waldersee übernahm und damit aus seiner langjährigen Verbannung erlöst war.[85] 1818 sollte Bernadotte Karl XIII., dem letzten König aus dem Hause Holstein-Gottorp, auf den schwedischen Thron nachfolgen.

BERNSTORFF, CHARITAS EMILIE GRÄFIN VON, geb. von Buchwaldt (1733–1820): Dame der Weimarer Gesellschaft, Witwe des dänischen Staatsministers Johann Hartwig Graf Bernstorff (1712–1772).[86] Sie unterhielt seit 1779 eines der großen gastlichen Häuser, dicht am Frauenplan mit einem großen Garten hin zur Esplanade.[87]

BERTHIER, LOUIS ALEXANDRE (1753–1815): Fürst und Herzog von Neuchâtel und Valangin, *Maréchal d'Empire.* Dem jeweils herrschenden Regime immer unbedingt treu ergeben, diente er auch Napoleon schon früh als Chef des Generalstabs, obwohl seine militärische Einschätzung das französische Heer oft in Schwierigkeiten brachte. Im Oktober 1806 erließ er im Namen Napoleons Order, dass Anhalt-Dessau zum Dank für seine Neutralität im Feldzug gegen Preußen von Requisitionen befreit sei und lediglich isolierte, durchziehende französische Truppenverbände zu versorgen habe.[88] Der Titel eines

85 LASA 11.01.E 101, 03, Nr. 46: Offener Befehl des Kronprinzen von Schweden zur Entlassung des Dessauer Geheimrates August de Bode [!], 8. September 1813.
LASA Z 44, A 10d Ie Die Tätigkeit Rodes endet hier abrupt mit dem Bericht „über seine Aufhebung durch Kosaken, Unterredung mit dem Kronprinzen von Schweden und Gefangenschaft zu Zerbst vom 18. bis 21. September 1813" (Z 44, A 10, Nr. 283) und wird nahtlos fortgeführt von Waldersee (Z 44, A 10, Nr. 284, ab 25.10.1814).

86 Fremdenbücher, Kommentarband, S.127.

87 Biedrzynski, S. 23.

88 FAW Stöfs I.B.2.b) Akten über die diplomatische Mission 1814/15:
„Grande Armée. Ordre. De par L'Empereur! Sauve-Garde.
Le Prince régnant d'Anhalt-Dessau étant neutre, et n'ayant point fourni de Contingent à l'armée prussienne, ayant au contraire porté le plus grand zèle à faire donner des Subsistances et à pouvoir à la Subsistance de l'armée française, qui a traversée Ses Etats: il ne doit être frappée aucune Réquisition sur Son territoire pour l'approvisionnement des différens Magazins, fournissant seulement la Subsistance aux militaires isolés, qui paaseront. D'ailleurs Dessau n'est pas sur la route de l'armée.
Au surplus l'Intention de l'Empereur est, que les autorités Civiles et Militaires donnent surêté et protection aux propriétés du Prince d'Anhalt-

Fürsten und Herzogs von Neuchâtel und Valangin war nur eine von ungezählten Ehrungen, die er für seine Treue erhielt. Napoleon konnte dem Maréchal das schweizerische Fürstentum verleihen, weil Friedrich Wilhelm III. von Preußen im Pariser Vertrag vom 15. Februar 1806 das seit 1707 unter preußischer Regentschaft stehende schweizerische Neuenburg abtreten musste. Es sollte ein kurzes Intermezzo bleiben: Nach dem Sieg über Napoleon, infolge des Ersten Pariser Friedens vom 30. Mai 1814 verzichtete *Maréchal* Berthier gegen eine üppige Pension auf die Regentschaft und Neuenburg gelangte wieder an Preußen. Ein Jahr später endete Berthiers Leben auf gewaltsame Weise. Er stürzte aus dem Fenster der Bamberger Residenz – ein geheimer Brief Napoleons stellte seine Loyalität zu Ludwig XVIII. in Frage und bis heute ist ungeklärt, ob der tödliche Sturz ein Unfall, Selbstmord oder Mord war.

BERTUCH, FRIEDRICH JUSTIN (1747–1822): Verleger, Sekretär des Herzogs Carl August von Weimar. Von 1769 bis 1773 war er nach dem Studium der Theologie und Rechtswissenschaften in Jena Hofmeister der Söhne des Freiherrn Bachoff von Echt auf Dobitschen gewesen und erhielt, neben beginnender literarischer und verlegerischer Tätigkeit, 1775 die herzogliche Privatschatulle anvertraut. Bis 1796 sollte seine Anstellung bei Hofe andauern, die die Erledigung der herzoglichen Korrespondenz, die Mitwirkung auf der herzoglichen Liebhaberbühne, 1776 die Einrichtung der *Fürstlichen Freyen Zeichenschule* unter Georg Melchior Kraus beinhaltete. Diese letztere Zeichenschule, die Waldersee mit Bertuch bereits 1782 besuchte,[89] hatte einen ebenso egalitären Charakter wie die deutlich spätere Dessauer Gründung. Die Weimarer wie die Dessauer Zeichenschule sollte zum einen das künstlerische Niveau des Handwerks heben, zum anderen den Dilettanten der städtischen und höfischen Gesellschaft helfen, ihr Talent zu schulen. Im Gegensatz zu Dessau bestand die Weimarer Institution bis 1930 und seit 1990 wieder als Neugründung.[90] Seit 1776 trug Bertuch den Titel eines Herzoglichen Rates und sollte 1785 zum Legationsrat erhoben werden.[91]

1778 begann Bertuch mit verlegerischen Tätigkeiten, war seit 1782, gemeinsam mit Wieland, Mitherausgeber des *Teutschen Merkur* und gab ab

---

Dessau.
à Potsdam le 26. Octobre 1806
Le Major Général, Prince de Neuchatel.
Signé Maréchal Alexandre Berthier."

89 FAW Stöfs I.B.3./I.C.2.m) 1.) Journal de Voyage en 1782, fol. 13, 12. Juni 1782.

90 Steiner/Kühn-Stillmark, S. 50–53.

91 Biedrzynski, S.25 f.

1786 das *Journal des Luxus und der Moden* heraus, die erste illustrierte Zeitung.[92] Mit der 1791 erfolgten Gründung des *Landes-Industrie-Comptoirs* war er der größte Arbeitgeber Weimars, mit 400/500 Beschäftigten arbeiteten etwa 10 Prozent der Weimarer Bevölkerung für ihn.

Den unternehmerischen Erfolg konnte man seinem Haus am Weimarer Schweinemarkt ansehen: „Sein Haus liegt vor dem Thore an einer breiten offenen Straße, mit der Face nach der Stadt zu. Es soll eigentlich nur ein Gartenhaus sein, aber es ist ein Pallast der Natur, im modernestem Geschmack von Ihm selbst erbauet, und der unermeßlich große Garten gleich hinter demselben ebenfalls nach seinem Plan angelegt. [...] Erst ein großer geräumiger Graseplatz, zwischen welchen die Wege durchlaufen. Keine geraden Wege, sondern lauter Zirkelschnitte, welches sich wohl ausnimmt. In der Mitte ein ungemein großer Teich, auf welchen die wilden Enten hausen und in der Mitte für sie ein Häuschen erbauet ist."[93] Hier betrieb Bertuchs Frau Elisabeth Carolina Friderica, geb. Slevoigt (1751–1810) seit 1782 eine Fabrik für künstliche Blumen mit etwa 50 Näherinnen. Sein Verhältnis zu Fürst Franz war äußerst freundschaftlich, die brieflichen Anreden des Fürsten an ihn sind immer von größter Herzlichkeit.[94] Wie sehr ihn als Sekretär des Herzogs die politischen Umtriebe beschäftigten, zumal der Fortschritt der Fürstenbund-Planungen, zeigen die sehr freundschaftlichen Briefe an und von Waldersee, die politische und geschäftliche Inhalte mit privaten mischen.[95] Die Freundschaft zum Fürsten und zu Waldersee, das geschäftliche Talent Bertuchs, der Sinn beider für die Dessauer Reformprojekte sollten, gepaart mit dem künstlerischen Qualitätsanspruch Erdmannsdorffs, 1796 in der Leitung der *Chalcographischen Gesellschaft* vereint werden.[96]

BEYEL, JOHANNES (1706–1798): Zürcher Kaufmann und Quartierhauptmann, Besitzer des dem Wäldli in Hottingen benachbarten Beyelgutes.

BISCHOFFWERDER, JOHANN RUDOLF VON (1741–1803): Major in preußischen Diensten und enger Vertrauter des preußischen Kronprinzen Friedrich Wilhelm. Bischoffwerder, ein Mann von eindrucksvoller Statur und hoher Intelligenz, die sich mit einer ausgeprägten Hinneigung zu Spiritismus verband,

---

92 Biedrzynski, S. 27 f.

93 Kleine Reise in's Thüringische, S. 323 ff.

94 GSA 06/357, fol. 51/95, 16. November 1795: „Behalten Sie den lieb der Ihnen von Hertzen liebt".

95 GSA 06/2047, Waldersee an Bertuch.
FAW Stöfs I.B.3./I.C.2.i) Bertuch an Franz von Waldersee.

96 Vgl. Kat. Ausst. Dessau 1996, S. 45 ff. und S. 63 ff.

sollte nach dem Regierungsantritt Friedrich Wilhelms (II.) 1786 dessen einflussreichster Ratgeber werden und nach dem Abgang Hertzbergs der eigentliche Leiter der preußischen Außenpolitik. Der Regierungsantritt Friedrich Wilhelms III. und der Bruch mit vielem, was die Regierungsweise seines Vaters ausmachte, beendete 1798 auch die politische Laufbahn Bischoffwerders. In dieser Situation erbat Bischoffwerder das Recht, sich in Dessau niederzulassen und erwarb von der Kammer das Haus Nr. 486, später Kavalierstr. 21, ein neu erbautes, mehr als stattliches Palais.[97] Freundschaftlich mit dem Fürstenhaus und damit auch Waldersee verbunden, engagierte sich Bischoffwerder auch, um dem Theaterintendanten Freiherrn von Lichtenstein zusätzlichen Kredit zu schaffen.[98]

BISCHOFFWERDER, WILHELMINE KATHARINE VON, geb. von Tarrach, verwitwete Gräfin Franz Ignatz von Pinto (1757–1833): zweite Gemahlin des Majors von Bischoffwerder, für dessen 1795 erworbenen Landsitz Marquard im Norden Potsdams sie immer wieder um Rat und Übersendung von Samen bittet, 1801 etwa für Samen der Spanischen Zwiebel.[99]

BISCHOFSWERDER: siehe Bischoffwerder

BÖCKMANN, JOHANN LORENZ, Hofrat (1741–1802): Theologe, Mathematiker und Physiker, seit 1764 Prof. der Mathematik und Physik am akademischen Gymnasium in Karlsruhe, seit 1776 Hofrat, den Waldersee beim Experimentieren beobachtet.[100]

BOSE, ADOLPH LUDWIG CHRISTOPH, gen. Louis Graf von (auch: Comte de Bosé) auf Oberfrankleben, kursächsischer Kammerherr (1753–1809): Sohn des

---

97 Brückner Bd. 16, S. 1454 ff., Abb. S. 1456. Bischoffwerder verließ Dessau jedoch schon 1801 wieder und zog sich auf sein Gut Marquard nördlich Potsdams zurück.

98 GSA 06/357, fol. 83/157: Wörlitz, 28. Dezember 1799.
FAW Stöfs I.B.2.i) Belege und Erklärungen zur Berechnung der Schulden Waldersees 1801, ad 1c) „Der Wechsel des Herrn von Lichtenstein an den Herrn General Lieutenant von Bischofswerder über 3500 rt und noch andre 500 rt wurde von mir auf concipirte Art versichert, und nachmahlen am 1ten 8bre 1801 durch beyliegende Wechsel ausgewechselt und der Wechsel des Hrn. von Lichtenstein ist in Lahm."
FAW Stöfs I.B.3./I.C.2.i) Bischoffwerder von 1797–1804, 26. Juli 1801, 28. Januar 1804, 4. Mai 1804.

99 FAW Stöfs I.B.3./I.C.2.i) Wilhelmine v. Bischoffswerder, Marquard, 29. April 1801.

100 FAW Stöfs I.B.3./I.C.2.m) 3.) Tagebuch der Schweizreise 1783, fol. 104, 10. November 1783, Karlsruhe.

sächsischen Hofmarschalls Adolph Heinrich Freiherrn von Bose (1734–1797) und seiner Gemahlin Susanne Hedwig Dorothea, geb. von Schönberg (1733–1772), seinem Vater zunächst im sächsischen Hofdienst nachfolgend. Aus den Jahren im kursächsischen und französischen Militär rührte sein Anspruch auf den französischen Grafentitel: Als Oberst der Chamborand-Husaren hatte er versucht, den gefangenen König Ludwig XVI. zu befreien. Seit 1795 lebte er, wie andere Revolutions-Flüchtlinge, in Dessau und wurde nach dem Tod Erdmannsdorffs auf den freigewordenen Platz im Direktorium der *Chalcographischen Gesellschaft zu Dessau* berufen, wo er half, deren Geschäfte abzuwickeln. Im Zuge dieser Tätigkeit geriet Bose, wie auch Waldersee, in Gegnerschaft zur fürstlichen Regierung.[101]

In erster Ehe war Bose seit 1779 mit Marie Catherine Ferdinande de Maugiron, Comtesse de Montléans (1749–1791) verheiratet gewesen, Erbin großer Güter in Frankreich, die sie zum Teil bereits Anfang der 80er Jahre schon an ihren sehr erfolgreich wirtschaftenden, ehemaligen *feudiste* Jean-Jaques Guyénot de Châteaubourg verkauft hatte.[102] 1794 heiratete der verwitwete Bose in zweiter Ehe die aus Utrecht stammende, geschiedene Cornelia Adriana Münter (1770–1828), zuvor verheiratet mit Frederik Willem Ginkell van Reede, 6th Earl of Athlone auf Amerongen (1766–1810). Mit ihr bezog er zunächst als Mieter das Wohnhaus des verstorbenen Hofarztes Kretschmar[103] und war damit wohl Nachmieter der Familie Waldersee, als diese ihr neues Haus bezog. 1803 erwarb Bose auf dem Grundstück 392, später Johannisstr. 13, ein klassizistisches Palais für 8000 rt.[104]

Bosé, Comte de, siehe: Bose

Bossann, Friedrich Wilhelm (1756–1813): Schauspieler und Dessauer Theaterdirektor. Der Sohn eines Berliner Gärtners war mit Catharina Elisabeth, geb. Berlitz, der Tochter eines Kasseler Regierungskanzlisten, verheiratet. Nach verschiedenen Engagements als Schauspieler hatte Bossann 1786 die Neuhausische Theatergesellschaft übernommen. Als Bossann'sche Truppe wurde er mit seinem Ensemble 1794 nach Dessau verpflichtet, wo er schon im kommenden Jahr unter dem Titel „Fürstlich Anhaltisch-Dessauische Hof-

---

101 FAW Stöfs I.B.3./I.C.2.i) Bertuch von 1784 an: 30. März 1801. LASA Z 44, C 9e Nr. 76, Bd. Ia, 1. Pro Memoria Waldersees vom Dez. 1803. LASA Z 44, C 9e Nr. 76, Bd. Ib, fol. 14 r. u. v.: Verzeichnis sämtlicher Akten der Chalkographischen Gesellschaft vom 26. August 1806, und fol. 18: 31. August 1806, Regierung verlangt Auslieferung sämtlicher Akten.

102 Vgl. Conchon 2002.

103 Brückner Bd. 2, S. 133.

104 Brückner Bd. 14, S. 1266 f.

schauspielergesellschaft“ firmierte. Für das neue Dessauer Theater verkaufte er dem Fürsten seinen Theaterfundus und wurde nun Theaterdirektor neben dem Intendanten Lichtenstein. Bossann wurde als ausgezeichneter Organisator gerühmt, von gutem Gespür für Novitäten. Für das Dessauer Theater führte er ein neuartiges Abonnement ein und unterhielt eine beispielhafte Schauspielbibliothek. 1807 wurde er zum Herzoglichen Hoftheaterdirektor ernannt. Bossann erlag einer Typhusinfektion, die er sich als freiwilliger Helfer in einem Kriegslazarett zugezogen hatte.

Brabeck, Johann Friedrich Moritz Freiherr (1803: Graf) von (1742–1814): Domherr zu Hildesheim und Paderborn, bedeutender Kunstkenner und -sammler, Gründer der *Chalcographischen Gesellschaft* in Dessau mit wesentlicher, auch finanzieller Unterstützung des Fürsten. 1777 erfolgte der erste von zahlreichen Besuchen Brabecks in Dessau.[105] Sein mangelndes unternehmerisches und praktisches Talent zwang Brabeck schon 1796, nur ein Jahr nach Gründung der Gesellschaft, sich daraus zurückzuziehen. Es gelang, sich mit Brabeck gütlich zu einigen: Als Aktiengesellschaft mit dem Fürsten als einem der größten Aktionäre unterstand sie fortan gemeinschaftlich Erdmannsdorff, Bertuch und Waldersee. Brabeck ließ sein eingebrachtes Kapital gegen jährliche Verzinsung bei Gewinn stehen.[106]

Bramigk, Carl Friedrich (1736–1802): Dessauer Kaufmann und Tabakfabrikant, Vater von sechs Töchtern, u. a. Wilhelmine, in die sich Waldersee 1780 verliebte. Ihre jüngeren Schwestern schlossen Ehen, aus denen der gesellschaftliche Anspruch ihres Elternhauses sichtbar wird: Die 1770 geborene Wilhelmine Charlotte ehelichte 1803 den Weimarer Bankier Jean Desport de Monbadour; Henriette Caroline wurde 1796 von dem fürstlichen Leibarzt Dr. med. Bernhard Andreas Franz Olberg zum Traualtar geführt; die 1774 geborene Caroline[107] heiratete 1804 den Gesandschaftsattaché Pierre Bertrand

---

105 LASA Z 44, A 12a, Nr. 19, fol. 29: 19. April 1777 Herr von Brabeck.

106 Vgl. GSA 06/2047, 14. vom 27. Mai 1796 und 15. vom 7. Juni 1796.
Vgl. GSA 06/357, fol. 56/106, Dessau, 7. Juni 1796.
Vgl. FAW Stöfs I.B.3./I.C.2.i) Bertuch von 1784 an: 10. Juni 1796, 21. Juni 1796
LASA Z 44, C 9e Nr. 75, fol. 8, Dessau, 21.5.1797, F. J. Bertuch an den Fürsten: Pro Nota, daß es im vergangenen 1. Jahr der Gesellschaft keinen Gewinn, sondern einen Verlust von 234 rt 15 gr gegeben habe und man Herrn von Brabeck auf die angenommenen 12 000 rt also keinen Gewinn von 15 Prozent ausbezahlen könne.

107 http://gw.geneanet.org/favrejhas?lang=de&p=karl+friedrich&n=bramigk, 13. Mai 2016.

du Chazaud in Weimar und die erst 1776 geborene Louise Emilie 1794 den Leipziger Bankier Wolfgang Schrepfer.[108]

1763 hatte Bramigk für 2610 rt das Haus Nr. 562 gekauft, Ecke Kirchgasse, Ecke Rathausstraße.[109] 1782 erwarb er das Puttkamer'sche Haus Nr. 477, an der Kavalierstraße, Ecke Totenpforte, welches groß genug war, um als Geschäft und Wohnhaus der Familie zu dienen. Hier entfaltete er eine Lebensführung, die das Leben bei Hofe in den Schatten zu stellen suchte und führte das gastfreie Haus, wovon Caroline Tischbein berichtet.[110]

BRAMIGK, Kaufmann: siehe Bramigk, Carl Friedrich

BRAMIGK, WILHELMINE LUISE (*ca. 1763–1766): älteste Tochter des Dessauer Kaufmanns Carl Friedrich Bramigk. Waldersee verliebte sich 1780 in die Tochter des Kaufmanns und Inhabers einer Tabakmanufaktur, die er auf Gesellschaften in Dessau kennengelernt hatte, zu welchen ihn sein Erzieher August Rode begleitete,[111] dessen Bruder Carl 1786 ihre jüngere Schwester Charlotte Friederike ehelichte.[112] Wilhelmine sollte 1794 den Diakon von St. Johannis, Jacob Gottfried Schütz, heiraten.

Bertuch und die Brüder Rode waren eingeweiht in die drei Jahre dauernde, heimliche Liebesgeschichte zwischen Waldersee und Wilhelmine Bramigk.[113] Als Waldersees Herz sich endgültig anders entschied, für die *Comtesse*, scheint sich Wilhelmine nur schwer von dieser Liebe verabschiedet zu haben. Erst zehn Jahre später war Wilhelmine – wieder – bereit, zu heiraten.

BRANCONI, ANTON FRANZ SALVATOR VON (1762–1828): Sohn der Marchesa Maria Antonia Pessina de Branconi, geb. von Elsner und ihres früh verstorbenen Gemahls Francesco. Branconi wurde zum Reisemarschall an den Dessauer Hof berufen und erhielt von Fürst Leopold III. Friedrich Franz das 1797 von Erdmannsdorff entworfene Palais Branconi verehrt. Dieses an Stelle des alten Geisthofs errichtete Haus Nr. 636, gerade gegenüber des ehemaligen

108 Brückner Bd. 17, S. 1545.

109 Brückner Bd. 6, S. 530 ff.

110 Brückner Bd. 17, S. 1545 zitiert hier wohl Stoll 1923.

111 FAW Stöfs o. Num., 1780.

112 Brückner Bd. 17, S. 1545.

113 GSA 06/2047, 1. Wörlitz, 2. Oktober 1782.
FAW Stöfs I.B.2.e) Carl Rode am 22. Juni 1783.
FAW Stöfs o. Num., 1783.
GSA 06/2047, 2. Dessau, 8. Dezember 1783.
GSA 06/2047, 3. Dessau, 21. Dezember 1783.
FAW Stöfs I.B.3./I.C.2.i) Bertuch am 4. Juli 1784 aus Weimar.

Palais Dietrich und nunmehrigen *Amalienstifts*, war ein eleganter Bau von schlicht gehaltenem Klassizismus, dessen Fassade sich durch vier bis zum Dach reichende, ionische Pilaster auszeichnet, die ein ionisches Gebälk und einen Dreiecksgiebel tragen, auf dem wiederum drei schwere Sandsteinvasen thronen. Branconi hielt sich meist auf dem von seiner Mutter ererbten Gut Langenstein bei Halberstadt auf, weshalb er 1807 erstmals versuchte, das Haus zu veräußern, was aber erst 1815 gelang.[114]

BRANCONI, SOPHIE CAROLINE VON, geb. von Rössing (1767–1853): Gemahlin des Dessauer Reisemarschalls Anton von Branconi. Der Reisemarschall und seine Frau waren eng mit dem Ehepaar Waldersee befreundet. Wie amüsant die Aufenthalte auf Gut Langenstein, dem Landsitz des Ehepaares bei Halberstadt, waren, belegt das Scherzzeugnis, das die Gastgeberin ihrem Gast nach einem Brockenritt ausstellte.[115]

BRANCONI, MARIE ANTONIA MARCHESA DE, geb. von Elsner (1746–1793): Witwe des Marchese de Branconi, Maitresse des Herzogs Karl II. Wilhelm Ferdinand von Braunschweig (1735–1806) und enge Freundin Lavaters. Mit ihrer Tochter Anna, dem illegitimen Sohn Graf Forstenburg und ihrem Sekretär Mattei führte sie ein eher unstetes Leben, das sie auch nach Dessau führte.[116]

BRANDENBURG-SCHWEDT, HEINRICH FRIEDRICH MARKGRAF VON (1709–1788): vermählt mit Leopoldine, Prinzessin von Anhalt-Dessau (1716-1785), deren Verbannung, zuletzt nach Kolberg, er 1751 erreicht hatte. Das Paar hatte zwei Töchter, Friederike Charlotte Leopoldine Louise Prinzessin von Brandenburg-Schwedt (1745–1808), Fürstäbtissin des Stiftes Herford, und ihre jüngere Schwester, die mit ihrem rechten Vetter, Fürst Leopold III. Friedrich Franz von Anhalt-Dessau, verheiratete Fürstin Louise.

BRANDENBURG-SCHWEDT, PHILIPP WILHELM MARKGRAF VON (1669–1711): Sohn des sogenannten Großen Kurfürsten, Friedrich Wilhelm von Brandenburg (1620–1688) aus dessen 2. Ehe mit Dorothea, Prinzessin von Schleswig-Holstein-Glücksburg (1636–1689) – die Kinder aus dieser, nach dem Tod der Luise Henriette, Prinzessin von Oranien-Nassau (1627–1667), geschlossenen

---

114 LASA Z 44, C 5d Nr. 3, fol. 19 r., 1795 Verhandlungen über den Bau seines Hauses.
Brückner Bd. 1, S. 39 ff. mit Abb. S. 40. Heute ist das Palais Branconi besser unter seinem späteren Namen „Kristallpalast“ bekannt, es steht jedoch nur noch die Fassade.

115 FAW Stöfs I.B.2./I.C.2.n) Briefe der L. [!] v. Branconi, geb. v. Rössing. aus Langenstein am 21. Juli 1804.

116 LASA Z 44, A 9e Nr. 15 (18), fol. 38 r. und A 12a Nr. 19.

Ehe begründeten den Zweig der Markgrafen von Brandenburg-Schwedt. Als Halbbruder des ersten preußischen Königs, Friedrich I. (1657–1713), war er vermählt mit Johanna Charlotte, Prinzessin von Anhalt-Dessau (1682–1750) und Großvater der Fürstin Louise von Anhalt-Dessau, Prinzessin von Brandenburg-Schwedt.

Brandt von Lindau, Friederike Henriette, geb. von Seydewitz (1737–1766): Ehefrau des seit 1764 amtierenden Dessauer Hausmarschalls und 1767 zum Oberhofmeister der Fürstin Louise, ernannten Ludolph Heinrich Carl Friedrich Brandt von Lindau, Teilnehmerin der Jagd auf den Hirsch ohne Ohr am 23. September 1765.

Braun: Bedienter des Fürsten von Anhalt-Dessau, der den Fürsten und den Erbprinzen 1783 auf der Reise in die Schweiz und am 29. August 1783 auf der Rückreise begleitete.[117]

Braunschweig-Lüneburg, Georg Wilhelm Friedrich Kurfürst von (1760: Georg III. König von Großbritannien und Irland, 1814: König von Hannover) (1738–1820): Bündnispartner Brandenburg-Preußens und Sachsens im 1785 geschlossenen Fürstenbund.

Buchwald, Juliane Franziska von, geb. Freiin von Neuenstein (1707–1789): verwitwete Oberhofmeisterin zu Gotha, bei Hofe *la Maman* genannt, eine vor allem literarisch hochgebildete Frau: „vielle femme de beaucoup d'esprit".[118]

Buchhorn, Karl Ludwig (1770–1856): von 1796 bis 1803 Künstler der *Chalcographischen Gesellschaft zu Dessau.* Der in Halberstadt geborene Schüler Daniel Bergers war ein äußerst vielseitiger Künstler, der in Linien-, Punktier- und Kreidemanier stach, selbst Porträts, Landschaften und Pflanzen zeichnete oder in Öl malte und sich deshalb besonders als Lehrer der Zeichenschule eignete. Für die 1802 begonnene Platte zu „Amor und Psyche" erhielt er 900 rt akkordiert.[119]

Burdett, Peter Perez, Hauptmann (†1793): englischer Ingenieur, seit 1775 als Geodät in badischen Diensten, 1777 zum Hauptmann befördert, Mitarbeiter des Geodäten Schmauß, der mit ihm die *Carte von der oberen Markgraf-*

117 LASA Z 44, A 9e Nr. 15 (18) fol. 41 v.

118 FAW Stöfs I.B.3./I.C.2.m) 1.) Journal de Voyage en 1782, fol. 16, 13. Juni 1782, Gotha.

119 Kat. Ausst. Dessau 1996, S. 91.

schaft Baden [...] fertigstellte.[120] Waldersee ließ sich vom Präsidenten von Gayling die neuen Karten zeigen und erklären.[121]

Cagliostro, Alessandro Graf von, eigentlich: Balsamo, Giuseppe (1743–1795): Hochstapler und Scharlatan, der seine magischen Heilkünste 1781 in Straßburg anwandte. Lavater reiste zur Prüfung dieser Heilmethoden eigens dorthin. Mit ihm zusammen bestaunten auch Waldersee und der Kammerdirektor Hoffmann den Betrüger.[122] Leider, ohne sich näher mit den Techniken eines solchen Mannes vertraut zu machen, denn sonst hätte er Lichtenstein, der ganz ohne Scharlatanerei an das Geld fremder Menschen gelangte, gewiss schneller durchschaut.

C.[omtesse], siehe: Anhalt, Louise Gräfin von

Campen, Wolfardine von, siehe: Schulenburg, Wolfardine Gräfin von der

Casimir aus Detmold, siehe: Lippe-Detmold, Casimir

Casimire, siehe: Lippe-Detmold, Casimire Gräfin zur, Prinzessin von Anhalt-Dessau

Cecco: Spitzname Franz von Waldersees im Hause des Kammerdirektors Hoffmann und bei August Rode. Die beiden älteren Freunde spielten mit dem Spitznamen „Cecco" vermutlich auf Waldersees dichterisches Talent an. Namengebend in Frage kommen zwei Zeitgenossen Dantes: Cecco Angioleri (1260–1312), ein Sieneser Dichter und Cecco d'Ascoli, ein italienischer Universalgelehrter, Freidenker und Verfasser eines enzyklopädischen Gedichts „Acerba" (1269–1327). Wie hellsichtig der Name auch in anderer Hinsicht war, konnte er nicht ahnen: Die wirtschaftlichen Schwierigkeiten Cecco Angioleris waren zuletzt so überwältigend, dass seine fünf minderjährigen Kinder das Erbe ausschlugen. Cecco d'Ascolis Schwierigkeiten mit der Obrigkeit, seine Amtsenthebung und der Tod auf dem Scheiterhaufen spiegelten sich hingegen nur begrenzt in Waldersees Leben wider.

Chambaud-Charrier, Friedrich Ernst von (1756 oder 1757–1814): Kommandeur der Leibkompagnie des Erbprinzen Friedrich von Anhalt-Dessau. 1791[123]

---

120 GLA Karlsruhe Hfk. Ha Nr. 16.
Kat. Ausst. Baden-Baden 1981, S. 213 u. Kat. Nr. 6.4.5.

121 FAW Stöfs I.B.3./I.C.2.m) 3. Tagebuch der Schweizreise 1783, fol. 104, 11.11.1783, Karlsruhe.

122 FAW Stöfs Familienchronik, fol. 146 b, 1781.

123 Gerlachsches Familienarchiv, FA01607.1, Brief der Fürstin Louise von Anhalt-Dessau an Friedrich Ernst von Chambaud, Wörlitz, 6. Januar 1791, Offizierspatente enthaltend.

hatte der Erbprinz begonnen, ein fürstliches Jägerkorps zusammenzustellen. Da es in Anhalt-Dessau keine Wehrpflicht gab, wurden die jungen Männer mehr oder weniger zwangsverpflichtet. Bis 1794 waren auf diese Art bereits zwei Kompagnien zu je 40 Mann, bis 1805 schon vier zusammengekommen, die bis nach Tirol und Spanien Dienst taten. Chambaud unterstanden neben der Leibkompagnie auch die zweite und die dritte Kompagnie.[124]

CHAMBAUD-CHARRIER, HENRIETTE DOROTHEE WILHELMINE CHARLOTTE, geb. von Goldbeck (1768–1813): heiratete 1793 den Kommandeur der Erbprinzlich Dessauischen Leibkompagnie.

Der nach der 3. polnischen Teilung in Warschaus nun preußischer Verwaltung tätige Direktor der Finanzverwaltung war nicht, wie Waldersees Freund Husarszewsky denkt, ihr Bruder, sondern ihr Onkel und Bruder ihres Vaters. Heinrich Julius Baron von Goldbeck (1733–1818) war 1778–1798 Präsident des preußischen Kammergerichts und wurde 1795 zum Großkanzler, sowie Chef des preußischen Justizwesens und der Gesetzkommission berufen.[125] Husarszewsky vermutet, dass Waldersee ihn kennt, weiß möglicherweise auch von einer freimaurerischen Verbindung beider Männer.[126]

CHAMBON, Mde. de, siehe: Chambaud

COELER, KARL FRIEDRICH (1737–1808): von 1770 bis 1808 Propst in Wörlitz, seit 1763 verheiratet mit der ältesten Tochter des Superintendenten Simon Ludwig Eberhard de Marées, Charlotte Louise (*1744). Coelers Geschwister heirateten wie die Geschwister seiner Ehefrau im engen Umkreis der Dessauer Beamten: Der älteste Bruder Leopold Ludwig Wilhelm Marius (1733–1797) ehelichte Henriette Dorothee Rode (*1745), die Schwester der beiden mit Waldersee eng befreundeten Brüder; seine ältere Schwester Wilhelmine Leopoldine Mauritia Friederike (*1734) den Onkel seiner Frau und ebenfalls Pfarrer, Isaac Daniel de Marées (1732–1781) – der Sohn dieses Ehepaars, Ludwig Christian Leopold de Marées (1779–1850) wurde ebenfalls Pfarrer und sollte als Rektor nicht nur in Wörlitz wirken, sondern zudem seine Cousine Friederike Coeler, die Tochter des Wörlitzer Probstes heira-

---

Ebd., FA01597, Friedrich Ernst von Chambaud, Darstellung Meiner Verhältnisse.

124 Brückner Bd. 14, S. 1233 f., Vgl. auch Beckus 2015, S. 349.
LASA Z 44, C 5d Nr. 3, fol. 29 v. (1791), fol. 115 v. (1805), fol. 32 r. (1814, 1817): Seinen Kindern, zumal der Tochter Albertine, wurde für 3 Jahre eine Pension von 500 rt bewilligt.

125 Gerlach, Karlheinz, S. 295.

126 FAW Stöfs I.B.2.e) Husarzewzki/Warschau 20. April 1796.

ten.[127] Die Nähe zum Hof bestätigt sich, wenn wir lesen, dass die fürstlichen Kinder mit den Kindern aus dem Wörlitzer Pfarrhaus spielen.[128]

Coeler spielte zusätzlich zu seinem kirchlichen Amt – wie Pfarrer zumeist – eine tragende Rolle im Bildungswesen Anhalt-Dessaus, zumal in der 1784 durchgreifenden Reform desselben, womit gewiss Konflikte mit seinem Schwiegervater, dem Superintendenten vorprogrammiert waren. Im Sommer 1784 bereiste Coeler auf fürstlichen Befehl Süddeutschland, um dort „alle merkwürdige[n] Männer und Schulen" kennenzulernen und Anregungen zu sammeln.[129]

Die Reise wurde zusätzlich genutzt, um mit Professor Neuendorf die Haltung der katholischen Reichsstände zu dem Fürstenbund-Projekt zu ergründen.[130]

COELER, Tochter des Propstes: Bei der Spielgefährtin der *Comtesse* Louise Anhalt[131] handelt es sich um eine ältere Schwester von Friederike (*1780), die später ihren rechten Vetter, den Pfarrer Leopold de Marées (1779–1850) heiratete, der in Wörlitz als Rektor wirken sollte.[132]

COHN, ITZIG HIRSCH (1777–1863): Wörlitzer Schutzjude, der ab 1819 im Haus der ehemals von Waldersee geleiteten Medizinalkommission im Obergeschoss mit herzoglicher Genehmigung ein Leihhaus betrieb. Damit war der Grundstock gelegt zu dem später von seinem Sohn Moritz (1812–1900) und seiner Enkeltochter Julie Baronin von Cohn-Oppenheim so überaus erfolgreich fortgeführten Bankgeschäft.[133] Waldersee stand 1816 bei dem mit Marianne, geb. Nathan, verheirateten Cohn, den er bereits Banquier nannte, mit der Summe von 2500 rt in der Kreide.[134]

COMTESSE: siehe Anhalt, Louise Gräfin von

COMTEẞ[E]: siehe Anhalt, Louise Gräfin von

CRAUSE: siehe Kraus, Georg Melchior

CREUTZBURG: siehe Kreutzburg, Karl Lebrecht

---

127 Beckus 2015, S. 351 f. und S. 422 ff.

128 FAW Stöfs I.B.2.f) Kindertagebuch der 6 bis 7-jährigen Louise Anhalt.

129 GSA 06/2047 Nr. 5. Dessau, 17. Juli 1784.

130 GSA 06/357, fol. 2, Eisenach, 19. Juli 1784.

131 FAW Stöfs I.B.2.f) Kindertagebuch der 6 bis 7-jährigen Louise Anhalt.

132 Beckus 2015, S. 425.

133 Brückner Bd. 11, S. 954.

134 FAW Stöfs I.B.1.b) Designation der Schulden 1816.

CURATOREN DER AMALIENSTIFTUNG, siehe: Krosigk, C. E. von; Marées, L. de; Siegfried

DALBERG, CARL THEODOR FREIHERR VON (1744–1817): seit 1772 Statthalter des Kurfürsten von Mainz und 1787 Koadjutor desselben in der Enklave Erfurt, 1802 Kurfürst und Erzbischof von Mainz, später Anhänger Napoleons, der ihn zum Fürstprimas des Rheinbundes und Großherzog von Frankfurt erheben sollte. Im August 1782 hatte Waldersee auf der Rückreise aus der Schweiz in Würzburg ein heftiges Fieber befallen, weshalb die Reisegesellschaft ihn mit Rode dort ließ. Offenbar hatte Dalberg sich persönlich und ausdauernd um den Kranken gekümmert, der alle Haare verlor und erst nach einer Woche wieder reisefähig war.[135] Dalberg war über seine Verbindungen zum Weimarer Hof mit den Fürstenbund-Planungen vertraut, die seiner der Reichsverfassung treuen und daher gegen den Kaiser und Österreich gerichteten Haltung entsprach.[136]

DÄNIKER, HANS CONRAD (1726–1784): Pfarrer in Oberrieden, dessen Pfarrhaus Ziel vieler Reisender wurde: Goethe, die Brüder Stolberg, Karl Friedrich von Baden und auch die Dessauer frühstückten gern bei ihm.[137]

DAVOUST, siehe: Davout

DAVOUT, LOUIS-NICOLAS D'AVOÛT, gen. (seit 1806: Herzog von Auerstedt, seit 1809: Prinz von Eckmühl) (1770–1823): französischer General, *Pair* und *Maréchal d'Empire*, der durch Strenge und Disziplin ebenso wie durch seine herausragenden militärischen Fähigkeiten Berühmtheit erlangte. Unter seinem Befehl errang die *Grande Armée* den Sieg über das preußische Heer bei Auerstedt. Napoleon verlieh ihm hierfür nicht nur den Herzogstitel, sondern ließ ihm und seinen Soldaten auch den Vortritt beim Einzug der französischen Truppen in Berlin im Oktober 1806. In die Zeit seiner Rückkehr nach Berlin, um den Abzug der französischen Truppen zu leiten, fällt eine Episode, die Franz II. Waldersee teilweise miterlebte. Die Prediger in den Berliner Kirchen wurden von der französischen Besatzung beobachtet, um sicherzustellen, dass ihre Predigten das Volk nicht gegen die Besatzung aufwiegelten: „Schleiermacher habe ich öfters gehört, auch unter andern die Predigt, weshalb i[h]n Davoust vor seiner Abreise noch recht den Kopf gewaschen hat. Schleiermacher soll sich dabei sehr gut benommen haben, auch

135 FAW Stöfs o. Num.

136 Vgl. Becher 1944 und Krämer 1958.

137 Goethe, Tagebücher, S. 40 f. und Goethe's Schriften, Bd. VIII, 1789. GLA Karlsruhe FA Pers. 5 Nr. 44 Fasz. XVII a, fol. 7.

Schmalz sass einige Zeit hindurch auf der Hausvogtey."[138] Dem wie Schleiermacher nach der Schließung der Universität Halle durch Napoleon in Berlin privatisierenden Juristen und Hallenser Ordinarius Theodor Anton Heinrich Schmalz war von der französischen Besatzung vorgeworfen worden, mit einem Offizier in Königsberg unerlaubterweise korrespondiert zu haben. Deshalb wurde er nun in der Hausvogtei „mit Schärfe bewacht."[139]

DEHNDORF; Klavierlehrer der *Comtesse* Louise von Anhalt in Dessau. Da es der einzige Lehrer ist, den sie beim Namen nennt,[140] können wir auf die Bedeutung, die das Klavierspiel für sie schon als Kind hatte, schließen. Das wird bestätigt durch viele spätere Quellen, wo Noten ausgetauscht werden und über gemeinsames Musizieren gesprochen wird. Auch Waldersee war offenbar ein begabter Musiker, der bereits in Berlin ein Klavier besaß.

DEẞAU, FÜRST UND FÜRSTIN VON, siehe: Anhalt-Dessau, Leopold III. Friedrich Franz Fürst von und Louise Henriette Wilhelmine Fürstin von

DEUTSCHER KAISER, eigentlich: Franz I. Kaiser des Heiligen Römischen Reiches deutscher Nation (1708–1765): als Franz III. Herzog von Lothringen (1729–1737) und anschließend als Franz II. Großherzog der Toskana, seit 1745 gewählter Kaiser des Reiches, seit 1740 Mitregent seiner Gemahlin Maria Theresia Erzherzogin von Österreich und Königin von Ungarn. Der Tod des Kaisers am 18. August 1765 ist die einzige Notiz im Tagebuch der Prinzessin Louise von Brandenburg-Schwedt nach ihrer Verlobung mit dem Fürsten von Anhalt-Dessau am 15. Juli 1765. Erst Ende September notiert sie dann wieder einen kurzen Aufenthalt ihres Bräutigams in Berlin, bevor er kurz darauf für 17 Monate auf Reisen geht, ohne dass sie von ihm hört.

DIETRICH, FRIEDRICH CHRISTOPH (1779–1847): an der Kaiserlichen Akademie zu Augsburg ausgebildeter Mitarbeiter der *Chalcographischen Gesellschaft zu Dessau*, dessen Arbeiten Bertuch sowohl qualitativ als auch preislich gefallen: „Die 2 Platten vom jungen Dietrich wollen wir für die Ch. Gesellschaft behalten. Sie sind recht artig und gefällig, und der Preiß ist sehr billig."[141] Von dem aus dem Hohenlohischen stammenden, früh verwaisten und unter fürstlich hohenlohischer Vormundschaft stehenden Dietrich erschienen 1801 acht Blätter, dabei auch Landschaften, als Radierung und Aquatinta. Nach Schließung der Gesellschaft arbeitete Dietrich in Haldenwangs Atelier in Karlsruhe

138 FAW Stöfs I.B.1.h) Franz II. v. Waldersee an Leopold v. Gerlach, Berlin 15. Dezember 1808.

139 Allgemeine Zeitung München, S. 1332, Bericht aus Berlin vom 19. Nov. 1808.

140 FAW Stöfs I.B.2.f) Kindertagebuch der 6 bis 7-jährigen Louise Anhalt.

141 FAW Stöfs I.B.2.h) Briefe von Bertuch/Weimar, 30. Dezember 1800.

und anschließend in Öhringen als fürstlicher Hofkupferstecher. Es folgten Jahre in Amsterdam, London und Berlin, bis er 1817 dem Ruf nach Polen folgte, wo er zusätzlich zu seiner künstlerischen Tätigkeit 1820 auch zum Jagdmeister und 1825 zum Inspektor der Warschauer Hauptkreditanstalt ernannt wurde.[142]

DOHNA-SCHLODIEN, BURGGRAF UND GRAF ZU (1764–1818): Freund Waldersees, Fähnrich beim Potsdamer Infanterie-Regiment Prinz von Preußen, dessen Bruder Fabian (1777–1839) in Dessau das Philanthropin besuchte.

EBERIUS, JOHANN FRIEDRICH KARL: Dessauer Schneidermeister, verheiratet mit der Schneidermeisterstochter Sabine Dorothee Elisabeth, geb. Müller. Eberius war der Sohn des 1758 aus Köthen zugewanderten Dessauer Hofschneiders Johann Friedrich Eberius und Bruder einer fürstlichen Maitresse. Die sogenannte Dessauer Schneiderrevolte entzündete sich 1794 an dem wegen Totschlags vorbestraften Schneider Eberius. Nachdem er seine Strafe abgesessen hatte, die ihm ausdrücklich unter Beibehaltung seiner zünftigen Ehre und Beibehaltung seiner bürgerlichen Rechte zugesprochen worden war, erregten die Wiederaufnahme seiner Arbeit und Anstellung eines Gesellen den Unmut der gesamten Zunft. Beide Seiten taten das ihre, um den Konflikt noch anzuheizen und die Regierung schien unentschieden, ob Milde oder Strenge richtig seien. „Wenn gütliches Zureden nicht hilft, dann Strenge anwenden [.]“, entschied der Fürst und schritt schließlich selbst zur Tat.[143]

Ohne das Grollen der Französischen Revolution im Hintergrund ist die Reaktion des auf offener Straße prügelnden Fürsten nicht einzuordnen. Zeitläufte und persönliche Beleidigung durch die Verquickung mit seinem Liebesleben sorgten für eine explosive Gefühlslage, die eine sonst selten wahrzunehmende Seite des fürstlichen Naturells zeigt.

ECKARDSTEIN, CHARLOTTE JOHANNA FREIFRAU VON, gen. Lotte, geb. Freiin von Loën (1783–1855): Tochter des Johann Jost Freiherrn von Loën (1737–1803) und seiner Gemahlin Agnese, Prinzessin von Anhalt-Dessau. Die Nichte des Fürsten Franz hatte 1800 Georg Christian Freiherrn von Eckardstein geheiratet. Folgt man den Tagebüchern der Fürstin, war die Anbahnung dieser Ehe wohl auf den Fürsten zurückzuführen[144] und es drängt sich der Verdacht auf,

142 Kat. Ausst. Coburg 1987, S. 17. Kat. Ausst. Dessau 1996, S. 98.

143 Brückner Bd. 8, S. 689, Bd. 11, S. 965 ff., leider ohne Angabe der Quellen.

144 Die originalen Tagebücher der Fürstin, Bd. II, S. 424: Am 25. Februar 1800 zeigte der Fürst „mir drey Ringe, wovon er den Versprechungs Ring für die Loen kaufen wolte [...].“
Ebenda, S. 424, am 24. März 1800 schreibt die Fürstin wegen des „bräutligen Besuchs von Eck[ard]stein und legte eine goldne Kette (eines mein

dass die eheliche Verbindung zum Fürstenhaus ein Mittel war, das Vermögen der Familie Eckardstein nach Dessau zu lenken.

ECKARDSTEIN, ERNST JAKOB (1799: Freiherr) VON (1742–1803): Schwiegervater der Charlotte, geb. Freiin von Loën, der Nichte des Fürsten Franz. Über die Anbahnung dieser Ehe kam wohl der Kontakt zu Waldersee zustande, der sich 1800, zeitgleich mit der Verlobung des jungen Paares, Hilfe bei der Regulierung der Institutsgeschäfte durch Eckardstein, Vater und Sohn erhoffte.[145] Zu den erfolgsreichsten Unternehmungen des aus dem Solling stammenden Unternehmers zählte sicher die Spiegelglashütte Amelith bei Nienover im Solling. Diese mit einem holländischen Kompagnon, Isaac Carlos aus Amsterdam, 1776 gegründete Glashütte profitierte von einem äußerst günstigen Wirtschaftsklima für Luxusgüter und dem Bedürfnis nach technischen Innovationen. 1790 erhielt er zudem den Auftrag, die in Brabant in englischem Sold stehenden Truppen zu verpflegen. Das Vermögen, das er hier binnen Kurzem erwarb, ermöglichte ihm, sich nach der Übersiedlung nach Berlin 1799 mit einer halben Million Reichstalern an der Preußischen Seehandlung zu beteiligen, und neben dem späteren Palais Hardenberg in Berlin, auch größeren Landbesitz in Brandenburg zu erwerben. Diese großen Investitionen, die mit Modernisierungen in der landwirtschaftlichen Betriebsweise verbunden waren, wurden ihm vom Königshaus mit dem Titel des Kammerherrn und der Erhebung in den Freiherrnstand belohnt.

ECKARDSTEIN, GEORG CHRISTIAN (1799: Freiherr) VON (1773–1820): Sohn des Ernst Jakob von Eckardstein und seit 1800 verheiratet mit der Nichte des Fürsten Franz, Charlotte Johanna Freiin von Loën. Der Sohn eines der erfolgreichsten Unternehmer seiner Zeit war zum Anhalt-Dessauischen Hausmarschall ernannt worden und investierte nun in Dessau: 1805 erwarb er für 9.790 rt das Haus Nr. 220 „am Rundteil mit den dazugekauften Gärten“ der rückwärtigen Häuser 268 bis 271 bis zur Straße An der Mauer. Eckardstein

---

Armbä[n]der aus Ven[e]dig) für die Lotte Loen als Braut nebst einigen Zeilen an Ihr mit ein“.
Ebd., S. 425, am 2. April 1800 fragt der Fürst sie im Garten „ob ich als morgen mittag drüben mit die Loens Eßen wolte“.

145 GSA 06/2047, 29. Dessau, 29. April 1800. Für den Fall, dass Vater und Sohn Eckardstein das Institut nicht mit einem Kredit unterstützen würden, bietet Waldersee eigene 22 000 rt an Obligationen an, die er dem Institut vorschießen könne.
Ebenda, 30. Dessau, 5. Mai 1800. Eckardstein sen. wird erst gegen Ende Mai von einer Dienstreise zurück sein, deshalb ist vorher keine Entscheidung zu erwarten und die Messe könne so nicht gedeckt werden.

arrondierte diesen Grundbesitz noch, 1808 übernahm er dann, zusammen mit dem Kammerherrn Karl von Hagen, die benachbarte, am Südrand des Rondells stehende, frühere fürstliche Tuchfabrik, ein Unternehmen, das ursprünglich weniger der Gewinnerzielung dienen, sondern Armen und Bettlern eine niederschwellige Verdienstmöglichkeit verschaffen sollte. Dieser Zweck hatte sich nicht nur bewährt, die Fabrik hatte sogar zusätzlich zur Schonung der Armenkasse noch Gewinne erwirtschaftet. Doch nun waren die Zeiten schlecht, hinzu kam womöglich auch die Insolvenz der *Chalcographischen Gesellschaft*, weshalb die Fabrik nun in private Hände übergehen sollte. Langfristig war das jedoch kein Erfolg, vielleicht verfügte Eckardstein auch nicht über das außerordentliche unternehmerische Geschick seines Vaters. 1810 hatte er jedenfalls fast 50 000 rt Schulden und musste 1812 neben der Fabrik auch große Teile seines Dessauer Grundbesitzes abstoßen.[146]

ECKER (*1742[!]): aus Neuwied stammender Mitschüler Waldersees der ersten Klasse am Philanthropin, aufgenommen zusammen mit Bender am 14. Mai 1775.[147]

EDELSHEIM, WILHELM FREIHERR VON (1737–1793): badischer Staatsminister. Weder die Arbeit des Markgrafen und des Fürsten von Anhalt-Dessau an einer Union zur Rettung der Reichsverfassung noch die zahlreichen Reformen in Baden unter Karl Friedrich sind ohne den Namen dieses Ministers zu denken.[148] Wegen der intensiven Beteiligung des Ministers an den Fürstenbundplanungen scheint Markgraf Karl Friedrich ihm eine Kopie des am 13. August 1783 von Freudweiler im Weinberg Lavaters gemalte, offenbar programmatisch zu deutende Porträt mit seinem Sohn, Erbprinz Karl Ludwig, geschenkt zu haben. Der auf der Kopie rückwärtig angebrachte Zettel legt selbst in seiner rudimentären Erhaltungsform diese Deutung nahe: „Markgraf K[ar]l F[r]iedrich / & dessen Sohn Karl [Ludw]ig, / im Garten von Lavater in/ Zürich & auf dessen Veran- / lassung von Freudweiler im/ Jahre 1783. gemalt. Auf / Anregung Wilhelm v. Edelsheim / werden [Rest teils zerstört, teils unleserlich]“[149]

146 Brückner Bd. 19, S. 1692 und S. 1716 ff.
Beckus 2015, S. 355.

147 [Ulrich], S. 135 f.

148 Erdmannsdörffer Bd. I, S. 30 f.

149 Lauts, S. 403 f., Abb. 65.

EHRHARDT, CASTELLAN: Auch der Dessauer Castellan lieh Franz Graf Waldersee 1809 Geld.[150]

EHRLICH, JOHANN CHRISTIAN (†1781): vermutlich aus Querfurt stammender Dessauer Hofbildhauer, der auch in Zerbst tätig war. 1765–1767 gehörte er zu den Begleitern des Fürsten Franz auf der 17-monatigen Reise nach Italien, Frankreich und England. Von seiner Hand stammen die Reliefs im Festsaal des Dessauer Schlosses, die Wandstukkaturen im Speisesaal des Wörlitzer Schlosses, die Deckenstukkaturen in der dortigen Bibliothek, Möbelschnitzereien an einer Reihe auffallender Möbel in Wörlitz und im Luisium.[151]

EICHENBERG, PHILIPP WILHELM (1763–1834): Mitschüler Waldersees, Sohn des Frankfurter Druckers und Verlegers Johann Ludwig Eichenberg (führte den Verlag 1758–1769) und Enkel des Firmengründers Johann Bernhard Eichenberg (führte den Verlag 1742–1758). Seit 1769 wurden er und seine Geschwister von Johann Conrad Deinet (1735–1797) erzogen, der die Witwe seines Arbeitgebers, Maria Juliana, geb. Schild, nicht nur ehelichte, sondern mit ihr 1769 gemeinsam auch das unter „Eichenbergische Erben" oder „J. L. Eichenberg sel. Erben" firmierende Verlags- und Buchhaus fortführte, das Waldersees Mitschüler Philipp Wilhelm übernehmen sollte.

Seit 1771 erschienen im Verlag Eichenberg u. a. die Frankfurter Gelehrten Anzeigen, zu deren Beiträgern auch Goethe zählte. Waldersees 1775 am Philanthropin aufgenommener Mitschüler betrieb bis zu seinem Tod zumindest eine Buchhandlung, von ihm verlegte Werke, „bei P. W. Eichenberg", sind weniger bekannt.[152]

ERBPRINZ, siehe: Anhalt-Dessau, Friedrich Erbprinz von

ERBPRINZESSIN, siehe: Anhalt-Dessau, Amalie Erbprinzessin von, Prinzessin von Hessen-Homburg

ERDMANNSDORF, siehe: Erdmannsdorff

ERDMANNSDORFF, FRIEDRICH WILHELM FREIHERR VON (1736–1800): Kavalierarchitekt und Architekturtheoretiker des Frühklassizismus, seit dem 5. Oktober 1781 mit der Hofdame der Fürstin, Wilhelmine, geb. von Ahlimb, verheiratet.[153] Ohne je förmlich eine Stellung innegehabt zu haben, war er es, der

---

150 FAW Stöfs I.B.1.b) Cassa Buch, Schulden 1809.
Ebenda: Designation der Schulden 1816, Castellan Ehrhardt 500 rt.

151 Kat. Ausst. Frankfurt a. M. 1996, Kat. Nr. 45, 58, 83, 88, 108, 117 und 149.

152 Frankfurter Biographie Bd. I, S. 147.
[Ulrich], S. 135 f.

153 LASA Z 44, A 9e Nr. 15 (18), fol. 35 r.

den aufgeklärten Ideen des Fürsten Leopold III. Friedrich Franz in Dessau und Wörlitz Gestalt und Ausdruck gab. Nach dem Studium der Mathematik und Geschichte an der Universität Wittenberg, nach ausgedehnten Reisen durch ganz Europa und der Ausbildung seines zeichnerischen Talentes entschied er relativ spät, Architekt zu werden.[154] Seine Architektur richtete sich zeitlebens eng an der römischen Antike, zumal Vitruv, aus, dessen Lehrbücher er auch übersetzte.[155] Die Bauten in Anhalt-Dessau stellen den Hauptteil seines architektonischen Œuvres dar, das Palais Waldersee an der Zerbster Straße ist ebenfalls seine Schöpfung. Dieses Dessauer Wohnhaus der Familie wurde von 1793 bis 1795 errichtet, auf Veranlassung und Kosten des Fürsten.[156] 1796 sollte Erdmannsdorff, zusammen mit Bertuch und Waldersee, die Leitung des dritten großen Dessauer Reformprojekts, der *Chalcographischen Gesellschaft zu Dessau*, übernehmen.

Die Freundschaft des Architekten zum Fürsten erlaubte es ihm, auch kritische Äußerungen zu dessen Privatleben vorzunehmen. Als er starb, schrieb der Fürst an Bertuch: „Freilich thuth mich der Verlust den ich durch Erdmansdorffs Tod leide, recht wehe.“[157] Diese eindrucksvolle Freundschaft übertrug sich auch auf Waldersee, der seinen Nachlass auflösen sollte, im Sinne der beiden minderjährigen, nunmehr voll verwaisten Töchter, Luise und Minette.[158]

Die Enkeltochter Erdmannsdorffs sollte, zur Gräfin Reina erhoben,[159] ein Menschenalter später den Enkelsohn des Fürsten, Prinz Georg Bernhard von Anhalt-Dessau heiraten und die Verbindung des Fürsten und seines Architekten auf ganz andere Weise fortführen.

Erdmannsdorff, Wilhelmine Freifrau von, geb. von Ahlimb a. d. H. Ringenwalde (1743–1795): Hofdame der Fürstin Louise von Anhalt-Dessau und seit 1781 Ehefrau des Architekten. Noch unverheiratet, nahm sie an vielen

---

154 Kat. Ausst. Frankfurt a. M. 1996, S. 108 ff.

155 Die Übersetzung wurde von August Rode vollendet, der sie 1796 auch herausgab.

156 FAW Stöfs Familienchronik, fol. 157, 1793.
Ebd., I.B.2.g) 6. Reichsgraf Albrecht v. Anhalt: Brief an seine Tochter Louise Waldersee am 14. Mai 1793.

157 GSA 06/357, fol. 84/159: Wörlitz, 20. März 1800.

158 Louise Friderique *1783 und Wilhelmine Carolina *1785.

159 Therese Emma Freiin von Erdmannsdorff, 1831 zur Gräfin Reina erhoben, heiratete am 4. Oktober 1831 den Prinzen Georg Bernhard von Anhalt-Dessau, für den es die 2. Ehe war. Die sieben gemeinsamen Kinder erhielten den Namen der Mutter, Grafen Reina.

Reisen der Fürstin teil, so etwa – zusammen mit ihrem späteren Mann – an der Reise 1770 an den Genfer See. Die Hochzeit mit dem Architekten fand im Dessauer Stadtschloss statt und vereinte Willy mit Will.[160]

ETTLINGER, JOHANN FRIEDRICH (1712–1786): Besitzer einer umfangreichen Kunstsammlung in Frankfurt am Main.[161]

EYSERBECK, JOHANN FRIEDRICH (1734–1818): Hofgärtner im Luisium. Nach einer Kindheit in Zerbst, Lehr- und Wanderjahren in Holland (1753–1759) und England (1759–1761) begeisterte er sich für Blumenzucht. Der Plan, sich mit einem solchen Unternehmen niederzulassen, wurde durch die Berufung nach Dessau verhindert. So drückte er den Wörlitzer Anlagen und dem Gartenreich mit Johann Leopold Ludwig Schoch und Erdmannsdorff seinen gestalterischen Stempel auf. In den 57 Jahren seiner Tätigkeit wohnte er auf dem Wirtschaftshof des Luisiums und begleitete den Fürsten auf seiner ersten Englandreise. Eyserbecks Kinder blieben dem Metier des Vaters treu: sein im Vogelherd geborener Sohn Johann August (1762–1801) wurde zum Königl. Preuß. Hofgärtner berufen, seine Tochter heiratete den Herzogl. Garteninspektor Johann George Gottlieb Schoch d. J. (1758–1826) in Wörlitz, Bruder der fürstlichen Maitresse. 1800–1810 lebte in Eyserbecks Haushalt auch seine Enkeltochter Luise Schoch (1790–1824), die hier Matthisson kennenlernte und den Dichter – für ihn war es die 2. Ehe – heiratete.[162]

FAU, KATHARINA ELISABETH DU (nach 1689–1762): Tochter des fürstlichen Küchenmeisters Claudius du Fau zu Dessau, der seine Karriere bei Hof als Kammerdiener begonnen hatte, und der Kramerstochter Johanna Anna Judith, geb. Klauberg. 1706 habe die „Jungfer du Fau" mit fürstlicher Unterstützung das Haus Nr. 5 in der Steinstraße 65 erbaut, das Fürst Franz aus ihrem Nachlass für 2000 rt für die Mutter seiner Kinder, Johanna Eleonore von Waldersee, kaufte, schreibt Würdig. Dem widerspricht das Alter der Jungfer, weshalb wir uns an Brückner halten sollten, der in Claudius du Fau den Erbauer des Hauses sieht: An Stelle des alten Ballhauses wurden Ende des 17. Jahrhunderts Neubauten hinter einer einheitlichen Fassade im Stil des holländischen Barocks errichtet. Zum Schlossplatz hin wurde die Hofkammer untergebracht, zur Steinstraße hin, schon außerhalb der Stadtmauer, waren es Wohnhäuser. Laut Brückner war die Baustelle 1693 dem damals noch als Lakaien tätigen du Fau zugewiesen worden, 1708 hätten seine

160 Vgl. Rode 1801, der einige Briefe Erdmannsdorffs aus Berlin an seine Frau abdruckt, S. 210–222.

161 Hüsgen 1780, S. 317–320.

162 Wege, Walser-Wilhelm, Holliger Hg., Bd. I, Nr. 81, S. 97 und Bd. II, S. 124 ff.

Witwe und die vier Kinder das Haus geerbt. Genauso erbten sie auch das Haus Nr. 875, später Kleiner Markt 3, welches der Vater 1688 neu erbaut hatte. Katharina Elisabeth habe ihre Geschwister überlebt und war offenbar ab 1735 alleinige Eigentümerin beider Häuser. Wegen Steuerschulden musste sie das Haus am Kleinen Markte 1748 für 450 rt an den Stadtrat abtreten.[163]

FAVREAU, ERNST JACOB CARL (*1767, seit 1812 verschollen): Sohn des Pierre Favreau (1740–1810) und seiner Ehefrau Charlotte Rachel, geb. Ehrhardt (1739–1819). Der Vater des 1775 am *Philanthropin* aufgenommenen Mitschülers Waldersees stammte aus einer in Magdeburg ansässigen Brauerfamilie. In Berlin betätigte er sich im Handel mit und der Fabrikation von Seide, stand auch zeitweise der Gilde vor. Dies tat er unter der Firma „Favreau & Stumpf“, dann „Favreau & Falkmann“. Diese Sozietät wird 1794 aufgelöst, um neben seinem Sohn Ernst Jacob Carl auch Salomé & Müller in sein Geschäft aufzunehmen und fürderhin als „Favreau, Salomé & Müller“ zu firmieren. Am 2. Mai 1812 verliert sich die Spur seines Sohnes auch für die Familie vollständig, so dass er nicht nur verschollen gemeldet wurde, sondern 1834 auch für tot erklärt.[164]

FELGENHAUER, CHARLOTTE JULIANE VON, geb. von Zanthier: verheiratet mit dem 1783 bereits pensionierten Weimarer Geheimen Kriegsrat Christoph Ludwig Adolph von Felgenhauer.[165]

FINDLING, siehe: Glücker, Christine

FÖHSE, RUDOPH (†1696): Sohn der Eleonore Blandina, geb. Schulze, verw. Starke und des Christophorus Föhse, Dessauer Hofapotheker an der Zerbster Straße, Ecke Böhmische Gasse. Föhse heiratete 1668 die nicht unvermögende Agnes Ohme, konnte die benachbarte Wirtschaft erwerben, schenkte dort ausländische Weine aus, wurde Ratsherr und brachte es bis zum Dessauer Bürgermeister. Der Vater der späteren regierenden Fürstin Anna Luise war leider schlecht beleumundet, er wird als „sehr übler Zeitgenosse, brutaler Gewaltmensch, aller edleren Regungen bar, rücksichtslos und rechthaberisch

163 Brückner Bd. 5, S. 372 und Bd. 7, S. 593 ff., insbesondere S. 605 f., wo er der Darstellung Würdigs widerspricht, mit zahlreichen Abbildungen.
Würdig, S. 459.

164 Allgemeiner Anzeiger und Nationalzeitung, S. 3870.
[Ulrich], S. 135 f.
Journal für Fabrik, Manufaktur, Handlung und Mode, Leipzig 1794, S. 69.

165 ThHStAW Autographensammlung.
FAW Stöfs I.B.3./I.C.2.m) 3.) Tagebuch der Schweizreise 1783, fol. 112, 21. November 1783, Weimar bei Hofe.

bis zum äußersten" beschrieben.[166] Die Bildung seiner Töchter war ihm wohl wichtig, Sophia Margareta und Anna Luise besuchten die Dessauer Mägdleinschule, die trotz desolaten baulichen Zustands die Schule für die höheren Töchter der Stadt war.[167] Er erlebte nicht mehr, wie der junge Fürst Leopold zu Weihnachten 1697 einen Vetter seiner Tochter, den jungen Arzt und Dr. med. Grätz, aus Eifersucht erstach. Auch die Trauung seiner Tochter im Folgejahr, noch ihre Erhebung zur regierenden Fürstin erlebte der Apotheker. Auf dem Grundstück der Hofapotheke entstand das Haus des Hofarztes Kretzschmar, das die beiden Urenkel seiner Tochter, Franz und Louise Waldersee, bis 1795 mieten sollten, während sie den Neubau ihres eigenen Hauses in der Zerbster Straße, etwas weiter südlich entstehen sahen.[168]

FORSTENBURG, KARL ANTON FERDINAND GRAF VON (1768–1794): illegitimer Sohn der Maria Antonia Gräfin Branconi und des nunmehrigen Herzogs Karl II. Wilhelm Ferdinand von Braunschweig (1735–1806). Von 1777 an war er Karl Johann Michael Matthaei zur Erziehung anvertraut und zum Studium in Straßburg immatrikuliert gewesen. Zusammen mit Matthaei war er im Sommer 1782 der Dessauer Reisegesellschaft in Straßburg begegnet und am 27. Juni 1783 bei Hof in Dessau empfangen worden.[169]

FRANKREICH, LUDWIG XVI. KÖNIG VON (1754–1793): Die Hinrichtung des französischen Königs am 21. Januar 1793 unter der Guillotine verursachte Louise Gräfin Waldersee eine Brustentzündung.[170]

FRANTZ, siehe: Waldersee, Franz (ab 1786: Graf) von

FREIDHOFF, JOHANN JOSEPH (1768–1818): Kupferstecher. Der Jurist und an der Düsseldorfer Akademie ausgebildete Künstler war schon in Hildesheim von Brabeck für die Mitarbeit bei der *Chalcographischen Gesellschaft* gewonnen worden, für die er bis 1798 tätig war. Seine große Kunstfertigkeit, sowie ausgedehnte Reisen ins europäische Ausland vergrößerten sowohl Kenntnisse als auch Bekanntheit. Er gründete in Berlin einen eigenen Kunstverlag und wurde 1805 zum Professor und Mitglied der Königlichen Akademie der Künste und mechanischen Wissenschaften zu Berlin berufen.[171]

---

166 Brückner Bd. 2, S. 123 ff., insbes. S. 128.

167 Brückner Bd. 5, S. 387 f.

168 Brückner Bd. 2, S. 128 ff.

169 LASA Z 44, A 12a Nr. 19.

170 FAW Stöfs Familienchronik, fol. 157: 1793.

171 Nicht zuletzt ist dieser Ruf wohl auch der Empfehlung Erdmannsdorffs zu verdanken:
LASA Z 44, C 9e Nr. 75, fol. 19 f.: Berlin, 10. April 1801. Freidhof[f] darf auf

Freistaet, le Colonel, siehe: Freystedt

Freudweiler, Heinrich (1755–1795): Genremaler aus Zürcher Geschlecht, zum Freundeskreis Chodowieckis in Berlin gehörend, Schüler des Zürcher Malers Heinrich Wüest, 1777/8 in Düsseldorf ausgebildet. Eine Einladung des Fürsten Franz von Anhalt-Dessau, auf dessen Kosten nach Rom zu gehen, lehnte er ab, um unabhängig zu bleiben. Auch der Markgraf von Baden ließ sich am 13. August 1783 mit seinem Sohn Karl Ludwig von Freudweiler malen.[172] Die parallel entstandenen Familienporträts stehen in engem Zusammenhang mit dem Engagement der Auftraggeber für den Fürstenbund.

Die beiden Gruppenporträts scheinen der Höhepunkt seines Schaffens zu sein: „Einige seiner bessten Conversationsstüke sind [...] der regierende Marggraf von Baden Durlach und der Erbprinz. Endlich die Fürstlich Dessauische Famille, die sich im Jahr 1783 einige Monate in Zürich aufhielt und bey welcher *Freudweiler* von *Lavater* eingeführt wurde."[173]

Als Freudweiler 1784/5 bei Anton Graff in Dresden und Chodowiecki in Berlin arbeitete, besuchte er Dessau, wie die *Comtesse* Anhalt der jüngeren Bäbe Schulthess schreibt.[174] Eines der Porträts aus dieser Zeit zeigt Anna Regula Häfeli (1780–1849), die Tochter des Wörlitzer Hofkaplans, als etwa Vierjährige.[175] Die bei Meyer abgebildeten Historienstücke belegen, dass er nicht zu den Ersten seines Fachs gehörte: „[...] Freudweiler treibt die Sache mehr handwerksmässig als als Kunst."[176]

Vermittlung Erdmannsdorff seit seiner Entlassung aus Dessau in der Königlichen Gemäldesammlung zu Berlin Kupfer stechen. Nun hat er die ersten, auf eigene Verantwortung hergestellten Blätter fertig und übersendet voller Dankbarkeit für bewiesene Großmut dem Fürsten ein ihm gewidmetes Blatt, „Diana mit ihren Nymphen".
Vgl. Kat. Ausst. Dessau 1996, S. 92.

172 GLA Karlsruhe FA Pers. 5 Nr. 44 Fasz. XVII a, fol. 7.
Heinrich Freudweiler, Markgraf Karl Friedrich von Baden und Erbprinz Carl Ludwig, Öl/Kupfer, 51 x 35/36 cm, Priv.bes. des Markgrafen von Baden, Abb. Schweinitz 2004, S. 90.

173 Meyer 1796, S. 30 f.

174 26. August 1784. Schulthess, S. 85 o. Beleg, wohl StAZ W 59/137.
Meyer 1796, S. 31 f.

175 Freudweiler, Brustbild der Anna Regula Häfeli als Kind, Öl/Lwd. um 1784, 48 x 40 cm, Zentralbibliothek Zürich, Inv. Nr. 236 [fälschlich Daniel Albert Freudweiler (1793-1827) zugeschrieben].

176 Schmidt, C. G., S. 220, 27. März 1787.
Vgl. Boerlin-Brodbeck 1983, S. 198.

Freudweiler, seine beiden Freunde, mit denen er am 24. September 1783 Waldhorn bläst; siehe: Däniker, Heinrich und Greif

Freystedt, Karl Friedrich Hermann von (1749–1795): natürlicher Sohn des Markgrafen Karl Friedrich von Baden und der Elisabeth Barbara Schlutter, der 1777 in den Reichsadelsstand erhoben worden war. Waldersee lernte ihn 1783 am badischen Hof in Langensteinbach kennen.[177] Der Markgraf bekannte sich immer offen zu diesem Sohn, der sich besondere Verdienste um die Neuorganisation des badischen Heeres nach der Vereinigung der badischen Markgrafschaften erworben hatte und deshalb 1787 zum Oberst in badischen Diensten ernannt wurde.[178]

Friedrich: siehe Anhalt-Dessau

Friedrich II.: siehe Preußen

Friedrich Wilhelm: siehe Preußen

Fritsch, Johanna Sophie Freifrau von (1748–1836): geb. von Häseler, Gemahlin des ersten Ministers, Geheimrat Jakob Friedrich Freiherr von Fritsch (1731–1814), der als Mitglied des Weimarer Geheimen Consiliums mit den Fürstenbund-Planungen vertraut war.

Fürst, Walter, Uri: gemeinhin zusammen mit Arnold Melchthal und Werner Stauffacher als die „drei Eidgenossen" bezeichnet. Walter Fürst war bei Gelegenheit der ersten eidgenössischen Tagsatzung 1309 Zeuge in Stans.

Der Schwur der drei Eidgenossen spielt naturgemäß auch auf den von Fürst Franz angekauften Glasgemälden eine Rolle, die dem Plan eines Bundes der mindermächtigen Reichsfürsten bildlich Ausdruck verlieh.[179] Es sind die mit den Motiven verknüpften Spruchbänder, die den den Fürstenbund planenden Freunden wegweisend schienen: „Einigkeit kleine macht Dut meeren / Zwytracht dut Land vnd lüt zerstören", sowie „CONCORDIA RES PARVAE CRESCUNT".[180]

Fürstin[n], siehe: Anhalt-Dessau, Louise Henriette Wilhelmine Fürstin von

177 FAW Stöfs I.B.3./I.C.2.m) 3.) Tagebuch der Schweizreise 1783, fol. 20, 20. Juli 1783, Durlach.

178 Blankenhorn, S. 258.

179 Rahn, S. 203, Nr. 48. Harksen, S. 153, Nr. 210 und Abb. 85a. Ruoss 2002, S. 45 f., Abb. 6 und S. 48 f. Schweinitz 2004, S. 33 f., Abb. S. 18.
Scheibe, mon. I. M.: Rahn S. 203 f., Nr. 49. Ruoss 2002, S. 46, Abb. 7.

180 Ruoss 2002, S. 47 f., Abb. 12.
Rahn, S. 223 f., Nr. 107.

Füssli, Johann Heinrich (1745–1832): der Zürcher Geschichtsforscher und Staatsmann, der spätere Obmann, war ein Verehrer Rousseaus und Schüler Winckelmanns. Seit 1761 gehörte er der *Helvetischen Gesellschaft* an, und hatte seit 1775 den Lehrstuhl für vaterländische Geschichte inne, seit 1777 war er auch Ratsherr.

Gaudot, Mr. de: aus Neuenburg stammend. Am 11. August 1783 bewarb sich ein Mr. de Gaudot bei Waldersee um die offenbar zu besetzende Stelle eines Hofmeisters für den Erbprinzen.[181] Es handelt sich vielleicht um Josué, Hauptmann in holländischen Diensten (†1795), oder David François, Hauptmann in Rußland, Gesandtschaftssekretär in Preußen (1756–1836).

Gayling von Altheim, Christian Heinrich Freiherr von (1743–1812): Finanz- dann Justizminister und Präsident der Ministerkonferenz von Baden-Durlach, politischer Gewährsmann des Markgrafen Karl Friedrich von Baden.

Gellert, Christian Fürchtegott (1715–1769): Dichter und Moralphilosoph. Der in Leipzig lebende und seit 1745 an der dortigen Universität Poesie, Rhetorik und Moralphilosophie lehrende Dichter trug wesentlich zur Herausbildung eines bürgerlichen Tugendideals bei. Fürst Leopold III. Friedrich Franz und Fürstin Louise erhielten von ihm Privatvorlesungen. In diesem Zusammenhang scheint mit ihm auch die Erziehung Franz von Waldersees beraten worden zu sein. Auf Gellerts Empfehlung hin wurde Hofrat Behrisch mit dieser Aufgabe betraut.[182]

Genelli, Hans Christian (1763–1823): in Rom geschulter, bedeutender Architekt und Architekturhistoriker des preußischen Klassizismus. Waldersee erhielt 1797 von Karl Graf von Finckenstein erste Untersuchungen Genellis zum Mausoleum von Halikarnassos zugeschickt, welche August Rode 1801 in Briefform und mit einer Zueignung an Finckenstein veröffentlichte.[183]

Gerlach, Agnes von (1761–1831): geb. von Raumer; die Tochter des Dessauer Kanzleidirektors Leopold von Raumer war verheiratet mit dem 1809 zum

181 FAW Stöfs I.B.2.g).

182 FAW Stöfs o. Num., 1767.
FAW Stöfs Familienchronik, fol.143/144.

183 FAW Stöfs I.B.2.e) Graf Finckenstein, 15. März 1797: „Der Herr Architect Genelli verschaft mir die Gelegenheit mich auf einige Augenblicke mit Ihnen zu unterhalten. Sie erhalten hiebey seine Erklärung der schwierigen Stelle im Plinius über das Mausolaeum nebst einen Riß, mit der Bitte, solches dem Herrn Cabinets-Rath Rode zu überliefern. Mir scheint die Ideé des Herrn G. vollkommen befriedigend, Ich wünsche daß man bei Ihnen dasselbe urtheilen möge."

Oberbürgermeister von Berlin gewählten Finanzrat Leopold von Gerlach. Ihre älteste Tochter Sophie (1787–1807) heiratete den Offizier Karl von Grolmann, dessen Aufstieg zum Chef des preußischen Generalstabs sie nicht mehr erlebte, weil sie kurz nach der Geburt des ersten Kindes verstarb; ihr ältester Sohn Wilhelm (1789) schlug eine juristische Karriere ein und wurde später Vizepräsident des Oberlandesgerichts in Frankfurt a. d. Oder; der nächstgeborene Sohn Leopold machte eine bedeutende militärische Karriere; der 1795 geborene Ernst Ludwig sollte als Richter seinem Bruder Wilhelm nachfolgen und der jüngste Sohn, Otto, Hofprediger werden. Alle Söhne, wie auch der Schwiegersohn Grolmann hatten maßgeblichen Anteil an der Aufrichtung Preußens während und nach den Befreiungskriegen, sie gehören zu den Gründern und Führern der Konservativen Partei, wie auch der Kreuzzeitung. Agnes von Gerlach war vor ihrer Verheiratung Stiftsdame in Mosigkau gewesen und Louise Gräfin Waldersee von Kindertagen an eine treue Freundin,[184] deren Freundschaft selbst vor banalen Diensten nicht Halt machte. 1811 verkaufte sie einen Pelz ihrer Freundin, um die dringendsten Finanznöte zu lindern.[185] Der Freundschaft zur Familie Gerlach konnte auch das empfindlich gestörte Verhältnis zum Bruder der Agnes v. Gerlach, dem Dessauer Kammerdirektor Friedrich von Raumer nur wenig anhaben.

Gerlach, Leopold von (1790–1861): dritter der vier Söhne des 1809 zum Oberbürgermeister von Berlin gewählten Finanzrats gleichen Namens und dessen Gemahlin Agnes, geb. von Raumer, der Tochter des Dessauer Kanzleidirektors. Der mit den Söhnen Waldersees, Franz und Friedrich, befreundete Leopold v. Gerlach hatte nach dem Besuch des Joachimsthaler Gymnasiums wie diese schon früh eine militärische Karriere eingeschlagen. Nach dem Frieden von Tilsit, am 7. und 9. Juli 1807, studierte er in Göttingen und Heidelberg Jura, um nach der Referendarszeit seine militärische Karriere wieder aufzunehmen, die er als General der Infanterie beschloss. Seiner konservativen Haltung wegen genoss er das besondere Vertrauen sowohl des Prinzen Wilhelm von Preußen, des späteren Kaiser Wilhelms I., als auch des Königs Friedrich Wilhelms IV.

Ein Berlin-Besuch der Familie Waldersee im Herbst und Winter 1808 ist Thema der Briefe, die die Söhne Waldersee an den Freund richten: Fried-

---

184 FAW Stöfs I.B.2.f) Kindertagebuch der 6–7-jährigen Louise Anhalt. An Spielkameraden werden erwähnt: Mlle. de Waldersee, Mlle. de Puttkamer oder die Raumer-Kinder.

185 Beckus 2015, S. 368.
FAW Stöfs I.B.2./I.C.2.n) Agnes v. Gerlach, geb. v. Raumer: 13. Dezember 1811 und 21. Dezember 1811, sie hat den Pelz für 29 rt verkauft.

rich schildert die Besichtigungen von Schloss und Palais, den Besuch von wenigstens sechs Theateraufführungen, die Besichtigung des Panoramas von Palermo und der Porzellan- und der Bronzefabrik. Sie erleben die Übergabe der Schlüssel an Prinz Ferdinand und den Abmarsch des letzten französischen Regiments mit, wobei die preußischen Regimenter in einer ergreifenden Zeremonie durch das Bernauer Tor einzogen, die Bevölkerung still und mit gezogenen Hüten. Als die Fahnen kamen, „ist das erstaunliche Vivat rufen losgegangen, welches bis zum Lustgarten wo sie hernach aufmarschirten, fortging."[186]

Etwas ausführlicher schildert der ältere Franz II. Graf Waldersee ihre Erlebnisse, vor allem den Abzug der französischen Truppen bis zum 3. Dezember 1808 unter der Führung des Generals Davout:[187] Auf der Hinfahrt habe man den Garten von Sanssouci besichtigt. „Was meinen Aufenthalt hier betrifft, so kann ich Dir versichern, dass es mir hier ganz ausserordentlich gefällt, mein Vater hat hier sehr viele alte Bekannte getroffen, so dass es uns nicht an Gesellschaft mangelt, in der ersten Zeit war man freilich noch etwas durch die Anwesenheit der Franzosen getrübt und niedergeschlagen, doch jetzt scheint alles wieder wie von neuem aufzuleben, mit dem grössten Jubel sind unsere Truppen hier empfangen worden, und es herrscht ein sehr gutes Vernehmen zwischen unserem Militär den Civil und der hiesigen National Garde, welche gegen uns ausserordentlich höflich und zuvorkommend sind und auch von der andern Seite betragen sich die Officiers der hier eingerückten Truppen über alle Erwartungen gut. [...] Bei der Übergabe der Schlüssel der Stadt, auf dem Wilhelmsplatze, hörte ich einen Juden folgendes sehr passende zu einem andern sagen: „Nun da übergeben [sie] die Schlüssel, werden sie aber die Schlösser nicht ändern, werden sie doch wieder hereinkommen." – Schon sehr oft war ich im National Theater, doch habe ich mir das Innere weit grösser vorgestellt, und ich muss gestehen, dass, dieses das Einzige ist, welches meiner Erwartung nicht entsprochen hat. [...] v. Kalitsch ist acht Thage lang bei uns gewesen, mit welchem wir sehr vergnügt waren; das grosse Schloß besahen wir mit ihm welches für mich sehr interessant war, auch war ich zu verschiedenen Mahlen in der Singacademie, welche meine Mutter und Schwester kein mahl versäumen.

Schleiermacher habe ich öfters gehört, auch unter andern die Predigt, weshalb in Davoust vor seiner Abreise noch recht den Kopf gewaschen hat. Schleiermacher soll sich dabei sehr gut benommen haben, auch Schmalz

186 FAW Stöfs I.B.1.h) Friedrich v. Waldersee an Leopold v. Gerlach, 15. Dezember 1808 aus Berlin.

187 Vgl. auch Bauer 2006.

sass einige Zeit hindurch auf der Hausvogtey. [...] Heute werden wir einem grossen Balle beiwohnen, welcher den Officiren gegeben wird, ich bin sehr neugierig darauf, weil es der erste Ball ist, auf welchen ich hier bin."[188] Schmalz, der ehemalige Kanzler und Rektor der Hallenser Universität und bald Gründungsrektor der Berliner Universität, saß unter scharfer Bewachung auf der Hausvogtei wegen des Vorwurfs, illegal Korrespondenzen mit einem Königsberger Offizier unterhalten zu haben.[189] Umso bemerkenswerter ist hier die direkt folgende Schilderung, dass ein mit Waldersee und Gerlach bekannter Offizier, von Roeder, in den wenigen Wochen des Berlinaufenthaltes zweimal als Kurier zwischen Berlin und der in Königsberg unter dem Schwager des Inhaftierten, Generalmajor Gerhard von Scharnhorst, arbeitenden Militär-Reorganisations-Kommission verkehrte.

GERLACH, GUSTAV WILHELM VON (1789–1834): ältester Sohn des 1809 zum Oberbürgermeister von Berlin gewählten Finanzrats gleichen Namens und dessen Gemahlin Agnes, geb. von Raumer, der Tochter des Dessauer Kanzleidirektors. In eine Familie hoher preußischer Staatsbeamter hineingeboren, zog es Wilhelm in die juristische Laufbahn – 1817 gratulierte Friedrich Waldersee ihm zum „Assessor cum voce [...], wobei ich aber doch gern wüsste, ob dieß mezza voce, sotte voce [...] oder volti subito ist[190] und sollte es bis zum preußischen Kammergerichtspräsidenten bringen. Wie sein jüngerer Bruder, Leopold, war er mit den Söhnen Waldersee gut befreundet.

Der mit seiner Mutter aus Dessauer Kindertagen befreundeten Gräfin Louise Waldersee stand Wilhelm nicht nur mit juristischem Rat zur Seite. So hatte Louise Waldersee ihn gebeten, für ihre Tochter einen Ring in Berlin zu besorgen, dankt und ist zufrieden. „Deine wässrige Rückreise haben wir sehr bedauert, doch tröstete uns der Gedanke, dass Du schwerlich bis auf die Knochen nass werden könntest."[191] Mit juristischen Kenntnissen stand er ihr bei, als sie nach dem Tod ihres Mannes dessen Forderungen vergeblich zu realisieren versuchte. So schildert sie ihm auch ihre Klage beim Kgl. Kammergericht gegen den Freiherrn v. Lichtenstein.[192]

---

188 FAW Stöfs I.B.1.h) Franz II. v. Waldersee an Leopold v. Gerlach, 15. Dezember 1808 aus Berlin.

189 Allgemeine Zeitung München 1808, Nro. 333, Montag, 28. November 1808, S. 1332, Bericht aus Berlin vom 19. November 1808.

190 FAW Stöfs I.B.1.h) Friedrich v. Waldersee, 8. November 1817 an Wilhelm aus Potsdam.

191 FAW Stöfs I.B.1.h) Louise v. Waldersee, 18. August 1812 an Wilhelm aus Dessau.

192 FAW Stöfs I.B.1.h) Louise v. Waldersee, geb. Anhalt an Wilhelm v. Gerlach

GESSNER, SALOMON (1730–1788): Dichter der Idyllen und Maler, Teilhaber des Verlags Orell & Co., seit 1765/7 Mitglied des Zürcher Großen und Kleinen Rates. Waldersee hält die bei Gessner gekauften Bilder für sehr überteuert.[193]

GIANINI, WILHELMINE ELISABETH ELEONORA GRÄFIN VON (1719–1784): seit 1775 Oberhofmeisterin der Herzogin Louise-Auguste von Sachsen-Weimar und Eisenach, die Goethe als „heitere humoristische Dame" schildert.[194]

GILBERT, LUDWIG WILHELM (1769–1824): Dr. phil., Physiker, Chemiker, Mathematiker, Geograf und Astronom. Gilbert stammte aus einer Hugenottenfamilie, sein Vater war Kammergerichtsadvokat. Der aus Potsdam stammende Mitschüler Waldersees am *Philanthropin*, aufgenommen am 11. Mai 1776, wurde 1811 auf den Lehrstuhl für Physik an der Universität Leipzig berufen. Er hatte zuvor in Halle studiert, war dort promoviert und 1801 als ordentlicher Professor der Chemie und Physik berufen worden. Neben der medizinischen Doktorwürde wurde er in die Göttinger, die Bayerische, die Preußische und die Russische Akademie der Wissenschaften aufgenommen.[195]

GLAFEY, ANNA WILHELMINE VON, gen. Anette (1778–1858): Tochter des Dessauer Hofmarschalls Eucharius Carl Friedrich von Glafey und seiner Gemahlin Marie Henriette Charlotte Friederike, geb. von Wuthenau (1754–1799). Sie hatte den Eichenkranz geflochten, der dem Dessauer Fürsten und Herzog zu seinem 50-jährigen Regierungsjubiläums am 20. Oktober 1808 von 46 jungen Mädchen überreicht wurde. Die Mädchen zogen in ihren weißen Kleidern und grünen Eibenkränzen im Haar frühmorgens aufs Schloss, um den Jubiläumstag mit Gesängen und einem Gedicht, sowie der Überreichung des Eichenkranzes zu eröffnen.[196]

---

am 17. Mai 1827 aus Potsdam.

193 Vermutlich handelt es sich um die ff. Bilder: Landschaft mit Wasserfall und mythologischer Staffage, Gouache bleiweiß gehöht und schwarz gerändert, 1783, 38,4 x 28,6 cm, Dessau Staatl. Galerie Schloß Georgium Inv. Nr. Z 382, sowie Damon und Phyllis, Federzeichnung grau laviert mit brauner Feder gerändert, undatiert, Dessau Staatl. Galerie Schloß Georgium Inv. Nr. Z 342.

194 Goethe, Das Louisenfest: Die Schilderung Goethes bezog sich auf das am 9. Juli 1778 begangene Fest, wurde allerdings erst am 19. Juni 1830 niedergeschrieben. Busch-Salmen/Salmen/Michel, S. 178–182, hier S. 180. S. a. Biedrzynski, S. 127.

195 [Ulrich], S. 135 f.

196 FAW Stöfs I.B.3.p) [wohl Loulou] Aus meinem Tagebuch. Das 50 jährige Jubiläum des Herzogs Franz [20. Oktober 1808].

Schon mit 15 Jahren war das hochbegabte junge Mädchen an den Hof der Fürstin Louise gezogen worden, wo sich der mit ihrer Cousine Louise verheiratete Dichter Matthisson in sie verliebte. In diese Zeit datiert ein verschollenes Porträt, das der Dichter von Friedrich Tischbein 1795 fertigen ließ, um es ihr zu verehren.[197] In Mosigkau hat sich ein in diesen Jahren entstandenes Porträt Anettes im Kostüm einer Türkin erhalten.[198] 1799 trat sie allerdings, nachdem sie mit dem mittlerweile geschiedenen Dichter in offener Beziehung gelebt hatte, in das Damenstift Mosigkau ein. Dort widmete sie sich in den folgenden Jahren vor allem dem Studium der Fremdsprachen, Geschichte, Philosophie und der Dichtkunst. In Mosigkau amtierte sie von 1836 an als Äbtissin und führte dort die Seidenraupenzucht, sowie eine von den Stiftsdamen geführte Mädchenschule ein.

Glafey, Eucharius Carl Friedrich von (1738–1822): 1777 als Reisemarschall bestallt, wurde der Dessauer Hofbeamte 1787 zum Hofmarschall befördert, erhielt 1802 die Aufsicht über die fürstlichen Schlösser anvertraut bis zu seiner Pensionierung im Jahr 1817.[199] 1792 hatte der Hofmarschall mit seiner Nichte Louise die Fürstin auf einer Reise in die Schweiz begleitet, wo sie glückliche Tage im Landhaus Charlemont bei Nyon verbrachten.[200] Auf diese Reise geht die Bekanntschaft der Dessauer mit Matthisson zurück. 1793 ehelichte der Dichter die Nichte des Hofmarschalls, Louise von Glafey, ließ sich allerdings 1798 bereits wieder von ihr scheiden. Zerbrochen war die Ehe an der Liebesbeziehung zur Tochter des Hofmarschalls, Anette.

Der jüngste Sohn des Hofmarschalls, der fürstliche Oberstallmeister Friedrich Ludwig Wilhelm Georg (1775–1858), heiratete eine der Töchter aus

---

197 Der Porträtierte fand dies das treffendste Bildnis, es hat sich als Vorlage des Kupferstichs erhalten, den Blaschke stach und der 1815 als Frontispiz dem ersten Band der Werkausgabe beigegeben wurde: Friedrich von Matthissons sämmtliche Werke.

198 Chr. Fr. Lisiewsky sign., Anna Wilhelmine von Glaffey als Türkin, Pastell, ca. 1792/93, 50 x 37 cm. S. a. Staatliches Museum Schloß Mosigkau hg., Horst Dauer, Katalog der Gemälde, alter Bestand, Dessau 1988.
Vgl. Beckus 2015, S. 367 f.

199 Neues Genealogisches Reichs- und Staats-Handbuch 1797, S. 57, Hofämter in Anhalt-Dessau.
Vgl. auch LASA Z 44, C 5d Nr. 3, fol. 59 v. und 110 r. (1777), fol. 60 r. (1787), fol. 62 r. (1806), fol. 64 r. (1816 und 1817).

200 FAW Stöfs I.B.2./I.C.2.n) Matthisson, 18.10.1804 aus Nyon, erinnert sich anläßlich eines fünfwöchigen Aufenthalts 1804 dortselbst des früheren Aufenthalts in diesem Hause.

der Verbindung des Fürsten mit der Gärtnerstochter Schoch, Adelheid von Behringer (1790–1870) und lebte mit ihr im 1792 von Erdmannsdorff entworfenen Haus Nr. 867, später Schlossstraße 3, welches der Fürst hatte errichten lassen, um es der Mutter seiner Kinder zu verehren.

GLÜCKER, CHRISTINE: von Fürstin Louise von Anhalt-Dessau ca. 1782 aufgenommener Findling.[201]

GODDARD, MISS: dem Fürsten schon länger bekannt, wird 1775 auf der Englandreise in London für die Kinder eingestellt und mit nach Dessau gebracht.[202]

GÖDEL, F. in Wörlitz: eine der Personen, die Waldersee 1816 in seiner Schulden-Designation auflistete, diesen mit 500 rt.[203]

GOETHE, JOHANN WOLFGANG (1782: von) (1749–1832): Schriftsteller, seit 1774 Freund Lavaters, seit 1777 in zahlreichen Hofämtern beschäftigt, zuletzt als Geheimrat der Weimarischen Regierung vorstehend „kurz das fac totum des Weimarschen u. so Gott will, bald der maior domus sämtl. Ernestinischer Häuser, bei denen er zur Anbetung umherzieht. Er ist baronisiert [...]. Er ist aus seinem Garten in die Stadt gezogen u. macht ein adlich Haus, hält Lesegesellschaften, die sich bald in Assembleen verwandeln werden etc. etc."[204] Goethe war als Berater und Vertrauter des Herzogs Carl August von Weimar maßgeblich an der Entstehung der Fürstenbund-Planung beteiligt, die sich auch in seinem literarischen Schaffen spiegelt.[205] Die Freundschaft zu Lavater zerbrach, wie bei so vielen anderen, an dessen Indiskretionen.[206]

Waldersee sah Goethe häufig, im Gartenhaus am Stern, in seinem Haus am Frauenplan und gedachte seiner zuletzt bei einem Besuch der Schwiegertochter Ottilie in Dessau.[207]

---

201 FAW Stöfs I.B.3./I.C.2.i) August Rode am 25. Dezember 1782.

202 LASA Z 44, A 9e, Nr. 15 (18) fol. 20 r.: Am 1. Oktober 1775 „brachte der F: mir Miss Goddart mit die Er schon lange kante und welche großes verlangen zeigte mit nach Teutschland zu gehen."

203 FAW Stöfs I.B.1.b) Designation der Schulden 1816.

204 Herder, Briefe, Bd. 4, S. 226, 11. Juli 1782 an Hamann.

205 Andreas/Tümmler Bd. I, S. 59 f., Anm. 1. S. a. S. 60, Nr. 7.
Umbach 2000, S. 170.

206 Hegner 1836, S. 91 f.
Vgl. Pestalozzi 1994.

207 Briefe an Goethe, Regestnummer: 8/851, Sign. 28/354 St. 14: Goethe, August von, 1819 Mai 28 bis Juni 6, Berlin und Dessau. Dessau, 4.–5. Juni 1819.

GOSS, JOHANN JACOB (†1829): Bediensteter des Grafen Franz von Waldersee, der neben vielen anderen auf der 1809 erstellten Creditorenliste steht und 1816 noch „restierende Capitalien“ von 200 rt für sich beanspruchen darf.[208] Andernorts wird Goss als fürstlicher Mundschenk bezeichnet, der 1805 das erst kürzlich neuerrichtete Haus Nr. 743, später Breite Straße 12 in der Dessauer Muldvorstadt für 900 rt erwarb und es 1829 seiner Witwe Johanna Friederike, geb. Voigt, hinterließ.[209]

GOSS, MARTA: Die von Franz Graf Waldersee zu den „Leuten“ unter seinen Bediensteten gezählte Frau war nicht die Ehefrau des Johann Jacob Goss. Marta Goss erhielt für ihre Arbeit monatlich 8 rt zuzüglich 9 rt Kleidergeld pro Quartal.[210]

GOUVERNANTEN, französische: unter deren Aufsicht Franz von Waldersee im mütterlichen Hause zu Dessau aufwächst.[211] Sowohl seine schwächliche Konstitution als auch die Schnürbrust sollten bald zu Kritik Anlass geben und boten einen Grund, das Kind der mütterlichen Obhut zu entziehen und von 1767 am fürstlichen Hof zu erziehen.

GRIESBACH, JOHANN JACOB (1745–1812): aus Frankfurt am Main stammend und mit Friederike Juliane, geb. Schütz verheiratet, seit 1775 Ordinarius für Theologie in Jena, seit 1782 Prälat und Deputierter der jenaischen Landschaft auf dem Landtag. Griesbach wird für die Dessauer wegen seines langen Oxford-Aufenthaltes 1769/70 ein anregender Gesprächspartner gewesen sein.[212]

GRIßMANN, FRAU: Mitglied der von Kammerdirektor Hoffmann geleiteten Reisegruppe, mit der auch der junge Franz von Waldersee von Mai bis November 1781 Graubünden, das nördliche Italien und das Waadtland bereiste und auf dem Rückweg in Zürich Lavater kennenlernte.[213]

---

208 FAW Stöfs I.B.1.b) Cassa Buch, Schulden 1809 und Restierende Capitalien (undat., nach 1816), meist mit 5 Prozent zu verzinsen.

209 Brückner Bd. 25, S. 2313.

210 FAW Stöfs I.B.1.b) „Etat meiner Wirthschaft vom 1ten Januar 1811 an“. LASA Z 44, C 5d Nr. 3, fol. 64 r.: Die Bediente des Grafen Waldersee, hier Goso genannt, erhält 1816 monatlich 2 rt Pension zugesagt.

211 FAW Stöfs o. Num., 1765. FAW Stöfs Familienchronik, fol.143/144.

212 FAW Stöfs I.B.3./I.C.2.m) 3.) Tagebuch der Reise in die Schweiz im Jahre 1783, fol. 112, 21. November 1783, Weimar.

213 FAW Stöfs o. Num., 1781.

GRIẞMANN, HERR: Mitglied der von Kammerdirektor Hoffmann geleiteten Reisegruppe, mit der auch der junge Franz von Waldersee 1781 Graubünden, das nördliche Italien und das Waadtland bereist und auf dem Rückweg in Zürich Lavater kennenlernte.[214]

GROSSE: fürstlicher Bedienter, 1783 Teilnehmer der Reise in die Schweiz. Es scheint, als habe er zur Entourage des Erbprinzen gehört. Auch seiner Ausbildung sollte eine solche Reise zugute kommen.[215] In Frage kommt Leopold Wilhelm Grosse (†1834), Leibjäger des Erbprinzen und vermutlich Enkel des Stutenmeisters im Tiergarten, sowie Sohn des fürstlichen Leibjägers Leopold Moritz Grosse, der 1791 für 2800 rt das Haus Nr. 639, später Zerbster Str. 66, einen stattlichen Barockbau erwarb.[216] Leopold Wilhelm Grosse selbst sollte 1813 für 1100 rt. das Haus Nr. 381 an der späteren Kavalierstraße erwerben, was sich als gute Investition erwies: Acht Jahre später zahlte ihm Prinz Georg Bernhard noch einmal soviel, weil er an dieser Stelle das Palais Reina errichten wollte. Grosses Witwe kaufte nach seinem Tod das benachbarte Haus Nr. 384, später Kavalierstr. 4 für 980 rt.[217]

GUSTAVE ADOLPHE, siehe: Schweden, Gustav II. Adolph, König von

H:, siehe: Häfeli, Johann Caspar

HÄFELI, ANNA REGULA, geb. Trachsler: seit dem 8. April 1777 Gemahlin des Hofkaplans. Mit ihrem Mann zog sie 1784 nach Wörlitz, wo er die Stelle des Hofkaplans antrat und gehörte fortan zum gesellschaftlichen Kreis um die Fürstin. Zusammen mit der Hofdame Caroline von Donop begleitete sie die Fürstin auch auf Reisen, so im Frühsommer 1789 nach Karlsbad.[218] Mit dem Pfarrersehepaar kamen ihre Kinder, Johann Caspar (1778–1812) und Anna Regula (1780-1849), nach Wörlitz.

---

214 FAW Stöfs o. Num., 1781.

215 FAW Stöfs I.B.3./I.C.2.m) 3. Tagebuch der Schweizreise 1783, fol. 41, 5. August 1783.
LASA Z 44, A 9e Nr. 15 (18) fol. 41 v., 29. August 1783.

216 Beckus 2015, S. 374.
Brückner Bd. 1, S. 50 mit Abb.

217 Brückner Bd. 15, S. 1329 und 1309.

218 LASA Z 44, A 9e Nr. 15 (18) fol. 59 r.
Vgl. FAW Stöfs Familienchronik, fol. 155. In Karlsbad traf die Fürstin mit dem Fürsten und Kalitsch zusammen sowie den jungen Waldersees, die aus Breslau dazustießen. Hier wurde die berufliche Zukunft Waldersees besprochen.

HÄFELI, JOHANN CASPAR (1754–1811): Zürcher Theologe, verheiratet mit Anna Regula, geb. Trachsler. Wie schon in Zürich 1783 geplant, erfolgte 1784 die Berufung zum Hofkaplan in Wörlitz, der 1792 die Berufung zum Konsistorialrat folgte.[219] Häfeli sollte als guter Freund von Lavater in Wörlitz dem Fürstenpaar helfen, die Erinnerung an ihn und die Schweiz wachzuhalten, spielte auch den Übermittler heimlicher Post und noch später den Vermittler im Streit. Dabei konnte er aber nichts ausrichten und sagte sich ebenfalls von Lavater los.[220] Häfeli spielte eine bedeutende Rolle bei der Reform der Kirche in Anhalt-Dessau. 1787 wurde auf sein Betreiben hin die Anhalt-Dessauische Pastoralgesellschaft gegründet, die der Fortbildung der Geistlichen wie der Gemeinden diente.[221] Seine größten Verdienste erwarb sich der Hofkaplan jedoch um das Seelenleben der Fürstin, gerade in der Ehekrise, die ihrem Höhepunkt zustrebte, als er sein Amt begann.[222]

1793 nahm Häfeli die Stelle des Predigers an St. Ansgarius in Bremen an, 1799 wurde er zum Dr. theol. promoviert und 1805 zum Superintendenten und Konsistorialrat in Bernburg berufen. Die Freundschaft zur Fürstin riss nicht ab, wie Matthisson aus Anlass ihres 55. Geburtstages am 24. September 1805 schildert: „Der beliebte Kanzelredner Häfeli, vormals Hofkaplan zu Wörlitz, gegenwärtig Superintendent zu Bernburg, unsrer Fürstin bewährtester Freund, war der einzige fremde Gast an der kleinen Mittagstafel. Mir wurde dieser wackre Mann hauptsächlich dadurch schätzbar, daß er, mit unbestechlicher Wahrheitstreue, die edle Frau aus den Irrgängen religiöser Mystik und Schwärmerey, auf die Bahn jener göttlich-einfachen Glaubens- und Lebenslehre zurückführte, welche Christus und seine Schüler den Völkern durch Beyspiel und Unterricht verkündigten und heilig machten. [...] Nach einem achttägigen Aufenthalte [...] kehrten wir über Bernburg, wo die Fürstin ihres Freundes Häfeli neuerbaute und schöngelegene Wohnung begrüßen wollte, in die friedlichen Schatten von Wörlitz zurück."[223]

HÄFELI, JOHANN CASPAR (1778–1812): Sohn des Theologen Johann Caspar.

HÄFELI, zweites? Kind des Johann Caspar: Anna Regula (1780–1849).

HAGEN, JOHANN KARL FREIHERR VOM (1758–1823): preußischer Offizier und Kammerherr, wie Waldersee Ritter des Johanniter-Ordens, verheiratet mit Friederike Henriette Maximiliane Auguste Helene Henckel von Donners-

219 LASA Z 44, C 5d Nr. 3, fol. 135 v., 1784 erhält er jährlich 500 rt Gehalt.

220 Vgl. Hosäus 1887 und Hegner 1836.

221 Reil, S. 78 ff.

222 FAW Stöfs I.B.3./I.C.2.j) Berenhorst an Franz I. Waldersee: 14. Mai 1786.

223 Wege, Walser-Wilhelm, Holliger (Hgg.), Bd. II, S. 289.

marck, Tochter des hochdekorierten preußischen Generalleutnants und Kommandeurs der Festung Königsberg, Viktor Amadeus Henckel von Donnersmarck. Der aus dem Eichsfeld stammende Offizier und Jurist hatte es in der preußischen Verwaltung des geteilten Polens 1804 zum Landrat im Kreis Kallwary gebracht. Mit dem Dessauer Hausmarschall Georg Freiherr von Eckardstein bewarb er sich 1808 um die Übernahme der fürstlichen, bzw. nunmehr herzoglichen Tuchfabrik und führte sie mit diesem als privatwirtschaftliches Unternehmen fort.[224] Die Finanzen hierzu dürften aus dem 1803 verkauften Gut Göhren in der Neumark[225] gestammt haben. Ob es am unternehmerischen Geschick fehlte, an mangelnder Sachkenntnis oder den schlechten Zeiten lag, die Tuchfabrik florierte in privatem Besitz deutlich weniger als zuvor, Eckardstein wies bereits 1810 hohe Schulden auf und trat aus dem Unternehmen aus. 1812 stiegen die Arbeitslöhne, die Kontinentalsperre sorgte einerseits für drastisch erhöhte Rohstoffpreise, u. a. für Farben, andererseits für bedrohlich niedrige Absätze. Um den vormals in der Fabrik beschäftigten und nun um ihren Arbeitsplatz besorgten Armen der Stadt ihr Auskommen zu sichern, entstand nun mit Zuschüssen der Regierung ein Konkurrenzunternehmen. Zum Ausgleich erhielt der Tuchunternehmer Karl von Hagen am südlichen Rondell das Haus Nr. 206 und gegenüber die Teile des Hauses Nr. 219, die nicht zum Krankenhaus gehörten. Diese Liegenschaften konnte Hagen beim endgültigen Verkauf der Fabrik 1816 mit veräußern und sich selbst eine Leibrente von 240 rt sichern, die Tuchfabrik bestand noch bis 1821 fort, als die Gebäude zu Mietshäusern umgewandelt wurden.[226]

Mit der Familie, vor allem Graf Franz von Waldersee, verband Hagen offenbar eine herzliche Freundschaft. 1808, als die Familie nach Berlin reiste, wechselten Briefe hin und her, die das ansonsten natürlich mündlich geführte Verhältnis beleuchten können: Der Freund wünschte Waldersee, „daß sich die Weitläufigkeiten des Kammer Gerichts: die mir nur zu gut bekannt: ganz nach Deiner Zufriedenheit arrangieren." Er erzählt, „daß der kleine Hund die kleine Comteß im ganzen Hause suchte, und es wäre doch wohl besser gewesen, wenn Du die Hundetöhle mitgenommen hättest."[227]

224 LASA Z 44, C 5d Nr. 3, fol. 173 v. (1808), fol. 75 v. (1813), fol. 77 r. (1817).

225 Wohlbrück 1829, Bd. III, S. 408.

226 Brückner Bd. 19, S. 1722 ff.
FAW Stöfs I.B.1.b) Designation der Schulden 1816 listet auch Schulden Waldersees bei der Tuchfabrik auf in Höhe von 24 rt 12 gr, was mehr nach unbezahlten Rechnungen klingt.

227 FAW Stöfs I.B.2.e) Freund Hagen/Dessau 7. November 1808.

Bis kurz vor Weihnachten dauerte die Berlin-Reise, solange berichtete Hagen regelmäßig aus Dessau, tröstete Waldersee und versorgte die Familie auch mit Nachrichten vom Hof.[228]

Ende 1813, nach der Völkerschlacht bei Leipzig, wurde Hagen als preußischer Offizier reaktiviert und im Range eines Majors zum Stadtkommandanten von Dessau ernannt. Damals war er der designierte Nachfolger des Hofmarschalls von Glafey, er starb als anhaltischer Kammerherr und Oberhofmeister.[229]

HALDENWANG, JOHANN CHRISTIAN FRIEDRICH (1770–1831): aus Durlach stammender Kupferstecher, der aus dem Atelier Christian von Mechels in Basel an die *Chalcographische Gesellschaft zu Dessau* abgeworben und nach dem Beschluss, die Gesellschaft aufzulösen, 1804 nach Karlsruhe als Hofkupferstecher berufen wurde. Bei Mechel, der eines der künstlerisch anspruchsvollsten Ateliers in ganz Europa betrieb, war das Dessauer Fürstenpaar schon lange Kunde, daher verwundert die Abwerbung der beiden Jüngsten der Chalcographen, Haldenwang und Schlotterbeck, nicht. Die Liebe zur Schweiz und ihren grandiosen Landschaften schlug sich auch in der Auswahl der Sujets nieder, die Haldenwang bearbeitete. Er war mit Abstand der teuerste, aber eben auch der produktivste Künstler der Gesellschaft, arbeitete daneben auch für zahlreiche andere Gesellschaften.[230]

HANNOVER, KURFÜRST VON, siehe: Braunschweig-Lüneburg

HANS JÜRGE, siehe: Anhalt-Dessau, Johann Georg Prinz von

HAUGWITZ, CHRISTIAN AUGUST HEINRICH CURT (1786: Graf) VON (1752–1832): 1791 von den schlesischen Ständen zum Generallandschaftsdirektor gewählt, 1792 zunächst preußischer Gesandter in Wien, dann als Kabinettsminister nach Berlin berufen und dort v. a. mit außenpolitischen Aufgaben betraut, bis er sich 1804 auf seine schlesischen Güter zurückzog und Hardenberg seine Nachfolge antrat. 1774 war er bereits der Leipziger Loge „Zu den drei Palmen" beigetreten und bereiste 1775 mit den Brüdern Stolberg Italien, denen sich Goethe anschloss. Die Bekanntschaft Waldersees mit Haugwitz, die sich in einer Korrespondenz von 1794 bis 1799 niederschlug, mag schon

228 FAW Stöfs I.B.2.e) Freund Hagen/Dessau 25. November 1808 und 19. Dezember 1808.

229 Straubel, Bd. I, S. 372 f.
Beckus 2015, S. 378.

230 Kat. Ausst. Dessau 1996, S. 93 f.
Vgl. Kat. Ausst. Coburg 1987, v. a. S. 17.

aus der Bekanntschaft mit Goethe oder seiner Freimaurerei herrühren, wurde aber gewiss in der Breslauer Zeit vertieft.[231]

HAYNE, C. F. VON: eine der Personen, die Waldersee 1816 in seiner Schulden-Designation auflistete, diese mit 50 rt.[232]

HEINTZE: alter Diener der gräflichen Familie Waldersee, der monatlich 7 rt verdiente und zusätzlich pro Quartal noch 8 rt als Kleidergeld erhielt, also weniger als Marta Goß, jedoch mehr als der Bedienstete Nemand.[233] Ob und, wenn ja, wie Heintze mit dem fürstlichen Leibkutscher Gottfried Heintze (†1749) und seiner Ehefrau Marie Elisabeth verwandt ist, ist nicht bekannt. Gottfried Heintze wurde 1739 das Haus Nr. 736, später Breite Str. 21 geschenkt, eben jenes Haus, das 1783 der Bauaufseher Wittge erwarb, der Waldersee Kredit gab.[234]

HERDER, JOHANN GOTTFRIED (1744–1803): Philosoph, Theologe und Dichter, seit 1776 Sachsen-Weimarischer General-Superintendent, Mitglied des Oberkonsistoriums, Beiträger zu Lavaters *Physiognomische[n] Fragmente[n]*.[235] Herder legte 1787 dem Markgrafen von Baden eine *Idee zum ersten patriotischen Institut für den Allgemeingeist Deutschlands* vor, ein, wenn auch verspäteter, Beitrag zur Bündnispolitik der mittleren Reichsfürsten.[236]

HERRE, CHRISTIAN (vor 1671–1720): aus Jeßnitz stammender Dessauer Kaufmann. Er war 1691 in das Dessauer Geschäft des verstorbenen Handelsherrn Peter Jacob Küper aus Zaandam in Holland eingetreten, indem er dessen Witwe Eleonore Catharina, geb. Herrmann, Tochter eines der reichsten Bürger Dessaus ehelichte. Von ihrer großen Mitgift war das Haus Nr. 588 in der Hohen, später Zerbster Straße gekauft worden, fast gegenüber dem Standort des späteren Palais Waldersee. Küper hatte hier einen gutgehenden Großhandel mit Holz aufgezogen. 1703 verwitwet, heiratete sein erfolgreicher Nachfolger, Handelsherr Christian Herre, Dorothea Katharina Starke, die ihm zu seinen beiden Kindern erster Ehe noch weitere fünf Kinder gebar, darunter die spätere heimliche Gemahlin des Erbprinzen Wilhelm Gustav von Anhalt-Dessau. Christian und Dorothea Herre waren also die Urgroßeltern der *Com-*

231 FAW Stöfs I.B.2.e) v. Haugwitz/Berlin 1794–1799.

232 FAW Stöfs I.B.1.b) Designation der Schulden 1816.

233 FAW Stöfs I.B.1.b) „Etat meiner Wirthschaft vom 1ten Januar 1811 an“. Hein(t)ze arbeitete also mit Sicherheit von 1808 bis 1811 als Diener und war damals ein alter Mann.

234 Brückner Bd. 25, S. 2317.

235 Vgl. Lyncker, S. 51.

236 Erdmannsdörffer Bd. I, S. 185.

tesse Louise. Dorothea Herre überlebte ihren Mann um 41 Jahre. Sie und ihr Ehemann hatten keine Schwierigkeiten, ihren Mitbürgern mit Darlehen von bis zu 1000 rt zur Seite zu stehen. Ihre Kinder erhielten gute Ausbildungen und machten Karriere: Friedrich Wilhelm Herre, der jüngste Sohn und Bruder der Reichsgräfin, studierte Theologie und sollte als Probst in Wörlitz wirken.[237]

HERTZBERG, EWALD FRIEDRICH GRAF VON (1725–1795): mehr Gelehrter als Politiker, war er seit 1763 preußischer Staatsminister und lenkte von da an 30 Jahre lang die auswärtigen Angelegenheiten Preußens mit, stand jedoch häufig mit seiner persönlichen Haltung im Gegensatz zum Willen des Königs. Namentlich, was die preußische Politik in der Bayerischen Erbfolgefrage anlangte, weshalb er an den Verhandlungen in Teschen nicht teilnehmen durfte. Von daher rührt eine Annäherung an den Prinzen von Preußen und die Beteiligung an den konspirativen Fürstenbund-Planungen, auch wenn er, wie sich bald nach dessen Regierungsantritt erweisen sollte, grundsätzlich andere Vorstellungen von preußischer Bündnispolitik hatte als dieser.[238]

HESS, JOHANN JACOB (1741–1828): Dr. theol. der Universitäten Jena und Kopenhagen, seit 1777 Diakon am Zürcher Fraumünster.[239] Hess war sollte außerdem den Dr. h. c. der Universität Tübingen zum Reformationsjubiläum 1819 und die Goldene akademische Medaille Preußens erhalten, 1795 sollte er Ulrich als Antistes folgen. Die Gottesdienste des bedeutenden Theologen besuchte Waldersee 1783.[240]

HESSEN-HOMBURG, FERDINAND HEINRICH FRIEDRICH LANDGRAF VON (1848: regierender Landgraf von) (1783–1866): jüngerer Bruder der Erbprinzessin Amalie von Anhalt-Dessau und der Prinzessin Maria Anna von Preußen. Er und seine Brüder kämpften auf Seiten der Alliierten gegen Napoleon, Landgraf Ferdinand in der österreichischen Armee. 1813 wurde dem schon mehrfach verwundeten Kürassier nach der Völkerschlacht bei Leipzig der Maria Theresia-Orden als höchste österreichische Auszeichnung verliehen. Seinen

---

237 Brückner Bd. 3, S. 240.

238 Erdmannsdörffer Bd. I, S. 37 f., Prinz Friedrich Wilhelm von Preußen an Hertzberg, o. O. am 4. Juli 1783.
Ebenda, Bd. I, S. 41, Prinz Friedrich Wilhelm von Preußen an Hertzberg, o. O. am 24. September 1783.

239 Vgl. Weder, v. a. S. 319 f.

240 FAW Stöfs I.B.3./I.C.2.m) 3.) Tagebuch der Schweizreise 1783, fol. 65, 14. September 1783, Zürich.

Abschied aus dem aktiven Militärdienst nahm er 1822 im Rang eines Generals der Kavallerie. Der unverheiratet gebliebene Landgraf Ferdinand trat als letzter überlebender seiner Brüder die Thronfolge an und blieb der letzte Landgraf von Hessen-Homburg.

HESSEN-HOMBURG, FRIEDRICH LANDGRAF VON (1820: Friedrich VI., regierender Landgraf von) (1769–1829): ältester Bruder der Erbprinzessin Amalie von Anhalt-Dessau und der Prinzessin Maria Anna von Preußen. Wie seine Brüder kämpfte er auf Seiten der Alliierten gegen Napoleon, 1813 als General der Kavallerie und bei der Völkerschlacht bei Leipzig schwer verwundet. Der mit Elisabeth, der Tochter des englischen Königs, Georg III., verheiratete Landgraf Friedrich VI. verstarb kinderlos.

HESSEN-HOMBURG, GUSTAV ADOLF FRIEDRICH LANDGRAF VON (1846: regierender Landgraf von) (1781–1848): jüngerer Bruder der Erbprinzessin Amalie von Anhalt-Dessau und der Prinzessin Maria Anna von Preußen. Er und seine Brüder kämpften auf Seiten der Alliierten gegen Napoleon, Landgraf Gustav zunächst in schwedischen, dann in österreichischen Diensten. 1813 kämpfte er als Generalmajor bei den Hessen-Homburg-Husaren seines älteren Bruders Friedrich, u. a. in der Völkerschlacht bei Leipzig. Er schied im Rang eines Generals aus dem Armeedienst, um die Regierungsgeschäfte zu führen. Mit seiner gehörlosen Nichte, Louise Friederike Prinzessin von Anhalt-Dessau (1798–1858) verheiratet, verstarb auch Landgraf Gustav ohne einen Thronerben; der einzige Sohn war wenige Monate vor dem Vater an der Grippe verstorben.

HESSEN-HOMBURG, LEOPOLD VICTOR FRIEDRICH LANDGRAF VON (1787–1813): jüngster Bruder der Erbprinzessin Amalie von Anhalt-Dessau und der Prinzessin Maria Anna von Preußen. Die sechs gegen Napoleon kämpfenden Homburg-Brüder waren legendär, wie sich in einem dem Kaiser zugeschriebenen, geflügelten Wort äußert: „Je trouve partout un Hombourg!“[241] Der jüngste Bruder der Dessauer Erbprinzessin fiel in der ersten großen Schlacht der Befreiungskriege, bei Großgörschen, am 2. Mai 1813.

HESSEN-HOMBURG, LUDWIG WILHELM LANDGRAF VON (1829: regierender Landgraf von) (1770–1839): zweitältester Bruder der Erbprinzessin Amalie von Anhalt-Dessau und der Prinzessin Maria Anna von Preußen. Wie seine Brüder kämpfte er auf Seiten der Alliierten gegen Napoleon und war schon bei der Kapitulation Erfurts in französische Kriegsgefangenschaft geraten. Landgraf Ludwig kämpfte mit seiner „Brigade Hessen-Homburg“ in den großen Schlachten der Befreiungskriege, u. a. bei Großbeeren. Zuletzt war der mit hohen Orden ausgezeichnete preußische Offizier General der Infanterie und

241 Dölemeyer 2000/01.

Gouverneur der Bundesfestung Luxemburg. Auch er verstarb nach zuletzt geschiedener Ehe mit Prinzessin Anna Amalia von Nassau-Usingen kinderlos.

Hessen-Homburg, Philipp August Friedrich Landgraf von (1839: regierender Landgraf von) (1779–1846): jüngerer Bruder der Erbprinzessin Amalie von Anhalt-Dessau und der Prinzessin Maria Anna von Preußen. Auch er kämpfte auf Seiten der Alliierten gegen Napoleon, zunächst als Hauptmann in der Brigade „Hessen-Darmstadt“, wo er bereits 1794 in 10-monatige französische Kriegsgefangenschaft geraten war. Seine militärische Karriere in der österreichischen Armee verlief über den Grad eines Feldmarschallleutnants 1813 bis zum Kaiserlichen Feldmarschall. Auch Landgraf Philipp, der 1829 für den griechischen Königsthron gehandelt wurde, verstarb kinderlos.

Hessler, Andreas: Ackerbesitzer, dem Waldersee nach 1819 noch Geld schuldete.[242]

Heywood, William: vermutlich der Dessauer Englischlehrer der Louise Gräfin Waldersee. Er wurde gelegentlich wegen eines Vorschusses vorstellig, spricht in seinen Briefen von Lektionen und bringt Bücher mit.[243]

Hill, Caroline von (1748–1822): in morganatischer, kinderloser Ehe mit dem Prinzen Johann Georg, gen. Hans Jürge von Anhalt-Dessau vermählt, den sie vermutlich als Regiments-Kommandeur in Stettin kennenlernte, woher ihre Familie stammte. Seinen Sommersitz hatte das Paar im von Erdmannsdorff erbauten Georgium, seinen städtischen Wohnsitz nahm es an der Zerbster Straße. Wie stattlich dieses Palais war, ermisst sich bereits am Wert, der 1822 mit 14 975 rt taxiert wird. In der Anzeige des Dessauer Wochenblatts ist die Rede von Speisesaal, Billardzimmer mit zwei Kabinetten, 12 Zimmern im Anbau und im Haupthaus „im untern Stockwerk außer den beiden Hausfluren drei Hauptzimmer mit einem Kabinett und zwei Eingangszimmer vorn heraus, drei Zimmer nach dem Hofe zu, im zweiten Stockwerk ein Vorsaal, ein großer Saal und vier Zimmer vorn heraus und ein kleiner Saal nebst zwei Zimmern nach dem Hofe zu. In den bedeutenden Hintergebäuden sind die Küche, ein Waschhaus, Vorratskammern, Wohnungen für die Bedienung, Stallung für 26 Pferde und Remisen für 7 Wagen. Die unter den Häusern befindlichen Souterrains und Keller sind geräumig. In dem hinter den Häusern befindlichen Garten steht ein Gartenhaus mit

242 FAW Stöfs I.B.2.i) Aufstellungen mit zugehörigen Wechseln (nach 1819).

243 FAW Stöfs I.B.2./I.C.2.n) William Heywood, Dessau, 22. August 1791 und 27. Januar 1792.

Saal."[244] In diesem Haus war 1811 Fürstin Louise von Anhalt-Dessau gestorben. Zu Waldersees war das Verhältnis wohl verwandtschaftlich-freundschaftlich, denn auch Caroline von Hill versuchte Waldersee mit einem Kredit über seine finanziellen Engpässe hinwegzuhelfen.[245]

Hirsch, Moses:[246] Dessauer Schutzjude und einer der vielen Creditoren Waldersees.[247]

Hirzel, Johann Caspar sen. (1725–1803): seit 1761 Zürcher Stadtarzt, seit 1778 Ratsherr, erster Präsident der *Helvetischen Gesellschaft* und Entdecker des sogenannten Kleinjogg. Seine ökonomischen und naturkundlichen Forschungen machten ihn zu einem begehrten Gesprächspartner für Waldersee und den Hofarzt Kretzschmar.[248]

Hoffmann, Carl Christoph (1786: von) (1735–1801): nach dem Studium der Mathematik und Philosophie an der Universität Halle seit 1772 Kammerdirektor des Prinzen Heinrich von Preußen, 1786 zum Kanzler der Universität Halle berufen, väterlicher Freund des jungen Franz von Waldersee. Er hatte in das Rittergut Dieskau eingeheiratet und den Garten mit seinem chinesischen Teehaus vom späteren Dessauer Hofgärtner Johann Georg Gottlieb Schoch anlegen lassen, in welchem ein Vasenmonument „Franz, dem Freunde der Rechtschaffenen, Dessaus Vater, dem thätigen, wohlthuenden, allgeliebten Fürsten" gewidmet war.[249] 1792 legte er in seinem Testament die Gründung einer Freischule für arme Kinder fest.

Franz von Waldersee verdankte dem selbst kinderlos gebliebenen, väterlichen Freund prägende Reise-Erfahrungen. Als er seine Studien in Berlin aufnahm, unterrichtete ihn auch Hoffmann und führte ihn in die Berliner

---

244 Brückner Bd. 2, S. 106.

245 FAW Stöfs I.B.1.b) Cassa Buch, Schulden 1809.
Ebenda, Restierende Capitalien (undat.): Vom 1. April 1816 datieren von Frau von Hill 1.880 rt.

246 LASA Z 88, F 84 Nr. 7 Der Schutzjude Moses Hirsch, 1780.

247 FAW Stöfs I.B.1.b) Cassa Buch, Schulden 1809.
Ebenda: „Etat meiner Wirthschaft vom 1ten Januar 1811 an". Bei den Ausgaben für 1810 listet Waldersee „an Hirsch 108 rt 8 gr", die durch „A. M." gezahlt wurden, vermutlich Alexi Mortgen.
FAW Stöfs I.B.2.i) Aufstellungen mit zugehörigen Wechseln (nach 1819).

248 Graber, v. a. S. 85 ff. und Siegert, v. a. S. 239 ff.
Hirsch 1995, v. a. S. 187 ff.
Schmidt, C. G., S. 143.

249 Hirsch 1970, S. 107.

Gesellschaft ein. Es entstand eine tiefe Freundschaft.[250] Welchen Wert Fürst Franz diesem Verhältnis beimaß und welche Dankbarkeit er Hoffmann gegenüber empfand, zeigte sich bei einem Besuch in Dieskau: Hoffmann schildert bewegt, wie er ein Geschenk des Fürsten entdeckte, ein Kästchen mit einem Chinesischen Déjeuner, als er und Freunde „im Chinesischen Hause wolten Coffée trincken".[251]

HOFFMANN, THERESE AUGUSTE, geb. Alburg, verw. Lüder (†1773): Die verstorbene Gemahlin des Kammerdirektors, Erbin der Rittergüter Dieskau und Lochau starb bereits ein Jahr nach der Eheschließung und vermachte Hoffmann Dieskau.

HOFFMANN, FRIEDERIKE AUGUSTE, geb. Alburg: seit 1774 Gemahlin des verwitweten Kammerdirektors, jüngere Schwester seiner verstorbenen Gemahlin. Beide Ehen blieben kinderlos.

HOFFMANN, FRIEDRICH GOTTLOB (1741–1806): Leipziger Tischlerei-Unternehmer. Der Sohn eines Lakaien wuchs vermutlich auf dem Rittergut Puschwitz der Familie von Dieskau auf und lebte als Tischler seit 1758 in Leipzig, 1770 erwarb er das Bürgerrecht und wurde zum Meister gesprochen. Mit seinen innovativen Methoden und der frühen Ausrichtung seiner Werkstatt auf einen Manufakturbetrieb, Filialbildung und Überschreitung der zulässigen Gesellenzahl stieß der Unternehmer schon früh an die Grenzen der Zunftordnung. Mit neuen Produktionsweisen und Vertriebswegen gelang es ihm, diese Grenzen weit auszulegen und zu umgehen. Nachdem er seine Waren eine Weile an erster Adresse angeboten hatte, entschloss sich Hoffmann 1792 zur Aufgabe dieses Ladenlokals und bewarb seine Produktion stattdessen in Bertuchs *Journal des Luxus und der Moden*. Die frühe Herstellung eigener, bebilderter Kataloge, deren ersten von 1789 Waldersee besaß, hatte sich als kostensparender, und damit wegweisender Vertriebsweg herausgestellt.

Hoffmanns Produktpalette zielte auf ein deutlich bürgerlicheres Publikum als die Manufaktur Roentgens in Neuwied. So gelang es ihm wohl, bis um 1800 sehr erfolgreich zu wirtschaften. Zu einer Zeit, als Roentgen seine Werkstatt abwickelte, stand Hoffmann auf dem Höhepunkt seines Schaffens und beschäftigte an zwei Standorten 42 Lohnmeister und Gesellen. 1801, als auch das Direktorium der *Chalcographischen Gesellschaft* über die schleppenden Geschäfte klagt und die Einstellung des Geschäfts zu erwägen beginnt, machen sich auch bei Hoffmann Umsatzeinbrüche bemerkbar. Das Unter-

250 GSA 06/2047, 4. Dieskau, 26. Juni 1784.

251 FAW Stöfs I.B.2.e) Kammerdirektor v. Hoffmann aus Dieskau, 27. Okt. 1787.

nehmen wurde nach seinem Tod von der verwitweten Maria Dorothea Hoffmann, geb. Sander (1736–1813) fortgeführt.[252]

HOFMEYER, CHRISTIAN LEBRECHT (1729–1772): aus dem Köthenschen stammender Theologe, der 1747 an der Universität Basel über die Taufe promoviert wurde und es in Köthen zum Konsistorialrat und Superintendenten, Hof- und Oberprediger an der reformierten Stadtkirche brachte.

HOFMEYER, ELEONORE ELISABETH, geb. Duckmann (†1739): Tochter eines Liegnitzer Kaufmanns, seit 1722 Ehefrau des Zerbster Pfarrers Johann Gottfried Hofmeyer, Mutter des gleichnamigen Archidiakons der Dessauer Marienkirche und der Johanna Eleonore von Waldersee, geb. Hofmeyer. Sie verstarb an den Folgen einer Zwillingsgeburt zusammen mit der Zwillingschwester ihrer jüngsten Tochter Johanna Eleonore.

HOFMEYER, HEINRICH GOTTFRIED: Anhalt-Zerbster Hofadvokat und Syndikus, sowie Stadtrichter zu Zerbst.

HOFMEYER, JOHANN: 1708 Anhalt-Zerbster Hofadvokat und Bürgermeister der Stadt Zerbst. Vermutlich war dies der Großvater der Johanna Eleonore von Waldersee, geb. Hofmeyer.

HOFMEYER, JOHANN GOTTFRIED (†1742): Theologe und Pfarrer, 1704 zum Dr. theol. an der Universität Halle promoviert nach einem Studium der Theologie und Philosophie,[253] seit 1722 verheiratet mit Eleonore Elisabeth, geb. Duckmann aus Liegnitz, 1742 zum Ersten Prediger der Reformierten Kirche zu Zerbst berufen, Vater des gleichnamigen Archidiakons der Dessauer Marienkirche und der Johanna Eleonore von Waldersee, geb. Hofmeyer. An der Reformierten Kirche zu Zerbst war 1712-1716 schon der aus Köthen gebürtige Dr. theol. Andreas Philibertus Hofmeyer (1681–1718) als Diakon tätig gewesen, vielleicht ein naher Verwandter, Sohn eines Bernburger Regierungsrats.

HOFMEYER, JOHANN GOTTFRIED (1736–1796):[254] Sohn des Ersten Predigers der Reformierten Kirche zu Zerbst, Bruder der Johanna Eleonore von Waldersee, geb. Hofmeyer, der verehelichten Frau von Neitschütz und Geliebten des

---

252 Kat. Ausst. Leipzig 2014, S. 42–61.
FAW Stöfs I.B.3./I.C.2.a).

253 Dunkel, Bd. II, S. 113. Der große Abstand zwischen Dissertation, Verheiratung und v. a. Berufung auf die Stelle an der Reformierten Kirche nähren den Verdacht, daß es sich vielleicht um zwei namensgleiche, evtl. verwandte Theologen handeln könnte.

254 Stekovics 2006, S. 254.
FAW Stöfs I.B.2.e) Häfeli 1796, aus Bremen, kondoliert zum Tod des Pfarrers Hof[f]meyer.

Fürsten Franz von Anhalt-Dessau. Hofmeyer war von 1758 bis 1760 Diakon an der St. Georgskirche zu Dessau. Als er 1761 zum Archidiakon an die Dessauer Marienkirche berufen wurde, bat er seine unverheiratete Schwester Johanna Eleonore, ihm den Haushalt zu führen, was sie seit Ende Januar 1761 auch tat.[255] 1775 heiratete der Archidiakon Marie Margarete, Tochter des Berliner Juweliers Karl Benjamin le Febre.[256]

Hofmeyer, Johanna Eleonore, siehe: Neitschütz, Johanna Eleonore von

Hofmeyer: Tanten, bei denen die verwaisten Kinder des Ersten Predigers der reformierten Kirche zu Zerbst, Johann Gottfried Hofmeyer, nach dem kurz hintereinander erfolgten Tod von Mutter und Vater aufwuchsen.

Hohenlohe-Ingelfingen(-Öhringen), Friedrich Ludwig Fürst zu (1746–1818): hochdekorierter preußischer General der Infanterie, erster Ehrenbürger von Frankfurt am Main für den Schutz vor französischen und kaiserlichen Truppen. Die Heirat mit Amalie Gräfin Hoym (1763–1840) brachte den Generalmajor und Chef des Infanterieregiments Alt-Rothkirch in den Besitz der oberschlesischen Herrschaft Slawentzitz, zu der er die Herrschaften Landsberg und Koschentin hinzuerwarb. 1797 übernahm er das Kommando in Breslau, in diese Zeit datiert der Briefwechsel mit Waldersee.[257]

Holzhausen, Johann Gottfried: Dessauer Beamter. Der Ökonom und Autor landwirtschaftlicher Schriften war schon 1767 als Amtmann in Gröbzig beschäftigt und wurde 1783 zum Oberamtmann befördert.[258] Seit dem 10. Oktober 1814 schuldete Waldersee ihm 200 rt.[259]

Honig, Johann August Leberecht (1743–1800): aus Roßlau stammender Finanzrat in Berlin. Der Sohn des Amtsrats Johann Christoph Honig und der Johanna Anna Louise, geb. Oldenburger aus Dobritz/Zerbst schrieb sich 1760 für das Studium der Rechte in Halle ein und arbeitete sich bei seinem Vater in die landwirtschaftliche Ökonomie ein. Nach der Referendarszeit und exzellentem Examen trat er als Kriegsrat in das Berliner Generaldirektorium ein, bevor er 1774 Marie Elisabeth Hesse, die Tochter des namhaften Berliner Seidenfabrikanten Cornelius Adrian Hesse, heiratete. Bei diesem Mann, einem der einflussreichsten Finanzräte der Zentralbehörde, lernte Waldersee

255 FAW Stöfs I.B.2.f) Erinnerungen der Johanne Eleonore Hofmeyer, verh. von Neitschütz.

256 Beckus 2015, S. 388 f.

257 FAW Stöfs I.B.2.e) Hohenlohe-Ingelfingen/Breslau 1797.

258 Beckus 2015, S. 390.

259 FAW Stöfs I.B.1.b) Restierende Capitalien (undat.).

1784 Ökonomie. Auch Honig hatte versucht, sich in Schlesien anzukaufen, was ihm jedoch nicht gelungen war, 1789 kaufte er ein Gut im Kreis Teltow mit allen adligen Rechten.[260]

HONNTHAL, Kgl. Bayer. Oberster Justizrat von, siehe: Hornthal

HORNTHAL, FRANZ LUDWIG (1815: von) (1760–1833): Kgl. Bayer. Oberster Justizrat in Bamberg. Hornthal war in Hamburg als Sohn eines dortigen Rabbiners geboren und hatte die Talmudschule zu Fürth besucht. Als er 1779 konvertierte, wurde aus den Namen seiner beiden Taufpaten, des Bischofs Franz Ludwig von Erthal und des Domkapitulars Horneck von Weinheim, sein neuer Name gebildet. In Bamberg studierte er Jura und heiratete die Tochter des fürstbischöflichen Leibarztes, Anna Maria Betz. Auch nach Auflösung des Fürstbistums blieb er in staatlichen Diensten. Er wurde 1803 Polizeidirektor, 1805 Generalkriegskommissar und 1806 Kgl. Bayer. Oberster Justizrat der Obersten Justizstelle in Franken. In dieser Funktion war er mit dem betrügerischen Bankrott des Freiherrn von Lichtenstein befasst, auch mit den Ansprüchen Waldersees gegen ihn.

Für seine Verdienste um das Königreich Bayern wurde er 1815 in den erblichen Adelsstand erhoben, 1818 zum ersten Bürgermeister Bambergs gewählt und später Mitglied der Abgeordnetenkammer, des Bayerischen Landtags und zuletzt Präsident des Landrates des Obermainkreises.

HOTZ, siehe: Hotze

HOTZE, JOHANN KONRAD (1734–1801): wegen seines Interesses an psychosomatisch bedingten Leiden eng mit Lavater, Hirzel und Zimmermann befreundeter Arzt in Richterswil.[261]

HOYER, VON (1767–1848): Mitschüler Waldersees der ersten Klasse am *Philanthropin*, der ebenso wie Waldersee, Kleist und der Erbprinz nur stundenweise am Unterricht teilnahm.[262] Es könnte sich um den aus Dresden stammenden Militär- und Jagdschriftsteller Johann Gottfried (1784: von) Hoyer handeln, der 1825 als Generalmajor aus der preußischen Armee schied und seit 1793 mit militär- und jagdkundlichen Schriften auf sich aufmerksam machte.

HOYM, ANTONIE LOUISE (1786: Gräfin) VON, geb. Freiin von Dyhern und Schönau (1745–1820): Erbin der Herrschaft Dyhernfurt, Gemahlin des dirigierenden Ministers von Schlesien und mit der Fürstin Louise von Anhalt-Dessau

260 Straubel, Bd. I, S. 439 f.

261 Zimmermann 1784/1785, IV. Bd., S. 81 f. und S. 89 f. Waldersee benutzt, wie viele Zürcher, die dort gebräuchliche Schreibweise des Namens: Hotz.

262 [Ulrich], S. 135 f.

zusammen Patin des ersten Waldersee-Kindes, nach seinen Patinnen Louise Antoinette getauft, genannt Loulou.[263]

Die Patenschaft belegt, dass das zunächst beruflich begründete Verhältnis Waldersees zu seinem Vorgesetzten und dessen Frau nach seiner Verheiratung immer mehr ins Private spielte. Kurz vor dem Tod des Grafen war das Ehepaar noch zu Besuch in Dessau gewesen. Gräfin Hoym teilte den Tod ihres Mannes nach der Rückkunft mit, wo er schon sehr schwach gewesen, dann aber noch warme Bäder gebraucht habe, die ihn zusätzlich geschwächt hätten. Falls die Zustände in Schlesien sich verschlimmerten, hoffte sie auf Aufnahme in Dessau. Über Hoyms Tod hinaus dauerte die Verbindung fort, zumal auf gartengestalterischer Ebene. So lernte der Dyhernfurter Gärtner offenbar in Dessau und Waldersee sollte dem ihm vorgesetzten Gärtner reichlich *douceurs* geben, damit alles nach Wunsch ihres Mannes gehe. Alles, was aus Dessau kam, war ihr wert und teuer – selbst vertrocknete Akaziensetzlinge wurden eingepflanzt, da sie sich einen Lebensabend unter Akazien träume.[264]

Hoym, Karl Georg Heinrich (1786: Graf) von (1739–1807): wirklicher Geheimer Etats- und Kriegsrat, dirigierender Minister von Schlesien. Nach einem abgebrochenen Studium und kurzer Zeit beim Militär entfaltete Hoym seine glänzenden Fähigkeiten bei der Breslauer Kriegs- und Domänenkammer, wo er der Vorgesetzte Waldersees war. Die Vermählung mit der Erbtochter Antonie Freiin von Dyhern und Schönau und das Erbe der Herrschaft Dyhernfurt 1768 ermöglichte ihm, ein großes und vornehmes Haus zu führen. Bereits 1770 wurde er zum dirigierenden Minister von Schlesien ernannt, was die Führung einer von Berlin völlig unabhängigen Verwaltung bedeutete. Das gewinnende Naturell des Ministers, seine geschmeidige, gastfreie Art machten das Hoym'sche Haus zum gesellschaftlichen Mittelpunkt Breslaus, in dem auch die jungen Waldersees viel ein- und ausgingen.

Schlesien profitierte von den vielfältigen, unter Hoyms Regierung vorgenommenen Reformen, die Bevölkerung wuchs um ein Drittel, der Handelsverkehr verdoppelte sich. Es häuften sich allerdings auch Beschwerden, zumal aus dem ihm 1793 ebenfalls zur Verwaltung übertragenen Südpreußen. 1807 erhielt er seine Entlassung, die zu einem körperlichen Zusammenbruch führte, woran er letztlich auch starb.

Huck, Johann Georg (1759–1811): Künstler der *Chalcographischen Gesellschaft zu Dessau.* In Düsseldorf geboren und dort an der Akademie geschult,

263 FAW Stöfs Familienchronik, fol. 155, 1788.

264 FAW Stöfs I.B.2./I.C.2.n) Gräfin Hoym, geb. Dyhern, aus Dyhernfurth [Tintenfraß, deshalb Abschrift], 1807 und 20. Juni 1808.

1782–1788 bei Valentine Green, dem bedeutendsten englischen Schabkünstler, ausgebildet, arbeitete Huck schon 1794 für Brabeck in Söder. Aus Dessau scheint ihn die Eifersucht Langenhöffels auf sein Können vertrieben zu haben. 1799 ließ er sich in Hannover nieder und gründete dort im Folgejahr eine „Kunstanstalt" genannte Zeichenschule, wobei ihm sein Ruf als herausragender Porträtist zugute kam.[265]

HÜFFER: die ältere, Kammerfrau der Fürstin Louise von Anhalt-Dessau; mindestens seit August 1774. Unter den fürstlichen Bedienten gab es eine jüngere Schwester, Cousine oder Tochter der Kammerfrau,[266] auch Häfeli schreibt von ihr im Plural.[267] Die Hüffer oder Hüffe[r]n, wie sie genannt wurde, gehörte mit zu den Bediensteten, die die Fürstin 1782 und 1783 in die Schweiz,[268] sowie 1786 zusammen mit der *Comtesse* Louise von Anhalt und Pfarrer Häfeli zu einer Badereise nach Ems begleiteten. 1788 war sie noch in Diensten der Fürstin.

HUSARZEWSKY, ADALBERTUS LUDWIG VON (1749–1823): Jurist polnischer Abstammung und preußischer Regierungsrat. Nach dem Studium der Jurisprudenz in Halle Aufnahme in den preußischen Justizdienst, seit 1786 im Wesentlichen Vertreter der Interessen der Preußischen Seehandlung in Warschau, zuletzt als Geschäftsträger. Seine Kernkompetenz im Finanziellen schlägt sich auch in der Korrespondenz mit Waldersee nieder, den er, wenn nicht durch berufliche Begegnungen, so vielleicht als Freimaurer kennenlernte. Er war offenbar intim mit dem Dessauer Hofkreis vertraut und befreundet, bezog aus einem größeren Darlehen jährliche Zinsen von dort.[269] Waldersee macht auch Besorgungen für ihn, so soll er etwa einem

265 Kat. Ausst. Dessau 1996. S. 95.

266 LASA Z 44, A 9e, Nr. 15 (18) fol. 48 r.: Am 5. Dezember 1784 stürzt „die Aeltere Hüffen meine Cammerfrau" die Treppe hinab.
Vgl. Beckus 2015, S. 391, der ohne Angabe von Quellen von einem Nachweis als Kammerfrau seit 1771 spricht. Die jüngere, Charlotte Hüffer, ist 1795–1809 als Kammerfrau nachweisbar.

267 FAW Stöfs I.B.2.f) Brief von Regula und Pfr. Haefeli aus Wörlitz am 11. Januar 1788: „zu den Hüfern komme ich sehr selten, sie sind gegen mich seit dem Sie von hier fort sind immer kälter gegen mich geweßen, ich laße aber alles gehen, denn ich habe Ihnen gewiß nichts zu leide gethan."

268 LASA Z 44, A 9e, Nr. 15 (18) fol. 36 v., 6. Juni 1782.
Ebenda, fol. 39 v., 13. Juli 1783.

269 FAW Stöfs I.B.2.e) Husarzewzki/Warschau, 11. April 1797: Er erwartet wie üblich zum 1.6. die fälligen Zinsen in Höhe von 1389 *ecus de Prusse*. Am 14. April 1802 schreibt er aus Warschau, daß das Kapital im kommenden

Grafen Ledochowski eine bedeutende Viola als Strohmann abkaufen, die nicht nur stimmlich ein Erlebnis gewesen sein muss, sondern auch in anderer Hinsicht – sie hatte angeblich einen starken Kadavergeruch.[270]

Das Bild, das er von Polen zur Zeit der dritten Teilung zeichnet, ist mit dem Zustand der Pfalz nach dem Wüten der Franzosen zu vergleichen. Trotz dieses herzzerreißenden Anblicks vergisst er nicht, „la douce et charmante Loulou, le petit Hercule, son petit Frere[.]" zu grüßen.[271] Womöglich war es dieser Zustand Polens, der ihn darüber nachdenken ließ, sich in Dessau anzusiedeln. Der Fürst selbst hatte ihn auf das möglicherweise zum Kauf stehende Haus des verstorbenen Herrn von Ponickau aufmerksam gemacht.[272]

Huymann: ein anderweitig unbekannter Gläubiger Waldersees, der 1811 über „A. M.", wohl Abraham Mortgen, 27 rt 2 gr erhielt.[273]

I. K. H., siehe: Anhalt-Dessau, Louise Henriette Wilhelmine Fürstin von

Isaack, siehe: Isaak

Isaak, Simon: Dessauer Geldwechsler und einer der großen Kreditgeber des Freiherrn von Lichtenstein. Isaak wusste, wie höchstwahrscheinlich ganz Dessau, dass Waldersee 1799 sein Gut in Gnölbzig verkauft hatte und dieses Geld in guten Preußischen Seehandlungs-Obligationen angelegt hatte. Von anfänglichen 3000 rt, die Waldersee übernommen hatte, stieg der Kredit Lichtensteins, für den Waldersee bürgen durfte, innerhalb weniger Monate auf 10 000 rt.[274]

Jahr fällig werde.
LASA Z 44, C 5d Nr. 3, fol. 74 r.: Die Dessauer Rentkammer hatte 1795 bei dem Kammerherrn 33.000 rt Kapital aufgenommen. Dank an Paul Beckus für den Hinweis.

270 FAW Stöfs I.B.2.e) Husarzewzki/Warschau 1795-1801, 5. November 1796.

271 FAW Stöfs I.B.2.e) Husarzewzki/Warschau 1795-1801, 8. Juni 1795.

272 FAW Stöfs I.B.2.e) Husarzewzki/Warschau 1. Juni 1801.

273 FAW Stöfs I.B.1.b) „Etat meiner Wirthschaft vom 1ten Januar 1811 an".

274 FAW Stöfs I.B.3./I.C.2.e) 2. Rechtfertigungsschreiben seines Verhaltens gegen Lichtenstein: Situation von März bis Dezember 1800.
GSA 06/2047, 31. Dessau, 5. November 1800.
FAW Stöfs I.B.2.i) Belege und Erklärungen zur Berechnung der Schulden Waldersees 1801, ad 1 a) Situation am 10. Dezember 1800.
FAW Stöfs I.B.1.b) Designation der Schulden 1816 listet „Simons Erben 600 rt" – möglicherweise liegt hier eine Verwechslung von Vor- und Nachnamen vor, die bei der jüdischen Namensgebung damals leicht geschah.
LASA Z 44, C 5d Nr. 3, fol. 31 r., 147 v., 148 v., 157 r., 158 r., 162 r.: Der Kam-

Jäger, Johanna Magdalena Luise (1763–1839): Tochter eines fürstlichen Reitknechts und Geliebte des Fürsten Franz. Aus diesem Liebesverhältnis entstammten drei vom Fürsten anerkannte und testamentarisch bedachte Töchter: Franziska (1789–1827), Leopoldine (1791–1847) und Amalie (1793–1841). 1795 heiratet die „Jägerin" den Zerbster Ökonom und Amtmann Friedrich August Hübner, dem sie weitere acht Kinder gebären sollte.

Jean, de: aus Genf stammender Erzieher des Franz von Waldersee. 1770 brachte das Fürstenpaar Jean mit nach Dessau, da Behrisch nun zusätzlich die Erziehung des Erbprinzen übernehmen sollte. Der lebhafte Mann riss Waldersee aus seinem angeborenen Phlegma, brachte ihm Französisch bei und übernahm seine Bedienung.[275]

Jungwirth, Gottlob Friedrich Christoph (1768–1825): Direktor des Landgerichts zu Wittenberg. Jungwirth, der Waldersee von 1807 bis 1817 juristisch beraten hatte und gegen das fürstliche Haus vertreten sollte, hatte in Wittenberg zunächst Theologie studiert, nach Jahren als Hauslehrer in Livland dann Jurisprudenz und war 1797 zum Dr. jur. promoviert worden. Waldersee hatte sich absichtlich einen Juristen außerhalb der Landesgrenzen gesucht: „die äußerste Seelenangst treibt mich an, Ihren Beistand anzuflehen. Hier traue ich keinem Juristen, ich möchte sagen keinem Menschen, denn alles kann mir schaden, niemand nützen." Jungwirth hatte Mühe, seinen Mandanten dahin zu bringen, dem Juristen das Schreiben zu überlassen, und muss ihn ermahnen: Das sei, als wenn der Patient „gegen die Vorschriften seines Arztes sich selbst Rezepte schreibt."

Die Strategie Jungwirths in der Sache Waldersee gegen das Herzogliche Haus ist, einerseits die Angst vor einem Prozess wachzuhalten, andererseits auf der persönlichen Ebene mit dem jungen Herzog und dem neuen Erbprinzen sich die Sympathien zu erhalten. Die Kammer fürchtet Waldersees Ansprüche und inoffiziell dringt der Wille zu einem Vergleich durch. Jungwirth baut auf die Furcht der Kammer, in einer „zweifelhaften Rechtsfrage" gegen seine Expertise zu unterliegen. Im Juni 1818 rät er allerdings offiziell von einem Prozess ab, da selbst ihm nun die Rechtslage zu zweifelhaft

---

mersekretär gleichen Namens erscheint unwahrscheinlich als Kreditgeber einer solchen Summe. Er erhielt 1785 als Registrator 10 rt monatlich, 1797 eine jährliche Besoldung von 270 rt, 1808 wird er als Kanzleisekretär geführt und erhält zu seinem Gehalt jährliche Zulagen von bis zu 120 rt, 1814 wurde er unter Beibehaltung seiner vollen Bezüge pensioniert.

275 FAW Stöfs o. Num., 1770.
LASA, DE, Z 44, C 5d Nr. 3, fol. 83 v.: 1771 erhält er 15 rt Monatsgehalt.

erscheint.[276] Die weitere juristische Vertretung und Verhandlung des zuletzt im März 1819 geschlossenen Vergleichs mit dem herzoglichen Hause oblag dann dem Dessauer Stadtsyndikus Carl Thorspecken.

K. Franz, siehe: Österreich

Kaiser, siehe: Deutscher Kaiser

Kaiser, siehe: Napoleon

Kalitsch, Johann Friedrich Ludwig Heinrich von (1786–1870): Sohn des Gutsbesitzers Gottlob von Kalitsch und der Louise Eleonore Friederike, geb. von Waldersee, Tochter des Fürsten Leopold III. Friedrich Franz von Anhalt-Dessau und Schwester Waldersees. Das Verhältnis zu den mütterlichen Verwandten war herzlich, besonders den jüngeren Vettern Waldersee, die sich freuten, ihn 1808 bei dem Berlin-Aufenthalt anlässlich der Pfuel'schen Erbschaft eine Woche bei sich zu haben. 1809 heiratete er, nach einer forstlichen Ausbildung bei ihrem Vater auf der Schwetzinger Forstakademie, Auguste Marianne Juliane Friederike von Drais, Freiin von Sauerbronn und erwarb 1816, als anhaltischer Landrat und charakterisierter Kammerherr für seine Familie das Haus der Großmutter an der Zerbster Straße von den Erben zum Preis von 5400 rt. Durch ihn und weitere Nachfahren, die das Haus bis zur Zerstörung 1945 hielten, gewann es seinen Namen „Palais Kalitsch". Ihren ständigen Wohnsitz hatte die Familie mit den fünf Kindern allerdings auf den vom Vater ererbten Gütern, die Friedrich durch den Zukauf des Gutes Polenzko noch erheblich vermehrte und damit zum einzigen Großgrundbe-

---

276 FAW Stöfs I.B.1.b) Briefwechsel mit dem Juristen Jungwirth, Wittenberg in der Sache Waldersee vs. Herzogliches Haus, Juni 1807–Dezember 1818. Schon in den sondierenden Briefen 1807 wird die Möglichkeit eines Prozesses erwogen. Das Thema wird allerdings erst nach dem Tod des Herzogs wieder aufgegriffen: 1807, ein undat. Brief Waldersees, 25. Februar 1818, 1. März 1818, 9. März 1818, 13. April 1818, 11. Juni 1818.

sitzer des Landes neben dem regierenden Herzog aufstieg.[277] Auch dieser Neffe stand Waldersee mit stattlichen Beträgen als Creditor zur Seite.[278]

KALITSCH, JOHANN HEINRICH GOTTLOB VON (1752–1798): Herr auf Dobritz und Hagendorf, Besitzungen nordöstlich von Zerbst. 1773 schloss er mit Beate Dorothee von Loeben einen Vergleich über die Alimentation eines unehelich geborenen Sohnes Benjamin.[279] Er heiratete 1783, für den Bruder Franz überraschend, Friederike von Waldersee.[280]

KALITSCH, LOUISE ELEONORE FRIEDERIKE VON (1765–1804): geb. von Waldersee; Tochter des Fürsten Franz und der Johanna Eleonore von Waldersee, geb. Hofmeyer, Schwester Waldersees. Wenige Wochen vor der Geburt des Kindes hatte der Fürst sich auf Drängen des preußischen Königs Friedrich II. mit Louise von Brandenburg-Schwedt verlobt und war danach für 17 Monate außer Landes. Nach seiner Rückkehr ordnete er die Ansprüche dieser Tochter.[281] Ihre Kindheit und Jugend verbrachte Friederike im Haus ihrer Mutter,

---

277 Beckus 2015, S. 395.
Brückner Bd. 2, S. 110. Es scheint also ein Irrtum zu sein, was in der Familie überliefert wird: FAW Stöfs Familienchronik, fol. 147b: Betr. der 1783 erfolgten Verheiratung mit Heinrich Gottlieb v. Kalitsch schreibt ein Nachfahre am 25. Februar 1937, daß sich immer noch das Haus im Besitz seiner Familie befände, das der Fürst dieser Tochter zu ihrer Hochzeit schenkte.
Die ebenfalls an dieser Stelle gemachte Aussage, sie habe 20 000 Taler Louisd'Or erhalten mit der Auflage, die Hälfte hiervon ihrem Bruder zu vermachen, falls sie kinderlos versterben sollte, scheint glaubhafter. Sie war bei ihrer Mutter aufgewachsen und hatte wie ihr Bruder Franz seit 1767 einen Anspruch gegen das fürstliche Haus.

278 FAW Stöfs I.B.1.b) Cassa Buch, Schulden 1809.
Ebd., Designation der Schulden 1816: Hr. v. Kalitsch 4945 rt.

279 LASA 10.03.01.E 191, Nr. 6, Bl. 110–125, Vergleich zwischen Johann Heinrich Gottlob von Kalitsch auf Dobritz und Hagendorf und Beate Dorothee von Loeben über die Alimentation ihres gemeinsamen unehelichen Sohnes, ausgestellt in Coswig am 12. Februar 1773.
Vgl. Beckus 2015, S. 397 f.

280 FAW Stöfs Familienchronik, fol. 149. 1783.

281 FAW Stöfs I.B.3./I.C.2.d) Bestimmungen betr. Ausstattung der Schwester Friederike von Waldersee, verh. von Kalitsch vom 5. September 1767.
LASA Z 44, C 5d Nr. 3, fol. 185 r.: Fräulein von Waldersee soll ab 1782 jährlich 500 rt aus der Großen Kasse erhalten.
Vgl. a. FAW Stöfs I.B.2.f) Ehekontrakt Waldersee/Anhalt vom 19. Mai 1787: Im kinderlosen Todesfall ist Louise seine Alleinerbin, seine Schwester Kalitsch soll allerdings 15 000 rt, oder soviel als übrig, erhalten. Verstürbe

der nunmehrigen Frau von Neitschütz an der Zerbster Straße und wurde von etlichen Privatlehrern unterrichtet. Sie selbst heiratete am 6. November 1783 den Gutsbesitzer Gottlob von Kalitsch und lebte von nun an mit ihm auf seinem Gut Dobritz. Auf dem dortigen Friedhof steht noch heute der Grabstein des Ehepaares.[282]

KALITZSCH, siehe: Kalitsch

KAMMERDIENER DES FÜRSTEN LEOPOLD III. FRIEDRICH FRANZ VON ANHALT-DESSAU, siehe: Schröter und Tram

KAMMERDIENER DES FRANZ VON WALDERSEE: 1783 reiste für Waldersee ein eigener Kammerdiener mit in die Schweiz.

KAMMERZOFE, siehe: Hüffer, die ältere

KANT, IMMANUEL (1724–1804): in Königsberg lehrender Philosoph, einer der bedeutendsten Vertreter der Aufklärung, dessen 1781 in Riga veröffentlichte „Critik der reinen Vernunft" den Beginn der modernen Philosophie markiert. Der Kontakt der Dessauer zu Kant könnte über Herder zustande gekommen sein, der von 1762 bis 1764 bei ihm hörte. Kant beteiligte sich aktiv an der Debatte um die Schulreformen und das Philanthropin und trug mit seiner positiven Kritik zum Erfolg dieser Reform des Schulwesens bei.[283]

KAUFMANNSWITWE ZU DESSAU: Bei welcher Witwe David Roentgen sich mit seinen kunstvollen Tischlerarbeiten im Dezember 1797/Januar 1798 einmietete, wissen wir nicht. Sie muss jedoch über ein großzügiges Haus verfügt haben, Röntgen erwähnt einen Ausstellungs-Saal.

KAYSER ALEXANDER, siehe: Russland

KAYSER, PHILIPP CHRISTOPH (1755–1823): Musiker und Komponist, Freund und Klavierlehrer der jüngeren Bäbe Schulthess, Jugendfreund Goethes, seit 1775 in Zürich lebend.[284] Die in ihn gesetzten Hoffnungen sollten sich nicht

---

Frau von Kalitsch ohne Erben vor dem Grafen, so träte ihre Mutter an ihre Statt und würde sich mit seiner Witwe Louise in die 30 000 rt Vermögen oder mehr teilen. Hinterließe er Kinder jünger als 15, solle Louise mit 20 000 rt außer dem Eingebrachten abgefunden werden, der Rest verbliebe Frau von Kalitsch, ihren Erben oder ihrer Mutter.

282 FAW Stöfs, Auskunft von Graf Jürgen Waldersee. Vgl. Beckus 2015, S. 395.

283 Königsbergische gelehrte und politische Zeitungen vom 28. März 1776 und 27. März 1777.

284 Lavater, Physiognomische Fragmente, Bd. II, vor S. 111, oben und S. 111.

erfüllen: Kayser zog sich aus der Öffentlichkeit zurück und wirkte nur noch als Bratschist und Musiklehrer.[285]

KESSLER, FRIEDRICH LUDWIG, Dr. med. (1740–1808):[286] Magdeburger Landphysikus und Garnisonsarzt; seit 1764 als Nachfolger seines Vaters, Johann Daniel Kessler, amtierend, der 1755 in Magdeburg die Pockenimpfung nach der aus dem Orient stammenden Inokulationsmethode eingeführt hatte, wie sie seit 1720/21 schon in London erfolgreich praktiziert wurde. 1768 wurde Kessler nach Wörlitz gerufen, um dort neben der Fürstin auch Franz von Waldersee zu impfen, nachdem der Fürst selbst sich hatte in England impfen lassen. „Infolge des Impfens, zu dem vermutlich zu viel Materie verwendet worden war, erkrankte der Kleine heftig, – ja – er bekam einen Abzess am Arm, welche[r] noch vom Arzt zu früh geschnitten wurde. Seine Genesung vollzog sich zu Oranienbaum, wo der Hof sich aufhielt."[287]

KEßLER, aus dem südlich Dessaus gelegenen Tornau: eine der Personen, die Waldersee 1816 in seiner Schulden-Designation auflistete, diesen mit 500 rt.[288]

KEßLER (*1766): der aus Berlin stammende Mitschüler Waldersees der ersten Klasse am *Philanthropin*, zusammen mit seinem jüngeren Bruder aufgenommen am 16. April 1776,[289] war vermutlich ein Sohn des Kammergerichtsdirektors Justus Keßler, auch Kirchenrat. Bis 1775 gingen die Kinder wohl in Berlin zur Schule, Keßler war jedenfalls Schulrat des Kgl. Joachimsthalschen Gymnasiums zu Berlin.

KEßLER (*1762): aus Berlin stammender Mitschüler Waldersees der ersten Klasse am *Philanthropin*, zusammen mit seinem älteren Bruder aufgenommen am 16. 4. 1776.[290]

KILCHSPERGER, JOHANN HEINRICH (1726–1805): Ehemann der Anna Barbara, geb. Ulrich und Schwager des Herrn Schulthess im Thalgarten, Gastgebers der Dessauer Reisegruppe 1783. Der Kaufmann, Säckelmeister und Präsident des Kaufmännischen Direktoriums, sowie Kirchpfleger bei St. Peter, sollte 1785 Bürgermeister werden.

---

285 Biedrzynski, S. 232 ff.

286 Magdeburger Biographisches Lexikon, Eintrag vom 9. Februar 2005.

287 FAW Stöfs Familienchronik fol.143/144, 1768.
S. a. Frevert, S. 69.

288 FAW Stöfs I.B.1.b) Designation der Schulden 1816.

289 [Ulrich], S. 135 f.

290 [Ulrich], S. 135 f.

KLAUER, MARTIN GOTTLIEB (1742–1801): seit 1773 Hofbildhauer in Weimar und seit 1781 Lehrer an der dortigen *Fürstlichen Freien Zeichenschule*, wo ihn Waldersee im Juni 1782 besuchte.[291] Den, so Waldersee, „sculpteur assez habile" beschäftigte Fürst Franz mehrfach, meist über Bertuch: Im Wörlitzer Speisesaal und in Oranienbaum sind Skulpturen von ihm erhalten.[292]

KLEIST, FRIEDRICH WILHELM CHRISTIAN VON (1764–1820): Sohn des Kgl. Preuß. Oberst Peter Christian von Kleist und der Erbin des Rittergutes Retzow, Maria Charlotte, geb. von Retzow, Mitschüler Franz von Waldersees am *Philanthropin* und seit 1772 sein Mitzögling.[293] Sechs Jahre sollte diese gemeinsame Erziehung währen, dann wechselte Kleist an das Ritterkollegium zu Brandenburg a. d. Havel[294] und verschwand aus Waldersees Leben. Kleists Vater hatte im preußischen Heer außergewöhnlich rasch Karriere gemacht und dabei auch dem Fürsten Moritz von Anhalt-Dessau als Adjutant gedient, der ihn bereits 1757 für den Orden *Pour le Mérite* vorgeschlagen hatte. Drei Jahre später erhielt er die höchste preußische Auszeichnung mit der Erhebung zum Oberst für seine Verdienste im Siebenjährigen Krieg. Fürst Moritz von Anhalt-Dessau muss ihn hoch geschätzt haben, anders sind die reichen Vermächtnisse in seinem Testament zugunsten von Kleist nicht zu erklären: Häuser, Ackerland, Wiesen, Kalkberge und all seine Pferde, bis auf das beste, welches er dem König vermachte.[295]

KLÜX, HERR VON: mit ihm reisen der junge Franz von Waldersee und Fürst Franz am 6. Juni 1782 von Dessau zu Kammerdirektor Hoffmann nach Dieskau. Vermutlich handelt es sich um Wolfgang Heinrich Ernst von Klüx (1728–1805), der damals Kommandant eines Bataillons der Armee des Prinzen Heinrich von Preußen war und wohl derselbe ist, der mit Familie in Dessau lebte, mit Berenhorst befreundet war und den angehenden Pfarrer Bernhard Siegfried Walther 1780 als Privatlehrer für seine Kinder anstellte.[296]

---

291 FAW Stöfs I.B.3./I.C.2.m) 1.) Journal de Voyage en 1782, fol. 13, 12. Juni 1782.

292 GSA 06/357, Briefe Fürst Franz von Anhalt-Dessau an Bertuch, fol. 5/9: Dessau, 21.8.1791. Ebenda, fol. 26/51: Wörlitz 9. April 1794. Ebenda, fol. 38/73: Dessau, 29. Dezember 1794.

293 FAW Stöfs Familienchronik, fol. 145c: 1772.

294 FAW Stöfs Familienchronikt, fol.145c, 1772 und 1778.

295 Kratz, Bd. III, S. 130.

296 Vgl. Hosäus, Wilhelm, Berenhorst'‘s Tagesbemerkungen. Seine Erfahrungen verarbeitete Walther in seinem 1781 erschienen Buch über die Erziehung von Mädchen.

KOCH (*1763): aus Dresden stammender Mitschüler Waldersees der ersten Klasse am *Philanthropin*, aufgenommen am 11. Mai 1776.[297]

KÖTHENER HERRSCHAFTEN, siehe: Anhalt-Köthen

KOTTOWSKY, GEORG WILHELM (1735–1786/7): Flötenvirtuose, Dessauer Hofmusiker. Vermutlich der Sohn eines Fagottisten und Berliner Hofmusikers, begleitete er Fürst Franz auf der 17-monatigen Reise nach Italien, Frankreich und England 1765 bis 1767.[298]

KNEBEL, JOHANN WILHELM HEINRICH VON (1752–1821): preußischer Offizier und seit 1788 zum Hofstaat des Erbprinzen gehörig, 1791 Prinzenerzieher in Dessau, später auch Hofjägermeister. In dieser Funktion begleitete er, zusammen mit Waldersee, den in preußischen Diensten stehenden Erbprinzen bei seiner Brautwerbung in Berlin: „1791 ging der Vater mit dem Erbprinzen und Knebel zum Carneval, war viel im Ferdinandschen Haus. Die Verlobung wurde in Gegenwart des Königs vollzogen."[299]

Verheiratet war Knebel mit Wilhelmine, geb. Schönberg von Brenckenhoff, der Tochter des Dessauer Hofmarschalls und Alleinerbin ihrer 1801 verstorbenen Großmutter Johanna Wilhelmine Hermann, geb. Köhler, einer der vermögendsten Bürgersfrauen Dessaus. Die Schwester des Regierungsrates Jeremias Ephraim Köhler und Witwe des Regierungspräsidenten Heinrich Leopold Hermann hatte das 1762 von ihrem verstorbenen Mann ererbte Vermögen dadurch vermehrt, dass sie zahlreichen Hofchargen ihr kostspieliges Leben durch Kredit finanzierte. Seit 1801 lebte die Familie Knebel bereits im geerbten, von der geschäftstüchtigen Großmutter auf der Stätte des alten Ballhauses errichteten Haus Nr. 6, später Steinstraße 64.[300]

KNEBEL, JOHANNA WILHELMINE LUISE VON, verh. Gräfin zu Solms-Sonnenwalde-Rösa (1798–1854): Luise legte gemeinsam mit Amélie Gräfin Waldersee am 10. April 1816 in Dessau ihr Glaubensbekenntnis ab.[301] 1827 sollte sie

---

297 [Ulrich], S. 135 f.

298 Hirsch 2003, S. 57.

299 LASA Z 44, C 5d Nr. 3, fol. 94 r.: Hauptmann v. Knebel wird mit 50 rt. monatlich in der erbprinzlichen Kostgeldrolle geführt.
Ebenda, fol. 95 r.: 1801 heißt es, Major v. Knebel habe auf die ihm zustehende Pension von 50 rt bislang verzichtet. Dank an Paul Beckus für diesen Hinweis.
FAW Stöfs Familienchronik, fol. 157.

300 Brückner Bd. 10, S. 845 mit Abb. S. 843.
Beckus 2015, S. 384 f.

301 FAW Stöfs II.A.1) 10. April 1816.

Graf Karl Ernst Friedrich Moritz Theodor zu Solms-Sonnenwalde ehelichen. Ihr gemeinsamer Sohn, der dessauische Oberjägermeister Graf Wilhelm zu Solms-Sonnenwalde-Rösa (1828–1904), sollte das von der Großmutter Hermann geerbte, großzügige Wohnhaus Nr. 6, später Steinstr. 64, welches 1792 auf der Stätte des fürstlichen Ballhauses errichtet worden war, erben.[302]

KRAUS, GEORG MELCHIOR, Rat (1737–1806): aus Frankfurt am Main stammender, in Weimar tätiger Künstler, der seit 1776 die *Fürstliche Freye Zeichenschule* in Weimar leitete und eng mit Bertuch zusammenarbeitete. Diesen hatte er auch 1781 auf seiner ersten Reise nach Dessau begleitet. 1783 entstanden „Achtzehn Aussichten des Landhauses und Gartens zu Wörlitz, gezeichnet von Herrn Rath Krauß zu Weimar [...]", die jedoch nur unvollständig publiziert wurden und heute nur durch photographische Reproduktionen auf uns gekommen sind.[303]

KRAUSE, siehe: Kraus, Georg Melchior

KRETSCHMAR, siehe: Kretzschmar

KRETZ:, siehe: Kretzschmar

KRETZSCHMAR, SAMUEL FRIEDRICH, Dr. med. (1730–1793): Hofrat, Stadt- und Hofmedikus zu Dessau, Leibarzt der Fürstin. Der aus Sachsen stammende, in Tübingen zum Mediziner ausgebildete und promovierte Kretzschmar spielte in den ersten Ehejahren, als sich die bestimmenden Krankheitsbilder der Fürstin, Zahn-, Haut- und Ohrenleiden, manifestierten, eine entscheidende Rolle als Hofarzt. Allerdings gelang es ihm nur, die Symptome zu behandeln: gezogene Zähne, warme Kräuterumschläge bei sich verschlimmernden Ohrenschmerzen sind die häufigen Maßnahmen, von denen wir in den Tagebüchern der Fürstin lesen können.[304] Um an die Wurzel des Übels, eines von Allergien, Fieberschüben, sich ankündigendem Hörsturz, aber auch Scheinschwangerschaft bestimmten Gesundheitszustandes vorzudringen, wurde 1783 Lavater als Seelsorger gewonnen. Kretzschmar begleitete

302 Brückner Bd. 10, S. 845 mit Abb. S. 843.

303 Hosäus, Berenhorst's Tagesbemerkungen, S. 208 f.
FAW Stöfs I.B.3./I.C.2.m) 3.) Tagebuch der Schweizreise 1783, fol. 7, 13. Juli 1783.
Vgl. Schweinitz 2004, S. 54 und Abb. S. 41, 42, 44, 45, 46, 47, 48 und 49.
Hirsch 1989/90 veröffentlichte die Blätter erstmals geschlossen.

304 LASA Z 44, C 5d Nr. 3, fol. 93 v.: Berufung zum Hofmedicus 1764 gegen 20 rt 20 gr Monatsbesoldung.
Ebd., fol. 94 r. (1779 und 1782).
Heinicke 1994, S. 32 ff.

seine Patientin damals in die Schweiz.[305] Kretzschmar war neben dem Aufbau des beispielhaften Dessauer Gesundheitswesens maßgeblich an der Reform des dortigen Armenwesens beteiligt gewesen und betrieb neben seiner medizinischen Tätigkeit mit dem Kaufmann C. F. Bramigk zusammen die Dessauer Vitriolfabrik.[306]

Der Hofarzt unterhielt im Gartensaal seines Hauses ein Liebhabertheater, vermutlich eine der ersten provisorischen Bühnen Dessaus.[307] Dieses Haus Nr. 649 war im Erbgang einer Nichte der Fürstin Anna Luise, geb. Föhse zugefallen, die, mit dem Amsterdamer Kaufmann Pieter van Bayert verheiratet, einen stattlichen Barockbau an Stelle der Föhse'schen Apotheke errichten ließ. Im weiteren Verlauf übernahm die mit dem Forstmeister Werner verheiratete Tochter Luise Marie das Haus. So kam es in den Besitz des Hofarztes Kretzschmar, der 1767 deren Tochter Anna Luise Werner ehelichte und nach deren frühem Tod Sophie Wilhelmine van der Bayert, die Schwester seiner Schwiegermutter.[308]

Vermutlich nach seinem Tod 1793 bezogen Franz und Louise Waldersee vorübergehend das Haus des Arztes, bis ihr neu zu erbauendes Haus an der Zerbster Straße fertiggestellt war.[309] Kretzschmars Sohn verkaufte das Haus im Jahr 1800 für 7500 rt.

KRETZSCHMAR, FRIEDRICH WILHELM: Sohn des Leibarztes der Fürstin Louise von Anhalt-Dessau[310], späterer Sekretär des Fürsten Franz und Rat der Stadt Dessau. Die Reise in die Schweiz durfte auch der junge Kretzschmar zur Hälfte mitmachen.[311] Friedrich Kretzschmar mietete 1793 das auf dem Dessauer Kleinen Markt stehende, sogenannte Kleine oder Rote Schloss. Statt erbprinzlichem Palais diente es nun als Gastwirtschaft mit Ausschank von Sanderslebener Gose. Als Kretzschmar 1795 seine Cousine Wilhelmine

305 Vgl. Heinicke 1998 und ders. 2001, S. 16 ff.

306 Reil, S. 48 ff.
LASA Z 44, C 5d Nr. 3, fol. 5 r. (1781).

307 Hirsch 1985, S. 138 f.

308 Brückner Bd. 2, S. 123 ff., insbes. S. 132.

309 FAW Stöfs Familienchronik, fol. 155.

310 LASA Z 44, C 9d Nr. 4, fol. 65.

311 FAW Stöfs I.B.3./I.C.2.m) 3.) Tagebuch der Schweizreise 1783, fol. 50 f. Am 24. Aug. 1783 reiste der junge Kretzschmar mit dem Fürsten aus Baden ab. Vgl. Schweinitz 2004, S. 102.

Albertine Werner heiratete, wurde das Haus wieder frei und konnte nun der *Chalcographischen Gesellschaft* eine Heimstatt bieten.[312]

KREUTZBURG, KARL LEBRECHT: Dessauer Seifensiedermeister und Nachbar der Mutter Waldersees, Frau von Neitschütz. Kreutzburg hatte das Haus Nr. 646, später Zerbster Str. 59 geerbt.[313] Der Seifensieder war der erste Gläubiger, der sich auf die Annonce im Wochenblatt meldete, die die finanziellen Nöte Waldersees 1803 öffentlich machte und taucht noch 1816 unter den Gläubigern auf.[314]

KROSIGK, CARL ESCHWIN VON, Herr auf Beesedau (1739–1809): Anhalt-Dessauischer Regierungsrat, Administrator der *Fürstlichen Amalienstiftung* zu Dessau. Krosigk war seit 1765 in fürstlichen Diensten: als Regierungsassessor, Konsistorial- und Regierungsrat, 1781–1793 Stiftsdirektor in Mosigkau, seit 1783 Armenpfleger zu Dessau, 1794 Testamentsvollstrecker der *Amalienstiftung* und von 1793 bis zu seinem Tod Regierungs- und Konsistorialpräsident. Krosigk gehörte zu den „Herren Curatoren" der Stiftung, die auf Waldersees Anfrage um einen Kredit für Lichtenstein abschlägig reagierten. Die Amalienstiftung bewarb solche Darlehen öffentlich: „Bey Fürstl. Amalienstiftung zu Dessau liegt ein Capital von circa 15 000 Rthlr. in Conv. Species zum Ausleihen auf sichere Hypothek und gegen 4 Procent Zinsen bereit. Diejenigen, welchen mit diesem Capital im Ganzen oder auch in einzelnen Posten gedient seyn sollte und die deshalb gehörige und annehmliche Sicherheit zu stellen vermögen, belieben sich in frankirten Briefen an die Administratoren der hiesigen Stiftung zu wenden und mit derselben in desfallsige Unterhandlungen zu treten."[315]

Krosigk war mit seiner Cousine Henrietta Freda aus der Poplitzer Linie verheiratet und Vater einer einzigen Tochter Luise (1772–1802).

KRÜGER: Amtmann, vermutlich der Radegaster Amtmann. Diesem Mann schuldete Waldersee seit dem 8. Oktober 1815 500 rt.[316]

---

312 Brückner Bd. 4, S. 315 f.

313 Brückner Bd. 2, S. 110 ff.

314 FAW Stöfs I.B.1.b) Undat. [1803].
Ebenda, Designation der Schulden 1816: „Kreutzburg 60 rt".

315 Staats- und Gelehrte Zeitung, 3. Juli 1804, Avertissement, unterzeichnet von C. E. v. Krosigk, L. de Marées [d. J.] und Siegfried.

316 FAW Stöfs I.B.1.b) Restierende Capitalien (undat.).
LASA Z 44, C 5d Nr. 3, fol. 97 r. nennt 1815 einen Amtmann Krüger aus dem Richtung Halle gelegenen Radegast.

Küttel, Beat (1733–1808): seit 4. Dezember 1780 Fürstabt der Benediktiner-Abtei Einsiedeln. Fürst Franz nutzte vermutlich das von Hotze angebahnte Gespräch mit dem Reichsfürsten, um dessen Haltung gegenüber einem Bund der mindermächtigen Reichsfürsten zu ergründen.[317]

Kuntz, Carl (1770–1830): aus Mannheim stammender Landschaftsmaler, Druckgraphiker und Mitarbeiter der *Chalcographischen Gesellschaft zu Dessau*. Nach Studienaufenthalten in Rom, der Schweiz und Mannheim arbeitete Kuntz schon vor der offiziellen Gründung der Gesellschaft an mehreren Blättern mit Ansichten von Wörlitz, die ganz offenbar den Qualitätsanforderungen des Direktoriums entsprachen, dass „aber ja kein Kupfer angefangen wird, was nicht Hr. v. Erdmannsdorf vollkommen approbirt, und kein geschmackvolles, angenehmes Bild giebt […].“[318] Diese Ansichten, ohne die kaum eine Publikation über das Wörlitzer Gartenreich auskommt, zeigen sein in der Nachfolge Ferdinand Kobells geschultes Talent, welches ihm nach den Dessauer Jahren zu einer Stellung als badischer Hofmaler und zuletzt Direktor der großherzoglichen Gemäldegalerie in Karlsruhe verhalf.

Kusch: Dessauer Bettelvogt. Das Bettelwesen in Dessau vor seinem Verbot wird von Reil anschaulich beschrieben, es glich der in ganz Deutschland üblichen Praxis: Es gab die Stadtbettler, denen es zu bestimmten Tagen gestattet war, in den Häusern bestimmter, wohlhabender Familien um Almosen zu bitten. Vagabunden, durchziehenden Handwerksburschen und Fremden war das Betteln ohnehin nicht gestattet, sie sollten sich aus ihrer Vagabunden- oder der Zunftkasse ernähren. Beide Gruppen an Bedürftigen gerieten jedoch häufig in Streit miteinander. Diese, häufig in Prügeleien ausartenden Streitigkeiten stellten ein öffentliches Ärgernis dar, dem durch das Dessauer Armenwesen schließlich abgeholfen wurde.

Die Aufgabe des Bettelvogtes war es gewesen, das erlaubte Betteln der Bedürftigen der Stadt zu beaufsichtigen, die Armen auf ihre Bedürftigkeit hin zu kontrollieren und mit der Schar der zugelassenen Armen von Haus zu Haus zu gehen und darauf zu sehen, dass die öffentliche Ordnung eingehalten wurde. Dazu empfing auch er zuletzt ein Almosen. Der Bettelvogt war ein niederer Beamter und als Aufsichtsperson derjenige, auf den sich die Feindschaft der Vagabunden und fremden Bettler richtete. Denn auch hier war es seine Aufgabe, dafür zu sorgen, dass jene gar nicht erst betteln konn-

---

317 FAW Stöfs I.B.3./I.C.2.m) 3.) Tagebuch der Schweizreise 1783, fol 94, 30. Oktober 1783, Einsiedeln.

318 FAW Stöfs I.B.3./I.C.2.i) Bertuch von 1784 an: 21. Juni 1796.
Kat. Ausst. Coburg 1987, S. 51 ff., Nr. 19–22.
Kat. Ausst. Dessau 1996, S. 96.

ten. Hierzu war eine Hetzpeitsche offenbar das geeignete Instrument, das zumal Kusch gebrauchte, der nur der „neunfingrige“ hieß, um die Delinquenten dann dem Zuchthaus und ihrer Bestrafung zuzuführen.[319]

L., siehe: Lavater, Johann Caspar

Lampsins, Apollonius Jan Cornelis (1815: Baron de), Heer van Swieten (1754–1834): zu einer größeren Gruppe von in Braunschweig aufgenommenen Revolutionsflüchtlingen gehörender, einer holländischen Familie entstammender, preußischer Kammerherr. Die holländischen Emigranten stellten in Braunschweig eine so große Gruppe dar, dass sie eine eigene Hilfskasse einrichteten, die Lampsins bis 1800 verwaltete. Vor der Revolution war er für die *West-Indische Compagnie* tätig, Ratsherr von Amsterdam und Direktor der *Surinam-Gesellschaft* gewesen.

In welcher Situation sich die einstigen europäischen Eliten nach 1789, besonders aber nach 1795 befanden, zeigen die Schreiben an Waldersee um die Jahrhundertwende: Themen sind meist politischer Natur, etwa der Rückzug der englischen Armee, die Rückkehr der russischen Truppen, der Druck Frankreichs auf Norddeutschland, Sachsen, Hamburg, Bremen, und, dass der Erbprinz von Oranien als englischer Oberst holländische Truppen als Hilfstruppen aufstelle. Am 8. November 1799 schreibt er vom Sturz des Direktoriums durch Napoleon, der als Konsul die Macht ergriffen hatte und vom Zusammenbruch der zweiten Koalition zwischen Russland, Österreich, England, Portugal, Neapel und Türkei. Weiter schreibt er am 8. März 1800, dass er aus dem Bankrott in London offenbar Geld retten konnte. Weil er den Staatsbankrott Hollands kommen sah, plante er, sich in Dessau anzusiedeln und dort ein Haus zu bauen, wofür er bereits Pläne ausformuliert – Schlafzimmer, Bibliothek und zwei Cabinets sollten die Haupträume sein, kein repräsentatives Treppenhaus, ein Esszimmer mit einem runden Tisch, um Freunde darum zu versammeln, ein Garten in dem er die seltenen Gemüse Dessaus ziehen könnte, nur ein mittleres Haus von der Größe dessen, das der General v. Bischoffswerder[320] besäße. Er bittet um Waldersees Vermittlung beim Fürsten. Waldersee antwortet ihm, dass von fürstlicher Seite dem nichts entgegenstünde, es gäbe auch ein Haus zu kaufen, das sei ihm aber wahrscheinlich zu klein.[321]

Die engen Beziehungen zu Dessau zeigen sich auch in den Porträts, die Lampsins 1799 bei Friedrich August Tischbein von sich, seiner Gemahlin

319 Reil 1845, S. 45 ff.

320 Brückner Bd. 16, S. 1454 ff. und Abb. S. 1456 zeigen Haus Nr. 486, das stattliche Palais, das Bischoffwerder 1798 in der Kavalierstraße erworben hatte.

321 FAW Stöfs I.B.2.e) Baron Lampsins/Braunschweig 1799/1800.

Johanna Margaretha und ihrer gemeinsamen Tochter Constantia während des Aufenthalts des Malers in Dessau in Auftrag gab.[322]

La Roche, Sophie von (1731–1807): Schriftstellerin, Herausgeberin der *Pomona für Teutschlands Töchter*. „Sie war die wunderbarste Frau, und ich wüßte ihr keine andre zu vergleichen."[323] Das Bild Wielands als Verlobter, Berater und Freund hatte einen Ehrenplatz in ihrem Zimmer, ebenso wie die Schweiz – diese Sehnsucht teilte sie mit Fürstin Louise in deren Begleitung die *Comtesse* sie erlebt haben dürfte.[324]

Lancaster, siehe: Longastre

Lanchester, siehe :Longastre

Landjägermeister, siehe: Wedel[l], Eugen Leopold Gottlob Magnus [1798: Graf] von

Langhöfel, siehe: Langenhöffel

Langenhöfel, siehe: Langenhöffel

Langenhöffel, Johann Joseph Friedrich (1750–1807): Maler, Zeichner, Radierer und Kupferstecher, technischer Direktor der *Chalcographischen Gesellschaft zu Dessau*. An der Düsseldorfer Kunstakademie ausgebildet, nach Jahren als fürstlicher Hofmaler, zunächst des Prinzen Wilhelm V. von Oranien, dann für den kurpfälzisch-bayerischen Hof zu Mannheim, arbeitete er von Beginn an für die Gesellschaft, in deren Verlag er auch theoretische Schriften veröffentlichte. Der am 1. Oktober 1796 geschlossene Vertrag mit ihm sicherte ihm neben seinem Salär „Winterholz" und „Freyes Lager in dem sogenannten kleinen Schlößgen, welches derselbe jetzt schon bewohnt" auch nach seiner Resignation zu.[325]

Schon im Sommer 1796 musste er zur Sparsamkeit ermahnt werden, bald auch wurden Klagen über mangelnde Schnelligkeit in der Auftragserfüllung laut, ebenso schien Bertuch Zweifel an seinen Führungsqualitäten zu hegen, allerdings stand er wohl unter dem besonderen Schutz des Fürsten, der ausdrücklich wünschte, man möge den Mann nicht vor den Kopf sto-

322 Friedrich August Tischbein, Öl/Lwd. Die Portraits der Eltern sind sign., das Portrait der Tochter ist eine Zuschreibung. Zeeuws maritiem muZEEum, Vlissingen, das sich im ehemals der Familie gehörenden Lampsinshuis befindet.

323 Goethe, Dichtung und Wahrheit, 13. Buch.

324 Pomona 1 (1783), H. 3, S. 227 ff., hier bes. S. 240. Vgl. Adam, S. 35. Schweinitz 2004, S. 63.

325 GSA 06/5291. Vgl. Kat. Ausst. Dessau 1996, S. 89 f.

ßen.[326] Nach einer weitreichenden Änderung des ursprünglichen Anstellungsvertrags wurde 1799 die Kündigung ausgesprochen. Das Votum des gesamten Direktoriums, ihm Pension und Reisegeld zur Stellensuche zu verweigern, spricht für das tiefgreifende Zerwürfnis mit dem technischen Leiter der Gesellschaft.[327]

LAROCHE, Dessauer Gitarrist: Der Dessauer Musiker weilte im April 1798 im Hause Husarszewskys in Warschau und animierte den Hausherrn so, dass dieser ein kleines, selbstkomponiertes Air an Louise Waldersee schickte.[328]

LAS CASAS, siehe: Las Cases

LAS CASES, EMMANUEL-AUGUST-DIEUDONNÉ-JOSEPH DE (1766–1842): französischer Marineoffizier, Revolutionsflüchtling, unter Napoleon Mitglied des Staatsrates und Kommandeur der Nationalgarde. Woher Las Cases Waldersee kannte, mit dem er 1794 aus Berlin korrespondierte, ist unbekannt, zumal er sich zu dieser Zeit eigentlich in England als Privatlehrer durchzuschlagen versuchte.[329] Bekannt wurde er durch seine freiwillige Begleitung Napoleons nach St. Helena, wozu er auch seinen ältesten Sohn mitnahm und die dortigen Erlebnisse der Nachwelt in einem damaligen Bestseller überlieferte.[330]

LATTORF, SOPHIA FRIDERICA WILHELMINE VON, geb. von der Marwitz (1745–1808): seit 1777 Hofdame der Fürstin Louise, 1801 zu deren Oberhofmeisterin befördert. Mit ihrem Ehemann, dem Herzoglich Württembergischen Kammerherrn Philipp Wilhelm von Lattorf auf Klieken (1731–1815) lebte sie zunächst auf dessen Gut in Anhalt-Zerbst, und seit 1777 im Dessauer Stadtschloss, um dort ihre Aufgabe als Hofdame der Fürstin wahrzunehmen, während ihr Mann als uncharakterisierter Hofkavalier fungierte.[331] Waldersees Freund Karl von Hagen teilt ihm im Dezember 1808 den Tod der alten Frau von Lattorf mit, die er bei Hofe erlebt hatte. Sie litt offenbar an

---

326 FAW Stöfs I.B.3./I.C.2.i) Bertuch von 1784 an: 21. Juni 1796, 3. Juli 1797, 18. September 1797, 2. April 1798.
GSA 06/2047, 17. Dessau, 23. Juli 1796.

327 LASA Z 44, C 9e Nr. 75, fol. 14 f.: Dessau, 22. Oktober 1799 und fol. 12: Desau, 26. Oktober 1799.
Kat. Ausst. Dessau 1996, S. 89 f. zitiert O. West 1864.

328 FAW Stöfs I.B.2.e) Husarzewzki/Warschau 19. April 1798

329 FAW Stöfs I.B.2.e) Las Casas/Berlin 1794.

330 Las Cases 1823.

331 LASA Z 44, C 5d Nr. 3, fol. 73 v.: 1777 erhielt sie ein monatliches Gehalt von 25 rt zuzüglich 5 rt für ihr Mädchen.
Beckus 2015, S. 412 f.

einer Geschwulst und konnte nicht mehr selbst essen, „aber dennoch erschien sie täglich Mittag und Abend bei Tafel, obs gleich für die Gesellschaft drückend war, und da sie auch einen üblen Geruch verbreitete."[332]

Lavater, Anna, geb. Schinz (1742–1815): verheiratet mit Johann Caspar Lavater, Tochter des Zürcher Kaufmanns und Seidenfabrikanten Hans Caspar Schinz (1697–1766) und seiner Ehefrau Anna, geb. Hirzel. Ihr Verhältnis zur Fürstin Louise lässt sich an einem Porträt deutlich machen, das sie der Fürstin zum Abschied verehrt hatte: „ich hab Ihr beym abschied von hier ein ...[?] bild gegeben, von dem Sie mir schrieb es hänge neben Ihrem bett ... wann ich nur wüßte, daß dieß Stük in der *Comtesse* handen wär wie sehr würde es mich freuen" forscht die ältere Bäbe Schulthess ohne das Wissen der Frau Lavater nach dem Tod der Fürstin, wo das Bild verblieben wäre, das doch der Fürstin und der Lavaterin soviel bedeutet habe.[333]

Lavater, Johann Caspar (1741–1801): Zürcher Theologe, Seelsorger und Autor der *Physiognomische[n] Fragmente*, der seit 1778 als Diakon, 1787 als Pfarrer an St. Peter in Zürich wirkte. Beim ersten Kontakt zum Dessauer Fürstenpaar, der brieflichen Bitte um Silhouetten, prägte er das Wort vom „väterlichsten Fürsten".[334] Waldersee lernte den Zürcher Pfarrer schon 1781 kennen, als er Hoffmann in die Schweiz begleitete. Im Jahr darauf besuchte er ihn noch einmal gemeinsam mit seinem Vater und dem Erbprinzen. Und 1783, als er die Fürstin nach Zürich begleitete, sah er Lavater und seine Familie nahezu täglich und die Reblaube war neben dem Schulthess'schen Haus in Hottingen sein Lebensmittelpunkt. Lavater war so auch fast Zeuge der Verlobung mit der *Comtesse* Louise Anhalt bei einem Ausflug auf den Albis.

Seine patriotische Einstellung hatte ihn in ganz Europa als einen neuen Tell bekannt gemacht. In dieser Rolle empfahl er sich als Gesprächspartner für den Fürsten Franz, der die Eidgenossenschaft als Vorbild für den geplanten Fürstenbund gewählt hatte. Die Unterstützung, die er persönlich durch Lavater bei der Sammlung schweizerischer Glasgemälde empfing, begann im Sommer 1783 und fügt sich in das eidgenössisch-patriotisch geprägte Gedankengebäude, mit dem sich die Reisegruppe intensiv auseinandersetzte.[335]

Dem Dessauer Fürsten empfahl sich Lavater außerdem als Therapeut für die zum Teil wohl psychosomatisch bedingten Krankheitssymptome sei-

---

332 FAW Stöfs I.B.2.e) Freund Hagen/Dessau 19. Dezember 1808.

333 FAW Stöfs I.B.3/I.C.2.l) Bäbe d. Ä. Schulthess am 5. Dezember 1812 an Louise Gräfin Waldersee, geb. Gräfin Anhalt.

334 LASA Z 44, A 10/Nr. 227 e.

335 Vgl. Lavater 1767.

ner Gemahlin durch eine Kombination von tiefer, schwärmerischer Frömmigkeit, charismatischer Predigttätigkeit und sein Interesse am Zusammenspiel von Seele und Körper, das ihn neben seinem physiognomischen Werk auch zu einer sehr frühen Form der Psychotherapie führte. 1783 war er noch nicht in Kontakt mit dem hypnotischen Magnetismus in Berührung gekommen, sondern versuchte, die Symptome der Fürstin durch intensive Gespräche und die Anregung zur Selbstreflexion zu heilen, was ihm langfristig zwar nicht gelang, aber für etwa ein Jahr signifikante Erleichterung schaffte.[336] Entsprechend feierlich wurde Lavaters Geburtstag im darauffolgenden Jahr, am 15. November 1784, mit der Aufstellung seiner Büste in den Wörlitzer Anlagen begangen.[337]

1786, bei seinem einzigen Besuch in Wörlitz, verlieh er dem von ihm selbst mit beeinflussten ikonographischen Programm der Schweizer Glasgemälde im Gotischen Haus durch eine in ein Fenster geritzte Inschrift emblematischen Charakter.[338]

LEHMANN, FRIEDRICH ADOLPH (1792: von) (1768–1841): Klaviervirtuose und Komponist, Anhalt-Dessauischer Kammerherr und Geheimer Legationsrat. Nach dem 1798 im Range eines Grenadieroffiziers erfolgten Abschied aus dem sächsischen Militär machte Lehmann seine musikalischen Talente zum alleinigen Lebensinhalt. Erdmannsdorff zog ihn in dessauische Dienste und er begann sein dortiges Engagement mit der Uraufführung einer großen Sinfonie, die zur Eröffnung des neuen Theaters am Geburtstag des Erbprinzen, dem 27. Dezember 1798 uraufgeführt wurde. Der zu seiner Zeit äußerst beliebte Komponist komponierte auch den Chor, der im Festgottesdienst zum Goldenen Regierungsjubiläum des Fürsten und Herzogs Franz während der Predigt dargeboten wurde.[339] Die Bedeutung Lehmanns für das musikalische Leben Anhalt-Dessaus verschwimmt mit seinen politischen Aufgaben, die er spätestens ab 1805 aktiv wahrnahm.[340] Seit dem Sturz Rodes leitete er das Geheime Kabinett und korrespondierte mit Waldersee während der Pariser Verhandlungen 1814.[341]

---

336 Hegner, S. 170, zwei Briefe Häfelis an Lavater vom 26.September 1784 und 17. Oktober 1784.

337 Hegner, S. 172 ff., Häfeli an Lavater am 24. November 1784.

338 Harksen, S. 138, Geistliches Kabinett.

339 FAW Stöfs I.B.3.p) [wohl Loulou] Aus meinem Tagebuch. Das 50 jährige Jubiläum des Herzogs Franz.

340 Vgl. Beckus 2015, S. 165 ff., insbes. S. 172 f.

341 FAW Stöfs I.B.2.b) 8 Briefe des Geh.rats [!] v. Lehmann aus Dessau nach

Lehmann war außerdem seit 1811 unmittelbarer Nachbar der Familie Waldersee, er mietete mit seiner Ehefrau Auguste, geb. Goldhagen (1782–1866) und den vier gemeinsamen Kindern das später Hofmarschallhaus genannte Haus auf dem Markt, hinter dem damals noch dort stehenden, sogenannten Kleinen Schloss. Mit dem Tod des nun zum Herzog erhobenen Fürsten Franz endete für Lehmann die Zeit in Dessau, eine Zeit, in der er alle Generationen des fürstlichen Hauses hatte auf Reisen begleiten dürfen und musikalisch starke Spuren hinterlassen hatte. Schon im Juli 1817 war er wegen diverser Korruptionsvorwürfe vom Amt suspendiert worden und zog sich auf sein Gut Gutenberg bei Halle zurück, wo er auch verstarb.[342]

LICHTENSTEIN, KARL AUGUST FREIHERR VON (1767–1845): Schauspieler, Komponist und Opernregisseur. Aus dem Fränkischen stammend, nach einer Kindheit in Gotha und Jugend in englischen Diensten studierte er in Göttingen und machte als Violinvirtuose und ausgezeichneter Sänger auf sich aufmerksam. 1795 wurde seine erste Oper zur Aufführung gebracht, weshalb Bertuch im Auftrag des Fürsten Franz ihn dazu bewegte, statt eines Engagements nach Prag mit seiner Schauspieltruppe, zu der auch seine Ehefrau zählte, an das neu errichtete Dessauer Hoftheater zu kommen. Die schon damals in Arbeit befindliche „Steinerne Braut", ein Singspiel, dessen Hauptrollen er selbst mit seiner Frau übernahm, begründete den Erfolg und Ruf des Dessauer Theaters. Seine nachfolgenden, glänzenden und erfolgreichen Engagements in Wien, Bamberg, Dresden und zuletzt als Mitglied der Generaldirection für Schauspiel und Oper in Berlin verschweigen die schwerwiegenden Gründe seines Abgangs aus Dessau. Lediglich eine Pause im öffentlichen Wirken von 1804 bis 1806, wo er sich auf seinen Gütern in Lahm/Itzgrund aufhielt, lässt aufmerken und nur mit gehörigem Spürsinn erfährt man von möglichen finanziellen Schwierigkeiten.

Lichtensteins Vertrag in Dessau beinhaltete neben dem Gehalt freie Wohnung, sowie einen Saal für die Musikproben. Waldersee fand ein geeignetes Quartier für ihn, seine Familie und die nicht ganz kleine Hofhaltung,

---

Paris während der Tätigkeit als Bevollmächtigter des Fürsten/Herzogs im alliierten Hauptquartier empörte Berichte über die Requisitionen in Anhalt - diese müssen gemildert werden
Bitte um Loslösung vom bisherigen Contingent, Aufstellung eines neuen dringende Bitte, Umleitung des heimziehenden Heeres zu erwirken.

342 Brückner Bd. 4, S. 328.
Beckus, S. 414.
Vgl. auch Hallisches patriotisches Wochenblatt, S. 373–381.

10 Pferde brauchten Platz im Stall.[343] Für den Fürsten ging die Rechnung auf, den Ruf Dessaus als Heimstatt der Künste durch das Theater zu vergrößern: „Unser Teater ist bey der aller grösten Kälte eingeweiet worden, und wir haben es Lichtenstein zu danken, daß, die ausfüllung desselben den bau und die Verzierung des alten beyweiten übertrift."[344]

Der Finanzbedarf des Intendanten war schon vor seiner Ankunft in Dessau erkennbar, reichte bald bis in die erste Reihe der Dessauer Hofgesellschaft und ruinierte schließlich Waldersee und seine Familie.[345] Dem betrügerischen Bankrotteur, als der sich der Intendant bald herausstellen sollte, gelang mit Waldersees naiver Unterstützung die Flucht vor seinen Dessauer Gläubigern nach Wien.[346]

Die Sache sollte Waldersee zeitlebens nicht mehr loslassen und ist von 1801 an bestens dokumentiert. Von mindestens 98 durchnummerierten, vertröstenden Briefen an Waldersee sind 11 erhalten. Zuletzt traut selbst Waldersee ihm nicht mehr.[347]

Die politische Lage spielte dem Schuldner zusätzlich in die Hände, sein Gläubiger Waldersee bezahlte letztendlich die Schulden Lichtensteins nicht nur mit seinem Vermögen, sondern seiner Gesundheit, dem Verlust seiner Stellung, eigener Insolvenz, vor allem aber mit dem zerstörten Verhältnis zu

---

343 GSA 06/357, fol. 62/118: Dessau, 19. März 1797.
FAW Stöfs I.B.3./I.C.2.e) 1. Korrespondenz mit Karl August Freiherr von Lichtenstein zu Lahm: 10. 6. 1798. Im September 1798 tritt er sein Amt an.
LASA Z 44, C 5d Nr. 3, fol. 104 r.: U. a. erhält Lichtenstein 300 rt in Gold zur Miete.
Ebd., fol. 159 r.: Bis 1800 wurden jährlich 488 rt für das Schauspiel und 375 rt für das Orchester an Lichtenstein ausbezahlt.

344 GSA 06/357, fol. 80/152: Wörlitz, 22. Januar 1799.

345 GSA 06/357, fol. 83/157: Wörlitz, 28. Dezember 1799.

346 FAW Stöfs I.B.3./I.C.2.e) 2. Rechtfertigungsschreiben Waldersees: Darstellung der Schulden, die Waldersee für Lichtenstein übernahm, die sich schlußendlich auf über 40 000 rt belaufen.
FAW Stöfs I.B.3./I.C.2.e) 3. Akte über die Sache Lichtenstein, Obligationen.
FAW Stöfs I.B.2.h) Briefe von Bertuch/Weimar: 30. Dezember 1800.
FAW Stöfs I.B.3./I.C.2.i) Bischoffwerder 1797–1804: Marquard, 26. Juli 1801.

347 FAW Stöfs I.B.2.h)
FAW Stöfs I.B.2.i) 25. März 1802 aus Nürnberg, Mitteilung des unmittelbar freien Reichsritterrats an der Baunach Hauptmann Räte und Ausschuß, eines Dr. Schmidt, daß die bisher bekannten Schulden Lichtensteins sich bereits auf über 800 000 Gulden beliefen.

seinem fürstlichen Vater.[348] Lichtensteins Güter wurden zuletzt sequestriert, die Gläubiger hingehalten und mit vergleichsweise geringen Summen abgefunden.[349] Ein vermutlich in Dessau entstandenes Porträt Tischbeins ist die Vorlage zu einem weit verbreiteten Kupferstich mit seinem Porträt.[350]

Lichtenstein selbst machte nach seinem betrügerischen Bankrott und einigen Jahren fern aller Bühnen noch einmal Karriere: 1811 übernahm er die Direktion des Theaters in Bamberg und wurde 1823 als Schauspielregisseur nach Berlin berufen. 1825 wurde er zum Mitglied der Generaldirection ernannt und verblieb in diesem Amt bis zu seiner Pensionierung 1732.

LICHMOSKY, siehe: Lisiewski

LIGNE, CHARLES JOSEPH LAMORAL 7. FÜRST VON (1735–1814): Sein immenses Vermögen ermöglichte ihm ausgedehnte Reisen durch ganz Europa, er stand mit allen führenden Geistern der Zeit in persönlichem oder schriftlichem Kontakt. 1783 traf er mit seiner ganzen Familie – fast zwanzig Personen logierten im Zürcher Gasthaus zum Schwert – auf die Dessauer Reisegruppe, die nicht sehr begeistert von dieser Begegnung ist.[351]

---

348 GSA 06/2047, 34. Dessau, 3. Oktober 1802. Lichtensteinische Sache will zu keinem Ende kommen, warum Schuckmann sich nicht meldet, bleibt unerklärlich. Die politischen Unklarheiten tragen zur Verzögerung der Angelegenheit bei, ob Bertuch wisse, „wie es eigendlich mit der Reichsritterschaft werden wird." Seine Gesundheit sei „würcklich so untergraben", daß er noch nicht einmal eine Reise nach Leipzig wage.
FAW Stöfs I.B.1.b) Dem Etat für 1811 ist zu entnehmen, daß 1808 Rückzahlungen Lichtensteins von fast 18 556 rt eingingen und 1809 9280 rt.
FAW Stöfs I.B.2.h) Rechnung aller übernommenen Schulden, verlorenen Zinsen, ausstehenden Kapitalien kommt auf einen reinen Verlust aus der Lichtensteinischen Sache im Jahre 1812 von 57 408,58 fl.

349 FAW Stöfs I.B.2.h) Bertuch an Franz I. Waldersee am 10. Mai 1803.
Entwurf eines Briefes, aus dem hervorgeht, daß Lichtensteins Güter nach seinem Bankrott an Frhr. von Bibra verkauft worden sind, aber Waldersee offenbar noch 1817, nach dem Tod seines Vaters, obwohl die Sache bereits 1809 geregelt sein sollte, nichts von seinem Geld wiedergesehen hat.
Schuldenverzeichnis und Vergleich mit den Gläubigern nach dem Tod des Grafen Waldersee vom 6. April 1824: Die ausstehenden Forderungen, v. a. gegen Frhr. von Lichtenstein werden als „ohne allen Werth" bezeichnet.

350 Wilhelm Arndt nach Tischbein, Radierung/Punktiermanier 1791/1813, Coburg, Kunstsammlungen der Veste Coburg, Inventar-Nr. V,366,4. http://www.portraitindex.de/documents/obj/33902793.

351 ZB Zürich, Nachtzettel, 10.-12.10.1783.
FAW Stöfs I.B.3./I.C.2.m) 3.) Tagebuch der Schweizreise 1783, fol. 78,

Anlässlich eines Besuchs in Wörlitz deutete Fürst Ligne die Ikonographie des Gotischen Hauses als alte Zeugnisse der Freiheit unserer Vorfahren. Vor allem in den Schweizer Glasgemälden erkannte er präzise die Verdeutlichung ständischer Freiheiten, die die Reichsverfassung den mindermächtigen Reichsfürsten garantierte.[352]

LIPPE-DETMOLD, CASIMIR AUGUST PRINZ ZUR (1777–1809): früh verwaister Sohn des verstorbenen Simon August Graf zur Lippe-Detmold (1727–1782) und dessen ebenfalls verstorbener dritter Gemahlin Casimire, Prinzessin von Anhalt-Dessau, Schwester des Fürsten Franz. „Der Casimir aus Detmold", wie er in Dessau hieß, weilte anlässlich der Zerbster Teilung im Dezember 1797 in Dessau und nahm dort an den zahlreichen Festlichkeiten teil.

LIPPE-DETMOLD, CASIMIRE GRÄFIN ZUR, Prinzessin von Anhalt-Dessau (1749–1778): Schwester des Fürsten Franz und dritte Gemahlin ihres verwitweten Schwagers Simon August Graf zur Lippe-Detmold (1727–1782). Casimire begegnet uns noch unverheiratet, als sie 1768 ihrer Schwester Leopoldine nach Detmold schreibt, wie Fürst Franz sich mit seinem Sohn Franz Waldersee beschäftigt. Wir wissen aus ihrem späteren Leben, dass sie ihren Bruder, den Fürsten Franz, nicht nur in seiner Vaterrolle bewunderte, sondern sein gesamtes Dessauer Reformwerk, das sie in Detmold nach 1769 ebenso einzuführen versuchte, zumal das Armen-, Gesundheits- und Bildungswesen.[353]

LISIEWSKI, CHRISTOPH FRIEDRICH REINHOLD (1725–1794): Hofmaler des Fürsten Leopold III. Friedrich Franz von Anhalt-Dessau von 1752 bis 1772. An Ostern 1761, als Johanna Eleonore Hofmeyer, die Mutter Waldersees, den Maler in seinem Dessauer Atelier aufsuchte, arbeitete Lisiewski vermutlich an dem 1762 vollendeten Porträt des jungen Fürsten.[354]

LISIEWSKI, HENRIETTE JULIANE, geb. Stöhr: Tochter eines Leipziger Ratsbeamten und seit 1759 Ehefrau des Dessauer Hofmalers. Als solche war sie offenbar auch bei Hofe beschäftigt war, bis 1776 erhielt sie ein jährliches Gehalt von 120 rt.[355]

---

11. Oktober 1783, Zürich.

352 Korzus, S. 19.

353 Chapon 1780.

354 Christoph Friedrich Reinhold Lisiewski, Portrait des Fürsten Leopold III. Friedrich Franz von Anhalt-Dessau, 1762, Pastell, 338 x 252 mm, heute Schloß Mosigkau.

355 LASA Z 44, C 5d Nr. 3, fol. 103 v.

Lisiewsky, siehe: Lisiewski

Loën, Henriette Catharina Agnes Freifrau von, Prinzessin von Anhalt-Dessau, genannt Agnese (1744–1799): Tochter des Fürsten Leopold II. Maximilian von Anhalt-Dessau und der Gisela Agnes Prinzessin von Anhalt-Köthen, älteste Schwester des Fürsten Franz, Kanonisse und ab 1769 Dechantin des Stiftes Herford, dem ihre Cousine Friederike Charlotte Leopoldine Louise Prinzessin von Brandenburg-Schwedt (1745–1808), die einzige Schwester ihrer späteren Schwägerin Louise, als Fürstäbtissin vorstand. Agnese begegnet uns noch unverheiratet als diejenige, die anlässlich der Jagd auf den Hirsch ohne Ohr am 23. September 1765 der ganzen Jagdgesellschaft rotblaue Schleifen ansteckt.

Die Prinzessin heiratete gegen den Willen des fürstlichen Hauses 1779 den Oberforstmeister Johann Jost Freiherrn von Loën (1737–1803), Herr auf Cappeln und Tecklenburg, einen durch väterliches Erbe vermögenden Vetter zweiten Grades Johann Wolfgang von Goethes. Die verwandtschaftliche Beziehung ihrer beider Mütter sorgte für familiäre Begegnungen mit dem Dessau ohnehin verbundenen Dichter, zumal als das Paar sich 1795 in Dessau niederließ. Der jüngste Sohn des Ehepaares, Friedrich, wurde später Oberhofmarschall des Dessauer Hofes, die Tochter Johanna Charlotte heiratete 1800 Georg Freiherrn von Eckardstein.

Zu ihrer jüngeren Cousine und Schwägerin Louise unterhielt Agnese ein äußerst vertrautes Verhältnis. Louise reiste schon während ihrer Verlobungszeit 1766 und später gelegentlich nach Herford.[356] 1782 verbrachte die Fürstin Sommerwochen bei ihrer Cousine und Schwägerin Agnese und genoss die dort herrschende Häuslichkeit und das stille ländliche Leben – lediglich unterbrochen durch die Besuche ihrer Freundin Jenny Voigts.[357]

Loën, Louise Freiin von (*ca. 1781/2): älteste Tochter des Johann Jost Freiherrn von Loën und seiner Gemahlin Agnese, Prinzessin von Anhalt-Dessau, die Franz Graf von Waldersee 1811 auf seiner Creditorenliste nannte.[358] Die Nichte des Fürsten Franz wurde 1816 möglicherweise zur Hofdame der verwitweten Erbprinzessin Amalie von Anhalt-Dessau ernannt, bevor sie später einen Herrn von Schönberg ehelichte.

Loën, Fr. von: 1816 wird, wiederum in Waldersees Creditorenverzeichnis „Fr. v. Loen“ mit 1000 rt aufgeführt.[359] Wenn es sich nicht um Freiin Louise han-

356 LASA Z 44, A 9e Nr. 15 (1) fol. 21 r./v.

357 LASA Z 44, A 9e Nr. 15 (18) fol. 37 r. Ende Juni 1782.

358 FAW Stöfs I.B.1.b) Cassa Buch, Schulden 1809.

359 FAW Stöfs I.B.1.b) Designation der Schulden 1816.

delt, die schon 1811 in der Liste auftauchte, könnte es sich hier auch um ihren Bruder, den Kammerherrn und späteren Oberhofmarschall Friedrich Freiherrn von Loën (1787–1868) handeln oder seine Ehefrau, Albertine Caroline Charlotte, geb. von Hedemann (1792–1869).

LOESCHIGK: Verwalter des Freiherrn Karl August von Lichtenstein in seinen fränkischen Besitzungen zu Lahm/Itzgrund.

LONGASTRE, L. DE (*1747, zuletzt erwähnt 1799): in London lebender, französischer Pastellmaler und Porträtist. Das von Waldersee 1783 als zu teuer kritisierte Porträt der Fürstin ist ein Kriegsverlust.[360]

LUDWIG XVI., siehe: Frankreich, Ludwig XVI. König von

LUDWIGER, FRIEDERIKE CECILIE VON (1788–1825): Tochter des Rittmeisters und Gerichtsherrn Gottlob Ernst von Ludwiger aus Reuden und seiner Gemahlin Friederica Wilhelmina Agnese, geb. von Puttkamer, einer Freundin der Louise Gräfin Waldersee aus Kindertagen. 1811 heiratete Cäcilie, die 1808 dem Herzog und Fürsten Franz einen Eichenkranz überreichen durfte, Karl Theodor Joseph von Baligand und starb 1825 als Mutter von drei Kindern in Regensburg.

LUDWIGER, FRIEDERICA WILHELMINA AGNESE VON, geb. von Puttkamer: Gemahlin des Rittmeisters und Gerichtsherrn Gottlob Ernst von Ludwiger aus Reuden und Mutter der mit Loulou Waldersee befreundeten Cäcilie. Wilhelmina von Ludwiger war die Tochter des mit Prinz Eugen von Anhalt-Dessau befreundeten Obristleutnants Joachim Heinrich von Puttkamer. Zusammen mit ihren 1775 verwaisten Geschwistern war sie von Prinz Eugen testamentarisch mit 5000 rt bedacht worden und gehörte zu den Freundinnen der Louise Gräfin Waldersee aus Kindertagen.[361]

LÜBECK, JOHANN CHRISTIAN LEOPOLD (1738/9–1814): Handelsgärtner in Dessau. Lübeck war als Gärtner im sogenannten Prinzessinnengarten am Ufer der Dessauer Mulde angestellt worden, den Fürst Franz aus dem Erbe der Herzogin von Radziwiłł seinen 1758 unverheirateten Schwestern Agnese, Leopoldine und Casimire geschenkt hatte und der 1777 an Prinzessin Henriette Amalie verkauft worden war.[362]

---

360 Zürcher Nachtzettel, 16.–31. Okt.1783: „Longastre de l'Issle en Flandre". Frankenberg, Egbert von und Egbert von Ludwigsdorf, Anhaltische Fürstenbildnisse, 2 Bde., Dessau 1894 nennt das vermutlich in Zürich entstandene Bild unter Nr. 526 als im Schloss Dessau hängend.

361 FAW Stöfs I.B.2.f) Kindertagebuch der 6–7-jährigen Louise Anhalt.

362 Brückner Bd. 23, S. 2099 ff.

1772 hatte der Sohn des Jacob Lübeck und der Anna Elisabeth, geb. Lippert in Dessau Sophie Luise Wilhelmine Rödiger geheiratet und unterhielt 1794 offenbar eine Handelsgärtnerei in Dessau.

LÜTZOW, RUDOLF FRIEDRICH AUGUST VON: Diplomat. Lützow stand seit 1783 in mecklenburgischen Diensten und war eng mit Herzog Carl August von Sachsen-Weimar befreundet. Anlässlich seiner ersten Sondergesandtschaft in St. Petersburg, 1799, überreichte er dem Zaren Paul I. Kupferstiche der *Chalcographischen Gesellschaft zu Dessau* als ein Geschenk des Fürsten.[363]

LUTHER, ERNST CHRISTIAN: Dessauer Bürger und Salzfaktor. Der aus Krosigk stammende Luther betrieb in einem Nachbarhaus des Dessauer Theaters den damals monopolisierten Salzhandel. Seine Geschäften schienen zu blühen, denn er kaufte 1812 das Eckhaus Nr. 481, das Georg von Eckardstein 1801 noch für 9400 rt gekauft hatte. Nunmehr waren die Preise so verfallen, dass Luther das Grundstück für 3850 rt erwerben konnte.[364]

Der „Bürger Luther" lieh Waldersee schon früh Geld, 1809 zählte dieser ihn zu seinen Creditoren.[365] Vom 22. Juni 1813 hat sich ein Solawechsel Waldersees an den Dessauer Hausbesitzer Ernst Luther über 800 Taler erhalten, „in Kronenthaler oder gutem Conventions Gelde" zu 6 Prozent Zinsen, halbjährlich abzuzahlen. Am 26. Juni 1816 wurde zur Abzahlung ein Wechsel ausgestellt, in der Schuldendesignation steht „Lutter" mit 200 rt. Die letzten Zahlungen wurden am 20. Dezember 1818 abgegolten.[366]

LUTTER, siehe: Luther, Ernst Christian

LYNCKER, KARL FRIEDRICH ERNST FREIHERR VON (1726/7–1801): Sachsen-Weimarer Geheimrat, Oberkonsistorialpräsident. Die Erinnerungen seines Sohnes Karl (1767–1843), der von 1780 bis 1784 als Page am Weimarer Hof diente, öffnen uns den Blick für die Atmosphäre am weimarischen Hof.[367]

Lxx, siehe: Lisiewski

Lxx, siehe: Waldersee, Louise Gräfin von

MAMSELL, französische: eine solche wurde 1765 eingestellt für die Aufzucht von Friederike von Waldersee im mütterlichen Haus an der Steinstraße.[368]

---

363 FAW Stöfs I.B.2.e) v. Lützow/Berlin 1798–1806. Pawlowsk, 30./19.8.1799.

364 Brückner Bd. 16, S. 1470.

365 FAW Stöfs I.B.1.b) Cassa Buch, Schulden 1809.

366 FAW Stöfs I.B.1.b).

367 Vgl. Lyncker 1912.

368 FAW Stöfs o. Num, 1765.

MANN, WILHELM PETER: Dessauischer Kammerrat, Sohn des fürstlichen Kammerdieners Johann Christian Mann sen. und einer Tochter des Forstmeisters Leopold Werner, Anna Maria. Seine Geschwister waren der Regierungs- und Konsistorialrat Johann Christian Mann jun. (1753–1825), zuletzt Präsident des Oberappellationsgerichts in Zerbst, der Ökonom Ephraim Mann und der Diakon der St. Georgskirche, Leopold Wilhelm Mann (1758–1822).

Wilhelm Peter Mann hatte in Halle und Leipzig studiert, war seit 1779 in der Rentkammer tätig gewesen, seit 1785 als Kammerrat. In dieser Funktion beaufsichtigte er bis 1797 und dann wieder ab 1801 die fürstlichen Bauaufgaben bis zu seiner Pensionierung 1816, also auch den von der Kammer aufgeführten Bau des Palais Waldersee. Waldersee arbeitete demnach seit seinem Eintritt in die Kammer eng mit ihm zusammen, zumal seit Gründung des Bauamts 1796.[369] Wie gut die Zusammenarbeit war, wissen wir nicht. Einer Notiz der Gräfin Louise Waldersee vom Februar 1816 können wir jedoch entnehmen, dass Mann zumindest Zeuge unschöner Auseinandersetzungen zwischen Waldersee und dem Kammerdirektor Raumer war.[370]

Nicht nur gesellschaftlich, sondern auch ökonomisch wurden die Erfolge der Familie Mann sichtbar: Kurz vor seiner Pensionierung kaufte der mit einer Tochter des Hofrates Pfau verheiratete Kammerrat Mann an der Zerbster Straße das Palais Branconi. Den Bau des Palais hatte er einst selbst überwacht wie auch das Palais Waldersee. 1807 war das Haus schon einmal für 12 000 rt angeboten worden.[371]

MARC, CONSUL: Konsul der Vereinigten Staaten von Amerika, der 1797 auf eigene Rechnung und Spekulation Blätter der *Chalcographischen Gesellschaft zu Dessau* nach New York senden sollte.[372]

MARÉES, ABRAHAM DE (1685–1760): Theologe, seit 1734 Konsistorialrat und Superintendent an der Dessauer Stadt- und Schlosskirche. Der mit einer Tochter der Heidelberger Professors und Kirchenrats Mieg verheiratete Pfarrer war der Begründer einer weitverzweigten Theologendynastie, die das kirchliche und schulische Leben Anhalt-Dessaus für Generationen prägte. Seine Schrift „Predigt und Reden bey der Taufe einer jüdischen Familie zu Sandersleben" wurde nach Waldersees Tod mitversteigert.[373]

---

369 Beckus 2015, S. 422.

370 FAW Stöfs II.A.1) 26. Februar 1816.

371 Brückner Bd. 1, S. 43 – wieviel Mann für den Bau zahlte, wissen wir nicht.

372 FAW Stöfs I.B.3./I.C.2.i) Bertuch von 1784 an: 30. Oktober 1797.

373 FAW Stöfs I.B.3./I.C.2.a) Versteigerungsverzeichnis vom 18. April 1824 bzw. 21. April 1825.

Marées, Heinrich de (†1813): viele der von Loulou Waldersee gesammelten Geburtstagsgesänge waren von dem wohl zehn Jahre älteren Heinrich de Marées, dem Enkel des Superintendenten Ludwig de Marées und ältesten Sohn des Herzoglich Dessauischen Kabinettsrats und Zensors Otto Ludwig de Marées und seiner Gemahlin Wilhelmine, geb. Werner gedichtet und häufig mit ihm aufgeführt.[374] Er fiel 1813 in der Schlacht bei Kulm als Kgl. Preußischer Hauptmann.

Marées, Heinrich Ludwig de (1773–1825): Seminarinspektor, Sohn des Dessauer Superintendenten Ludwig de Marées aus dessen zweiter Ehe, verheiratet mit Luise Henriette Charlotte, geb. von Raumer (1783–1832). Er stellte 1805 Franz II. Waldersee ein Zeugnis aus für den Besuch der Dessauer Hauptschule.[375] Friedrich Graf Waldersee schreibt seiner ältesten Schwester Loulou 1814 von einer Pariser Theatervorstellung, die ihn an die Geschichtsstunden des Inspektors erinnert habe.[376] Der Inspektor hatte auch das Gedicht verfasst, das Loulou Waldersee zum 50. Thronjubiläum in der Vertonung von Reinicke vorgetragen hatte.[377]

de Marées, Inspektor: siehe Marées, Heinrich Ludwig de

Marées, Johann Friedrich de (1761–1832): unverheirateter Sohn des Superintendenten Ludwig de Marées aus dessen zweiter Ehe, seit 1799 als erster Prediger an der Hospitalkirche St. Georg in Dessau und eng mit der Familie, vor allem aber Louise Waldersee befreundet. Das belegen der Austausch von Lektüre, Besorgungen, Bitte um Tee, den das Haus Waldersee in beträchtlichen Quantitäten kommen ließ, Einladungen, Lieder, gemeinsame Landpartien und Geburtstagsgrüßen. Am 28. August 1810 etwa schreibt er voll heißer Dankbarkeit für eine Fülle von Freuden, mit denen er von ihr beschenkt wurde, offenbar hatte eine der Töchter sehr hübsch gesungen.[378] Wie groß die Freundschaft war, belegt die offenbar ernste Auseinandersetzung um den Wert des Armeedienstes, die Louise Waldersee als Mutter dreier Soldaten sehr persönlich nahm und für die sich der pazifistisch eingestellte Pfarrer entschuldigt.[379] Die „Neue[n] Briefe zur Vertheidigung des Glaubens“ die-

---

374 FAW Stöfs I.B.1.n).

375 FAW Stöfs Familienchronik, fol. 164.

376 FAW Stöfs II.C.7) 4. Mai 1814 aus Paris.

377 FAW Stöfs I.B.3.p) [wohl Loulou] Aus meinem Tagebuch. Das 50 jährige Jubiläum des Herzogs Franz, 19. Oktober 1808.

378 FAW Stöfs I.B.2./I.C.2.n) J. F. de Marées, Dessau 1806–1831, 28. Aug. 1810.

379 FAW Stöfs I.B.2./I.C.2.n) J. F. de Marées, Dessau 1806–1831, 22. Okt. 1812.

ses Freundes waren Bestandteil der Waldersee'schen Bibliothek und wurden mit dem Nachlass versteigert.[380]

de Marées, Konsistorialrat, siehe: Marées, Marius Ludwig de

Marées, Marius Ludwig de (1763–1829): Theologe und Sohn des Dohndorfer Pfarrers Isaak Daniel de Marées und dessen Gemahlin Wilhelmine Leopoldine Mauritania Friederike, geb. Coeler, verheiratet mit seiner rechten Cousine Leopoldine Louise de Marées. Beider Väter, Isaak Daniel und der Oranienbaumer Justizrat Jacob Ludwig de Marées waren jüngere Brüder des Dessauer Superintendenten Ludwig de Marées, der dem gemeinsamen Vater Abraham in diesem Amt gefolgt war. Marius Ludwig de Marées sollte nach seinem Großvater Abraham und seinem Onkel Ludwig der dritte Vertreter seiner ausgedehnten Familie sein, der zum Superintendenten berufen wurde, zunächst ab 1803 als Konsistorialrat und Verweser der Superintendentur, ab 1815 mit allen Rechten. So hielt er am 9. Oktober 1808 zum 50. Thronjubiläum des Fürsten Leopold III. Friedrich Franz von Anhalt-Dessau die Predigt in der derart gut gefüllte Kirche, dass ein Vordringen zur Kanzel schier kaum möglich war.[381] Ludwig de Marées gehörte 1804 zu den Administratoren der *Fürstlichen Amalienstiftung*, auch in diesem Amt scheint er seinem Vater nachgefolgt zu sein.

Marées, Simon Ludwig Eberhard de (1717–1802): Sohn des reformierten Theologen Abraham de Marées (1685–1760) und der Tochter des Heidelberger Professors und Kirchenrats Mieg, in Dessau geboren und ab seinem 12. Lebensjahr von seinem Großvater Mieg in Heidelberg erzogen und theologisch gebildet. Sein Vater hatte 1734 das Amt des Konsistorialrats und Superintendenten in Dessau übernommen, er selbst diente nach seiner Ordination 1738 an der Dessauer Stadt- und Schlosskirche, übernahm 1741 die Stelle des Propstes in Wörlitz und 1746 das Archidiakonat unter seinem Vater, dem er 1760 in allen Ämtern nachfolgte. Sein eigener Nachfolger als Archidiakon war dann der Bruder der Johanna Eleonore Hofmeyer, weshalb die Ämterübergabe an der Stadt- und Schlosskirche zu Dessau nicht unwichtig für den Fortgang unserer Geschichte blieb. Wenn de Marées dem jungen

380 FAW Stöfs I.B.3./I.C.2.a) Versteigerungsverzeichnis vom 18. April 1824 bzw. 21. April 1825.

381 FAW Stöfs I.B.3.p) [wohl Loulou] Aus meinem Tagebuch. Das 50 jährige Jubiläum des Herzogs Franz, 19. Oktober 1808.

Franz von Waldersee Religions- und Konfirmandenunterricht erteilte,[382] wird auch er an diese Verquickung mit seinem eigenen Schicksal gedacht haben.

Der neue Superintendent begann sein Amt mit dem Neubau der Superintendentur, einem außerordentlich stattlichen Doppel-Pfarrhaus gegenüber St. Marien, stilistisch nah verwandt dem Haus Nr. 645 an der Zerbster Straße, das vom Ehepaar Neitschütz bewohnt wurde. Beide Häuser markieren das Ende der Periode vor Erdmannsdorff.[383] Von seinen zahlreichen Kindern aus zwei Ehen seien hier nur die für Waldersee wichtigsten genannt: Charlotte Louise (*1744) heiratete den Wörlitzer Probst Friedrich Coeler; Wilhelm (1746–1781) praktizierte als Arzt in Dessau; Otto Ludwig (1748–1833) brachte es zum Herzogl. Dessauischen Kabinettsrat; Johann Friedrich (1761–1832) wirkte ebenfalls als Pfarrer in Dessau, ab 1798 an der Georgenkirche; Carl Wilhelm (1765–1845) wurde zum Herzogl. Dessauischen Kammerpräsidenten berufen; Heinrich Ludwig (1773–1825), verheiratet mit Luise Henriette Charlotte von Raumer (1783–1832), wurde Seminarinspektor in Dessau; Sofie Agnes (1775–1814) war mit dem Herzogl. Dessauischen Regierungsrat Friedrich Schubring (1771–1823) verheiratet.

Unter dem älteren Ludwig de Marées als Superintendent geriet die Schulpolitik im Fürstentum zum Streitpunkt zwischen Fürst und Kirche, das Konsistorium wurde zum Gegenspieler aller fortschrittlichen Bemühungen, zumal im Schulwesen. Ludwig de Marées versuchte, den der Kirche entzogenen Einfluss auf das Schulwesen, das Johann Gottfried Neuendorf 1785–1787 wegweisend reformiert hatte, geltend zu machen. Vergeblich, solange Neuendorf sein Lebenswerk verteidigen konnte. Als dieser jedoch 1798 starb, wurde die Aufsicht über das Schulwesen wieder dem Konsistorium unterstellt. Dies u. a. erklärt, warum Fürst Leopold III. Friedrich Franz 16 Jahre mit der Wiederbesetzung der Stelle zögerte.

In der theologischen Abteilung der Waldersee'schen Bibliothek fand sich aus der Feder des Superintendenten „Unfug so genannter Aufklärer wider die neuen Preußischen Anordnungen in geistlichen Sachen.[384]

---

382 FAW Stöfs o. Num., 1779.
FAW Stöfs Familienchronik, fol. 145c: „1779 Es begann der erste Religionsunterricht bei dem Superintendenten De Marées, welcher 1780 die Konfirmation und erste Communion zur Folge hatte."

383 Brückner Bd. 6, S. 546 ff.

384 FAW Stöfs I.B.3./I.C.2.a) Versteigerungsverzeichnis vom 18. April 1824 bzw. 21. April 1825.

Der ältere Ludwig de Marées gehörte vermutlich zu den „Herren Curatoren der Amalienstiftung", bei denen Waldersee im Sommer 1797 um einen Kredit für Lichtenstein anfragt.

MARSCHALL VON BIEBERSTEIN, CHRISTIAN FRIEDRICH FREIHERR VON, auf Choren (1755–nach dem 1. Dezember 1818): spätestens ab 1794 engster Freund Waldersees. In Choren, Kreis Döbeln, hatte der Vater des mit Waldersee befreundeten „Schalle", der königliche Oberpostdirektor in Polen und Litauen, Carl Leonhard Freiherr Marschall von Bieberstein (1705–1777), sich 1755 von Samuel Locke ein im Barockstil des sächsischen Baumeisters Knöffel gehaltenes Schloss errichten lassen, das 1819 veräußert wurde.

Marschall nahm sich in dieser Freundschaft viele Freiheiten und wir lernen Waldersee durch den Humor und Witz seines Freundes noch ganz anders kennen, nicht nur in einer Bleistiftzeichnung, die das „Portrait très rèsemblant de Mr. Oweho!" darstellt, sondern auch in einem Scherztestament, welches er im Krankenbett verfasste. Waldersee wurde darin das „Arsenal in Choren bestehend aus 15 Canonen zum beliebigen Gebrauch in Knölpzig" vermacht, „der allerschönsten Gräfin von Waldersee [...] 25 doppelte Fässer Butter, eine kalte [...] Pastete mit Trüffeln welche schon unterwegens sey", alles gesiegelt und unterzeichnet von Carl August Wolff von Wolfframsdorff als Notar und Branconi als Zeugen, sowie mit zittriger Hand dem angeblich sterbenskranken Marschall.[385] Marschall war zur Stelle, wenn Wichtiges geschah, so auch 1795, zur Einweihung des neu errichteten Hauses an der Zerbster Straße.[386] Die Besuche in Choren und die zwischen 1816 und 1818 gewechselten Briefe drehen sich hauptsächlich um die Beschaffung von Krediten, Marschall selbst leiht ihm auch Geld.[387] 1816, anlässlich eines Kuraufenthalts in Teplitz, sahen Franz und Louise Waldersee

---

385 FAW Stöfs I.B.2.e) Freund Marschall v. Bieberstein/Choren 1794–1818, 10. Dezember 1794 in Dessau.

386 FAW Stöfs Familienchronik, fol. 157.

387 FAW Stöfs I.B.3./I.C.2.c) Unsortierte Briefe der Waldersee-Kinder an ihre Mutter: 25. Juli 1806 Franz I. Waldersee an Louise aus Choren.
FAW Stöfs I.B.1.b) „Etat meiner Wirthschaft vom 1ten Januar 1811 an": „Zinsen an Stange, Marschall, Raunig, Wolf etc. + Agio 1939 rt".
Ebenda, Restierende Capitalien (undat.): Graf [!] Marschall 100 rt. [Es handelt sich hier mit größter Wahrscheinlichkeit um den Freiherrn Chr. Fr. Marschall v. Bieberstein.]
FAW Stöfs I.B.2.e) Freund Marschall v. Bieberstein aus Choren, 1816–1818 8 Briefe.

den Freund mehrmals.[388] Es war ihr letztes Treffen, Waldersee mied den Freund zunehmend wegen seiner Schulden. Daran änderte auch der zerrissene Wechsel, den Marschall ihm zurückschickte, nichts.[389]

MASSOW, KAPITÄN VON, siehe: Massow, Valentin von

MASSOW, VALENTIN VON (1752–1817): preußischer Offizier; Sohn des preußischen Ministers gleichen Namens, Berliner Bekanntschaft des jungen Franz von Waldersee, Bruder in der Loge *Royale York de l'Amitié* und langjähriger Korrespondenzpartner.[390] Der Freund nahm schon 1790 regen Anteil an der Enttäuschung, die Waldersee durch seinen Vater erlitt. Massow beendete seine Karriere beim preußischen Heer 1797 als Oberstleutnant, um dem König Friedrich Wilhelm III. zunächst als Hofmarschall zu dienen, dann als Obermarschall von Preußen, sowie Intendant der königlichen Schlösser und Gärten. Das Gutshaus seines Besitzes Steinhöfel entwarf Gilly, im Übrigen Bruder in der Tochterloge *Johannis Zu den drei goldenen Schlüsseln*, und schuf damit das Vorbild für das königliche Gut in Paretz.[391]

MATTEI, KARL (1744–1830): Sekretär der Branconi und wie sie mit Lavater befreundet. Im Oktober 1782 war er mit der Branconi für vier Tage in Dessau gewesen.[392] Mattei war ein kleiner, gewandter Mann, der an den europäischen Höfen zuhause war, besonders befreundet mit den Stolberg zu Wernigerode. Seinem Kontakt zu Graf Moritz Fries und der treuen Anhänglichkeit der Familie Lavater gegenüber ist es zu danken, dass die physiognomische Sammlung an Fries nach Wien verkauft und nach dessen Bankrott vom Kaiserhaus übernommen wurde.[393] Nach dem Tod der Fürstin Louise von Anhalt Dessau resümiert Karl Mattei am 29. Dezember 1811: „1773 im October, sah ich die Fürstin zum Ersten mahl: also, eine 31 [wohl: 38-]järige Bekanntschaft zählt mir Ihr Leben - verschönerte viele Stunden, bereicherte mich, beglückte

388 FAW Stöfs II.A.1) Reisetagebuch von Teplitz im Juli 1816, 23. Juli und 27. August, jeweils Marschall da zu Mittag.

389 FAW Stöfs I.B.2.e) Freund Marschall v. Bieberstein/Choren 13. Juli 1817. Ebenda, Choren 1. Dezember 1818.

390 FAW Stöfs I.B.2.e) v. Massow/Berlin 1786–1801 und Kapitän v. Massow 1782–1801 (es handelt sich hier vermutlich um denselben, den er als preußischen Offizier bei seinem ersten Berlinaufenthalt 1782 kennenlernte und in dessen Loge er 1784 eintrat).
GSA 06/2047, 4. Dieskau, 26. Juni 1784.

391 Vgl. Gerlach 2014.

392 LASA Z 44, A 9e Nr. 15 (18), fol. 38r. und A 12a Nr.19.

393 Fremdenbücher, Kommentarband S. 162.

mich wie selten Gleiches. Den Lezten Hände Druk gab Sie mir am 2ten October 1810; Ihr Leztes Wort, da ich aus dem Wagen stieg - Sie brachte mich selbst von Wörliz vor meine Thüre, - war ein doppelter Zuruf >Adieu, Dieu Vous benisse!< [...] ::Die Liebe stirbt nicht und nicht der Dank!:: - Diese Worte Lavaters wollen wir auf Ihren Grabstein sezzen!"[394]

Matthei, siehe: Mattei

Matthisson, Friedrich (1809: von) (1761–1831): Lyriker, Schriftsteller und Bibliothekar, 1793–1798 mit der Nichte des Fürstlich Anhalt-Dessauischen Hofmarschalls, Louise von Glafey verheiratet[395] und seit 1795 Vorleser und Reisebegleiter der Fürstin Louise von Anhalt-Dessau. In dieser 17 Jahre währenden Tätigkeit war er der Fürstin Quartiermeister, Begleiter, Assistent, Privatsekretär, Vorleser und Vertrauter, ihm ist die Reinschrift ihrer Tagebücher zu verdanken, sie teilten einen Freundeskreis, dem zuvörderst die beiden Schriftstellerinnen Elisa von der Recke und Friederike Brun angehörten. Sein Stammbuch gibt Einblick in das internationale Gefüge von Freund- und Bekanntschaften, in dem der in Wörlitz begrabene Dichter sich zeitlebens bewegte und welche Anerkennung er genoss, um deren literarische Folgen heute nur noch Kenner wissen.[396] In diese Zeit datiert auch ein verschollenes Porträt, das er von Friedrich Tischbein 1795 malen ließ. Er verehrte es seiner Geliebten und Cousine seiner ersten Gemahlin, Anette von Glafey, der späteren Äbtissin von Mosigkau. Der Porträtierte fand das Bildnis besonders treffend, es hat sich als Vorlage des Kupferstichs erhalten, der 1815 als Frontispiz dem ersten Band der Werkausgabe beigegeben wurde.[397]

Das Vertrauens- und Freundschaftsverhältnis zur Fürstin dehnte sich auch auf die Familie Waldersee aus, wie aus vielen erhaltenen Briefchen und Zettelchen deutlich wird.[398] Der Dichter erhält die Briefe Waldersees nicht

394 FAW Stöfs I.B.2./I.C.2.n) Karl Mattei an Louise Waldersee, geb. Anhalt.

395 Die Ehe wurde bereits nach fünf Jahren geschieden.

396 Vgl. Kat. Ausst. Dessau 2011.

397 Friedrich von Matthissons sämmtliche Werke.

398 FAW Stöfs I.B.2./I.C.2.n) Matthisson an Louise Waldersee-Anhalt: 4. Mai 1798 aus Wörlitz, 20. November 1798 aus Wörlitz, 17. Januar 1799 aus Wörlitz, Jan. 1799 aus Wörlitz, 12. Februar 1799 aus Wörlitz, 2. November 1799 aus Bozen, 3. Oktober 1800 aus Stuttgart, 3. November 1800 aus Stuttgart, 6. Januar 1801 aus Stuttgart, 1. März 1801 aus Stuttgart, April 1801 mit Auszügen aus seinem Reisejournal (Stuttgart, Schaffhausen, Eglisau, Zürich, Baden, Morgental, Bern, Murten, Lausanne, Rolle, Vevey und Nyon), 1. Juli 1801 aus dem Landhaus Chemenin bei Vevey, 6. November 1801 aus Stuttgart, 7. Februar 1802 aus Stuttgart, 23. Februar 1802 aus Stuttgart, 27. März

nur als Beweis alter Freundschaft, „sondern auch als redender Beweis, daß es mit Ihrer herrlichen Laune immer noch beim Alten ist [...]. Die meisterhafte, mit Homerischer Umständlichkeit abgefaßte Beschreibung der Harnischhose und der selige Mann, der so lustige Bockssprünge macht, haben mir ein so unauslöschliches u. beinahe krampfhaftes Lachen erregt, daß ich schier glauben that es sei aus."[399] Als Waldersee über eine größere Dichtung nachzudenken begann, fragte er den befreundeten Dichter um seine Meinung: „Selten bin ich angenehmer überrascht worden, geliebtester Graf, als durch Ihre poetisch Epistel vom 8. Aug. Lesen, wiederlesen, und noch einmal lesen war Eins. [...] Ich will Ihnen also [...] die eigentliche Antwort schuldig bleiben, bis ich in meiner grünen Zelle in Wörlitz in Ruhe seyn werde und die Musen wieder ordentlich ab und zu gehn. Jetzt aber will ich nur vorläufig andeuten, wie unsäglich es mich gefreut hat, daß Sie so eifrig und liebevoll fortfahren, mit diesen Göttertöchtern Umgang zu pflegen, welche, wie ich aus langer Erfahrung weiß, trotz allen moralischen Apotheken der Welt, Kraft verleihen, jeden Kummer des Lebens zu Boden zu schlagen. - Der Stoff den Sie zu einem Gedicht in drei Gesängen gewählt haben, hätte nicht glücklicher seyn können. Es ist ein ganz neues, völlig unbearbeitetes Feld, wo man noch die Freude haben kann, ganz Original zu seyn: denn keine Literatur (die altrömische ausgenommen) besitzt noch ein ähnliches Gedicht."[400] Das fertige Werk beurteilt er ebenso ermutigend und freundlich: „Sie haben mir [...] durch die Uebersendung Ihres, in jeder Rücksicht Ehre machenden Gedichts, einen sehr frohen Abend bereitet. [...] Sie haben tausend Schwierigkeit[en], die im Stoffe selbst liegen, auf eine Art besiegt, die mich in das frohste Erstaunen versetzt hat und wenn mich nicht alles trügt, so wird das Gedicht, nicht nur wegen der Neuheit seines Gegenstandes, sondern auch wegen seines entschieden poetischen Werthes ganz die Aufnahme finden, die es in so hohem Grade verdient."[401]

Nach dem Tod der Fürstin, 1811, trat der Dichter im folgenden Jahr die Stelle des Oberintendanten des Stuttgarter Hoftheaters an und war gleichzeitig Oberbibliothekar der Königlichen Bibliothek daselbst. 1810 heiratete Mat-

---

1802 aus Stuttgart, 1. März 1802 aus Stuttgart, 24. September 1803 aus Stuttgart, 18. Dezember 1803 aus Stuttgart, 18. Oktober 1804 aus Nyon, 4. Januar 1805 aus Wörlitz, 7. Januar 1805 aus Wörlitz, 24. Januar 1806 aus Wörlitz. FAW Stöfs I.B.2.e) Matthisson 1. März 1801, 19. Dezember 1801 aus Stuttgart.

399 FAW Stöfs I.B.2.e) Matthisson 1. März 1801 aus Stuttgart.

400 FAW Stöfs I.B.2.e) Matthisson am 18. Oktober 1804 aus Nyon.

401 FAW Stöfs I.B.2.e) Matthisson am 22. Mai 1805 aus Wörlitz.

thisson ein zweites Mal. Wieder suchte er die Nähe nach Dessau, diesmal war es Leopoldine Friederike Luise Schoch, die Tochter des Wörlitzer Hofgärtners Johann Georg Schoch und seiner Frau Margaretha Luise, geb. Eyserbeck. Nach dem allzu frühen Tod seiner Gemahlin übersiedelte er 1829 zurück nach Wörlitz und starb dort.

Matthisson, Louise, geb. von Glafey (1770–1860): Nichte des Dessauer Hofmarschalls, Tochter seines Bruders Traugott Friedrich Johann von Glafey und selbst Hofdame der Fürstin Louise von Anhalt-Dessau. 1793 heiratete sie im Beisein der Fürstin in Zürich den Dichter Friedrich von Matthisson, der 1795 zu deren Vorleser und Reisebegleiter berufen wurde. Mit ihrem Onkel, dem Hofmarschall, reiste die Hofdame 1798 noch als Begleitung der Fürstin in die Schweiz, in das Landhaus Charlemont bei Nyon.[402] Die Ehe mit Matthisson wurde kurz darauf, am 27. September 1798, geschieden, 1799 starb auch das gemeinsame Kind. Grund der Scheidung scheint die heftig entbrannte Leidenschaft ihres Mannes für ihre eigene Cousine, die spätere Äbtissin von Mosigkau, Anette von Glafey, gewesen zu sein, die sich in vielen Gedichten niederschlug.

Mde. la P., siehe: Anhalt-Dessau, Louise Henriette Wilhelmine Fürstin von

Mecklenburg-Schwerin, Helena Pawlowna Romanowa Erbprinzessin zu, Großfürstin von Russland (1784–1803): zweite Tochter des Kaisers Paul I. von Russland und seiner zweiten Gemahlin, der Maria Feodorowna, Prinzessin Sophie Dorothee von Württemberg, Schwester des nachmaligen Kaisers Alexander I. von Russland und Gemahlin des Erbprinzen Friedrich Ludwig zu Mecklenburg-Schwerin. Dass Waldersee die Schönheit der Großfürstin bewunderte, nimmt nicht Wunder: schon ihre Großmutter, Katharina II., hatte den Namen Helena wegen der Schönheit des Kindes ausgesucht. Im Februar 1801 in Berlin sah Waldersee das Großfürstenpaar, das sich seit Ende Januar schon am Berliner Hof aufhielt, auf der Redoute und befand: „Die Großfürstin ist wircklich schön, doch aber nicht wie die Königin [...].“[403] Das Großfürstenpaar scheint im Schloss Charlottenburg, in den *petitekammern* untergebracht gewesen zu sein. Dort war, nach langem Schlummer in einer Kiste im Atelier des Künstlers, nun endlich die Prinzessinnengruppe Schadows, offenbar zum Entzücken der Großfürstin, aufgestellt worden: „[...] es bekümmerte sich niemand darum, bis die russische Grossfürstin Helene nach Berlin kam, in deren Zimmer sie aufgestellt war, aber dem Fenster gegenüber in schlechter Beleuchtung. Diese Gruppe hatte durch den

402 FAW Stöfs I.B.2./I.C.2.n) 18. Oktober 1804.

403 FAW Stöfs I.B.2.d) Franz an Louise, Berlin am 7. Februar 1801.

Schmutz der Mäuse, die in der Kiste genistet hatten, viel gelitten und der Marmor hat hässliche Flecke erhalten."[404]

MEGERS: ein anderweitig unbekannter Gläubiger Waldersees, der 1811 durch „A. M.", wohl Abraham Mortgen 32 rt 12 gr erhielt.[405]

MELCHTHAL, ARNOLD, Unterwalden: einer der drei Eidgenossen. Siehe auch Fürst, Walter und Stauffacher, Werner.

MENGE, JOHANN CHRISTOPH KARL: Faktor der *Chalcographischen Gesellschaft zu Dessau*, der die Buchhaltung der Gesellschaft von Anfang an mit einem Jahresgehalt von 400 rt und Tantiemenanteil führte, zugleich mit der Erlaubnis zum Kunsthandel auf eigene Rechnung, und zuletzt mit einer Vollmacht ausgestattet die Gesellschaft auch abwickelte.[406] Sein Wohlstand gipfelte 1799 im Kauf des Hauses Nr. 231, später Franzstr. 5, bzw. 4 zu 1600 rt. Im Haus Oranien an der Zerbster Straße, in welchem Hofrat Behrisch das Obergeschoß bewohnte, betrieb Menge seit 1805 ein Materialwarengeschäft. Obwohl Fürst Franz seinen weiteren Aufenthalt in Dessau nicht gern sah, empfahl Menge hier als Landkarten-, Schrift- und Kupferstecher seine Arbeit in Visitenkarten und anderen einschlägigen Arbeiten.[407]

1806 konnten ihm jedoch erhebliche Unterschlagungen nachgewiesen werden, er verlor Haus und Vermögen,[408] war arbeitslos und wegen seiner Kinder in solcher Not, dass Waldersee ihn – trotz aller vorherigen Erlebnisse mit dem Mann – zu Bertuch schickte, hoffend, dass dieser helfen könnte.[409]

---

404 GStAPK, HA I., Rep. 76 Ve, Sect. 15, Abt. XIII, Nr. 6, Bd. I, Bl. 109. Zit. nach Lacher, 2007, S. 118, Anm. 154.
FAW Stöfs I.B.2.e) Ponickau/Albrechtsdorf u. Conradswaldau, 26.3.1797: berichtet von einem Besuch in Berlin, „daß ich die herliche Gruppe der beyden Prinzeßinnen, bey Schadow gesehen und ire ich nicht sehr, so wird dieses Stück mit Grunde Ansprüche auf einen hohen Rang, unter den neueren Kunst=Werken machen können."

405 FAW Stöfs I.B.1.b) „Etat meiner Wirthschaft vom 1ten Januar 1811 an".

406 GSA 06/2047, 20. Dessau, 20.10.1796; 23. Dessau, 4. März 1798.
Vgl. auch Kat. Ausst. Dessau 1996, S. 45–59.
FAW Stöfs I.B.3./I.C.2.i) Bertuch von 1784 an: 30. Oktober 1797.
FAW Stöfs I.B.2.h) Bertuch an Franz I. Waldersee am 12. Mai 1804.

407 Brückner Bd. 3, S. 219.

408 Brückner Bd. 3, S. 220; Bd. 4, S. 317 f.; Bd. 19, S. 1712.

409 GSA 06/2047, 48. Dessau, 24. August 1808.

Mette & Munde: Personen, möglicherweise auch eine Firma, die Waldersee 1816 in seiner Schulden-Designation auflistete, in diesem Fall mit 500 rt.[410]

Meyer, Joel: Dessauer Bankier, der 1787 das Haus Nr. 153, später Steinstr. 13, für 1000 rt erworben hatte.[411] Bei ihm hatte Waldersee einen Wechsel über 400 Rt. stehen, zinslos von „Herrn Banquier Joel Meyer alhier, aus Freundschaft und Gefälligkeit [...] blos in der Absicht mir in jetziger Verlegenheit zu dienen", am 8. September 1814 abzubezahlen.[412]

Mis, siehe: Bramigk, Wilhelmine Luise

Monsieur François, siehe: Waldersee, Franz (1786: Graf) von

Mordchen, siehe: Mortgen

Mordgen, siehe: Mortgen

Mortgen, Abraham (1768–nach 1854): Rosshändler und Geldwechsler zu Dessau, von dem Zeitgenossen behaupteten, er habe das größte Rosstäuscher-Geschäft Deutschlands betrieben. Seine diesbezügliche Expertise floss in ein aus seinem Nachlass herausgegebenes, überschwänglich rezensiertes, vielfach übersetztes und heute noch herausgegebenes Werk.[413] Mortgen betrieb seinen Pferdehandel nicht nur in Dessau, sondern auch in Berlin. In Dessau erwarb er 1801 für sich und seine Frau Fanny, geb. Fränkel das Haus Nr. 232, später Franzstr. 4 für 2000 rt und einen Pferdestall an der Neuen Reihe für weitere 1.015 rt.[414] Sein Vermögen erwarb er auch durch ein florierendes Wechselgeschäft, womit er den Geldbedarf der Dessauer aller Stände bediente. Als diese Geschäfte nicht mehr florierten, musste er das Haus 1816 verkaufen. In dieser Zeit entstand der Plan zu einem letztlich erfolglosen Lotterie-Unternehmen.[415] 1854 musste Mortgen Insolvenz anmelden, war jedoch in Berlin weiterhin hoch geachtet: „Er hatte sich [...] ein bedeutendes Vermögen erworben, hat dasselbe jedoch durch Unglücksfälle gänzlich verloren und lebt jetzt in sehr ärmlichen Verhältnissen. Dessen ungeachtet hat er sich bei bescheidenen Ansprüchen stets auf ehrliche und achtungswerte Weise seinen Unterhalt zu erwerben gewußt und genießt in seinen Kreisen noch

---

410 FAW Stöfs I.B.1.b) Designation der Schulden 1816.

411 Brückner Bd. 11, S. 926.

412 FAW Stöfs I.B.1.b) 8. März 1814.

413 Mortgen 1824.

414 Brückner Bd. 19, S. 1712.

415 LASA Z 70, C 9a Nr. 69 Ein von Abraham Mortgen von Dessau eingerichteter Lotterieplan, 1819–1820.

immer eine allgemeine Achtung!"[416] Waldersee erwähnt Mortgen 1798 zum ersten Mal, da geht es um Wechselgeschäfte, vermutlich für die *Chalcographische Gesellschaft*, im Vorfeld der Ostermesse.[417] Den Söhnen Waldersees erscheint Abraham Mortgen als Inbegriff der unglückseligen finanziellen Verhältnisse, in denen ihr Vater unterzugehen drohte. 1819, als ein Schuldenschnitt vollzogen war, schreiben sie dem Vater einen ernsten und besorgten Brief, indem Mortgen als Mann bezeichnet wird, der allgemein als gemeiner Schwindler und Betrüger bekannt sei, den kein ehrlicher Mensch über die Schwelle lasse und der dennoch mit dem Vater ihnen unbekannt gebliebene Geschäfte habe. Sie schieben die Fortdauer dieser Geschäfte auf die Gutmütigkeit des Vaters und flehen ihn an, die Gelegenheit zu nutzen, um damit ein für alle Mal ein Ende zu machen.

MORTGEN, ALEXI, später Alexander Mortier (1761–1828): Dessauer Pferdehändler und Geldwechsler, Schutzjude, Sohn des Dessauer Pferdehändlers Behrend Marcus, gen. Mortgen. 1798 hatte Alexi Mortgen für 2000 rt das Haus Nr. 230, später Franzstr. 6 ohne das Hinterhaus in der Neuen Reihe gekauft.[418] Nachdem er seinen Pferdehandel nach Berlin ausgedehnt hatte, vermietete er dort auch Warschauer Droschken und machte sich einen Namen als Fuhrunternehmer. 1814 erhielt das Unternehmen die Konzession zum Verleih von Mietkutschen, baute ein dichtes Netz von Fahrzeugen über das gesamte Stadtgebiet aus und hatte bis zum Tod Mortgens eine Monopolstellung inne. Auch bei Alexi Mortgen hatte Waldersee Schulden: Auf Waldersees Wechsel wurden dem Intendanten Freiherrn von Lichtenstein 2000 rt ausbezahlt. Waldersee beglich diese Schulden im Oktober 1801 und im April 1802.[419]

MOSES, DANIEL: Dessauer Schutzjude, der zusammen mit seinem Sohn Jacob Daniel 1790 das Haus Nr. 179, später Hospitalstr. 65 erwarb. Waldersee war „bei Wolf, Daniel Moses etc." 1811 6108 rt 8 gr schuldig, 1819 waren die Schulden noch nicht getilgt – nachdem der Sohn sich dem Fürsten zur Erledigung seiner Wechselgeschäfte anerboten hatte, muss vermutet werden, dass Vater

416 Brückner Bd. 19, S. 1712 zitiert hier den preußischen Minister v. Ploetz gegenüber dem niederländischen Gesandten am 16. Dezember 1857.

417 GSA 06/2047, 24. Dessau, 7. April 1798 wegen der (ungünstigen) Konditionen für Pfunde.

418 Brückner Bd. 19, S. 1711.

419 FAW Stöfs I.B.2.i) Belege und Erklärungen zur Berechnung der Schulden Waldersees 1801, ad 1b).

und Sohn diese Geschäfte erfolgreich gemeinsam betrieben.[420] Die Geschäfte mit Daniel Moses begannen vermutlich mit der Auflösung des Erdmannsdorff-Nachlasses durch Waldersee: Ende April 1800 schickte Waldersee Bertuch mit der Nachricht vom Tod Erdmannsdorffs Sachen aus dessen Nachlass und bittet um Schätzungen von verschiedenen Juwelieren. Er will ihm Daniel Moses schicken, der die Dinge verkaufen solle. Falls dieser das Geforderte nicht zahlen wolle, solle Bertuch jemanden anderen benennen.[421]

Daniel Moses engagierte sich in der Leitung der Dessauer jüdischen Gemeinde, insbesondere bei der Gründung der *Haupt- und Frey-Schule*, einer Schule, in der Bildung als entscheidendes gesellschaftliches Integrations- und kulturelles Mobilisierungsinstrument genutzt wurde, das ausgesprochen jenen Kindern der Gemeinde zugute kommen sollte, die sonst keinen Zugang zu Bildung hatten.[422] Daniel Moses gehörte damit zu der Gruppe erfolgreicher Kaufleute in der Gemeinde, die die Reformbestrebungen unter Fürst Franz für die jüdische Gemeinde umzusetzen verstanden.

MOUSSANGE, COMTE DE LA: möglicherweise in Monroy lebender Offizier der napoleonischen Armee. Er scheint bei Waldersees einquartiert gewesen zu sein, woraus sich ein freundschaftliches Verhältnis ergab. In einem Schreiben an Waldersee schildert er seine weiteren Kriegserlebnisse, die ihn durch Polen und die Ukraine bis ans Kaspische Meer geführt hätten, dann sei er mit polnischen Offizieren zurückgeflohen.[423]

MR. OWEHO: Spitzname seiner Freunde für den wehleidigen Franz Graf von Waldersee.

MÜLLER: im Dezember 1793 als Feldwebel bei der Fürstlichen Schlosswache zu Dessau angestellt. Die Schlosswache versah offenbar den polizeilichen Dienst in Dessau und Feldwebel Müller war mit Aufgaben der Strafverfolgung betraut.

MURALT, BARBARA VON (1727–1805): unverheiratete Tochter des Daniel von Muralt (1683–1770) und der Regula, geb. Lavater (1686–1718). Die 14 Jahre

---

420 Brückner Bd. 11, S. 978.
FAW Stöfs I.B.1.b) „Etat meiner Wirthschaft vom 1ten Januar 1811 an".
FAW Stöfs I.B.2.i) Aufstellungen mit zugehörigen Wechseln (nach 1819) für Wolff, Moses und Moses Hirsch in Dessau.

421 GSA 06/2047, 29. Dessau, 29. April 1800.

422 LASA Z 44, C15c, Nr. 21 I, fol. 1 ff. Antrag auf Gründung der im Jahr 1799 eröffneten Schule.
Vgl. Lässig 2004, insbesondere S. 118 ff.

423 FAW Stöfs I.B.2.e) Comte de la Moussage/Monroy 1820.

ältere Cousine Lavaters gehörte zu seinem engsten Freundeskreis und dem der älteren Bäbe Schulthess, aus ihrer Feder stammen die *Anekdoten aus Lavaters Leben.*[424] Sie lebte mit ihrem ebenfalls unverheirateten Bruder Daniel (1728–1793) im Haus zum Brünneli am Fröschengraben, der heutigen Bahnhofstraße.

NAPOLEON BONAPARTE (1769–1821): seit Dezember 1799 Erster Konsul der Französischen Republik und seit Dezember 1804 als Napoleon I. Kaiser von Frankreich, seit Mai 1805 auch König von Italien. Das Wirken des aus korsischem Kleinadel stammenden, sich für die französische Revolution begeisternden, hochbegabten Militärs und charismatischen Politikers, dem in den militärischen Auseinandersetzungen der 90er Jahre ein steiler Aufstieg bis an die Spitze der Republik gelang, reichte tief in das Leben jeden Europäers dieser Zeit hinein. So auch in das Leben Waldersees, der in seinen Korrespondenzen den Aufstieg, den Erfolg, aber auch den Fall Napoleons beobachtet und kommentiert: Mit dem vor der Revolution nach Braunschweig geflüchteten Baron Lampsins diskutierte Waldersee die politischen Themen der Zeit.[425] Einem Brief Hoyms liegt eine abfällige Äußerung Napoleons über den preußischen König bei, deren schlechte Wiedergabe die Verachtung des Franzosen über das Bündnis mit Russland gegen Frankreich zum Ausdruck bringen soll und die, zumindest finanzielle, Unfähigkeit, den französischen Truppen etwas entgegenzusetzen: „Vôtre souverain a eu tort, de faire la guerre à la Russie: il avoit failli lui conter [egtl.: compter] son tronc: mais cette fois il est echappé a cela. C'était une sottise, que ses courtisanes [! egtl.: courtisans] Lui ont fait commettre. J'espere, qu'elle sera la derniere. Vous avez la paix: vous ne serez plus, ce que vous etiez: mais vous resterez Prussiens. Les Prussiens apprendront à la fin, a ne plus defier les Francais. J'espere, que votre Roi sera a l'avenir plus sage, surtout ses courtisans."[426] Waldersee sammelte die Berichte aus dem Hauptquartier, so etwa vom 18. Mai 1809 aus Brünn und vom 23. Mai 1809, dass Napoleon seine Armee über die Donau gesetzt habe.[427] Sein Heft über den russischen Feldzug kam zum Schluss: „So endigte die stolze Unternehmung Napoleons; so erfüllten sich die Verheißungen, die er am Anfange des Feldzuges mit prophetischem Munde ausgesprochen zu haben meinte. Nicht Rußland, sondern ihn traf das unvermeidliche Schicksal, das Europa durch seinen Sturz der Freiheit entgegen

---

424 ZB Zürich, FA Lav. Ms. 15,7; 7a; 7b. Vgl. Fremdenbücher, Kommentarband S. 1.

425 FAW Stöfs I.B.2.e) Baron Lampsins/Braunschweig 1799/1800.

426 FAW Stöfs I.B.2.e) Minister Hoym/Breslau undat., nach dem 7. Juli 1807.

427 FAW Stöfs I.B.2.b).

führt."[428] Louise Waldersee schildert im August 1812 Dessau als ganz dem Franzosen ergeben.[429]

Erhalten sind im Nachlass Waldersees auch Aufrufe der durchziehenden Armeen Russlands und Schwedens, dass dieses nur der Wiederherstellung der Freiheit der von Napoleon unterdrückten Völker diene.[430] In den Tagebüchern der Gräfin Waldersee wird berichtet, dass man schon Tage vor dem 20. Oktober 1813 die Leipziger Kanonaden bis Dessau gehört habe. Der nach der siegreich verlaufenen Völkerschlacht bei Leipzig erfolgte Rückzug Napoleons löste großen Jubel aus.[431] Auch der letzte Brief Bertuchs an Waldersee handelte von der möglichen Abdankung Napoleons.[432] In den Tagebüchern der Louise Gräfin Waldersee spielt Napoleon in all diesen Jahren eine Hauptrolle.[433] Erhalten hat sich auch ein Handzettel aus dem Hauptquartier Genappe, vom 19. Juni 1815, darin berichtet der Chef des Generalstabs, v. Grol[l]mann „daß gestern den 18. d. von der unsrigen und der Englischen Armee ein vollkommner Sieg über die Franzosen unter Napoleon erfochten ist. Die Resultate der Schlacht sind die Eroberung von 129 Kanonen, 400 Pulverwagen und die gänzliche Deroute der Franz. Armee. Der Gen. lieut. Graf v. Gneisenau verfolgt den Feind über Charlerois [...]."[434] Dass die notwendige, profranzösische Haltung Anhalt-Dessaus zuletzt dem Land und seinem nun zum Herzog erhobenen Fürsten nicht zum Nachteil gereichte, rechnet Waldersee auch sich selbst und seinem Wirken in Paris zu.[435]

Nathan, Ihon: Auf der Creditorenliste, die Franz Graf Waldersee 1809 erstellte, wird neben Verwandten, Bekannten und Bediensteten – denen Wal-

428 FAW Stöfs I.B.2.b) Heft mit einem Bericht über den russischen Feldzug.

429 FAW Stöfs I.B.1.h) Louise Gräfin Waldersee am 18. August 1812 an Wilhelm v. Gerlach aus Dessau.

430 FAW Stöfs I.B.2.b) Akten über die diplomatische Mission 1814/15 (Aufnahme in die Hlg. Allianz, Aufstellung über Lieferungen an die franz. Truppen u.a.).

431 FAW Stöfs II.A.1) 1813.

432 FAW Stöfs I.B.3./I.C.2.i) Bertuch von 1784 an: 14. April 1814.

433 FAW Stöfs II.A.1).

434 FAW Stöfs I.B.2.b) Akten über die diplomatische Mission 1814/15: Magdeburg, 23.6. [1815] Vollkommener Sieg über Bonaparte. [gedr. Handzettel nach der Schlacht bei Waterloo].

435 FAW Stöfs I.B.1.b) 5. Oktober 1816 „Auseinandersetzung derjenigen Klagen die der Herzog gegen mich hat, die ihm zu strafen werth erscheinen, und meine Vertheidigung dagegen".

dersee u. U. den Lohn schuldig war – auch Nathan aufgeführt.[436] Jeder scheint in den Jahren nach 1806 erheblich unter der Teuerung und dem Geldmangel gelitten zu haben, denn dieselben Menschen tauchen gleichzeitig als Schuldner und Schuldiger auf.

Neapel-Sizilien, Maria Karolina Königin von, Erzherzogin von Österreich, Prinzessin von Böhmen, Ungarn und der Toskana (1752–1814): dreizehntes Kind der Kaiserin Maria Theresia von Österreich und Gemahlin des Königs Ferdinand I. von Neapel-Sizilien. An der neapolitanischen Akademie der Künste wollte die *Chalcographischen Gesellschaft zu Dessau* ein Kommissionslager einrichten. Die Geschäfte sollten auch durch das Geschenk eines Satzes von Blättern an die Königin befördert werden.[437] Die politischen Verhältnisse, die die königliche Familie 1798 zunächst ins sizilianische Exil zwangen, be- und verhinderten auch die Geschäfte der Gesellschaft.

Neitschütz, Adolf Heinrich von (1730–1772): Ehemann der Johanna Eleonore von Waldersee, geb. Hofmeyer, Fürstlich Anhalt-Dessauischer Oberstallmeister. Der aus der Oberlausitz stammende Neitschütz war zunächst Page am kursächsischen Hof gewesen, dann Leutnant im dortigen Leibgrenadierregiment. Nach der Kapitulation der kursächsischen Armee zu Pirna 1756 hatte er seinen Abschied genommen und sich in dessauische Dienste begeben.[438] Neitschütz spielte bereits in den Bemühungen des jungen Fürsten, die Schwester des Archidiakons zu seiner Geliebten zu machen, eine Rolle. Als der Fürst 1763 auf Reisen ging, wartete sein Oberstallmeister noch die Geburt des Sohnes Franz ab, bevor er dem Fürsten nach England nachreiste. Auf die Vermittlung des Oberstallmeisters ist wohl ein Entschuldigungsschreiben des Fürsten an die junge Mutter und die Versöhnung nach seiner Rückkehr im Juni 1764 zurückzuführen. Am 15. August 1765 fand die Verlobung des Fürsten mit Prinzessin Louise von Brandenburg-Schwedt statt – zwei Wochen später, am 30. August wurde Johanna Eleonore von Waldersee von einer Tochter, Louise Eleonore Friederike, der späteren Frau von Kalitsch, entbunden. Seit dem 14. April 1765 war sie bereits mit Neitschütz verlobt, während der 17-monatigen Abwesenheit des Fürsten heiratete Johanna Eleonore von Waldersee den Oberstallmeister. Nach der Rückkehr des Fürsten und seiner Verehelichung, 1767, erhielt Neitschütz seine Demissionierung ohne Nennung eines Grundes, 1768 erlitt er einen Schlaganfall, an dem er

436 FAW Stöfs I.B.1.b) Cassa Buch, Schulden 1809.
Ebenda: Designation der Schulden 1816, Nathan 600 rt.

437 FAW Stöfs I.B.3./I.C.2.i) Bertuch von 1784 an: 30. Oktober 1797.

438 Brückner Bd. 2, S. 110.

1772 schließlich starb.[439] Im Sommer 1768 verkaufte er seiner Frau das Haus Nr. 645 an der Zerbster Straße für 6500 rt, er hatte das Grundstück am 28. November 1764 vom Fürsten zum Geschenk erhalten.[440]

NEITSCHÜTZ, JOHANNA ELEONORE VON, geb. Hofmeyer, seit dem 9. April 1762 Frau von Waldersee (1739–1816): Tochter des Ersten Predigers der Reformierten Kirche zu Zerbst, Johann Gottfried Hofmeyer und seiner Ehefrau Eleonore Elisabeth, geb. Duckmann, Geliebte des Fürsten Leopold III. Friedrich Franz von Anhalt-Dessau, Mutter des Franz und der Friederike von Waldersee, sowie Ehefrau des Adolf Heinrich von Neitschütz. Am 1. Oktober 1764 erhielt sie das Haus Nr. 5 an der Dessauer Steinstraße zum Geschenk, welches sie vermutlich bereits seit dem Frühsommer 1762 bewohnte. Es war das südlichste der drei eine Einheit bildenden Häuser neben dem sogenannten Holland, das Fürst Franz für 2000 rt erworben hatte.[441] Nach der Eheschließung richtete sich das Ehepaar im neuerbauten Haus des Oberstallmeisters an der Zerbster Straße, Haus Nr. 645, ein. Das Haus an der Steinstraße war für 3200 rt verkauft worden.[442] Seit 1763 war die Mutter der fürstlichen Kinder auch vertraglich abgesichert: Lebenslänglich erhielt sie eine Pension von 4000 rt, dem noch ungeborenen Kinde, sollte es ein Sohn sein, wurden 2000 rt jährlich zeitlebens zugesichert, anlässlich ihrer Eheschließung erhielt sie 12 000 rt.[443]

---

439 FAW Stöfs I.B.2.f) Abschrift des Tagebuchs der Johanne Eleonore Hofmeyer, verh. von Neitschütz.
Beckus 2015, S. 435 f. gibt an, die Demissionierung sei auf die jungvermählte Fürstin zurückzuführen. Neitschütz wurde offenbar unter Beibehaltung seiner Dienstbezüge von 600 rt dispensiert und firmierte bis zuletzt mit seinem bisherigen Titel.

440 LASA 10.03.01.E 191, Nr. 6, Bl. 4–11, Kontrakt über den Verkauf des Sattelhofs von dem Oberstallmeister Adolph Heinrich von Neitschütz in der Zerbster Straße in Dessau an seine Ehegemahlin Johanne Eleonore von Waldersee geborene Hofmeyer mit der Konfirmation des Vertrags, ausgestellt in Dessau, 14. Mai 1768–17. Juni 1768.

441 Brückner Bd. 7, S. 605 f.

442 Brückner Bd. 7, S. 605 f.

443 FAW Stöfs I.B.2.f) Abschrift des Tagebuchs der Johanne Eleonore Hofmeyer, verh. von Neitschütz.
Beckus 2015, S. 436, gibt außerdem an, ihre Pension sei 1767 auf 2000 rt gesenkt worden zuzüglich derselben Summe für die Tochter.
FAW Stöfs I.B.1.b) 5. Oktober 1816: „Auseinandersetzung derjenigen Klagen die der Herzog gegen mich hat, die ihm zu strafen werth erscheinen, und

Das Haus an der Zerbster Straße, das Neitschütz in der Tradition des sächsischen Barock hatte errichten lassen mit einer für Dessau ungewöhnlichen Hausteinfassade, einem reich geschmückten Portal, dem geschweiften Balkon mit geschmiedetem Rokokogitter war ein vornehmes Bürgerhaus, das Dessau zur Zierde gereichte.[444] Seinen späteren Namen „Palais Kalitsch" bezieht das Haus von den späteren Besitzern, zumal dem Enkel der Johanna Eleonore von Neitschütz, Landrat Johann Friedrich Ludwig Heinrich von Kalitsch, welcher das Haus 1816 seinen Miterben abkaufte.

NEMAND: Bediensteter der gräflichen Familie Waldersee in Dessau, der monatlich 6 rt verdiente, zuzüglich einer Kleidergeldpauschale von 6 rt pro Quartal, also weniger als Marta Goss und der alte Heintze.[445] Ob der Käufer Niemandt, der ohne Anrede und Titel im Versteigerungsverzeichnis des Waldersee-Nachlasses erscheint, dieser Bedienstete war, kann nicht belegt werden.[446]

NEUENDÖRFER, siehe Neuendorf: Carl Gottfried

NEUENDORF, CARL GOTTFRIED (1750–1798): Theologe, Pädagoge und Philanthrop. Bevor Neuendorf am Philanthropin lehrte, hatte er als Lehrer und Erzieher am Waisenhaus der *Franckeschen Stiftungen* in Halle und als Pfarrer in Halberstadt gewirkt. Nach dem Ausscheiden Basedows gehörte er zum Direktorium des *Philanthropins*, verließ 1780 jedoch Dessau, um eine Pfarrei in Pommern zu übernehmen. Von dort berief ihn Fürst Leopold III. Friedrich Franz von Anhalt-Dessau 1784 zurück[447], damit er als Direktor des gesamten Schulwesens eine Schulreform für die 70 Schulen des Landes durchführe. Aus den vorherigen Beratungen mit Bertuch klingt die Hoffnung, etwas Ein-

---

meine Vertheidigung dagegen", Beilage A: Im Gegensatz zu Vorigem führt Waldersee hier aus dem Wirtschaftsbuch seiner verstorbenen, bekannt sparsamen Mutter an, daß diese mit nur einer Gesellschafterin schließlich 3500 rt per anno verbraucht habe. Dies wäre mit jährlich 2000 rt Pension nur schwerlich möglich gewesen.

444 Brückner Bd. 2, S. 110; Hirsch 1985, Taf. 25 und S. 246 f.

445 FAW Stöfs I.B.1.b) „Etat meiner Wirthschaft vom 1ten Januar 1811 an".

446 FAW Stöfs, I.B.3./I.C.2.a) Versteigerungsverzeichnis vom 18. April 1824, bzw. 21. April 1825: Niemandt erwarb eine „Chronik des Hauses Naussau" von 1617, „Magdeburgische Denkwürdigkeiten" von 1737 und Böckmanns „Geschichte der Witterungslehre" mit seinen „Wünschen zur Vervollkommnung dieser Geschichte" und einer Schrift über den Blitzableiter für insgesamt 7 gr.

447 LASA Z 44, A 9e Nr. 15 (18), fol. 45v., 12. April 1784.
LASA Z 44, C 5d Nr. 3, fol. 125 r. (1784 u. 1798), fol. 157 v. (1786).

zigartiges zu schaffen. Mit der Zusammenlegung von Stadtgymnasium und Bürgerschule soll eine vom 6. bis zum 20. Lebensjahr reichende Erziehungsanstalt gewonnen werden, so waren die ersten, radikalen Ideen.[448] Mit Neuendorf entstand eine für alle Kinder verbindliche und einheitliche Schulbildung, die freie Schulwahl, Schulpflicht und Schulgeldfreiheit inklusive Stipendien für Bedürftige, qualifizierte Lehrerausbildung, sowie die Trennung von Schulwesen und Kirche einschloss. „Ihm verdankt das Land die bessere Einrichtung der Schulen, über die er mit unermüdlicher Sorgfalt bis an sein Ende wachte. Gewissenhafte Amtstreue, unwandelbare Rechtschaffenheit, weiser Eifer für Alles, was ihm gemeinnützig schien, waren die Seele seiner Handlungen." lautet die Inschrift auf der Platte seines Grabes auf dem Neuen Begräbnisplatz. Neuendorf war ebenfalls eingeweiht in die verfassungsrelevanten, politischen Überlegungen des Fürsten in den Jahren 1782 bis 1785 und versuchte die Haltung der katholischen Reichsfürsten zu ergründen, gemeinsam mit Probst Coeler aus Wörlitz und Herder, nicht, wie geplant, dem Statthalter Dalberg.[449]

Niederlande, Erbstatthalter der, siehe: Oranien-Nassau

Österreich, Franz I. Kaiser von, König von Böhmen, Kroatien und Ungarn (1768–1835): Wenn Waldersee 1814 von seiner Audienz bei „K. Franz" berichtet, so hat er dort den letzten Kaiser des Alten Reiches gesprochen, der als Franz II. von 1792 an regiert hatte und 1806 mit seiner, einem Ultimatum Napoleons folgenden Abdankung das Heilige römische Reich deutscher Nation zu Grabe getragen hatte. Die Herrschaft Napoleons war da durch Reichsdeputationshauptschluss und Rheinbund bereits gut vorbereitet. 1804 hatte Franz II. bereits als Franz I. die österreichische Kaiserkrone angenommen und so zwei Jahre lang zwei Kronen getragen. Als Waldersee den Kaiser 1814 in Paris sprechen durfte, sprach er auch mit dem Schwiegervater Napoleons, dem dieser trotz der großen, nicht nur militärischen, Demütigungen 1810 seine älteste Tochter, Erzherzogin Marie Louise zur Frau gegeben hatte. Marie Louise war nach der Abdankung ihres Gemahls mit ihrem dreijährigen Sohn, dem späteren Herzog von Reichstadt, aus Frankreich geflohen und lebte seit dem 21. Mai 1814 in Schönbrunn. Offiziell blieb sie die Gemahlin Napoleons bis zu seinem Tod, der Kaiser damit auch sein Schwiegervater; auf dem sich in Waldersees Audienz ankündigenden Wiener Kongress erhielt Marie Louise die Herzogtümer Parma und Piacenza, sowie Guastalla zugesprochen.

448 FAW Stöfs I.B.3./I.C.2.i) Bertuch von 1784 an: 28. Juli 1784.

449 GSA 06/2047, 5. Dessau, 17. Juli 1784.
GSA 06/357, fol. 2: Eisenach, 19. Juli 1784.

Olberg, Bernhard Andreas Franz (1767–1840): Dr. med., Medizinalrat und seit 1793 Leibarzt des Fürsten Franz und der Fürstin Louise von Anhalt-Dessau. Der Sohn des Dessauer Hopfenhändlers David Olberg war in dem wohl von Erdmannsdorff entworfenen Haus Nr. 205, später Franzstraße 36, aufgewachsen, wo sein Vater bis zu seinem Tod 1780 wirtschaftete.[450] Nach dem Studium der Medizin in Halle war er zunächst Mitarbeiter des Dessauer Hofarztes Friedrich Samuel Kretzschmar und unternahm dann eine große Bildungsreise nach Wien. 1793 wurde Olberg zum Hofrat und Hofmedikus erhoben und übernahm 1796–1798 auch die Aufsicht über die Vermögensverwaltung der Fürstin, zudem wurde er Mitglied der Medizinalkommission, 1805 folgte die Erhebung zum Medizinalrat, 1809 die Ernennung zum Chef des Medizinalwesens, 1815 des gesamten zivilen und militärischen Medizinalwesens. 1832, als die Medizinalkommission in die Rentkammer integriert wurde, ernannte man Olberg zum Kammerrat. In der Verantwortung des Medizinalrats lag ab 1815 die weitere Reform des Gesundheitswesens von Anhalt-Dessaus, die Gründung einer Landeshebammenschule und die Einführung der Pockenimpfung.[451]

Weit über die Grenzen Anhalt-Dessaus hinaus reichte sein Ruf als praktizierender Arzt und Wissenschaftler. Seine Ämter und die Pension der Fürstin sicherten ihm eine hohes Einkommen. So konnte er schon 1815 das Haus Nr. 562, später Zerbster Straße 32, aus dem Nachlass seines Schwiegervaters kaufen,[452] nachdem er bereits zehn Jahre zuvor mit seinem Schwager Schütz für 8300 rt die Tabakfabrik übernommen hatte.[453] Er hatte 1796 Karoline Henriette Bramigk, die Tochter des Dessauer Kaufmanns Carl Friedrich Bramigk geheiratet, deren älteste Schwester Wilhelmine Waldersees erste Liebe gewesen war. Auch die Familie Waldersee behandelte der Arzt[454] und

450 Brückner Bd. 19, S. 1685 ff. mit Abb.

451 Beckus 2015, S. 438.

452 Brückner Bd. 6, S. 530 ff.
FAW Stöfs I.B.3./I.C.2.a) 7.11.1824, Thorspecken erklärt der Witwe Waldersee gegenüber, Olberg habe das ehemalige Wohnhaus der Witwe von Neitschütz aus dem Besitz ihres Enkels von Kalitsch für 5500 rt. erworben.
Das Haus der Frau von Neitschütz wurde später von ihrem Enkel Kalitsch zurückgekauft und blieb bis 1945 im Besitz der Familie.

453 Brückner Bd. 17, S. 1546.

454 FAW Stöfs I.B.1.b) Designation der Schulden. Hier wird „Hofrath Ollberg nebst Honorar 259 rt" aufgeführt.
Ebenda: „Etat meiner Wirthschaft vom 1ten Januar 1811 an". Olberg steht hier zusammen mit den Kosten der Apotheke mit 77 rt 2 gr, die gesamten Aus-

erschreckte als Masernimpfer die Kinder wohl so sehr, dass auch andere männliche Besucher diesen Schrecken zu spüren bekamen.[455]

OLBERG, Doktorin, siehe: Olberg, Karoline Henriette

OLBERG, KAROLINE HENRIETTE, geb. Bramigk: seit 1796 die Ehefrau des fürstlichen Leibarztes. Sie war eine der fünf Töchter des Dessauer Kaufmannes Carl Friedrich Bramigk.

OLIVIER, HEINRICH (1783–1848): der älteste der drei aus Dessau stammenden, malenden Brüder hat schon früh die Waldersee Kinder porträtiert und 1826 das Palais Waldersee von der Gartenseite her gezeichnet.[456]

OLIVIER, JOHANN FERDINAND (von), gen. der Jüngere (1785–1841): Der Sohn des Dessauer Pädagogen, Professor Ferdinand Olivier d. Ä. und der Opernsängerin Louise Niedhardt wuchs in Dessau auf und genoss den ersten Zeichenunterricht – wie seine beiden Brüder Friedrich und Heinrich – bei Karl Wilhelm Kolbe und dem für die Chalcographische Gesellschaft tätigen Schweizer Künstler Johann Christian Haldenwang. Die Entscheidung, Künstler zu werden, fiel in Berlin, wo er Holzschnitttechniken lernte. Prägend waren die beiden Jahre in Dresden, als er 1804/05 mit seinem Bruder Heinrich meist Landschaftsbilder von Ruisdael und Claude Lorrain kopierte und Kontakt zum Kreis um Caspar David Friedrich und Philipp Otto Runge erhielt. In der Kriegszeit half ihm August von Rode mit einem Engagement als Sekretär an die preußische Botschaft in Paris. Aufträge des mittlerweile zum Herzog erhobenen Fürsten von Anhalt-Dessau halfen ihm dort, finanziell über die Runden zu kommen. Aus dieser Zeit, als er wohl auch den Kindern Waldersees Zeichenstunde erteilte, sind sehr freundschaftliche Briefe an die Familie erhalten.[457] 1811 eröffnete er sein Atelier in Wien und scharte einen Kreis protestantischer Künstler um sich; in seinem Hause lebte nicht

---

gaben der Familie belaufen sich auf jährlich 3139 rt 21 gr.
FAW Stöfs I.B.2./I.C.2.n) Dr. Olberg aus Dessau schickt noch 1825 Ratschläge betreffs ihrer Gesundheit.

455 FAW Stöfs I.B.2./I.C.2.n) J. F. de Marées, Dessau 1806–1831, 31.8.1812: „Aus Besorgnis, die liebe kleine Comtesse möchte mich wieder als einen Masernimpfer fürchten, habe ich nicht gewagt, Ihnen heute meine Aufwartung zu machen [...].“

456 FAW Stöfs Familienchronik, fol. 166. Photo einer Zeichnung von H. Olivier, zum Geburtstage der Mutter, 3. September 1814; Porträts von Marie, Amélie und Loulou im Profil. (Abb. 10).
Ebenda, fol. 157 a. Mischtechnik, mon. und dat. 1826 (Abb. 6).

457 FAW Stöfs I.B.3./I.C.2.i) Joh. Ferdinand Olivier.

nur sein Bruder Heinrich, sondern auch Julius Schnorr von Carolsfeld. Nach den Befreiungskriegen entdeckte er, zusammen mit Philipp Veit, Salzburg für die deutsche Landschaftsmalerei. Ohne je in Rom gelebt zu haben, verkörperte er schon für die Zeitgenossen in geradezu idealer Weise den Kunstbegriff der Nazarener. So wurde er 1830 zum Generalsekretär der Königlichen Akademie der Künste nach München berufen.

OLIVIER, WOLDEMAR FRIEDRICH (von) (1791–1859): Sohn des Dessauer Pädagogen, Professor Ferdinand Olivier d. Ä. und der Opernsängerin Louise Niedhardt. Auch der jüngste der drei Malerbrüder erhielt seinen ersten Zeichenunterricht – wie seine beiden Brüder Friedrich und Heinrich – bei Karl Wilhelm Kolbe und dem für die *Chalcographische Gesellschaft* tätigen Schweizer Künstler Johann Christian Haldenwang, außerdem bei dem Dessauer Hofbildhauer Friedemann Hunold. Sein Aufbruch mit dem älteren Bruder Ferdinand nach Wien wurde in Dessau gebührend besungen: Franz und Louise Waldersee hüteten ein Blatt „An die pilgernden Brüder Ferdinand und Friedrich Olivier, im Kreise zu singen am Vorabend ihrer Abreise nach Wien. 23. Junius 1811."[458] Für Friedrich war es kein Abschied für immer, er sollte 1848 nach Jahren des Wirkens in Wien, Florenz, Rom und München in die Heimatstadt zurückkehren, das elterliche Haus beziehen und dort auch versterben.

ORANIEN UND NASSAU, WILHELM V. BATAVUS FÜRST VON, Erbstatthalter der Niederlande (1748–1806): Seine Verlobung mit Wilhelmine Prinzessin von Preußen, der Tochter Friedrich Wilhelms II., fand 1767 bei Gelegenheit der Eheschließung des Fürsten Franz mit Louise von Brandenburg-Schwedt in Charlottenburg statt.

OTT, ANNA DOROTHEA, geb. Rosenstock (1755–1836): Gemahlin des Gastwirts zum Schwert und enge Freundin Lavaters, „[...] die recht hübsch auf ihrem Friderizischen Fortepiano spielt, gut singt, auch einen erträglichen Vers macht."[459]

OTT, ANTON (1748–1800): Inhaber des noblen Zürcher Gasthauses zum Schwert,[460] Obmann der Wirte, Zwölfer zur Meisen und Rittmeister.

OTTILIE, siehe: Pogwisch

P., LA, siehe: Anhalt-Dessau, Louise Henriette Wilhelmine Fürstin von

---

458 FAW Stöfs I.B.2.a).

459 Weigelt (Hg.), Reisetagebücher Bd. II, S. 63.
Schmidt, C. G., S. 138.

460 Schmidt, C. G., S. 138.

PAINI, ALESSANDRO: Bekanntschaft Waldersees aus Graubünden, Angehöriger eines Bündner Regiments in Neapel. Die Bekanntschaft mit ihm rührte von der Schweizreise mit Hoffmann im vorangegangenen Jahr und diente Waldersee zur Pflege seiner Italienischkenntnisse.[461]

PFEFFEL, GOTTLIEB KONRAD (1736–1809): blinder Schriftsteller und Leiter der 1773 von ihm gegründeten *Ecole militaire* in Colmar. Pfeffel war Waldersee auch als Autor von Kinderschauspielen bekannt, wie sie am *Philanthropin* in geradezu vorbildlicher Weise gepflegt wurden. Wenn diese Theaterstücke auf heutige Leser auch allzu trocken wirken, sind sie doch ein genauer Spiegel bürgerlicher Wertorientierung, die die patriarchalische Kleinfamilie als Hort von Tugend, Liebe und Geborgenheit in den Mittelpunkt stellte.[462]

Pfeffels Bruder Christian Friedrich (1726–1807) stand als *commis principal aux affaires étrangères* im Dienst des französischen Außenministeriums. Über ihn wollte man die Haltung Frankreichs gegenüber den Bündnisplänen der deutschen Fürsten ergründen.[463]

PFENNINGER, JOHANN CONRAD (1747–1792): seit 1778 Pfarrer am Waisenhaus, 1786 Diakon an St. Peter in Zürich und der treueste Freund.[464] Pfenninger, der 1783 mit seiner Frau und ihren acht Kinder zu den Geburtstags-Gratulanten der Fürstin Louise zählte,[465] gehörte auch zur langen und bedeutenden Liste der Autoren der *Allgemeinen Buchhandlung der Gelehrten und Künstler*.[466]

PFERDEHÄNDLER, DESSAUER, siehe: Mortgen, Abraham und Alexi

PFUEL, GEORG DIETRICH VON (1723–1782): Gemahl der Leopoldine Anna, geb. Gräfin von Anhalt

PFUEL, LEOPOLDINE ANNA VON, geb. Gräfin von Anhalt (1738–1808): Tante der *Comtesse*, jüngste, posthum geborene Tochter des Erbprinzen Wilhelm Gustav und seiner heimlichen Gemahlin, der 1749 zur Reichsgräfin erhobenen Johanna Sophie, geb. Herre. Leopoldine begegnet uns zunächst unverheiratet bei der Jagd auf den Hirsch ohne Ohr am 23. September 1765. 1773 heiratete sie den preußischen Oberstleutnant Georg Dietrich von Pfuel, der

---

461 FAW Stöfs I.B.2.e) Alessandro Paini aus Neapel, wohl Okt. 1782. Eyer 2007, S. 462, Anm. 150.

462 Niedermeier 1995, S. 72 ff.

463 Andreas/Tümmler Bd. I, S. 83, Anm. 2 und Erdmannsdörffer Bd. I, u. a. S. 39.

464 Weigelt 1991, S. 50 ff. und Hegner, S. 41, 164, 165, 208, 215, 217 und 221.

465 Hosäus 1888, S. 11.

466 Kat. Ausst. Dessau 1990, S. 25 ff.

nach 40 Jahren im Dienst der Armee, ausgezeichnet mit dem *Pour le Mérite*, 1782 starb. Da posthum geboren, hatte sie als einziges der erbprinzlichen Kinder von frühester Kindheit an engen Kontakt zum Dessauer Hof und damit auch zu ihrer dort erzogenen Nichte Louise und Franz Waldersee.[467]

Als Witwe lebte sie, zuletzt stocktaub, in Berlin und hinterließ ihrer Nichte Louise Waldersee als letztem lebenden Mitglied der gräflichen Familie von Anhalt ihren Besitz.[468]

PFUHL, siehe: Pfuel, Leopoldine von, geb. Gräfin von Anhalt

PFYFFER VON WYER, FRANZ LUDWIG (1716–1802): General und Schöpfer eines Wachsmodells der Schweiz, das Waldersee bereits 1781 hatte in Luzern entstehen sehen. Diese erste plastische Darstellung der Schweiz leistete einen originären Beitrag zu den exakten Wissenschaften. Als Pfyffer mit seinen Vermessungsarbeiten begonnen hatte, begannen die Innerschweizer Landsgemeindedemokratien, sich gegen die Abhängigkeit von Frankreich aufzulehnen. Der General stieß so mit seiner Aufgabe, gegen Lieferung von Salz und Zahlung von Pensionsgeldern Frankreich genügend innerschweizerische Rekruten zu liefern, nicht nur auf Gegenliebe. Im Ausland galt Pfyffer hingegen als beispielhafter und weltläufiger Aufklärer, dessen Stadtpalais, das heutige Casino am Löwengraben, ein für luzernische Verhältnisse ungewöhnlich glänzender Treffpunkt der gebildeten Welt war, an dem selbst Opern aufgeführt wurden.[469]

PICHLER, JOHANN PETER (1765–1807): österreichischer Druckgraphiker. Der in Wien akademisch ausgebildete Künstler wurde 1796 für die *Chalcographische Gesellschaft zu Dessau* angeworben.[470] Ihm und Langenhöffel vor allem sind die Graphiken nach Werken der Dresdner Gemäldegalerie zu verdanken, die

---

467 FAW Stöfs, Familienchronik Stammtafel, S. 108.
FAW Stöfs I.B.2.f) Kindertagebuch der 6–7-jährigen Louise Anhalt.
Herre, S. 46 f.

468 FAW Stöfs, Familienchronik, fol. 157, Bl. 10, 1808.
FAW Stöfs I.B.1.h) Friedrich v. Waldersee, 15. Dezember 1808 an Leopold aus Berlin.
FAW Stöfs I.B.2.i) 4. Dezember 1819 Kommunikation der Schuldenmasse an Waldersee. Das hinterlassene Kapital warf vierteljährlich ca. 300 rt Gold Zinsen ab.

469 Vgl. Bürgi.

470 FAW Stöfs I.B.3./I.C.2.i) Bertuch von 1784 an: Am 21. Juni 1796 fragt er, ob Pichler schon aus Wien angekommen sei.
GSA 06/2047, 19. Dessau, 24. September 1796, „Pichler ist sehr brav, äußerst fleißig denn eine Platte ist fertig und dazu noch sehr wohlfeil."

sie im Sommer 1796 aufnahmen. Ende September 1797 verließ er die Gesellschaft, um in Dresden als Professor für Schabkunst zu wirken, bevor er nach Wien zurückkehrte. Dass er bei seinem Weggang Arbeiten mitnahm, schadete der Bilanz sehr.[471] Trotzdem wurden noch 1799 und 1801 Blätter von ihm publiziert.[472]

Pogwisch, Ottilie Wilhelmine Ernestine Henriette Freiin von (1796–1827): Tochter des Freiherrn Wilhelm Julius von Pogwisch und seiner, schon bald von ihm geschiedenen Gemahlin Henriette Ulrike Ottilie, geb. Gräfin Henckel von Donnersmarck. 1817 sollte sie August von Goethe, den Sohn des Weimarer Dichters heiraten. Ottilie ist eine wichtige Quelle zu den in Dessau lebenden Personen, sie wuchs teilweise im Haushalt Karl von Hagens auf, der mit ihrer Tante verheiratet war. Ihr gut erschlossener, schriftlicher Nachlass enthält interessante Beobachtungen, auch zu Dessau.[473]

Pomiana, Erminie von: Enkeltochter des Fürsten Dietrich von Anhalt-Dessau aus einer nichtehelichen Verbindung, Dessauer Hofdame und Teilnehmerin der Jagd auf den Hirsch ohne Ohr am 23. September 1765.

Ponickau, Charlotte von, geb. Klöben: Die Witwe des mit Waldersee befreundeten preußischen Kammerherrn nahm nach seinem Tod 1801 zunächst eine Hypothek von 3000 rt auf das Haus Nr. 516 auf, um es wenige Jahre später für die doppelte Summe an den Fürsten zu veräußern.[474] In diesem Haus fand in den Folgejahren zunächst die Kasinogesellschaft und nach 1818 die Hofbibliothek ein Zuhause. Im Jahr 1813 wurde hier der Sieg der rus-

471 FAW Stöfs I.B.3./I.C.2.i) Bertuch von 1784 an: 18. September 1797.

472 Kat. Ausst. Coburg 1987, S. 16, 51, 94 und 98.
FAW Stöfs I.B.3./I.C.2.i) Bertuch von 1784 an: 7.12.1799 schreibt er, Pichler böte eine Platte mit einer Venus an, die man unbedingt ankaufen solle.
GSA 06/2047, 28. Dessau, 18. April 1800. Pichlers Venus ist noch nicht da, sollte aber am Sonntag kommen.
Bei der genannten Platte handelt es sich um ein Schabkunstblatt nach der „Venus“ des Tiziano Vecellio aus der Dresdner Gemäldegalerie, gezeichnet von Crescentius Seydelmann, Kat. Ausst. Coburg 1987, Nr. 78, Abb. S. 105.

473 Briefe an Goethe; Regestnummer: 8/851. Sign. 28/354 St. 14: Goethe, August von, 1819 Mai 28 bis Juni 6, Berlin und Dessau. Dessau, 4. und 5.6.1819, August und Ottilie von Goethe waren anläßlich eines Besuchs in Dessau mehrfach bei Waldersees zu Gast: alle erinnern sich früherer schöner Zeiten Dessaus (unter Leopold III.), zu deren Erheiterung G.[oethe] so viel bey getragen habe.
Vgl. Oettingen 1912.

474 LASA Z 44, C 1b Ia Nr. 110, 2. Oktober 1806.

sischen Truppen über die Franzosen mit einem Ball für die ganze Bürgerschaft der Stadt Dessau gefeiert.[475]

Ponickau, Ludwig Rudolph von (†1801): Herr auf Albrechtsdorf im Kreise Breslau und Conradswaldau; Freund und Freimaurerbruder Waldersees aus Breslauer Zeiten, verheiratet mit Lotte, geb. Klöben. Ponickau gehörte der Berliner Loge *Zum Goldenen Pflug* an, von 1776 bis 1780 als Logenmeister, und war zuständig für die Brüder, welche verstreut in Breslau und Glogau lebten. Am 15.10.1786 vertrat er die Ritterschaft des Kreises Breslau bei der Landeshuldigung als Deputierter und erlebte Waldersees Erhebung in den Grafenstand. 1795 veräußerte er seine Güter, um sich in Dessau anzusiedeln, wo Waldersee sich um jede Kleinigkeit des Hausbaus zu kümmern schien.[476] Dieses Haus Nr. 516, der letzte vollendete Bau Erdmannsdorffs, entstand auf einem durch den Neubau des Theaters freigewordenen Gartengrundstück an der Hintergasse, Ecke Wallstraße für das Ehepaar Ponickau. Es war bei aller Mächtigkeit ein konsequent schlicht gehaltener Bau von höchster Ausgewogenheit in den Proportionen und äußerst sparsam eingesetzten Dekorelementen. In der Gründungsphase der *Chalcographischen Gesellschaft zu Dessau* gehörte Ponickau zu den ersten Unterstützern – ob er allerdings für 3000 rt Aktien zeichnete oder Blätter bestellte, wissen wir nicht.[477] Laut „Actionärs"-Verzeichnis war Ponickau noch vor dem Fürsten der größte Einzelaktionär der Gesellschaft mit 15 Aktien, der Fürst und Waldersee besaßen selbst je nur zehn Stück.[478]

Ponickaus Bruder Johann August befand sich als Rittmeister seit 1745 im Dienst der Generalstaaten und lebte in Amsterdam, wohin dieser 1799 reiste, als es – offenbar mitten in der Endphase des Baus, während des Verkaufs der schlesischen Güter und Umzugs nach Dessau – in seiner Ehe zu einer schweren Krise kam, von der er Waldersee schreibt und ihn um Vermittlung bei seiner Frau bittet.[479]

Poutiatine, Nicolas Avramovich Prinz (1749–1830): in Dresden lebender Geheimrat und Kaiserlich Russischer Kammerherr, verheiratet mit der geschiedenen Gräfin Elisabeth Sievers, deren zweite Tochter Elisabeth Benedikta er wie sein eigenes Kind behandelte. Nach langem Leiden, zu dessen

475 Brückner Bd. 7, S. 636 f., später Wallstr. 10.

476 FAW Stöfs I.B.2.e) Ponikau/Albrechtsdorf und Conradswaldau, 1790–1822.

477 GSA 06/2047, 20. Dessau, 20. Oktober 1796.

478 GSA 06/5293.

479 FAW Stöfs I.B.2.e) Ponikau/Albrechtsdorf und Conradswaldau 1790–1822, 1799.

Linderung der Fürst die erstaunlichsten Dinge erdachte, starb die junge Frau am 25. Juli 1799. Der exzentrische Fürst lebte in Dresden am Neumarkt 768 und korrespondierte mit Waldersee wegen des „Grabmals in Schulzes Garten" für sein „enfant angélique":[480] „Als der Fürst, so wird erzählt, mit seiner Frau und Tochter eines Tages den neuen, von Herzog Franz im J. 1787 angelegten Begräbnisplatz vor dem askanischen Thore besuchte, rief die schöne, stylvolle Anlage in den Reisenden den Wunsch hervor, hier einmal nach der Unruhe des Lebens gemeinschaftlich zu ruhen. Am lebhaftesten soll dieser Wunsch von der Tochter geäußert worden sein. Als diese nach mehreren Jahren starb, ließ deshalb der Fürst mit Genehmigung des Landesherrn hier ein tempelartiges Mausoleum aus Krotendorfer Marmor, überwölbt von einer kleinen Kuppel, die Außenseiten mit Inschriften und einem antiken flammenden Opferaltar geschmückt, für sich und die Seinen errichten und schloß den 29. Juni 1802 durch den Stifts- und Regierungsrat Richter unter Bestätigung des fürstl. Konsistoriums mit der St. Johanniskirche einen Vertrag, nach welchem er derselben vierhundert Speziesthaler als reines Eigentum übergab, wogegen sich die Kirche verpflichtete, das erbaute Gewölbe nebst Anpflanzungen in Stand zu halten. Außerdem übergab er der Kirche zwei Kupfertafeln mit dem eingegrabenen detaillierten Bilde des Mausoleums, wie auch mehrere hundert Abzüge davon mit der Bestimmung, die aus dem Verkaufe der Blätter zu lösende Summe zu einem Kapitale anzulegen, dessen Zinsen teils der Kirche gehören, teils zur Verschönerung der Anlage auf dem Gottesacker verwendet werden sollten. Zu jenen Abdrücken haben sich allerdings keine Käufer gefunden und die wohlthätige Absicht des Fürsten ist daher weder hierin, noch in dem geschenkten Kapitale erreicht worden, denn dies ist verschwunden und die vertragsschuldige Erhaltung des Mausoleums drückt längst als Last auf der verarmten Kirche."[481]

Preussen, Ferdinand Prinz von (1730–1813): jüngster Sohn des Königs Friedrich Wilhelms I. und seiner Gemahlin Sophie Dorothea, Prinzessin von Braunschweig-Lüneburg-Celle, und damit jüngster Bruder Friedrichs II. von Preußen. Prinz Ferdinand war mit Luise Prinzessin von Brandenburg-Schwedt verheiratet, einer richtigen Cousine der Fürstin von Anhalt-Dessau. Am 8. März 1765 läutet ein Ball im Hause dieses Vetters die Ehe-Anbahnung zwischen Fürst Franz und Louise von Brandenburg-Schwedt ein. Ab 1785/86 residierte Prinz Ferdinand mit seiner Familie im neu errichteten Schloss Bellevue, wo Franz Graf Waldersee mit seinem Halbbruder, dem Erbprinzen, im Winter 1791 ganz *en famille* verkehrte, um die Verlobung mit der Tochter,

---

480 FAW Stöfs I.B.2.e) Prinz Nicolas Poutiatine/Dresden 1800–1802.

481 Hosäus, Fürst Putiatin, S. 461 und 463 f.

Prinzessin Louise von Preußen, voranzubringen. Auch diese Ehe sollte wieder der Zusammenführung der oranischen Erbschaft dienen. Der Plan scheiterte zuletzt am Widerstand des Erbprinzen, der die Verlobung löste.[482]

PREUSSEN, FRIEDRICH II., KÖNIG VON (1712–1786): Der preußische König spielte keine glückliche Rolle im Leben des Dessauer Fürsten. Nach dessen Abschied aus der preußischen Armee hatte ihn der König 1767 zur Heirat mit seiner Nichte Louise von Brandenburg-Schwedt und damit zur Aufgabe der Verbindung mit Johanne Eleonore Hofmeyer, der späteren Frau von Neitschütz und Mutter Waldersees gezwungen. Damit waren auch alle Pläne zunichte gemacht, als Privatmann in England zu leben und die Regierung Anhalt-Dessaus abzugeben.

Das Souveränitätsstreben Preußens unter Friedrich II. war bereits in den Schlesischen Kriegen allzu deutlich geworden. Die damit aufgebrochene Konkurrenz zu Österreich um die Vorrangstellung im Reich bedrohte die mindermächtigen Reichsstände direkt. Im Bayerischen Erbfolgekrieg, der mehr einer bewaffneten Unterhandlung glich, spürten sie den Druck der Großmächte unmittelbar. Preußen warb in Sachsen-Weimar Rekruten[483] und Österreich drohte seine Grenzen weit nach Norden zu verschieben.

Außenpolitisch stand Preußen im Sommer 1783 ziemlich isoliert, da Russland sein Bündnis mit Preußen aufgelöst und sich wegen des österreichischen Entgegenkommens in den orientalischen Fragen in eine Allianz mit Österreich und Frankreich eingliedert hatte.[484]

In die Bemühungen der mindermächtigen Reichsstände um eine dritte Macht im Reich, die die Reichsverfassung schützen und dem Souveränitätsstreben der beiden Großmächte Einhalt gebieten sollte, sollte Friedrich II. im Frühjahr 1785 mit einer einzigartigen diplomatischen Anstrengung eingreifen. Binnen eines halben Jahres gelang es, den Schutz der Reichsverfassung für die eigenen machtpolitischen Interessen Preußens zu instrumentalisieren und mit Hilfe des Reichstags und der Verfassung dem Machtstreben Österreichs Einhalt zu gebieten. Der Fürstenbund, wie er 1785 zwischen den sogenannten drei Kurfürsten, Sachsen, Hannover und Brandenburg/Preußen, geschlossen wurde, hatte nichts mehr gemein mit der reichspatrioti-

---

482 FAW Stöfs I.B.3./I.C.2.d) Franz I. Waldersee an seine Frau Louise von der Reise, die er mit dem Erbprinzen wg. einer Heiratsanbahnung am preuß. Hofe machte.

483 Andreas/Tümmler Bd. I, S. 4 und Nr. 7. Das am 9. Februar 1779 von Goethe verfaßte Protokoll des Geheimen Consiliums schlägt erstmals eine Union als Maßnahme gegen solche Übergriffe vor.

484 Erdmannsdörffer Bd. I, S. 14.

schen Bewegung, wie sie von Karl Friedrich von Baden, Franz von Anhalt-Dessau und Carl August von Weimar seit 1779 betrieben worden war.[485]

PREUSSEN, FRIEDRICH WILHELM KRONPRINZ VON (1786: Friedrich Wilhelm II. König von) (1744–1797): ältester Sohn des Prinzen August Wilhelm von Preußen und der Louise Amalie, Prinzessin von Braunschweig, Neffe Friedrichs II. von Preußen und preußischer Kronprinz, genannt *Prince [royal] de Prusse*, der spätere König Friedrich Wilhelm II. Zu den Vermählungsfeierlichkeiten mit Elisabeth Christine Ulrike von Braunschweig-Wolfenbüttel 1765 im Schloss Charlottenburg waren auch Fürst Leopold III. Friedrich Franz von Anhalt-Dessau und Prinzessin Louise von Brandenburg-Schwedt anwesend, die sich am nächsten Tag, dem 15. Juli 1765, ebendort verlobten. Die Ehe des Kronprinzen wurde jedoch schon 1769 wieder geschieden. In zweiter Ehe heiratete er im selben Jahr Friederike Louise von Hessen-Darmstadt, die Schwägerin Carl Augusts von Weimar und des badischen Erbprinzen. Die Verbindung zu Wilhelmine Enke, Tochter eines aus Dessau stammenden preußischen Hofmusikers, erwies sich jedoch als sehr viel dauerhafter.

Franz von Anhalt-Dessau hat sich auch hier behilflich gezeigt und war von der großen Freundschaft des Prinzen zu ihm überzeugt.[486] Der Kronprinz war weitgehend in die heimlichen Fürstenbundplanungen eingeweiht und zog den preußischen Staats- und Kabinettsminister Ewald Friedrich [Graf] von Hertzberg ins Vertrauen.[487] Im nicht mehr erhaltenen kleinen dorischen Tempel am Sieglitzer Berg nördlich von Dessau verwies eine Inschrift auf die Begegnung des preußischen Thronfolgers mit dem Markgrafen von Baden, dem badischen Erbprinzen, Edelsheim und dem Dessauer Fürsten ebenda: „DES XXVI. SEPTBR. 1783 EINGEDENK".[488]

Freundschaftsideal und Politik wurden in den konspirativen Planungen zum Fürstenbund eng miteinander vermengt.[489] Franz von Anhalt-Dessau fühlte sich von der Idee eines patriotisch gesinnten Königs geleitet, der den

---

485 Andreas/Tümmler Bd. I, S.54.
Vgl. Schweinitz 2004.

486 Erdmannsdörffer Bd. I, S. 76.

487 Erdmannsdörffer Bd. I, S. 37 f., o. O. am 4. Juli 1783.
Ebenda, Bd. I, S. 41, Prinz Friedrich Wilhelm von Preußen an Hertzberg, o. O. am 24. September 1783.

488 Hosäus, Berenhorst's Tagesbemerkungen, 1877, S. 210.
Korzus, S. 15 f. stellte erstmals den Zusammenhang zwischen dieser Inschrift und dem Engagement des Fürsten für den Fürstenbund dar.
Schweinitz 2004, v. a. S. 145 und S. 338 f.

489 Vgl. Umbach 1998.

mindermächtigen Fürsten ihre Freiheiten garantieren und die Reichsverfassung wieder in ihre Rechte setzen würde. Die sentimental überhöhte Freundschaft zwischen den Bündnispartnern sollte die Stärke des Bündnisses garantieren, dabei sollten aber die individuellen Züge der einzelnen Länder gewahrt bleiben, die die Quelle so vieler Reformansätze des Alten Reiches im späten 18. Jahrhundert waren.[490]

Auf dieses, beileibe nicht nur verwandtschaftlich begründete Verhältnis zu Friedrich Wilhelm gründen sich die Hoffnungen des Dessauer Fürsten nach dem Tod Friedrichs II. Anlässlich der Huldigung der Schlesier vor ihrem neuen preußischen König wurde Waldersee, gemeinsam mit seinem Vorgesetzten Hoym und dem Oberbergrat von Reden zum Grafen erhöht.

Preussen, Friedrich Wilhelm III. König von (1770–1840): seit 1793 mit Luise, Prinzessin von Mecklenburg-Strelitz verheiratet und 1797 seinem Vater auf den preußischen Königsthron folgend. Als König eines mit schweren Schulden belasteten Landes, das bald der Konfrontation mit Napoleon gegenüberstand, pflegte er eine nahezu bürgerliche Lebensweise und Hofhaltung. Die dringend notwendigen Reformen konnten erst nach dem fast vollständigen Zusammenbruch des Staates Preußen im von Napoleon diktierten Tilsiter Frieden am 9. Juli 1807 vollzogen werden. Diese, im Königsberger Exil unter Führung des Freiherrn vom Stein entwickelten Reformen führten Preußen in die Frühmoderne und ermöglichten letztlich die Befreiungskriege und den Sieg über Napoleon. Nach dem frühen Tod der Königin Luise war die Schwester der Dessauer Erbprinzessin, Prinzessin Marianne von Preußen, die erste Dame am preußischen Hof. Sie hatte mit ihrem Gemahl, Prinz Wilhelm, auch das Königsberger Exil geteilt und bildete eine Verbindung nach Preußen, die 1813 für Anhalt-Dessau lebenswichtig wurde und Waldersees Schicksal kurzfristig wenden konnte.

Über seinen Freund und Logenbruder Valentin von Massow, zuletzt Obermarschall des Königs, war Waldersee lange Zeit gut informiert über die Vorgänge am Berliner Hof[491] – Kenntnisse, die in Dessau lebensnotwendig waren und auf vielen unterschiedlichen Kanälen eingeholt wurden.

Waldersee, der in Berlin studiert und glücklich in der preußischen Verwaltung Schlesiens gewirkt hatte, dessen Söhne alle in der preußischen Armee dienten, war für den Erbprinzen von Anhalt-Dessau, seinen jüngeren Halbbruder, die Idealbesetzung als Vertreter des Landes, als der Stern Napo-

490 Vgl. Andreas/Tümmler, Bd. I, S. 143 ff., Carl August von Weimar an Dalberg am 16. April 1785.

491 FAW Stöfs I.B.2.e) v. Massow/Berlin 1786–1801 und Kapitän v. Massow 1782–1801 – es handelt sich vermutlich um dieselbe Person.

leons zu sinken und der Preußens wieder zu steigen begann. 1813 sorgte er dafür, dass sein und Waldersees Vater, der regierende Fürst Franz, den Sohn aus der Verbannung holte und als Geheimrat an die Spitze der Landesregierung stellte. In dieser Funktion führte Waldersee in Paris erfolgreich die Verhandlungen um die Aufnahme Anhalt-Dessaus in die Heilige Allianz.

Ebenfalls 1813 wirkte Waldersees ältester Sohn Franz Waldersee als Ordonnanz im Hauptquartier des preußischen Königs, in welche Tätigkeit seine Briefe an Vater und Mutter in Dessau, sowie seine Freunde Einblick gewähren.[492]

PREUSSEN, FRIEDERIKE DOROTHEA LOUISE PHILIPPINE PRINZESSIN VON (1770–1836): Tochter des Prinzen Ferdinand und seiner Gemahlin Anna Elisabeth Luise, Prinzessin von Brandenburg-Schwedt, kurzzeitig verlobt mit dem Erbprinzen Friedrich von Anhalt-Dessau, welche Verlobung wohl noch im selben Jahr wieder gelöst wurde – nachdem größere Festlichkeiten sowohl in Berlin als auch in Dessau stattgefunden hatten.[493] 1796 ehelichte Prinzessin Louise den Fürsten Anton Radziwiłł, mit dem sie 37 Jahre sehr glücklich verheiratet war. Das Ehepaar lebte in seinem Berliner Stadtpalais in der Wilhelmstr. 77 oder auf einer seiner zahlreichen Besitzungen in Polen, Galizien, Russland und Preußen.

PREUSSEN, HEINRICH PRINZ VON (1726–1802): jüngerer Bruder Friedrichs II. und Besitzer schlesischer Güter, die der Freund des Dessauer Fürsten und väterliche Freund Waldersees, Hoffmann als Kammerdirektor verwaltete. Der Besuch dieser Güter, zusammen mit Hoffmann 1782, markiert für Waldersee schon fast die Entscheidung für das wirtschaftliche Fach und bewegte ihn wenig später, sich in preußische Dienste nach Schlesien zu begeben.

PREUSSEN, MARIA ANNA PRINZESSIN VON, gen. Marianne, Prinzessin von Hessen-Homburg (1785–1846): jüngste Schwester der Erbprinzessin Amalie von Anhalt-Dessau, seit 1804 mit Prinz Wilhelm, dem jüngsten Bruder des Königs Friedrich Wilhelm III. von Preußen, verheiratet. Die beiden ältesten Töchter des Paares waren als Kleinkinder, bzw. Säugling auf der Flucht des preußischen Hofs nach Ostpreußen verstorben. Nach dem frühen Tod ihrer Schwägerin, der Königin Luise, nahm Prinzessin Marianne ab 1810 den Rang der ersten Dame bei Hofe ein.

Im Vorfeld der Befreiungskriege gehörte sie der „Kriegspartei“ gegen Napoleon an, sie erließ im März 1813 den „Aufruf der königlichen Prinzes-

492 FAW Stöfs, I.B.2.d).
Ebenda, I.B.1.h).

493 FAW Stöfs Familienchronik, fol. 157.

sinnen an die Frauen im preußischen Staate" und gründete den „Vaterländischen Frauenverein".[494]

PREUSSEN, ELISABETH CHRISTINE KÖNIGIN VON, Prinzessin von Braunschweig-Wolfenbüttel-Bevern (1740–1786): Gemahlin Friedrichs II., die am 25. Juli 1767 an den Vermählungsfeierlichkeiten für ihre Nichte Louise von Brandenburg-Schwedt mit dem regierenden Fürsten von Anhalt-Dessau in Charlottenburg teilnahm.

PREVÔT, LE, siehe: Coeler, Karl Friedrich

PRIETSCH, JOHANN GOTTLIEB: Arzt, seit 1816 Dessauer Hofchirurg, der den regierenden Herzog und Fürsten Leopold III. Friedrich Franz von Anhalt-Dessau in seinen letzten Lebensstunden im Luisium medizinisch betreute. Gottlieb Prietsch war neben seinem chirurgischen Können eine der treibenden ärztlichen Kräfte, die die von Hahnemann in Dessau entwickelten Ideen zur Homöopathie ab 1820 übernehmen sollten und dafür sorgten, dass die dafür nötigen Medikamente in der Offizin der Dessauer Löwenapotheke hergestellt wurden.[495]

PRITTWITZ, Breslau: Der Kontakt zu Waldersees dauert über den Aufenthalt fort bis ins Jahr 1798.[496] 1782 gab es einen Kammerdirektor C. W. von Prittwitz, außerdem lebte ein nahezu gleichaltriges Ehepaar Prittwitz, der Kön. Preuß. Landrat Karl Ludwig Wilhelm Ernst, Gutsherr auf Karisch (1758–1835) und seine Ehefrau Wilhelmine Ernestine Luise, geb. von Voß (1769–1828) – die genaue Identität des Korrespondenzpartners bleibt ungeklärt.

PUTTKAMER, MLLE. de, siehe: Puttkamer, von

PUTTKAMER, VON: Spielgefährtin der *Comtesse* Louise von Anhalt, wohl Tochter des mit Prinz Eugen von Anhalt-Dessau befreundeten Obristleutnants Joachim Heinrich von Puttkamer, der seit 1758 mit seiner Frau Dorothea Corona Hedwig, geb. von Letten und seinen Kindern im Haus Nr. 477 an der Dessauer Kavalierstraße lebte. Puttkamer erhielt nicht nur das Haus von Prinz Eugen, sondern seine 1775 verwaisten Kinder erbten jedes von dem kinderlos verstorbenen Prinzen 5000 rt, dazu die Söhne je zwei gute Reitpferde mit Sattel und Zaumzeug, außerdem teilten sie sich die Waffen des Prinzen untereinander, die Töchter erhielten die Wäsche und die Küchengeräte aller prinzlichen Haushaltungen. Bei der Spielgefährtin handelt es

494 Arndt 1867, S. 74–130.

495 LASA Z 44, C 9d Nr. 10.
Brückner Bd. 4, S. 290.

496 FAW Stöfs I.B.2.e) v. Prittwitz/Breslau 1787–Mai 1798.

sich entweder um Wilhelmina, verh. von Ludwiger oder um die jüngste Tochter, Eugenia Albertina Casimira.[497]

RACKMANN, CHRISTIAN FRIEDRICH (1788: Freiherr von Bangardt, 1794: zum Münzhof) (1734/35–1801): Sekretär, Vermögensverwalter, Geliebter und Nachlassverwalter der Prinzessin Henriette Amalie von Anhalt-Dessau, der auf ihr Betreiben hin geadelt wurde und das gleichnamige Rittergut in Kreuznach erbte. Nach dem Tod der Prinzessin fungierte er auch als Stiftsrat der *Amalienstiftung*, außerdem pflegte er in seiner Eigenschaft als Kapitular-Primas der vier Domkapitulare des Hochstifts Herford im Namen des Fürsten Franz Kontakte in den rheinisch-westfälischen Raum. 1798 wurde er Oberhofmeister der Fürstäbtissin von Herford, Prinzessin Friederike von Brandenburg-Schwedt, der einzigen Schwester der Fürstin Louise. Durch seine Stellung als Vorsitzender des über die entmündigte Reichsäbtissin eingesetzten Vormundschaftskuratoriums zog er sich den Vorwurf des Erbprinzen zu, seinen Einfluss auf die nicht mehr zurechnungsfähige Tante zu missbrauchen.[498]

RADZIWIŁŁ, MARIE ELEONORE FÜRSTIN VON UND HERZOGIN VON NIESWICZ UND VON OLYKA, Prinzessin von Anhalt-Dessau (1671–1756): Lieblingsschwester des Fürsten Leopold I. von Anhalt-Dessau und damit Großtante des Fürsten Franz. Als Witwe erhielt sie von ihrem Bruder das neu errichtete, sogenannte Kleine oder Rote Schloss in Dessau zum Wohnhaus geschenkt. Ihr gehörte auch das Haus Nr. 643 und 644 am nördlichen Ende der Zerbster Straße, der alte Sattelhof, den Fürst Franz 1764 aus der Erbmasse seiner Großtante kaufte, um ihn dem Kammerpräsidenten von Stentzsch zu schenken, der im Vorjahr bei seinem ältesten Sohn, Franz von Waldersee, Pate gestanden hatte.[499]

RAUMER, AGNES VON: siehe Gerlach, Agnes von

RAUMER, GEORG FRIEDRICH VON (1755–1822): Landwirt und seit 1780 Verwalter des Musterguts in Wörlitz, wo er mit seiner Gemahlin Luise, geb. de Marées (1761–1811) und den gemeinsamen Kindern lebte, bis er 1796 zum Kammerdirektor und damit engem Mitarbeiter des Erbprinzen berufen worden war. 1797 wurde Waldersee zum Oberaufseher bei der Kammer berufen und arbeitete so mehrere Jahre eng mit Raumer zusammen. Raumer war im engsten Kreis des Dessauer Hofes groß geworden: Sein Vater, Leopold von Raumer, war – wie schon sein Großvater, Johann Georg (1671–1747) – Dessauer Regierungsdirektor gewesen; seine Mutter Anna Eleonore hatte den

497 Brückner Bd. 17, S. 1541 f.

498 Kat. Ausst. Frankfurt a. M./Dessau 2002/3, v. a. S. 258.
Beckus 2015, S. 444.

499 Brückner Bd. 2, S. 103 ff.

Fürstinnen Anna Luise und Gisela Agnes als Hofdame, er selbst 1765 dem Fürsten als Page gedient. So gehörte Raumer mit Erdmannsdorff und dem Gärtner Neumark zur Reisebegleitung des Dessauer Fürstenpaares, als sie 1775 England bereisten und erhielt damals die für ihn prägende Gelegenheit, Einblick in die englische Landwirtschaft zu nehmen.[500] Mit dem Amtsantritt als Kammerdirektor übernahm Raumer auch das Haus Nr. 224, später Franzstr. 12, des verstorbenen Kammerpräsidenten Friedrich Wilhelm von Stentzsch. Er kaufte das Eckhaus an der später Raumerstraße genannten Gasse für 6300 rt von den Erben und wurde so zum Nachbarn Georg Heinrich von Berenhorsts. Trotz der aus Kindertagen herrührenden Vertrautheit trübte sich mit diesem Amtsantritt das Verhältnis zu Waldersee empfindlich ein.[501] 1816 benannte Waldersee selbst Raumer als die Quelle des endgültigen Zerwürfnisses mit seinem Vater. Während er in Teplitz gewesen sei, habe dieser aus „Bosheit oder Unverstand" dem Vater vorgerechnet, dass dieser Sohn ihn weit über 200 000 rt gekostet habe.[502] Die Gegnerschaft beider verfestigte sich zunehmend, im Februar 1818 bezeichnet Waldersee den Kammerdirektor als seinen „schlimmste[n] Widersacher" und bezichtigte ihn in einer dem Herzog ausgehändigten juristischen Deduction der Falschaussage.[503] Dass der Vergleich zwischen Waldersee und dem Herzoglichen Haus trotz dieser gewichtigen Gegenstimme gelang, lag an der Einstellung des jungen Herzogs Leopold IV.[504] Erst der Tod des Kammerdirektors scheint die Gegnerschaft gelöst zu haben.

500 LASA Z 44, A 9e, Nr. 15 (3) fol. 1 r.
Beckus 2015, S. 445–452.

501 FAW Stöfs II.A.1) 26. Februar 1816.

502 FAW Stöfs I.B.2.h) Memorandum Waldersees vom 22. September 1816.
FAW Stöfs I.B.1.b) 5. Oktober 1816: „Auseinandersetzung derjenigen Klagen die der Herzog gegen mich hat, die ihm zu strafen werth erscheinen, und meine Vertheidigung dagegen", ad 6).

503 GSA 06/2047, 53. Dessau, 1. Februar 1818.
FAW Stöfs I.B.3./I.C.2.d) Acta privata: Mitteilung, daß diese juristische Deduction am 28. Januar 1818 dem Herzog von Waldersee persönlich ausgehändigt worden sei. 14. Februar 1818: „man wird doch meine Angaben mit den Rechnungen confrontiren müssen, wo man dann auch meine Angaben wohl richtig finden wird, will der Herr Cammerdirector nicht wieder wie schon einmal falsche Angaben einreichen."

504 FAW Stöfs I.B.1.b) Vergleichsüberlegung Waldersees vom 13. Februar 1819.

RAUMER, KARL VON (1729–1806): Dichter, dessen Gedicht „Die Grotte der Thetys, zu Wörlitz" am 24. September 1791 vorgetragen wurde.[505] Vermutlich handelt es sich beim Dichter um den in Dessau als jüngster Sohn des Regierungsdirektors Johann Georg von Raumer geborenen preußischen Generalleutnant Karl Albrecht Friedrich von Raumer, dessen Gemahlin, Dorothea, geb. von Küssow, genannt Fatme, Hofdame und engste Vertraute der Fürstin Louise von Anhalt-Dessau war.[506]

RAUMER, LEOPOLD GUSTAV DIETRICH VON (1726–1788): Dessauer Kanzleidirektor. Der Sohn des Dessauer Regierungs- und Konsistorialpräsidenten Johann Georg von Raumer (1671–1747) und der Albertine Charlotte, geb. von Reinhardt, war verheiratet mit Anna Eleonore, geb. von Waldow, Hofdame der Fürstinnen Anna Luise und Gisela Agnes von Anhalt-Dessau. 1745 trug er dem 5-jährigen Erbprinzen Franz anlässlich der Bestattung der Fürstin Anna Luise die Schleppe.

RAUMER, ANNA ELEONORE VON, geb. von Waldow (1724–1796): Hofdame der Fürstinnen Anna Luise und Gisela Agnes von Anhalt-Dessau. Die Patin Waldersees war verheiratet mit dem Dessauer Kanzleidirektor Leopold von Raumer und Mutter des späteren Kammerdirektors Friedrich von Raumer.

RAUNIG: ein anderweitig unbekannter Gläubiger Waldersees, der 1811 67 rt 12 gr an Provision erhielt, außerdem „Zinsen an Stange, Marschall, Raunig, Wolf etc. + Agio 1939 rt".[507]

RECK, BARON VON, siehe: Recke, Eberhard Freiherr von der

RECKE, EBERHARD FRIEDRICH CHRISTOPH LUDWIG FREIHERR VON DER (1744–1816): Sohn des Wilhelm Christian von der Recke und der Sophie Dorothea Friederike, geb. von Rochow. Das als wechselnd als Baron von Reik oder, wie der Name der Familie von Zeitgenossen häufig ausgesprochen wurde, Reck bezeichnete Mitglied der Reisegruppe des Kammerdirektors Hoffmann in die Schweiz und nach Italien, an der auch der junge Franz von Waldersee teilnahm, dürfte der Neffe des Reformers Friedrich Eberhard von Rochow gewesen sein. Von 1771 bis wenigstens 1774 hatte ein Jurist namens Recke die anhaltischen Fürstentümer beim Reichshofrat vertreten, das dürfte er gewesen sein.[508] 1781, als sie gemeinsam Graubünden, das nördliche Ita-

---

505 FAW Stöfs I.B.2.a) „Die Grotte der Thetys, zu Wörlitz" 24. September 1791 von Karl v. Raumer.

506 Vgl. Beckus 2015, S. 445–451.
S. a. LASA Z 44, A 9e, Nr. 15 (3).

507 FAW Stöfs I.B.1.b) „Etat meiner Wirthschaft vom 1ten Januar 1811 an".

508 Dettleff, S. 34, Anm. 133 zitiert LAV NRW Abt. OWL L 7 Nr. A XV I Nr. 18,

lien und das Waadtland bereisten, war Recke preußischer Regierungspräsident. Als solcher hatte er in Minden das dortige Lehrerseminar gegründet, bevor er nach Kleve wechselte. Von 1785 an war er preußischer Justizminister und zugleich Präsident des Obertribunals. Seinen Ruhestand sollte er 1813 aufgeben, um als Zivilgouverneur das Königreich Sachsen zu verwalten.

Reden, Friedrich Wilhelm (1786: Graf) von (1752–1815): Als Franz Waldersee in die preußische Verwaltung in Breslau eintrat, lernte er Reden als kommissarischen Leiter des schlesischen Oberbergamts kennen, der bald zum Geh. Oberfinanzrat ernannt und, gemeinsam mit Waldersee, anlässlich der Krönungsfeierlichkeiten für Friedrich Wilhelm II. in den Grafenstand erhoben wurde. Unter seiner Leitung wurde die Reform des schlesischen Bergbaus weitergetrieben, neue Eisenhütten gegründet, der Eisenkunstguss, die Dampfmaschine, sowie die Feuerung der Hochöfen mit Koks eingeführt. Ebenso lag Reden die Verbesserung der Infrastruktur, sowie die Verbesserung der Ausbildung am Herzen. Sein vielfältiges und erfolgreiches Engagement, dem der schlesische Bergbau eine Blütezeit verdankt, wurde 1803 mit der Berufung zum preußischen Bergwerksminister gekrönt. In der mit Waldersee geführten Korrespondenz ist allerdings vor allem von seiner gärtnerischen Leidenschaft die Rede, die er in seinem 1785 gekauften Gut Buchwald im Hirschberger Tal auslebte:[509] Bei seinen beruflich bedingten Reisen nach England und Schottland hatte er sich auch Anregungen zur Gartengestaltungen geholt und schuf hier eine *Ornamented Farm* par excellence. Die hügelige Landschaft des lieblichen Tals, der weit schweifende Blick bis zur Schneekoppe wurden mit qualitätvollen Parkbauten gefeiert und der Anfang zur landschaftsgärtnerischen Gestaltung des Hirschberger Tales gemacht.

Rehberg, Friedrich R. (1758–1835): hannoverscher Maler, 1783 auf dem Weg von Rom, wo er sechs Jahre gelebt und studiert hatte, über Zürich nach Dessau. In den Septemberwochen, die der Maler in Zürich verbrachte, zeichnete er die Fürstin, Lavater und seine Frau, Waldersee und die Comtesse.[510] Fürst

---

Henriette Gräfin zu Lippe-Weißenfeld an ihren Bruder Karl Christian am 18. Juni 1774.

509 FAW Stöfs I.B.2.e) Graf Reden/Berlin 1793–1801.

510 Hosäus 1888, S. 5. Der Verbleib der meisten dieser Portraits ist ungeklärt. Priv.bes. Zürich, Anekdoten, fol. 16, 2. September 1783. Es handelt sich wahrscheinlich um ff. Portrait: Friedrich Rehberg, Öl/Lwd., 700 x 550 mm, Portrait der Anna Lavater-Schinz, Priv.bes. Kat. Ausst. Zürich 2001, S. 208, Nr. 441.
StAZ W 59/137, 10. September 1783, Comtesse Louise an die jüngere Bäbe Schulthess.

Franz berief den nun schon renommierten Maler 1784 als Zeichenlehrer an das *Philanthropinum*. Bis 1786 sollte er dort bleiben und auch den Erbprinzen im Zeichnen und Malen unterrichten. In dieser Zeit, 1785, entstand das Gemälde *Amor und Bacchus beim Weinkeltern* für das Wörlitzer Schlafzimmer des Fürsten.[511]

Reich, Philipp Erasmus (1717–1787): Verleger und Buchhändler in Leipzig, Inhaber des Verlags Weidmanns Erben und Herausgeber der *Physiognomische[n] Fragmente* Johann Caspar Lavaters. Um diesen bedeutendsten Verleger der Zeit hatten sich die übrigen Verleger Deutschlands geschart, als in Dessau 1781 endgültig die *Allgemeine Buchhandlung der Gelehrten und Künstler* angesiedelt worden war, ein genossenschaftlich organisiertes Selbstverlagsunternehmen, das den Schriftsteller vom Verleger unabhängig machen und künstlerische Produktion von kaufmännischer Spekulation fernhalten sollte.[512]

Reiche, Carl Christoph (1742–1794): Theologe, Buchhändler und Magister am Dessauer *Philanthropin*. Reiche war von Wolke als Lehrer an das Dessauer *Philanthropin* berufen worden. 1781 annoncierte er durch die *Fundations-Gesetze von der Buchhandlung der Gelehrten* die Gründung einer Institution, die Autoren von Verlagen unabhängig machen sollte. Die Liste der bei der *Allgemeinen Buchhandlung* verlegten Autoren ist lang und bedeutend, Zollikofer, Sophie La Roche, Bertuch, Goethe, Herder, Seckendorff, Wieland, Lavater und Pfenninger waren darunter, manche davon auch als Aktionäre aktiv beteiligt. Die *Allgemeine Buchhandlung der Gelehrten* gehörte zu den in Dessau entstandenen Unternehmungen mit Reformcharakter, denen kein Erfolg beschieden war – trotzdem markiert der Versuch einer genossenschaftliche Sozietät von Autoren und Verleger einen wichtigen emanzipatorischen Schritt: die Einkünfte der Autoren betrugen hier sensationelle zwei Drittel des Verkaufspreises.[513] Basedow, der von seinem Temperament her für viele schwierig war, stritt sich im Januar 1783 so mit Reiche, dass dieser offenbar die Fassung verlor und ihn verprügelte: „Der Magister Reiche hat gestern wegen seines unerhörten Betragens gegen Basedowen seinen Lohn erhalten. Er ist mit Arrest bestraft worden, und sitzt, weil die Arrest Stube auf der Regierung gar zu lästig ist, daß sie nicht geheitzt werden kann, in der Gehorsam Stube auf dem Rathause. In kurzem werden Sie dieß ganze Betragen von Reiche gedruckt sehen. Basedow hat es zu Papier gebracht, und läßt es in Altona druken; sobald als es fertig ist, wird er es seinen Freunden zuschi-

511 Harksen, S. 84.

512 Vgl. Kat. Ausst. Leipzig/Frankfurt am Main/Hannover 1988/1989.

513 Kat. Ausst. Dessau 1990, S. 25 ff.

ken."[514] Den Streit mit Basedow publizierte auch Reiche selbst, damit beschäftigte die Sache nicht nur die Stadt Dessau, sondern das ganze gebildete Deutschland und beschädigte das *Philanthropin*.[515]

Reiche hielt es allerdings nach dem Scheitern der *Buchhandlung der Gelehrten* 1786 nicht mehr lange in Dessau, 1788 wanderte er nach Philadelphia in Pennsylvania aus, um dort seine Tätigkeit als Herausgeber und Buchhändler fortzusetzen, auch seine Erfahrung als Lehrer setzte er mit der Gründung einer Schule für ältere Kinder an der Cherry Street in Philadelphia ein. Der Bedarf an deutschen Büchern war indes nicht so groß, dass Reiche davon leben konnte, er scheint in bitterem Elend gestorben zu sein.[516] Das *Philanthropin* schloss 1793, nicht zuletzt wegen der hier handgreiflich gewordenen Streitigkeiten innerhalb des Lehrkörpers.

REIFFENSTEIN, JOHANN FRIEDRICH (1719–1793): Altertumsforscher, Antiquar, Hofrat. Die Empfehlung des Malers Rehberg nach Dessau entspricht seiner zentralen Rolle im römischen Kunst- und Kulturgeschehen. Reiffenstein gehörte zu den bedeutenden Mittlerfiguren der Aufklärung, die für die Etablierung europaweiter Kommunikationsnetze unverzichtbar waren. Seine umfangreiche Korrespondenz, vor allem mit der Akademie der Schönen Künste in St. Petersburg, ließ Wechselbeziehungen zwischen Rom, Gotha und St. Petersburg entstehen, an denen offenbar auch Dessau schon vor Gründung der *Chalcographischen Gesellschaft* partizipierte.[517]

REIK, BARON VON, siehe: Recke, Eberhard Freiherr von der

RICHTER: Justiziar zu Gnölbzig. Franz Graf Waldersee hatte das Rittergut 1790 im Tausch gegen seine schlesischen Güter vom Onkel seiner Frau, Wedel, erworben. 1798 schrieb der Justiziar, was für ein Fest das Dorf zum Geburtstag seines neuen Gerichtsherrn und Kirchenpatrons ausrichtete: mit geschmücktem Vieh, Gottesdienst und Glockengeläut, mit Essen und einer Festillumination durch Stalllaternen.[518] Ob es sich bei dem Briefschreiber um denselben Juristen Dr. George Friedrich Richter (1744–1821) handelt, der

---

514 FAW Stöfs I.B.2.e) Carl Rode an Waldersee am 26. Januar 1783 aus Dessau. s. a. LASA Z 44, C 18b, VII a, Nr. 42.

515 M. Carl Christoph Reichens getreue Darstellung 1783. FAW Stöfs I.B.3./I.C.2.i) 2. April 1783 von August Rode.

516 Meusel, Bd. 11, S. 111 f.

517 Frank, Rees, Siebers und Tilgner 1999, S. 282.

518 FAW Stöfs I.B.2.e) Justiziar Richter/Gnölpzig zum Geburtstag Waldersees, am 5. September 1798.

jahrzehntelang als Hof- und Stiftungsrat die Geschäfte der Prinzessin Henriette Amalie von Anhalt-Dessau führte, ist ungewiss.

RIDINGER, JOHANN ELIAS (1698–1767): Augsburger Maler, Zeichner und Graphikkünstler. Berühmt wurde der u. a. bei Georg Philipp Rugendas ausgebildete Künstler mit seinen Jagd- und Wildstudien, die er im eigenen Kunstverlag veröffentlichte, der von seinen Söhnen Martin Elias und Johann Jakob (1735–1784) fortgeführt wurde.

RIDINGER, MARTIN ELIAS (1730–1780): Sohn des Augsburger Künstlers und selbst bedeutender Kupferstecher in Zusammenarbeit mit seinem Vater in Augsburg, dessen Kunstverlag er zusammen mit seinem Bruder Johann Jakob (1735–1784) fortführte.

RIETZ, WILHELMINE, geb. Enke, 1794 zur Gräfin Lichtenau erhoben (1753–1820): langjährige Maitresse des preußischen Kronprinzen Friedrich Wilhelm, des späteren Königs Friedrich Wilhelm II. Die Verbindung zu Wilhelmine Enke erwies sich als sehr viel dauerhafter als die beiden Ehen Friedrich Wilhelms. Sie war die Tochter eines aus Dessau stammenden preußischen Hofmusikers, des Waldhornisten Johann Elias Enke, der zur Taufe dieser Tochter in der Dessauer Schlosskirche bereits vier Vertreter des Fürstenhauses zu Paten gebeten hatte. Mit einem Ringtausch beschlossen der gerade frisch wiedervermählte Kronprinz und Wilhelmine Enke 1770 ihre Verbindung, aus der bis 1780 fünf Kinder hervorgingen. Seit 1782 musste Wilhelmine Enke auf Geheiß des Königs mit dem Kammerdiener Rietz (1755–1809) ehelich zusammenleben, von Januar bis Mai 1783 in Dessau. Folgen wir Carl Rode, wurde in dieser Zeit ein weiteres Kind des Kronprinzen, von dem die Lexika schweigen, ausgetragen.[519] Dies alles spielte sich in der Kavalierstraße ab, in einer Wohnung gegenüber dem Palais des Prinzen Eugen, wo sie mit dem Kammerdiener Rietz und ihrer Mutter die Geburt des Kindes erwartete, das allerdings kurz nach der Geburt, am 13. April 1783 verstarb.[520] Im Sommer kehrte sie nach Berlin zurück und das Verhältnis zum Kronprinzen blieb bis zu seinem Tod ungetrübt. Angesichts der Rolle, die dem Kindsvater bei den Verhandlungen für den Fürstenbund zugedacht worden war, war Leopold III. Friedrich Franz von Anhalt-Dessau bei der Vertuschung der Schwangerschaft sicher gerne behilflich.

RITZ, Madame, siehe: Rietz

ROCHOW, FRIEDRICH EBERHARD VON (1734–1805): bedeutender Reformer, Gründer der Schule zu Reckahn und eng mit dem Dessauer Fürsten befreun-

---

519 FAW Stöfs I.B.2.e) Carl Rode am 16. März 1783.

520 Brückner Bd. 16, S. 1455 ff.

det. Am 23. September 1765 gehörte er zu den Teilnehmern der Jagd auf den Hirsch ohne Ohr, nachdem er kurz zuvor beim jüngsten Kind des Fürsten, Friederike Waldersee, Pate gestanden hatte.

Um den Bildungsstand seiner Bauern und damit ihre soziale und wirtschaftliche Lage zu bessern, gründete Rochow 1773, beeinflusst von Basedow, die erste von mehreren Schulen für die Landbevölkerung und publizierte in diesem Zusammenhang auch methodische Lehrbücher.

RODE, AUGUST (1803: von) (1751–1837): 1810 zum Wirklichen Geheimen Rat ernannt, Halbbruder Berenhorsts, zehntes Kind der Eleonore Sophie Söldner aus ihrer Ehe mit dem Fürstl. Anhalt-Dessauischen Hof- und Amtsrat Johann August Rode, Erzieher des Franz von Waldersee, Reisebegleiter des Fürsten und von 1787 an dessen Privatsekretär.

Rodes Temperament, seine umfassende Bildung und seine vielfältigen Talente trugen viel zum gesellschaftlichen Leben in Dessau bei: so lehrte er am *Philanthropin*, nahm am Liebhabertheater im Hause Kretzschmars teil und ließ seine intimen Hintergrundkenntnisse in die bis heute veröffentlichten Beschreibungen Dessaus und seiner Umgebung einfließen. Rode, der seit 1785 den Fürsten ständig begleitete, wurde im folgenden Jahr als Kabinetts- und Privatsekretär in das Geheime Kabinett berufen und war damit in den Folgejahren engster innen- und außenpolitischer Berater des Fürsten, bildhaft ausgedrückt in dem ihm 1795 verliehenen Titel eines Kabinettsrates und der Erhebung zum Wirklichen Geheimen Rat am 28. Oktober 1810.[521] Im Oktober 1813 wurde Rode durch seine Nähe zu Frankreich Fürst und Land gefährlich, seinen dramatischen Sturz lastete er Waldersee an.[522] Der Einsatz des Erbprinzen für Waldersee und dessen unstrittig propreußische Haltung mögen ihr Übriges getan haben, um diese für Waldersee tatsächlich, wenn auch nur ein halbes Jahr dauernde, glückliche Fügung zu bewirken.

Rode war mit Friederike Luise, geb. von Hill(e) (1762–1846), verheiratet und lebte mit ihr und den gemeinsamen Kindern im Haus Nr. 310 an der Hospitalstraße. Das Ehepaar Waldersee beurteilte diesen Beginn eines langen, und wie es scheint auch glücklichen Ehelebens skeptisch: „Von Rodens Heirath wußte ich noch nichts, desto mehr kömmt mir diese Nach-

521 LASA I1.01.E 101, Nr. 238, Bestallung des bisherigen Kabinettrates August von Rode als Wirklicher Geheimerrat durch Herzog Leopold III. Friedrich Franz.
Vgl. Beckus 2015, S. 165 ff., insbes. S. 172 ff.

522 LASA I1.01.E 101, 03.02. Korrespondenz von August von Rode mit Familienangehörigen 9. Juni 1807–2. Dezember 1835.
S. a. Beckus 2015, S. 457 ff.

richt unerwartet; Das arme Mädchen wenn Sie ihm wircklich gut ist, und er sich nicht sehr ändert, bedaure ich herzlich."[523]

Rode, Carl (1750–1795): Fürstlich Anhalt-Dessauischer Kammerrat; Sohn des Fürstl. Anhalt-Dessauischen Hof- und Amtsrats Johann August Rode und der Eleonore Sophie Söldner, Halbbruder Berenhorsts, Freund und Vertrauter des Franz von Waldersee. Rode heiratete 1786 Charlotte Friederike Bramigk (1766–1840), die jüngere Schwester der von Franz von Waldersee jahrelang heimlich geliebten Wilhelmine.[524] Ab Oktober 1789 führte er die Geschäfte der Fürstin.[525]

Rode wohnte bis zu seinem frühen Tod mit seiner Frau, der Tochter Louise Emilie[526], einem Knecht und zwei Mägden im Haus seines Schwiegervaters, des Kaufmanns und Tabakfabrikanten Carl Friedrich Bramigk. Das war das Puttkamer'sche Haus Nr. 477, welches an der Ecke der Kavalierstraße zur Totenpforte stand. Carl Rode war zeitlebens eine zuverlässige Quelle für alles, was in Dessau geschah, benachrichtigte Waldersee von Briefen an ihn, die dem Fürsten zugestellt wurden, lieh ihm diskret Geld und war ihm in jeder Beziehung ein treuer und vertrauenswürdiger Freund.

Rode, Sophie Eleonore, geb. Söldner (1710–1779): Geliebte des Fürsten Leopold I. von Anhalt-Dessau, aus welcher Verbindung Georg Heinrich Berenhorst und sein jüngerer Bruder Karl Franz (1735–1804) entstammen. Als sie 1737 den Hof- und Amtsrat Rode (1695–1773) heiratete, wurde der älteste Sohn in andere Hände gegeben, ähnlich dem Muster, das wir bei Waldersee beobachten können. Aus der Verbindung mit Rode entstammen u. a. die beiden Söhne August und Carl, die, zumindest ersterer, bei Hofe und in Waldersees Leben bedeutende Rollen spielen.

Sophie Eleonore Söldner entstammte einer ähnlichen Familie wie Johanna Eleonore Hofmeyer: Kaufleute und Ratsherren waren ihre Vorfahren gewesen. Die Tochter des Ellricher Amtsadvokaten Ernst Söldner und der

523 Brückner Bd. 17, S. 1495 und Bd. 13, S. 1130.
FAW Stöfs I.B.2.d) An Louise von Franz 9 Briefe 1787, 11. Februar 1787.

524 Brückner Bd. 17, S. 1545.

525 LASA Z 44, A 9e Nr. 15 (18), fol. 61 r., 1. Oktober 1789, Rode erhält für diese Aufgabe 500 rt. jährlich.

526 Die 1789 geborene Louise Emilie sollte 1807 den Leipziger Bankier Felix Ferdinand Küstner heiraten, den Bruder des Begründers des Leipziger Theaters, Karl Theodor (von) Küstner (1784–1864).

Anna Ursula, geb. Schinck arbeitete seit 1722 als Kammerzofe der Fürstin Anna Louise von Anhalt-Dessau, später der Prinzessin Henriette Amalie.[527]

Roeder, Eugen Maximilian von (1782–1844): Sohn des preußischen Generalmajors Heinrich Dietrich Christoph von Roeder (1742–1831) aus dessen erster Ehe mit Johanna Charlotte Sophie, geb. Geisler. Im Feldzug Frankreichs gegen Preußen 1806/07 diente er dem Fürsten Hohenlohe im gleichnamigen Regiment als Adjutant. Ende 1808 wurde er nach schwerer Erkrankung Adjutant des Stadtkommandanten von Berlin, Graf Chasôt, wie Franz II. Waldersee seinem Freund Leopold von Gerlach schreibt.[528]

Roeder, Wilhelm Karl Ferdinand von (1781–1813): ältester Sohn des preußischen Generalmajors Heinrich Dietrich Christoph von Roeder (1742–1831) aus dessen erster Ehe mit Johanna Charlotte Sophie, geb. Geisler. Schüler Scharnhorsts, der 1806 dem greisen Generalfeldmarschall von Möllendorff als Adjutant gedient hatte, und nun, 1808, als Kurier zwischen Berlin und der unter seinem Lehrer, dem inzwischen zum Generalmajor beförderten Gerhard von Scharnhorst arbeitenden Militär-Reorganisations-Kommission in Königsberg hin- und herreiste, wie Franz II. Waldersee seinem Freunde Leopold von Gerlach schreibt.[529]

Roentgen, David (1743–1807): bedeutendster deutscher Ebenist aus Neuwied. Roentgen hatte die Qualität der väterlichen Kunsttischlerei noch erheblich steigern können und 1771 den Auftrag zur teilweisen Ausstattung des neu erbauten Wörlitzer Schlosses erhalten. Im Folgejahr wurde ihm die Leitung der väterlichen Werkstatt in Neuwied übertragen, die er, da als Angehöriger der Herrnhuter Brüdergemeine vom Zunftzwang befreit, zu einer Manufaktur mit 80 Mitarbeitern ausbaute. Als Lieferant arbeitete er für nahezu alle Fürstenhöfe Europas, durfte sich *Ebeniste Mécanicien du Roi et de la Reine* nennen, sein größter Auftraggeber war jedoch Katharina II. von Russland. So verwundert es nicht, dass das Direktorium der *Chalcographischen Gesellschaft zu Dessau* auf seine Vermittlung baute, um in Russland Geschäfte zu machen.[530] Damals war das Geschäftsmodell Roentgens jedoch durch die allzu einheitliche Kundenstruktur und die politischen Unsicherheiten bereits in erhebliche Schieflage geraten. Das letzte Jahrzehnt seines Lebens war von permanent

527 Beckus 2015, S. 461 f.

528 FAW Stöfs I.B.1.h) Franz II. v. Waldersee an Leopold v. Gerlach, 15. Dezember 1808 aus Berlin.

529 FAW Stöfs I.B.1.h) Franz II. v. Waldersee an Leopold v. Gerlach, 15. Dezember 1808 aus Berlin.

530 FAW Stöfs I.B.3./I.C.2.i) Bertuch von 1784 an: 16. August 1798.

drohendem Konkurs bestimmt und endete mit der Schließung dieses beispielhaft modernen Unternehmens.[531]

RUPRECHT: Arzt in Breslau, welcher die Familie Waldersee behandelte, vor allem Franz wegen seiner schon damals vorkommenden Gichtanfälle.[532]

RUSSLAND, ALEXANDER I. PAWLOWITSCH ROMANOW KAISER VON (1809: erster russischer Großfürst von Finnland, 1815: König von Polen) (1777–1825): Waldersee erhielt 1814 in Paris Audienz beim Zaren, um für die Aufnahme Anhalt-Dessaus in die Heilige Allianz zu werben. Als Enkel Katharinas der Großen, einer Prinzessin von Anhalt-Zerbst, war der Zar ein entfernter Vetter des Fürsten Franz, zudem verheiratet mit Louise Prinzessin von Baden, einer Enkelin des Markgrafen Karl Friedrich, den eine tiefe Freundschaft mit dem Dessauer Fürsten verbunden hatte, die im gemeinsamen Kampf um die Reichsverfassung gewachsen war. Waldersee hatte sowohl den Schwiegervater des Zaren, als auch den Großvater der Zarin in den Jahren der Fürstenbundplanung ausführlich erlebt und kennengelernt.

RUST, FRIEDRICH WILHELM (1739–1796): Komponist und Dessauer Hofmusiker, Sohn des Wörlitzer Amtmanns und Kammerrates Wilhelm Rust, Begleiter des Fürsten auf der 17-monatigen Reise nach Italien, Frankreich und England 1765 bis 1767. Nach einer musikalischen Ausbildung in Zerbst, Potsdam und Berlin, u. a. bei Carl Philipp Emanuel Bach und Franz Benda, sowie dem Studium der Rechts- und Musikwissenschaften wurde Rust 1775 zum Hofmusiker berufen, später zum fürstlichen Musikdirektor. Sein Engagement im Aufbau eines Musikorchesters ermöglichte erst die Opernaufführungen unter der Intendanz Lichtenstein. Mit seiner Berufung heiratete er Henriette, geb. Niedhardt (1754–1829), aus welcher Ehe drei Kinder hervorgingen.[533]

RUST: Käufer bei der Nachlassauktion des Waldersee'schen Haushalts 1824/25, vermutlich Nachfahre und Verwandter des schon verstorbenen Komponisten und Dessauer Hofmusikers Friedrich Wilhelm Rust, möglicherweise sein Sohn, der Organist und Pianist Karl Wilhelm (1787–1855), der allerdings zu dieser Zeit bei der Reformierten Gemeinde in Wien angestellt war.

SACHSEN, FRIEDRICH AUGUST III. KURFÜRST VON (1791–1807: König von Polen, 1806: Friedrich August I. König von Sachsen, 1807–1815: Herzog von Warschau) (1750–1827): Bündnispartner Brandenburg-Preußens und Hannovers im 1785 geschlossenen Fürstenbund.

531 Vgl. Fabian 1986.

532 FAW Stöfs Familienchronik, fol. 151, 1788.

533 Beckus 2015, S. 463.

SACHSEN-GOTHA-ALTENBURG, ERNST II. HERZOG VON (1745–1804): vermählt mit Marie Charlotte Amalie, Herzogin von Sachsen-Meiningen. Ein von naturwissenschaftlichem Eifer ebenso wie der Liebe zu den Künsten bewegter Landesfürst, der viele der in Anhalt-Dessau durchgeführten Reformen übernahm, allem voran auf dem Gebiet der Erziehung. Das bis in die heutige Zeit existierende *Philanthropin* zu Schnepfenthal bei Gotha sollte 1784 durch Christian Gotthilf Salzmann, einen Lehrer des Dessauer *Philanthropins*, gegründet werden. Die Haltung des Herzogs zum Fürstenbund, dessen Planungen er seit dem Februar 1779 verfolgte, war positiv abwartend und damit realistischer als die Haltung der Akteure.[534]

SACHSEN-WEIMAR-EISENACH, ANNA AMALIE HERZOGIN VON, Prinzessin von Braunschweig-Wolfenbüttel (1739–1807): Seit 1758 verwitwet, hatte sie, obwohl sie selbst noch nicht volljährig, die Vormundschaft für den damaligen Erbprinzen Carl August und seinen noch ungeborenen Bruder bis zu des ersteren Volljährigkeit, 1775, auszuüben. Trotzdem der Haushalt des im Siebenjährigen Krieg verwüsteten Landes zu äußerster Sparsamkeit zwang, gelang es ihr, aus Weimar den berühmten Musenhof zu machen und Künstler von Talent an ihren Hof zu ziehen, wozu die ihr selbst eigenen Talente nicht wenig beigetragen haben dürften.[535] Die Beziehungen zwischen Weimar und Dessau waren eng, Waldersee war häufig in Weimar und erlebte bei diesen Gelegenheiten Anna Amalia und auch ihr Sommerdomizil Tiefurt.[536]

SACHSEN-WEIMAR-EISENACH, CARL AUGUST HERZOG VON (1757–1828): verheiratet mit Louise-Auguste, Landgräfin von Hessen-Darmstadt, der Schwägerin des preußischen Kronprinzen Friedrich Wilhelm und des Erbprinzen von Baden. Die Freundschaft des Dessauer Fürsten zu dem noch jungen Carl August ist eines der konstituierenden Elemente für viele Dessauer Reformen, wie auch die Planungen des Fürstenbundes, deren unmittelbarer Zeuge und Chronist der junge Franz von Waldersee auf den Reisen mit seinem Vater wurde. Entsprechend prominent wurde eine 1780 von Martin Gottlieb Klauer geschaffene Gipsbüste des Weimarer Herzogs im Speisesaal des Wörlitzer Schlosses aufgestellt.

---

534 Andreas/Tümmler Bd. I, S. 79 f.: 27. Ernst II. von Gotha an Carl August von Weimar am 13. Dezember 1783 aus Gotha.
Ebenda, S. 84 f.: 33. Ernst II. von Gotha an Carl August von Weimar, Mitte Januar 1784 aus Gotha.

535 Biedrzynski, S. 335 ff.

536 FAW Stöfs I.B.3./I.C.2.m) 1.) Journal de Voyage en 1782, fol. 11 f., 8. Juni 1782.

Bei den Planungen zum Fürstenbund übernahm Carl August 1784 aktiv einen Teil der von Karl Friedrich von Baden, Edelsheim und Franz von Anhalt-Dessau lange vorbereiteten Überzeugungsarbeit unter den mindermächtigen Reichsfürsten.[537] Die zentrale Rolle ist jedoch Franz von Anhalt-Dessau zuzuschreiben, der gemeinsam mit dem Markgrafen von Baden und Edelsheim den Plan für einen Fürstenbund als Dritte Kraft im Reich entworfen und dafür geworben hatte.[538]

Die Reise des Weimarer Herzogs 1787 mit Fürst Franz zur Truppenrevue nach Breslau diente auch der Bestätigung des freundschaftlichen Verhältnisses beider zum neuen preußischen König, Friedrich Wilhelm II. Beide Fürsten wohnten bei dieser Gelegenheit im Hause Waldersee.

SALIS, HERR VON: In den Dessauer Hoftagebüchern tauchen regelmäßig Einträge auf, die vom Besuch eines oder mehrerer männlicher Vertreter der Familie aus Graubünden künden. Hoffmann und mit ihm Fürst Leopold III. Friedrich Franz von Anhalt-Dessau waren mit einer ganzen Reihe gut bekannt, wenn nicht befreundet. Dazu gehörte mit Sicherheit Ulysses Freiherr von Salis-Marschlins, der Begründer des Schweizer *Philanthropins*, zunächst in Haldenstein, dann in Marschlins.

So wissen wir von Besuchen in Dessau am 17. Januar 1775,[539] 14. November 1782,[540] am 30. Juli 1783 besteht in Zürich die Möglichkeit eines Treffens,[541] ebenso Ende September,[542] Waldersee korrespondiert allein mit drei Herren aus der Familie: Antonius, Ercole und „Freund Salis".

SALIS-TAGSTEIN, ANTONIUS VON, Vicarius (1731–1797): Immer wieder, auch in den Briefen der anderen Salis, ist von Kammerdirektor Hoffmann die Rede,

537 Andreas/Tümmler Bd. I, S. 9 und Briefe Nrr. 44. und 45.

538 Vgl. Andreas/Tümmler, sowie Crämer 1961.

539 LASA Z 44, A 12a Nr. 19, fol.18, 17. Januar 1775, Baron von Salis aus der Schweiz. – Das Philanthropin in Marschlins wurde im Oktober diesen Jahres gegründet, mußte aus finanziellen Gründen jedoch schon nach zwei Jahren wieder schließen. Es ist mehr als denkbar, daß Ulysses von Salis vorher in Dessau war, um sich mit Basedow und dem Fürsten über das Konzept zu besprechen.

540 LASA Z 44, A 9e Nr. 15 (18), fol. 38 r.:14. November 1782 „die Hoffmanns kamen mit einem von Salis".

541 ZB Zürich, Nachtzettel 1783: Mi., 30. Juli 1783 / Schwerdt / Le Marèchal de Salis de Grison.

542 ZB Zürich, Nachtzettel 1783: So., 28. September 1783 / Schwerdt / Baron de Salis de Soglio.

den Waldersee 1781 auf seiner Reise durch Schweiz und Italien begleitet hatte. Auf dieser Reise haben sie in Chiavenna im Haus des Vicarius Antonius Salis, dem heute noch als Hotel unter diesem Namen bestehenden Palazzo Salis gewohnt.[543] Dort lernten sie auch weitere Familienmitglieder kennen, so etwa den Sohn Ercole. Salis-Tagstein war längere Zeit in Berlin gewesen, in den Briefen werden die gemeinsamen Bekannten nach ihrem Wohl und Wehe durchgegangen.[544]

SALIS-TAGSTEIN, CORNELIA VON, geb. von Salis-Soglio aus der Casa Antonio (1732–1814): Gemahlin des Vicarius und Gastgeberin für die Reisegruppe um den Kammerdirektor Hoffmann, die 1781 in Chiavenna im Palazzo Salis ihren Aufenthalt nahmen.

SALIS-TAGSTEIN, ERCOLE VON (1755–1805): Sohn des Vicarius Antonius von Salis-Tagstein und der Cornelia von Salis-Soglio, Podestà. Waldersee hatte ihn, neben anderen Familienmitgliedern, 1781 kennengelernt, als er den Kammerdirektor Hoffmann nach Graubünden und Genua begleiten durfte. In Chiavenna machten Hoffmann und Waldersee länger Station und der Kontakt wurde weiterhin über Briefe aufrecht erhalten. 1783 war Ercole länger in Berlin und bedauerte, auf diese Weise die in Zürich weilenden Dessauer verpasst zu haben.[545]

Ercole heiratete im Jahr ihres Kennenlernens Maria de Wilde (*1759), Enkeltochter des Amsterdamer *Ontvanger-Generaal*, der nicht nur Steuern gesammelt hatte, sondern mit seinem *Museum Wildeanum* auch eine derart bedeutende Kunstkammer unterhielt, dass Zar Peter der Große auf seinen beiden Reisen nach Amsterdam, 1697 und 1717, der Sammlung und ihrem Besitzer einen ausführlichen Besuch abgestattet und sie nach Wildes Tod – zumindest in Teilen – vermutlich gekauft hatte.

SARDINIEN, KÖNIG VON, siehe: Savoyen

SAVOYEN, VICTOR AMADEUS III. HERZOG VON, KÖNIG VON SARDINIEN-PIEMONT (1726–1796): In seiner Residenz Moncalieri bei Turin gewährte der Herzog

---

543 In diesem Haus hingen diverse Familienportraits, die Angelika Kauffmann gemalt hatte: Vom Vicarius, seiner Gemahlin und den beiden Söhnen Ercole und Anton. Auch manche Supraporten im Palazzo Salis zu Chiavenna könnten von der Hand der jungen Künstlerin stammen. Vgl. Hosch.

544 FAW Stöfs I.B.2.e) Freund Salis von Tagstein aus Chiavenna und Tours 1783–1785.

545 FAW Stöfs I.B.2.e) Ercole Graf Salis aus Chiavenna (28. Juni und 26. Juli 1781) gibt Reiseempfehlungen für die Weiterreise. Freund Salis von Tagstein [wohl Antonius] aus Chiavenna und Tours 1783–1785.

und König 1781 den Reisenden um Kammerdirektor Hoffmann Audienz. Seit 1771 war seine Tochter, Prinzessin Maria Josepha, mit dem späteren Ludwig XVIII. verheiratet, der 1814, nach Jahren der Flucht und des Exils, bereits verwitwet, als vorletzter Bourbone den französischen Thron besteigen sollte. Sein Bruder und Nachfolger, Karl X. sollte der letzte Bourbone auf dem französischen Thron werden, auch er war mit einer Tochter des Herzogs von Savoyen, Prinzessin Marie Therese, verheiratet. Wenn auf den Tuilerien die bourbonische Flagge weht, wird Waldersee sich dieser Audienz zu Moncalieri erinnert haben.[546]

SAYN-WITTGENSTEIN-HOHENSTEIN, WILHELM LUDWIG GEORG GRAF (1804: Fürst) ZU (1770–1851): preußischer Staatsmann, enger Vertrauter des Königs Friedrich Wilhelm III. von Preußen und eine der treibenden Kräfte der Restauration. Als Waldersee 1819/20 mit ihm korrespondierte, war Wittgenstein möglicherweise noch Polizeiminister, wurde aber gerade Minister des königlichen Hauses, was er bis 1851 bleiben sollte. Die Themen ihrer Korrespondenz sind einerseits Waldersees Gedicht „Der Jäger", andererseits der hier bereits als ungünstig betrachtete Vergleich, den er mit dem herzoglichen Haus geschlossen hatte.[547]

SCHACK, GRAF VON: Duzfreund aus Breslau berichtet vom Besuch Goethes dortselbst: „sag Deinem lieben Weibe, daß ich meiner spizen Nase ohngeachtet mit Göthe nicht allein gut bekannt, sondern herzlich vertraut geworden bin, und daß ich in so kurzer Zeit noch nie einen Menschen so lieb gewonnen habe als ihn. Auch sein Herzog hat sich überzeugt daß ich nicht ganz verrükt bin, wie er ehemals glaubt, wenigstens hoff ichs, nachdem wir über so mancherlei ernsthafte Dinge gesprochen haben."[548]

SCHEIFFLER, siehe: Tamm, Sophie

SCHEIL: Lakai des regierenden Herzogs und Fürsten Leopold III. Friedrich Franz von Anhalt-Dessau, der dessen letzte Lebensstunden im Luisium begleitete. In Dessau gibt es zu dieser Zeit vor allem Handwerker dieses Namens, Schneider- und Knopfmachermeister, sowie einen Waisenhausvater.[549]

SCHIF, siehe: Tamm, Sophie

546 FAW Stöfs II.C.7) 19. April 1813 aus Paris.

547 FAW Stöfs I.B.2.e) Wittgenstein /Berlin 1819–20.

548 FAW Stöfs I.B.2.e) Schack/Breslau 1790–1794, 29. September 1790. Ebenda: Onkel Wedell/Breslau, 21. August 1790 hatte schon vom Besuch des Dichters berichtet.

549 Vgl. Brückner.

SCHILDHAUER, FRIEDRICH: aus Vockerode stammender Lakai des regierenden Herzogs und Fürsten Leopold III. Friedrich Franz von Anhalt-Dessau, der dessen letzte Lebensstunden im Luisium begleitete. Entweder derselbe, der 1791 als Reitknecht geführt wird, oder ein naher Verwandter.[550]

Friedrich Schildhauer, seit 1802 verheiratet mit Johanna Eleonore Elisabeth, geb. Baumann, lebte seit 1813 im Haus Nr. 282, später An der Mauer Nr. 34/33, das sein Schwiegervater, Reitknecht des Prinzen Eugen, nach dem Tod seines Dienstherrn von seinem für sechs Jahre ausbezahlten „Tractament" erworben hatte.[551]

SCHLABRENDORFF, GRAF VON: vermutlich ein Gutsnachbar in Bresa, mit dem Waldersee einen Prozess ausfocht, der ihn 3000 rt gekostet haben soll.[552]

SCHLEIERMACHER, FRIEDRICH DANIEL ERNST (1766–1834): evangelischer Theologe, Altphilologe, Philosoph, Staatstheoretiker und Soziologe von reicher publizistischer Tätigkeit. Franz II. Graf Waldersee schreibt im Dezember 1808 aus Berlin, dass er und vermutlich seine ganze Familie Schleiermacher häufiger hätten predigen hören. Der Theologe und Ordinarius war nach der Schlacht bei Jena und Auerstedt am 14. Oktober 1806, als Halle dem Königreich Westfalen zugeschlagen und seine Universität geschlossen wurde, aus patriotischen Gründen von allen Ämtern zurückgetreten. In Berlin, wo er nun zunächst als Privatier lebte, hielt er vor allem an der Dreifaltigkeitskirche vor einer großen Gemeinde offenbar auch kontrovers diskutierte Predigten.[553] Der Singakademie Carl Friedrich Zelters, die die Damen Waldersee nicht ein Mal während dieses Berlinaufenthalts versäumten, trat Schleiermacher zusammen mit seiner im Mai 1809 angetrauten Gemahlin Henriette, geb. von Willich, erst im kommenden Jahr bei.

SCHLENK, JOHANN: Schuhmachermeister. Der aus Pegnitz bei Bayreuth stammende Schuster hatte 1772 Marie Gertraud, die Tochter des Dessauer Händlers und Marktmeisters Daniel Ephraim Hartmann geheiratet. Im Folgejahr legte Schlenk eine Erbschaft in dem Haus Nr. 177, später Hospitalstr. 67 an und übernahm 1787 auch das Haus Nr. 1 seines Schwiegervaters, welches ihm 1792 der Fürst für 1000 rt abkaufte, um an seiner Stelle das später sogenannte Hofmarschallhaus auf dem Kleinen Markt zu errichten – die auf dem Haus Nr. 1 liegenden Abgaben wurden auf das zur selben Zeit neu errichtete

---

550 Beckus 2015, S. 466: LASA Z 44, C 5d, Nr. 3, fol. 111.

551 Brückner Bd. 12, S. 1076.

552 FAW Stöfs Familienchronik, fol. 155.

553 FAW Stöfs I.B.1.h) Franz II. v. Waldersee an Leopold v. Gerlach, Berlin 15. Dezember 1808.

Palais Waldersee übertragen.[554] Dem Schuster Schlenk schuldete Waldersee seit dem 20. Mai 1816 700 rt.[555]

SCHLEUSSERN, die neue: Vermutlich handelt es sich bei der im Herbst 1787 eingestellten Bediensteten Waldersees, die in Bresa hätte die Küche besorgen sollen, nicht um eine Person mit diesem Eigennamen, sondern um die Beschließerin.

SCHLICHT, JOHANN ABEL (1754–1826): Maler, Architekt und Kupferstecher mit besonderem Schwerpunkt in der Aquatinta-Technik, kurpfälzischer Hofbaumeister zu Mannheim, Professor an der Akademie in Düsseldorf und schon früh, 1789, Mitglied der Preußischen Akademie der Künste. Als Mitarbeiter der *Chalcographischen Gesellschaft zu Dessau* scheint das Direktorium nicht besonders zufrieden mit ihm gewesen zu sein, vor allem mit seinen Blättern nach Claude Lorrain.[556] Es handelt sich bei dem ersten Blatt wohl um die von Schlicht bezeichnete Aquatinta und Radierung „Der Mittag", die dem Landgrafen Wilhelm IX. von Hessen-Kassel als dem damaligen Besitzer des heute in der Eremitage hängenden Gemäldes gewidmet war.[557] Das Gegenstück, „Der Abend" wurde, möglicherweise auf den Einwand von Bertuch hin, erst 1798 herausgegeben und trägt die Signatur des Stechers Schlotterbeck, der schon das erste Blatt vollendet hatte.[558]

SCHLOBACH: gelegentlich für die *Chalcographische Gesellschaft zu Dessau* tätig.[559] Der Name Schlobach ist in Dessau eng mit der Jonitzer Mühle verbunden, die Johann Friedrich Schlobach 1779 dem Fürsten abgekauft hatte und sich noch heute im Besitz der Familie befindet. Wenn Waldersee im Zuge seiner chalcographischen Geschäfte an Bertuch schreibt, dass er Schlobach kommen lasse, handelte es sich möglicherweise um Arbeiten für den Aufbau des Betriebs, die in der Mühle erledigt wurden. 1793 hatte Leopold Schlobach die Mühle von seinem Vater für 12 000 rt übernommen[560] und

---

554 Brückner Bd. 4, S. 327 f. und Bd. 11, S. 975 f.

555 FAW Stöfs I.B.1.b) Restierende Capitalien (undat.).

556 FAW Stöfs I.B.3./I.C.2.i) Bertuch von 1784 an: 18. September 1797.

557 Kat. Ausst. Coburg 1987, S. 67 u. 69, Nr. 34.
Kat. Ausst. Dessau 1996, S. 97.

558 Kat. Ausst. Coburg 1987, S. 94, Nr. 60.

559 GSA 06/2047, 21. Dessau, 6. November 1796.

560 Würdig, S. 415 f.

ein Diemengerüst erfunden, das sich nicht nur zur Trocknung von Getreide empfahl, sondern auch zur Aufbewahrung anderer Vorräte.[561]

SCHLOSSER, JOHANN GEORG (1739–1799): Schriftsteller, Markgräflich Badischer Hofrat und Oberamtmann der Markgrafschaft Hochberg, in erster Ehe verheiratet mit Cornelia Goethe (†1777). Schlosser wurde von den Planern des Fürstenbundes mit juristischen Gutachten beauftragt und war so eng an diesen Planungen beteiligt.

SCHLOTTERBECK, WILHELM FRIEDRICH (1777–1819): der aus dem Markgräflerland stammende Landschaftsmaler, Zeichner und Graphikkünstler war als begabter Halbwaise schon 1790 in das Basler Atelier von Christian von Mechel gekommen. Bedeutend waren seine Fähigkeiten in der noch neuen Aquatintatechnik. 1796 wurde er mit seinem älteren Kollegen Haldenwang an die *Chalcographische Gesellschaft zu Dessau* berufen, deren Bedeutung auch auf der Qualität seiner Blätter beruhte. Als 1801 in Dessau die letzten Einzelblätter erschienen waren, darunter vier Blätter von Schlotterbeck nach Claude Lorrain, folgte er seinem Kollegen Pichler nach Wien, wo er dem dortigen Kunstverleger Tranquillo Mollo durch bedeutende Landschafts- und Trachtenstiche zu beachtlichem wirtschaftlichem Erfolg verhalf.[562]

SCHMALZ, THEODOR ANTON HEINRICH (1760–1881): Ordinarius für Rechts- und Kameralwissenschaften in Königsberg, seit 1801 Kanzler und Rektor der Universität Halle, Schwager Gerhard von Scharnhorsts. Als Halle nach der Schlacht bei Auerstedt Ende 1806 dem Königreich Westfalen zugeschlagen und die Universität geschlossen wurde, hielten es u. a. Schleiermacher und Schmalz für ihre patriotische Pflicht, von ihren Ämtern zurückzutreten und als Privatiers nach Berlin zu gehen, wo Schmalz 1810 nicht nur zum Ordinarius an die neugegründete Hochschule berufen, sondern auch zu ihrem Gründungsrektor ernannt wurde. In die Zeit vor dieser Ernennung fallen Ereignisse, die die Familie Waldersee vor Ort verfolgen konnte: Dem Juristen war von der französischen Besatzung vorgeworfen worden, unerlaubterweise mit einem Offizier in Königsberg korrespondiert zu haben, nun wurde er in der Hausvogtei „mit Schärfe bewacht."[563]

---

561 Leideritz, S. 11 ff.

562 Vgl. Kat. Ausst. Coburg 1987, v. a. S. 17.
Kat. Ausst. Dessau 1996, S. 87: Arbeits-Accord pro 1797 mit Herrn Schlotterbeck, 17. November 1796.

563 FAW Stöfs I.B.1.h) Franz II. v. Waldersee an Leopold v. Gerlach, Berlin 15. Dezember 1808.
Allgemeine Zeitung München, S. 1332, Bericht aus Berlin vom 19.11.1808.

SCHMIDT, MICHAEL IGNAZ (1736–1794): Autor der *Histoire des Germains*, welche Fürst Franz von Anhalt-Dessau und Franz von Waldersee im Juli 1783 gemeinsam lasen und die eine Rolle in dem programmatischen Familienporträt Freudweilers spielte. Schmidt, ein Würzburger Jesuitenzögling, hatte sich als Erzieher der evangelischen Rotenhan in Bamberg vom starren Katholizismus der katholischen Aufklärung zugewandt. Deren energischer Vertreter Adam Friedrich von Seinsheim, Bischof von Würzburg, berief ihn zunächst 1768 zum dortigen Seminardirektor. Als geistlicher Rat mit Sitz und Stimme in der Regierung wirkte er bei der Modernisierung der Mainhochstifter unter Adam Friedrich und dessen Nachfolger mit. 1778 erschien seine *Ältere Geschichte der Deutschen*, die gemäßigten josephinischen Geist mit dem historisch-politischen Gedankengut Montesquieus und Mösers zu einem überkonfessionellen Bild des mittelalterlichen Reiches verband. Dieses überkonfessionelle Bild sollte die Grundlage zukünftiger Verfassungsentwicklung und -reformen sein und prägte die Reichsvorstellung der Reformergeneration in den Jahren vor und mehr noch nach der Französischen Revolution. Die von Fürst Franz und Waldersee 1783 auf dem Weg in die Schweiz gelesene *Geschichte der Deutschen* erschien bis 1808 in zwei Auflagen und 17 Bänden; sie trug Schmidt eine Berufung an den kaiserlichen Hof ein, wo er unter anderem zum Lehrer des nachmaligen Kaisers Franz I. bestimmt wurde.

SCHNEIDER, Dessauer, siehe: Eberius

SCHOCH, JOHANN LEOPOLD LUDWIG (1728–1793): Hofgärtner zu Wörlitz, in zweiter Ehe Vater der Louise Schoch, geadelten Freifrau von Be(h)ringer, der Geliebten des Fürsten Franz und Mutter drei seiner Kinder. Der Sohn des Gärtners Johann George Schoch, Lustgärtner des Fürsten Dietrich und der Johann Sophie, geb. Schließer, legte als Gärtner gemeinsam mit dem Fürsten Franz und dem Kavalierarchitekten Erdmannsdorff die Grundlagen zum Gartenreich um Dessau und Wörlitz.

SCHOCH[IN], siehe: Be(h)ringer, Leopoldine Louise Freifrau von

SCHRÖDER, FRIEDRICH ENOCH (1764–1824): in St. Petersburg lebender Lehrer, Bibliothekar, Schriftsteller und Buchdrucker. Es ist vermutlich dieser Mann, den Waldersee gebeten hatte, die Geschäfte der *Chalcographischen Gesellschaft zu Dessau* in Russland zu befördern, und der gerne zusagt, solches zu tun: „Es würde mir die lebhafteste Freude gewähren, wenn ich der Calcographischen Gesellschaft in dieser Unternehmung so nüzlich sein könnte, als ich es wünschte und ich werde mein Mögliches thun, um das Vertrauen zu rechtfertigen welches Sie gütigst in mich sezen.“[564]

---

564 FAW Stöfs I.B.2.e) Schröder aus St. Petersburg am 28. August 1801.

SCHRÖDER, Diener, siehe: Schröter

SCHRÖTER, FRANZ (vor 1760–1815): seit 1769 in fürstlichen Diensten, seit 1771 Kammerdiener des Fürsten Franz von Anhalt-Dessau und in dieser Funktion 1775 und 1783 Mitglied der Dessauer Reisegruppen nach England und in die Schweiz. Zunächst lebte er in der Neuen Straße und heiratete 1790 in zweiter Ehe die Wörlitzer Castellanin desselben Namens. Die 1816 in Wörlitz provisorisch angestellte Castellanin Albertine Schröter dürfte seine Tochter oder Stieftochter gewesen sein.[565]

SCHUBRING, CHRISTIAN FRIEDRICH (1735–1782): von 1766 bis 1782 lutherischer Pfarrer der Dessauer St. Johanniskirche, in welcher Fürst Franz zuerst Johanna Eleonore Hofmeyer erblickt hatte. Seine Predigten waren Bestandteil der Waldersee'schen Bibliothek gewesen. Er war der Vater des späteren Herzogl. Dessauischen Regierungsrats Friedrich Schubring (1771–1823), der mit Sofie Agnes (1775–1814), Tochter des Simon Ludwig Eberhard de Marées, verheiratet war.

SCHÜTZ, JACOB GOTTFRIED: Diakon der lutherischen Kirche St. Johannis zu Dessau. Er heiratete 1794 Waldersees jahrelange heimliche Liebe, Wilhelmine Bramigk.

SCHUHMACHER, Dessauer, siehe: Schlenk, Johann

SCHULDHEISS, siehe: Schulthess

SCHULENBURG, ADOLF FRIEDRICH WERNER GRAF VON DER, auf Beetzendorf (1759–1825): Ehemann der Wolfardine, geb. von Campen, die er 1790 in Dessau geheiratet hatte. Von etwa 1789 bis 1797 war Schulenburg als fürstlicher Hausmarschall in Dessau bestallt und als solcher auch Leiter des erbprinzlichen Haushalts. Der Tod seiner ersten Ehefrau Wolfardine ließ ihn sich nach neuen Aufgaben umsehen – trotzdem pachtete er mit Franz Graf Waldersee zusammen die Michelsche Jagd bis 1801. 1795, nach seiner zweiten Eheschließung, verließ er Dessau und ging an den kursächsischen Hof zu Dresden, wo schon etliche Verwandte von ihm bedeutende Stellen besetzten.[566]

---

565 LASA Z 44, A 12 b1 Nr. 7, fol. 96.
Vgl. Beckus 2015, S. 471.
LASA Z 44, C 5d Nr. 3, fol. 59 r. (1769: 3 Jahre abgabenfrei), fol. 29 r. (1774: 12 rt Monatslohn), fol. 29 v. (1787: Schröterin verdient monatlich 10 rt, 1790 Verehelichung), fol. 30 v. (1803: 14 rt 12 gr Monatslohn), fol. 163 r. (1816).

566 Neues Genealogisches Reichs- und Staats-Handbuch 1797, S. 57.
LASA Z 44, C 5d Nr. 3, fol. 84 v., 1795.
Beckus 2015, S. 472 f.

Schulenburg, Wolfardine Gräfin von der, geb. von Campen (1773–1794): Tochter des August Wolfrath von Campen und der Wilhelmine, geb. Gräfin von Anhalt, seit 1790 verheiratet mit dem Fürstlich Anhalt-Dessauischen Hausmarschall Adolf von der Schulenburg. Mit ihrer richtigen Cousine Louise Waldersee trug Wolfardine Schulenburg am 28. Juni 1792 an der Heideburg ein Gedicht zum Empfang der Erbprinzessin vor. Die jungen Frauen des Hofes mimten bei dieser Gelegenheit die Priesterinnen der Fortuna, die beiden Cousinen traten als Nymphen auf.[567] Wolfardine starb in Dessau im Kindbett, wenige Tage nach der Geburt ihres dritten Kindes, einer Tochter, die den Namen ihrer Mutter erhielt. Bis zur Wiederverheiratung des Witwers lebten die verwaisten Kinder bei Waldersees im Dessauer Haus.[568]

Schultheis: siehe Schulthess

Schultheiss: siehe Schulthess

Schulthess, Anna Barbara, (Bäbe), geb. Wolf (1745–1818): vom Schönenhof, Freundin Lavaters, der sie 1775 so beschreibt: „Frau Schultheß ist kurz und gut - eine Männin. Sie spricht fast nichts und fühlt nur ohne Wortgepränge. [...] Ihr Schweigen ist belehrende Kritik. Sie ist mir Warnerin und Stab ... Sie ist mir nur durch Schweigen nützlich.“[569] Im Besitz der älteren Bäbe Schulthess, die seit 1775 mit Goethe befreundet war, befand sich eine Abschrift der ersten Fassung des *Wilhelm Meister*.[570] Goethe hatte das entstehende Werk in einzelnen Sendungen nach Zürich geschickt, wo es im Familien- und Freundeskreis vorgelesen und abgeschrieben wurde.[571]

Schulthess, Anna Barbara (Bäbe) (1765–1792): älteste Tochter der älteren Bäbe Schulthess. Wie eng die Freundschaft zwischen der *Comtesse* Louise und ihr war, beweisen die Brieflein, die in der Zürcher Zeit zwischen dem Schönenhof und Hottingen gewechselt wurden. Daraus erschließen sich auch Abende, Lektüre und Musik, die von der jüngeren Bäbe in ihrem Tagebuch nicht erwähnt werden. Die zunehmende Innigkeit der Briefchen erzählt von dem Beginn einer Lebensfreundschaft zwischen den beiden jun-

567 FAW Stöfs I.B.2.a).

568 FAW Stöfs Familienchronik, fol. 157, 1794.

569 LAV XIII/168/11851. Mraz/Schlögl, S. 334.

570 Billeter 1910. Vgl. Oellers/Steegers, S. 80.

571 StAZ W 59 FA Usteri 290–292. Die jüngere Bäbe Schulthess notiert am 26. Dezember 1784 in ihrem Tagebuch den Abschluss der Abschrift.

gen Mädchen und der Bedeutung, die die Zürcher Monate für die damals noch unverheiratete Louise behalten werden.[572]

1790 sollte Bäbe Schulthess den Vikar und zukünftigen Antistes Georg Gessner heiraten. Bis zu ihrem Tod sollte sie in Kontakt mit dem Dessauer Kreis bleiben, vor allem der *Comtesse*. Ein ergreifendes Dokument ist der Brief Georg Gessners, in welchem er den Tod seiner Frau der Freundin mitteilt. Auf der ersten Seite schildert er ausführlich die glückliche Geburt einer Tochter, um auf der zweiten Seite den Tod seiner Frau mitzuteilen.[573]

SCHULTHESS, HANS CONRAD (1714–1791): Zürcher Kauf- und Handelsherr, Gastgeber der Dessauer Reisegruppe. 1761 hatte er bereits den Sommersitz Wäldli in Hottingen an der heutigen Asylstr. 24 erworben, der bald Treffpunkt des gelehrten und literarischen Zürichs wurde und im Sommer 1783 auch Fürstin Louise, die *Comtesse* und Waldersee beherbergte.[574] Hans Conrad Schulthess, Witwer der Anna Maria, geb. Kilchsperger (1725–1763), „[...] war ein Mann von ausgebreiteten Talenten, ein angenehmer Gesellschafter, ein diensteifriger Geber. Bei den blühendsten Glücksumständen blieb er einfach, mäßig und prunklos."[575]

SCHWABE, Hamburg: Die Person, die in Waldersees Schuldenliste mit der stattlichen Summe von 2500 rt aufgeführt wird, ist vermutlich Philipp Benjamin Schwabe (1771–1852), der, in Dessau geboren, 1819 das Hamburger Bürgerrecht erwarb. Zuvor waren er und seine fünf dort geborenen Kinder lutherisch getauft worden. In Hamburg muss er von 1813 an gelebt haben, sowohl er als auch seine Frau Rosalie Marie, geb. Levy (†1846) starben dort. Schwabe eröffnete bereits wenige Jahre nach seiner Niederlassung in Hamburg ein Unternehmen im englischen Manchester. Sein Sohn Gustav Christian (1813–1897) sollte ihn als Investor, Financier und schließlich Reeder und Eigentümer der White Line Schifffahrtslinie noch bei weitem übertreffen.[576]

---

572 StAZ W 59/137, [o. Dat., 2.10.], 4., 18., 20., 25. und 27. Oktober, 3. November 1783.
Die Briefe sind wiedergegeben in: Schweinitz 2004, S. 446 ff.

573 FAW Stöfs I.B.3/I.C.2.l) Brief Georg Gessners vom 6. Juni 1792 an Louise Gräfin Waldersee, geb. Gräfin Anhalt.

574 ZB Zürich Ms. J 331, fol. 130f. David von Moos Ende August 1783.

575 Schulthess 1908, S. 71.

576 FAW Stöfs I.B.1.b) Designation der Schulden 1816.
http://www.manfamily.org/about/other-families/loeck-family/may-family/wolff-family/schwabe-family/

Schwanenwirt: Wirt des Gasthofs zum Weißen Schwan in Dessau, Haus Nr. 655, später Zerbster Str. 51. Dem 1804 geschlossenen Pachtvertrag können wir entnehmen, dass das Haus 6 Stuben nach vorn und 6 Stuben nach hinten hatte, eine Kegelbahn besaß, sowie ein Billard, Stall für 40 Pferde, sowie Brau- und Branntweinbrennerei-Gerechtigkeit. 1808 wurde der Gasthof an den Buchdrucker Joh. Christoph Fritsche für 4400 rt verkauft, der hier mit seiner Druckerei einzog und gleichzeitig die Gastwirtschaft weiterbetrieb. Die Druckerei des Fritsche arbeitete mit französischen Didot-Lettern, die ein deutlich besseres Druckbild abgaben als die von der Dessauer Druckerei Heybruch verwendeten alten Lettern. Fritsche war mit einer Tochter Heybruch verheiratet, konnte aber mangels fürstlichen Privilegs zunächst nur ausländische Aufträge drucken. Nachdem die Dessauer jedoch zunehmend ausländische Produkte wegen des besseren Drucks kauften, konnte auch Fritsche ab 1807 mit fürstlichem Privileg inländische Aufträge drucken.[577]

Schweden, Gustav II. Adolph, König von (1594–1632): Gustav Adolph hatte das protestantische Heer im Dreißigjährigen Krieg geführt und die Einheit Deutschlands und den Religionsfrieden im Reich um der Sicherheit Schwedens willen verfolgt. Der als Held der deutschen Nation verehrte Schwedenkönig bot sich als Leitfigur für den geplanten Fürstenbund an. Die Rettung der Reichsverfassung durch Gustav Adolph ist das entscheidende Bezugsmoment für die Planer des Fürstenbundes. Das lässt sich dem von Waldersee geschilderten Familienporträt Freudweilers entnehmen. Der schwedische König war aber nicht nur Vorbild für die Planer des Fürstenbundes, sondern diese wurden in ihrem politischen Einsatz auch mit ihrem Vorbild verglichen.[578] Deshalb spielt das Bild des Schwedenkönigs in der Ausstattung des Gotischen Hauses, aber auch des Landes Anhalt-Dessau eine bedeutende Rolle.[579]

Seckendorff-Aberdar, Karl Friedrich Siegmund Freiherr von (1744–1785): seit 1775 Kammerherr am Weimarer Hof und *Directeur de plaisirs* an der Tafelrunde der Herzoginwitwe Anna Amalia, Musiker und Komponist. Seit 1779 war Seckendorff mit der Tochter Sophie des Geheimrats Carl Alexander von Kalb verheiratet. Friedrich II. von Preußen sollte ihn 1784 als Gesandten

577 Brückner Bd. 2, S. 151 ff.

578 Andreas/Tümmler Bd. I, S. 143 ff.: Carl August von Weimar an Dalberg am 16. April 1785 aus Weimar.

579 Rahn Nr. 109 und Harksen, S. 149, Inv. Nr. 189, sowie Harksen, S. 155 f. Vgl. Hirsch 1987, S. 29 ff; Umbach 2000, S. 154; Korzus, S. 11–22; Schweinitz 2004, S. 451 f.

beim fränkischen Kreis einsetzen und ihm damit die Möglichkeit geben, sich aus den ihm allzu eng erscheinenden Weimarer Verhältnissen zu befreien.[580] Diese Mission sollte zu dem 1785 geschlossenen Großen Fürstenbund führen, der, indem er die Reichsverfassung zu retten vorgab, dem Machtstreben Preußens gegenüber Österreich einen erheblichen Vorsprung verschaffte und die Reichsverfassung schwächte.[581]

SEIDELMANN, siehe: Seydelmann

SEIFERT: Fleischer in Dessau. Er gehört zu den Personen, die Waldersee 1816 auf seiner Schuldenliste führt, in diesem Fall mit 40 rt.[582]

SELDENECK, WILHELMINE CHRISTINE SCHORTMANN, FREIIN VON (1740–1804): seit 1766 in morganatischer Ehe vermählt mit dem einzigen Bruder des Markgrafen Karl Friedrich, Wilhelm Ludwig von Baden. Sie wurde mit den gemeinsamen Kindern 1777 unter dem Namen der 1583 erloschenen Freiherrn von Seldeneck geadelt und begegnete Waldersee am badischen Hof.[583]

SENN, JOHANN CHRISTOPH (†1815): einer der renommiertesten Kupferdrucker seiner Zeit, der eine exzellente Ausbildung im Atelier des Christian von Mechel in Basel erhalten hatte, seit 1796 geschäftstüchtiger und zuverlässiger Mitarbeiter der *Chalcographischen Gesellschaft zu Dessau*, der eventuelle Vorschüsse auch pünktlich zurückzahlte.[584] Durch seine Heirat 1803 mit der Tochter des Dessauer Wirts der Gaststätte „Zum Goldenen Beutel", Johanna Friederike Wilhelmine Stenge, war Senn sicher der Mitarbeiter mit den stärksten Bindungen nach Dessau, weshalb er nach seiner Entlassung 1800[585] und längerem Aufenthalt in Wien, wo er – wie etliche seiner

---

580 Biedrzynski, S. 405 ff. und S. 411.

581 Vgl. Duchhardt, S. 226 ff.

582 FAW Stöfs I.B.1.b) Designation der Schulden 1816.

583 Andreas/Tümmler Bd. I, S. 262 und Kat. Ausst. Baden-Baden 1981, S. 241. FAW Stöfs I.B.3./I.C.2.m) 3.) Tagebuch der Schweizreise 1783, fol. 103, 9. November 1783, Karlsruhe.

584 Kat. Ausst. Coburg 1987, S. 17 f.
Kat. Ausst. Dessau 1996, S. 88 f.
GSA 06/5291 Contract mit dem Kupfer Drucker H. Senn, 14. Dez. 1796.
GSA 06/2047, 23. Dessau, 4. März 1798.

585 FAW Stöfs I.B.2.h) Briefe von Bertuch/Weimar, 30. Dez. 1800: Die Geschäfte liefen schlecht und Senn war offenbar, sicher auch wegen seiner hohen Qualität, zu teuer. Bertuch schickt einen anderen Drucker, der den „Theuren Hr. Senn, ganz wohlfeil, vollkommen ersetzen" sollte.

Dessauer Kollegen – für den Verleger Mollo arbeitete, wieder zurückkehrte und 1815 in Dessau verstarb.[586]

Im Ecke Stein- und Franzstraße gelegenen „Goldenen Beutel", der Gastwirtschaft seiner Schwiegereltern, mit der langen und verräucherten Wirtsstube verkehrten die Handwerksmeister der Stadt, es herrschte „eine anständige Gemütlichkeit", das Essen – berühmt waren die Wurstschmäuse – war gut, es wurde gekegelt und Karten gespielt. Das Haus mit seiner gutbürgerlichen Ausstrahlung sollte sich später mit dem von Senns Schwägerin initiierten Neubau des Hauses grundlegend ändern und zum ersten Hotel der Stadt entwickeln.[587]

SEYDELMANN, JACOB CRESCENTIUS (1750–1829): in Dresden und Rom, u. a. bei Mengs ausgebildeter Maler, Kopist und Meister der Sepiatechnik an der Gemäldegalerie zu Dresden, seit 1788 Mitglied der Preußischen Akademie der Künste. Langenhöffel brachte zur Verwendung für die *Chalcographische Gesellschaft zu Dessau* „einige vortrefliche Zeichnungen von Seidelmann aus der Gallerie, und die Hofnung mit [...] vielleicht die ganze Gallerie zu unserer Disposition zu erhalten."[588] Hierzu gehörte mit Sicherheit der „Amor drohend" nach Anton Raphael Mengs, wonach die Gesellschaft 1799 einen Kupferstich mit Widmung an Herzog Albert von Sachsen-Teschen herausbrachte.[589]

SIEGFRIED, LUDWIG AUGUST FRANZ: vermutlich Sohn des früh verstorbenen Dessauer Kammerassessors Johann August Siegfried. Siegfried war bis 1786 Regierungsadvokat, dann -registrator und seit 1793 -sekretär. Der Stiftsrat Siegfried[590] gehörte vielleicht schon 1797 zu den klugen Administratoren der *Fürstlichen Amalienstiftung* zu Dessau, die die Darlehens-Anfrage abschlägig beschieden, die Waldersee im Auftrag des frisch berufenen Hoftheaterintendanten Lichtenstein stellte.

SIEGLITZ, Witwe: Lehrerin und Direktorin der Wörlitzer Schule für Landmädchen. Das Jahr 1784 markiert einen großen Schub in der Bildungsreform des

---

586 Brückner Bd. 4, S. 317 und Bd. 19, S. 1677 f.

587 Brückner Bd. 7, S. 574 ff. Haus Nr. 495, später Steinstr. 3/4. Brückner zitiert hier Ludwig Würdig, einen Verwandten der Schwiegermutter Stenge, die eine geb. Würdig war.

588 GSA 06/2047, 18. Dessau, 11. August 1796.

589 Kat. Ausst. Coburg 1987, S. 98 f., Nr. 72.

590 LASA Z 284, Nr. 58, 1804-1833: Zahlung einer Entschädigung für den Stiftungsrat Siegfried für seine wegen der vakanten zweiten Stiftsratsstelle getätigten Mehrarbeit.

Fürstentums, woran die Anregungen, die die fürstliche Dessauer Reisegruppe auf ihrer Reise in die Schweiz 1783 erhalten hatte, sicher ihren Anteil hatten. Ende Februar 1784 wird die Witwe Sieglitz gegen 70 rt Gehalt und freie Wohnung, sowie Holz zur Feuerung von der Fürstin in ihr Amt berufen. Sieglitz nahm ihre Aufgabe umgehend in Angriff, den armen Landmädchen Unterricht zu erteilen. Ende des Jahres zog die Schule bereits in ein besseres Quartier, und Pfarrer Häfeli gab Stunden „im alten gelben Hause".[591] Die Fürstin betrachtete dieses Bildungsprojekt ganz als ihr eigenes und spricht in ihrem Tagebuch immer von „meiner Schule".

SÖLDNER, Sophie Eleonore, siehe: Rode

SOMMER: „geschickter" Drucker Bertuchs aus Weimar, der Anfang 1801 nach Dessau kam, um in der *Chalcographischen Gesellschaft* „den Theuren Hr. Senn, ganz wohlfeil, vollkommen [zu] ersetzen."[592]

SON ALTESSE ROYALE, siehe: Anhalt-Dessau, Louise Henriette Wilhelmine Fürstin von

STANGE: ein anderweitig unbekannter Gläubiger Waldersees, der 1811 im Etat mit „Zinsen an Stange, Marschall, Raunig, Wolf etc. + Agio 1939 rt" steht.[593]

STAUFFACHER, WERNER: aus Schwyz gebürtig, einer der drei Eidgenossen. Siehe auch: Fürst, Walter und Melchthal, Arnold

STEIN, HEINRICH FRIEDRICH KARL FREIHERR VOM UND ZUM (1757–1831): preußischer Staatsminister. Als Waldersee den bedeutenden preußischen Reformer 1814 in Paris sprach, dürfte er manche persönliche Gemeinsamkeit entdeckt haben: sein Engagement für den Erhalt der Reichsverfassung und den Fürstenbund, die Freimaurerei und die illegitime Herkunft seines Schwiegervaters, des Grafen Johann Ludwig von Wallmoden-Gimborn.

Als reichsunmittelbarer Gutsbesitzer hatte Stein selbst durch die Mediatisierung seiner Ländereien unter den napoleonischen Reformen zu leiden, die er im Großen zunächst befürwortet und selbst betrieben hatte. Stein, der zur sogenannten Kriegspartei am preußischen Hof gehört hatte, wurde zunächst wegen seiner Widerspenstigkeit, seinem Trotz und Ungehorsam aus dem Amt des Königlich Preußischen Finanz- und Wirtschaftsministers entlassen. Er drang mit den nach ihm benannten staatlichen Reformen erst nach dem fast vollständigen Zusammenbruch Preußens durch, der im Frieden von Tilsit schon besiegelt schien. Diese, im Königsberger Exil unter Füh-

591 LASA Z 44, A 9e, Nr. 15 (18) fol. 45 v.
Ebd., fol. 48 r., 1. Dezember 1784.

592 FAW Stöfs I.B.2.h) Briefe von Bertuch/Weimar, 30. Dezember 1800.

593 FAW Stöfs I.B.1.b) „Etat meiner Wirthschaft vom 1ten Januar 1811 an".

rung Steins als Staatsminister, zusammen mit Hardenberg, Scharnhorst und Gneisenau entwickelten Reformen führten Preußen in die Frühmoderne und ermöglichten letztlich die Befreiungskriege und den Sieg über Napoleon: Abschaffung der Leibeigenschaft und der Frondienste, freie Berufswahl und freier Erwerb von Eigentum, rechtliche Gleichstellung der Juden, Abschaffung der Kabinettsregierung, grundlegende Revision des Militärwesens, kommunale Selbstverwaltung und die Reform der Staatsfinanzen.[594]

STEINACKER, GABRIEL WILHELM (1743–1786): Kaufmann und Buchhändler zu Dessau. Steinacker war zusammen mit seinem Schwager Regis einer der ersten Buchhändler Dessaus und diente vorzüglich dem *Philanthropin* und seiner Verlagsbuchhandlung als Kommissionär. Er hatte 1777 die erste Leihbibliothek in Dessau gegründet und 1781 einen Journallesezirkel. Seine Kreativität bewies sich auch in der Teilnahme an der Dessauer Liebhaberbühne und als Sänger – zur Einweihung des Wörlitzer Schlosses hörte man ihn die von Rust komponierten Kantate singen.[595] Steinacker war verheiratet mit Sophie Wilhelmine Christiane Regis, nach deren frühen Tod ihre beiden unmündigen Töchter von der Fürstin und der *Comtesse* aufgezogen wurden.

STEINACKER, SOPHIE GABRIELE (1777–1842): Tochter des Kaufmanns Gabriel Wilhelm Steinacker und der Sophie Wilhelmine Christiane, geb. Regis, nach dem frühen Tod ihrer Mutter 1782 von der Fürstin Louise von Anhalt-Dessau zusammen mit ihrer jüngeren Schwester, Christine Glücker und der *Comtesse* Louise, der späteren Gräfin Waldersee, im Schloss erzogen.[596] Sophie Gabriele sollte später den königlich preußischen Postdirektor Johann Christian Heinrich Risch aus Magdeburg heiraten, der das Haus Nr. 860 in der Dessauer Schlossstraße 1813 für 2600 rt erwarb, um darin die Postmeisterei zu betreiben.[597]

STEINACKER, SOPHIE WILHELMINE (*1779): Tochter des Kaufmanns Gabriel Wilhelm Steinacker und der Sophie Wilhelmine Christiane, geb. Regis und nach dem frühen Tod ihrer Mutter 1782 von der Fürstin Louise von Anhalt-Dessau zusammen mit ihrer jüngeren Schwester, der Christine Glücker und der *Comtesse* Louise, der späteren Gräfin Waldersee, im Schloss erzogen.[598]

---

594 Vgl. Stein, Briefe und amtliche Schriften. Die Vorwürfe des preußischen Königs zu seiner Entlassung im Januar 1807 in Band 2, S. 329 f.

595 FAW Stöfs I.B.3.p) „Von / der Einweyhung / des Fürstlichen Hauses / zu Wörliz, / welche am 22sten März 1773 gefeyert wurde."

596 LASA Z 44, A 9e Nr. 15 (18) fol. 38 r., Dez. 1782.

597 Brückner Bd. 6, S. 491.

598 LASA Z 44, A 9e Nr. 15 (18) fol. 38 r., Dez. 1782.

STEINACKER, SOPHIE WILHELMINE CHRISTIANE, geb. Regis (†1782): Ehefrau des Kaufmanns und Buchhändlers Gabriel Wilhelm Steinacker und Schwester seines Geschäftspartners Regis. Als sie im Dezember 1782 verstarb, nahm die Fürstin die beiden 4- und 5-jährigen Töchter zu sich.

STEINAKER, siehe: Steinacker

STERNBERG, JOSEPHA GRÄFIN VON, geb. Freiin von Langenthal: Verkäuferin der Güter Groß- und Klein-Bresa im Kreis Neumarkt, Schlesien, die Franz Graf von Waldersee am 5. April 1787 für 56 500 rt erwarb.[599]

SUEDE, ROI DE, siehe: Schweden, Gustav II. Adolph, König von

SUISSES, LES TROIS, siehe: Fürst, Walter; Melchthal, Arnold und Stauffacher, Werner

TAMM, SOPHIE, geb. Scheiffler (†1806): aus Schwedt stammende, ehemalige Kammerfrau und Vorleserin der Fürstin Louise von Anhalt-Dessau und wenigstens seit 1780 Ehefrau des Johann Leberecht Tamm, des ersten Inspektors des Wörlitzer Seminars für Lehramtskandidaten.[600] Früh verwitwet, übernahm sie 1786 das Direktorat der Dessauer Töchterschule und wurde dort für ihre Geistesbildung und Herzensgüte gerühmt.[601] Vermutlich brachte Fürstin Louise die junge Sophie Scheiffler mit ihrer Eheschließung 1767 von Schwedt nach Dessau. Als Kammerfrau begleitete sie das Fürstenpaar auf der Schweizreise 1770 und der Englandreise 1775.[602]

TAYLOR, LORD: Kaplan, englischer Geistlicher am Hof des Markgrafen von Baden, an den durchgreifenden landwirtschaftlichen Reformen in Baden beteiligt. Das ehemalige Kammergut Rüppurr wurde mit seiner Hilfe nach englischem Vorbild modernisiert, die Brache aufgehoben, Fruchtwechselwirtschaft, Schaf- und Ziegenhaltung eingeführt, sowie eine Wollwäscherei und eine Saffianlederfabrik errichtet.[603]

---

599 FAW Stöfs I.B.3./I.C.2.j) Kaufverträge.

600 Häberlein, S. 56.

601 Vgl. Grosse.

602 LASA Z 44, A 9e Nr. 15 (1).
FAW Stöfs I.B.2.f) Kindertagebuch der 6–7-jährigen Louise Anhalt.
LASA Z 44, A 9e, Nr. 15 (3).
LASA Z 44, C 5d Nr. 3, fol. 29 r. (1780: 8 rt 8 gr Monatspension als Kammerfrau).
Vgl. Beckus 2015, S. 482.

603 Schmidt, C. G., S. 259.
Mayer, S. 7. Die bei Mayer nicht genannten Quellen werden im Bestand GLA 391, Domänenverwaltung, vermutet.

TELL, WILHELM: sagenhafter schweizerischer Nationalheld. Als Bild im Bilde formuliert der Tellenschuss auf dem Familienporträt Freudweilers zusammen mit dem Schwur der Eidgenossen und Gustav Adolph das politische Programm der Fürstenbundplaner. Der sagenhafte Schuss des Tell spielt naturgemäß auch in der Innenausstattung des Gotischen Hauses eine große Rolle.[604]

TELL, WALTER: Sohn des Wilhelm.

THORSPECK[E], siehe: Thorspecken

THORSPECKEN, Dessauer Apotheker: Der fürstliche Hofapotheker Gottlieb Lebrecht Thorspecken (1730–1798), Besitzer der seit 1789 im neu errichteten Eckhaus zur Rathausstraße an der Zerbster Straße betriebenen Apotheke zum Goldenen Löwen, hatte zwei Söhne, die Pharmazie studiert hatten. Dem jüngeren überließ der Vater die eigene Apotheke, während er für den älteren 1792 für 3500 rt das Haus 868, später Schlossstraße 2 erwarb. Die hier bereits betriebene Hof- und Schlossapotheke kennzeichnete Gerhard Christian Thorspecken (*1763) zur besseren Unterscheidung von der väterlichen Apotheke mit einem Goldenen Adler.[605]

Der von Waldersee protegierte Apotheker wird also der jüngere Sohn Friedrich Wilhelm Thorspecken (1768–1841) gewesen sein, der nach einer eigenen Wirkungsstätte Ausschau hielt, bis er 1798 seinen Vater beerbte. Es ist zu vermuten, dass es derselbe war, dem Waldersee 1816 Geld schuldete,[606] zumal bekannt ist, wie gut seine Geschäfte liefen – beim Verkauf der Apotheke zum Goldenen Löwen 1828 machte er einen jährlichen Umsatz von 50 000 rt geltend. Friedrich Wilhelm Thorspecken heiratete 1799, nach Antritt des väterlichen Erbes, Henriette Friederike Bramigk, die Tochter des inzwischen – nach einem spektakulären Konkurs – nach Hamburg verzoge-

604 Rahn, S. 221 ff., Nr. 102. Harksen, S. 141 f. Inv. Nr. 150.

605 Brückner Bd. 6, S. 508 ff.

606 GSA 06/2047, 8. Dessau, 24. Februar 1794. Empfiehlt als Chef der hiesigen Medizinalkommission den jungen Thorspeck[en] nachdrücklich für die ausgeschriebene Stelle eines Apothekers in Weimar.
FAW Stöfs I.B.3./I.C.2.i) Bertuch von 1784 an, 13. März 1794: Erkundigungen, zu welchen Bedingungen sich der (Dessauer) Apotheker Thorspecken in Weimar niederlassen könne.
GSA 06/2047, 9. Dessau, 30. März 1794. Absage Thorspeck[en]s, da ihm die Stelle keinen Vorteil gegenüber Dessau bietet.
FAW Stöfs I.B.1.b) Designation der Schulden 1816: u. a. „Thorspeck Apothecker“ 50 rt.

nen Tabakfabrikanten Heinrich Wilhelm Bramigk und Enkelin des Dessauer Regierungspräsidenten Stubenrauch.[607]

THORSPECKEN, CARL CHRISTIAN (1772–1833): dritter Sohn des fürstlichen Hofapothekers Gottlieb Lebrecht Thorspecken, Dessauer Ratssyndikus und seit 1810 Fürstlich Anhalt-Dessauischer Amtsrat. Nach seiner 1793 beginnenden Tätigkeit als Dessauer Regierungsadvokat wurde er, trotz seines lutherischen Bekenntnisses, 1803 zum Ratssyndikus der Stadt berufen, 1810 auch zum Rat der *Amalienstiftung*. Die vom Regierungspräsidenten von Wolframsdorff erstrebte Erhebung des fähigen Juristen zum Regierungsrat scheiterte 1816 am erbitterten Widerstand des Regierungsrates Mann.[608]

Der seit 1804 mit der Schwester seiner Schwägerin, Wilhelmine Bramigk (1781–1828), der Tochter des Tabakfabrikanten Heinrich Wilhelm Bramigk und Enkelin des Regierungspräsidenten Stubenrauch, verheiratete Thorspecken kaufte 1814 für 2100 rt das direkt neben dem Erdmannsdorff'schen Theater gelegene Haus Nr. 479, später Kavalierstraße 28.[609] Er genoss das weitreichende Vertrauen der gesamten Familie Waldersee. Schon 1804 vertrat er sie im Rahmen seiner Tätigkeit als Anwalt der privaten Gläubiger der *Chalcographischen Gesellschaft*,[610] nach dem Tod des Herzogs führte er offenbar, 1819 seinem Wittenberger Kollegen Jungwirth nachfolgend, den Vergleich mit dem herzoglichen Haus herbei[611] und stand in den Jahren nach 1823 der verwitweten Gräfin Louise in der Abwicklung des Nachlasses bei.[612]

607 Brückner Bd. 4, S. 278 ff. und 289.

608 Beckus 2015, S. 483.

609 Brückner Bd. 17, S. 1534 ff.

610 LASA Z 44, C 9e Nr. 76, Bd. Ia., fol. 64: 11. November 1804.

611 FAW Stöfs I.B.2.h) 1819 Memorandum Waldersees für einen Herrn Amtsrat [wohl Thorspecken].

612 FAW Stöfs I.B.2.i) 4. Oktober 1823, Memorandum des Amtsrates Thorspecken, Dessau.
Ebenda: 16. April 1824 Louise Waldersee, geb. Anhalt, Erbverzichtserklärung ihrer Kinder. Als einzige Beneficialerbin erteilt sie Amts- und Stiftungsrat Carl Thorspecken Vollmacht.
Ebenda: Neitschütz-Waldersee'sche Fideicommiß-Sachen, seit 1824 an Amtsrat Thorspecken übertragen. Die Einnahmen betragen für die Erben 1826-1830 800 rt Gold, 310 rt Conv. Geld und 1381 rt Preuß. Cour., wovon an Administrations-, Zins, etc. -kosten abgehen 250 rt Conv. Geld und 661 rt Preuß. Cour.
FAW Stöfs I.B.3./I.C.2.a) 20. November 1823: Circulare Thorspeckens an die Gläubiger.

Tischbein, Friedrich August (1750–1812): Fürstlich Waldeckscher Rat und Hofmaler. Der sogenannte Leipziger Tischbein war Maler wie sein Vater, der Theatermaler Johann Valentin, seine Vettern, der Kasseler Galeriedirektor Johann Heinrich, der „Goethe-Tischbein" Heinrich Wilhelm und seine Tochter Caroline. Von 1795 bis 1800 lebte er mit seiner Familie in Dessau und bezog ein Gehalt.[613] Erdmannsdorff mietete für den Maler das Rautenstock'sche Haus Nr. 460, später Neumarkt 1/2, das sich allerdings in keinem guten Zustand befand: „Nach einem Aufenthalt von ungefähr vier Monaten verließen wir Weimar und begaben uns nach Dessau, wo wir ein großes, wüstes, altes Haus bezogen, auf dem kleinen Lindenplatz am Ausgange der Kavalierstraße dicht an der Johanniskirche. Der Vater fand in diesem Hause ein geeignetes Atelier, was die Hauptsache war [...]. In dem scheunenartigen Vorsaal, der unsere Zimmer vom Atelier trennte, lagerte sich zur Nachtzeit eine Herde grimmig hungriger Ratten, die nur mühsam vertrieben werden konnten. Die häßlichen Bestien haben mich oft erschreckt; sie saßen wie Gäste auf den Stühlen, wenn ich abends mit dem Wachsstock in der Hand hinaustrat. [...] Unvergeßlich sind mir die freundlichen Abende geblieben. Die

---

Ebenda, Potsdam, 6. April 1824, Louise Waldersee an Thorspecken.
Ebenda, 23. April 1824 Thorspecken teilt das Ergebnis der Versteigerung mit.
Ebenda, 7. November 1824, Thorspecken aus Dessau an Louise Waldersee wegen des Hausverkaufs.
Ebenda, 28. November 1824, Thorspecke[n]. Das höchste Gebot für das Haus lag bei 6800 rt.
Ebenda, 9. November 1827 Berechnung Thorspeckes aus der Regulierung des Nachlasses

9. 9. 1823	980rt		Neustädter Garten
29. 3. 1824	10 rt		Vorschuß für L. Gräfin Waldersee
10. 3. 1824	25 rt	16 gr	belassener Vorschuß L. Gräfin Waldersee
25. 4. 1824	901 rt	15 gr	Auktionsgelder
29. 4. 1824	2000 rt		Anlehen von Hrn. Assessor Käsemattel
4. 3. 1825	70 rt		Frau Majorin v. Lindheim für den Stadtwagen
21. 4. 1825	279 rt		Auktionsgelder
21. 4. 1825	6800 rt		gräflich Walderseesche Wohnhaus
21. 4. 1825	467 rt	20 gr	Vorschuß und Anlehen des Herzogs zur Berichtigung und Erfüllung der auf dem Hause stehenden Konsensschulden
9. 11. 1827	11534 rt	3 gr	Summa der Einnahmen

dagegen stehen 11 995 rt an Ausgaben zur Tilgung der Schulden, die offenbar auch von der Kammer getragen wurden.

613 LASA Z 44, C 5d Nr. 3, fol. 173 v., 1796.

Eltern gingen nur selten in Gesellschaft. Um drei Uhr speisten wir zu Mittag, weil der Vater, die kurzen Wintertage möglichst nutzend, bis dahin malte. Nach seinem Mittagsschläfchen und genossenem Kaffee begann dann die Mutter ihr Amt als Vorleserin. Der Vater beschäftigte sich dabei mit Entwürfen zu Gemälden oder kleinen Zeichnungen in Crayon, und wir strickten, nähten oder spielten mit einer Art Puppen, die wir aus steifem Papier zierlich zu schnitzeln verstanden und welche ich mit erwachendem Kunstsinn ziemlich glücklich ausmalte. Die Mutter las geschichtliche Werke, Reisebeschreibungen, oft aber auch einen guten alten oder neuen Roman vor. Zu der ernsten Lektüre lieferte der Vater gewöhnlich unterrichtende Kommentare, und gar manches lernte ich auf diese Weise spielend. Wenn er so mit uns und der Mutter im traulichen Stübchen saß, konnte er wohl plötzlich im erhebenden Gefühl seines Glückes aufspringen und uns der Reihe nach umarmen.

Die würdige Persönlichkeit des edlen Fürsten von Dessau, sein echter Kunstsinn machten dem Vater sein Verhältnis zu ihm sehr angenehm. Der Fürst beschäftigte ihn reichlich und pflegte oft in den Morgenstunden bei dem Vater unangemeldet einzutreten und gemütlich ein Stündchen in dessen Atelier zu verplaudern.[614] [...] Der Bruder des Fürsten von Dessau, Prinz Johann Georg oder, wie man ihn nannte, Hans Jürge, gab gleichfalls dem Vater viel zu tun. Der Prinz gefiel sich in der Idee, eine Galerie schöner weiblicher Porträts anzulegen. Sein seltsamer, nicht eben feiner Geschmack fand aber dazu meist Vorbilder, welche dem Kunstsinn des Vaters schlecht zusagten. Die prinzlichen Schönheiten waren gewöhnlich von derbem Schlage und vor allem ausgestattet mit Körperfülle; ich erinnere mich, wie der Vater oft in komischen Zorn ausbrach, wenn ihm solche Grazien vorgeführt wurden. Einmal geriet er fast in Verzweiflung, als er aus einer recht hausbackenen Köchin eine Diana gestalten sollte, wie denn der Prinz überhaupt liebte, seine Schönen zu mythologisieren."[615]

Auch Waldersee ließ sich von Tischbein porträtieren,[616] ebenso entstand ein Porträt von Loulou Waldersee, der ältesten Tochter.[617]

---

614 GSA 06/357, fol. 64/122 bestätigt dies: Dessau, 24. Mai 1797. Bittet Bertuch, der selbst in Dessau weilt, mit ihm spätestens heute vormittag um 10 Uhr zu Tischbein zu gehen.

615 Brückner Bd. 18, S. 1606 ff. zitiert hier wohl Stoll.

616 Schweinitz 2004, S. 27, Abb 4. Das Bild ist nur mehr in einer Kopie erhalten. Abb. 8.

617 FAW Stöfs Familienchronik [fol. 162]: Photographie eines Gemäldes, Öl/Lwd., Friedr. August Tischbein (sign), Loulou Waldersee. Abb. 1.

Tischbein, Johann Heinrich der Jüngere (1742–1808): Maler und Radierer, ab 1775 Erster Inspector der Gemäldegalerie zu Kassel und in dieser Funktion Berater der *Chalcographischen Gesellschaft zu Dessau.*[618.]

Tischbein, Johann Heinrich Wilhelm (1751–1829): sogenannter Goethe-Tischbein, von 1789 bis 1799 Direktor der *Accademia di Belle Arti* zu Neapel. Das Direktorium der *Chalcographischen Gesellschaft zu Dessau* wollte an der Akademie ein Kommissionslager etablieren.[619]

Tissot, Samuel Auguste (1728–1797): Doktor der Medizin, Armenarzt von Lausanne. 1752 durch seinen selbstlosen Einsatz bei einer Pockenepidemie in Lausanne und sein Eintreten für die Pockenimpfung bekannt geworden, avancierte der Arzt und Aufklärer bald zum begehrten Arzt des europäischen Hochadels und konnte sich vor Berufungen aus ganz Europa kaum retten. Fürst Leopold III. Friedrich Franz behandelte er erstmals 1770, „seines blutspeyens wegen".[620] Am 21. August 1770 langte das Fürstenpaar in Lausanne an, am nächsten Tag erfolgte die erste Visite mit beruhigendem Ergebnis.[621] Bei diesem ersten, vierwöchigen Aufenthalt in Lausanne werden nicht nur Fragen der persönlichen Gesundheit erörtert worden sein, sondern auch Tissots aufgeklärte Ansichten zu medizinischer Praxis, Vorsorge, Hygiene, Forschung und Lehre, dem Spitalwesen, Armenfürsorge und Gesundheitswesen im Zusammenhang mit allgemein zugänglicher Bildung. Die gemeinsamen, europaweit gepflegten Kontakte zu Vertretern der Aufklärung dürften die Dessauer Bemühungen in dieser Hinsicht maßgeblich geprägt haben, ein Feld, für welches der erwachsene Franz von Waldersee in nicht allzu ferner Zukunft von Amts wegen zuständig sein sollte.

Tram: Kammerdiener des Fürsten Franz von Anhalt-Dessau.[622] Tram, der 1783 mit in die Schweiz reiste, ist vielleicht identisch mit dem Schöpfer einer

---

618 LASA Z 44, C 9e Nr. 75, fol. 3 f.: 31. Oktober 1797, August Rode an Simon, jetzt Legationssekretär der französischen Republik in Kassel.

619 FAW Stöfs I.B.3./I.C.2.i) Bertuch von 1784 an: 30. Oktober 1797. Der Friede lässt Bertuch auf bessere Geschäfte hoffen. Der Angestellte Menge soll jetzt dem Akademiedirektor Tischbein nach Neapel von allen Blättern je 2, aber keine kolorierten schicken, bei ihm könne man sicher ein Commissionslager etablieren. Die Königin (von Neapel) erhält auch einen ganzen Satz Blätter.

620 LASA Z 44, A 9e, Nr. 15 (18) fol. 5 v., 1770.

621 LASA Z 44, A 9e, Nr. 15 (2) fol. 6 v.
Vgl. Heinicke 2001.

622 Beckus 2015, S. 484 zitiert LASA Z 44, C 5h, Nr. 7, fol. 90.

mit weißem Stift gehöhten Silhouette des Fürsten,[623] die von der Hand eines begabten Dilettanten stammt.

ULRICH, JOHANN RUDOLF (1728–1795): Theologe, verheiratet mit Anna Maria, geb. Lavater. 1756 war Ulrich in Zürich zum Professor am Carolinum, 1759 zum Pfarrer am Oetenbach und 1769 zum Antistes berufen worden. Der Vertreter der „vernünftigen Orthodoxie" war ein starker Förderer des Schulwesens.

VILLEOISON, MR. DE, siehe: Villoison, Jean-Baptiste Gaspard d'Ansse de

VILLOISON, JEAN-BAPTISTE GASPARD D'ANSSE DE (1750–1805): Altphilologe, speziell Gräzist. Waldersee lernte den bedeutenden Wissenschaftler, der bereits seit zehn Jahren der *Académie Royale des Inscriptions et Belles-Lettres* angehörte, 1782 in Weimar kennen, wo dieser einen Forschungsaufenthalt in Venedig unterbrach, um an der Herzoglichen Bibliothek zu forschen: „Mr. de Villeoison, un homme extremement attaché à la langue grecque, par lacquelle il a du merite, mais sans cela dans la sociéte un peu le jouet des autres, par sa fadeur."[624] Am 10. Juni 1782 nahmen Waldersee und Villoison an einem Diner in Tiefurt teil, was nur möglich wurde, weil Goethe sie in seiner Chaise mitnahm; er selbst lenkte vom Bock aus, seine beiden Mitfahrer saßen in dem Zweisitzer. Der Nachmittag war gefüllt mit einem ausführlichen Spaziergang durch die Tiefurter Anlagen, Goethe nahm sie in seinem Wagen auch zurück nach Weimar, diesmal nicht entlang der Ilm, sondern durch den malerisch südlich der Ilm gelegenen Wald, den Webicht, abends besuchten beide noch den Stern und Goethes Gartenhaus.[625]

VOGEL, L. R.: Dieser ansonsten unbekannten Person schuldete Waldersee 100 rt.[626]

VOGHT, CASPAR (1802: Reichsfreiherr von) (1752–1839): der vom Kaiser für seine Verdienste um die Armenfürsorge in den Adelsstand erhobene Hamburger Kaufmann wurde Waldersee von Bertuch als Gesprächspartner wegen seiner Interessen an modernen landwirtschaftlichen Methoden empfohlen.[627] Voght hatte sein vom Vater übernommenes Handelshaus *Caspar*

---

623 Tram, Leopold III. Friedrich Franz von Anhalt-Dessau, Silhouette, 1789. Abb. in Kat. Ausst. Frankfurt am Main 1996, S. 85, Abb. 1.

624 FAW Stöfs I.B.3./I.C.2.m) 1.) Journal de Voyage en 1782, fol. 7, 8. Juni 1782.

625 FAW Stöfs I.B.3./I.C.2.m) 1.) Journal de Voyage en 1782, fol. 10, 10.Juni 1782.

626 FAW Stöfs I.B.1.b) Restierende Capitalien (undat.), nach dem 20. Mai 1816.

627 FAW Stöfs I.B.3./I.C.2.i) Bertuch von 1784 an: 18. August 1800. Voght habe in Flottbek eine wahre Englisch-Deutsche Agrikultur-Akademie geschaffen und wünsche, den Geist der Dessauer Landwirtschaft kennenzulernen.

Voght & Co. schon 1792 seinem Kompagnon Georg Heinrich Sieveking überlassen. Voght hingegen widmete sich von da an einerseits seiner *ornamented farm* in Flottbek mit angeschlossenem *Landwirthschaftlichen Erziehungs-Institut*, der ersten Landbauschule im deutschsprachigen Raum. Andererseits engagierte er sich in der Reform des Hamburger Armenwesens und wirkte damit europaweit beispielhaft.

VOIGT, CARL LUDWIG BALTHASAR: Dessauer Kaufmann. Der aus Erfurt stammende Kaufmann hatte sich 1798 in Dessau mit einem Weinhandel selbständig gemacht, für 2275 rt das Haus Nr. 866, später Schlossstr. 4, gekauft und seiner ehemaligen Arbeitgeberin, der Witwe Brettbinder, 1815 für 510 rt das sogenannte Haus Oranien in der Zerbster Straße abgekauft, wo er dann auch lebte.[628] Er wohnte also Waldersee gegenüber und lieh ihm am 26. Juni 1816 kurzfristig 300 rt „Conventions Geld". Im Januar 1818 ist Voigt bereit, für Waldersee bei Itzig Hirsch Cohn weitere 400 rt aufzunehmen.[629]

WACHMANN, BARON: potentieller Käufer der Güter in Bresa. Eine adelige Familie dieses Namens gibt es nicht, es muss sich um einen Schreibfehler der Chronistin handeln.

WALDERSEE, AMÉLIE GRÄFIN VON (1799–1826): nach ihrer Patin, der Erbprinzessin, benannte zweitjüngste Tochter des Ehepaars Waldersee. Nach dem Tod Waldersees, 1823, zog die verwitwete Louise Waldersee mit ihren damals unverheirateten Töchtern Loulou und Marie nach Potsdam, zunächst in das Haus ihrer Tochter Amélie. Amélie hatte 1820 den damaligen preußischen Major und Bataillonskommandeur Karl Friedrich David von Lindheim (1791–1862) geheiratet. Als Amélie 1826 starb, nahm Louise Waldersee die beiden Töchter Louise und Marie zu sich, die 1839, nach der Wiederverheiratung des Vaters, zu ihm nach Berlin zogen, wo er mittlerweile als Generaladjutant des Königs wirkte und es noch bis zum hochdekorierten Militärgouverneur Schlesiens bringen sollte.

WALDERSEE, JOHANN CHRISTIAN EDUARD GRAF VON (1793–1867): drittes Kind und zweiter Sohn des Franz Graf von Waldersee und seiner Frau Louise, geb.

---

628 Brückner Bd. 3, S. 220 f.

629 FAW Stöfs I.B.1.b) 26.6.1816 Wechsel über 300 Rt. „Conventions Geld", vom Dessauer Kaufmann Voigt erhalten und rückzahlbar: 100 Rt. bis 8 Tg. nach Michaelis, der Rest mit Zinsen und Provision am 4. Dezember 1816.
Ebenda, 1. Juli 1816: Aufforderung des Carl Balthasar Voigt, Dessau, in 4 Wochen ausstehende 300 Rt. in Conventionsgeld auszuzahlen, erl.
Ebd., Designation der Schulden 1816: „K. Voigt 400 rt".
Ebd., 9. Januar 1818: Garantie Waldersees für „Voigd" gegenüber Cohn, die Zahlung geht direkt an Waldersee.

Gräfin von Anhalt. Wie die beiden anderen Söhne verfolgte auch dieser eine militärische Karriere und brachte es darin bis zum Oberst, 1825 sollte er zum Kommandeur der preußischen Leibkompagnie des I. Grenadier-Bataillons des Ersten Garderegiments zu Fuß ernannt werden.

Eduards älteste Schwester, Loulou, schildert seine Geburt: „1793 Am 28. Januar erfolgte die Geburt des 2. Sohnes, der in der Taufe die Namen Johann Christian *Eduard* erhielt. Da die Mutter auch ihn wie Louise und Franz selbst nährte, bekam sie aus Schreck über die Nachricht von der unglücklichen Hinrichtung Ludwig XVI. von Frankreich eine Rose und dann sehr schlimme Brust, wovon sie viel ausstehen musste. Edouard musste darauf mit grosser Sorgfalt und Mühe aufgefüttert werden, wobei die Mutter Gesundheit und Kräfte zu setzte."[630] Auch für dieses Kind sorgte das Fürstenhaus mit gelegentlichen Zahlungen.[631]

WALDERSEE, FRANZ HEINRICH GEORGE GRAF VON (1791–1873): zweites Kind und ältester Sohn des Franz Graf Waldersee und der Louise, geb. Gräfin Anhalt. Die Geburt dieses Kindes markiert in jeder Hinsicht einen neuen Lebensabschnitt für seinen Vater: Nach 5/4 Jahren der Untätigkeit hat er nun die Anstellung als Nachfolger Berenhorsts, deretwegen er von Breslau nach Dessau zurückberufen worden war. Sohn Franz schlug die militärische Laufbahn ein, die seinem Vater verwehrt worden war und sollte es darin bis zum General der Kavallerie und Gouverneur von Berlin bringen. Ende 1817 befand er sich „bei seinem russischen Kommando" und konnte den Eltern am 31. März 1819 die Beförderung zum Major melden.[632]

WALDERSEE, FRIEDRICH GUSTAV GRAF VON (1795–1864): viertes Kind des Grafen Franz von Waldersee und seiner Gemahlin Louise, geb. Gräfin Anhalt, geboren kurz nach der Einweihung des neuen Hauses in der Zerbster Straße. Auch dieser Sohn schlug, wie seine älteren Brüder, die militärische Laufbahn beim preußischen Militär ein und sollte es bis zum Generalleutnant und Kriegsminister bringen. Seine Freundschaft zu den Brüdern Leopold und Wilhelm von Gerlach und deren ausführliche Korrespondenz über viele Jahre hinweg beleuchtet die Zeit der Befreiungskriege, wo die Söhne Waldersee auf preußischer Seite kämpften.[633]

---

630 FAW Stöfs Familienchronik, fol. 157.

631 LASA Z 44, C 5d Nr. 3, fol. 187 r., 1815 erhielt Eduard 175 rt für ein Pferd.

632 FAW Stöfs I.B.1.h) Friedrich v. Waldersee an Wilhelm v. Gerlach, 8. November 1817 aus Potsdam.
Ebd., I.B.2.d) An Franz I. Waldersee von seinem ältesten Sohn Franz, 31. März 1819 aus Berlin.

633 FAW Stöfs I.B.1.h).

Waldersee, Karoline Kasimire Sophie Louise Gräfin von, geb. Gräfin von Anhalt (1767–1842): Tochter des Grafen Albrecht von Anhalt und seiner Gemahlin Louise, geb. von Wedel[l], Enkeltochter des Erbprinzen Wilhelm Gustav von Anhalt-Dessau und der Johanne Sophie, geb. Herre, allgemein *Comtesse* genannt. 1773, nach dem Tod ihrer Mutter, nahm die Fürstin sie auf, um für ihre Erziehung zu sorgen.[634] Am 11. April 1783 legte die *Comtesse* ihr Glaubensbekenntnis ab und erhielt von der Fürstin einen silbernen Teekasten zum Geschenk.[635] Nach der inoffiziell vollzogenen Trennung des Fürstenpaares im Winter 1785/86 lebte die *Comtesse* mit der Fürstin und der Familie des Pfarrers Häfeli bis zu ihrer Hochzeit in Wörlitz:[636] „Der 20. Mai 1787 war der Hochzeitstag des Grafen Franz von Waldersee mit der Gräfin Louise zu Anhalt. Sie wurden auf dem Schlosse zu Dessau vor dem gesamten Hofe von ihrem alten Religionslehrer, dem hochbetagten Superintendenten de Maré[e]s getraut. Darauf folgte ein Diner, Souper und Bal. Das neu vermählte Paar wohnte noch einige Zeit auf dem Schlosse zu Dessau und besuchte die Familie von Kalitzsch in Dobritz."[637] Auch als vermählte Frau erhielt Louise eine jährliche Pension von 200 rt.[638] Lange nach dem Tod ihres Mannes versuchte sie noch vergeblich, dessen Forderungen zu realisieren.[639] Da war das Dessauer Haus längst verkauft und das Inventar versteigert. Ihren Lebensabend verlebte Louise Waldersee mit ihren unverheirateten Töchtern Loulou und Marie in Potsdam, zunächst im Haus ihrer Tochter Amélie von Lindheim. Marie heiratete 1826 Herrn von Gayl. Als Amélie 1826 starb, nahm Louise Waldersee die beiden noch sehr kleinen Töchter Louise und Marie bis zur Wiederverheiratung des Vaters zu sich. 1840 unternahm Louise Waldersee eine letzte Reise nach Dessau, mit Loulou und den Lindheim-Töchtern. 1842 erkrankte sie an einer Grippe, hatte einen Rückfall und starb in Potsdam am

---

634 FAW Stöfs Familienchronik, fol. 145c und Stammtafel S. 82 ff.
FAW Stöfs I.B.2.f) 30. März–20. August 1774.
LASA Z 44, A 9e Nr. 15 (18), fol. 38r., Dezember 1782.

635 LASA Z 44, A 9e Nr. 15 (18), fol. 38v.

636 FAW Stöfs I.B.3./I.C.2.j) Berenhorst an Franz I. Waldersee, 14. Mai 1786.

637 FAW Stöfs Familienchronik, fol. 151.

638 LASA Z 44, C 5d Nr. 3, fol. 185 v., 1787.
FAW Stöfs I.B.2.k) Herzog Leopold an Louise Waldersee-Anhalt 1821–1854, 4. Juni 1823: Beileidsbekundung und Zusage einer Pension von 500 rt p.a. als Witwe.

639 FAW Stöfs I.B.1.h) Louise v. Waldersee, geb. Anhalt an Wilhelm v. Gerlach am 17. Mai 1827 aus Potsdam.

4. April 1842 als Letzte ihrer Familie. Sie wurde auf dem Potsdamer Kirchhof am 7. April 1842 zu Grabe getragen.[640]

WALDERSEE, LOUISE ANTOINETTE GRÄFIN VON, gen. Loulou (1788–1880): in Breslau geborene, älteste Tochter des jungen Ehepaares Waldersee. Am „30. März wurde ich geboren. Die Mutter litt bei meiner Geburt 36 Stunden. Wann der Tauftag war, weiss ich nicht. Ich erhielt die Namen Louise Antoinette, ersteren von meiner Patin, der Fürstin und den zweiten von der Ministerin Gräfin Hoym, die mich über die Taufe hielt."[641] Loulou war auch die Verfasserin der handschriftlichen Familienchronik nach Tagebuchaufzeichnungen ihres Vaters und ihrer eigenen Erinnerung.

In der Familie haben sich eine Reihe ihrer Zeichnungen erhalten, die nicht nur von Geschick, sondern auch einem guten Unterricht zeugen: „Deiner Loulou gieb zuförderst eine Danksagende Umarmung von mir, für den schon vollendeten Landschaft wozu Ram und Glas schon bereitet da liegt, in Wörlitz oder luisium [...], im ersten orte aber ist der eigentliche platz im großen blauen zimmer an die Fenster wände wo neben und gegen über Romas ruinen und Raphaelische Säle, die beiden landschaften der kleinen Muse Loulou prangen sollen [...]."[642] Unterricht im Zeichnen erhielt Loulou von den Malerbrüdern Heinrich und Ferdinand Olivier, mit denen sie auch noch künstlerischen Kontakt hielt, als diese längst Dessau verlassen hatten.[643] Loulou überlebte all ihre Geschwister und verbrachte ihren Lebensabend als Stiftsdame zu Mosigkau, nachdem sie zunächst – nach der Auflösung des Dessauer Haushalts – mit ihrer verwitweten Mutter nach Potsdam gezogen war.

WALDERSEE, LOUISE ELEONORE FRIEDERIKE VON, siehe: Kalitsch, Louise Eleonore Friederike von

WALDERSEE, MARIE GRÄFIN VON (1803–1862): jüngstes Kind des Grafen Franz von Waldersee und seiner Gemahlin Louise. Nach Waldersees Tod, 1823, zog die verwitwete Louise Waldersee mit ihren beiden damals unverheirateten Töchtern Loulou und Marie nach Potsdam, zunächst in das Haus ihrer Tochter Amélie von Lindheim. Marie heiratete 1826 den preußischen Offizier

---

640 FAW Stöfs I.B.3.p) Abschrift der Lebenserinnerungen Loulou.

641 FAW Stöfs Familienchronik, fol. 155, 1788.

642 FAW Stöfs I.B.3./I.C.2.c) Briefe der Fürstin Louise an Louise Anhalt/Waldersee: Stuttgart, 10. Dezember 1803.

643 FAW Stöfs I.B.1.n) Ölmalerei Betreffendes, dabei auch: Ferd.[inand] Ol.[ivier] Erfahrungen und Manier in Oehl zu mahlen, 1820; sowie: Oehlmahlerei. Behandlung der Farben. Heinrich Oliviers Erfahrungen darin, 1820.

Georg von Gayl (1791–1876), der es bis zum General der Infanterie bringen sollte.

Waldersee, Wilhelmine Eleonore Friederike (1762–1762): frühverstorbenes, erstes Kind des Fürsten mit Johanna Eleonore von Waldersee, geb. Hofmeyer. Das Kind wurde am 21. Juni 1762 vom Bruder der Kindsmutter, dem Archidiakon Hofmeyer, in der Stadt- und Schlosskirche zu Dessau getauft. Neben dem Fürsten standen der Reisemarschall Wolf Friedrich Ernst von Trotha (1737–1762) und seine Frau, sowie der Oberstallmeister von Neitschütz, der spätere Ehemann Johanna Eleonores, Pate. Das Kind verstarb bereits nach drei Monaten, im September desselben Jahres.[644]

Waldersee, Mlle. de, siehe: Kalitsch, Louise Eleonore Friederike von

Waltersee, siehe: Waldersee

Wedel[l], Eugen Leopold Gottlob Magnus (1798: Graf) von (1746–1799): Bruder der früh verstorbenen Louise Sophie Reichsgräfin von Anhalt, geb. von Wedel[l], Landjägermeister im Herzogtum Schlesien und Autor forstwissenschaftlicher, sowie obstkundlicher Schriften. Das Kameral-Departement der von Preußen verwalteten Provinz Schlesien war unabhängig vom preußischen General-Direktorium in Berlin, es unterstand dem Staats- und Kriegsminister Graf von Hoym als Chef-Präsident der Kriegs- und Domänenkammer, an die auch Waldersee berufen wurde. Hoym hatte zwei Stellvertreter, den ersten und zweiten Direktor, sowie in der Hierarchie direkt folgend, den Landjägermeister. Wedel stand in Personalunion den Oberforstämtern des Breslauschen und des Glogauschen Departements vor.[645]

Wedel war mit Friederike, geb. Strobach verheiratet und fühlte sich nach dem Tod seiner Schwester für deren Kinder verantwortlich. So hat er sich besonders des Zweitjüngsten, Friedrich (1769–1792), angenommen, der unter seiner Ägide eine Forstausbildung machte. Auch das junge Ehepaar Waldersee kam in den Genuss seiner Fürsorge, zumal als Waldersee in der Breslauer Kriegs- und Domänenkammer arbeitete. Schon zur Hochzeit, deren Termin lange nicht festgesetzt worden war, reiste der Onkel heimlich aus Breslau mit.[646] Er beriet Waldersee beim Kauf und Verkauf von Gütern in Schlesien, um das mit der Volljährigkeit an ihn ausgeschüttete Kapital anzulegen. Als Waldersee wieder nach Dessau gerufen wurde, kaufte er ihm die Güter ab und verkaufte ihm 1789 sein eigenes, vom Vater ererbtes Gut

644 Evangelische Landeskirche Anhalt, Dessau, Taufeintrag im Kirchenbuch, 21. Juni 1762.

645 Handbuch über den Königlich Preussischen Hof und Staat, S. 141.

646 FAW Stöfs I.B.2.d) An Louise von Franz 9 Briefe 1787, 18. März 1787.

Gnölbzig/Saalkreis.[647] Die Güter Groß-, Klein- und Neu-Bresa im Kreise Grottkau erbte seine Tochter Louise Henriette, verheiratete Gräfin Maltzan, die und deren Kinder sich fortan Grafen von Maltzan-Wedell, Freiherrn von Wartenberg und Penzlin, Herren von Groß-, Klein- und Neu-Bresa nennen durften. Mit ihr war und blieb die Verbindung herzlich bis hin zu einem Besuch in Dessau.[648]

Wedel meliorierte diese Güter und steigerte ihren Wert durch mustergültige Bewirtschaftung erheblich, es gelang ihm, durch seine forst- und landwirtschaftliche Expertise den Reinertrag seiner Güter zu verdoppeln.

WEDEL[L], GOTTLOB HEINRICH MAGNUS VON (1769–1831): Sohn des Landrats Wilhelm Felix Heinrich und richtiger Vetter der *Comtesse*, der späteren Gräfin Waldersee.

WEDEL[L], WILHELM FELIX HEINRICH VON (1744–1814): Herr auf Piesdorf im Saalkreis und Landrat daselbst. Der ältere Bruder der Louise Gräfin Anhalt, geb. v. Wedel war mit Charlotte, geb. von Bülow (1741–1808) verheiratet und Vater des Gottlob Heinrich Magnus. Ihn und seine Frau besuchte das junge Ehepaar Waldersee mit der kleinen Loulou im Sommer 1789. Sie hatten damals gerade das Dessauer Fürstenpaar in Karlsbad gesehen und der Rückkehr nach Dessau zugestimmt.

Gnölbzig, welches Waldersee dem anderen Onkel seiner Frau, Leopold von Wedel, abkaufte, war ursprünglich als Vorwerk von Piesdorf mitverwaltet worden. Der Großvater der Louise Waldersee, der Kammerpräsident Christoph Heinrich von Wedel[l], hatte Piesdorf mit Gnölbzig 1755 erworben.

WIELAND, CHRISTOPH MARTIN (1733–1813): Dichter. Wieland hatte von 1752 bis 1760 als Gast und Hauslehrer in Zürich und Bern gelebt und sich damals mit Lavater befreundet.[649] 1772 war er als Erzieher des damaligen Erbprinzen Carl August an den Weimarer Hof berufen worden und bezog nun, seit dessen Großjährigkeit 1775, eine lebenslange Pension. 1773 hatte er den *Teutschen Merkur* gegründet, den er gemeinsam mit Bertuch herausgab. Die Dessauer Reformprojekte verfolgte er mit größter Aufmerksamkeit: Da er selbst immer wieder Gärten anlegte, besuchte er mit Interesse die Wörlitzer Anlagen, zuletzt vom 10. bis zum 16. Juni 1783 gemeinsam mit Bertuch und

---

647 FAW Stöfs I.B.2.e) Onkel Wedell/Breslau 1787–1791.
FAW Stöfs Familienchronik, fol. 151 und fol. 155.
FAW Stöfs I.B.3./I.C.2.j) Kaufverträge: Groß und Klein-Bresa im Kreis Neumarkt am 5. April 1787 von Josepha Gräfin Sternberg, geb. Freiin von Langenthal, zu 56 500 rt.

648 FAW Stöfs I.B.2.e) Louise Henriette Maltzan-Wedell und Maltzan/1790–1820.

649 Hegner 1836, S. 54, 56, 59, 63, 69, 73 ff., 79. 82, 90 und 109.

Kraus.[650] Der 1781 endgültig in Dessau angesiedelten *Allgemeinen Buchhandlung der Gelehrten und Künstler* war er nicht nur als Autor, sondern auch als Aktionär verbunden.

Wie Wieland und Goethe im Kreis um das Ehepaar Waldersee gelesen wurde, zeigt uns ein Brief der jüngeren Bäbe Schulthess: „Hier hätt' ich von ganzem Herzen mit Klärchen (in Göthes Egmont) singen mögen: „O hätt' ich, ein Wämslein, u: Hos u: Hut p p - Du hast doch das Stük gesehen, u: gelesen, Meine liebe, u: schreibst mir auch gelegentlich ob Du Ihm gut bist. / Meine lezte Lecture war Wielands Oberon, u: erst kürzlich, Amalgunde, Königin von Italien, ein interessantes buch- u: von Oberon ward ich ganz hingerißen, es geht zuweilen so recht eins ins andre rasch [?] ungehofft u: unvorgesehen, ich liebe in allem die immerfort rührende Action ohne das ewige ...[getalm???], wie wirs nennen wo am end nicht heraus kömmt, hingegen z. B. Göthes Mitschuldigen, die Geschwisterliebe oder wie's heißt, wo Marianen u: Wilhelm handeln, ah' da wird einem so warm ums herz, man ist so befriedigt, u: mit kräftiger Weise gelabt."[651]

WILHELMINE[N], siehe: Bramigk, Wilhelmine Louise

WILKEN, Witwe (†1834): eine der Personen, die Waldersee 1816 in seiner Schulden-Designation auflistete, diese mit 500 rt.[652] In Dessau lebte damals Catharina Elisabeth Wilke, geb. Föhse, die 1790 für 136 rt das Haus Nr. 748, später Breite Str. 7 erwarb – bei der Kreditgeberin könnte es sich um diese ältere, entfernte Cousine Waldersees handeln, die mit dem Maurer Gottlieb Wilke verheiratet gewesen war.[653]

WINCKELMANN, JOHANN JOACHIM (1717–1768): klassischer Altertumsforscher und Kunstgelehrter. Fürst Franz hatte sich auf seiner ersten Italienreise, am 28. Dezember 1765, an den Gelehrten gewandt, um von diesem unterrichtet zu werden, was dann, folgt man Erdmannsdorff, auch sechs Monate lang täglich geschah. Berühmt ist Winckelmanns Erinnerung an die erste Begegnung mit dem Fürsten: „Er kam das erstemal des Abends unvermuthet, mit einem Stabe in der Hand, in mein Zimmer getreten, von niemand, auch sogar von keinem Bedienten begleitet, um nicht erkannt zu seyn. Ich bin von Dessau, sagte er, mein lieber Winckelmann; ich komme nach Rom, zu lernen, und ich habe sie nöthig. Er blieb bis Mitternacht bey mir, und ich habe Freuden-

---

650 LASA Z 44, A 9e Nr. 15 (18), fol. 39r.; Hosäus 1877, S. 208 f. Vgl. Gärten in Wielands Welt.

651 FAW Stöfs I.B.3/I.C.2.l) Bäbe an Louise Waldersee, Zürich, 23. Januar 1789.

652 FAW Stöfs I.B.1.b) Designation der Schulden 1816.

653 Brückner Bd. 25, S. 2309 f.

thränen vergossen, stolz über unsere Nation, über ein so würdiges Menschenkind."[654]

Wittge, Martin (†1814): der Reitknecht des Fürsten Franz brachte es bis zum Bauaufseher. Für 600 rt hatte Wittge 1783 das Haus Nr. 736, später Breite Straße 21 in der Dessauer Muldvorstadt erworben, das nach dem Tod seiner Witwe an den als Lakai ebenfalls in fürstlichen Diensten stehenden Schwiegersohn Benjamin Lömke übergehen sollte.[655] Wittge, dem Waldersee vor 1803 wahrscheinlich vorgesetzt gewesen war, wurde von Franz Graf von Waldersee auf seiner 1809 erstellten Creditorenliste geführt.[656]

Wittgenstein, siehe: Sayn-Wittgenstein-Hohenstein

Wolke, Christian Heinrich (1741–1825): von 1774 bis 1784 Lehrer am Dessauer Philanthropin, Verfasser methodischer Schriften und einer der herausragenden Pädagogen der Aufklärung. Gemeinsam mit Basedow leitete er das Dessauer Philanthropin, um 1784 in Petersburg eines der vielen Töchterinstitute zu gründen, nachdem in Dessau gewalttätiger Streit unter den Lehrern ausgebrochen war.[657]

Zimmermann, Johann Georg (1786: Ritter von) (1728–1795): Gelehrter, Philosoph, Autor und Arzt. Der aus der Schweiz stammende, in Hannover als Kgl.-Großbritannischer Hofrat und Leibarzt praktizierende Zimmermann war medizinischer Ratgeber der Fürstin Louise. Sein Hauptwerk „Über die Einsamkeit" hatte auch Eingang in Waldersees Bibliothek gefunden.[658]

---

654 Kat. Ausst. Frankfurt am Main 1996, S. 245f.

655 Brückner Bd. 25, S. 2317.

656 FAW Stöfs I.B.1.b) Cassa Buch, Schulden 1809.

657 M. Carl Christoph Reichens getreue Darstellung, 1783.

658 Zimmermann 1784/85.
FAW Stöfs I.B.3./I.C.2.a) Versteigerungsverzeichnis vom 18. April 1824 bzw. 21. April 1825.

Nachschlagewerke

Allgemeine Deutsche Biographie, [1878], Berlin 1968.

Bénézit, E., Dictionnaire critique et documentaire des Peintres, Sculpteurs, Dessinateurs et Graveurs, 10 Bde., Paris 1976.

Biographie universelle ancienne et moderne, 45 Bde., Paris/Leipzig 1854–1858.

Bosl, Karl, Günther Franz und Hanns Hubert Hoffmann, Biographisches Wörterbuch zur deutschen Geschichte, 3 Bde., München 1973.

Daniel, Gisela, Die Quellensituation zur Geschichte des Wörlitz-Dessauer Reformwerks in der Staatsarchivaußenstelle Oranienbaum, Ms. Potsdam 1983.

Dehio, Georg (Hg.), Handbuch der Deutschen Kunstdenkmäler, 24 Bde., München/Berlin 1997–2012.

Deutsch-schweizerisches Geschlechterbuch, 5 Bde., Görlitz 1923–1932.

Deutsche biographische Enzyklopädie, 12 Bde., München/New Providence/London/Paris 1995–2000.

Deutsches Geschlechterbuch. Genealogisches Handbuch bürgerlicher Familien, 221 Bde., Görlitz/Limburg 1898–2012.

Die Zürcher Ratslisten, 1225 bis 1798, hg. vom Staatsarchiv des Kantons Zürich, bearb. von Werner Schnyder, Zürich 1962.

Dunkel, Johann Gottlob Wilhelm, Historisch-Critische Nachrichten von verstorbenen Gelehrten und deren Schriften, 3 Bde., Dessau/Köthen 1753–1757.

Europäische Stammtafeln. Neue Folge, 16 Bde., Marburg 1984–1995, sowie 21 Erg.bde., Frankfurt am Main 1995–2002.

Frankfurter Biographie. Personengeschichtliches Lexikon, hrsg. von Wolfgang Klötzer, bearb. von Sabine Hoch und Reinhard Frost (Veröffentlichungen der Frankfurter Historischen Kommission XIX), 2 Bde, Frankfurt am Main 1994-1996.

Gerlach, Karlheinz, Die Freimaurer im Alten Preußen 1738-1806. Die Logen in Berlin (Quellen und Darstellungen zur europaischen Freimaurerei, hg. von Helmut Reinalter in Zusammenarbeit mit dem Institut fur Ideengeschichte, Band 14, Teil 1), 2 Bde., Innsbruck 2014.

Gothaischer Hofkalender zum Nutzen und Vergnügen, 45 Bde., Gotha 1765 (1764)–1808.

Handbuch der historischen Stätten Deutschlands, 16 Bde., Stuttgart 1976–1998.

Heinrich, Guido und Gunter Schandera (Hgg.), Magdeburger Biographisches Lexikon, http://www.uni-magdeburg.de/mbl/Biografien/0222.htm, Eintrag vom 9. Februar 2005, Magdeburg 2002.

Heinsius, Wilhelm, Alphabetisches Verzeichnis der von 1700 bis zu Ende 1810 erschienenen Romane und Schauspiele, welche in Deutschland und in den durch Sprache und Literatur damit verwandten Ländern gedruckt worden sind, 4 Bde., Leipzig 1812–1813.

Heyd, Wilhelm et. al., Bibliographie der Württembergischen Geschichte, 11 Bde., Stuttgart 1895–1974.

Historisch-biographisches Lexikon der Schweiz, 7 Bde., 1 Supplementband, Neuenburg 1921–1934.
Historisches Lexikon der Schweiz, Basel 2002, www.snl.ch/dhs.
Hofer, Fritz und Sonja Hägeli, Zürcher Personenlexikon. 800 biographische Porträts aus zwei Jahrtausenden, Zürich/München 1986.
Ihme, Heinrich, Südwestdeutsche Persönlichkeiten. Ein Wegweiser zu Bibliographien und biographischen Sammelwerken, 3 Bde., Stuttgart 1988 und 1997.
Keller-Escher, C., Die Familie Hirzel von Zürich, Leipzig 1899 und Nachträge.
Kläui, Paul und Eduard Imhof, Atlas zur Geschichte des Kantons Zürich, Zürich 1951.
Killy, Walter et al. (Hgg.), Literaturlexikon. Autoren und Werke in deutscher Sprache, 15 Bde., Gütersloh/München 1988–1993.
Köbler, Gehard, Historisches Lexikon der Deutschen Länder. Die deutschen Territorien vom Mittelalter bis zur Gegenwart, München 2007.
Leu, Johann Jakob, Allgemeines Helvetisches Eydgenössisches oder Schweizerisches Lexicon, 20 T., sowie 6 Suppl.bde. von H. J. Holzhalb, Zürich 1747–1765 und Zug 1786–1795.
Muralt, Leonhard von und Hans Morf, Stammtafeln der Familie von Muralt von Zürich, Zürich 1976 und Nachträge.
Neues Genealogisches Reichs- und Staats-Handbuch auf das Jahr 1797. 2. Teil, Frankfurt a. M. 1797.
Regimentsbücher der Republik Zürich, Zürich 1780–1785.
Riemann, Hugo, Musik-Lexikon, Paderborn 2013.
Rübel, E. und W. H. Ruoff, Nachfahrentafel Rübel, Band Zürich/Bern, Zürich 1977.
Ruoff, W. H., Stammliste der Familie Hess, Zürich 1959.
Saur, Allgemeines Künstler-Lexikon, [bisher erschienen] 85 Bde., sowie Register und 25 Bde. Indices, München/Leipzig 1983–2015, CD 2009.
Schmidt, Andreas Gottfried, Anhalt'sches Schriftsteller-Lexikon oder historisch-literarische Nachrichten über die Schriftsteller, welche in Anhalt geboren sind oder gewirkt haben, aus den drei letzten Jahrhunderten gesammelt und bis auf unsere Zeiten fortgeführt, nebst einem Anhange, Bernburg 1830.
Schulthess, Hans, Die Familie Schulthess von Zürich, Zürich 1908.
Schulthess, Hans, Die von Orelli von Zürich, Zürich 1941.
Schweizerisches Geschlechterbuch, 12 Jahrgänge, Basel 1905–1965.
Schweizerisches Künstler-Lexikon, 3 Bde. und Supplementband, Frauenfeld 1902–1917.
Stieger, Franz, Opernlexikon in IV Teilen, Tutzing 1975–1983.
Straubel, Rolf, Biographisches Handbuch der preußischen Verwaltungs- und Justizbeamten 1740-1806/15, (Einzelveröffentlichungen der Historischen Kommission zu Berlin 85, Einzelveröffentlichung des Brandenburgischen Landeshauptarchivs VII), 2 Bde., München 2009.
Thieme, Ulrich und Felix Becker (begr.), Allgemeines Lexikon der bildenden Künstler von der Antike bis zur Gegenwart, 37 Bde., Leipzig 1907–1950.

Weimar. Lexikon zur Stadtgeschichte, hg. von Günther, Gitta, Wolfram Huschke und Walter Steiner, Weimar 1993.

Weisz, Leo, Die Werdmüller. Schicksale eines alten Zürcher Geschlechts, 3 Bde., Zürich 1949.

Wilpert, Gero von (Hg.), Lexikon der Weltliteratur, 4 Bde., München 1997.

Witte, Bernd, Theo Buck, Hans-Dietrich Dahnke, Regine Otto und Peter Schmidt (Hgg.), Goethe-Handbuch, 4 Bde., Stuttgart/Weimar 1996–1999.

Zwicky, J. P. (Hg.), Sammlung schweizerischer Ahnentafeln, Zürich 1938–1942.

Zwicky, J. P. (Hg.), Archiv für schweizerische Familienkunde, 4 Bde., Zürich 1944–1958.

Zwicky, J. P., Eltern und Geschwister von Pfarrer Johann Caspar Lavater (1741–1801) und seiner Gemahlin Anna geb. Schinz (1742-1815), Ms. Zürich 1974.

UNGEDRUCKTE QUELLEN

Landesarchiv Sachsen-Anhalt, Abteilung Dessau

LASA, 10.03.01.E 191.01 Familienarchiv von Kalitsch, Urkunden.

LASA, 10.03.01.E 191, Nr. 6, Urkunden und andere Dokumente Gottlob von Kalitsch, 1765–1937.

LASA 11.01.E 98.I, Korrespondenz Georg Heinrichs von Berenhorst (1733–1814), 1755–1814.

LASA 11.01.E 101, 03 August von Rode, 19.1.1775–5.6.1870.

LASA Z 44, A 7a Nr. 66, vol, I-III, Nachlaß und Testament des Herzogs Leopold III. Friedrich Franz von Anhalt-Dessau.

LASA Z 44, A 7a Nr. 67, vol. I, Die Regulierung der Verlassenschaft der Herzogin Louise Henriette Wilhelmine von Anhalt-Dessau (1811–1815).

LASA Z 44, A 9b VII Nr. 9, Die Patente über die vom Erbprinzen Friedrich im preußischen Heere erlangten Kriegschargen, seinen Abschied und dazu gehörige Korrespondenz.

LASA Z 44, A 9e Nr. 15 (1) Tagebuch der Fürstin Luise 1756–1770.

LASA Z 44, A 9e, Nr. 15 (2) Neues Tagebuch mit Überschrift: „Achille a Zürich/ le 15 d'Aout/1770", Paginierung von fremder Hand.

LASA Z 44, A 9e Nr. 15 (3) Tagebuch der Fürstin Louise, Englische Reise 5.7.1775 –11.12.1775.

LASA Z 44, A 9e Nr. 15 (18) Auszüge aus den Tagebüchern der Herzogin Louise, Gem. des Herzogs Franz, von ihr selbst geschrieben.

LASA Z 44, A 9e Nr. 15 (28) Der 1., 2. und 3. August 1779 oder die Rigireise.

LASA Z 44, A 9e Nr. 15 (36) Notizbuch F.

LASA Z 44, A 9e/ Nr. 15 (42) Notizen und Abschriften, ca. 1796.

LASA Z 44, A 10 Nr. 233c, Korrespondenz des Fürsten Leopold III. Friedrich Franz von Anhalt-Dessau mit Mitgliedern der Familie (von) Hoffmann.

LASA Z 44, A 10 Nr. 227e, Korrespondenz des Fürsten Leopold III. Friedrich Franz von Anhalt-Dessau mit Johann Caspar Lavater.

LASA Z 44, A 10d Ie Korrespondenz mit seinem Geheimen Kabinett in der Franzosenzeit und bezügliche Missionen, 1793–1817.
LASA Z 44, A 12a Nr. 19, Fremdenliste vom März 1770 bis September 1806, aufgezeichnet von Hofmarschall Carl E. von Glafey. Abschrift des Originals durch Archivrat Reinhold Specht 1929.
LASA Z 44, A 20 Nr. 67, Nachlässe von dem Hof nahe stehenden Beamten, fol. 236–240; Manuskripte Hosäus.
LASA Z 44, C 1b I Vermehrung des Grundbesitzes durch Ankauf, 1524–1899.
LASA Z 44, C 5d Nr. 3, Register über die an Herzogl. Rechenkammer ergangenen Ordres und Anzeigen seit Einrichtung der selben 1747.
LASA Z 44, C9 d Nr. 1, Die herzogliche Medizinalkommission, Bd. I–III (1793–1848).
LASA Z 44, C 9d Nr. 10, Die Anstellung des chirurgischen Seminaristen Gottlieb Prietsch als Hofchirurg, 1816.
LASA Z 44, C 9e, Nr. 2/1–2 Die in Dessau errichtete Buchhandlung der Gelehrten 1781–1790.
LASA Z 44, C 9e Nr. 75, Acta, enth. lose auf die chalcographische Gesellschaft bezügliche Sachen 1797/1846.
LASA Z 44, C 9e Nr. 76, Bd. Ia Acta, das der Chalcographischen Gesellschaft allhier bis Michaelis 1804 ertheilte Moratorium und übrige zur gänzlichen Aufklärung der Gesellschaft getroffene Verfügungen betr.
LASA Z 44, C 9e Nr. 76, Bd. Ib Acta, die weitern, das Schuldenwesen des ehemal. Chalcographischen Instituts allhier betreffenden Verhandlungen, und was noch dazu gehört, betr. 1806/20.
LASA Z 44, C 15c Die jüdische Gemeinde zu Dessau, 1621–1850.
LASA Z 44, C 18b, VII a, Nr. 42, Professor Johann Bernhard Basedow gegen den Herrn Magister Carl Christoph Reiche zu Dessau wegen wörtlicher und tätlicher Beleidigung, 1783.
LASA Z 88, F 84 Nr. 7 Der Schutzjude Moses Hirsch, 1780.
LASA Z 284 Amalienstiftung Dessau, 1201–1956.

Stadtarchiv Dessau
Palais Waldersee, Grundrisse, Schnitt und Fassade, 1955.

Stiftsarchiv Einsiedeln
HO, Bestallung der Kanzler.

Institut für Politische Wissenschaft Erlangen, Gerlach'sches Familienarchiv
FA01607.1, Brief der Fürstin Louise von Anhalt-Dessau an Friedrich Ernst von Chambaud.
FA01597, Friedrich Ernst von Chambaud, Darstellung Meiner Verhältnisse in Hoch Fürstlich Anhalt-Dessauischen Diensten, Dessau nach 1810 (Abschriften mit biographischen Angaben).

Generallandesarchiv Karlsruhe

GLA Karlsruhe FA Pers. 5 Nr. 40 Hoftagebücher 1779–1785.

GLA Karlsruhe FA Pers. 5 Nr. 44, Fasz. XVII a Reisetagebuch des Markgrafen Karl Friedrich von Baden in die Schweiz 1783.

GLA Karlsruhe FA Corr. 5, Bd. 13 Korrespondenz des Markgrafen Karl Friedrich von Baden mit Leopold III. Friedrich Franz von Anhalt-Dessau 1781–1806.

GLA Karlsruhe Abt. 48 Fasz. 49 Staatssachen, Bündnisse.

GLA Karlsruhe 47/765 Die Anstellung der Hofdamen 1733–1830.

GLA Karlsruhe 76/1273 f. Personalakte Peter Perez Burdett.

GLA Karlsruhe 76/2570 f. Personalakte Carl L. A. von Gaisberg.

GLA Karlsruhe 206/1107 Verlassenschaft des Majors Burdett 1793–1796.

Familienarchiv Waldersee Stöfs

FAW Stöfs Familienchronik, Handschriftliche Familienchronik von Louise Antoinette (Loulou) nach Tagebuchbll. das Vaters und eigenen Erinnerungen zusammengestellt. Maschinenschriftl. Abschrift.

FAW Stöfs I.B.1.b) Geldsachen Franz I. Waldersee.

FAW Stöfs I.B.1.h) Friedrich und Franz v. Waldersee, Söhne von Franz I., Abschriften von Briefen an Leopold und Wilhelm v. Gerlach (buchstabengetreu), Kriegstagebuch Friedrich v. Waldersee 1812–1814.

FAW Stäfs I.B.1.m) Zeichnungen Edouard Waldersee, um 1813.

FAW Stöfs I.B.1.n) Loulou Waldersee, Abschriften, Erinnerungen.

FAW Stöfs I.B.1.o) Vermischtes, familienkundliche Forschungen. Carola Bülow zu Franz und Louise Waldersee, geb. Anhalt und Loulou Waldersee.

FAW Stöfs I.B.2.a) Nachlaß Franz I. und Louise Waldersee (Comtesse Anhalt) 1772-1822 Programme, Huldigungs- und Gelegenheitsgedichte.

FAW Stöfs I.B.2.b) Franz I. Waldersee aus den Jahren 1812–1815 Abschriften von Kriegsnachrichten, Einquartierung, Schriftliches von anderen Personen.

FAW Stöfs I.B.2.d) Briefschaften von und an Franz Waldersee.

FAW Stöfs I.B.2.e) Dokumentenmappe mit alphabetisch sortierten Briefschaften Franz Waldersee.

FAW Stöfs I.B.2.f) Dokumentenmappe mit Briefen und verschiedenen Schriftstücken betr. Franz und Louise Waldersee, geb. Anhalt, thematisch sortiert.
Erinnerungen der Johanna Eleonore v. Neitschütz, geb. Hofmeyer, Mutter von Franz Waldersee.
Bündel Schriften von Louise Waldersee, geb. Anhalt: auf Goethe und Lavater Bezügliches; deutsche Gedichte und Abhandlungen, dabei Teile der Messiade von Lavater.
Ehekontrakt Waldersee/Anhalt.
Brief an Louise von Regula und Pfr. Häfeli aus Wörlitz, 11.1.1788.
Kindertagebuch der 6 bis 7-jährigen Louise Anhalt aus Dessau für ihren Vater, 30.3.–20.8.1774.

FAW Stöfs I.B.2.g) Dokumentenmappe mit Dokumenten und Briefschaften bez. Reichsgrafen von Anhalt und 2 Briefe von Schweizern (de Gaudot und Burckhardt) 1782/3 an Franz Waldersee.

FAW Stöfs I.B.2.h) Schulden und Geldsachen Franz I. Waldersee 1801–1824.

FAW Stöfs I.B.2.i) Schulden und Geldsachen, Nachlaß Franz Waldersee.

FAW Stöfs I.B.2.k) Korrespondenz mit dem anhaltinischen Fürstenhaus.

FAW Stöfs I.B.2./I.C.2.n) Mappe mit Briefen an Louise Waldersee, geb. Anhalt, alphabetisch sortiert und durch die Karteikarten in I.A.8. vollständig erfasst.

FAW Stöfs I.B.3.p) Mappe mit Resten von Tagebüchern und Abschriften, Zusammenfassungen, betr. Franz und Louise Waldersee, geb. Anhalt, sowie deren Kinder.

FAW Stöfs I.B.3.q) Korrespondenz mit Erica von Schulthess ab 1949.

FAW Stöfs I.B.3./I.C.2.a) Akte Erbangelegenheiten, Louise Waldersee-Anhalt 1824 ff.

FAW Stöfs I.B.3./I.C.2.b) Literarische Arbeiten Franz I. Waldersee.

FAW Stöfs I.B.3./I.C.2.c) Verschiedene Briefschaften, Briefe der Fürstin Louise an Louise Anhalt/Waldersee.

FAW Stöfs I.B.3./I.C.2.d) Mappe mit div. Unterlagen und Briefschaften.

FAW Stöfs I.B.3./I.C.2.e) Akte Lichtenstein.

FAW Stöfs I.B.3./I.C.2.g) Abschrift der Erinnerungen von Johanna Eleonore von Neitschütz, geb. Hofmeyer.

FAW Stöfs I.B.3./I.C.2.h) Mappe mit Briefschaften betr. Grafen von Anhalt.

FAW Stöfs I.B.3./I.C.2.i) Briefe an Franz I. Waldersee.

FAW Stöfs I.B.3./I.C.2.j) Vermischte Briefschaften.

FAW Stöfs I.B.3./I.C.2.k) vol. I. „Religion"-Journal der Fürstin Louise von Anhalt-Dessau, wohl von Louise Anhalt-Waldersee weitergeführt.

FAW Stöfs I.B.3./I.C.2.l) Briefe der Familie Schulthess aus Zürich, 1784–1822. Dazu Abschriften der Briefe von Louise Anhalt-Waldersee aus dem Staatsarchiv Zürich sowie Auszüge aus dem Tagebuch der Bäbe Schulthess, ebenda im Nachlass der Familie Usteri.

FAW Stöfs I.B.3./I.C.2.m) Tagebücher Franz I. Waldersee.

FAW 1.) Journal de Voyage en 1782.

FAW 3.) [Franz Waldersee, Tagebuch der Reise des Fürsten Leopold III. Franz von Anhalt-Dessau und seiner Familie in die Schweiz im Jahre 1783].

FAW Stöfs II.A.1) Tagebücher Louise Waldersee, geb. Anhalt 1813–1819.

FAW Stöfs II.A.2) Tagebücher Louise Waldersee, geb. Anhalt 1820–1829.

FAW Stöfs II.C.7) Briefe an Loulou Waldersee von ihrem Bruder Friedrich Waldersee 1812–1863.

FAW Stöfs o. Num. Franz I. (Graf) Waldersee, „Versuche einer kurzen Geschichte meines Lebens und Schicksals" [vermisst, als Abschrift im Besitz Conrad Ulrichs, Zürich, erhalten].

Stiftung Weimarer Klassik, Goethe- und Schiller-Archiv Weimar
GSA 06/357 Briefe des Fürsten Leopold III. Friedrich Franz von Anhalt-Dessau an Bertuch.
GSA 06/2047 Briefe des Franz von Waldersee an Bertuch.
GSA 06/5291 Contracte der Chalcographischen Gesellschaft.
GSA 06/5293 Actionärs der Chalcographischen Gesellschaft.

Thüringisches Hauptstaatsarchiv Weimar
ThHStAW Autographensammlung.

Bildarchiv der Österreichischen Nationalbibliothek, Wien
LAV Sammlung Lavater.

Privatbesitz Zürich
Anekdoten der Barbara von Muralt, nach Auszügen von Conrad Ulrich.
Genealogie der Familie Schulthess, Hinweise von E. von Schulthess.

Staatsarchiv Zürich
StAZ W 59 Familien-Archiv Usteri 290–292, Tagebuch der jüngeren Barbara Schulthess, gen. Bäbe.
StAZ E III 132.4 Taufbuch Wädenswil.
StAZ E III 132.9 Familienregister Wädenswil.
Dürsteler, E., Genealogische Tafeln.

Zentralbibliothek Zürich
Nachtzettel 1783.
ZB Zürich FA Lavater Ms. 14a.
ZB Zürich MS J 331 Chronik des David von Moos zur Fortsetzung des „Astronomisch politischen historisch und kirchlichen Kalenders“ für Zürich.
ZB Zürich V 320.5. Nachlass Häfeli.

GEDRUCKTE QUELLEN

Allgemeiner Anzeiger und Nationalzeitung der Deutschen, Nr. 316, 19.11.1834.

Allgemeine Zeitung München 1808, Nro. 333, Montag, 28.11.1808.

Aktenmäßige Darstellung des von den Inquisiten Lehmann, Fahlteich und den Gebrüdern Grunerts im Schloße des Prinzen Alberts Hochfürstl. Durchlaucht zu Groß-Kühnau in der Nacht vom 12. zum 13. Octbr. 1811 verübten Raubes, sammt der damit verbundenen Tödtung der Wilhelmine Troitzsch, Dessau 1812.

Andreas, Willy und Hans Tümmler (Hgg.), Politischer Briefwechsel des Herzogs und Großherzogs Carl August von Weimar (Quellen zur deutschen Geschichte des 19. und 20. Jahrhunderts 37), 2 Bde., Stuttgart 1954.

Anhalt-Dessauischer Historien-Kalender für das Jahr 1766.

Badenscher gemeinnüziger Hof- und Staats-Kalender für das Jahr 1786.

Badisches Hof- und Staats-Adresse-Handbuch auf das Jahr 1782.

Basedow, Johann Bernhard, Das in Dessau errichtete Philanthropinum. Eine Schule der Menschenfreundschaft und guter Kenntnisse für Lernende und junge Lehrer, arme und reiche; Ein Fidei-Commiß des Publicums zur Vervollkommnung des Erziehungswesens aller Orten nach dem Plane des Elementarwerks, Leipzig 1774.

Basedow, Johann Bernhard, Das Basedowische Elementarwerk. Ein Vorrath der besten Erkenntnisse zum Lernen, Lehren, Wiederholen und Nachdenken. 3 Bde., Leipzig 1774.

Becke-Klüchtzner, Edmund von der, Stamm-Tafeln des Adels des Großherzogthums Baden, Baden-Baden 1886.

Beckmann, Johann Christoff, Historie des Fürstenthums Anhalt von dessen Alten Einwohnern und einigen annoch verhandenen Alten Monumenten usw., 4 Bde., Zerbst 1710.

Berenhorst, Georg Heinrich von, Die Grand Tour des Fürsten Franz von Anhalt-Dessau und des Prinzen Johann-Georg durch Europa. Reisejournal 1765–1768, (Kataloge und Schriften der Kulturstiftung DessauWörlitz 32) 2 Bde., hg. und kommentiert von Antje und Christophe Losfeld, Dessau 2012.

[Bertuch, Friedrich Justin], Wie versorgt ein kleiner Staat am besten seine Armen und steuert der Betteley? Ein möglicher Versuch, o. Ort, 1783.

Briefe an Goethe, Gesamtausgabe in Regestform. Verfügbarer Zeitraum 1764–1819, hg. von der Klassik Stiftung Weimar, Goethe- und Schiller-Archiv in Kooperation mit dem Verlag Hermann Böhlaus Nachfolger, www.ora-web.swkk.de/swk-db/goeregest/index.html.

Burgdorf, Wolfgang, Die Wahlkapitulationen der römisch-deutschen Könige und Kaiser 1519–1792 (Quellen zur Geschichte des Heiligen Römischen Reiches 1), Göttingen 2015.

Burkhardt, C. A. H. (Hg.), Aus den Weimarer Fourierbüchern 1775–1784, in: Goethe-Jahrbuch 6, 1885, S. 148–166.

Chapon, Gottlob Friedrich Wilhelm, Leben und letzte Stunden der weiland Durchlauchtigsten Fürstinn Casimire, Regierenden Gräfinn und Edlen Frau zur Lippe, geb. Prinzessinn zu Anhalt, Lemgo 1780.

Die originalen Tagebücher der Fürstin Louise Henriette Wilhelmine von Anhalt-Dessau, Auszüge aus den Jahren 1795 bis 1811, hg. von der Kulturstiftung DessauWörlitz, 2 Bde., Halle 2010.

Dohm, Christian Wilhelm, Über den deutschen Fürstenbund, Berlin 1785.

Dunkel, Johann Gottlieb Wilhelm, Historisch-critische Nachrichten von verstorbenen Gelehrten, 3 Bde., Köthen/Dessau 1753–1755.

Erdmannsdörffer, B. (Hg.), Politische Correspondenz Karl Friedrichs von Baden, 2 Bde., Heidelberg 1888.

Fürstl. Anhalt-Dessauische wöchentliche öffentliche Nachrichten.

Genelli, Hans Christian und August Rode, Exegetische Briefe über des Marcus Vitruvius Pollio Baukunst an August Rode, 1. Heft, Braunschweig 1801.

Gessner, Salomon, Brief ueber die Landschaftsmahlerey. An Herrn Fuesslin, den Verfasser der Geschichte der besten Künstler in der Schweitz, in: Salomon Gessner, Sämtliche Schriften in drei Bänden, hg. von Martin Bircher, Zürich 1974, Bd. III, S. 231–273 [Nachdruck des Fünften Teils, Zürich 1772].

Goethe, Johann Wolfgang, Das Louisenfest, in: ders., Sämtliche Werke. Briefe, Tagebücher und Gespräche, hg. von Dieter Borchmeyer et al., Frankfurt am Main 1985 ff., Abt. I, Bd. 17, S. 392–400.

Goethe, Johann Wolfgang, Dichtung und Wahrheit, in: ders., Sämtliche Werke. Briefe, Tagebücher und Gespräche, hg. von Dieter Borchmeyer et al., Frankfurt am Main 1985 ff., Abt. I, Bd. 14.

Goethe's Schriften, 8 Bde., [Leipzig 1787–1790] Zürich 1968.

Goethe, Johann Wolfgang, Tagebücher, hg. von Gerhart Baumann, in: Goethe, Gesamtausgabe der Werke und Schriften, 22 Bde., Stuttgart 1956, Bd. XI.

Goethe, Johann Wolfgang, Briefe, in: ders., Werke, hg. im Auftrag der Großherzogin Sophie von Sachsen, IV. Abt., 133 Bde. in 143 Tln., [Weimar 1887–1919] München 1987 [nebst] Bd. 144–146, Nachträge und Register zur IV. Abt., Briefe, hg. von Paul Raabe, Bd. 1–3, München 1990.

Grosse, Wilhelm, Nachricht von der herzogl. Töchterschule zu Dessau. Einladungsschrift zum Jubelfeste des 50jähr. Bestehens dieser Anstalt am 3. Oct. 1836 von Wilh. Grosse, Director.

Hallisches patriotisches Wochenblatt zur Beförderung gemeinnütziger Kenntnisse und wohlthätiger Zwecke, 42. Jg., 1. Quartal, 12. St., Sonnabend, 20.3.1841.

Hassel, G.[eorg Heinrich], Das Staats- und Adreß-Handbuch der teutschen Bundesstaaten für das Jahr 1816, (Allgemeines Europäisches Staats- und Adreß-Handbuch. Für das Jahr 1816, Weimar 1816–17, Bd. 1, Abt. 1–2) Weimar 1816.

Hegner, Ulrich, Beiträge zur nähern Kenntniß und wahren Darstellung Johann Kaspar Lavater's. Aus Briefen seiner Freunde an ihn, und nach persönlichem Umgang, Leipzig 1836.

Herder, Johann Gottfried, Briefe, hrsg. von Wilhelm Dobbek und Günter Arnold, 10 Bde., Weimar 1977–1996.
Herder, Johann Gottfried von, Idee zum ersten patriotischen Institut für den Allgemeingeist Deutschlands, in: ders., Sämmtliche Werke, hg. von Bernhard Suphan, 33 Bde., Berlin 1887–1913, Bd. XVI, S. 600–616.
Hirzel, Johann Caspar, Die Wirthschaft eines Philosophischen Bauers, Zürich 1761.
Hochfürstlich S. Weimar- und Eisenachischer Hof- und Addreß-Calender auf das Jahr 1783, Weimar [1783].
Hofmeyer, Christian Lebrecht, De Baptismo, Diss. Basel 1747.
Hosäus, Wilhelm, Georg Heinrich von Berenhorst's Tagesbemerkungen, in: Mitteilungen des Vereins für Anhaltische Geschichte und Altertumskunde, Bd. 1, 1877, Heft 3, S. 190–236.
Hosäus, Wilhelm, Erdmannsdorffs Denkschrift über die Chalkographische Gesellschaft, in: Mitteilungen des Vereins für Anhaltische Geschichte und Altertumskunde, Bd. 1, 1877, Heft 3, S. 386–405.
Hüsgen, H. S., Nachrichten von Frankfurter Künstlern, 1780.
Journal des Luxus und der Moden, Weimar 1786–1827.
Journal für Fabrik, Manufaktur, Handlung und Mode, Leipzig 1794.
Kleine Reise in's Thüringische. 1782, in: Johann Bernoulli's Sammlung kurzer Reisebeschreibungen und anderer zur Erweiterung der Länder- und Menschenkenntniß dienender Nachrichten, Jg. 1783, Bd. 10, Berlin/Leipzig 1783, S. 255–332.
Königsbergische gelehrte und politische Zeitungen.
Las Cases, Emmanuel-August-Dieudonné-Joseph de, Mémorial de Sainte Hélène, ou journal ou se trouve consigné, jour par jour, ce qu'a dit et fait Napoléon durant dix-huit mois, 5 Bde., London und Paris, 1823.
[Lavater, Johann Caspar], Schweizerlieder mit Melodien, Bern 1767.
Lavater, Johann Caspar, Physiognomische Fragmente zur Beförderung der Menschenkenntniß und Menschenliebe, 4 Bde., Leipzig/Winterthur 1775–1778.
Lavater, Johann Caspar, Jesus Messias oder die Evangelien und Apostelgeschichte in Gesängen, 4 Bde., [Basel] 1783–1786.
Johann Caspar Lavaters ausgewählte Werke, hg. von Ernst Staehelin, 4 Bde., Zürich 1943.
Johann Caspar Lavaters ausgewählte Werke in historisch-kritischer Ausgabe. Ergänzungsband: Anna Barbara von Muralt (1725–1805), Anekdoten aus Lavaters Leben, 2 Bde., Zürich 2011.
J. C. Lavaters Fremdenbücher. Faksimile-Ausgabe der Fremdenbücher und Kommentarband, bearb. von Rudolf Pestalozzi, 8 Bde., Mainz 2000.
Leideritz, Leopold, Abhandlung über Diemengerüste oder Feimengerüste zur Aufbewahrung der Getreide und Futtervorräthe, Dessau 1800.
Ligne, Charles Joseph Fürst de, Der Garten zu Belœil nebst einer kritischen Uebersicht der meisten Gärten Europens, Dresden 1799.
Limmer, Conrad Philipp, Dissertatio Philosophica De Homine Pathētō, 1704.

Lyncker, Karl Frhr. von, Am Weimarischen Hofe unter Amalien und Karl August. Erinnerungen, hg. von Maria Scheller, Berlin 1912.
M. Carl Christoph Reichens getreue Darstellung der Umstände, unter welchen Herr Joh. Bernh. Basedow königl. dän. Professor Schläge bekommen und seinen Rock verloren, auch mit Herrn Dir. Chr. Heinr. Wolke einen schändlichen Prozeß angehoben hat, Dessau und Leipzig in der Buchhandlung der Gelehrten, 1783.
Friedrich von Matthissons sämmtliche Werke, 7 Bde., Wien 1815–1817.
Meier, Johann Christian, Johann Bernhard Basedows Leben Charakter und Schriften unpartheiisch dargestellt und beurtheilt, 2 Bde., Hamburg 1792.
Meusel, Johann Georg, Lexikon der vom Jahr 1750 bis 1800 verstorbenen teutschen Schriftsteller, 15 Bde., Leipzig 1811.
Meyer, Johann Heinrich, Heinrich Freudweiler. Ein Beytrag zu den Biographien schweizerscher Künstler, (Zürich) 1796.
Mitteldeutsche Zeitung.
Mortgen, Abraham [aus dem Nachlass herausgegeben von S. v. Tennecker], Enthüllte Geheimnisse aller Handelsvortheile und Pferde-Verschönerungskünste der Pferdehändler, Ilmenau 1824.
Oettingen, Wolfgang von (Hg.), Aus Ottilie von Goethes Nachlass. Briefe von ihr und an sie 1806–1822, nach den Handschriften des Goethe- und Schiller-Archivs (Schriften der Goethe-Gesellschaft 27), Weimar 1912.
Pomona für Deutschlands Töchter, hg. von Sophie von La Roche, 2 Bde. Speyer 1783/84.
Rebmann, Georg Friedrich, Wanderungen und Kreuzzüge durch einen Theil Deutschlands, Altona 1795.
Reil, Friedrich, Leopold Friedrich Franz Herzog und Fürst von Anhalt-Dessau, hg. von den Staatl. Schlössern und Gärten Wörlitz, Oranienbaum, Luisium, [Dessau 1845] Wörlitz 1995.
Rinck, Christoph Friedrich, Studienreise 1783/84, hg. von Moritz Geyer, Altenburg 1897.
Rode, August, Beschreibung des Fürstlichen Anhalt-Dessauischen Landhauses und Englischen Gartens zu Wörlitz, Dessau 1788.
Rode, August, Wegweiser durch die Sehenswürdigkeiten in und um Dessau, 3 Hefte, Dessau 1795–1798.
Rode, August (Hg.), Des Marcus Vitruvius Pollio Baukunst, aus der römischen Urschrift übersetzt, Leipzig [1796].
Rode, August (Hg.), Leben des Herrn Friedrich Wilhelm von Erdmannsdorff, Dessau [1801].
Rode, August von, Beschreibung des Fürstlichen Anhalt-Dessauischen Landhauses und Englischen Gartens zu Wörlitz, [Dessau 1814] Espenhain 1995.
Rödenbeck, Karl Heinrich Siegfried, Tagebuch oder Geschichtskalender aus Friedrich's des Großen Regentenleben, (1740–1786) mit historischen und biographischen Anmerkungen zur richtigen Kenntniß seines Lebens und Wirkens in allen Beziehungen, 3 Bde., Berlin 1840–1842.

[Rötger, Gotthilf Sebastian], Briefe eines ganz unpartheyischen Kosmopoliten über das Dessauische Philanthropin, Leipzig 1776.

Salzmann, Christian Gotthilf, Nachrichten aus Schnepfenthal für Eltern und Erzieher, 2 Bde., Leipzig 1786 und 1788.

Schmidt, Christian Gottlieb, Von der Schweiz. Journal meiner Reise vom 5. Julius 1786 bis den 7. August 1787, herausgegeben von Theodor und Hanni Salfinger (Schweizer Texte 8), Bern/Stuttgart 1985.

Schmidt, Michael Ignaz, Geschichte der Deutschen, 12 Bde. in 6 vol., Mannheim/Frankenthal 1783/84.

Sotheby's London, Old Master & British Paintings Day Sale 10. Juli 2014.

Sotheby's Genf , Magnificent Jewels and Noble Jewels, 13. Mai 2014.

Staats- und Gelehrte Zeitung des Hamburgischen unpartheyischen Correspondenten, Nr. 1052, Dienstag, 3. Juli 1804.

Stein, Karl Frhr. vom, Briefe und amtliche Schriften, hg. von W. Hubatsch, 10 Bände, Stuttgart 1957–1974.

Stoll, Adolf, Der Maler Joh. Friedrich August Tischbein und seine Familie. Ein Lebensbild nach den Aufzeichnungen seiner Tochter Caroline, Stuttgart 1923.

Stuart, James and Nicholas Revett, The Antiquities of Athens, 3 Bde., London 1762–1794.

[Ulrich, Johann Heinrich Friedrich] Pragmatische Geschichte der vornehmsten katholischen und protestantischen Gymnasien und Schulen in Deutschland aus authentischen Originalnachrichten, Leipzig 1780.

Vitruv, Baukunst, übers. von August Rode, hg. von B. Wyss, 2 Bde., Zürich/München 1987.

Walther, Bernhard Siegfried, Ueber die Erziehung junger Frauenzimmer aus mittlern und höhern Ständen, Berlin 1781.

Wege, Erich, Doris und Peter Walser-Wilhelm sowie Christine Holliger (Hgg.), Das Stammbuch Friedrich von Matthissons. Transskription und Kommentar zum Faksimile, 2 Bde., Göttingen 2007.

Weigelt, Horst (Hg.), Johann Kaspar Lavater. Reisetagebücher (Texte zur Geschichte des Pietismus Abt. VII, Bde. 3 und 4), 2 Bde., Göttingen 1997.

West, O., Die Chalcographische Gesellschaft in Dessau, in: Archiv für die zeichnenden Künste, hg. von F. Naumann, 1864, X, S. 75–112.

Wohlbrück, Siegmund Wilhelm, Geschichtliche Nachrichten von dem Geschlechte von Alvensleben und dessen Gütern, 3 Bde., Berlin 1829.

Würdig, L[udwig], Chronik der Stadt Dessau. Von den frühesten Zeiten bis Ende 1875, Dessau 1876.

Zimmermann, Johann Georg, Ueber die Einsamkeit, 4 Teile in 4 Bden., Leipzig 1784/85.

Aretin, Karl Otmar Freiherr von, Heiliges Römisches Reich 1776–1806. Reichsverfassung und Staatssouveränität (Veröffentlichungen des Instituts für europäische Geschichte Mainz 38), 2 Bde., Wiesbaden 1967.

Arndt, Fanny, Die deutschen Frauen in den Befreiungskriegen, Halle 1867.

Bauer, Frank, Napoleon in Berlin. Preussens Hauptstadt unter französischer Besatzung 1806–1808, Berlin 2006.

Becher, H., Der deutsche Primas, o. O. 1944.

Beckus, Paul, Hof und Verwaltung des Fürsten Franz von Anhalt-Dessau (1758–1817). Struktur, Personal, Funktionalität, (Quellen und Forschungen zur Geschichte Sachsen-Anhalts 9), Halle 2015.

Biedrzynski, Effi, Goethes Weimar, Zürich 1992.

Billeter, Gustav, Johann Wolfgang von Goethe, Wilhelm Meisters Theatralische Sendung. Mitteilungen über die wiedergefundene erste Fassung von Wilhelm Meisters Lehrjahren, Zürich 1910.

Blankenhorn, Erich, Karl-Friedrich von Freistedt, in: Mein Heimatland 29 (1942), S. 258.

Boerlin-Brodbeck, Yvonne, Malerei und Graphik, in: Wysling, Hans (Hg.), Zürich im 18. Jahrhundert, Zürich 1983, S. 189–212.

Brückner, Franz, Häuserbuch der Stadt Dessau, 25 Bde., Dessau 1975-1997, sowie ein Supplementband, Personen- und Sachregister, Dessau 2002.

Bürgi, Andreas, Ein Gulliver von Luzern. Franz Ludwig Pfyffer und sein „Relief der Urschweiz“, in Neue Zürcher Zeitung Nr. 261, 9./10. November 2002, S. 73.

Busch-Salmen, Gabriele, Walter Salmen und Christoph Michel, Der Weimarer Musenhof, Stuttgart/Weimar 1998.

Conchon, Anne, Entre identité individuelle et détermination sociale: Le cas de Guyénot de Châteaubourg (1743-1824), in: Genèses 2002/2 (No. 47), S. 42–61.

Crämer, Ulrich, Carl August von Weimar und der Deutsche Fürstenbund 1783–1790, Wiesbaden 1961.

Dessau-Wörlitzer Gartenreich, erarbeitet von Kleinschmidt, Harald und Thomas Bufe et. al. (Denkmalverzeichnis Sachsen-Anhalt, Sonderband), Halle 1997.

Dettleff, Henning, Prinz Albert von Anhalt-Dessau – Ein Leben im Schatten des Wörlitzer Glanzes (Zwischen Wörlitz und Mosigkau. Schriftenreihe zur Geschichte der Stadt Dessau und Umgebung 72), Dessau 2015.

Dölemeyer, Barbara, „Je trouve partout un Hombourg.“ Prinz Leopold und seine Brüder in den Befreiungskriegen. In: Aus dem Stadtarchiv – Vorträge zur Bad Homburger Geschichte, 2000/2001, S. 9–28.

Duchhardt, Heinz, Deutsche Verfassungsgeschichte 1495–1806, Stuttgart/Berlin/Köln 1991.

Engfer, Hermann, Die ehemalige v. Brabecksche Gemäldegalerie zu Söder, in: Alt-Hildesheim Heft 26, Hildesheim 1955, S. 33–42.

Eisold, Norbert, Das Dessau-Wörlitzer Gartenreich. Der Traum von der Vernunft, Rostock 2000.

Eyer, Robert-Peter, Die Schweizer Regimenter in Neapel im 18. Jahrhundert (1734-1789) (Freiburger Studien zur Frühen Neuzeit 12), Bern/Berlin/Brüssel/Frankfurt am Main/New York/Wien 2007.

Fabian, Dietrich, Roentgenmöbel aus Neuwied, Neustadt a. d. S. 1986.

Frank, Christoph, Joachim Rees, Winfried Siebers und Hilmar Tilgner, Europareisen der politischen Funktionsträger des Alten Reichs (1750–1800). Reisen und Aufklärung in interdisziplinärer Perspektive, in: Frühneuzeit-Info 10/1 und 2, 1999, S. 276–283.

Frevert, Ute, Krankheit als politisches Problem 1770–1880. Soziale Unterschichten in Preußen zwischen medizinischer Polizei und staatlicher Sozialversicherung (Kritische Studien zur Geschichtswissenschaft 62), Göttingen 1984.

Froesch, Anette, Das Luisium bei Dessau. Gestalt und Funktion eines fürstlichen Landsitzes im Zeitalter der Empfindsamkeit (Forschungen zum Gartenreich Dessau-Wörlitz 1), München/Berlin 2002.

Gall, Lothar, Bürgertum in Deutschland, Berlin 1989.

Gavazzi, Sara Beatriz und Jane Bihr-de Salis, Il palazzo Salis di Bondo, Bellinzona 2002.

Gärten in Wielands Welt (Marbacher Magazin 40/1986), bearb. von Heinrich Bock und Hans Radspieler.

Griep, Wolfgang, Die lieben Zöglinge unterwegs. Über Schulreisen am Ende des 18. Jahrhunderts, in: Griep, Wolfgang und Hans-Wolf Jäger (Hgg.), Reisen im 18. Jahrhundert. Neue Untersuchungen (Neue Bremer Beiträge 3), Heidelberg 1986.

Haetge, Ernst und Marie Luise Harksen, Landkreis Dessau-Köthen: Die Stadt Köthen und der Landkreis außer Wörlitz (Die Kunstdenkmale des Landes Anhalt 2, Teil 1), Burg bei Magdeburg 1943.

Harksen, Marie-Luise, Stadt, Schloss und Park Wörlitz (Kunstdenkmalinventare des Landes Sachsen-Anhalt 31) [Burg b. M. 1939], Halle 1997.

Heine, Albrecht Friedrich und Ludwig Grote (Hgg.), Die Chalkographische Gesellschaft in Dessau 1795–1803, Dessau 1930.

Heinicke, Wilfried, Die Leiden der Fürstin Louise von Anhalt-Dessau (1750–1811). Eine medizinisch-biographische Betrachtung, in: Dessauer Kalender 1994/S. 29–38, 1995/S. 28–37, 1996/S. 70–81, 1997/S. 42–69.

Heinicke, Wilfried, Zwei Bildnisse der Fürstin Louise in der Lavater-Sammlung in Wien, in: Dessauer Kalender 1998, S. 68–69.

Heinicke, Wilfried, Zimmermann als Arzt der Fürstin Louise von Anhalt-Dessau. Die medizinhistorische Bedeutung der Korrespondenz, in: Schramm, Hans-Peter (Hg.), Johann Georg Zimmermann, königlich großbritannischer Leibarzt (1728–1795) (Wolfenbütteler Forschungen 82), Wiesbaden 1998, S. 61–73.

Heinicke, Wilfried, Ein Vermächtnis des Fürsten Leopold Friedrich Franz von Anhalt-Dessau an drei natürliche Töchter, in: Mitteilungen des Vereins für Anhaltische Landeskunde 8/1999, S. 114–129.

Heinicke, Wilfried, Die Schweizer Ärzte der Fürstin Louise von Anhalt-Dessau. Ein Beitrag zu den Beziehungen Anhalt-Dessaus zur Schweiz im 18. Jahrhundert, in: Dessauer Kalender 2001, S. 16–27.

Herre, Paul, Die geheime Ehe des Erbprinzen Wilhelm Gustav von Anhalt-Dessau und die Reichsgrafen von Anhalt, Zerbst 1933 [Reprint Dessau 2006].

Hirsch, Erhard, „Zierde und Inbegriff des XVIII. Jahrhunderts". Der Dessau Wörlitzer Kulturkreis im Spiegel der zeitgenössischen Urteile, in: Studien über den Philanthropismus und die Dessauer Aufklärung (Wissenschaftliche Beiträge der Martin-Luther-Universität Halle-Wittenberg 1970/3 A 8), Halle 1970, S.101–149.

Hirsch, Erhard, Dessau – Wörlitz. „Zierde und Inbegriff des XVIII. Jahrhunderts", München 1985.

Hirsch, Erhard, Der Ursprung der deutschen Neugotik im aufgeklärten Dessau-Wörlitzer Reformwerk (Beiträge zur Stadtgeschichte Heft 6), Dessau 1987.

Hirsch, Erhard, Bibliographie zur Erforschung und Pflege des Dessau-Wörlitzer Kulturkreises (Wissenschaftliche Beiträge der Martin-Luther-Universität Halle-Wittenberg 11), Halle 1989.

Hirsch, Erhard, Die Zeichnungen Georg Melchior Kraus' um 1783 und nach ihnen ausgeführte Stiche für das beabsichtigte Gartenwerk über Wörlitz, in: Kat. Ausst. Wörlitz 1989/90, Das Schöne mit dem Nützlichen. Die Dessau-Wörlitzer Kulturlandschaft, Bemühungen um die Darstellung gartendenkmalpflegerischer Arbeit an Hand historischer Ansichten [...], S. 12–21.

Hirsch, Erhard, Experiment Fortschritt und Aufklärung. Franz von Anhalt-Dessau zum 250. Geburtstag, Dessau 1990.

Hirsch, Erhard, Hortus Oeconomicus: Nutzen, Schönheit, Bildung. Das Dessau-Wörlitzer Gartenreich als Landschaftsgestaltung der europäischen Aufklärung, in: Wunderlich, Heinke (Hg.), „Landschaft" und Landschaften im achtzehnten Jahrhundert (Beiträge zur Geschichte der Literatur und Kunst des 18. Jahrhunderts 13), Heidelberg 1995, S. 179–207.

Hirsch, Erhard, „Anhaltdessaubiederkeit". Dessau-Wörlitz und die Schweiz zwischen Aufklärung und Empfindsamkeit. Schweizer Einflüsse auf den Dessau-Wörlitzer Kulturkreis, in: Donnert, E. (Hg.), Europa in der frühen Neuzeit. Festschrift für Günter Mühlpfordt zum 75. Geburtstag, 2 Bde., München/Köln/Berlin 1997, Bd. II, S. 197–232.

Hirsch, Erhard, Die Dessau-Wörlitzer Reformbewegung im Zeitalter der Aufklärung. Personen – Strukturen – Wirkungen, (Hallesche Beiträge zur Europäischen Aufklärung. Schriftenreihe des Interdisziplinären Zentrums für die Erforschung der Europäischen Aufklärung Martin-Luther-Universität Halle-Wittenberg 18) Tübingen 2003.

Höhling, Brunhild, Eleonore Hoffmeyer – ein Frauenschicksal im Zeitalter der Aufklärung, in: Mitteilungen des Vereins für Anhaltische Landeskunde 16/2007, S. 82–103.

Hosäus, Wilhelm, Herzog Karl August und Goethe in Wörlitz, in: Wissenschaftliche Beilage der Leipziger Zeitung Nr. 71/3. September 1876, S. 437–444.

Hosäus, Wilhelm, Fürst Putiatin. 1749–1830, in: Mitteilungen des Vereins für Anhaltische Geschichte und Altertumskunde, Band 3, Dessau 1883, S. 461–482.

Hosäus, Wilhelm, Johann Kaspar Häfeli in Wörlitz, 1784–1793. Mitteilungen aus Briefen J. K. Häfeli's an J. K. Lavater und J. G. Müller, in: Mitteilungen des Vereins für Anhaltische Geschichte und Altertumskunde, Bd. 5, Dessau 1887, Heft 3, S. 137–163.

Hosäus, Wilhelm, Johann Kaspar Lavater in seinen Beziehungen zu Herzog Franz und Herzogin Luise, in: Mitteilungen des Vereins für Anhaltische Geschichte, Bd. 5, Dessau 1888.

Hosch, Hubert, Angelika Kauffman (1741–1807) Andreas Brugger (1737-1812), Eine vergleichende milieu- und mentalitatsgeschichtliche Studie zum 200. Todes- bzw. 270 Geburtstag von Malerin und Maler, in: http://freies-kunstforum.de/hosch_2008_kauffman_brugger_bild.pdf (25. August 2016).

Im Hof, Ulrich, Lavater als Patriot, in: Pestalozzi, Karl und Horst Weigelt (Hgg.), Das Antlitz Gottes im Antlitz des Menschen. Zugänge zu Johann Kaspar Lavater (Arbeiten zur Geschichte des Pietismus 31), Göttingen 1994, S. 300–316.

Jablonowski, Ulla, Wirtschaftliche und soziale Grundlagen der Dessau-Wörlitzer Aufklärung, in: Francisco Dessaviae Principi. Vorträge des Kolloquiums zum 250. Geburtstags des „Vater Franz" (Zwischen Wörlitz und Mosigkau. Schriftenreihe zur Geschichte der Stadt Dessau und Umgebung H. 36, Dessau-Wörlitzer Beiträge IV, 1990), Dessau 1992, S. 7–13.

Kaiser, Gerhard R. und Siegfried Seifert (Hgg.), Friedrich Justin Bertuch (1747–1822). Verleger, Schriftsteller und Unternehmer im klassischen Weimar, Tübingen 2000.

Kat. Ausst. Baden-Baden 1981, Carl Friedrich und seine Zeit.

Kat. Ausst. Coburg 1987, Die Chalcographische Gesellschaft zu Dessau. Profil eines Kunstverlages um 1800.

Kat. Ausst. Dessau 1990, Fürst Franz von Anhalt-Dessau, Fürst der Aufklärung 1740-1817. Der Dessauer Philanthropismus – Erziehung im Sinne der Aufklärung, Ausstellung des Museums für Stadtgeschichte.

Kat. Ausst. Dessau 1996, Die Chalcographische Gesellschaft Dessau (Kataloge des Anhaltischen Gemäldegalerie Dessau 3).

Kat. Ausst. Dessau 2008, Frauen im Leben des Fürsten Franz von Anhalt-Dessau (1740–1817).

Kat. Ausst. Dessau 2011, Dichter im Gartenreich – Friedrich von Matthisson (1761–1831) und seine Zeit.

Kat. Ausst. Frankfurt am Main 1996, Weltbild Wörlitz (Kataloge und Schriften der Staatlichen Schlösser und Gärten Wörlitz Oranienbaum Luisium 1).
Kat. Ausst. Frankfurt am Main und Dessau 2002/3, Sammlerin und Stifterin Henriette Amalie von Anhalt-Dessau und ihr Frankfurter Exil (Kataloge des Haus Giersch 5 und Kataloge der Anhaltischen Gemäldegalerie Dessau 10).
Kat. Ausst. Leipzig/Frankfurt a. M./Hannover 1988/89, Philipp Erasmus Reich (1717–1787). Verleger der Aufklärung und Reformer des deutschen Buchhandels.
Kat. Ausst. Leipzig 2014, Friedrich Gottlob Hoffmann, bearbeitet von Michael Sulzbacher und Peter Atzig.
Kat. Ausst. Zürich 2001, Johann Caspar Lavater. Das Antlitz, eine Obsession. Das Handbüchlein, Zürich 2001.
Kat. Mus. Dessau 1913, Katalog der Gemäldesammlung der Fürstlichen Amalienstiftung zu Dessau, Dessau 1913.
Korzus, Bernard, Neugotik im Alten Reich. Zum Architekturhistorismus in deutschen Landschaftsgärten des 18. Jahrhunderts, Ms. 1996.
Krämer, E. Die staatsrechtlichen Grundgedanken Dalbergs, Diss. Phil. 1958.
Kratz, Gustav, Geschichte des Geschlechts von Kleist, 3 Teile, Berlin 1862, 1873, 1878.
Lacher, Reimar F., Schadows Prinzessinnengruppe. Die schöne Natur, Berlin 2007.
Lässig, Simone, Jüdische Wege ins Bürgertum. Kulturelles Kapital und sozialer Aufstieg im 19. Jahrhundert, Göttingen 2004.
Lauts, Jan, Karoline Luise von Baden, Karlsruhe 1980.
Mayer, Hugo, Rüppurr, ein Bauern- und Industriearbeiterdorf, Karlsruhe 1909.
Mraz, Gerda und Uwe Schlögl (Hgg.), Das Kunstkabinett des Johann Caspar Lavater (Edition Lavater I), Wien/Köln/Weimar 1999.
Müller, Christina, Karlsruhe im 18. Jahrhundert. Zur Genese und zur sozialen Schichtung einer residenzstädtischen Bevölkerung (Forschungen und Quellen zur Stadtgeschichte, Schriftenreihe des Stadtarchivs Karlsruhe 1), Karlsruhe 1992.
Niedermeier, Michael, Das Gartenreich Dessau-Wörlitz als kulturelles und literarisches Zentrum um 1780 (Zwischen Wörlitz und Mosigkau. Schriftenreihe zur Geschichte der Stadt Dessau und Umgebung Heft 44, Dessau-Wörlitz-Beiträge VI, 1992), Dessau 1995.
Oellers, Norbert und Robert Steegers, Treffpunkt Weimar. Literatur und Leben zur Zeit Goethes, Stuttgart 1999.
Rahn, J. Rudolf, Die Glasgemälde im Gotischen Hause zu Wörlitz, in: Gesammelte Studien zur Kunstgeschichte. Eine Festgabe zum 4. Mai 1885 für Anton Springer, Leipzig 1885.
Ruoss, Mylène, Zur Ikonographie des Rütlischwurs am Beispiel der Zürcher Glasmalerei, in: Zeitschrift für Schweizerische Archäologie und Kunstgeschichte Bd. 59/2002, Heft 1, S. 41–56.

Schmidt, W. Adolf, Geschichte der preußisch-deutschen Unionsbestrebungen seit der Zeit Friedrichs des Großen, Berlin 1851.
Schulthess, Erica von, Begegnungen im alten Zürich. Herbsttage 1783 und ihr Nachklang, in: Zürcher Taschenbuch auf das Jahr 1951, Jg. 71, Zürich 1950, S. 59–98.
Schweinitz, Anna-Franziska von, Die landesherrlichen Gärten in Schaumburg-Lippe (Grüne Reihe. Quellen und Forschungen zur Gartenkunst 20), Worms 1999.
Schweinitz, Anna-Franziska von, Fürst und Föderalist. Tagebücher einer Reise von Dessau in die Schweiz 1783, Worms 2004.
Steiner, Walter und Uta Kühn-Stillmark, Friedrich Justin Bertuch. Ein Leben im klassischen Weimar zwischen Kultur und Kommerz, Köln/Weimar/Wien 2001.
Stekovics, János, Dessau – Porträt einer Stadt, in: Deutsche Städteporträts, Bd. 2, Dessau 2006.
Stempel, Karin, Geschichtsbilder im frühen englischen Garten. Fields of Remembrance – Gardens of Delight, (Kunstgeschichte: Form und Interesse, Bd. 6), Münster 1982.
Theus Baldassare, Ruth, Diplomatie und Aufklärung: Ulysses von Salis-Marschlins, in: Bündner Monatsblatt. Zeitschrift für bündnerische Geschichte und Landeskunde, Heft 1/2001, S. 8–33.
Ulferts. Gert-Dieter, Möbel für Europa. Roentgen und Weimar, in: Seemann, Hellmut Th. (Hg.), Europa in Weimar. Visionen eines Kontinents, Jahrbuch der Klassik Stiftung Weimar 2008, Göttingen 2008, S. 298–317.
Ulrich, Conrad, Geselligkeit und Gesellschaften, in: Wysling, Hans (Hg.), Zürich im 18. Jahrhundert, Zürich 1983, S. 49–62.
Ulrich, Conrad, Das 18. Jahrhundert, in: Geschichte des Kantons Zürich, 3 Bde., Zürich 1996, Bd. II, S. 364–511.
Umbach, Maiken, Visual Culture, Scientific Images and German Small-State Politics in the Late Enlightenment, in: Past & Present 158/Febr. 1998, S. 110–145.
Umbach, Maiken, The Politics of Sentimentality and the German *Fürstenbund*, 1779-1785, in: The Historical Journal 41 (3)/1998, S. 679–704.
Umbach, Maiken, Federalism and Enlightenment in Germany, 1740–1806, London/Rio Grande 2000.
Walser, Hans H., Johann Caspar Lavater und die Psychiatrie, in: Pestalozzi, Karl und Horst Weigelt (Hgg.), Das Antlitz Gottes im Antlitz des Menschen. Zugänge zu Johann Kaspar Lavater (Arbeiten zur Geschichte des Pietismus 31), Göttingen 1994, S. 253–259.
Weder, Hans, Johann Jakob Hess, in: Holzhey, Helmuth und Simone Zurbuchen (Hgg.), Alte Löcher - neue Blicke. Zürich im 18. Jahrhundert, Zürich 1997, S. 319–327.
Weigelt, Horst, Johann Kaspar Lavater. Leben, Werk und Wirkung, Göttingen 1991.

Werner, Brigitta, Otahitische Hütten und Kabinette. Ein Beitrag zum Exotismus in der bildenden Kunst des 18. Jahrhunderts, in: Die Gartenkunst 1992, H. 2, S. 289–306.

Willoweit, Dietmar, Standesungleiche Ehen des regierenden hohen Adels in der neuzeitlichen deutschen Rechtsgeschichte. Rechtstatsachen und ihre rechtliche Beurteilung unter besonderer Berücksichtigung der Häuser Bayern und Pfalz (Bayerische Akademie der Wissenschaften, Philosophisch-Historische Klasse, Sitzungsberichte Jg. 2004, Heft 5), München 2004.

Wüthrich, Lukas Heinrich, Christian von Mechel. Leben und Werk eines Basler Kupferstechers und Kunsthändlers (1737–1817) (Basler Beiträge zur Geschichtswissenschaft 63), Basel und Stuttgart 1956.

Wysling, Hans, Die Literatur, in: Wysling, Hans (Hg.), Zürich im 18. Jahrhundert, Zürich 1983, S. 131–188.

Zimmermann, Werner, Verfassung und politische Bewegung, in: Wysling, Hans (Hg.), Zürich im 18. Jahrhundert, Zürich 1983 S. 9–34.

Zurbuchen, Simone, Staatstheorie zwischen eidgenössischer Republik und preußischer Monarchie, in: Das achtzehnte Jahrhundert, Jg. 26, H. 2, Wolfenbüttel 2002, S. 145–162.

Editorische Notiz

Alle Zitate sind Auszüge aus Quellen oder der Literatur und als solche kenntlich gemacht. Rechtschreibfehler wurden bei Literaturzitaten stillschweigend verbessert. Maßgeblich waren hierzu die Empfehlungen zur Edition frühneuzeitlicher Texte der Arbeitsgemeinschaft außeruniversitärer historischer Forschungseinrichtungen in der Bundesrepublik Deutschland e. V. von 2001. Zur philologischen Untersuchung sollte in jedem Fall das Original herangezogen werden.

Besonders für die französischen Texte gilt die unveränderte Wiedergabe des u. U. willkürlich verwendeten Lautbestands, weil sie Rückschlüsse auf die Sprachfertigkeit des Autors zulassen – solange es das Verständnis nicht unnötig erschwerte.

Hinweise auf den Seitenwechsel und die Zeilenzahl unterblieben aus Gründen der Lesbarkeit.

Randnotizen, Einfügungen und Streichungen wurden, soweit lesbar, in [ ] wiedergegeben, in jedem Fall wurde auf sie hingewiesen. Eckige Klammern [ ] kennzeichnen Hinweise des Bearbeiters. Auslassungen sind durch [...] markiert, fragliche Lesart durch ein nachfolgendes [?], nicht mögliche Entzifferung durch ... [?].

Impressum

Lektorat
Dr. Ulrich Steinmetzger

Gesamtgestaltung
Janos Stekovics

Satzarbeiten
Hans-Jürgen Paasch, Janos Stekovics

Abbildungen
Titel (Schutzumschlag/Bezug): Portrait des Fürsten Leopold III. Friedrich Franz von Anhalt-Dessau, Germanisches Nationalmuseum Nürnberg
Tafelteil: Germanisches Nationalmuseum Nürnberg: 3
Kulturstiftung DessauWörlitz: 5
Österreichische Nationalbibliothek Wien: 6
Privatbesitz: 1, 2, 4, 7, 8, 9, 10
Porträt der Autorin (Schutzumschlag): Vanessa Daly

VERLAG JANOS STEKOVICS
Straße des Friedens 10
06193 Wettin-Löbejün OT Dößel
www.steko.net
Email: steko@steko.net
Telefon: (03 46 07) 2 10 88
Fax: (03 46 07) 2 12 03

ISBN 978-3-89923-381-0